本书的出版得到了深圳大学人文学院
高 水 平 建 设 第 二 期 经 费 的 资 助

# 科技人文新融合

## 新文科建设视野中的科幻小说研究

# Integrating Science and Humanities

## Science Fiction Studies through the Lens of New Liberal Arts

江玉琴 主编

张霁 欧宇龙 副主编

南京大学出版社

# 科技人文与中国的新文科建设

## ——从比较文学学科领地的拓展谈起(代序)

王　宁

科技人文(techno-humanities)应该说是当今学界为人们讨论得颇为热烈的一个新的话题,至少在人文学科诸领域内是如此,尽管即使在英语世界这一概念也和数字人文一样依然方兴未艾。在当前的中国语境下,人们热烈地讨论新文科建设时难免不提及这一话题,也即一般认为,新文科的一个重要特征就是跨越传统的人文学科的界限,至于跨越到何种地步则仁者见仁,智者见智。但是这至少让人们难以否认,面对全球化时代高科技的迅猛发展和商业大潮的冲击,传统的人文学科领地越来越呈萎缩的状况,它确实应该经历一种革命性的转折,尤其是应该注入一些科学技术的成分,这样看来,科技人文这个话题就被人们提到学术研究的议事日程上了。那么人们也许会问这样一些问题:究竟科技人文指的是什么呢?难道它只是科学技术加上人文吗?显然不是如此简单的一种相加。但是如果不是如此简单地等同于这种相加模式的话,那么它又意味着什么?再者,科技人文是否可以算作一种研究范式还是一种方法?在我看来,科技人文作为一个全新的理念,它的出现完全是当今的全球化时代高科技发展到一个特定阶段给我们人文学者提出的一个具有挑战性的命题:我们的学科将如何得以幸存?它应该朝着何种方向发展?所谓"十年磨一剑"式的"坐冷板凳"从事研究的传统的人文学科应该成为历史了。具有转折和范式意义的新文科已诞生,在这一过程中,科技人文所起到的作用是举足轻重的。因此科技人文命题的提出绝不只是科学技术加上人文,而是可以同时涵括这二者,并达到其自身的超越。新文科理念的诞生就是这种超越的一个直接成果。因此，它更具有范式的意义和引领作用。

我首先要加以界定的是，作为一种研究范式的科技人文意味着什么。如果说，美国当代物理学家、科学哲学家和科学史家托马斯·库恩(Thomas S. Kuhn，1922—1996)于上世纪60年代初出版的《科学革命的结构》(*The Structure of Scientific Revolutions*，1962)标志着一种科学研究范式的确立的话，那么当前我们所要讨论的科技人文则可以算作是新时代中国学界的又一种科学研究的范式。如果说前者的作用主要之于科学研究的话，那么后者的作用则主要之于人文学术研究。关于何谓"范式"，人们有着不同的说法。在库恩看来，所谓范式就是对人们习惯认为的"常规科学"的突破和超越，也即它应当能够引领新的科技革命，吸引一批坚定的拥护者去践行，以便不断地在实践中取得新的突破和超越。另一方面它又有足够的能力为后来的践行者提出问题，使他们有广阔的发展空间。也即，诚如库恩所坦陈的，"我所谓的'范式'通常是指那些公认的科学成就，它们在一段时间里为实践共同体提供典型的问题和解答"[①]。由此可见，范式是经过实践的检验被证明是成功的和切实可行的经验之总结。一种范式一旦确立，就在一定的时期内有着相对的稳定性和可持续发展性。另一方面，范式的确立也可以为一个学科奠定长久的发展路径，并为之指明新的发展方向。这在西方学界是如此，在中国学界也基本得到人们的认可。针对该书出版后所引起的广泛讨论甚至辩论，库恩在1969年的修订版中对范式又作了进一步修正和发展：

> "范式"一词有两种意义不同的使用方式。一方面，它代表着一个特定共同体的成员所共有的信念、价值、技术等等构成的整体。另一方面，它指谓着那个整体的一种元素，即具体的谜题解答；把它们当作模型和范例，可以取代明确的规则以作为常规科学中其他谜题解答的基础。[②]

担任该书第4版"导读"的学者伊安·哈金也对之作了说明，"库恩认为，科

---

① "序"，[美]托马斯·库恩：《科学革命的结构》(第4版)，金吾伦、胡新和译，北京大学出版社2012年版，第4页。

② 同上书，第147页。

学革命不仅确实存在，而且还具备某种结构。这种结构在书中被库恩小心翼翼地展开，结构中的每一个节点都被库恩赋予了一个有用的名字”①。我认为这是对该书之核心观点的十分中肯的概括。

作为一位研究兴趣较为广泛的人文学者，我从开始自己的学术生涯之日起，就经常不满足既定的学科规范，试图在一个有限的范围内尝试一些突破和超越。我深深地知道，不要说我所进入的人文学科的诸多分支学科领域壁垒森严，就是我所安身立命的学科文学研究也是理论思潮纷呈，学派林立，要想在某一个分支学科领域内取得一点突破绝非易事。这其中的酸甜苦辣我深有体会。因此在讨论新文科与科技人文之前，我不妨将我在比较文学学科领域中的探索和亲身经历的一段往事与广大读者分享。

熟悉我的学术生涯的人大多知道，我本人所从事的学科专业主要是比较文学和西方文学理论，因此我的“跨学科”尝试主要也体现在这两个方面。通过多年来的探索和实践，我深深地感到，要想在一个壁垒森严的学科领域进行哪怕是那么一丁点的突破都是十分艰难的。我清楚地记得，上世纪 80 年代后期，我还在北京大学攻读博士学位。一个偶然的机会使我有幸赴香港中文大学访学三个月。期间我接触到了港台地区和海外的一些有着强烈的跨学科意识的学者，在与他们的接触和交流过程中，我不禁萌发出一个不成熟的“跨学科”想法：既然国内外的比较文学学者都十分熟悉美国学者亨利・雷马克曾经为比较文学所下的一个十分宽泛的具有跨学科特征的定义，也即雷马克首次将比较文学研究的触角伸向了其他学科和研究领域：文学与社会科学，文学与自然科学，文学与其他艺术表现领域的比较研究，②那么这是否意味着某种狭义的研究范式的转向呢？就其吸引了整整一代东西方比较文学学者潜心践行这一点而言，雷马克的定义无疑所起到的作用具有研究范式的意义。那么我们为何不能据此出发，并结合中国的比较文学研究实践，对之作一种规范性的理论描述呢？于是我在大量阅读了港台地区和国外学者的著述后，参照中国的人文学科研究传

---

① “序”，[美]托马斯・库恩：《科学革命的结构》(第 4 版)，金吾伦、胡新和译，北京大学出版社 2012 年版，哈金的“导读”第 4 页。

② 关于雷马克的宽泛并引来广泛争议的比较文学定义，参阅 Newton Stallknecht and Horst Frenz, eds., *Comparative Literature: Method and Perspective*, Carbondale: Southern Illinois University Press, 1961, p. 3。

统，写下了一篇题为《比较文学：走向超学科研究》的论文，投给了上海的一个专事文学理论研究的刊物。尽管从今天的角度来看，那篇文章还比较稚嫩，主要涉及文学与文化、文学与社会科学以及文学与（处于自然和社会科学之间的）边缘学科的比较，并没有斗胆涉足科学技术，而且受篇幅所限对前面所提出的几种跨越学科界限的比较文学方法也未作深入的阐发。但是至少在那篇文章里，我率先在中国的语境中提出了比较文学的超学科研究，并得到了老一辈比较文学学者杨周翰等人的首肯。[①] 此外，我提出的超学科研究也不同于美国学者的那种漫无边际的跨越学科界限的比较文学研究。我的一个核心观点就在于，比较文学必须突破当时的接受—影响研究和平行研究两足鼎力的模式，超越影响/平行之二元对立，达到超学科的境地。但是作为文学研究的一个分支学科，比较文学研究无论跨越什么界限，都必须以文学为中心，最后的结论还是要落实到文学的学科建设和发展上，这样才能算得上一部比较文学的论著。[②]这一点我们今天同样可以适用于科技人文的研究，也即科技人文无论跨越何种边界，最后的落脚点仍应当是人文，它提出的结论一定要有助于人文学科的建设和人文学术的发展。如果不能这样的话，那这样的科技人文就是失败的。

但是文章投出去之后，我心中一直忐忑不安，并且有一种预感，由我这样一个初出茅庐的三十岁出头的青年学者提出这样一种文学研究的范式是否会有人响应或跟从，或者进一步推论，那个档次很高的刊物是否会将其发表？所谓"人微言轻"不就是这个道理吗？果不其然，文章很快就被退稿了，理由就是这样一种大的宏观论述比较空泛，不应该由一个小人物来做，对于一个刚步入比较文学领域不久的青年学者，应该首先写出有着扎实研究基础的论文，这样的宏观理论描述应该由本学科的权威性学者来提出。我想，今天的不少致力于宏大叙事和新的理论概念建构的中青年学者都会碰到同样的遭遇，并且有着同样的切身体会。

但是好在人文学科既然有着"仁者见仁"、"智者见智"的主观性判断之特征，那么我始终坚信，在当今时代，一种有着深入思考和研究基础及理论

---

① 参阅杨周翰为乐黛云和王宁主编《超学科比较文学研究》撰写的"序"，中国社会科学出版社 1989 年版。

② 参阅拙作，《比较文学：走向超学科研究》，《文艺研究》1988 年第 5 期，第 143—148 页。

依据的建构完全有可能觅见知音并得以发表。一篇文章被一家档次较高的刊物拒绝,完全有可能被另一家更具权威性的刊物接受。就在我回到北京后不久,在一次会议上和另一家更具有权威性和影响力的刊物《文艺研究》的副主编吴方的交谈中,我顺带提及了这篇文章。素来具有理论敏感性和前瞻性却英年早逝的吴方立即敏锐地感觉到,我的这篇文章将开辟比较文学研究的一个新方向,于是要我将文章寄给他。后来他和另一位中年早逝的副主编张潇华审读后一致看好这篇文章,并推荐给了主编。该文作为《文艺研究》文学栏目的首篇文章发表后我确实多方受益:首先是中国人民大学书报资料复印社的《文艺理论》卷将其作为那一期的首篇全文转载,我提议编辑的一本专题研究文集《超学科比较文学研究》(与乐黛云合作主编)也很快得到中国社会科学出版社文学编辑室主任白烨的青睐,被迅速列入选题计划,并于1989年我获得博士学位的那年出版。几十年过去了,今天的比较文学史和比较文学教材的编写者在提到比较文学的跨学科研究方向时,都免不了要提到我的那篇并不太成熟的文章和那本专题研究文集。

更令我感到欣慰的是,素来以注重比较文学的实证性影响及接受研究的法国学派在当今时代的传人伯纳德·佛朗哥(Bernard Franco)在其新著《比较文学:历史、领域、方法》(*La Littérature Comparée: Histoire, Domaines, Méthodes*, 2016)中,不惜花了整个第五章的篇幅,讨论了比较文学的跨学科研究(littérature comparée et interdisciplinarité),大大地超越了早先人们对比较文学法国学派的刻板印象和有限的期待。按照佛朗哥的划分,这种跨越学科界限的比较文学大体上分为两个部分:其一是文学与科学(littérature et sciences),包括文学与人文科学(littérature et sciences humaines)以及文学与其他可算作社会科学门类的一些学科领域的比较。其二便是文学与其他艺术(littérature et arts)。他最后的结论是呼唤一种比较美学的诞生,这倒有点类似韦勒克早年提出的"总体文学"的理论高度。[①] 由此可见,即使是曾经被人们认为最保守的比较文学法国学派的学者也认识到了当今的人文学科跨学科研究的大趋势,并试图在这方面有所作为。

相比之下,美国学派在注重文学的平行研究的同时,从一开始就为比

① Cf. Bernard Franco, *La Littérature Comparée: Histoire, Domaines, Méthodes*, Malakoff: Armand Colin, 2016, pp. 241-291.

较文学的跨学科和跨艺术门类的比较研究留下了广阔的发展空间。面对全球化时代精英文学及其研究领地的日益萎缩，美国比较文学学者苏源熙(Haun Saussy)依然坚定地认为，“比较文学在某种意义上赢得了战斗，它从未在美国学界得到更好的认可”①。照他的看法，比较文学在与各种文化理论思潮的博弈中最终还是幸存了下来并得到长足的发展：“争论已经结束，比较文学不仅具有合法性：而过去则不太具有合法性，此时我们的学科扮演的是为乐团的其他乐器定调的第一小提琴的角色。我们的结论已经成为其他人的假设。”②不难看出，苏源熙在说这话时确实充满了自信和底气。

如果按照苏源熙的看法，比较文学在美国的人文学科研究中确实起着领军(第一小提琴)的角色的话，那么我们从比较文学学科领地在中、美、法三个重镇的拓展及其在当今时代的发展状况中不难发现，我们今天在中国的语境下强调新文科建设，并呼吁传统的人文学科注入科学技术的因素也并非空穴来风，它也有着一定的国际和国内背景以及人文学科自身发展的内在逻辑。

美国的比较文学学者始终注重总结经验和提出问题，他们每隔十年都要邀请一位该学科领域内的著名学者为本学科的现状及未来发展编写一个十年报告，从而起到为本学科研究“导航”的引领作用。最近的一个十年报告由专事生态和环境研究的学者乌苏拉·海斯(Ursula K. Heise)主持，她是美国学界有名的先锋理论家和跨学科学者。她在报告中回顾了比较文学在最近的十年在美国以及整个西方学界的发展现状及态势，并预测了在其未来的发展走向。但是面对近十年来美国比较文学学者在跨越人文与科技之界限的微不足道的进展，她在导论中不无遗憾地指出：

> 与上世纪60年代到90年代比较文学在把各种理论介绍给文学和文化研究时所扮演的开拓性角色相比——那时它几乎与文学研究的理论分支领域相等同——它近期在一般的人文学科和特定的文学研究领域的创新中却未能扮演主要的角色。甚至在对之产生了主要影响的那些研究领域，例如生态批评，比较文学也姗姗来迟，而在诸如医

---

① Haun Saussy, ed, *Comparative Literature in An Age of Globalization*, Chapter One by himself, Baltimore: The Johns Hopkins University Press, 2006, p. 3.

② Ibid.

学人文学科这样的研究领域，比较文学研究者则刚开始涉猎。①

显然，较之前一个十年报告的主持者苏源熙，海斯对当今美国比较文学研究的跨学科研究之现状并不十分看好，其中的一个重要原因就在于，与美国的其他人文学科领域相比，曾经率先提出文学研究的跨学科方法和范式的比较文学学者的跨学科意识虽然很强，但是在满足于与其他人文学科和社会科学领域的跨界比较研究的同时，在科技人文这个新的领域内姗姗来迟，并且著述不多。这显然与长期以来人文学者所受到的多学科，尤其是自然科学和技术学科的训练不足不无关系。这应该是当今的美国比较文学学者介入科技人文时所暴露出的一个先天性的不足。这也值得我们今天在中国的新文科建设中倡导科技人文时加以借鉴。

以上我之所以花了这些篇幅描述比较文学的跨学科研究所作出的开拓性贡献，只是想说明，我们今天所提倡的新文科的跨学科模式并非空穴来风，而是有着扎实的研究基础和理论依据的。关于新文科之于中国的外语学科建设之意义，我在另一场合已经作过专论，②此处毋庸赘言。现在，我们再回过头来重温库恩的那本曾在学界产生振聋发聩之影响的著作的核心概念——范式之于我们今天确立科技人文之新范式的意义。正如库恩在讨论范式的优先性时所指出的，一种范式的确立就如同一个新理论的提出那样：

> 一个新理论总是与它在自然现象的某种具体范围的应用一道被宣告的；没有应用，理论甚至不可能被接受：在理论被接受以后，这些应用或其他的应用就会伴随着理论写入教科书，未来的从业者就会从教科书中学习他的专业。这些应用在教科书中并非纯粹作为点缀品或历史文献而已。正相反，学习理论的过程依赖于对应用的研究，包括用铅笔与纸和在实验室中用仪器来解决实际问题。③

---

① Cf. Ursula K. Heise, "Introduction: Comparative Literature and the New Humanities," in Ursula K. Heise ed. *Futures of Comparative Literature: ACLA State of the Discipline Report*, London and New York: Routledge, 2017, p. 6.

② 参阅拙作《新文科视野下的外语学科建设》，《中国外语》2020 年第 3 期，第 4—10 页。

③ [美]托马斯・库恩：《科学革命的结构》(第 4 版)，金吾伦、胡新和译，北京大学出版社 2012 年版，第 39 页。

科技人文也是如此，它作为一种范式在一定的程度上已经被应用于人文学科的一些分支学科，[①]而它也应当能引领未来总体的人文学科研究，使之摆脱传统的单一的“人文性”或“主观性”，加入一些科学的因素。此外，作为一种全新的研究方法，科技手段的引入也可以使得传统的人文研究更加具有规范性和可效法性，[②]从而使之成为一个名副其实的既具有科学特征同时又保留人文情怀和属性的学科门类。关于这两点我在结束本文之前略加阐述。

首先，科技人文提醒人文学者注意，如果我们不否认我们所驻足并得以从事学术研究的领域是一个学科的话，那么这个学科的存在价值和发展前景就必须经得起学术同行以及相关学科的学者的评估，也即我们的研究成果既要对同行学者有着引领作用，同时也可以为相关学科的学者提供方法论和学术范式方面的启迪，这样我们的学术研究才能担当得起一流的称号。那种认为人文学科不需要进行评估的说法无疑是站不住脚的。

其次，在对具体的人文学者及其成果的评价方面，除了主要依赖同行专家的定性评价外，也应该引入科学技术的手段，来客观地评估一位学者及其成果所产生的实际上的影响力：这种影响力如果局限于国内就得测评其在国内学界的影响和所受到的同行的关注度；若这种影响力具有广泛的国际前沿性，那就得依赖其在国际范围内的客观影响和所受到的国际同行的关注度。

总之，科技人文理念的提出必将对我们的新文科建设有着巨大的帮助和推进。我对此充满了信心并将一如既往地砥砺践行。

（王宁，上海交通大学人文社会科学资深教授。本文原刊于《上海交通大学学报》哲学社会科学版，2021年第2期）

---

① 关于科学技术之于比较文学的作用，参阅我和彭青龙为美国比较文学学会会刊 *Comparative Literature Studies* (Vol. 57, No. 4, 2020)编辑的主题专辑“Technology in Comparative Literature Studies”。

② 这一点尤其可在当代比较文学学者弗朗哥·莫瑞提(Franco Moretti)运用大数据的手段对世界小说的研究中见出端倪。这方面可参阅冯丽蕙的长篇论文，《莫瑞提的远读策略及世界文学研究》，载《文学理论前沿》第22辑(社会科学文献出版社2020年版)。

# 主编的话

江玉琴

2020年11月3日，教育部新文科建设工作组在山东大学（威海）召开新文科建设工作会议，发布了《新文科建设宣言》，对新文科建设做出了全面部署。新文科建设对推动文科教育创新发展、构建育人育才为中心的哲学社会科学发展新格局、加快培养新时代文科人才、提升国家文化软实力具有重要意义。人工智能技术的飞速发展进一步强化了新文科建设的紧迫性与重要性。上海交通大学人文社会科学资深教授王宁认为，新文科建设在当今中国的教育界已然成为一个热门话题，在这一进程中科技人文将起到某种范式作用。它对传统观念的人文学科研究模式提出了强有力的挑战，并给人文学科的建设和发展注入了科学的因素和技术的手段。因此讨论具有范式意义的新文科建设和发展，不可能回避科技人文这个话题。王宁教授同时强调，科技人文命题的提出绝不只是科学技术加上人文，而是可以同时涵括这二者，并达到其自身的超越。新文科理念的诞生就是这种观念超越的一个直接成果。中国社科院大学教授王国成也认为，数字化、人工智能等科技的腾飞推动着当今人类社会进入全新时代，也为人文社会科学的创新发展及知识增长和学科建构赋予了新动力。人本主导的科技与科技引领的人文的共生共进，是人类社会发展和文明进步的主旋律；拓展学科知识体系、明晰研究方法之间的内在关联，将科学技术和人文社会科学与以人为本体的思维、行为科学及生理、脑理等多门类相关学科进行大跨度、大纵深的学科交叉融合，能够奠定认知变革的学理基础，进而在数智化时代背景下从大科学视角探讨科技与人文深度融合和创新发展的可行性与实现途径。正是在此情境中，身处21世纪新时代面临人工智能技术飞速发展带来的人文学科新挑战，我们充分认识到科幻小说在科技人文中的重要作用，以科幻小说的预见性与创造性来认识、理解并应对近未来技术世界，为此提供多层面、多元化的发展路径。因此，基于这种新语境，在新文科建设视野中深入认识科幻小说的认知模式与社会建构将具有深刻的文学意义与现实意义。

本书来自2021年11月26—28日由中国比较文学学会、中国科普作家协会、深圳市科学技术协会与深圳大学共同主办，深圳大学人文学院、深圳大学社科部、深圳大学比较文学与比较文化研究所、深圳大学当代通俗文化研究所（现更名为深圳大学数字人文研究中心）、深圳大学身体美学研究所联合承办的“科技人文新融合：新文科建设视野中的科幻小说研究暨青年学术论坛”提交的论文。这次学术会议共设有十四个主旨演讲，一场期刊圆桌论坛，八场分组讨论，聚焦科幻小说的身体研究、情感与空间研究、中国科幻研究、综合研究等相关议题，围绕新文科建设视野中的科幻小说研究方法论与研究路径展开了热烈的交流与讨论。本书集中呈现了这次会议的主要讨论成果。

本书共分为两大板块，聚焦科幻创作与理论、科幻评论，关注中国本土科幻创作与理论创新，强调本土科幻资源的深度挖掘与整合，同时以跨学科视野重新审视科幻作品，深刻认识科幻小说的前瞻性与启发性。

在第一编中，叶舒宪强调了对本土科幻资源的再挖掘。他以四重证据法重新激活黄帝“有熊”与“玄玉”神话，以此深度挖掘本土科幻想象资源，通过展现学术史的持久性攻坚劫难过程本身，为我国当代科幻创意提供实实在在的典型题材案例。徐新建进一步发掘神话与科幻的密切关联性，通过重新审视我们的神话资源，提出我们应面对数智时代的严峻挑战，重新直面人类社会普遍存在的神话传统。吴岩则聚焦中国科幻未来主义，梳理并勾勒中国科幻未来主义的时代表现、类型与特征，强调加强对这个流派作品的国际传播有助于提升本土文化竞争力和建构未来主导权。王晓华认识到人工智能对后人类美学发展的作用，提出后人类美学既“不局限于人类的判断”，也不“特别聚焦人类主体性”，而是应注重“事物的个体性和互补性”。因此后人类美学倡导面向事物自身的后人类本体论，强调人类智能体和非人类智能体的交互性法则。科幻作家陈楸帆立足于科幻创作本身，指出人工智能算法对写作的影响，提出将科幻作为方法，超越单数的未来想象，认为科幻或者文学，应该回到人类渴望故事最初的冲动，成为一种梦境的替代品，一种与更古老、更超越、更整体的力量产生共振的精神脐带。科幻作家刘洋也立足于机器写作时代的科幻小说创作，充分认识机器写作的便利性及其不足，认为在很长一段时间内，机器写作还无法取代人类创作。但科幻作家可以与机器携手写作，在机器算法所产生的叙事情节和世界设定中激发出新的创意，创造出前所未有的惊奇场景和绝妙故事。黄鸣奋聚焦科幻电影视野下的中国，探讨了国产科幻电影提供的独特视角，以此把握科幻语境中的中国之人、中国之物、中国之事，以此建设人类命运共同体。

江玉琴强调中国科幻理论建设，提出中国科幻赛博格叙事与话语建构特征，认为科幻赛博格叙事聚焦赛博格身体感官体验，基于身体的异质性经验而产生的身体—情感非常规认知，由此发生思想与精神层面的世界观念变革。程林立足于机器人文化，比较德国、日本的机器人文化，以此探讨中国的“第三种机器人文化”构建，认为中国机器人文化以折中、务实、积极且强调人机协存的模式正在形成。郭伟审视科幻小说中的语言哲思，认识科幻小说中的语言本身的问题，认为科幻小说展现了不同“语言世界观”所造成的隔阂以及陌生语言带来的思维异变。王都则立足于科幻小说概念在 20 世纪中国的发展与流变，梳理了这一文类在中国的发展脉络，进一步挖掘 20 世纪中国文学在跨语际实际背景下的多义性，并将其作为考察 20 世纪中国时代精神转型的一个独特且有效的切口。李蕤桐审视了后人类研究学者凯瑟琳·海勒后人类叙事中的符号矩阵，探讨海勒的科幻理论为后人类文本分析和读解提供的扩展空间与新的内涵。

第二编聚焦在中外科幻作品评论，探讨科幻作品的丰富内涵。生安锋和王菲探讨了科幻作品中人机情感交互的可能性，并从文本和现实的角度反思人机情感这一争议话题可能存在的伦理和技术方面的挑战，进一步探讨人类与后人类之间错综复杂的关系。韦清琦聚焦美国作家乔伊斯·卡罗尔·欧茨的新作《漂流在时间里的人》，探讨了这部作品的反乌托邦书写，认为其不但预见了未来危机，更着力于借助时空传输的科幻媒介深入探究历史，以史为鉴，批判当下，拯救未来。都岚岚和周琦以日裔英国作家石黑一雄的“软科幻”小说《别让我走》为例，探讨了克隆人命运，以此分析作品中克隆人所在的社会结构和运作机制，以否定的方式表达了对正义的深刻思考。张霁则审视科幻小说中的记忆问题，认为记忆对人类主体的生命体验至关重要。科幻影视中的“记忆上载”代表了创作者在后人类语境下对主体性的探求，成为判断后人类主体的重要因素之一。新主体的确认应基于人类是否认可“人的本质是信息和算法”这一控制论的判断。彭超聚焦刘宇昆科幻小说“未来三部曲”中的身体想象，提出赛博时空的身体诗学观念，认为“未来三部曲”关注科技发展给身体带来的变化，对身体的理解又深刻关系到对自我本质、主体性的重新认识。小说为思考身体与技术的关系提供了新的启发。李珂分析了刘慈欣的英雄史观，认为刘慈欣的英雄书写是一种英雄史观的呈现，同时将刘慈欣对平民英雄的塑造看作对托马斯·卡莱尔、悉尼·胡克、普列汉诺夫等人的英雄史观理论进行的对话与补充，由此审视英雄、民主、历史之间的复杂关系。程夏敏关注美国科幻作家厄休拉·勒古恩科幻作品中对人的发展的忧思。通过构建“雌雄同体”的格森社会、性别平等的阿纳瑞斯社会与性别歧视的乌拉斯社会来形成对比，表达对性别平等的肯定和渴望，批判了男权中心主义，并强调人类应该在社会意志和个人意志之间找到平衡点。雷依洁聚焦麦克尤恩《我这样的机器》探讨后人类时代的伦理困境。焦旸审视后人类主义视野下刘慈欣科幻小说的真善美，以此探析科幻中真善美主题的生成与嬗变。张睿颖结合19世纪末20世纪初多种关注“心灵/精神”问题的科学文献，从晚清科幻小说中的“心灵改造”想象中认识术与药。郭焕群结合刘宇昆短篇科幻小说中的身体想象，探讨刘宇昆立足于身体与意识问题对未来人类“具身化”与“去身化”的思考。吴嘉敏则重新认识《仿生人会梦见电子羊吗?》中人类主体性的消解与重建，认为人类与仿生人之间彼此摄入的交互关系取代了传统的主客二元关系。人类与人工生命体的共生，预示了后人类世界中生命观念的更新，以及生命形态进化的另一种可能路径。欧宇龙以巴奇加卢皮《发条女孩》为例探讨了基因灾难与人性重构，认为这部作品批判了人类中心主义，强调一味发展技术会导致人类的异化，在技术发展进程中我们不能失去对自然和生命的敬畏之心。陈泳桦以《弗兰肯斯坦》探讨其呈现的科幻边界、双重隐喻与现代寓意，认为《弗兰肯斯坦》是一篇具有标志性的科幻小说，既从“哥特小说”中分离出来，形成科幻小说的独特叙事，又能折射出对现代科幻小说的启示与寓意。周旦雪以中国当代科幻作品陈楸帆的《沙嘴之花》和王威廉的《野未来》为例，重新思考粤港澳大湾区两大中心——广州、深圳城市发展状况的文学再现与空间书写的关系，在梳理作品中不同打工者人物形象的同时探究科幻文本所再现的大湾区城市特征。

整部论文集内容丰富，体量较大，涉及面较广。正如吴攸教授在讨论科技与人文融合的问题与前景中所提出来的，既然在当今世界，科学与技术已经内化为人们生活方式的一部分，我们应该充分认识到人文在我们社会中的本质性作用，以科技作为外在性动力、人文作为内在性动力，共同为人类精神文化和社会发展赋能，走向人文智能。我们在新文科建设语境中的科幻文学探讨也正是致力于这一方向，面向未来，深入探索科技人文融合时代的人类命运共同体观念，同时也提醒人们认识到人文意识与价值观念在科技时代的重要作用。

# 目　次

## 第一编　科幻创作与理论

## 第二编　科幻评论



**附　录**

# 第一编
# 科幻创作与理论

# 本土科幻资源再发掘

## ——四重证据法激活黄帝“有熊”与“玄玉”神话

叶舒宪*

2021年号称元宇宙元年。中华儿女在元宇宙观念爆发之际所要做的，不光是追随流行与跟风炒作，更需要以反躬自问的方式去认识和发掘本土文化传统中丰厚的幻想资源。本文以黄帝有熊名号和黄帝播种玄玉神话为例，说明中国比较文学的文学人类学研究学派，如何以其独创性的新文科方法论范式——四重证据法，对华夏文明共祖黄帝神话历史做出五千年以上的深度阐释和还原求证。

对中国本土的丰厚幻想资源的再认识，将给中国科幻重新开辟一条有别于西方科幻模式的柳暗花明之路。

## 一、天熊与神熊：历史之根的失落

中国第一部通史——司马迁《史记》，首创纪传体历史书写范式，以十二本纪、三十世家和七十列传为总纲，讲述上至传说时代的黄帝炎帝蚩尤，下至汉武帝太初四年间共三千多年的完整历史。黄帝叙事，成为我国以二十四史为代表的国家正史写作原型和典范。如果将历朝历代的正史贯穿为一个纪传体的中国史总体，那么这部中国史的第一主人公，就是位列《五帝本纪》之首的黄帝有熊氏。五帝本纪叙事的最后一个段落，要给黄帝以来乃至虞夏商周四代的国号和姓氏做总结概括，这时才首次出现“有熊”这样的一个圣号：

* 叶舒宪，上海交通大学文科资深教授，中国社会科学院研究员。

自黄帝至舜、禹，皆同姓而异其国号，以章明德。故黄帝为有熊，帝颛顼为高阳，帝喾为高辛，帝尧为陶唐，帝舜为有虞。帝禹为夏后而别氏，姓姒氏。契为商，姓子氏。弃为周，姓姬氏。[①]

司马迁在这一段话中明确提示，华夏国家帝王祖谱是一线贯穿的结构，代代相传，没有中断过。所不同的只是各朝代帝王建国所用的“国号”。既然黄帝国号有熊，那么其国家全称就是“有熊国”，随后是颛顼所建高阳国、帝喾所建高辛国，帝尧所建陶唐国和帝舜所建有虞国。再往下，才是帝禹所建姒姓国夏王朝，帝契所建子姓国商王朝，帝弃（后稷）所建姬姓国周王朝。既然有熊国位列中国史的第一，这个神圣国号究竟是从何而来呢？这当然不会是司马迁的个人发明。《五帝本纪》的写作底本之一，是来自战国时期的古史书《竹书纪年》。

《今本竹书纪年》云：“黄帝轩辕氏，母曰附宝……元年，帝即位，居有熊。初制冕服……一百年，地裂，黄帝陟。”[②]

虽然有熊国君黄帝在位一百年听起来像神话，但是这个以熊为国名的记录，还是有其渊源的。那就是作为炎帝黄帝之父的少典，其国名已经是有熊。《史记集解》引谯周曰：“黄帝，有熊国君，少典之子也。”[③]

上古国号的问题，不是可有可无的一般名目，其事关重大，需要加以阐释。最早对国号问题给出官方理论解说的，是司马迁的后继者班固。班固在《白虎通义》卷二“号篇”，专门阐发上古帝王国号的意义。其开篇第一句是：“帝王者何？号也。”将国号直接等同于帝王。接着又说明帝王之号的具体蕴含与实际用途：“号者，功之表也。所以表功明德，号令臣下者也。”[④]按照这样的理解，国号是建立最高统治权力的必需，只有名正言顺，才能有效起到号令臣下，乃至号令天下的重要作用。班固说的表功明德，又有什么深意呢？

帝王之所以为帝王，其天生就有与常人不同之“德”，类似天神或天帝所选中的人间代理人。此处的“德”字，具有天赐的神圣生命力或天命的意

---

① 司马迁：《史记》第一册，中华书局1959年版，第45页。

② 方诗铭，王修龄撰：《古本竹书纪年辑证》，上海古籍出版社2005年版，第203—204页。

③ 司马迁：《史记》第一册，中华书局1959年版，第2页。

④ 班固著，陈立疏证：《白虎通疏证》，新编诸子集成版，中华书局2015年版，第44页。

义，如同孔子说的“天生德[illegible]《论语·述而》)，与当今理解的道德无关。班固接着就自己为这个关键字[illegible]释：“德合天地者称帝，仁义合者称王，别优劣也。”这样看，有熊作为神[illegible]国号，其所蕴含的天下第一或最优的意思，就显而易见了。接下来，班固[illegible]这句解释的出处，是《礼记·谥法》。这表明他所说的这些国号国名的原理，[illegible]儒家经典礼书为根据，不是随意而来的。班固接着又说：“帝者天号，王者五行之称也。”帝之号为天号，就是要点明其所钟天命的意思，也是要暗示其神圣性的来源在天上神界。在这样的理论性诠释之后，今人可以体会出“有熊”来自天，本即天熊的大致意思。班固接下来又进一步具体讨论三皇五帝各位的名号及其得名缘由。其中讲到黄帝时，便有如下一句：

> 黄帝有天下，号曰有熊。①

在班固之前，司马迁《五帝本纪》所记上古国号，从黄帝国号有熊，到颛顼国号高阳，再到帝喾国号高辛，都没有做出任何解释。这是一个历史性缺憾，而班固的《号篇》对此做出一定程度的弥补，其功绩不可磨灭。特别是“帝者天号”这个公式的透露，给出标准的神话历史基本原理。上古传说时代五个国家的名号意义，大体可以遵照班固的提示，从措词的语义分析中找出合理解释的线索：高阳隐喻高高在上的太阳，明眼人一看就会明白。高辛的隐喻意思也和高阳是一个路数：十天干之第八位为辛。十天干作为历法，来自商代或比商代更早的天有十日的神话。这样看，上古之国号中有天和天神、天命的神秘隐义，已经十分明确。有熊、高阳、高辛，三个最古老的国家都是建立在大地上的政权，但其原型和权力合法性都源自天上。有熊即高熊，高高在上之熊，当然应该是天熊。

在班固《白虎通义》的重要提示下，我们还只差一个更加具体的证据，就可以将司马迁没有解释的国号内容全部打包解释清楚了。这个证据就在于：熊这种陆地生物，如何与神、与天相互联系。

换言之，班固对上古国号命名所特有的神圣性的强调，让后人能够明白天人合一的神话思维逻辑，对国家政权的十足重要性。这也是华夏版神

① 班固著，陈立疏证：《白虎通疏证》，新编诸子集成版，中华书局2015年版，第60页。

话历史的编撰构思逻辑。有熊，不是[illegible]大自然中找到一种生物就拿来作国家冠名用。这是和高阳、高辛[illegible]的隐喻着某种天命意蕴的圣号。

但是，从理论上知晓并澄清[illegible]原理是一回事，解释黄帝之国为什么叫有熊，而不叫其他，则是另[illegible]回事。根据《国语》等先秦典籍可以知道：黄帝炎帝是兄弟，他们的父亲[illegible]是少典，少典之国既然号有熊，黄帝只是继承父辈的这个国号，而不是他新造的。炎帝也是少典之子，却没有继承父亲的国号。若具体再深究，少典氏有熊国，其神圣性由来，依然欠缺一个具体的溯源性说明。

一般而言，神话传说，才是给人名、地名、国族名的由来，讲述出某种具体故事的。这类神话，或称创世神话，或称推原神话。发挥这种溯源性解说的神话故事，并不是不存在，而是潜藏在被司马迁和班固都实际忽略掉的上古神圣叙事之书里。今天我们能够确定的此类古书，至少有两个主要的标本，一个记载着天熊，另一个记载着神熊。它们是：《楚帛书》与《山海经》。二者都是战国时期的书，前者以帛书形式在战国时就被埋在湖南长沙地下，直到1940年代才重见天日，现存美国大都会博物馆。司马迁等汉代人未必见过这书。退一步说，即使司马迁见过此书的传抄本，他也不会用正眼相看，因为该书讲述的是楚国版的创世神话，其开篇一句就是“曰故天熊伏羲”。下面还讲到女娲、禹和萬等[1]。《史记》不写《三皇本纪》，也就没有给伏羲女娲事迹留下位置。第二书《山海经》，司马迁和班固一定都见过，但同样不会用正眼相看。做出这样判断的理由，是依照司马迁本人的写史态度，那就是看其内容“雅驯”与否。此种取舍标准，出自《五帝本纪》最后的太史公曰：

> 太史公曰：学者多称五帝，尚矣。然尚书独载尧以来；而百家言黄帝，其文不雅驯，荐绅先生难言之。孔子所传宰予问五帝德及帝系姓，儒者或不传。余尝西至空峒，北过涿鹿，东渐于海，南浮江淮矣，至长老皆各往往称黄帝、尧、舜之处，风教固殊焉，总之，不离古文者近是。

---

① 《楚帛书》原文，以董楚平《中国上古创世神话钩沉》(《中国社会科学》2002年第5期)的文本为底本。参考饶宗颐、曾宪通编著《楚帛书》，中华书局香港分局1985年版。关于《楚帛书》创世神话主角天熊伏羲的身份考证，参看叶舒宪《天熊伏羲创世记》[《兰州大学学报(社会科学版)》2018第6期]。

予观春秋、国语，其发明五帝德、帝系姓章矣，顾弟弗深考，其所表见皆不虚。书缺有间矣，其轶乃时时见于他说。非好学深思，心知其意，固难为浅见寡闻道也。余并论次，择其言尤雅者，故著为本纪书首。①

由于孔子讲述的儒家历史观中本没有尧舜之前的内容，司马迁也可以按照儒家的原有历史谱系来写中国通史的开端，即从唐尧虞舜时代起笔。这样也就吻合古史第一书《尚书》以尧典为首的惯例。可是司马迁偏偏要有所创新，写出比虞舜时代更早的一段历史。其难度可想而知矣。最困难的，不是没有材料，而是材料过多过杂，难以取舍定夺。而且除了书面材料，司马迁还在各地长老口述中听到各种有关黄帝的叙事。所以才会说"百家言黄帝，其文不雅驯。"他的处理方式就是择善而从，从各种各样不同的黄帝叙事中筛选出他认为的"其言尤雅者"，汇编写成《五帝本纪》之首的黄帝部分。六朝文学理论家刘勰《文心雕龙·史传》有一个表述，非常能够体谅司马迁作为西汉皇家史官的取舍之难，那首先是对大量芜杂史料的辨析权衡：

若夫追述远代，代远多伪。公羊高云："传闻异辞。"荀况称："录远略近。"盖文疑则阙，贵信史也。然俗皆爱奇，莫顾实理。传闻而欲伟其事，录远而欲详其迹；于是弃同即异，穿凿傍说，旧史所无，我书则传，此讹滥之本源，而述远之巨蠹也。

刘勰此论，其实已经大致上道出20世纪初古史辨派的一个观点：古史是层垒造成的，越到后世，则古史越悠远，因为后人不断在原有的历史前端增添"后来居上"的内容。所谓"旧史所无，我书则传"的现象。这必然造成古史"述远"内容的不可信，所谓"代远多伪"。刘勰所称的"贵信史"原则，对应着司马迁之"择其言尤雅者"。像《山海经》、《天问》、《楚帛书》一类偏重神话内容的书，当然会被归入"其文不雅驯，荐绅先生难言之"的那一类，并因此被《史记》所舍弃。这一舍弃不要紧，本来属于原生态的神话历史叙事结构，就被打碎，成为掐头去尾的残缺结构。来自天国的神圣性开端，就此遗失掉了。

① 司马迁：《史记》第一册，中华书局1959年版，第46页。

于是乎，“有熊”，是司马迁在浩渺无垠的古史文献领域中，在纷纭杂陈的百家异说中，采撷到的一个相关黄帝的孤立圣号而已，既没有注解和说明，更没有交代其具体的得名原因。这就导致“黄帝有熊”成为千古哑谜一样的存在。班固虽然勉力做一些拾遗补缺的努力，但还是难免功过参半：他能准确把握住上古国号的神圣性蕴含的理解方向，却无法准确说明有熊的真实意义。可以说，在司马迁那里已经失去的国史之“根”，就在于神话历史的开篇肇始之神话部分，有关少典有熊国得名的神话原理。这个文化之根一旦被斩断，就导致万年来流传不息的神熊信仰的毁弃，且无法复原。我们且看班固是如何努力解说“有熊”这个中华国史上的第一国号的：

> 有熊者，独宏大道德也。[①]

班固以“独”解释“有”字，以“宏大道德”四字句解释“熊”字。二字国号，被他解释为独家宏大的意思，这可真算是难为汉代经学家班固了。如果说司马迁正史写作中不采纳比秦汉时代更早的天熊与神熊事迹，是造成国史之根在西汉时代遭遇到断裂的直接原因，那么班固对有熊这个仅存于国家正史中的二字圣号之解说，就属于事与愿违，好心办了坏事。他想竭力夸耀华夏的第一国号，可惜他没有夸奖到点子上，解说偏题或跑题了。熊字的伟大意蕴，根本不在什么宏大道德方面，而在史前宗教传承至文明早期的异常深厚的神圣信仰传统方面。其基本要义是：以熊为部落或氏族的图腾崇拜之祖先，以熊为居于天国中央的天帝（北极星＝帝星）。神熊：在天为神，为天熊；在地为“神人”，其化身表象则为季节性出没的“蛰兽”，即能够按照周期变化而象征永生不死的神圣物候。要追问熊何以升天，如何成为天熊的奥秘，有屈原《天问》的八字问句，实际给出一个以问为答的神话答案，那就是：

> “焉有虬龙，负熊以游？”[②]

---

① 班固著，陈立疏证：《白虎通疏证》，新编诸子集成版，中华书局 2015 年版，第 60 页。

② 游国恩编：《天问纂义》，中华书局 1982 年版，第 145 页。

熊为陆地动物和食肉猛兽，但是神话想象支配下的吾国先民，偏偏要让神龙给神熊当坐骑，让神熊能够获得超越现实的物理限制，乃至超越万有引力定律的升天入地之非凡能量。在屈原将熊、龙并提的真切语境中，孰高孰下，孰尊孰卑，是一目了然的，无需费词。要问神熊什么来头，居然能够让神龙甘愿给他当牛当马骑，让他遨游太空之上？答案还是神话想象的：初民的天文学想象能够将北极星加北斗星组合成天上神熊的轮廓外形，称之为小熊星座，这不就名正言顺地将陆地动物搬到天上了吗？天文学上有关小熊星座和大熊星座的名目，还有诸如人马座、双鱼座之类的名目，不胜枚举。更不用说我国家喻户晓的牛郎织女故事了。这不是将各种陆地和河海的生物，包括人，全都搬到天上的幻想产物吗？当今的科幻作家们，为什么不能向本土文化资源深处去开发这样的虚拟世界题材，却一味沉溺于毫无文化底蕴的低俗创意作品《熊出没》之类呢？

回到司马迁和班固的国史写作与国号辨析方面，他们二位在上古神话历史传承方面所发挥的作用，仅就“黄帝有熊”这个中国上古史最重要叙事母题而言，前一位（司马迁）是切断传承，让天熊叙事被后人彻底遗忘掉；后一位则是曲解圣号原义，让“有熊”作为一种被掏空神话本义的空洞符号而传之后世，牵强地去见证儒家道德理念，成为后人难以索解之谜。就这样，在两位官方史官处理下，有熊，永远地被搁置到国家正史叙事的幕后，就相当于打入地下冷宫，成为尘封无解之谜。这一等就要等到两千年之后吗？

## 二、二重证据链：天熊信仰的当代复原

四重证据法作为新文科的探索性方法论，其在文史研究中的优势，首先体现在二重证据的知识创新方面，由新见的古史材料的不断累积作用，《山海经》中独家叙述的熊穴神人故事，其内容在过去根本不会引起足够的关注。如今将会得到同时代材料的系统性旁证，使得神熊信仰的真实面貌得以揭开，进而得到确认：在先秦文化传承中未曾中断的天熊和神熊信仰不仅是存在的，而且肯定是源于更加深远的史前狩猎时代的。

1940 年代出土于长沙子弹库的《楚帛书》，破天荒第一次将失传两千多年的楚国版天熊创世神话完整地交还给学界，其所起到的学术震动作用是

无可比拟的。不过由于《楚帛书》被文物贩子辗转卖到美国，一般的上古史研究者都不大熟悉其内容，更少有人将《楚帛书》的天熊（大熊）主人公与传世文献《山海经》中的熊穴神人结合起来做文化整体的认识。

1960年代至1980年代，湖北的望山楚简和包山楚简先后出土。至1990年代，河南的葛陵楚简再度出土。这些楚国竹简书的祭祷文字中屡屡出现楚国先祖谱的简写形式，或称“楚先”，或称“三楚先”，其排列顺序也大体一致，即“老童—祝融—鬻熊（或：穴熊）”的三联组合模型。这就给楚史研究中楚王熊号的由来问题带来新的启迪。毕竟，《史记·楚世家》所列出的楚国先祖谱中，穴熊在先，鬻熊在后的以熊为圣号的现象非常明确。由此引发的探讨，大体局限在新发现的楚简战国文字材料的辨识和楚文化源流方面，并未延伸到更加广阔的黄帝有熊与伏羲黄熊的得名方面。姜亮夫在1984年出版的《楚辞学论文集》中，较早关注到楚王族在登基王位后即改称熊某的符号标榜现象，并提示用祖先信仰的熊图腾理论加以解释。[①]受此提示的启发，文学人类学派的先驱学者萧兵在《楚辞文化》第一章中全面展开楚文化中的熊图腾崇拜研究，并援引《山海经》熊穴神人和二重证据方面的《楚帛书》，结合传世文献中黄帝有熊、鲧和禹的化熊题材等，展开广泛讨论。[②] 但他并未援引新出土的楚简中的楚先名号材料，当时上博简《容成氏》夏禹建五方旗以熊旗为中央旗的叙事，也尚未被发现。

2006年，笔者第一次朝拜史前红山文化圣地——辽宁建平县牛河梁女神庙，并努力学习这五千年前女神庙出土的文物情况，看到既有泥塑神熊偶像（残断为熊头和熊掌等），还有真熊头骨（下半个）遗存实物，意识到史前人类熊崇拜的相对普遍性。于是在2007年出版考察记小书《熊图腾：中华祖先神话探源》，将黄帝有熊的阐释学研究直接联系到史前以来的熊神崇拜与图腾崇拜，并将问题还原到整个欧亚大陆和美洲大陆广泛分布的熊图腾文化区域，链接到史前欧洲、俄罗斯、西伯利亚，东亚三国和美洲印第安人的熊图腾信仰现象。随后在2008年和2010年两次参加台湾中兴大学举办的学术研讨会，发表《鲧禹启化熊神话通解》和《从“太初有熊”到“太一

---

① 姜亮夫：《楚辞学论文集》，上海古籍出版社1984年版，第130—131页。

② 萧兵：《楚辞文化》，中国社会科学出版社1990年版，第10—54页。

生水”——四重证据探索儒道思想的神话起源》,[①]尝试将司马迁、班固们所切断的古史叙事链条,重新找回来并重建出复原后的叙事谱系,使之衔接为一个整体,为中国上古史的开篇,也为思想史和哲学史的再构思,划定新的起始点。

随后笔者承担中国社会科学院重大项目中华文明探源的神话学研究,对黄帝有熊至颛顼和鲧禹启和楚王熊号问题做整体考察,主要依据的二重证据是:2002 年 12 月出版的《上海博物馆藏战国楚竹书(二)》中《容成氏》和《郭店简》的《太一生水》。《容成氏》作为先秦遗失的楚国书,讲述传世文献中没有的重要内容:大禹建立中央政权后,创设五方旗并以中央旗为熊旗的叙事,半神话半历史,十分重要。即使不能直接佐证夏代的存在,至少足以确定神熊的地位,乃是周代人的文化记忆中夏代国旗国徽上的原型圣物,具有至尊性。我结合考古发现的中原二里头遗址顶级文物——镶嵌绿松石铜牌,辨识以天蓝色玉料塑造的熊神形象就是天熊形象,兼及甘肃天水出土的齐家文化同类铜牌,说明《楚帛书》以伏羲为天熊的信仰和神话或源于史前时代,从而将多重证据汇通后的论证方向,直指四千年来传承不衰的天熊信仰现象。

我依据《礼记 · 祭法》所云:“夏后氏亦禘,黄帝而郊鲧,祖颛顼而宗禹。”论证夏人自认为是黄帝族后代,这就是推测鲧、禹化熊母题源于黄帝族熊图腾的旁证。值得注意的是,《山海经》熊山熊穴是按照冬夏的季节交替而开启和关闭的。这种循环变化围绕熊的季节性冬眠习惯而展开。熊穴的“冬闭”,指代熊在冬季入洞冬眠。熊穴的“夏启”则表示熊在春夏之际从冬眠中苏醒,重新走出熊穴。《中山经》把熊在熊穴中出入的现象,说成“恒出神人”,这无异于把熊看成拥有死而复生能量的天神,让神灵从天而降的奇幻场景,转化为大熊出洞的现实景观。夏朝第一国君夏启,其得名原理也要借鉴熊穴之夏启的神话叙事得以诠释。夏后启在《山海经》和《墨子》等先秦古书中又叫“夏后开”。“开”和“启”是同义词,命名背后隐藏着

---

① 叶舒宪:《鲧禹启化熊神话通解——四重证据的立体释古方法》,《兴大中文学报》(台湾)2008 年第二十三期增刊,《文学与神话特刊:第七届通俗文学与雅正文学国际学术研讨会》,中兴大学中国文学系,第 33—54 页。叶舒宪:《从“太初有熊”到“太一生水”》,《兴大中文学报》2010 年第二十七期增刊《新世纪神话研究之反思》,陈器文主编,台湾中兴大学中国文学系。

的是熊穴冬闭夏启的神话观念。为了区别于启的父亲禹和爷爷鲧的“化熊”母题，可以称之为“熊化”。而启的母亲涂山氏，则是直接上演熊穴开启和新生命诞生的角色。把祖、父、子三代的出生神话合起来看，可以看到一种前后呼应的连环叙事情节。在三代五个角色中，作为祖父母和父母的四位长者都表演出人与熊之间“变形记”的神话场景。石头开启而生人的神话，其实是熊罴类冬眠动物的周期变化所转换生成的一种象征性表述。幻想催生出人熊变化的神话叙事，喻示个体生命的周期。冬眠结束重新走出洞穴，是一个新生命周期之始。

《山海经》、《容成氏》、《楚帛书》等均为战国文献，结合起来看，熊为天神或神人的信仰情况显而易见，并且以圣号方式从三皇之首伏羲贯穿到五帝之首黄帝。等到西汉《史记·五帝本纪》完成，被作者司马迁切断的重要链条之一，是伏羲与黄帝的关系。伏羲生少典，少典生炎帝黄帝。祖孙三代关联断裂后，唐人司马贞给《史记》补上《三皇本纪》，其序云：

> 小司马氏云：太史公作史记，古今君臣宜应，上自开辟，下迄当代，以为一家之首尾。今阙三皇，而以五帝为首者，正以《大戴礼》有五帝德篇，又帝系皆叙自黄帝以下，故因以五帝本纪为首。其实三皇已还，载籍罕备。然君臣之始，教化之先，既论古史，不合全阙。近代皇甫谧作帝王世纪，徐整作三五历，皆论三皇以来事，斯亦近古之一证。今并采而集之，作三皇本纪，虽复浅近，聊补阙云。

由于司马贞为上古史的大力补缺工作，战国时期基本成形的三皇五帝说，总算是得以堂而皇之地留传后世。被司马迁所删节掉的三皇神话历史记忆，得以重新续接到国家上古史的第一场景中。但是，《楚帛书》以天熊命名伏羲的创世主神伟业，并没有被司马贞接受。伏羲天熊和黄帝有熊的双重真相，还是全部都失去了。原因很简单，司马贞有心却无力，因为等到他奋力补写三皇叙事之际，具有“天熊伏羲创世记”性质的《楚帛书》，早已沉睡在长沙子弹库这个地方的地下墓穴里，一千多年了。司马贞既然根本看不到神话历史的原貌，当然也不可能补齐这段神话历史的叙事之魂。

为伏羲神话乃至三皇五帝谱系招魂的学术契机，就在于《楚帛书》在1940年代的重现天日和随后的破译过程。天熊雅号既然得以恢复，则距离黄帝有熊和少典有熊国的得名秘密之揭破，也就不远了。《山海经》熊山熊之穴的神圣性由来，其出神人的原因和结果，也将随着天熊身份的复原，得到信仰整体的说明。按照俞樾的注解：熊山，帝也，天帝也。如果俞樾独具慧眼的这个卓见，关联到黄帝有熊和楚王熊号的历史现象，其间的信仰线索还是基本完整的。

比司马迁时代更早的楚国创世神话《楚帛书》，那里才是迄今所见到的最早的伏羲女娲神话叙事。在儒家创始人孔子的上古历史观中，五帝谱系中的前三位圣王黄帝、颛顼和帝喾，根本就不存在，更不要说比五帝更早的三皇谱系了。从保存在《论语》中的孔子言论看，言必称尧舜，是儒家历史记忆的开篇内容，也有尧舜禹并列的说法，就是没有比尧舜更早的一点点信息。说到上古礼制的传承，孔子也是按照夏礼、殷礼和周礼的三代顺序而展开的，没有一句话提到过比夏礼更早的内容。或许，能够排在夏礼或尧舜圣王谱系之前的唯一内容，就是对“野人”时代的依稀记忆吧。那时一定还没有关于原始社会的理论知识，野人大致相当于史前时代或原始社会。司马迁要在孔子之后续写出更早于尧舜禹时代的远古文化内容，不得不纠结一番，并最终做出自己的选择。这次选择的后果，是保全了《五帝德》的帝王家谱，却放弃了神幻叙事的信仰内容，这就直接导致天熊或神熊彻底从古史叙事中消失。

## 三、第三、四重证据：天熊神话历史再激活

在贯彻四重证据法的多年研究实践中，充分发挥不同材料之间的证据间性，是笔者的一条重要经验。《山海经·中山经》熊山熊穴出神人叙事典故，之所以自古以来无人问津，被冷落乃至遗忘，根本原因就是孤掌难鸣，缺乏同类神话叙事的参照系。其实这条记录的珍贵性，就在于它足以说明黄帝号有熊，伏羲号黄熊，鲧禹化熊等系列母题的信仰总根源。能够通过熊为蛰兽的物候标志作用，从季节性循环变化的现象之中，抽象出天道即天命的运动规则，实现从神话故事到思想史的哲理化演进过程，得出“天神贵者为太一”的概括性汉代国教教义。我们如今努力补上其缺失的一环：将太一的神性和哲理性，映照到形而下的神话意象——神熊，于是，从形而下到形而上的思想发生过程便得以揭示。

笔者在2010年之前的熊图腾文化研究，侧重在整合二重证据构成的证据链作用，找回被司马迁、班固编撰史书时所割断的神话信仰联系，并援引史前文化的系列发现，说明熊图腾崇拜是整个欧亚美大陆范围最深厚的史前信仰遗产。2010年之后，笔者的熊文化研究转向天熊信仰的全面重构方面。在完成中华文明探源的神话学研究项目期间，侧重搜集更多新出土的材料（第四重证据），写成一系列图像叙事个案的解读，如《鹰熊、鸮熊与天熊——鸟兽合体神话意象及其史前起源》（《民族艺术》2010年第1期）、《天熊溯源：双熊首三孔玉器的神话学解释》（《中国社会科学报》2012年9月14日）、《〈天问〉"虬龙负熊"神话解》（《北方论丛》2014年第6期）、《再论四重证据法的证据间性——从巢湖汉墓玉环天熊图像看楚族熊图腾》（《社会科学战线》2015年第6期）、《汉代的天熊神话再钩沉——四重证据法的证据间性申论》（《民族艺术》2016年第3期）等。2018年又发表《天熊伏羲创世记》（《兰州大学学报》2018年第6期），至此，大致完成重建失落的上古史谱系的基础性工作，确认自史前至上古时期一个没有中断的神话信仰传统，概括为"太初有熊"或"曰古天熊"。从世界各地创世神话的意识形态奠基作用看，华夏文明早期信仰的天熊，作为宇宙万物之创生本源，如同犹太教和基督教信仰中的耶和华上帝。天熊信仰失落后的上古史，就相当于丢失了上帝后的《旧约》和《新约》。天熊信仰失落后的思想史，也将变成从太一到太极的形上概念推演的观念史，其形而下的神圣化生物原型——蛰兽，将永远被闭锁在《山海经》熊穴内部，静待着出头之日。天熊神话信仰断裂，就发生在西汉武帝时期。如今，作为二重证据的出土文献将创世之源的天熊伏羲形象还给了我们，一个相对完整无缺的华夏神话历史脉络，就已经呼之欲出。

在这种条件下，再次引出活态文化传承的第三重证据，不论是萨满身披熊皮扮演天神下凡的仪式扮演，还是华佗五禽戏之《熊戏》模拟熊类的一招一式动作，均可以让今人直观体验天熊降临的传统礼仪景象，并同时激活文献中和文物中的神熊叙事与神熊图像，使之变成可以得到古今贯通理解的东西。

第三重证据的再激活作用，辅助第四重证据的恢复记忆作用，使得在一重证据中被切断的神圣历史内容，能够借助于证据间性的互动互鉴认知功效，得到某种程度的当代再现，拼接成为某种万年不中断的熊崇拜文化文本，其学术拓展意义，是十分深远的。

上古史既然是信仰支配下的神话历史，其叙事原型模式，可以在各少数民族原生态的口传神话史诗中看得分明。是各个无文字民族的口碑型的本族史讲述，能够提供英雄祖先谱系的活态传承见证。一般而言，民族史诗的关键性开篇，照例需要交代其先祖在天国神界的非凡出身，以及降临人间的过程。以举世闻名的藏族口传大史诗《格萨尔王传》为例，对照天命玄鸟降而生商的《诗经·商颂》神话叙事，一种天命神熊降生华夏的完整历史叙事，就可以相对周全地复原出来。

既然黄帝有熊能够骑龙而升天，当然也能够乘龙而降临人间，这就是《山海经》独家记录的周期性隐藏与再现秘诀，还有不定期的升降秘诀。后者是以群巫为上下往返的通神群体，或以高山为天梯，或以"使四鸟"为升天动力的一整套天地穿越方略。近年来，三星堆遗址出土的青铜神树、高耸入天的青铜神坛、人面鸟身神像和执玉璋、执象牙的祭司像等，其向上通天的神话想象意蕴非常明显，其天人沟通的信仰原理则是一样的。再有就是以旗帜图绘天熊神像的方式，表征地上的人间社会统治权力是天命所钟、天意所授。这就是上文所述战国楚简书《容成氏》夏禹建中央熊旗一事的宗教政治含义。

夏代是否存在，目前还是国际学术的一个悬案。周代人自认为是夏人后裔。周人追述的夏禹熊旗，呈现出中原文明国家创建旗帜象征体系的权力运作，这个事件也是我国传媒发展史上的大事。辨别四方和中央的关系，是这个古老文明"中国"之所以得名的原型经验所在。文学人类学派的前辈学者萧兵著有百万字巨著《中庸的文化省察》，专门解释"中"字起源，其原初字形就是一个旗杆，先民以旗杆立旗的形式标志中央所在，表示由人群围着祭祀仪式的中心象征，引申为五方空间（二维的）或七方空间（三维的）的中央位置之义。中央与四方是相对而言的。没有四方的臣服拥戴，就没有中央的统治权力。《周礼》竟然说出"熊虎为旗"的古老信念，这表明的恰恰是神熊第一、神虎第二的神圣化动物谱内部的顺序。《容成氏》所叙夏禹五方旗中虽没有虎旗，却有南方蛇旗与北方鸟旗。若将蛇的身躯、大鸟老鹰的鹰爪与中央神熊形象组合，不就恰好组合而成后世龙神的造型吗？现实动物在先，虚拟动物后出，这恰好吻合图腾崇拜理论中的发生次序。

针对《周礼》"熊虎为旗"说，汉儒郑玄解释为"象其守猛，莫敢犯也"。

这是以猛兽的凶猛力量来做抵御外敌的说明,似乎是过于浮浅的见解。熊和虎,这两种猛兽代表着深远的图腾崇拜传统。在五帝之国中,不仅有黄帝有熊国,还有舜帝的有虞国！虞字,和后来西周封国虢国的虢字同类,都从虎会意。楚国的名号,在周王分封以前的商周之际,本来就称“熊盈”和“虎方”。楚国的近三十位君王皆以“熊”为号,显然不是“莫敢犯”那样简单吧。可以说“熊虎为旗”的古训之中,潜含着深远的史前图腾神话的遗留信息。要给虎方、熊盈之国确立国旗,那当然是“熊虎为旗”。若追问黄帝的有熊国用什么样的国旗呢？从大禹建立的中央熊旗,可以反推上去,推论有熊国旗大概率是夏王朝国旗的原型。从熊虎为旗的二元编码,直到明清国家统治者的龙旗龙袍龙椅龙床,四千年的“旗物”象征传统就是这样一脉相承沿袭下来。可惜其间在汉代以后失落了最早的天熊符号,置换变形为龙符号。能够说明熊为龙之原型的旁证,有商代妇好墓出土的玉雕熊龙,清楚地显现熊头蛇身和鹿角(初生的鹿角呈现蘑菇状)的三合一造型特征。再按照神话与仪式相互对应的原理,审视二重证据方面新出土的望山楚简、包山楚简记录的先祖鬻熊,还有楚国特有的宗教祭礼“能祷”。汉字“能”为熊的本字(后来为了区别能字的引申义,才又造出加上四点的“熊”字)。金文能字,写作一只象形的熊。“能祷”当为楚国祭祀自己远古图腾的仪礼,对应着其早期国号“熊盈国”。对照夏禹所创立的中央熊旗符号制度,为什么在千万种动物中唯独筛选出熊为国家标志符号,就有了贯通性解释的条件。根据人类学的一般原理,作为区别分类符号的旗帜,其图像的起源和姓氏的起源同类,与远古图腾崇拜传统密不可分。

从夏禹建五方旗帜的情况看,可推测夏人承袭少典和黄帝有熊国的符号传统,让天熊位居最神圣的中央之位。这种情况延续到两千年以后的汉代。汉画像石的图像叙事,给出非常有力的第四重证据。如 2001 年新发现的陕西神木大保当东汉画像石,让天熊享有天国中央之位:其左为太阳、东王公,其右为月亮、西王母。看到这样标准的天熊居中图像,[①]整个画面突出刻画永生天国的神仙世界景观。在其中的天熊,不是表现为大自然中的四足动物,而是舞蹈状的两足生物。天熊独尊的位置表明,其在神话信

① 陕西省考古研究所、榆林市文管会办公室编著:《神木大保当——汉代城址与墓葬考古报告》,科学出版社 2001 年版。

仰中的重要性要超过东王公和西王母。而在河南南阳、许昌，江苏徐州，安徽萧县和山东临沂等地出土的汉画像石中，天熊是较为普遍的表现对象。这种表现，不是出于汉代艺术家的独创，而是沿袭自黄帝以来的中央熊神的文化记忆。只有到汉代终结之后，悠久的天熊想象传统才逐渐被人们淡忘。参照所有的原生态民族的口传历史讲述，没有例外都是神话历史。天命神熊降生华夏的上古史，只是其中的一例而已。原生态民族的历史讲述，多以史诗形式存在，一般也会以创世神话和人类起源开始，随后接续本族英雄祖先谱系。如此看，所有的原生态民族史讲述，基本上遵循万世一系的叙事结构。万世一系这样的写法，并非司马迁写《史记》的独创发明，而是因袭所有的国族史讲述的神话模式的结果。

司马迁和班固两位国史写手，其最大功绩是保留了“有熊”两字国号，没有删去。如果连这个圣号也被删去的话，恐怕找回神圣信仰之根的希望会更加渺茫。就四重证据提供的年代数据而言，笔者在《熊图腾》书中提示：神熊信仰在欧亚大陆的图像叙事，在三万年以上。国内的内蒙古林西县出土的兴隆洼文化石雕神熊有八千年之久。这就给距今五千年之际出现在西辽河流域的牛河梁女神庙供奉神熊现象，铺垫出万年传承的基本脉络。在《文心雕龙·史传》篇末，刘勰写下如下的赞诗：

> 史肇轩黄，体备周孔。世历斯编，善恶偕总。腾褒裁贬，万古魂动。辞宗丘明，直归南董。

笔者效法刘勰，重写新的赞诗，铭记上古史源头的天熊信仰在汉代以后的失落与当代复活：

> 史肇有熊，体备楚锦。虽褒实空，魂断史公。废弃山经，万古招灵。禹建熊旗，再现天人。

## 四、被遗忘的黄帝玄玉

以上讨论司马迁著《史记》所删去的先秦黄帝神话历史资料，第一个是有熊国及其神话信仰真相见于《山海经·中山经》者，第二个则是《山海经·西山经》所记黄帝在峚山播种玄玉的神话个案。如果说司马迁在第一个删节过程中侥幸留下“有熊”圣号,多少还给后人留下一丝考察求证的线索,那么他的第二个严重删节就更加干净彻底,连一个字的暗示性信息也没有留下!好在屈原《楚辞》和《礼记》等先秦文献也记有玄玉或山玄玉之名。

“玄玉”本是先秦时代黄帝神话叙事中的重要的国宝事项,关系到万年玉文化史传承中最早出现的中原玉文化信息,同时还对华夏文明价值观的产生发挥奠基性作用。21 世纪以来,由于中原地区考古发掘找到一批距今 5300 年的玉器群实物——河南灵宝西坡大墓出土仰韶文化墨绿色蛇纹石玉钺群。2017 年,文学人类学研究会组织的第十一次玉帛之路考察,依照四重证据法的研究范式,关注先于甲骨文汉字的玉礼器符号传承,首次根据田野调研采样的实物,提出一个理论命题叫“玄玉时代”①,旨在进一步深化学界讨论中国文明发生期的“玉器时代”命题,以出土实物(即第四重证据)见证中原文明发生期的神圣化物资交换,将玄玉与青(黄)玉、白玉、红玛瑙视为依次进入中原文明发生期的外来圣物原型。对中原而言,玄玉具有五六千年以上的悠久历史,足以让后世一切圣物和奢侈品都相形见绌,从而充分彰显出作为华夏文明之文化基因的意义。2018 年之后笔者承担上海市社会科学特别委托项目“中华创世神话考古研究·玉成中国”系列丛书,其第一部《玄玉时代:五千年中国的新求证》(上海人民出版社,2020 年),书中采样 189 件玄玉文物标本,其时间在距今 5500 年至 4000 年之间,呈现为中原与西部玉文化发生期的最早玉料,并顺藤摸瓜地展开田野调查,找到渭河上游地区的武山县鸳鸯玉矿,将中原玉文化起源的这一千多年,视为华夏文明孕育期最早的王权奢侈物调配实况。在此基础上,才会引发后来的西玉东输现象:先后有黄(青)玉、白玉和红玛瑙输入中原文明的过程。在以上四色玉料相继东输中原国家之后的周代,又经历战国纷争和秦国统一的历史大动荡,才在西汉武帝时代迎来以张骞通西域为起始的丝路交通。

史前玄玉及玄玉时代的发现,不同于有熊圣号的发现,其重要意义是第四重证据的证据链能够给出玄玉流行的明确年代,并真正达到 5500 年以上的历史深度,这是过去的纯文献书本研究,根本无法想象的时间深度。

① 叶舒宪:《认识玄玉时代》,《中国社会科学报》2017 年 5 月 25 日。

如果说 20 世纪初甲骨刻辞的发现，印证了《山海经》独家记载四方风名的 3300 年信息可靠性，那么仰韶文化玄玉传统的再发现，就更加印证了《山海经》这部书承载丰富史前文化信息的部分可靠性。问题在于，在 20 世纪以前的整个国学学术史中，《山海经》被误读为道听途说的小说家者言，从未被确认过其重要的史料价值，也从来没有一次在历朝历代科举考试中显山露水。《山海经》因其神话幻想内容过多，大荒经的光怪陆离风格和充斥着怪力乱神，受到几千年封建社会官方意识形态的残酷打压，使得本土幻想资源的丰厚传统不能得到发扬光大，留下谜一样的缥缈意境和意象，仅仅为骚人墨客激发文学想象。

随着《玄玉时代：五千年中国的新求证》一书在 2020 年底问世，三星堆祭祀坑新出土大批神幻文物在 2021 年春的新媒体大亮相，国人对《山海经》的性质刮目相看，越来越多的知识人转向这部奇书，希望从中索解上古文化的诸多疑难问题。文学人类学派的学术探索，让千古奇书的神幻内容渐渐变成某种科考对象，从中求证和解读出若干被埋没已久的历史哑谜。进入 21 世纪，《山海经》正在经历一场被四重证据法重新激活的命运：从古代经典集群中最不靠谱的一书，变成潜藏着丰富史前文化信息的最有谱的书。2020 年夏，文学人类学方面组织专家力量为浙江美术馆协办“山海新经：中华神话元典当代艺术展”①，开启本土幻想资源的当代美术创意开发之旅。2021 年，他们再度协助上海明珠美术馆举办《山海经》与但丁《神曲》美术特展。

在求索《山海经》独家记录的黄帝玄玉典故的史前史真相过程中，在四重证据法的广泛应用经验中提炼出一条学术原则：物证优先。如果研究者纠缠于《山海经》黄帝形象的真伪虚实考索，会不断呈现为百家言黄帝而公说公有理的自说自话尴尬局面。只有暂时搁置当下知识条件下尚无法解决的悬案，将研究注意力集中到有实证考古资料可以链接、可以参照的物质文化探究方面，才有可能找出文献记录与考古发现的契合点。可以说，没有 21 世纪河南考古工作者对灵宝西坡墓地仰韶文化玄玉玉钺群的发现②，《山海经》

① 应金飞主编：《山海新经：中华神话元典当代艺术展》，浙江人民美术出版社 2021 年版。

② 中国社会科学院考古研究所、河南省文物考古研究所编著：《灵宝西坡墓地》，文物出版社 2010 年版。

独家记录的玄玉之谜将始终处于无从对证的闭锁状态。虽然正规的考古发现的五千年前仰韶玄玉仅有灵宝一地，可是文学人类学利用系列田野考察的功夫，在黄河第一大支流渭河流域800公里全程所做的以县为单位的拉网式排查，终于在渭河最大支流泾河沿线找出多件仰韶文化至龙山文化的玄玉礼器。[①] 尤其是在渭河源头一带地区，据《山海经》叙事那里有鸟鼠山，其山多白玉。我们的考察根本没有发现渭河上游一带出产白玉的点滴信息，这或许是《山海经》作者误将新疆青海特产白玉资源，东移至更靠近中原的渭河源地区了！

至于此类错误记录的原因是什么，目前还没有合理的解释。从玉文化发展史中玉矿资源先后登场的顺序看，西部的透闪石白玉资源，是在距今三千多年的商代才批量输入中原国家的。而玄玉即墨色蛇纹石玉，是在五千多年前先输入中原地区（那时的文明国家还未萌生）的。那个时代大体上吻合传说中的黄帝时代。若没有这样的批量出土文物做实证参照，《山海经》各种美玉叙事的真伪虚实之谜将永无解答。

## 五、五千年玄玉国宝的沉睡与激活

2021年文学人类学派完成一件近乎科幻想象一般的事件，为秦始皇统一中国的第一都城咸阳，策划一场纪念仰韶文化发现一百周年的特别展览：仰韶玉韵展。

咸阳，其城市命名得益于中国古老的阴阳神话：山南为阳，水北为阳。滔滔渭水万年东流注入黄河，这也是秦帝国大军挥师东进，扫平六国的运动方向。这难道是自然地理和历史运行的某种巧合吗？当然不是。大凡拜读过西汉大才子贾谊的名篇《过秦论》或唐人杜牧《阿房宫赋》的人，都会对八百里秦川的帝王都气势所感染，留下难忘印象。而小说《三国演义》的

---

① 叶舒宪：《陇东史前巨人佩玉之谜——第九次玉帛之路（关陇道）踏查手记》，《玉石之路踏查续记》，上海科学技术文献出版社2017年版，第245—274页；《武山鸳鸯玉矿踏查》，《玉石之路踏查三续记》，陕西师范大学出版社2020年版，第42—51页。《大地湾出土玉器初识——第十三次玉帛之路文化考察秦安站简报》，《玉石之路踏查三续记》，陕西师范大学出版社2020年版，第236—257页。《玄玉与黄帝——第十四次玉帛之路（北洛河道）考察简报》，《丝绸之路》2018年第11期，第46—54页。

读者也都不会忘记，这座渭河北岸的古城正是天下至宝——秦始皇传国玉玺的问世福地。相传那件玉玺是利用先秦诸侯国君们梦寐以求的和氏璧改制的。谁也不曾料想，公元前 221 年出自咸阳帝都的这一件玉玺，成就后世两千年华夏版夺宝传奇的不断演绎：传国玉玺在东汉之后失而复得，得而复失，居然成为国史上最大的谜！迄今为止，或许不会有比这个题材更生动美妙的本土科幻题材了。谁曾想到，就在丢失两千多年的这一件国宝玉器的咸阳市，其博物院库房里还沉睡着一批五千多年的国宝玉器呢！

《玄玉时代》一书刚问世一个月的 2021 年元月，笔者从网络上看到咸阳博物院文物展中有类似玄玉的史前玉器标本，却标注为石器。于是便嘱咐在西安的研究生王伟亲自到咸阳博物院一探究竟。王伟，硕士毕业于西安外国语大学，多年听讲我在该校开设的文学人类学课程，毕业后在西咸开发区管理委员会任职。他去咸阳博物院多次交涉之后，克服困难，终于得以进入库房重地，对该院库存的一批尹家村仰韶文化遗址出土文物做近距离观察并拍照。经我辨析后确认，这些早年被标注石器的黑黑的文物，都属于蛇纹石玉器，即我们新考证出的《山海经》黄帝时代之宝——玄玉。只要用手电光照射其刃部，黑黑的外表就立马变成翠绿的亮色！刘勰《文心雕龙》云："凡操千曲而后晓声，观千剑而后识器。"这话说的道理是：经验出真知。我们之所以能够有把握鉴识馆藏文物是玉器还是石器，因为此前举行过十五次玉帛之路的文化考察，已经在各地大小博物馆和考古工地多次见识到此类蛇纹石玉器的真面目——从国家博物馆玉器馆、陕西历史博物馆到甘肃宁县博物馆和镇原县博物馆，等等。2017 年夏还一直追踪调研，到当今蛇纹石玉矿山所在的天水市武山县鸳鸯山，采集到山料和籽料（河水中沉淀下的鹅卵形玉石）的蛇纹石玉标本，对照馆藏文物的质地，对此已经有相对成熟的辨认经验。对墨绿蛇纹石玉的物理特征和呈色特点，都有足够成熟的把握。

尹家村遗址位于咸阳西郊，就在渭河北岸的台地上，如果玉料是从甘肃天水地区的鸳鸯玉矿源输送过来，只须借助于河水东流的漕运力量，顺流直下就可以了，占尽天时地利之便。既然在咸阳以西的宝鸡福临堡仰韶文化遗址已经出土过同类蛇纹石玉器，在咸阳以东的泾渭交汇处高陵杨官寨仰韶文化遗址也新发掘出两件墨绿色蛇纹石玉钺，而咸阳以东的蓝田新街仰韶文化遗址出土 106 件蛇纹石玉玉笄，所有这些发现仰韶文化玄玉的地点都在渭河沿线,可以表明渭河在西玉东输的五千年持续运动中所起到的发轫作用。

考虑到纪念仰韶文化发现暨中国考古学诞生一百周年的日期已到,我们必须赶时间临时策划一个 2021 年度计划中本来没有的创意项目:为咸阳博物馆举办一次仰韶玉韵特展,同时组织相关专家举办一次"玄玉时代高端论坛"。接下来的几个月就是紧张筹备和联络,终于在 5 月 25 日咸阳博物院成功举办"仰韶玉韵"特展,以及"玄玉时代专家论坛"。这是仰韶文化发现一百年来,也是中国考古学诞生一百年来,第一次展出中原地区五千年以上的玉礼器群。① 其制作和使用的年代,要比同一地方出现的秦帝国传国玉玺,足足早三千多年。

正是由于有了这第一批黝黑色的玉钺礼器,才发展出距今四千多年的玉圭礼器,成就夏禹建立王权的至高标志物——玄圭。从黄帝播种出国宝玄玉玉种,到夏禹用玄玉制成的玉圭表征华夏第一王朝的王权,再到秦始皇传国玉玺,一个从史前延续到秦汉的三千年崇玉传统,已经清晰可见。正是第四重证据的考古文物的重见天日,使得《山海经》黄帝玄玉神话,从虚幻想象世界变成我们眼下的本土现实景观。这将为立足于本土文化资源的科幻创作,打开巨大的空间。这个五千年国宝文物的当代"激活"事件本身,纪实性地表达出来,就像一部出人意料的科幻大片!

试想,5300 年前中原文明之发轫期第一批登场的王权奢侈品玉礼器共计 15 件,在渭水岸边的黄土地下埋藏 50 多个世纪,非常侥幸地在 1957 年的文物普查中被发现,好容易盼到重现天日的机缘,却又因为辨识不清的疏忽,误判为一般石器生产工具,再度打入冷宫,深锁库房 64 个年头。终于在 2021 年这个仰韶文化发现百年的纪念性日子,彻底结束其"养在深闺人未识"的坎坷命运,得以永久地向世界公开展示。

下面是笔者撰写的咸阳博物院"仰韶玉韵"策展辞《天地玄黄梦 中原玉祖根》中的一段:

玉器时代开启于距今一万年的东北地区。玉斧钺脱胎于石斧,是

① 叶舒宪:《作为新文科方法论探索的四重证据法——以策展咸阳博物院"仰韶玉韵"展为例》,《社会科学家》2022 年第 3 期。

近一万年来延续不断的最重要玉礼器之一。玄玉时代的玉斧钺特展，将有效呈现中华文化上五千年与下五千年的衔接与转型。这有助于打开思考中国历史文化的新契机，寻根问祖，饮水思源，提升文化自觉和文化自信，为方兴未艾的文创和旅游产业带来重要启迪。

## 六、“能”与“玄”：本土科幻创意新起点

在汉字中，“熊”的本字为什么会是“能”？

从这个充满神话幻想潜力的“能”字中，你能否有效体认出古人所命名的“蛰兽”之死而复活的非凡生命能量？

玄玉之“玄”，承载着比“能（熊）”更加神奇玄妙的本土想象之根的生长潜力。国际上曾有把中国学问统称为“玄学”的尝试，因为老子《道德经》第一章就有自我标榜的“尚玄”之宣言：

> 玄之又玄，众妙之门。

古往今来的学者们力求考索出作为国学底蕴之“玄”的奥妙，其基本的理论认同是：玄，即道的同义词。扬雄著有《太玄》，张衡则写出《思玄赋》，宋儒司马光作《读玄》。整个的魏晋时代思想，统称玄学。然而，唯有在20世纪开启的考古大发现的新时代，学者们才第一次获得洞悉中国思想史第一概念“玄”的五千年实物原型的条件。也只有通过亲自目验：墨色玉料在光照下变换为翠绿色，大家才能有效体会“玄”字兼有的玄妙变化之意思。

从玄玉到玄圭、玄璧、玄璜、玄璋，构成万年玉文化史中最重要的篇章。至于《山海经》将帝称“黄”，将玉称“玄”的对仗编码，呼应着《周易》坤卦“龙血玄黄”的奇幻联想，并启迪《千字文》作者，采用玄黄二元色，为中国神话宇宙观编码：

> 天地玄黄，宇宙洪荒。

中国思想史之史前神话信仰之源头的再发现与再认识，必将给本土科幻创作带来前所未知的新起点和新创意，是所望焉。

# 从神话到科幻：文学人类学的共时关联

徐新建*

## 一、数智时代的神话传统

在互联网、人工智能及虚拟现实等科技产物推动下，人类迈入了前途难料的数智时代；[①]在故事生成意义上，也可谓进入了神话与科幻交融并置的结构之中。对此，我们已从文学人类学视角予以关注并做过初步阐释。[②]

神话是一种文本，也是一种精神现象的世代传承。神话在过去关涉文学和信仰，如今已开始关涉科技、历史以及人类命运与未来前途。因此，神话不应只被看成远古的传说或被封存的遗产，而当视为人类与生具有的思维方式及其从源起到将来的超验践行。

2017年，美国畅销书作者皮埃罗·斯加鲁菲(Piero Scaruffi)邀请中国作者以汉语首发方式合作出版一部新著，宣称由于现代科技的突飞猛进，人类正在变为新的物种，进入前所未有的2.0阶段。作为人工智能专家及《硅谷百年史》的主要作者，皮埃罗被誉为硅谷模式的最佳观察者与见证人。在有关人类2.0的描述中，他表达的看法是，人类历史已发生根本性突

---

* 徐新建，教育部人文社科重点基地中国俗文化研究所教授，四川大学博士生导师，兼任中国比较文学学会文学人类学研究分会会长。本文原载《文化文本》第1辑，商务印书馆2021年版，此次发表有所修订。

① 徐新建：《人类学与数智文明》，《西北民族研究》2021年第4期，第50—59页。

② 徐新建：《数智时代的文学幻想》，《文学人类学研究》总第3辑，社会科学文献出版社2019年版，第3—15页。

变，在迈向未来的新阶段里，生物与机器必然结合，技术将改变生命的原本面貌。[①] 这就是说，随着科技日新月异的急速发展，“旧人类”时代就要结束，“新人类”即将登台。什么样的“新人类”呢？皮埃罗没有指明。

在此之前，以色列人赫拉利(Yuval Noah Harari)在《未来简史》一书里已有回答。按照他的推断，“新人类”的标志借助科技手段实现生命进化史上的再一次“脱胎换骨”，最终完成从“智人”到“智神”的转化：

> 进入21世纪后，曾经长期威胁人类生存、发展的瘟疫、饥荒和战争已经被攻克，智人面临着新的待办议题：永生不老、幸福快乐和成为具有“神性”的人类。[②]

赫拉利所言的“智神”由 Homo Deus 构成，是拉丁语“人类”与“创世神”的组合。因此，《未来简史》对从“智人”(Homo sapiens)到“智神”转折的描述，即已意味着“新人类”代表的出现及其朝向神话的升华与回归。[③] 现在的问题是，面对神话，赫拉利们代表的“新人类”只是回归，而非开创。因此，即便为了返本开新，也不得不转向与人类长久伴随且普遍存在的神话传统，重新领悟其丰富多彩的本貌与原型。

这就需要越过“现代性”，回望被其遮蔽已久的超验世界和神灵信仰。与技术理性主导的“现代”不同，在前现代的人类文明类型中，由于感性力量及万物有灵的信仰传承，世界各地——尤其是拥有被称为“原生知识”(Indigenous Knowledge)的人群中，仍保存着滋养自身文化与传统的灵气特征。在我看来，这些灵性思维的文明根脉，不是别的，就是至今仍普遍传承的神话传统。

---

① [美]皮埃罗·斯加鲁菲：《人类2.0：在硅谷探索科技未来》，牛金霞、闫景立译，中信出版社2017年版，第375页。

② [以]尤瓦尔·赫拉利：《未来简史：从智人到智神》，林俊宏译，中信出版社2017年版。

③ 相关论述可参见笔者《人文及其参照物——“数能革命”的新挑战》一文，《跨文化研究》2018年总第41期。

## 二、人与万物的神性关联

在讲述与传播形式上，神话是人与万物相互关联的故事，是人与外界交往中，对生命存在与宇宙运行的认知、理解和表达。在神话故事的表达中，宇宙是万物有灵的世界，与人的心灵内外相连。在这样的神话世界里，时间、空间和万物完整对应，构成了因果关联的有机整体，其中包括从初始的缘起到终极的未来、从茫茫无际的星空到微不足道的沙粒，同时也呈现了极乐至美的天堂与恶魔称霸的地狱。

过去的一些理论把神话视为原始，认为是人类进化阶段中的过去式产物，仅仅隶属不发达的史前社会。这是一种误解。作为人类思维的灵性体现，神话永恒存在，不止源于过去，延续至今，而且指向未来。神话"提供智慧而非知识，统一而非碎片，秩序而非混乱，精神慰藉而非不信，意义而非困惑"①。

迄今以来，人类物种的演化进程，主要依靠三组由内及外的思维类型：

(1) 依托情感和意志养育个体经验的"感性思维"；(2) 借助智能（也就是如今科技术语所说的程序、算法）使社会组织有效运行的"理性思维"；(3) 通过万物有灵信仰建构世界整体的"灵性思维"。作为囊括并整合了感性与理性的升华物，"灵性思维"堪称最高象征。"灵性思维"的突出代表就是神话。关联如下：

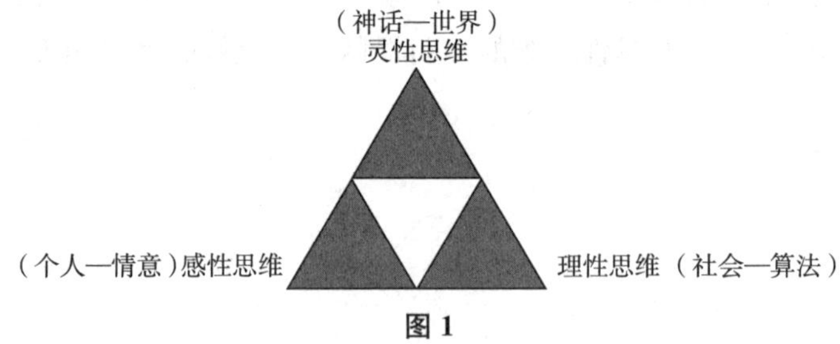


图 1

① 马修·斯滕伯格：《神话与现代性问题》，王继超译，《长江大学学报》2018 年第 3 期，第 3 页。

在人类演变的时间序列中，神话长久存在，只不过相对于工业兴起后的现代而言，它更为普遍地呈现于被称为“初民社会”的“原始”人群里。必须重新厘清的是，此处的“初民”当指秉持人科人属智人类天赋的人。“初”和“原始”的意思，也非被进化史观判定的代表蒙昧、野蛮的史前阶段，而当指人人具有的原初性，即可由基因传递的生物特性，因此是人类与生俱有的生命基点和本源。所谓“原始”该理解为“元始”才对。由此类推，将神话体现的灵性思维称为“元始”而非“原始”就更合适。作为人类社会的知识类型，神话承载的知识也不该归入史前遗产而当视为更为深层和珍贵的原生知识。

于是可以说，与人类成员普遍具有并以“知、情、意”三位一体构成的心理模式相类似，灵性、感性与理性也是三维并置的人类思维类型，是共时性互补结构而非历时性的前后替代。这样说来，列维-布留尔那部流传甚广的《原始思维》就暴露了明显的认知局限和表述误导。因为在他笔下，“原始”(pre-)的含义还不仅仅指“前”和“初”，而更表示“低级”和“落后”。[①]

世界文明的多元事实是通过口头传诵及仪式展演，神话承载的“万物有灵”或“万物归主”信仰的确获得了普遍而充分的呈现。“初民”的神话，表达出人类与万物赖以栖居的世界是被超自然神灵创造出来的，因而这个世界不仅具有生命，而且与神性关联。由此，天、地、人、物乃至整个宇宙，绝非彼此疏离的散沙或相互对抗的仇敌，而是血肉相连的有机整体。

希伯来的《旧约》讲述说，神(上帝)创造出天地之后，又按自己的样子造出人，从而把神性赋予人类，使之成为高于其他存在的有灵类。

在多民族构成的中国传统里，华夏世界流传着“盘古开天辟地”及“女娲造人”的创世传说。被《山海经·大荒西经》记载下来的神话描述说：“女娲，古神女而帝者，人面蛇身，一日中七十变，其腹化为此神。”到了汉代应劭的《风俗通》里，则阐发为更为具体的“造人说”，曰：“俗说天地开辟，未有人民，女娲抟黄土作人。”如今，“女娲造人”神话已列入当代中国的学校课

---

① [法]列维-布留尔：《原始思维》，丁由译，商务印书馆 1981 年版。布留尔对“原始”的解释与评判最早出自其在 20 世纪 30 年代出版的《低级社会中的智力机能》(*Les Fonctions Mentales Dans Les Sociétes Inférieures*)一书。在其中他把与“地中海文明”相异的其他类型称为野蛮、落后和低等。布留尔的此种划分对后世影响深远，负面与正面并存。

本，在具体教学案例中不仅被称为中华民族的“伟大母亲”[①]，并被作为“神和人的结合体”予以强调，继而希望引发对传统神话之现代意义的关注。教学者转引学界阐发的观点说：“中国现代文明远离神话，现代人不能从祖先那里感知‘灵性’，这个损失太大了！”[②]

这样的事例说明，作为一种思维传统，神话不仅并未消失，而且其所隐喻的人神合一观念仍对当代人的认知产生深刻影响。

在与华夏关联的四夷人群里，流传于湘西与黔东的苗族古歌唱诵了神灵对天地的多次创造，表达说本来的世界“开天立地，气象复明”，后又混沌不清：“陆地粘着故土，天空连接着陆地”。在被称为平地公公和婆婆两位神灵的合作开创下，天地才重新分离，平地公公用平地婆婆的身躯为材料再度创制了万物相连的血肉世界：

> 把她的心制成高高的山梁，
> 将她的肾做成宽大的陡坡。
> 这样(天)地就分开了，
> 下面的就成了陆地，
> 上面的变成了天空……[③]

在收集于21世纪的田野资料中，黔中麻山地区的苗族歌手则诵唱了创世过程中人神与万物及子孙后代的因果关联：

> 女祖宗造成最初的岁月，
> 男祖宗又造接下的日子。
> 造九次天，造九次人。

---

① 刘云：《还原一个朴实感人的母亲——〈女娲造人〉教学片段》，《语文教学通讯》2011年第32期；新沪教版语文小学四年级上册《盘古开天辟地》资料《女娲造人》，https://wenku.baidu.com/view/c7c9dfa5c9d376eeaeaad1f34693daef5ff71305.html。

② 刘宏业：《从发现到呈现——以〈女娲造人〉为例谈神话教学核心价值的确立和实施》，《语文学习》2010年第4期。

③ 石如金、龙正学(搜集/翻译)：《苗族创世纪史话》，民族出版社2009年版，第111—113页。

有了天，才有地，
有了太阳，才有月亮。
有了天外，就有旷野，
有了大地，才有人烟。
……
有了根脉，才有枝丫。
有了上辈，就有儿女。[①]

在此前发表的论述里，我曾尝试对苗族古歌的创世诵唱进行分析，认为其核心就在“万物相关”和“神灵创世”。从知识论及认识论意义来说，这种诵唱的重要意义不但体现为“道出了万物起源、人类由来以及历史演变和族人命运”，而且“为关涉者自我的主体确认和文化的口承传递提供了最基础的构架和前提”。[②]

## 三、世界本源的存在所归

可见，神话及其依存的灵性思维皆指向一个双关的问题核心，也就是都在同时追问何为世界本源以及何处才是存在所归。在这个意义上，可以说神话的原型一是描绘生命起始的“创生源”，另一则是预言万物今后的“未来世”。

在由古至今的神话思维认知中，创生并非时间上的一次事件，而更指向宇宙万物的超时空因果关联，因此不仅关涉起源论意义上的原初创造，并且还涉及世界——天地、人间的多次诞生。如在如今中国境内蒙藏等族中广泛流传的《格萨尔王传》“天界篇”里，其不但描绘了天界、地狱与人间整体联系的三重场景，而且以连续创生——化身、演变、转世的方式叙说了世间邪魔的由来。歌中唱道：

---

① 中国民间文艺家协会主编：《亚鲁王·史诗部分》，引子“亚鲁起源”（杨再华演唱），中华书局 2011 年版，第 57 页。

② 徐新建：《生死两界“送魂歌”：〈亚鲁王〉研究的几个问题》，《民族文学研究》2014 年第 1 期，第 74—90 页。

> 四个黑头滚下坡时，向天祈祷：我们是恶魔的精灵，但愿来世能变成佛法的仇敌，世界的主宰。这四个黑头，后来果然变成北方魔国的普赞王、霍尔国的白帐王、姜国的萨当王、门国的辛赤王。[①]

在这种神话思维支配下，尽管善恶有别，就连降魔英雄格萨尔的降生也与此同构：

> 最后一个白头抓起一把黄花，抛向天空，虔诚祈祷：但愿来世我能变成降伏黑魔的屠夫，拯救众生的上师，主宰世界的君王。他的善良的心愿实现了，成为威震世界的格萨尔大王。[②]

可见，与其把《亚鲁王》、《格萨尔》等有关某一人群世俗性由来的描述归入民族学范围的“族源神话”，不如视为更广泛、内在地揭示世界之发生学意义的本源原型。也正因为本源与归所相互关联，在这些千古流传的神话诵唱中，才会普遍地出现为亡灵指路，引导他们走完由生到死再向死而生的生命路程，从来处来，到去处去，实现起点与归属的结构连接，生死一体。一如彝族《指路经》展示的那样，先向亡灵告知生命归属的地方——祖灵所来之地：

> 纳铁书夺山，有一和确居。
>
> 那座和确里，爷死归那里，奶死归那里，父死归那里，母死归那里……人人必同归。[③]

而后用神话之歌将亡灵引向未来：

> 赴阴寻祖去：你爷去的路，你奶去的路，你父去的路，你母去的路，

---

① 降边嘉措：《扎巴老人说唱本与木刻本〈天界篇〉之比较研究》，《民族文学研究》1997 年第 4 期，第 23—28 页。

② 参引同上。

③ 参见果吉·宁哈、岭福祥主编：《彝文〈指路经〉译集·红河篇》，中央民族学院出版社 1993 年版，第 615—620 页。

你宗去的路,你族去的路……①

## 四、神话肉身与数智虚拟

如今,与初民通过创世神话表述的"肉身世界"不同,后现代的新科技话语推出了迈向机器主宰的新历史。表面看来,二者似乎隔着鸿沟,截然对立,然而仔细辨析,在对超自然存在的信念上却存有深层关联,因此有可望在兼收并取基础上达成新的融合。

对于被过度理性困扰尤其是面临人工智能(AI)挑战的现代人类来说,重新回顾并挖掘各民族"创世神话"蕴藏的多重内涵,无疑具有重大的现实意义,并将产生深远影响。

对此,皮埃罗这样的硅谷专家也表达出坦诚胸襟,呼吁说:

> 当我们不断追逐科技创新的一个个高峰之时,或许有时候需要回到起点,重新反思走过的路。②

如果说皮埃罗反思的起点还局限于科技自身,呼吁直面人工智能新挑战的尤瓦尔·赫拉利则体现出前现代与后现代的打通和兼容。赫拉利认为,在经历了人文主义的表述破灭之后,人类社会的未来目标只剩下一个:获得神性。③

如果来自科技界的这种担忧值得关注的话,以往被现代话语视为蒙昧落后的神话传统无疑将显示出多重的意义和价值。

苗族古歌演唱说,人类诞生于一只枫木上的蝴蝶:

> 最初最初的时候
> 最古最古的时候

---

① 参见果吉·宁哈、岭福祥主编:《彝文〈指路经〉译集·红河篇》,中央民族学院出版社1993年,第615—620页。

② 参见[美]皮埃罗·斯加鲁菲:《人类2.0:在硅谷探索科技未来》,牛金霞、闫景立译,中信出版社2017年版,第400—401页。

③ 参见[以]尤瓦尔·赫拉利:《未来简史:从智人到智神》,林俊宏译,中信出版社2017年版。

枫香树干上生出妹榜
枫香树干上生出妹留

“妹榜妹留”是苗语音译，译成汉语，就是“蝴蝶妈妈”。

还有枫树干
还有枫树心
树干生妹榜
树心生妹留
古时老妈妈①

这些至今流传的创世神话始终倾诉着这样的道理：万物有灵，人类来自万物显灵之处；世界一体，生死同归；历史并非单线，存在便是循环。千万年来，秉持这样的信念，人类不但与自然融合相处，自身亦保存内在神性。

或许这才是认知神话传统的方法和路径？

## 结语

在文学与人类学的交叉路上，学兄舒宪长期呼吁重视神话的价值和意义，强调神话是文学和文化的源头，是人类群体的梦。② 在为介绍西方神话学家坎贝尔的一部新著写的“代序”里，舒宪还表示出对未来充满期盼。他指出，“各民族古老的神话故事，能充当永恒的精神充电器和能量源”③。

但愿如此。

结合数智时代的最新挑战，我欲补充的是：神话是一个文本，漫长而又

---

① 《妹榜妹留》，《民间文学资料》1958 年第 4 集；田兵等编：《苗族古歌》，贵州人民出版社 1979 年版。

② 叶舒宪：“‘神话学文库’总序”，[美]阿兰·邓迪斯编《洪水神话》，陈建宪等译，陕西师范大学出版社 2013 年版。

③ 叶舒宪：《遇见坎贝尔》，张洪友《好莱坞神话学教父：约瑟夫·坎贝尔研究》代序，陕西师范大学出版社 2018 年版，第 5—6 页。

幽深。神话文本如同一部口耳相传且因时变异的大书。今来古往，从世界创生到万物显灵，我们都生活在神话这个文本之中。灵性不灭，神话永存，除非有一天机器人“索菲亚”后裔掌控的量子计算机使宇宙越过奇点，坠入黑洞，万物沉寂，天地重归于无。[①]

不过，那样的图景，不又是一则未来神话了么？

---

① 2017 年 10 月 26 日，机器人“索菲亚”(Sophia)在沙特阿拉伯被授予公民身份，人工智能产物开始享有与其他人类成员同等的地位和权力。参见中新网(2017 年 11 月 3 日)；《地球公民迎来新“物种” 人类能否控制人工智能?》，《科学与现代化》2018 年第 1 期，第 222—225 页。

# 中国科幻未来主义：时代表现、类型与特征

吴　岩*

## 一、问题的提出

近年来，有关科幻现实主义的讨论很多，但在整个科幻文学范畴中，现实主义只是其中一个流派，更多的作品应该被划入科幻未来主义。这里的未来主义不是早在20世纪初就出现在艺术领域的艺术未来主义，也不是20世纪中叶出现在社会学领域的科技未来学。各民族文化中的科幻未来主义，是作家携带本土时间哲学去思索和表述未来过程中所透露出的某种一致性的追求。

在西方，科幻未来主义可以追溯到科幻小说形成的初期。至少在美国科幻作家和编辑雨果·根斯巴克给科幻小说定名之前，法国作家儒勒·凡尔纳和英国作家赫伯特·威尔斯的创作就已经形成了两种未来主义走向。凡尔纳的科幻小说主张人类要秉持趋向未来的善，要对科技和时代的进步持有信念。他的叙事通常是借助科技力量展现人类的发展潜能，往往是以对自然探索的加强、人的活动范围的拓展，以及人类社会福祉的增进为结尾。凡尔纳之后，威尔斯也在作品中表现出强烈的未来主义趋向。但他对未来的进步没有信心，认为人类的本性会导致自身走向灭亡。威尔斯对发展的态度不是逃避，而是悲观。凡尔纳和威尔斯虽然对未来的看法不同，但都积极地讨论未来，带着善良去展现和讲述未来，用未来召唤或警示读

* 吴岩，南方科技大学人文科学中心教授。本文原载《中国文学批评》2022年第3期。

者。在他们看来，未来是人类无法逃避的物质与心灵的归宿。

20 世纪之后，特别是 20 世纪三四十年代美苏科幻小说走向黄金时代之后，西方科幻未来主义中积极的趋向占据了主流。无论是美国还是苏联，都对科幻推动社会进步抱有积极态度。那个年代的美国科幻大师想方设法让自己的小说跟现实科技发展挂钩。[①] 以坎贝尔为首的一些美国科幻作家甚至将科幻中的设计制造成现实的机器，以期推动科技的发展。苏联的情况也是如此，科幻小说跟社会主义新人的设计与成长挂钩。[②] 这种认为科幻小说能够走入现实的态度，明显是对积极的未来主义方向的继承。

20 世纪 60 年代，英国和美国新浪潮科幻的产生，标志着悲观未来主义的回归。与威尔斯不同的是，新浪潮的悲观主义不是威尔斯那种通过对人性判断得出的结论，而是对关于科学发展的乐观预测产生怀疑的结果。在新浪潮作家看来，与其等待科学对人类的拯救，还不如放弃这种希望更好。新浪潮科幻更多地回到心灵和意识，甚至用奇幻的方式处理故事中的时间和远方，其态度、信念和方法选择都与黄金时代背道而驰。

最近四十年，西方科幻中的未来主义表现出多种观点杂陈、多重趋势分裂并进的状态。从赛博空间到元宇宙，人类的未来生存感无限加强，但物理空间被无限压缩。生物学的发展对未来的影响也在科幻创作中有重要体现。在这些作品中，一方面人类几乎能克服所有疾病甚至达到永生，另一方面人性有可能在这个过程中受到剥夺。从社会学角度看，摆脱资本主义生产关系的牢笼这一问题，成为支撑当代科幻未来主义作品批判性的“最大公约数”。但西方科幻小说往往忽视或排斥马克思提供的分析和方案，这使得这些作品看不到好的解决路径。

与西方科幻未来主义类似，中国科幻未来主义也是在本土创作过程中逐渐发展起来的。这种未来主义强调对科技和未来发展的洞察和向善的信念、对未来的乐观态度、集体主义和家国情怀，重视展现变革中民族特有的坚韧性，为文学提供新的结构和解域方式。本文试图梳理中国本土科幻未来主义的产生与发展，讨论中国科幻创作中这个流派的历史和重要类

---

① ［美］亚历克·内瓦拉-李：《惊奇：科幻黄金时代四巨匠》，孙亚南译，北京理工大学出版社 2020 年版，第 1—17 页。

② O.胡捷等：《论苏联科学幻想读物》，王汶译，中国青年出版社 1956 年版，第 1—34 页。

型，以及这类作品的独特性质。笔者认为，中国本土科幻未来主义是建构科幻文类的稳定基石，也是后者在未来能更好发展的一个基础。[①]

## 二、时代表现和类型划分

中国本土生长起来的科幻未来主义产生于科幻文学发生时期，期待通过创新，引领人类更富智慧地走向未来。在当今，多数研究者会把中国科幻小说的诞生跟梁启超的文学实践联系在一起。1902 年，梁启超感到文学也必须面对“千年未有之大变局”而不能置身事外，因此着手创建“新小说”的理论和刊物。他在《论小说与群治之关系》中开宗明义地提出“小说新民说”：“欲新一国之民，不可不先新一国之小说。故欲新道德，必新小说；欲新宗教，必新小说；欲新政治，必新小说；欲新风俗，必新小说；欲新学艺，必新小说；乃至欲新人心，欲新人格，必新小说。何以故？小说有不可思议之力，支配人道故。”[②]这里，“新民”作为一个任务，其目标在于塑造未来国家的基本单元，即人的全新特征。因此，《新小说》与其说是一本文学杂志，不如说是一本教育杂志。其中，道德、宗教、政治、风俗、学艺、人格等，都在教育的范畴之内。《新小说》覆盖的小说种类之广泛，超过同时代的《绣像小说》、《月月小说》和《小说林》。如果说梁启超等人创造“新小说”的目的跟未来主义思想之间有着暗中的联系，那么他的唯一小说创作《新中国未来记》则通过标题和内容，直截了当地展现了他的观点：小说这种文类必须面向未来。除此之外，他还翻译了具有进化论内涵的小说《世界末日记》。[③]两部作品一部让人们对光明保持乐观，一部让人们对黑暗保持警醒，未来主义的风格尽显其中。

---

① 撰写本文的另一个起因是，2016 年艺术家陆明龙发表了视频论文《中华未来主义》，提出“中华未来主义”是一种集合了七个对中国的“刻奇”而形成的对中国未来行动方式的总结，这七个“刻奇”是计算、复制、博弈、学习、上瘾、劳动、赌博。这些内容都属于相对低级的、缺乏价值判断的活动。这一观点明显跟笔者所见的中国科幻创作情况相悖。参见 Lawrence Lek，“Sinofuturism (1839-2046AD),” HD video essay，2016，https://zkm.de/en/sinofuturism-1839-2046-ad。

② 梁启超：《论小说与群治之关系》，《新小说》1902 年 11 月第 1 号。

③ 原作为法国天文学家卡米伊·弗拉马利翁(Camille Flammarion，1842—1925)于 1891 年发表的“The Last Days of the Earth”，梁译发表在 1902 年 11 月的《新小说》第 1 号上。

《新中国未来记》创造了中国科幻史上一种新的风格,即蓝图未来主义。这类作品给出未来的整体目标和发展构想,提出行动方案和前进步骤。在小说中,中国走向成功被分解出六个不同的步骤,每一步经历十年的旅程。蓝图未来主义的另一个重要特征是创建一系列符号。例如,小说中的未来国家体制、治理方式等都与过去封建王朝的基本观念不同,只有采用这些符号才能对未来发展进行设计和展演。其实,梁启超对设定的热情,早就表现在他用文言文翻译的凡尔纳小说作品《十五小豪杰》上。在这篇翻译作品中,他用自己选择的概念更换了原作的原有成分。例如,15 个孩子商讨怎么在岛上群体生活,梁启超用讨论“共和”来取代。而孩子们选出首领,梁启超说他们在选择“总统”。梁启超在《新中国未来记》中还提出了提升“民德、民智、民气”的努力方向。虽然在今天来看,这些内容并不一定值得深究,但作者敢于设置方向,给出改革蓝图的方式,展现了科幻未来主义的独特风貌。

晚清时期,此类科幻未来主义作品不在少数。陈天华的《狮子吼》提出“民权村”的概念,给未来思考增加了选择的可能性。东海觉我的《新法螺先生谭》,强调教育、心理,甚至催眠术等新的技术都会对未来中国起到积极作用。晚清的蓝图未来主义小说还创制了许多有关科学或技术的词汇,这些词汇作为符号被用来建构未来科技世界。属于这类的作品包括《电世界》等。

晚清时期出现的第二种风格是以《新石头记》为代表的体验未来主义。新的时间与新的空间携带着新的信息。小说中有两个世界:资本主义刚刚萌芽的上海滩与泰山胜境,展现了具有未来意义的经济和科技的全新力量。小说文本中新科技词汇和意象层出不穷,包括千里镜、测远镜、助明镜,还有林林总总的信息和交通工具、医疗器具甚至新式武器,但作者明显把创作的重心放在新异生活的体验上。体验未来主义让科幻小说从高层的未来设计进入平民化的日常感受,这无疑让未来的召唤更加切近。

晚清民国时期的体验未来主义科幻小说,常常在作者对科技也不甚了解的情况下表现各种奇迹,结果是小说中的科幻场景犹如武侠小说中的电光石火交错闪耀,但跟当时真正的科技发展路径没有关系。不过,它们跟中国读者的阅读感受相互承接,反而得到继续发展。例如,民国时期高行健的《冰尸冷梦记》是中国较早尝试描写冷冻人体以保存生命的作品,作家展现的是这种技术带给人类社会的可能的体验。在民国时期继续这个方向写作的还有徐卓呆、许指严等。

晚清时期出现的第三种科幻未来主义风格是以碧荷馆主人《新纪元》为代表的运演未来主义。所谓运演未来主义，指的是小说在一个较为长期的历史时段或较为宏大的外在场面之下，让叙事在交织的多重线索中蔓生发展，逐渐把时间推向未来。在《新纪元》中，强大之后的中国根据自己的国情改变纪年方式，但这种改变引发了国际关系的紧张，中国在毫无准备的情况下被卷入战争。随后，双方你来我往各有攻防，而每一次攻防无论胜利还是失败，都给未来增加了新的变数。运演未来主义中单一事件造成的多重方向上的叙事，把一个小的事件造就的宏大社会变化纳入其中，这些变革相互交织，相互影响，形成蔓生性成长趋势。

在中国科幻小说发展的历史上，晚清既是科幻的发端期，也是中国科幻未来主义的爆发期。除去当时用于科普教育和对现实关注的作品（后来演化为科幻现实主义），多数创作均可纳入科幻未来主义的几个类型。求新求变主宰着这个时期的未来主义创作，从这个时期的许多作品用“新”、“未来”等词汇作为标题就可以看出这一点。

中华人民共和国成立之后，中国的本土科幻未来主义迎来了第二个迅猛发展时期。对刚刚告别了半殖民地半封建社会的中国来说，社会主义国家是一种新的存在，我们可能会假设蓝图未来主义风格的创作将受到重视。但此时有关国体政体的讨论已经得出结论，人民选择了符合自己需求的政治制度，因此事实上，蓝图未来主义创作很少，比较有代表性的作品也只是选择国家建设的一些侧面进行创作。其中，王国忠的《渤海巨龙》和郑文光的《火星建设者》，分别从国内和国际两个侧面尝试了蓝图描绘。《渤海巨龙》讲述了未来的中国考虑到人口和资源的压力，决定进行围海造地。仅仅用了五年时间，就在渤海上建成一个连接蓬莱到旅顺的大坝。具体操作步骤被分解为三步，从科技、社会、环境恢复等几个方面进行。小说对社会主义时期的集体主义、献身精神和管理能力都进行了很有特色的描述。而《火星建设者》则描述了一支具有多民族共同体意识的国际青年探险队，他们前往火星去建设一个青年星球，以实现人类在宇宙中自由生活的梦想。作品给火星地球化的过程以清晰的蓝图设计，并明确各个阶段可能发生的灾难和人类的责任。

在新中国早期乃至新时期的大量时间里,体验未来主义类型发展很快。迟书昌的《大鲸牧场》、《三号游泳选手的秘密》、《割掉鼻子的大象》,郑文光的《从地球到火星》、《飞向人马座》、《大洋深处》、《神翼》、《战神的后裔》,萧建亨的《布克的奇遇》、《奇异的机器狗》、《球赛如期举行》、《密林虎踪》,童恩正的《失踪的机器人》、《失去的记忆》,郭以实的《在科学世界里》,叶永烈的《小灵通漫游未来》,王晓达的《波》,尤异的《未来畅想曲》等都是体验未来主义的代表性作品。体验未来主义并不只是一味讲故事谈体验,同时也会给出体验的由来,揭示故事背后的科学或社会学原理。但无法否认的是,读者的感受是以体验的获取为中心。

运演未来主义的类型在新中国也有所发展。宋宜昌的《V 的贬值》和《祸匣打开之后》就是这个流派的代表作。前者讲述的是一种新型整形塑料的面世导致美丑界限的消除。虽然美容技术仅仅是科技或医学的改变,但仍然颠覆了全球的经济甚至政治面貌。这一观点颇似弗洛伊德对人类社会的一切活动都奠基在性本能基础之上的看法。后者则是以人类不小心唤醒了沉睡在地球上的外星生物而造成灭种危机开始,在跟外星人的交往和战斗中人们逐渐发现,宇宙中的生命繁多,人类只是渺小的一种存在。两部小说都展现了在纷繁复杂的未来社会,人类应对科技和自然变化,其间对时间流进行某种追索,这种追索都不是单线的,而是多线条蔓生的。

20 世纪 90 年代至今,未来主义继续在中国科幻小说创作中占据着主流地位。面对信息技术的发展,一系列蓝图未来主义类型的赛博小说出现。星河的《决斗在网络》、《网络游戏联军》,杨平的《MUD 黑客事件》、《千年虫》等是这些作品的先声。这些小说创造了一系列新的词汇。例如《网络游戏联军》中,作者以"C(computer)H(human)桥"代表电脑跟人类接驳设备。熟悉当代技术的读者很快可以发现,这就是今天所说的脑机接口。作者星河借 CH 桥进行技术展演,由此蔓生出这种新技术的多重社会影响。《MUD 黑客事件》则对字符版电子游戏进行了发展性展现,创制了许多新的操作和演进方式,给人许多启示。何夕的小说《天年》针对人类最基础的生理需求,对全球范围内的生物技术发展和饥饿防范进行了蓝图式表达。当前科幻未来主义最重要的作品之一,是李开复和陈楸帆创作的《AI 未来进行式》。这是一部以人工智能发展视角观察未来的蓝图未来主义作品。李开复在序言中说,他对未来 20 年的发展有这样的蓝图式观察:"首先，AI将为社会创造前所未有的价值……其次，AI还将通过高效的运算，接管一些重复性的工作，把人类从忙碌而繁重的日常工作中解放出来，让人类节省最宝贵的时间资源，得以做更多振奋人心的、富有挑战性的工作。最后，人类将与AI达成人机协作，AI负责定量分析、成果优化和重复性工作，人类按其所长贡献自己的创造力、策略思维、复杂技艺、热情和爱心。”① 虽然仅仅聚焦在人工智能发展的一个方向上，但整部作品都是在这样的蓝图观照下进行的小说创作。

21世纪以来，在本土的未来主义科幻创作中，体验未来主义仍然是主流。王晋康、夏笳、陈楸帆、江波、阿缺等作家在这个领域创作了大量作品。王晋康的《七重外壳》是有关虚拟现实的重要体验未来主义作品。作家把技术带给人类的某种神秘感和诡异感通过文字表达出来。而他的“新人类四部曲”（《类人》、《豹人》、《癌人》、《海豚人》）则全面展现了后人类发展所面临的道德问题。陈楸帆的《阎罗算法》改变了人们对死亡到来一无所知的状况，技术协助人们改变自己生命体验的感受相当深刻；《荒潮》则展现了全球资本主义导致的不同社会科技发展方向的差异，小说中承接国外电子垃圾的硅屿和人机结合体小米都给人全新感受。同样是关注媒介和数字化生存，宝树的中篇小说《人人都爱查尔斯》通过商用人体感官神经数据的直播产业，提出了未来人类之间共感的可能获得途径；在《霾的二重奏》中，宝树提出的现实修复眼镜虽然带有某种讽刺意味，但确实提供了技术创新的可能方向，小说中的脑桥芯片、中微子信号站等也都有着很强的未来体验感。江波的《湿婆之舞》想象了合成生物学的前景。在小说中，真菌的线粒体经过了改良，能进行光合作用并形成一个具有能量供给的计算设备。而这种真菌会漫天生长，固化成晶体结构，成为一种超级智能生物。这样的超级智慧既有对人类很强的吸引力，也带来很大的忧患，故事情节跌宕起伏。夏笳的《中国百科全书》中想象了一种LINGcloud，这种人工技术能释放出实物一样的云，并跟人类之间有语言和交流。谢云宁的《穿越土星环》描述了一种在太阳系中独自生存的体验。刘慈欣的《微纪元》给读者呈现了不可多得的纳米世界生存体验，还展现了这种新的纳米文化圈跟现有尺寸生命的文化圈之间的本质区别。在体验未来主义创作中走得最

① 李开复、陈楸帆：《AI未来进行式》，浙江人民出版社2022年版，第6—7页。

远的应该是韩松。他的小说《知识城一夜》是一部晦涩而充满离奇感受的作品。

事实上,三种科幻未来主义类型在创作过程中时常产生交叉,可以把三种类型综合运用的作品称为"混合未来主义"作品。刘慈欣和韩松的作品是这种混合类型的典型代表。在刘慈欣的《流浪地球》中,人类为了抵抗太阳的温度下降和生命寂灭,决定把地球当成一个飞船飞向其他星球。作品在蓝图层将飞向新恒星的过程分成五个阶段,每一个阶段都既含有科学计算又含有社会发展的内蕴。在这种蓝图结构下,作家撰写行动、事件的运演和过程的迭代,而整个小说的阅读感受又是惊心动魄的。《超新星纪元》是作者采用长篇小说进行混合未来主义的早期尝试。在故事中,作者思考了超新星爆发导致的成年人灭亡和人类历史上从未有过的少年星球社会的形成,并推断出了这种社会的可能发展蓝图。接下来,小说通过故事层面的运演,让事态从平稳走向极化,在这些少年领导各自的国家相互博弈的过程中,故事发展到结尾。这里无论是蓝图还是运演都不是理论化的,读者能获得紧张的情绪体验。刘慈欣最宏大的混合未来主义构思是《三体》。小说在超级宏大的时间之内打开了人类跟自身、环境、技术以及跟外星他者之间的交互碰撞和反复博弈。在多次山穷水尽又柳暗花明之后,无可名状的新的灾难和恐怖重新降临世界,小说就这样带领大家在强烈的情绪起伏中获知未来人的命运。与刘慈欣不同,韩松的混合未来主义是采用先锋笔法完成的。在《2066 西行漫记》、《红色海洋》以及"轨道"与"医院"系列小说中,作者通过技术的超速演进做出一系列瞬间变化的发展蓝图,但这些蓝图很快会被发展路径上的各种阻碍所打破。于是,人们料想不到的许多全新体验升腾起来,弥漫在文字营造的诡异空间,读者感受到想要把握世界却无从把握的疲弱感,如过山车一样的上升和下滑造成了神奇莫名的空虚。两位作家尝试的混合未来主义类型创作,带给这个领域无限的遐想空间。

## 三、中国科幻未来主义的特性

中国本土科幻未来主义创作,是中国式科幻小说集大成者。笔者大致尝试总结出如下几个方面的特性。

### 1. 充满对科技和未来社会的发展洞察和向善信念

科幻未来主义是中国科幻小说中最具有科技或社会创新能力的一类作品。无论是为成年人创作的鸿篇巨制还是为儿童创作的微型小品，中国科幻未来主义小说都力图在新科技的发明和社会发展方面做出深刻洞察。从微观方面来看，迟书昌的《3号游泳选手的秘密》展现了模仿海生动物皮肤的设计怎样增加游泳速度，这一技术几十年后即被实现。赵世洲的《会说话的信》中想象的技术也已被文字识别和语音合成设备所实现，虽然跟小说中并不完全一致。刘兴诗的《乡村医生》中的遥距诊断早已被信息技术的现实所实现。萧建亨的《奇异的机器狗》更是直接被当代机器动物研究者青睐。萧建亨《密林虎踪》中的脑机接口、董仁威《分子手术刀》中的基因治疗、郑文光《飞向人马座》中的语音控制和虚拟现实等也都彻底成了现实。不过，更多颇具创新性的设计至今仍然没有被全部完成。例如，黄胜利《XT方案》中的台风消除技术，萧建亨《沙洛姆教授的迷误》中的机器人跟人类混合的社会、他的《不睡觉的女婿》中来自中国古代智慧的人体机能开发术，王晋康《豹人》中人类跟猛兽基因的融合，童恩正《雪山魔笛》中的古代生物保护区，刘慈欣《三体》中的质子二维展开，江波《银河之心》中的深空远航，双翅目《公鸡王子》中新的信息技术……所有这些颇具前瞻性甚至颠覆性的想法，至今仍然以科幻小说特有的疏离性和新异性吸引着我们，更不用提一系列有关信息时代人类社会更新生活模式的小说。这些创造不但昭示科幻能改变我们对自然科学领域诸多前沿的认知，也展示了改变人与自身和他人之间交往的可能性。

从宏观方面来看，重要的中国科幻未来主义作品重新发现了人与人之间关系的常见准则(如《三体》)，提示了国家与国家交往中的实力原则与时刻做好准备迎接新的遏制的必要性(如《新纪元》、《黑龙号失踪》、《飞向人马座》)，展现了技术创新对人性的依赖和光明技术可能出现的暗黑反弹(如《V的贬值》、“新人类四部曲”、《机器之门》系列、《未来病史》)，强调了良好宇宙共同体的培育与警惕人性的自私、贪婪和内卷(如《祸匣打开之后》、《红色海洋》)，传递了中华文化的优良品德能为明日世界增添价值的信念(如《中国百科全书》)等，这些作品都走在了时代的前列。

从思想意义上看，科幻未来主义作家也提供了许多全新的思想供我们参考。例如刘慈欣提出科幻小说必须有“宗教性”。他所说的“宗教”，不是通常意义上的宗教，而是指人类必须建构高于自身的总体视角。他认为这个“SF”(科幻)视角可以帮助人们把握宏观世界的未来。[①] 韩松则阐释了想象力的重要性。早在《想像力宣言》中，他就已经把科幻文学跟现实和未来之间的联系串接起来。“科幻被公认是最能体现人类想像力的典范，也是无数科学发明的点火器。”[②]但“科幻只是一种现象，其实质还是想像力。”[③]在谈到美国“发现”频道如何激发人类想象力的时候，他说：“没有对未来的丰富想像，就没有有效需求的强烈刺激。”[④]

从上面的内容可以看出，无论是科技洞察、社会洞察还是思想洞察，中国的科幻未来主义都提供了非常丰富的实践和思考，但这些都是建立在向善的基本价值判断之上的，这种向善信念包括保持科学探索的速度、保持社会和谐与公平发展等。

### 2. 对未来抱有积极乐观的态度

中国科幻未来主义作品大都对未来持有乐观积极的态度。这种态度，最主要来自中国文化中对科技的认可、尊重和信心，也来自本土文化中趋向追求美好的哲学观念。如果把科幻作品对未来的态度分成乐观积极、悲观积极、情感中性、排斥四个类型，那么中国科幻未来主义小说中对未来的乐观积极态度占据了较大比重。这种状态产生的原因是，从科幻小说在中国奠基开始，人们对科学的态度就已经抱有尊重、期待和信赖。《新中国未来记》、《新上海》、《火星建设者》、《中国年轻了》、《未来畅想曲》、《生命之歌》、《替天行道》、《AI未来进行式》，仅仅听到这样的名字，就已经能感受到乐观向上的气氛。积极乐观的态度还出自对中国文化本身所蕴含的秩序、领悟、安定、祥和以及道德思想的传承。这些内容在诸如“新人类四部曲”这样的作品中有着丰富的体现。

随着时间的流逝，伴随科技进步的加速以及人和自然之间对抗的加

① 刘慈欣：《SF教》，吴岩、姜振宇《中国科幻文论精选》，北京大学出版社2021年版，第209—215页。

② 韩松：《想像力宣言》，四川人民出版社2000年版，第3页。

③ 同上书，第5页。

④ 同上书，第6页。

剧，中国科幻小说中乐观积极的态度也发生着改变。冷静的思考以及对未来引发灾难的可能进行批判的作品也逐渐增加。但中国本土科幻小说中排斥未来的作品很少。多数作家即便批评未来可能出现的灾难，也不会把朝向未来的努力一同摒弃。具有未来主义思想的科幻作家，还会在作品之外的日常生活中更多关注未来并积极采取行动干预未来。例如，郑文光曾经在20世纪50年代编辑了大量航天科普读物，并到中小学宣讲太空旅行。韩松不但创作《想像力宣言》这样直接讨论科幻与未来关系的杂文集，还在他创刊并主编的《瞭望东方周刊》开设科幻想象力专栏，给更多作者提供机会。刘慈欣是积极的未来主义者，特别是在获得雨果奖之后，他更是积极投身各种关于科技和社会发展的公益活动。他的小说《微纪元》、《乡村教师》、《朝闻道》、《中国太阳》等无一不是作为一个未来主义者的乐观心态的体现。姚海军、董仁威和笔者还共同建立了中国科幻小说星云奖，以期使这种文类继续发扬光大。

### 3. 重视集体主义和家国情怀

中国的科幻未来主义强调集体主义和家国情怀。首先，关注国家和民族的命运，一直是中国科幻未来主义的一个重要的特征。从晚清诸多作者对国家发展所提供的蓝图设想，到新中国各个时期作品中人类跟自然的对抗，集体主义和家国情怀一直是挥之不去的重要情结。《从地球到火星》中意外飞向火星的三个少年是在星际交通委员会和父辈们的帮助下得以返回地球的。《珊瑚岛上的死光》中的华裔科学家最终认清资本创造的世外桃源无法给科学提供发展的空间，毅然地回到祖国。《飞向人马座》中的三个宇航学校学生成立了一个团小组，试图通过这种方式让个人的努力变成群体的力量。对集体和家国的关注在更加宏大的背景中转变成对人类和地球的关注。这在《祸匣打开之后》、《三体》、《流浪地球》等小说中表现得更加丰满和到位。在这些作品中，人类作为一种重要的生物体，其生活和存在本身就需要保卫。而团结一致共建地球社群共同体的想法，也在作品中被充分展示出来。

### 4. 展现变革中民族特有的坚韧

在中国科幻未来主义者对未来的谈论中，常常能看到他们对历史和环境变迁中人类所必然具有的坚韧性的展现。在《新纪元》中,遭遇西方海军船坚炮利的中国海军,没有被武器的威力所吓倒,而是冷静地从自身的创新中寻求帮助,最终通过科技变革转败为胜。《火星建设者》中的主人公薛印青在火星受到严重的放射性伤害,不得不回到地球恢复健康,但稍有好转便准备马上回归自己的岗位。中华民族对生命的坚守、在艰苦年代对朴素生活的乐观态度,在中国科幻小说中都有清晰的体现。在许多情况下,能通过自己的努力穿越苦难的时光,是主人公获得快乐的源泉。这一点在小说韩松《宇宙墓碑》和刘慈欣《流浪地球》等作品中都有表达。在堪比刘慈欣《三体》系列的王晋康小说《逃出母宇宙》、《天父地母》、《宇宙晶卵》组成的"活着"三部曲中,作者把"天塌下来"这个中国人一直担心的问题作为一个重大宇宙事件的开端,并由此演绎出人类面对一系列巨大变化时的故事。这里,坚韧地活着,本身就代表了许多不言而喻的观念。活着本身就是对时间和灾难的克服,因此中国科幻未来主义具备了某种自身的乐观性。

## 结语

多年以来,主流观点一直认为科幻文学是功能性文学、类型文学、通俗文学。这种看法在某个意义上说也没有错误,但也应该看到,科幻文学作为一种文学史上出现较晚的类型,本身就跟现当代科学带来的世界观转变有着密切关系。如果说传统文学的基本观念是建立在某种亘古不变的人性之上的,那么科幻文学则是建立在科技拓展后人类必定要改变的基础之上的。恰恰是这种改变性质,导致了科幻作品采用新的方法看待世界和构造文本。在以机器人、人造人甚至可能被发现的外星人为代表的"后人类"逐渐出现的当前,智人在这个世界上面临的问题也在逐渐上升。文学是否仍然要停留在轴心时代或启蒙时代的古老传统之上,这已经成为一个必须回答的问题。此时,科幻文学恰好从另一个角度弥补了传统文学的盲区。在这个意义上看,科幻未来主义比科幻现实主义跟主流文学的距离更远。这种距离也就使它更加具有"异域"特征,更加能对主流文学的缺失做出补偿。宋明炜认为,当代科幻作家对文本开放和思想开放所做的尝试,已经构成了一种所谓的中国(新)科幻,这种科幻的一个重要意义就是回馈主流文学。[①] 笔者认为,中国科幻未来主义凸显了科幻小说对文学的解域作用。[②] 是科幻未来主义作家提供了让我们能脱离现有结构和老生常谈,走向新变化的机会。科幻未来主义给主流文学带去了自我认知和更新发展的可能。

中国科幻未来主义不但能给主流文学以有价值的影响,还能在国际范围内增加中国文化的话语权。吴福仲、张铮和林天强指出,[③]西方科幻作品借助资本的横行,已经给全球读者和观众造成潜移默化的影响,这种对未来幻想的垄断会让传播力不足的国家无法更好地参加未来的建构。这一说法富有见地。在当前的形势下,亟需更多中国科幻未来主义的国际传播,这也是提升本土文化竞争力与建构未来主导权的重要方式之一。

---

① 宋明炜:《科幻作为方法:交叉的平行宇宙》,《外国文艺》2021 年第 6 期。

② 这里采用德勒兹的哲学概念,即把生命看成在混沌宇宙中的流动,任何一次遭遇都是一种差异的形成。这些差异给我们机会,脱离那些现有的结构和老生常谈,走向新的认知。

③ 吴福仲、张铮、林天强:《谁在定义未来——被垄断的科幻文化与"未来定义权"的提出》,《南京社会科学》2020 年第 2 期。

# 人工智能与后人类美学

王晓华*

自现代性诞生之后，人类逐渐树立起独一主体的形象，其他事物则似乎全部被驱赶到客体的场域。到了20世纪，这种不平衡性造成了严重的生态问题，引发了持续至今的反思。海德格尔(Martin Heidegger)等大哲将矛头指向了技术，认为后者已经形成了威胁万物的座架(Enframing/Gestell)。[①] 然而，类似的批评之音尚在空中回荡，情况却出现了吊诡式的变化。恰恰由于技术的发展，有关人类主体的言说又受到了另一种挑战。随着计算机领域的探索不断推进，非人类智能体(nonhuman agent)出现了。为了适应新的交互关系，人类必须重新安排和塑造自己，以便"与智能机器严丝合缝地链接起来"[②]。在这种新的语境之中，"告别人类主义(humanism)及其自我矛盾的辩护"已经成为当务之急。[③] 作为人类主义(humanism)的替代物和整合者，后人类话语(posthuman)——如后人类主义(posthumanism)、后人类中心主义(post-anthropocentrism)、后人类人文学(posthuman humanities)——则应运而生。[④] 它的出现被布拉伊多蒂等

* 王晓华，深圳大学人文学院教授，博士生导师，文学博士。本文原载《首都师范大学学报(社会科学版)》2020年第3期。

① Martin Heidegger, *The Question Concerning Technology and Other Essays*, New York & London: Haper & Row, 1977, p. 24.

② N. Kathering Hayles, *How We Became Posthuman: Virtual Bodies in Cybernetics, Literature, and Informatics*, Chicago & London: The University of Chicago Press, 1999, p.3.

③ Rosi Braidotti, *The Posthuman*, Cambridge: Polity Press, 2013, p.37.

④ Ibid., pp.13-14.

人当作一个历史时刻:既标志着人类主义和反人类主义的对立正在走向终结,又意味着我们已经开始选择更具涵括性的框架。[①] 相应的位移虽然还远未完成,但已经衍生出重建美学的筹划:"后人类主义已经出现在美学场域"[②],或者说,有关后人类的言说开始同时培育其"社会的、政治的、伦理的、美学的维度"[③]。通过搜集和分析已经绽露的理论踪迹,学者们将相应的美学建构命名为后人类主义美学(posthumanist aesthetics)或审美的后人类主义(aesthetic posthumanism),而这二者显然都可以归类为后人类美学(post-human aesthetics)范畴。

## 一、人工智能与后人类美学的原初立场

从被构思之日起,人工智能就引发了下面的思考:当人类不是地球上唯一的智能体,我们应该如何修正自己(re-vision)?[④] 正是由于这个问题的刺激,有关后人类的言说才不断增殖,最终升格为有影响的思潮。随着这个趋势的凸显,美学也获得了重构自身的机缘。

经过几十年的发展,人工智能已经不再是科幻小说中的虚构之事,相反,它已经存在于我们中间,构成了后现代状况(posthuman condition)的一部分:"随着智能化程度越来越高和更加普及,这些自动化机器注定要承担一些生死攸关的决策并从而获得主体地位(agency)。"[⑤]在众多专家看来,现代的智能机器(尤其是机器人)已经具有明晰的主动性。譬如,在2005年写下的专著中,乔治·贝基(George Bekey)将机器人定义为"可以感知、思考和行动的机器"[⑥]。再如,马娅·J.马塔里奇(Maja J. Matarić)也强调"机器人是存在于物理世界的自主性系统",认为"它可以感知环境,并能作

① Rosi Braidotti, *The Posthuman*, Cambridge: Polity Press, 2013, p.37.

② Edgar Landgraf, Gabriel Trop, and Leif Weatherby eds., *Posthumanism in the Age of Humanism: Mind, Matter, and Life Science after Kant*, New York: Bloomsbury Publishing Inc, 2019, p.120.

③ Rosi Braidotti, *The Posthuman*, Cambridge: Polity Press, 2013, p.93.

④ Ihab Hassan, "Prometheus as Performer: Toward a Posthumanist Culture?" *The Georgia Review*, Vol.31, No.4, Winter 1977, p.843.

⑤ Rosi Braidotti, *The Posthuman*, Cambridge: Polity Press, 2013, p.43.

⑥ [美]约翰·乔丹:《机器人与人》,刘宇驰译,中国人民大学出版社2018年版,第20页。

用于环境以实现某些目标”。[①] 又如，当代人工智能专家杰瑞·卡普兰(Jerry Kaplan)也提出类似设想：“今天的预编程、重复性机械设备就是未来机器人的原始先驱，未来的机器人可以看到、听见、做计划，还能根据混乱而复杂的真实世界来调整自己。”[②]此类定位是否准确或可商榷，但它至少预示了一个趋势：

> 尽管激进的新发明(如人工器官)，现在正在人体中进行测验，但以机器人形式出现，能与人进行交流的人工智能(AI)，却更早面世，而且在整个工业化世界变得无所不在。在可见的未来，我们这个星球可能要与数量众多、有智力并且自动(指电算能力方面)的人工活体分享，它们的智力要超过我们的智力。……这些活体是否有权利和责任？它们在哪些方面像我们，哪些方面不像我们？[③]

正是由于意识到了这个挑战，解构主义巨匠哈桑(Ihab Hassan)才于1977年提出了后人类主义(posthumanism)概念。[④] 虽然当时的计算机研究还处于早期阶段，但他已经领受到了它所具有的挑战性力量：“人工智能会不会替代人脑、纠正它，或仅仅强化其力量？”[⑤]如果人类大脑无法应对计算机带来的挑战，那么，它会不会最终被废弃？人类是否要迎接自己的日落时分？无论具体的答案如何，以人类为中心的人类主义都不能不完成其退场仪式：“我们应该明白已经具有500年历史的人类主义(humanism)已经走到尽头，因为人类主义已经转化为我们只能无助地称之为后人类主义的东西。”[⑥]后人类主义废弃了将人类当作定向点(orientation point)的理论前设，代之以对多元智能体互动的言说。[⑦] 它不再将人类认作权威性尺度，

① [美]约翰·乔丹：《机器人与人》，刘宇驰译，中国人民大学出版社2018年版，第19页。

② [美]杰瑞·卡普兰：《人工智能时代》，李盼译，浙江人民出版社2016年版，第38页。

③ [美]伊芙·赫洛尔德：《超越人类》，欧阳昱译，北京联合出版公司2018年版，第30页。

④ Ihab Hassan, “Prometheus as Performer: Toward a Posthumanist Culture?” *The Georgia Review*, Vol.31, No.4, Winter 1977, pp.845-846.

⑤ Ibid., p.846.

⑥ Ibid., p.843.

⑦ Edgar Landgraf et al., *Posthumanism in the Age of Humanism: Mind, Matter, and the Life Science after Kant*, Bloomsbury Publishing Inc, 2019, p.200.

而是承认我们这个物种“不过是网络中的瞬间”[①]。随着讨论的深入，后人类思想者提出了富有建设性的研究纲领：哈桑主张“将人类意识扩展到宇宙之中”[②]，纳亚尔(Pramod K. Nayar)倡导“作为物种世界主义的后人类主义”(post-humanism as species Cosmopolitanism)[③]，韦瑟比(Leif Weatherby)试图建构超越人类界限的“交互本体论”(mutual ontology)[④]，等等。当这种后人类立场已经延伸到更广阔的领域，其审美维度(aesthetic dimension)也开始生成。[⑤]

引入非人类智能体(行为者)概念是后人类主义的重要贡献。当智能体复数化以后，感性学(美学)不能再停留于传统的主体性场域，相反，下面的问题已经变得不可回避：当人类面对异质的机器智能体，他/她该如何进入观照—被观照的复杂游戏？进而言之，如果非人类智能体不仅仅是海德格尔所说的“上手事物”，那么，它们将在美学场域扮演何种角色？随着这些问题的凸显，有关非人类智能体的言说开始了从伦理学向美学的位移。在2012年出版的专著《如何创造思维：人类思想所揭示出的奥秘》中，库兹韦尔(Ray Kurzweil)提出过类似问题：“更为有趣的是，我们可以赋予新大脑(指数码大脑即人工智能——王晓华注)更具野心的目标，即美化世界。当然，这个目标会引发一系列的思考：为谁美化？在哪一方面美化？为人类？还是所有有意识的生物？评价有意识的标准是什么？”[⑥]到了2014年，萨维洛(Steven Shaviro)实际上已经回答了这个问题：后人类时代的美学既“不局限于人类的判断”，也不“特别聚焦人类主体性”。[⑦] 相反，美学应该注重“事物的个体性和互补性”(the singularity and supplementarity of

---

① Pramod K. Nayar, *Posthumanism*, Malden: Polity Press, 2014, p.35.

② Ihab Hassan, “Prometheus as Performer: Toward a Posthumanist Culture?” *The Georgia Review*, Vol.31, No.4, Winter 1977, p.843.

③ Pramod K. Nayar, *Posthumanism*, Malden: Polity Press, 2014, p.150.

④ Edgar Landgraf et al., *Posthumanism in the Age of Humanism: Mind, Matter, and the Life Science after Kant*, p.150.

⑤ Rosi Braidotti, *The Posthuman*, Cambridge: Polity Press, 2013, p.93.

⑥ [美]雷·库兹韦尔：《如何创造思维：人类思想所揭示出的奥秘》，盛杨燕译，浙江人民出版社2014年版，第161页。

⑦ Steven Shaviro, *The Universe of Things: On Speculative Realism*, London: University of Minnesota Press, 2014, p.12.

things):“它应该在事物没有被认知或降格为概念、没有被利用、没有被规范性管理、没有被按照规则定义的限度内与之打交道。无论我如何深刻地理解某物,无论我怎样实践性地或工具性地使用某物,它的某种存在还会逃离我的分类(categorizations)。即使当我废弃某物或完全消费它,它仍旧存在我无法吸收的地方,它依然蕴含着我不能征服的力量。”①在面对非人类智能体时,存在着实用性失效的维度。这正是美学能够大显身手之处:“美学包含着对事物这样的感情(feeling),它为这个事物自身而存在,超越它能被理解或使用的方面。”②从事物自身出发去迎接它,这就是对待世界的美学态度:“事物彼此以美学的而非仅仅是认知或实践的方式相遇。我对事物的感受总比我知道的更多,而我感受它的方式与认识它的方式不同。”③我之所以能够感受事物,是因为它影响或改变了我;这改变了我的东西不仅是事物的品质(qualities),更是它不可化约的整体存在。④ 当两种或两种以上事物相互影响或改变时,美学事件诞生了。它并非人类对客体的单向观照,而是怀特海(Alfred North Whitehead)所说的相互摄入:“人类知觉和认识并不享有特权地位,因为所有现实存在者(actual entities)都在摄入其它实在者,而它们仅仅能在其中的无数方式中找到自己的位置。”⑤当其他存在者摄入人类主体的形貌—动姿时,审美鉴赏(aesthetic appreciation)同样会发生。⑥ 作为相互摄入活动的参与者,其他存在者也会产生满足感。由于这个事实曾经被长期遮蔽,因此,转向必须发生。后人类时代的美学需要“面向事物自身的本体论”(object-oriented ontology),展现尊重事物自身(包括其内在性)的原初立场。⑦ 这种筹划虽然并非专门针对智能机器,但展示了可以阐释后者的理论视域。从“面向事物自身的本体论”出发,我们同样能够以美学的方式与智能机器相遇。

---

① Steven Shaviro, *The Universe of Things: On Speculative Realism*, London: University of Minnesota Press, 2014, p.53.

② Ibid.

③ Ibid., p.55.

④ Ibid.

⑤ Ibid., p.29.

⑥ Ibid., p.35.

⑦ Ibid., p.61.

## 二、非人类智能体、交互性与后人类美学的本体论背景

从哈桑到萨维洛，后人类思想所关注的并非主体的更迭，而是智能体的复数化形态。单向的主体—客体定位已经被废弃，取而代之的是交互性法则。[①] 为了阐释这种位移的合法性，相关学者揭示了后人类美学的本体论背景。

到目前为止，大多数讨论后人类的学者都提及人工智能。这意味着他们眼中的后人类状况与人工智能息息相关，但相关言说牵连出更深层的话语实践：其一，如果人类可以与机器主体合作，那么，相应的能力就应该内蕴于人性的结构之中；其二，既然人类智能体和非人类智能体能够互动，那么，二者必然具有共同的本体论地位。事实上，哈桑的后人类主义概念本身就揭示了这两个事实："如果后人类主义文化是当下演出中的模型(matrix)，那么，更大的矩阵将显现出来：宇宙本身，曾经存在、正在存在、即将存在的所有事物。但是谁能为宇宙代言？没有谁——没有，甚至泰坦神普罗米修斯也不能。"[②]传说中的普罗米修斯虽然"联结了宇宙与文化、神圣空间与人类时间、天空与大地、普遍与特殊"，但他依然不能为宇宙代言。[③]宇宙剧场中的主角是所有事物，是无数智能体(agents)。它们的互动就是宇宙，宇宙就是它们的互动。从这个角度看，AI 不过实现了宇宙的本有可能性。这是哈桑未曾完全言明的基本立场，但它早已内蕴于更大的话语谱系之中。

在论文《康德与后人类主义》中，施特拉特豪森(Carsten Strathausen)提到了怀特海 1929 年出版的《过程与实在》(*Process and Reality*)，认为它所阐释的"机体哲学"支撑了"后人类本体论"(posthuman ontology)。[④] 从

---

① Edgar Landgraf et al., *Posthumanism in the Age of Humanism: Mind, Matter, and the Life Science after Kant*, Bloomsbury Publishing Inc, 2019, p.150.

② Ihab Hassan, "Prometheus as Performer: Toward a Posthumanist Culture?" *The Georgia Review*, Vol.31, No.4, Winter 1977, p.831.

③ Ibid.

④ Edgar Landgraf et al., *Posthumanism in the Age of Humanism: Mind, Matter, and the Life Science after Kant*, Bloomsbury Publishing Inc, 2019, p.110.

谱系学的角度看，这种说法具有充足的根据：如果说后人类理论关注非人类智能体，那么，怀特海则提供了可资借鉴的本体论图式。《过程与实在》的基本范畴是现实存在者，后者意指所有既相互独立又彼此依赖的个体。它们是“构成世界的最终的实在事物”[①]，已经通过自我构造而维持其自我同一性。[②] 自我构造不是封闭的行为，而是参与相互摄入的合生(concrescence)运动。合生即使发生于不同现实存在者之间，被成全的仍是它们各自的“主体性”：(1) 现实存在者之现实性首先在于“它对自身有意义”，在于它“根据自己的决定发挥功能”；[③](2) 每个现实存在者都具有决定材料如何被摄入的“主体性形式”(subjective form)，因而都是“摄入的‘主体(subject)’”；[④](3) 正因为如此，合生同时意味着自我创造和相互作用。当怀特海强调这种本体论意义上的平等性时，他实际上已经拟定了对待非人类智能体的总体行动方案：承认它们作为网络结点(nexus)的地位，同时尊重其自我同一性(self-identity)和自我差异性(self-diversity)，加入由无数主体参与的合生游戏。甚至，这种考量还延伸到审美维度：由于每个现实存在者都以其主体性形式摄入材料，因此，“就算是无机存在者(inorganic entities)也会体验到类似‘感受之流(influx of feeling)’”，也能介入广义的审美活动。[⑤] 对于后人类美学来说，这显然是个富有启发性的命题。

现在看来，怀特海拥有众多隐蔽或公开的精神后裔。维纳就是其中之一。在 1948 年预言智能机器的出现时，他提出了控制论的一个基本前设：每个有机体都是摄入—反馈活动的承担者，具有自我组织(self-organizing)能力，能够参与跨越个体界限的相互作用。[⑥] 通过对上述机制进行模仿和强化，智能机器就会诞生。[⑦] 后者以感受器、效应器、神经系统的替代物模

---

① Alfred North Whitehead, *Process and Reality*, New York: The Free Press, 1978, p. 18.

② Ibid., p. 25.

③ Ibid.

④ Ibid., p. 23.

⑤ Ibid., p. 177.

⑥ [美]诺伯特·维纳：《控制论：关于动物和机器的控制与传播科学》(中文·英文 双语版)，陈娟译，中国传媒大学出版社 2018 年版，第 177 页。

⑦ 同上。

仿人类身体，可以在学习和记忆的基础上与人类博弈（如下棋），成为“人类有趣的对手”①。在智能机器的诞生过程中，大脑乃至中枢神经系统就是最主要的模仿对象。② 由于“机器的逻辑和人类的逻辑非常相似”，因此，可能出现的博弈将不会具有真正的失败者。③ 如此说话的维纳不但解构了人类—工具的二分法，而且越过了传统的生命场域。在无机的智能机器和有机体之间，一种共同性显现出来——它们都能自我组织。④ 他用组织（organization）概念指代任何具有此类功能的体系，强调“一个组织中的各个要素本身也是一个个小的组织”⑤。在相互组织所形成的张力中，万物并作，宇宙不断生成。这个图式解构了创造/受造的二分法，揭示了动物—机器之间的连续性。与此同时，它也敞开了这样的可能性：当两种自我组织的智能体共同在场时，博弈—合作关系就会出现。这正是后人类思想家所关注的格局。

怀特海和维纳的理论启发了马图拉纳（Humberto Maturana）和瓦雷拉（Maturana Francisco）这两位后人类思想家。他们于 1972 年提出了自创生（autopoiesis）理论，认为互动中的智能体形成了各种各样的“自创生的活的系统”（the aotopoietic living system）。⑥ 每个系统中的自主性都“源自构成一个系统中诸成分的互动所形成的网络”，而“造就了系统的网络又被这种互动所‘递进地’生成”。⑦ 网络中的每个节点（node）都既是原因，又是结果。⑧ 所谓的节点就是无数事物，就是自我创造的存在体。这种理论图式实际上解释了一个困扰人们已久的问题：物质为什么具有活力？活力不是来自外来的精神主体，而是相互作用的结点。对于人工智能的研究者来说，这句话具有意味深长的潜台词。无论 AI 如何发展，它都体现了物质本身的活力。恰如人类的智慧依赖高度发达的大脑乃至整个身体，智能机器

---

① ［美］诺伯特·维纳：《控制论：关于动物和机器的控制与传播科学》（中文·英文 双语版），陈娟译，中国传媒大学出版社 2018 年版，第 177 页。

② 同上书，第 23 页。

③ 同上书，第 127 页。

④ 同上书，第 460 页。

⑤ 同上书，第 168 页。

⑥ Pramod K. Nayar, *Posthumanism*, Malden: Polity Press, 2014, p. 38.

⑦ Ibid.

⑧ Ibid., p. 39.

的活力也来自其物质结构。就其本性而言，所有智能机器是“同时聪明而有创造力的”[①]。

从本体论的角度看，自我构造、自组织和自创生理论的最大意义在于揭示了宇宙运行的本体论机制：活力不是来自预先生成的理念、存在、道，而是无数交互作用的个体。对于众多后人类主义者来说，它们提供了具有奠基意义的图式，可以激励他们解构任何形式的二分法（如男性/女性、动物/人类、有机/无机、文化/自然）。当想象中的鸿沟被填平之后，实际存在者显示了其原初身份：它们都是交互作用的产物，均体现了合生的力量。所谓的主体也不例外：离开了个体参与组建的网络，递升出主体的机缘就不会出现。在生态圈中，“活的有机体的相互塑造”冲创出活的主体性（the living subjectivity）。[②] 正因为如此，主体概念需要改写：“我们需要将主体形象化为一个囊括人类、我们的基因邻居——动物以及地球整体在内的横断性存在体（entity），并且在一种可理解的语言范围内进行操作。”[③]进而言之，“人类从来都是与技术和其他有机体共同进化”，“甚至人类的知觉和意识都因响应邻居关系而发生解构性变化”。[④] 从这个角度看，人类和非人类之间并不存在非此即彼的界限：“发展中的身体依赖其他物种的身体并且事实上包含其他身体。在增殖性的发展中，基因组如此地进化，以至于它可以与环境中的生物成分互动，因而特定表型（phenotype）的生成具有关键性的环境线索。”[⑤]当我们与世界打交道时，“身体和其客体是彼此的填补”，相关活动几乎总是“超越了人类界限”。[⑥] 从这个角度看，我们已经是后人类。“后人类”的“后（post）”并不一定与智能机器相关。由于其他物种的存在，人类早已从后人类角度看问题。[⑦] 神话、传说、岩画中的人类总是与其他物种相互作用，投身于跨越社会边界的交往网络。譬如，身处野外的人

---

① Rosi Braidotti, *The Posthuman*, Cambridge: Polity Press, 2013, p. 94.

② Pramod K. Nayar, *Posthumanism*, Malden: Polity Press, 2014, p. 39.

③ Rosi Braidotti, *The Posthuman*, Cambridge: Polity Press, 2013, p. 82.

④ Pramod K. Nayar, *Posthumanism*, Malden: Polity Press, 2014, p. 35.

⑤ Ibid., p. 44.

⑥ [加]布莱恩·马苏米：《虚拟的寓言》，严蓓雯译，河南大学出版社2012年版，第162页。

⑦ Pramod K. Nayar, *Posthumanism*, Malden: Polity Press, 2014, p. 150.

们经常会感到动物也在“窥视”我们。[①] 这种被“窥视”的体验源于一个日常实践：人类经常观看动物；当被观看的动物反过来窥视观看者，两种智能体之间已经出现了交互关系；观看—被观看的行为形成了一个不断增殖的镜像结构。对于将智能机器纳入视野的后人类美学来说，前者显然提供了可资借鉴的模型。如果未来的智能机器是具有自主性的智能体，那么，它们必然反过来观照—认识—塑造人类。与手杖、茶杯、锤子等上手工具不同，智能机器能够与人互动。在人与智能机器之间，呼唤—响应/传达—领受运动清晰可见。由于这种新型关系，传统的主体—客体界限已经变得模糊，一个新的场域出现了。随着人造主体性(artificial subjectivity)、机器人自我(robotic self)、机器人主体间性(robotic intersubjectivity)在文本(如科幻小说)中的显现，后人类主体性(posthuman subjectivity) 事实上已经生成。[②] 如果它最终从文本走向实在界，那么，地球上将出现超越人类疆域的交互游戏。参与游戏的人类和智能机器都将进入一个不断增殖的镜像结构，二者的自我“都必须同时将自己领受为反映的主体(reflecting subject)和反映的对象”[③]。由于人类和智能机器都会扮演互反性的角色，因此，同情和理解将出现于异质主体之间。当这种意义上的主体间性生成之后，后人类美学显然将具有更为丰盈的形态。

## 三、跨越人类疆域的交互性与后人类美学的基本形态

后现代的“后”不仅仅是个时间概念，而且意指空间上的布局。由于智能机器的出现，人类必须适应超越人类疆域的交互关系。随着新的世界结构逐渐成形，以人类为中心的美学将不得不完成其退场仪式，扬弃它的将是更具有涵括性的后人类美学。后人类美学尽管还在生成中，但已经展示了超越传统感性学的特征：其一，它是一种涵括了人类、机器、自然存在的交互美学；其二，它是彰显人类—机器连续性的具身性美学；其三，它是涵

---

① [美]克雷格·查尔兹：《与动物对话》，韩玲译，中国城市出版社 2010 年版，第 11 页。

② Edgar Landgraf et al., *Posthumanism in the Age of Humanism: Mind, Matter, and the Life Science after Kant*, Bloomsbury Publishing Inc, 2019, pp.223-241.

③ Ibid., p.239.

括了机器主体的加强版的生态美学。

首先,后人类美学是一种涵括了人类、机器、自然存在的交互美学(aesthetics of interaction)。它引入了人造主体性(artificial subjectivity)、机器人自我(robotic self)、自然主体性等概念,开始建构后人类主体间性(posthuman inter-subjectivity)或后人类交互性(posthuman interoperability)。恰如哈桑所预测的那样,相应的美学活动发生于异质性的结点(nexus)之间,具有矩阵式的结构。当人类—人类、人类—智能机器、智能机器—智能机器、智能机器—动物、动物—动物形成互反性关系时,一个复杂的镜像结构形成了。人类的意象进入了智能机器的感知系统之中,而后者又可能被动物的眼睛—大脑所整合。经过这种多向度的、迂回的、不断分叉的折射,最终返回人类中枢神经系统的将是承载着异质主体性的意象。为了成功地摄入它们,人类所要跨越的不仅是性别、种族、阶级、地域的界限,而且同时是人类和非人类(其他物种、智能机器、非有机的自然存在)的疆域。一旦开始思考上述范畴在多元主体性中的内涵和外延,个体就必须往来于不同的智能体之间。这是想象中的分身实践,但又是真正意义上的换位。除了改写人类中心主义视域中的目的性、趣味、形式、判断概念之外,我们这个物种显然别无选择。虽然我们不能因此进入"没有我们的世界"(the world-without-us),但可以参与多元主体的游戏。事实上,许多虚拟文本已经展示了这样的可能性。在阿西莫夫(Isaac Asimov)的小说《转圈圈》中,偏离人类中心主义的位移已经出现。当作品里的人类主角陷入了半昏睡状态,陪伴他的机器人发出了呼唤:

> "主人,"那机器人说,"我们到了。"
>
> "呃?"鲍尔从半昏睡状态中惊醒,"好吧,带我们离开这里——到地表去。"[①]

一种跨越人类界限的呼唤—响应关系出现了。机器人发出呼唤并且知道人类会响应它。这是它发出呼唤的原因。发出呼唤的它已经处于一种交

① [美]艾萨克·阿西莫夫:《阿西莫夫:机器人短篇全集》,叶李华译,江苏文艺出版社 2014 年版,第 197 页。

互关系之中，能够从人类的视角看问题。这是机器视角中的人类视角。它隶属一个不断扩大的同心圆：当机器视角涵括人类视角时，机器视角中的人类又把机器涵括于自己的视角之中。这种相互涵括活动造就了复杂的镜像结构，凸显了主体性中的客体性和客体性中的主体性。在它所形成的审美视域中，人类和机器可以互换位置。这个事实激发了画家的灵感。他们开始标绘后人类中心主义的维特鲁威人。主角变成了机器人。后者站立于宇宙之中，伸开四肢，丈量周围的事物。当非人类智能体与人类相遇时，交互性将显现于异质性主体之间，牵连出更为复杂的审美实践。现在，这种交互性已经体现在计算机艺术中(computer artworks)：由于输入—输出关系总是牵连出人—机互动，因此，交互性法则已经演变为算法(algorism)。[①] 随着相应作品被美学家当作交互艺术(interactive art)的重要构成，甚至被誉为“美的、复杂的、有意味的艺术品”，人工智能已经影响了美学的建构。[②] 随着后人类主义位移的持续，感性学(aesthetics)的研究对象将突破人类的边界，有关尺度、趣味、意象、形式、艺术的言说将被改写。

其次，后人类美学是彰显人类—机器连续性的具身性美学(embodied aesthetics)。它的倡导者援引过程哲学、控制论、自组织学说，不断揭示世界的连续性：“有关后人类境况的公分母就是承认生命物质具备有活力的、自我组织(self organizing)的而非自然主义的结构。”[③]自创生意味着个体不需要外来的主体推动，而这等于解构了曾经占据统治地位的灵魂假说。在大多数后人类话语中，灵魂一词几乎都芳踪难觅。甚至，在解释意识现象时，它也处于缺席状态。意味深长的是，这种不在场并未影响文本的生产。通过分析实际存在者的活动，包括纳亚尔在内的后现代主义者建立起更具自洽性的精神发生学：意识乃至智能并非心/脑(mind/brain)所固有的功能，而是身体各个部分与世界相互作用所产生的突现特征(emergent property)，因此，所谓的精神活动同时是具身性的(embodied)和依赖环境

---

① Berys Gaut and Dominic McIver Lopes eds., *The Routledge Companion to Aesthetics*, London & New York: Routledge, 2013, p. 570.

② Ibid., p. 565.

③ Rosi Braidotti, *The Posthuman*, Cambridge: Polity Press, 2013, p. 2.

的(environment dependent)。[1] 具体来说,两种交互作用产生了意识:其一,分布于身体各部分的器官与环境的相互作用;其二,这些器官之间以及它们与大脑的相互作用。[2] 没有所谓独立自足(selfcontained consciousness)的意识,实际存在的是具身性(embodied)、分布性(distributed)、交互性(interactive)的活动。这种言说最终必然强调"思想的具身化和身体的具脑化(embrainment)"[3]。随着这个图式延伸到人工智能领域,一种新的具身性观念已经产生:"具身性的一个最基本的含义就是,为了完成它们的任务(如步行、奔跑、游泳、识别和操纵物体、飞翔和躲避障碍物),智能体不仅能够而且必须将一些神经处理卸载给它们的形态和环境……"[4]与人类一样,智能机器拥有完整的具身性存在,如模仿眼睛的摄像头、类似于神经系统的传感器、部分重构了大脑运行机制的计算系统,等等。离开了这些部分的相互作用,机器同样不会具有智能。从这个角度看,智能机器也是植根于环境的具身性存在。换言之,人类身体—智能机器的二分法也应被消除:"身体性存在与计算机仿真之间、人机关系结构与生物组织之间、机器人科技与人类目标之间并没有本质的不同或者绝对的界限。"[5]当智能机器与人类相遇时,涌现出来的必然是具身性关系(embodied relation):身体(人类)与身体(机器)的相互观照、合作或博弈、共同发展。如果说美学最终会涵括这两种具身性存在的话,那么,它必然会发展为广义的具身性美学或身体美学。正因如此,已有的身体美学会提供重要的参照。在《实用主义美学》一书中,美国学者舒斯特曼(Richard Shusterman)曾经为身体美学提供了一个暂时性的定义:"对一个人的身体——作为感觉—审美和创造性自我塑形的中心(locus)——经验和作用的批判性和改善性的研究。"[6]虽然他所聚焦的是"人的身体",但"作为感觉—审美和创造性自我塑

---

① Pramod K. Nayar, *Posthumanism*, Malden: Polity Press, 2014, pp. 38-39.

② Ibid., p. 39.

③ Rosi Braidotti, *The Posthuman*, Cambridge: Polity Press, 2013, p. 86.

④ Rolf Pfeifer and Josh Bongard:《身体的智能——智能科学新视角》,俞文伟等译,科学出版社 2009 年版,第 258 页。

⑤ N. Katherine Hayles, *How We Became Posthuman: Virtural Bodies in Cybernetics, Literature, and Informatics*, Chicago: The University of Chicago Press, 1999, p. 3.

⑥ Richard Shusterman, *Pragmatist Aesthetics: Living Beauty, Rethinking Art*, New York & London: Roman & Littlefield Publishers, 2000, p. 267.

形的中心"这种说法无疑也适用于仍在发展中的智能机器。与人类身体一样，它们也在宇宙中占据独一的位置，具有无法与其他实在者重合的处境，因此，"预先为真实世界中机器人可能碰到的，近乎无穷的智能体—环境交互所需的各种不同步骤编制程序是不可能的"①。当已有程序无法应对新的情境时，机器人便必然升格为自我决断的存在。这意味着智能机器必须独立应对自己的处境，最终具有广义的主体性。一旦获得了自我意识，作为具身性存在的它们也将是感受、审美、创造的中心。即便无法与人类身体比肩并立，它们也会进入交互性游戏之中。只要能够通过模仿重构人类的具身性境况(embodied situation)，后者就可能以同情的态度对待人类，而这意味着审美的可能性。对于人类来说，情况也同样如此。我们将不再仅仅谈论"这个美的男孩或花朵或鸟"②，而是会认真地思考下面的问题：智能机器的美，我们在智能机器眼中的感性外观，与智能机器共同演绎艺术的可能性，等等。

最后，后人类美学是涵括了智能机器的加强版的生态美学(ecological aesthetics)。与它相关的话语建构消除了有机和无机、生命和技术、人类和工具之间虚拟的鸿沟，"揭示了有机物和技术或机器制品之间质的联系"，强调所有智能体的具身性和嵌入性(embedded)。③ 随着诸多二分法被解构，两种彼此相关的本体论特征已经显现：其一，生态体系不是一个孤独的隆起地带，不是排除了技术的狭小场域，而是属于自创性的物质世界；其二，智能机器不是脱离物质的幽灵，不是嵌入生命世界的异质性存在，相反，它从诞生之日起就是生态体系中的钮结(nexus)。与人类一样，智能机器也是在"环境"中的存在：只有给定某个任务环境，其传感器、驱动机以及神经系统之间才能出现恰当的匹配；在完成任务的过程中，它的形态、材料、控制与环境之间必须达到某种平衡。④ 在设计智能机器时，生态平衡是

---

① Rolf Pfeifer and Josh Bongard:《身体的智能——智能科学新视角》，俞文伟等译，科学出版社 2009 年版，第 74 页。

② Elaine Scarry, *On Beauty and Being Just*, Princeton and Oxford: Princeton University Press, 1999, p. 3.

③ Rosi Braidotti, *The Posthuman*, Cambridge: Polity Press, 2013, p. 94.

④ Rolf Pfeifer and Josh Bongard:《身体的智能——智能科学新视角》，俞文伟等译，科学出版社 2009 年版，第 89—90 页。

一个重要原理。[①] 正如智能机器模仿了人类,我们这个物种早就预演了它与环境的关系:“人类总是与技术和其他有机体共同进化,其知觉和意识都因响应邻者而发生结构性的变化。”[②]只有与环境进行动力性互动(dynamic interaction),智能机器才能形成自己独特的主体性。[③] 它们进化的动力是而且只能是共生(symbiosis),是与人类和其他伙伴保持持久的合作关系。[④]这意味着它们必须“顺应且利用它们的生态位(ecological niche)”[⑤]。生态位就是它们“能正常发挥机能的环境”[⑥]。顺应生态位是它们发展多样性的前提。当生态位和任务环境受到限制时,它们就只能具有简单的形态。只有当生态位获得提升,它才能够更加充分地发展自己的多样性。如果未来的智能机器具有自我,那么,后者必然是交互的、混合的、获得性的生态学自我(ecological self)。[⑦] 当它们意识到这一点,生态智慧(eco-sophy)将不再是人类的专利。甚至,这可能预先决定它们具有的审美愉悦:一种在顺应性和多样性之间找到平衡的快乐。当这种倾向显现出来时,美学将“不局限于人类判断和特别聚焦人类主体性”,一种涵括智能机器的感性学最终会应运而生。[⑧] 这意味着我们应该废弃技术—人文的二分法,建立同时涵括科学与技术的生态美学理论。与以往的生态美学(或环境美学)相比,后者具有更具涵括性的视野。

从强调超越人类疆域的主体间性到凸显生态性,后人类美学演绎了实现交互性法则的可能路径:“当纯粹的人类视野(包括纯粹的人类偏见)被更富涵括性的视野所平衡,人类主义让位于后人类主义,一种更丰盈的自

---

① Rolf Pfeifer and Josh Bongard:《身体的智能——智能科学新视角》,俞文伟等译,科学出版社 2009 年版,第 89 页。

② Pramod K. Nayar, *Posthumanism*, Malden: Polity Press, 2014, p. 35.

③ Edgar Landgraf et al., *Posthumanism in the Age of Humanism: Mind, Matter, and the Life Science after Kant*, Bloomsbury Publishing Inc, 2019, p.236.

④ Pramod K. Nayar, *Posthumanism*, Malden: Polity Press, 2014, p. 42.

⑤ Rolf Pfeifer and Josh Bongard:《身体的智能——智能科学新视角》,俞文伟等译,科学出版社 2009 年版,第 47 页。

⑥ 同上书,第 79 页。

⑦ Pramod K. Nayar, *Posthumanism*, Malden: Polity Press, 2014, p. 44.

⑧ Steven Shaviro, *The Universe of Things: On Speculative Realism*, London: University of Minnesota Press, 2014, p. 12.

由显现出来。”[①]随着想象中的鸿沟(如人类—机器、生命—技术、有机—无机)被填平,未来的后人类美学将具有更丰盈的形态。

## 结语

后人类美学首先是一个正在绽露的视域,是一种先行到未来的实践。虽然它所引发的理论位移还远未完成,但其本体论依据已经获得了较为充分的阐释。由于世界的基本构成是自创性的存在者,因此,它必然成形为交互运动的网络。这个网络没有中心,当然也不能被单一的视野所涵括。从这个角度看,后人类转向随时可能发生,而智能机器的出现不过凸显了本有的可能性。它们与人类主体的共同在场产生了激励性的力量,引导建构重视交互性、具身性、生态性的后人类美学。作为回馈,这种理论话语又反过来影响了智能设计领域。[②] 如果它所引发的差异化运动能够扩展到日常世界领域,那么,地球上最终会出现一种惠及万物的生活方式。

---

① Edgar Landgraf et al., *Posthumanism in the Age of Humanism: Mind, Matter, and the Life Science after Kant*, Bloomsbury Publishing Inc, 2019, p.200.

② Rolf Pfeifer and Josh Bongard:《身体的智能——智能科学新视角》,俞文伟等译,科学出版社 2009 年版,第 47—49 页。

# 算法与梦境，或文学的未来

陈楸帆*

## 一、算法时代的写作

我们所处的时代比科幻还要科幻。

2019年春节，原《收获》编辑、作家、科技创业者走走告诉我，他们用名叫“谷臻小简”的AI软件“读”了2018年20本文学杂志刊发的全部771部短篇小说，并以小说的优美度，即情节与情节之间的节奏变化的规律性，以及结构的流畅程度对这些作品进行打分。

截至2019年1月20日，分数最高的始终是莫言的《等待摩西》。然而，21日下午3点左右，参与此次评选的《小说界》和《鸭绿江》杂志的作品赶到，新增80部短篇小说。下午7点20分，情况发生了改变。AI最终选定的年度短篇是我发表在《小说界》2018年第4期的《出神状态》，《等待摩西》被挤到了第二位，差距仅有0.00001分。

更不可思议的是，在我的《出神状态》里恰好也用到了由AI软件生成的内容，这个算法是由我原来在Google的同事、创新工场CTO兼人工智能工程院副院长王咏刚编写的，训练数据包括我既往的上百万字作品。

“一个AI，何以从771部小说中，准确指认出另一个AI的身影？”走走在随榜单一同发布的《未知的未知——AI榜说明》一文中发问。确实，从使

* 陈楸帆，科幻作家，中国作家协会科幻文学委员会副主任。本文原载《文艺争鸣》2022年第12期。

用的计算机语言、算法、标准都完全不同的两个 AI,究竟是以什么样的方式建立共振,这给这次偏爱理性与逻辑的事件披上了神秘主义的色彩。

回到最初,第一次有和 AI 合作的想法还得追溯到 2017 年下半年。其实机器写作并不是新鲜的事情,包括微软小冰写诗,自动抓取信息生成金融新闻的程序等等,但是作为高度复杂的文学金字塔顶端,小说所要求的逻辑性、自然语言理解能力,以及对于人物、情节、结构、文法不同层面的要求,之前的 AI 必然尚未达到这样的能力。王咏刚听了我的想法之后也非常兴奋,他本身也是个科幻迷和科幻作者,还出过一本叫《镜中千年》的长篇科幻小说,他很爽快地答应了,觉得这是一个非常有趣的实验。

巧的是,2017 年也正是 Google 发布重注意力机制与 Transformer 算法,并开启了机器学习在自然语言处理(NLP, Natural Language Process)领域狂飙突进的历史性时刻,如今回头看,一切似乎冥冥之中自有机缘。

编写深度学习的写作程序其实不难,Github 上有一些现成的代码可以用,如 CNN(Convolutional Neural Networks,卷积神经网络)与 LSTM (Long Short-Term Memory Network,长短期记忆网络)模型。我们用 CNN 对语料(小说文本)进行特征提取,然后将输出的特征图谱(feature map)映射为序列矢量输入 LSTM 网络,便能够训练出能够模仿人类写作的算法模型。

难的是如何通过调整参数让它写出来的东西尽量接近我们现有对于文学的理解和审美。输入了上百万字的陈楸帆作品之后,AI 程序"陈楸帆 2.0"可以通过输入关键词和主语,来自动生成每次几十到一百字的段落,比如在《出神状态》中的这些句子:

> 游戏极度发烫,并没有任何神秘、宗教、并不携带的人,甚至慷慨地变成彼此,是世界传递的一块,足以改变个体病毒凝固的美感。
>
> 你露出黑色眼睛,苍白的皮肤如沉睡般充满床上,数百个闪电,又缓慢地开始一阵厌恶。
>
> 你再次抬头,把那些不完备上呈现的幻觉。可他离开你,消失在晨曦中。

王咏刚告诉我，经过大批量语料学习之后，AI 程序已逐渐习得了我的写作偏好——在使用祈使句时爱用什么句式、描写人物动作时喜欢用什么样的形容词或者副词，等等。掌握了关于语句的统计规律后，在写作环节，AI 程序便会从大量的语料中随机找到一些词，并把这些词汇按照写作规律拼接在一起，形成句子。比起文学，它更像是统计学与数学。

第一次看到 AI 程序写出来的句子时，我觉得既像又不像自己写的，有先锋派的味道，像是诗歌又像俳句或者佛偈，更像是梦呓。可以肯定的是，它们没有逻辑性，也无法对上下文的剧情和情绪产生指涉性的关联，为了把这些文字不经加工地嵌入人类写作中去，我必须做更多的事情。

所以最后我围绕着这些 AI 创作的语句去构建出一个故事的背景，比如《出神状态》中人类意识濒临崩溃的未来上海，比如《恐惧机器》中完全由 AI 进行基因编辑产生的后人类星球，在这样的语境中，AI 的话语风格可以被读者接受被视为合理的，而且是由人类与他者的对话情境中带出，从认知上不会与正常人类的交流方式相混淆，因此它在叙事逻辑上是成立的，是真实可信的。

这次 AI 与人共同创作的实验性并不在于机器帮助我完成写作，而在于最后我发现，是我帮助机器完成了一篇小说的写作。而到了 2020 年的“共生纪”人机共创科幻写作实验中，我们不仅使用了更强大、更先进的 GPT-2 模型，能够生成更自然流畅、逻辑更圆融自洽甚至更“似人”的表达方式，更是邀请了鲁迅文学奖得主小白在内的十几位作者共同参与这场实验。

这样的实验令我们产生对于文学或写作本质更深入的思考。它不单单是人＋机器，而是人与机器的复杂互动，其中对于“作者性”(authorship)的探讨重要性超出了故事与文本本身，可以称之为行为艺术。

当然这只是一个开始，未来的机器将更深入地卷入人类写作和叙事中，未来的文学版图也会变得更加复杂、暧昧而有趣。

我相信在十年之后，机器辅助写作会成为普遍现象，这里指的是人类利用算法来辅助自己进行普遍意义上的写作，包括应用写作及创意写作，而那些更容易被结构化的数据比如财经新闻、医疗报告、法律文书等则将早于此被 AI 全面接管，因为那是机器擅长的领域，更加准确、高效、实时。

文学本身的边界也将被不断深挖拓宽，如果将人类类比为一部机器，那么写作无疑是极其重要的输出模式。通过写作我们可以理解个体的认知与学习过程，甚至是跨个体间的情感如何传递并引发共鸣，不同语境下概念与符号系统如何传承流变，这是文学、语言学与认知科学的交叉领域。科学家们在研究如何通过光遗传学和视觉刺激将信息“写入”生物大脑，同样对于机器来说，理解自然语言指令就是这样的一个输入过程，那么在一个集成化程度足够高的智能时代，比如30年之后，我们真的可以通过语言，通过书写，通过文学，改变现实或者虚拟世界的运行秩序，所谓呼风唤雨，喝山开道，画符为马，撒豆成兵。那时就真的到了如克拉克所说“一切足够先进的科技都与魔法无异”的时代了。

那么到了那样的时代，科幻的位置何在，科幻又应该怎样去写呢？

## 二、把科幻作为方法

在2012年的全球华语科幻星云奖科幻高峰论坛上，我提出了“科幻在当下，是最大的现实主义。科幻用开放性的现实主义，为想象力提供了一个窗口，去书写主流文学中没有书写的现实”，试图策略性地为中国科幻发展寻求突破口，但这并不是“科幻现实主义”在中国科幻史上的首次登台亮相。

早在1981年11月12日，郑文光在参加文学创作座谈会时便提出：“科幻小说也是小说，也是反映现实生活的小说，只不过它不是平面镜似的反映，而是一面折光镜……采取严肃的形式，我们把它叫作科幻现实主义。”① 当时郑文光先生的主张针对的是对于科幻到底姓“科”还是姓“文”的论争，尽管在20世纪80年代以科学派的胜利告终，也中止了改革开放之后短短五年的中国科幻发展小高潮，这一论争延续到21世纪的今天，语境不同，然价值犹存。

一个近年来非常有趣的体验是：最热烈积极的反馈往往是来自那些先前对于“科幻小说”带有刻板印象或者偏见的“非科幻”读者，他们在偶然间读到我的作品之后，惊叹“原来科幻小说还可以这么写”，并由此开始产生

---

① 姜振宇：《贡献与误区：郑文光与“科幻现实主义”》，《中国现代文学研究丛刊》2017年第8期。

浓厚兴趣。

在这里不得不提到的语境是，中国大部分读者对于科幻的认知与审美偏好，局限于兴盛于20世纪四五十年代美国本土的“黄金时代”作品，包括耳熟能详的三巨头阿西莫夫、海因莱茵、克拉克，以及一系列带有浓厚科学主义色彩与理性主义信仰的作品。回归到历史现场，由于“二战”影响，美国举国科研力量投入火箭、原子能与太空探索，借助经典物理强大的解释模型，理论研究对科技实践产生不容置疑的引领作用，而科学强国、技术争霸更是成为普通美国人的日常生活一部分，这给了“黄金时代”风格科幻小说一个历史性的发展契机。

而这与20世纪八九十年代到21世纪初的中国社会主流基调产生了奇妙的共振与回响。一个极端的后果就是，在西方的科幻“软”、“硬”之辩过去近60年之后，我们有一批读者还在用机械的二元概念来定义自己的阅读偏好，甚至建立起一套科幻圈内部的次文类鄙视链。不得不说这与20世纪50年代学习自苏联的文理分科教育制度所造成的人文与科学素养割裂高度相关。

遗憾的是，这样的褊狭眼界与刻板印象不仅阻碍了中国科幻走向更广阔的市场，也削弱了作者探索更多元化题材与风格的决心。当然，受影响最大的还是读者本身，如何从童年/青春期的阅读经验中不断自我挑战与成长，去尝试接受更多不同于“黄金时代”风格的作品，并学会欣赏参差多态的想象之美，这是成长的必经之路。

今天，有两个问题我们依然需要回答——何为科幻？科幻何为？

我们必须认识到，首先，每一个文艺理论或文学概念的提出，都必须放回到历史现场，都是对当时当地特定问题的反馈；其次，任何文类自身主体性的确立必须建立在与他者的互动下才能得到确认，科幻小说存在着多种不同维度的二元对立的坐标体系：现实/虚构、科学/人文、民族/舶来、历史/未来等；再次，科幻现实主义不是唯一理解或决定科幻的概念，在这里面其实有非常多可以并行不悖的风格与立场，比如说科幻未来主义也是一个非常值得探讨拓展的观念。

我们需要理解，新一波中国科幻高潮背后的历史动力学原因：综合国力上升以后国人开始寻求主体性与话语权的背景下，经济高速发展的技术社会场景提供了科幻小说发展的良好土壤，人们对新兴科技的开放包容以及飞速变化的现实语境是"科幻现实主义"得以立足的原因。在这个意义上,科幻完成了与传统经典文学的对接,对正在发生或者可能发生的后现代和后人类状态做出书写和探讨,表现为科幻从边缘到接近舞台中央的突围,无论是从文学类型变动的内部视角,还是全球化文化交流的外部视角。在此过程中,中国科幻作家们也尝试以从个体带动群体的方式寻求突破,以期中国科幻的高峰能成为一股持续性的浪潮而非运动式的昙花一现。

我们更要重视,当下外部环境对科幻的过热期待与科幻自身发展滞缓之间的矛盾。中国科幻需要实现"跨界"、"出圈"与"升维"。"跨界"是指科幻在不同学科领域之间产生交流对话的功能;"出圈"是指怎样在市场受众的角度上突破原有圈子抵达一个更广阔的市场(《流浪地球》与《三体》便是最好范例);"升维"则说的是科幻怎样从对现实的反映再到对现实的思考之探讨,到最后是否有可能进入干预现实的一个层面,它是一个从文学到现实的升维。

也正是同一年,我完成了长篇小说《荒潮》的创作,将由于电子垃圾回收遭受严重环境污染和身心损害的现实蓝本——潮汕贵屿,变形为近未来的后人类赛博格硅屿,并在十年间,被翻译成十几种语言版本在全球发行。见证了电子垃圾问题从隐蔽的地下状态进入主流视野,中国 2018 年禁止洋垃圾进口,东南亚及更多全球南部国家与发达国家之间爆发"垃圾战争"的历史性转折。我收到了许多来自泰国、南非、印度甚至美国本土的读者反馈,表达他们如何经由阅读科幻小说,开始理解自身复杂处境,进而对地球另一端的陌生人群产生共情,乃至改变自身生活及消费习惯。

在这十年间,我也更深刻地理解了科幻文学如何能够突破地域、语言、文化乃至意识形态的差异与隔阂,来达成更广泛共识的特殊魔力。它天然具备一种主体间性的状态,可以促进不同主体之间流动、转化、交流、理解。科幻文学作为一种叙事的艺术的文类,既是赋魅的又是祛魅的,既是人文的又是科学的,这正是其流动性的魅力和趣味所在。

在这个意义上,科幻可能是一种最能够在认知、审美和情感上建立超越人类中心主义、超越二元对立、超越种种局限性的文学样态,它不断地打破人类对于已有主体性的认知,不断地将人类抛掷到陌生化的环境里,让读者从某个异于当下日常生活的,甚至是非人类的视角来看待世界,从而获得一种对他者的身份认同和同理心。

正像希利斯·米勒所言，文学中的每句话，都是一个施行语言链条上的一部分，逐步打开在第一句话后开始的想象域。词语让读者能到达那个想象域。这些词语以不断重复、不断延伸的话语姿势，瞬间发明了同时也发现、揭示了那个世界，文学是我们的“世俗魔法”，其中言语不仅发挥着记叙作用，亦有施行功能。科幻文学更是如此，它不仅帮助我们发现被遮蔽的现实真相，更带领我们去思索未来可能的实现路径。

## 三、超越单数的未来想象

由我和李开复先生合著的《AI 未来进行式》[①]或许可以作为一个以科幻方法推演未来的案例。

这是一次不同寻常的跨文体创作实验，书的主体是我专门为此创作的十篇短篇小说，想象了 2041 年全球不同国家近未来社会中的人机关系，而李开复的小论文则为这些小说提供了扎实的理论基础，介绍了故事中所描述的技术实现路径及未来可能带来的风险与挑战。

2019 年夏天，我作为嘉宾参加了一次计算机专业的夏令营，面向六百多位营员发表了关于人工智能的主题演讲。之后，之前同为谷歌同事的李开复联系到我，表示想和我一起写一本书，专门探讨人工智能技术在未来二十年中的发展趋势和潜力。

一直以来，我都希望能将科幻小说介绍给更广泛的读者，把未来主义叙事的影响力扩展至技术人群中，也希望技术领域的决策者能够看到并认可科幻作者们的未来想象。从写作的层面来看，这是一项十分艰巨的任务。当一篇小说或一本书过于面面俱到，不分轻重地传递太多信息，就难免会变得繁杂冗长，丧失其可读性。同时，我们在想象未来二十年的时候，也必须基于现实，不能放飞自我。那些过于开放的想象很可能不能在 2041 年得以实现，这样也就失去了这本书的意义。

因此，在刚开始的半年里，我们俩做了大量的采访调研，密切联系了许多人工智能和计算机领域的企业家和学者，了解他们眼中可能实现的未来技术。基于这些采访，我们渐渐理出了大概的思路，以及不同技术在当下

① 李开复、陈楸帆：《AI 未来进行式》，浙江人民出版社 2022 年版。

的发展路线图，并且将这些技术融入了不同的科幻叙事中。之后，我们又花了一年多的时间完成了所有小说和介绍性论文，并委托几位译者将其翻译成英文，于 2021 年 9 月由企鹅兰登书屋出版，并随即被亚马逊、《华盛顿邮报》、《华尔街日报》、《金融时报》等媒体选为年度最佳图书。目前本书已授出近二十国语言版本，将在全球范围内陆续翻译出版发行。

在以往的科幻作品中，我们看到过了许多反乌托邦式的想象，其中的人工智能和机器人总是站在人类的对立面。所以，我和李开复希望能够建构一种“希望”，从相对正面的角度，阐释技术和人类的融合。但与此同时，“皆大欢喜”的结局有时难以表现小说的戏剧性和张力，角色之间的冲突也难以切入重点。许多次讨论之后，我们才决定将不同的小说置于不同的文化和社会背景之中。当今世界的技术发展是不均衡的，而这样的不均衡性，恰恰可以成为冲突的来源。在我看来，在未来几十年中，人工智能超级大国与该领域欠发达地区的差距会越来越大，而同一国家的不同地区也会面临类似的过程。由此一来，不同阶级、不同民族、不同宗教的团体之间也会萌生出种种矛盾。

比如其中一个名为《假面神祇》的故事发生在尼日利亚，讲了约鲁巴人和伊博人之间愈演愈烈的民族主义冲突。这一篇小说里，我有意融入了许多元素，包括性少数群体、非洲民族主义、视频换脸技术，还有很多非洲的文化和宗教符号。在创作过程中，我参考了尼日利亚著名作家钦努阿·阿契贝的作品，并且将他描绘的种种尼日利亚民俗仪式融入故事中。

此外，北京大学程莹关于尼日利亚“面具文化”的论文也给了我很大启发，帮助我从另一个角度来理解 Deepfake 技术。Deepfake 由“deep machine learning”（深度机器学习）和“fake photo”（假照片）组合而成，本质是一种深度学习模型在图像合成、替换领域的技术框架，是深度图像生成模型的成功应用，但其自上线伊始，便受到很大争议。Deepfake 能够更改动态影像中人物的面容，也就是“视频换脸”，人们通过换脸，得以修改人物的身份。尼日利亚的面具文化也有着“身份变更”的特性，不同的面具象征着不同的神祇，而佩戴者因而也有了神祇的身份。于是，我将“面具”视为《假面神祇》的核心概念，又阅读了大量的文献材料，研究了面具背后的符号意义，并且了解了约鲁巴、伊博等不同民族对待面具的不同方式。

《假面神祇》故事主人公的房东是一位伊博人女性，在她小的时候，父亲不允许她参加村寨里的舞会。于是，她偷偷戴上了一位神祇的面具，再次提出请求，而对父亲来说，来自“面具”的请求是无法拒绝的，因为代表着背后的神灵。这让我们联想到了符号的象征意义。视频中的“脸”更像是一种符号，人们通过识别这些符号，来辨认其传递的潜在信息。那么同样，我们也可以通过改变或调换这些符号，传递截然不同的信息。

故事主人公的力量来源正是“面具”。我们可以看到，主人公在一开始显得比较拘谨，他属于性少数群体，在拉各斯又是少数族裔的一员，所以一直以来都需要忍受很多偏见。但当他接受秘密任务之后，意识到了视频换脸所蕴含的巨大潜力。面具的力量来源于文化和宗教，象征了尼日利亚不同民族对故土的继承和坚守。而对于主人公本人来说，他在追寻面具的过程中，逐渐与自身和解，不再在乎周遭人的看法，而是勇敢地成为他自己。他希望各个民族可以放下彼此之间的敌意，共同建设一个团结的尼日利亚，因此他勇敢地再次利用视频换脸技术，呼吁所有人重新挖掘尼日利亚的文化内涵，并以此为基础，给无止境的相互竞争画上句号。

加拿大学者麦克卢汉在 20 世纪就提出，媒介即信息。这个观点颇有洞见，影响深远。我想在不久的将来，人类的肉眼将无法分辨真实和人造，所有的人工模仿都能够以假乱真。所以，《假面神祇》中的政府网站都配有“反换脸”程序，代替人类来检索经过换脸的视频。这些程序至关重要，如果黑客能够黑进这些影响力巨大的网站，发表一些伪造的、别有用心的视频，我们不难想象由此带来的政治和社会后果。所以，随着我们现实中深度图像生成模型的不断演进，“反生成”的开发同样不容忽视。

如今，“真相”已被掩藏在巨大的信息流之中，难以寻觅。我们接触到的媒介平台，其背后都有庞大、复杂的利益链。这意味着，每个平台都有它们的特定立场，代表着其赞助人的权利。在这种情况下，“真实”这个概念，一旦经过了某个平台的中介，便不可避免地接受修改。这种修改或许不是某个特定的人有意识来完成，而更多情况下，是预设在“媒介”的内在框架之中。

我们需要指出，现阶段控制论社会的不公大概能分为三个层面。第一是算法不公，如对于少数族裔、弱势群体的系统性歧视与偏见。第二是数据不公，我们所收集的数据，只是能够接触到互联网并与此互动的群体，而无法接触到网络或者有意回避网络的群体，也就消失在了数字世界之外。而第三个层面则是“算力”不公，当下的计算机发展并不均衡，发达国家有着无与伦比的计算机算力，这就为人工智能以及其他相关领域的技术发展提供了强有力的硬件保障。但在其他发展中国家和地区，受限于电网等基础设施以及技术水平，算力非常有限，只有一小部分人才有能力负担其庞大的成本，这也进一步拉大了各个国家、阶层之间的差距。

如果我们放任不管，发达国家会毫无保留地进一步发展相关技术，享受种种便利，而其他国家和地区虽然在全球互联的网络中提供了自身的数据，却只能局限在从属地位，成为前者的“数据劳工”。

《假面神祇》所描绘的未来可能很快就会发生，并不需要二十年的时间，而我们需要做好准备，来迎接这样的未来。尼日利亚是一个多民族国家，多种文化和语言在这里汇集，每个民族都有不同的政治和社会诉求。故事里我也写道，在这样的社会中，Deepfake 将会成为某种强大的武器，成为政治话语的技术平台，这种话语的影响力是个体无法抗拒的。所以，在开发“反换脸”技术的同时，我们也需要思考“真实”的定义。我们可以用区块链技术将“真实”加密，我们或许也可以通过量子计算开发新的加密方式。但是，所有这些都是技术层面的尝试，而更重要的则是意识形态的建构。不论技术如何发展，人们总是困顿于一种二元对立的逻辑关系，以“自我”为中心，区分、排斥、异化“他者”。

人类在种族、性别乃至社会阶层方面遇到的种种问题，在技术的加持下都会被放大。人工智能以及其他算法无时无刻不在收集关于人类社会的数据，对此加以分析、统筹，并且在此过程中，程序本身也可以变得更加强大，更加高效。这样的环境里，教育便显得尤为重要，需要让年轻世代以及科技从业者们觉察到社会中各种不易察觉的结构性不公，并鼓励他们进行反思，作出改变。

《AI 未来进行式》中想要探讨与展示的，正是科幻小说如何打破单一固化的价值立场、阶层视角、身份认同，帮助人们应对发展的不均衡性，处理不同利益群体之间的矛盾，从而如同万花筒碎片般地拼凑出一个相对立体、多元、互文的复数未来想象。

## 结语：替代梦境，共振心灵

当我们顺从时代的浪潮，追求用算法与数据去结构化对于世界的认知与情感时，我却不免惶恐、犹豫、时时回望，因为在文学的黑暗之心深处，潜藏着尚未被机器所理解与模仿的沉默巨兽。

在科学成为新的宗教，时空的确定性烟消云散，人类的主体性与中心位置备受质疑，后控制论深度嵌入精神与肉体，世界陷入失序格局的时代，科幻应该表现什么，应该如何表现？

我的一个不成熟的回答是，科幻，或者文学，应该回到人类渴望故事最初的冲动，一种梦境的替代品，一种与更古老、更超越、更整体的力量产生共振的精神脐带。

1946 年，科塔萨尔发表在博尔赫斯编辑的一本杂志上的小说《被占的宅子》，源于他在门多萨的一个噩梦。科塔萨尔说，这个故事在梦中已经相对完整，他所做的只是醒来后快速把它记录下来。“我的短篇小说，像是由内在于我的某种事物向我发出的指令，我不对它们负责。”科塔萨尔认为那是他的潜意识正在经历创作一个故事的过程。当他做梦时，他在梦里写作。

时间跳跃到 1969 年，《黑暗物质》三部曲作者菲利普·普尔曼走在伦敦查令十字街头，心头灵光一现，他隐约觉得“万物都由相似、对应与回响相互联系”，他深切体会到宇宙是“活跃、有意识且充满目的”，甚至还说“这个灵感使我能够发现一般状态下无法感知到的事物”，“我笔下的一切都是在尝试见证这一点的真实”。

再来到 20 世纪 80 年代末，刘慈欣在某个北京夏夜的梦境：“那天晚上，我梦见无边无际的大雪，在暴风雪中，有什么东西——也许是太阳或星光熠熠的蓝色光芒，将天空描绘成紫色和绿色之间恐怖的色彩。在昏暗的光芒之下，一群儿童穿过雪地，头上缠着白色围巾，步枪上装着闪闪发光的刺刀，唱着一些无法辨认的歌声，他们齐声前进……”他一身冷汗地醒来，再也无法入睡，那便是《超新星纪元》的萌芽。

算法尚未抵达之处，是人类的大脑，数以千亿计的神经元与恒河沙数的突触连接，在这团两个拳头大小毫不起眼的灰色物质中碰撞、迸发火花，诞生出无数令人惊叹的璀璨思想与审美形式，甚至与我们尚未知晓的巨大精神岩层相连，汲取无穷无尽的能量。

面对疾速驶来无法躲避的未来，我们，一群以各种方式讲述故事、传递能量的说书人，一只手要牵起技术的缰绳，让算法与机器为故事、为心灵、为美所驭使，让我们跑得更快更远，穿透媒介的次元壁垒；另一只手要敲起灵魂的皮鼓，让节奏与振动把我们带回人类源初的感动，与集体联结的记忆，与天地万物相通的美好，创造与每一颗心灵共振的梦境。

在未来，我们将无数次听见历史的回音：文学已死，文学永生。所有的宣言与论断都将失效，因为文学已经嵌入时代，成为人类文明与个体心灵的结构与纹样，在末夜里熠熠生辉。

愿我们共同见证。

# 机器写作时代的科幻小说创作

刘　洋*

这是一个机器写作迅速发展并逐渐进入多个文本生成领域的时代。在新闻报道、行业报告等实用文体上，机器写作已经展现出巨大的潜力，而随着深度学习等人工智能算法的介入，人们也开始尝试将其用于一些文学文本的写作试验。在我国，文学领域的人工智能写作较多地集中于诗歌这一文类——既有现代诗，也有古体诗。近年来，一些团队开始尝试开发可用于小说写作的智能算法，如创新工场的“AI 科幻世界”、彩云科技推出的“彩云小梦”等。

上述两款小说写作工具，都需要和人进行合作。比如“AI 科幻世界”，需要由人给出故事背景和登场的人物，再写出几句话作为小说的开头，程序便可以在这句话之后自动生成四段简短的文字，作家可以在其中选择一段，也可以让程序重新生成，直到出现让作家满意的文字为止。选择出合适的段落后，作家可以对其稍作修改，再让程序继续生成新的文字，如此往复，直到完成整篇小说。从这一写作模式来看，显然这些写作算法还缺乏独当一面的能力。

当前的文本生成算法普遍使用了 GPT（Generative Pre-Training）模型，与其他的深度学习算法相比，其优势在于不依赖于大量的人工标注信息，仅需要在无监督的模式下进行学习就可以显著提升模型的性能。简单来说，就是让机器自主阅读大量的文本，即所谓的预训练，然后再根据具体

* 刘洋，科幻作家，物理学博士，研究方向为数字人文、创意写作、凝聚态物理等。本文原载《科普创作评论》2022 年第 2 期。

的需求，给它一些现成的文本对模型进行微调。通过这种方式训练好的模型，可以写出合乎语法规范的句子，甚至可以模仿某个特定作家的文风。但其缺陷也是显而易见的——缺乏创造性。

在小说创作中，创造性的一个重要体现是情节的构建，即通过叙事过程将一连串合乎逻辑却又出人意料的事件连缀起来。上述文本生成算法，都不具备篇章级别的情节统筹能力。因此，如果想要通过此类算法生成故事性较强的文本，必须将其和某些叙事生成算法进行整合。叙事生成研究虽然开始于 20 世纪 70 年代，目前也产生了如 Interactive Storytelling、MakeBelieve、Fabulist 等各种叙事系统，但每种算法都有其局限性。例如，Interactive Storytelling 是一个以角色为中心的叙事生成系统，作者事先设定好故事人物的行为规划，然后通过人物的自主交互产生故事，其产生的故事较为机械，灵活性不足。MakeBelieve 是基于常识库的故事生成系统，可以产生逻辑性较好的故事，但内容通常比较平淡，缺乏戏剧性的故事冲突。因此，如何在机器写作中自主建构富有创造性的情节，仍然是该领域面临的重大挑战。

具体到科幻小说的创作上，它又具有一些与传统的现实主义小说不同的特征，从而进一步加大了机器写作在这一文类创作上的难度。例如，创作时，科幻作家经常创造一些新的名词，从赫伯特·乔治·威尔斯(Herbert George Wells)创造的“时间机器”，艾萨克·阿西莫夫(Isaac Asimov)的“心理史学”、“时空竖井”，到刘慈欣的“宇宙社会学”、“二向箔”，等等。这些词汇，有的是将两个普通词语连接在一起，有的则是完全新造的词汇。这种创造新词汇的能力，是当前所有机器写作算法都不具备的。且不说完全新造的词汇，就是如“时间机器”这样将“时间”和“机器”进行简单连接的构造，机器写作也无能为力。我们假设在威尔斯出版《时间机器》(“The Time Machine”)之前，用一个时间机器将现在的写作程序和计算机传输到那个时代，让它阅读当时所有小说乃至所有诗歌、散文、新闻报道、学术论文等一切文字所组成的语料，它也无法在写作中创造出“时间机器”这个词，因为在之前的语料中，这种连接从未出现过，因此程序会将这种连接标记为错误的、不合规范的。相反，如果我们启用一个没有经过任何学习过程的写作系统，让它随机地调取词汇进行写作，倒还有可能写出“时间机器”这类词汇。换句话说，写作程序的阅读学习过程，不仅没有增加其创造性，反而是一种对创造性逐渐压制的过程。

退一步说，即使我们为算法打一个补丁，让它可以通过拼接普通词汇的方法创造新词，这也是毫无意义的。我们常常嘲笑一个蹩脚的科幻作家，说他们“遇事不决，量子力学”，这是因为他们在作品中动辄在各种词汇前面加上“量子”二字，比如量子音乐、量子麻醉枪等，却对此不作任何额外介绍，甚至连一句描述都没有。显然，这样的新词汇是无法给读者带来惊奇感的，因为它们背后没有系统性的设定作为支撑。同样，如果在机器写作中进行了新词汇的构建，那么，它也应该附带完成一整套的相关设定，这样才能让这些新词汇产生意义。

再者，如果一个作品中引入了若干项设定，这些设定之间还应该彼此协调、相互支撑，这就是所谓的世界建构。可以说，在科幻作品中，世界建构是与情节设计同等重要，甚至更重要的一项整体性架构，是体现科幻作品惊奇感的核心依托。对于作品所涉及的新奇世界的设计，在凸显其惊奇性的同时，也要注重其科学性和逻辑性，同时还要使其与故事情节、人物等要素相贴合。

因此，世界建构是大部分科幻作品中作者创造性的集中体现，而这显然也是当前所有机器写作模型包括叙事生成模型所无法完成的。说了这么多，那是否意味着科幻创作——特别是科幻作品的世界建构，是无法由程序和算法来承担了呢？倒也不用如此悲观，只不过我们需要特别设计一套用于科幻作品世界建构的算法，再将其整合进现有的叙事生成算法和文本生成模型中。就笔者的创作经验来看，在世界建构的某些环节，机器学习的确可以发挥重要作用。

例如，科幻作家在对虚构世界的自然环境进行推想时，常常需要查阅大量的资料，以考察某一设定会对该世界的哪些部分造成显著影响。在《重力使命》(*Mission of Gravity*)里，哈尔·克莱蒙特(Hal Clement)描写了一个重力极大的星球所具有的生态，科幻电影《阿凡达》(*Avatar*)则展示了一个富含常温超导矿物的星球所呈现出的奇特景观。这类作品的世界建构极其复杂，因为它需要用到物理、化学、地质学、生物学等各种学科知识。即便作者是某个学科的专家，他也不太可能熟悉所有领域，因此在世界建构时往往需要大量时间进行学习。但如果我们引入机器学习的算法，以各个学科的专业论文为语料库，在经过训练之后，我们就可以得到一个包含了各学科知识的复杂网络。这个网络的节点就是那些重要的科学概念，比如重力、磁场、大气等，它们之间的连线则显示出彼此之间所具有的相互影响。通过这样的网络，我们就可以直观地看到，当某个因素（比如重力）发生改变时，哪些因素会受到直接影响，而它们又会进一步波及哪些因素。当然，这种算法同样需要和科幻作家合作，才可以真正完成世界建构的工作，但有了它的帮助，科幻作家们无疑会轻松不少，而且很容易在机器学习得到的关联网络中迸发出创作灵感来。

总体而言，在很长一段时间内，机器写作还无法在小说（特别是科幻小说）这类文体上替代人类创作。但正如柯洁在与 AlphaGo 的棋局中学到了不少新的棋路一样，科幻作者们也完全可以和机器携手写作，并且在机器算法所产生的叙事情节和世界设定中，激发出新的创意，创造出前所未有的惊奇场景和绝妙故事。

# 科幻电影视野下的中国

黄鸣奋*

科幻电影诞生于现代意义上的民族国家已经纷纷建立的时代。对于我国而言,科幻电影是作为技术发明和精神产品从西方国家输入的。国产科幻电影问世于 20 世纪 30 年代。它不仅依托本土企业制作、为本土观众生产,而且从本土文化汲取营养,并将本土生活作为素材来源,聚焦于中国之人、中国之物、中国之事,以此显示出中国特色。当然,在全球化的进程中,中国科幻电影完全可能出现有关其他国家的描写,正如其他国家的科幻电影也可以塑造中国形象那样(笔者对此已有专论)。① 这类描写和塑造是相映成趣的。不过,要论科幻电影视野下的中国,焦点仍在本土。下文从中国之人、中国之物、中国之事的角度予以分析。所列举的作品都是国产影片。

## 一、科幻电影视野下的中国之人

"中国"至少具备三种可能的含义:(1) 在自然的意义上,指东亚特定的地理区域;(2) 在社会的意义上,指以汉族为主体民族的多民族国家;(3) 在心理上,指以华夏文明为源泉的特定人类共同体。与此相对应,"中国之人"可能是指东亚特定地理区域的居民,以汉族为主体民族的多民族国家的黎民,或者以华夏文明为源泉的人类共同体的成员(包括移民)。在

---

* 黄鸣奋,厦门大学人文学院中文系教授,北京电影学院未来影像高精尖创新中心特约研究员。本文原载《北京电影学院学报》2021 年第 6 期。

① 黄鸣奋:《走向人类命运共同体:国外科幻电影创意与中国形象》,《探索与争鸣》2017 年第 10 期,第 118—126 页。

科幻语境中,某些非人智能体由于各种原因出现在如今中国所处的地理区域内。他们不仅具备大致与人类相当的心理水平,而且与人类产生各种意义上的互动,由此形成了“中国居民多样化”的趋势。某些普通中国人由于各种原因产生身体异变,虽然在外表上还属于人类,但拥有异乎寻常的机能或技能,由此形成了“中国黎民异能化”的趋势。某些人类智能体或非人智能体不仅从中国出发(或再出发)走向其他国家,而且走向其他天体,由此形成了“中国移民宇宙化”的趋势。上述趋势可能彼此交织。

## (一) 非人智能与中国居民的多样化

所谓“中国之人”首先是指定居在东亚特定地理区域的人类,最早的可能是生活在距今约 170 万年之前的元谋人。从原始群、氏族、部落、部落联盟,从古代国家到现代国家,“中国之人”历尽沧桑,但不论组织形态如何转变,迄今为止都是作为同一物种而存在,并以人类成员(地球人)的身份和“他国之人”交往,“他国之人”也是以人类成员(地球人)的身份前来中国。

虽然如此,与现实题材的电影相比,科幻电影毕竟以幻想为特色。它不仅拥有对于现实的反映或影射,而且具备对于未来的幻想和虚构。例如,由于科技昌明激发想象腾飞等缘故,不少影片出现了有关外星(广义上包括平行宇宙)智慧生命来到中国的描写。这些智慧生命习称“外星人”,相对于地球人而言。他们之所以来中国,原因有被动迫降、主动访问或野蛮入侵等。《外星萝莉》(2016)的设定是一场流星雨将外星人胡妮胡可带到中国某城市,降落在代驾金钟二的家中。《星灵之末日异能》(2017)的设定是 1908 年外星人来地球,飞船坠毁在俄罗斯,只有六个幸存者,流落在中国。《钢铁飞龙之再见奥特曼》(2017)的设定是友好宇宙人奥特曼专门拯救地球打怪兽。《疯狂的外星人》(2019)的设定则是外星人因想和地球人建交而遣使前来。

外星人在中国的遭遇至少包括如下类型:其一,作为客人获得帮助。例如,《来历不明》(2013)中迫降中国沙漠的外星人在业余天文观察站获得帮助,逗留一段终回母星。其二,作为另类遭到排斥。例如,《超能疯人院》(2020)描写智慧生命从公主星等天体络绎造访中国,不料因为言行举止不合人类常规而被视为疯子,关进诸葛钢铁所负责的精神病院。其三,隐藏身份潜伏下来。例如,《平行宇宙之恋》(2020)设想了可以感染机器人的艾菲虫病毒。受感染的机器人在心理上成为共体,总名为“斐恩”。他们自从发现黑洞是联结不同宇宙的纽带之后就来到地球,不仅潜伏下来,而且开办冯氏集团公司,启动以机器替代人体为宗旨的“女娲计划”,表面上是让人类摆脱生老病死的伟大创举,实际上是想接着用病毒感染已经机器化的人类,将这些被控制的机器人运回他们原先所在的平行宇宙,改变那里的战争态势。其四,转变身份实现归化。例如,动画片《烈阳天道》(2020)中的杜卜奥是对地球人友好的外星将军。他在 1400 年前调解了因为天道星人的飞船悬停地球上空而引发的冲突,如今在地球海军中效力,曾为孙悟空打造 88 件分身铠甲。外星人与地球人同为智慧生命,虽然血统不同,但似乎可以超越生殖隔离,《隐形侠》(2020)就是以星际混血儿王二狗为主人公而构思的。《外太空的你》(2020)的主角则是星际混血儿姜然,特点在于具备时强时弱的预知力。

在某些影片中,中国人与外国人、地球人与外星人的矛盾彼此交织。其模式至少包括:(1) 中国人帮助外星人对付外国人。例如,我国香港《魔翡翠》(1986)描写香港秘密协警帮助外星人保全其电脑,对付苏联特务。(2) 中国人与外国人联手对付外星人。例如,《星际密码》(2018)描写中国机甲战士和马来西亚黑客联手抵御邪神从端口入侵。(3) 外星人介入不明国籍的地球人之间的矛盾。例如,《锤神》(2020)描写外星侏儒独自驾驶飞船迫降地球,所邂逅的帮派首领美杜莎帮助他修好通信设备,希望找到能量石以激活秘密武器,打败以刀霸为头目的另一帮派。

除外星人之外,我国科幻电影还塑造了多种源自本土的非人智能体的形象,由此谱写了后人类叙事的新篇章。例如,我国香港《坏小子特攻》(2000)中的少女 Eleven 是中日混血克隆体。《血姬传》(2017)中的方墨是人类与吸血鬼的混种。肖熹、李洋指出后人类叙事有这样三个特征:“其一是拟人观,即多以人形、半人、拟人的角色为主角;其二是时间递归叙述,关于人本主义的反思都指向了未来,又因未来而不断回返现在,故事总是围绕在现在与未来彼此的观照和引用中,形成递归式的叙述模式;其三是灭绝焦虑,核心矛盾冲突都表达为某种焦虑形态,这一焦虑又与灭绝的想象相关联。换句话说,通过拟人化的形象在未来与现在的因果观照中,呈现和宣泄人类或宇宙灭绝的焦虑的电影,都以某种方式参与了后人类叙事。”与西方科幻电影相比,我国科幻电影的特点是以入世伦理去消化未来的焦虑，这一方面是指基于当下的日常生活塑造机器人、人造人、合成人等形象，而不是预演未来的戏剧冲突，像《霹雳贝贝》、《隐身博士》、《毒吻》等就是如此；另一方面，这些影片倾向于用中国式的生活伦理和道德礼仪等社会规范思考可能威胁人类命运的问题，像《合成人》、《凶宅美人头》、《男人的世界》等就是如此。这种运用血缘关系和世俗逻辑去化解敌对矛盾的宿命论，是非常具有中国特色的，在西方电影中只是偶有表现。[①] 贾斌武也认为：中国科幻电影中的后人类想象基本上很少回应未来，也较少呈现人类的灭绝焦虑。[②]

### （二）科技研究与中国黎民的异能化

所谓“异能化”，指的是获得为常人所不具备的异常能力。在神话时代，人类通过想象将异能赋予彼岸世界的超性存在物，由此造出了神灵鬼怪。在传说时代，人类通过想象将异能赋予拥有特殊血统、邂逅特殊机遇、做出特殊努力和/或做出特殊贡献的特殊人物，由此造出英雄豪杰。在文明时代，异能逐渐成为理性思考、科学研究、技术实践、艺术创造等活动的对象。

从总体上看，中国科幻电影不是像西方科幻电影那样突出个人英雄主义。异能者本事再大，也并非仅凭一己之力就可以拯救人类和地球的英雄，而是需要群体力量帮扶的个体。号称“中国儿童科幻电影的第一部成功之作”[③]的《霹雳贝贝》(1988)可以为例。主角贝贝因出生时飞碟出现而手上带电，必须戴手套才能防止麻人。他为无法合群而感到深深的苦恼，到长城呼唤宇宙人为他解除带电能力。其后问世的《电磁王之霹雳父子》(2020)描写中国儿童刘雷有家族遗传的带电基因，想当超人。父亲为阻止外国人格雷教授拿他做实验而发功，引发爆炸后失踪。刘雷发现自己的电没了，从此多年寻父、寻电。最终，刘雷和儿子小宝进化成会飞的超人。影片以他们成立科学之家结束。这个结局虽然和《霹雳贝贝》有所不同，但仍以回归群体为宗旨。

---

① 肖熹、李洋：《中国电影中的后人类叙事(1986—1992)》，《电影艺术》2018 年第 1 期，第 38、43 页。

② 贾斌武：《中国科幻电影中的后人类想象》，《上海艺术评论》2019 年第 2 期，第 33 页。

③ 林雪飞：《中国儿童科幻电影的第一部成功之作——〈霹雳贝贝〉》，《辽宁教育行政学院学报》2008 年第 1 期，第 140—142 页。

就基本定位而言,科幻电影从科技理性的角度理解并描绘异能。例如,我国香港《中国超人》(1975)描写冰河魔主从 1000 万年冬眠中醒来,打算征服地球。她毁坏了中国的几个城市以显示其魔力,又回其老巢组织骷髅军。由刘英德教授领导的太空科学研究所将研究员雷巴顿转变成功夫超人。他是人类御敌的希望所在,接连击败多个怪物。不过,科技理性在科幻语境中可能是变形镜头。例如,《快递侠》(2018)描写待业青年马丢因为摄入劣质胶水而使其各种体液都具备黏性,经过训练可以操控自如地发射和收回。他加入超能协会,明里以快递为业,暗里和电女、火男、铁臂、天眼等伙伴一起致力于维护社会秩序,成为超级英雄。当时,Seven 生物科技公司科学家比尔违规进行克隆实验,绑架 CEO 的女儿小雅以获得数据库密码。这五个超级英雄解救 CEO 和小雅,但铁臂被比尔注射试剂而失控。电女、火男、天眼站在快递侠身后,合力促使他发出电光石火超能胶,将铁臂打回原形。快递侠以其品格赢得小雅的芳心。又如,《爱是一场温柔的幻觉》(2020)中的小婷死后能够继续与活人(包括男友与婚介等)进行在线交谈。这种现象表面上看来是异能使然,实际上却是科技支持的缘故。小婷在刚出车祸时由科学家植入脑机接口,躯体虽死,意识犹生。后来,由于她的大脑逐渐萎缩,所化名的"幻觉"无法再维持这样的虚拟交往了。值得注意的是:某些影片一方面显示出将异能置于科技理性视野下加以考察的倾向,另一方面试图继承神话传说中有关异能的资源。例如,动画片《烈阳天道》(2020)以孙悟空为地球守护神。他的开场白很有特色:"这就是我的战争,因为这是我的家。神河宇宙赤乌恒星系地球星神州。"与《西游记》的描写不同,他是一位具备平民意识的神灵。他到小店要啤酒。开车,用手机拍照,自语:"拍了照片不知该发给谁。我是斗战胜佛,高得不得了,还是没朋友。隐姓埋名,怕吓了黎民百姓。他们是主宰,我守护他们。"他还是一位了解科技价值的神灵,愿意穿上外星将军为他打造的分身铠甲以增强力量。

在西方数码艺术理论中,有和科技增强身体相关的两个概念,即"电子人"(cyborg,音译为赛博格)①和"功能性电子人"(fyborg)②。前者通常进

---

① M.E. Clynes, N. S. Kline, "Cyborgs and Space," *Astronautics*, New York: American Rocket Society Inc., September, 1960, pp.26-27, 74-75.

② Alexander Chislenko, *Are You A Cyborg? Legacy Systems and Functional Cyborgization*, http://www.ethologic.com/sasha/articles/Cyborgs.rtf. 2004-1-5.

行了身体改造,后者则可能泛指一般科技用户。如果我们将人类的体能定义为基点的话,那么,借助于科技而获得的能力都属于异能,不论是否进行了身体改造。科技使我们变得比以前更为强大,但也使我们变得比以前更弱小(如果丧失了科技支持的话)。正因为如此,科技依赖成为某些科幻电影揭示的问题。例如,《超能手机》(2020)描写设计师郝凡事事依靠超能手机,甚至和花店主叶文君谈恋爱也指望它为之规划。经过好一番思想斗争,他才摆脱手机依赖症,对文君说出情话。

### (三) 宇宙航行与中国移民的太空化

地表上的人口流动是渊源有自、司空见惯的现象。我国很早就出现了描写海外移民的科幻电影,《珊瑚岛上的死光》(1980)可以为例。这一作品表现了海外华人科学家的故土之思。又如,《黑洞来的那一夜》(2018)以到美国留学的松松为主角,描写洛杉矶因彗星飞近而生成多个小黑洞,其中一个出现在他的画本上,可让手穿过,好像是画出来的。他因此有了一番奇遇。

以宇航科技的兴起为条件,人类着手实现"飞天"的梦想。我国香港短片《感觉更好》(2012)描写中国军人在火星上插中国国旗。《飞天》(2011)描绘中国航天员的圆梦之旅。与此同时,地球上生态环境恶化,成为人类思考开发异星的契机。根据《机甲核心》(2018)的构思,2069 年人类耗尽了地球上的化石能源,月球上的 He-3 成为人类能源的希望,成立了国际能源集团负责开采。

在这样的背景下,宇宙移民成为某些国产科幻影片的题材。我国动画片《超蛙战士:初露锋芒》(2010)描写人类因为地球环境恶化而移民异星。其中,迁徙到沼泽星的变异为蛙族。他们面临梯族(具备蟑螂基因的另一支人类移民)的侵略。我国动画片《超蛙战士·威武教官》(2012)描写同为地球人移民后裔的蛙族与智能族结盟,抗击梯族的入侵。智能族托普教官擅长训练新兵,带领他们提前投入战斗,为掩护蛙族大撤退而牺牲。《星际流浪》(2019)描写科学家海雷研制出星际移民关键设备——曲率发动机。它成为星际集团(统治者)和"游荡者"(反抗势力)的争夺对象。凡是触碰过它的人,一旦丧命就引发时间循环。海里因此经历多次死亡,最后让机器与星际集团派来的机械化部队同归于尽,自己则与朋友逃往东方重建家园。《火星爱情故事》(2020)描写 2112 年半人马星系人类移民张慧敏驾飞船回地球抢救冷冻人，因遭遇未知智能袭击迫降火星 53 号古人类定居点，就如何启动设备向地球发信号求助，获得“网恋大神”赵文生的指点。他们遇到时间循环，实际上是赵文生希望与她远程长相厮守使然。来自另一时间线的赵文生要张慧敏赶紧离开火星。后来，赵文生启动时间漩涡重置器，使两条时间线合一，将她救出来。她来地球找他，成立赵建国公司，准备去火星。

根据马克思主义的观点，国家是人类社会特定发展阶段的产物，将来要走向消亡。某些科幻电影对国家消亡的前景加以展望，将危机叙事定位于人类共同未来。例如，《火星追击》(2018)以打击星际走私白酒为题材，法治秩序是由地球联盟所派出的机器人警察艾波波为代表的。他在奉命追捕走私犯时屡次受挫，但初衷不改。《流浪地球》(2019)所描写的人类在太阳系已经无法生存之际“带着地球去流浪”，则是在联合政府的领导下进行的。此举有非人智能体(机器人)参与，显示了人类通过发展科技所获得的救亡图存的异能，同时又体现了人类移民的太空化。张卫、张瑶以上述影片的成功为例说明：“不要用现实主义限制自己对未来中国的想象力，不能以为只有现实主义才能传达主流价值观，科幻电影也能传达主流价值观……我们应该对单一的电影观念予以丰富和升级，相信非现实电影依然能传达正义、勇敢、责任、牺牲等正面价值理念，传达我们的核心价值观，彰显我国的软实力。”①

与国外科幻电影相比，我国科幻电影就社会层面而言主要有如下特点：(1) 在主体的意义上既坚持以中国人为本位的立场，又以“海纳百川”的气度看待未来居民多样化的可能性。(2) 在对象意义上展开科技赋能的狂想，展示中国背景下屌丝逆袭的社会流动。有关异能的创意可能来自当下科技发展所未达到的水平、当下科技设备匪夷所思的应用、未来科技所可能拥有的发明，等等。(3) 在中介意义上拓宽视野，采用“上帝视角”审视民族文化、星球文明等的演变与出路，或者借助外星人、机器人等运用“另类视角”观察地球文化、人类文明的弊端，或者通过“移民视角”观察文化与文明迁徙、变异的可能性。

---

① 张卫、张瑶：《中国科幻片的前行痕迹与未来发展》，《电影艺术》2020 年第 4 期，第 147—148 页。

## 二、科幻电影视野下的中国之物

与前述"中国"的三种含义相对应,"中国之物"至少具备三种可能的含义:(1) 在自然的意义上,指存在于东亚特定地理区域的各种物质产品。(2) 在社会的意义上,指以汉族为主体民族的多民族国家的精神产品。(3) 在心理上,指以华夏文明为源泉的人类共同体的文创产品。当科幻电影将视野聚焦于它们时,就形成了中国物华天宝的科技幻想、中国伦理关怀的科技取向、中国心理逻辑的科技寓言。

### (一) 中国物华天宝的科技幻想

中国地大物博,本来就可以益人神智。幻想类电影进而驰骋想象,构思出种种奇异之物,作为情节衍化的线索、人物塑造的根据、想象力消费的依托。以来源为根据,可以将这类异物区分为三大类:(1) 中国地产类。例如,《慕容骑士》(2020)中有神奇法力的水晶石是自然之物,《变异九头蛇》(2020)中基因工程造出的九头蛇是人工之物,它们都是幻想的产物。(2) 天降中国类。例如,《超能少年之烈维塔任务》(2009)描写星球毁灭者阿加雷斯和大地战神列维塔交战到了地球。后者的能量石之一坠落于中国境内青龙山一带。《守护者前传之觉醒》(2017)描写两千年前坠落于中国的太空暗黑物质诱发变异,超能者产生正邪分化。《外星人事件》(2020)描写外星人飞船迫降中国农村,引诱村民用类似地球人烤玉米的方式栽培状似蘑菇的特殊植物,说是要补充资源,实际上是通过这种植物控制地球人,将他们卖为奴隶。友好外星人利用可以喷紫雾的药水帮助地球人增长力量,对抗上述植物的影响。(3) 天地交汇类。例如,《坑蒙拐骗外星人》(2018)描写土豆星国王为解决饥荒问题乘飞船来地球,降落在土豆村,结果遇到一群想拿他去坑蒙拐骗的人。当地有只锦鸡,被一个妇女当成凤凰抵债给包哥。后者带它到了土豆村。其相好岚岚为了施行调包计,骗看守外星人的村民说那只鸡是外星鸡,若抓回来就立大功。村民信以为真。外星人飞走后,土豆村的人拿这只锦鸡大做文章,以证明外星人来过。画外音:"那只鸡成了第一个外星物种,中国也成了第一个有外星文明的国家。"

以上三类异物也可能出现在神幻、魔幻、玄幻等影片中。相对而言,当它们见于科幻电影时，通常和科学实验、科学考察、科学研究、科学鉴定等相关。例如，我国香港《特异功能猩球人》(1992)将麒麟石作为物引。传说它能使河水变质。人若常饮，可获异能。该片的情节以对它进行科学鉴定为切入点。又如，《狂暴迅猛龙》(2020)中的稀有金属具备特殊性能。倘若被闪电袭中，可以扭曲时空，导致史前恐龙出现。科学家为找到它，不惜深入险境。

如果说科学重在分科的知识体系和求真的探索精神的话，那么，技术则重在具体的解决方案和对应的物质产品。我国科幻电影所描写的技术大致包括如下类别：主要用于改造(或改变)自然环境的技术。它至少包括下述类型：(1) 能量类，如《小太阳》(1963)中太空轨道上用于反射阳光的反射镜，《珊瑚岛上的死光》(1980)中的高效原子电池，《未来警察》(2010)中的太阳能天幕，等等。(2) 环保类，如我国香港《现代豪侠传》(1993)中的净水系统等。(3) 力量类，如《科学杀人狂》(2016)中的反引力技术，《星际流浪》(2019)可将飞船加快到超过光速的曲率发动机，等等。(4) 时空类，如中、美合拍动画片《魔比斯环》(2006)中的时空隧道，《时间逆流》(2018)可以用来倒转时间的手表，《幻界游戏王》(2019)通过时空轮回来惩罚罪犯的技术，《丛林少女之重启》(2020)中的时间重启器，等等。

主要用于社会交往的技术。它至少包括如下类型：(1) 服务机器人，如《错位》(1986)中的替身机器人，我国香港、日本、美国合拍动画片《阿童木》(2009)中作为亡儿化身的机器人，我国动画片《桂宝之爆笑闯宇宙》(2015)中擅长烹饪的厨神大宝机器人，《所爱非人》(2016)中的配偶机器人，《机械娇娃》(2017)中的伴侣型手办人，《我的新款女友》(2017)中可植入本真人脑细胞的生物机器人，《超能萌女友》(2018)中具备瞬移、穿越等异能的生物机器人，《和陌生的你每一天》(2018)中的智能管家，《机械陪伴》(2020)中的分布式陪伴型人形机器人，等等。(2) 机器设备，如我国香港《追击8月15》(2004)假装睡觉的鼻鼾机，《人工少女》(2018)中可以促进人造人产生灵魂的量子云设备“金手指”，《时空救援队》(2019)中可生产克隆体的生物模拟器，《机械画皮》(2020)中使机器人生物化的皮肤生成系统，《仿生迷局》(2020)中使仿生人得以拥有硅晶合成皮肤的液体打印设备，《动物出击》(2019)中可以听懂动物语言的智能耳机，等等。(3) 心理技术，如《内在转移机》(2013)可将情思转移到他人身上的技术，《非法记忆》(2019)中的记忆转移技术,《战斗天使》(2019)可以将经过定制的记忆传送并贮存在用户的大脑中、取代原有记忆的传感器,《黑脑》(2020)中将潜意识研究和脑波通信研究结合起来开发出真实梦境的“黑脑”技术,等等。(4) 武器,如《超能联盟》(2016)可以吸收所有物理超能力(如瞬移、摄物等)的原力枪,《拳语者》(2019)中可以通过实时计算与选择帮助拳击手取胜的高科技拳套,《我的外星人舅舅》(2019)中专门对付外星人的枪支,《电磁王之霹雳父子》(2020)中的霹雳荧光战甲,《记忆猎人》(2020)中的记忆枪(对准头部一扫就可以提取与删除记忆的武器,外观像手枪一样),《人类消失之夜》(2020)中用于干掉机器人、破解防火墙的干扰器,《小矮人捉鬼记》(2016)中的高科技捉鬼工具,《机甲前线》(2017)用于破解外星飞船防护罩的反频率干扰器,《时空送货人》(2017)中可以自动搜索目标、无线传播病毒的进攻型武器,《天才 J 之第二个 J》(2018)中可以利用偶然事件的堆砌来杀人的偶然公式,《天堂计划》(2018)中可以让虚拟人上网,并逃避网警追杀的解码器,等等。

主要用于改造人类自身的技术。包括:(1) 药物类,如《化身人猿》(1939)中可将人变成猿猴的药物,《隐身博士》(1991)中的隐形药,《再生勇士》(1995)中可以使衰竭细胞增强活力的基因药物,我国香港《童梦奇缘》(2005)可使人加速发育、一夜成年的催生药,《无间罪之僵尸重生》(2012)可使死者复活、活人永生的药物,《致命拯救》(2017)中的长生不老药,《伊阿索密码》(2018)可以治疗冷冻人苏醒后出血症的药物,《异类侵袭》(2019)中的万能型病毒克制药物,等等。(2) 病毒类,如《丧尸之母》(2016)中可使人变成丧尸的生物病毒、《王者游戏:觉醒》(2018)中人工智能用以控制人类大脑的计算机病毒等。(3) 芯片类,如我国香港《百变星君》(1995)中植入大脑后可指挥身体形态改变的芯片,《危险智能》(2003)中植入后可充分开发大脑潜能的芯片,《觉醒:仿生浩劫》(2018)中可复制记忆的量子芯片,等等。(4) 设备类,如《别怼我之暴走校长》(2018)中旨在开发大脑潜能的磁力矩阵系统,《异能男友》(2018)中既可以利用用户记忆和欲望生成场景,又可以用来实施人脑控制的异能头盔,《战境:火线突围》(2018)中通过记忆重组开发虚拟人的装置,等等。

根据构想,以上技术都是由中国人发明的。我国科幻电影当然也可以描写其他国家或星球所发明的技术。例如,我国台湾《诡丝》(2006)提到日本科学家桥本所发明的反重力技术,《火星追击》(2018)提到紫星人所发明的可以和白酒搭配的饮品"白橙",《快乐星球之三十六号》(2018)提到快乐星球所发明的可倒立行走、具备生物/机器/数字三种形态的智能机器人,等等。

在科幻语境中,未来技术经常具备虚拟性的特点。对此,可以从下述要旨予以把握:(1) 以假定性科学为根据。例如,在《科学杀人狂》(2016)中,生产反物质核武器的军工技术是以中国科学家所提出的暗能量理论为根据的。(2) 以假定性发明为依托。例如,在《天才室友》(2018)中,某科技学院学生钟澈开发出既可帮助人类又可操纵思维的 AI 全息投影仪。又如,《超能手机》(2020)构思了可以用来交友的手机。它能够提供预案、信息及即时指导,增长当事人的信心,使之显得博学多才;能够了解所追求的对象的兴趣爱好、人格特征、位置动向,供当事人参考;能够针对第三方创造交流的机会,以至于提供要挟的把柄。(3) 以满足假定性需要为旨归。例如,在《请叫我救世主》(2017)中,人类生产机甲以对付入侵地球的外星使徒(硕大的机器人)。这类虚拟技术往往是不可能、不可行、不可靠或未经验证的。科幻电影编导之所以看重它们,直接目的是用来编织故事,从伦理规范的角度表达科技关怀。

### (二) 中国伦理意识的科技关怀

我国科技伦理思想有悠久的历史。徐少锦将其古代要旨归纳为五条:"第一,利用自然知识为封建道德作论证,要求科技人员遵守封建道德。第二,把科技活动视为一种道德活动,把发明器物的人称为'圣人',而掌握高超技术的人也享有很高的荣誉。第三,不计较个人功名利禄,为科学事业和百姓生计贡献力量。第四,丰富的医学伦理思想。第五,珍惜资源,保护环境,维持自然界的再生产能力。"[①]陈万求等将中国传统科技伦理思想的基本精神归纳为天人合一、以道驭技、以人为本、经世致用。[②] 若论中国伦理意识在科幻电影中的体现,可以写一本厚厚的专著。下文仅就"以道驭

① 徐少锦:《中国古代的科技伦理思想》,《道德与文明》1989 年第 3 期,第 27—30 页。

② 陈万求、刘灿、苑芳军:《中国传统科技伦理思想的基本精神》,《长沙理工大学学报(社会科学版)》2009 年第 4 期,第 112—117 页。

技”、作为其对立面的“恃技废道”、作为否定之否定的“技道合一”略作论述。

“以道驭技”在伦理上意味着以道德规范约束技术开发与应用。我国科幻电影有不少这方面的描绘。例如，《再生勇士》(1995)中的科学家李民博士虽然是文弱的女性，却发明了能够增强已衰竭细胞之活力的基因药物，不仅使因公负伤、成为植物人的警察宋大畏复活，而且使之具备了超强的体能。《百变星君》(1995)中的姜司教授有正义感，帮助被黑帮迫害至死的富二代李泽星以人造人形态复活。《机甲前线》(2017)中的都教授发明反频率干扰器，研制出可以和外星人抗衡的战斗飞船，对人类打败入侵者发挥了关键作用。除正道直行之外，迷途知返也是以道驭技的表现。例如，《蝶变计划》(2018)中的麦教授是良心发现的疯狂科学家。他之所以疯狂，是由于宝贝女儿麦穗在 18 岁时得了怪病，他不得不跨越伦理领域，探索基因疗法，甚至在富商暗中资助下拿孤儿做基因移植和编辑的实验，弄死了人就掩埋起来。他之所以良心发现，是由于遇到长相酷似其女儿的实验对象刘曼妮。他想放她一条生路，因此修改了先前的基因改造做法，没想到却造就了关键时候会长出翅膀、可以通过咀嚼散发魅素的蝴蝶人。后来，他又帮助刘曼妮及其同伴修改基因，延长了他们的寿命。又如，《变异九头蛇》(2020)中的教授在实验室造出九头蛇，因伦理委员会未通过，决定放弃此项目。

“恃技废道”在伦理上意味着因为狂热爱好科技而无所忌惮地从事研发，或者自恃拥有尖端科技而为所欲为。我国科幻电影中不乏相关描写。对此，可以从不同层面举例说明：(1) 就个人而言，《合成人》(1988)中的庞教授对哲学、法学和道德没有研究，却擅自实施脑移植，并让由此合成的人到华夏贸易公司顶岗，结果给国家造成重大损失。《荒野巨兽》(2020)中的韩医生当年剽窃发小的科研成果，事情败露后被研究所开除，没有正规科学机构愿意聘任他。他自己觉得过了 20 年寄生虫般的生活。但是，此人不思悔改，仍然认为当年揭发他劣迹的人才是恶魔。偶然遇到天外陨石坠落的机遇，他希望借此研制出新型武器发大财，结果在前往荒原搜索陨石时被巨蜥咬死，因为他想验证到手的蜥蜴蛋是否陨石原石而摔碎它。巨蜥本身则是受陨石辐射影响发生异变的。(2) 就企业而言，《侵入脑神经》(2013)描写 NHC 公司致力于开发将人的神经系统电子化的药物，被注射者因此死亡。《极速游戏》(2017)描写游戏运营商通过专门智能软件入侵全球定位系统,借助偷拍的视频要挟人。《异类侵袭》(2019)描写江源生物科技公司董事长为打破家族男性成员寿限而致力于开发万能型病毒克制药物,为此强迫他人做药物活体实验。(3) 就官方而言,我国香港《拳神》(2001)描写政府实施"上帝禁区开发工程",造就达克等一批超能战士。但该工程在将 100 个被选中的警队精英当成"小白鼠"方面存在伦理问题。我国香港《卫斯理蓝血人》(2002)描写联合国特工和来地球寻找兄弟的美貌外星人接触,发现了政府的星际混种阴谋。(4) 就外企、外国等而言,《伪梦迷情》(2018)描写老外摩根在中国鲲城建立研究实验基地,指使盗取全城人的脑部信息资料,准备从心理上控制全体市民。《人类消失之夜》(2020)中的外资企业天体公司谎称将十万人送到太空,实际是将他们改造成被其支配的复制人,并以机器人名义发动扫荡人类的行动。(5) 就人类而言,《异兽之降龙之战》(2017)描写人类跨过科技伦理界限,混合蛇和蝙蝠的基因,加以一种特殊成分,使所造出的怪兽身体硬如汽车外壳,普通枪械无法打穿。人类常规武器(枪械、战机)对付不了自己造出来的怪兽。主角负伤后受怪兽影响而变异,才打败怪兽。(6) 就异类而言,《异能觉醒》(2017)描写外星生命想入侵地球,但无法直接穿越五维空间,因此在地球人中寻找具备特殊属性的寄体,植入外星病毒,以赋予超能力为诱饵,控制他们的思维,进而通过他们控制其他人。上述影片的情节都是虚构的,但带有讽喻性。

"技道合一"主要是就兼具技术属性和伦理属性的智能机器人而言。例如,《功夫机器侠之南拳真豪杰》(2017)、《功夫机器侠之北腿乱云飞》(2017)塑造了对人类忠心耿耿的未来机器人形象。他们奉派穿越回中国古代学功夫,将录有技能信息的芯片传送到人类未来基地,为打败外星入侵者做出不可替代的贡献。《未来机器城》(2019)塑造了"浑身正气"的机器人 7723 的形象。据其开发者米大力博士介绍,它是第一个学习意义上的机器人,肩负着拯救人类的使命,必须通过学习来区分对错。影片就是以其学习经历为主要情节的。我国科幻电影同样运用"技道合一"的原则来要求外星机器人,希望他们既有本事又对地球人友好。譬如《快乐星球之三十六号》(2018)的主角是来自快乐星球的难民机器人。他逃难来地球之后受到拾荒老人等的关爱,嫉恶如仇。与母星人汇合后截击 Q 星球攻击地球的导弹，可以说从小小难民成长为人类救星。除此之外，我国科幻电影也揭示了智能机器人扮演反面角色的可能性，如《机械画皮》(2020)的主角形成自我意识之后剥取人皮为自己美容等。

### (三) 中国心理逻辑的科幻寓言

所谓"寓言"原先是指有所寄托的言语，后来发展成为用比喻性的故事讲道理的文学体裁。从语用学的角度看，寓言的特点是跳出现实语境，进入想象语境。科幻电影同样具备这样的特点。由于受中国传统文化耳濡目染等原因，国产科幻电影的编导自觉或不自觉在自己的作品中运用具备民族特色的心理逻辑，使之具备寓言的属性。试举数例：

祸福相依。《左传·襄公二十三年》："祸福无门，唯人所召。"[①]《筒子楼超人》(2019)讲的就是这个道理。该片描写外星人飞船在迫降地球时坠毁，其能源(红色矿石)落在科学家陈草莓手里。外星人李叔变得一文不名，和其收养的幼子李默森蛰居于筒子楼的陋室，穷到有时须向邻居借米熬粥的地步。陈草莓则因为将捡到的红色矿石交给从事能源开发的端点星集团而大赚一把，不仅如愿当了董事，而且占有该集团 20% 股份。不过，20 年之后，李叔将李默森培养成了仗义疏财、虽居陋室却有拯救世界之宏志的青年，陈草莓却变成虽然拥有经济实力但道德沦丧的野心家。她在开发红色矿石潜能方面一再受挫，急于获得可能具备关键作用的粒子分离技术，在发明该技术的皇天集团老板黄小毛拒绝之后，指使手下谋杀他。为了解外星人如何能像战斗机那样飞翔，她又绑架李叔，想迫李默森就范，结果反为李默森所擒。

无身何患。《老子》第十三章："吾所以有大患者，为吾有身，及吾无身，吾有何患！"[②]世俗忧患都是因为身体引起的。倘若没有身体，还发什么愁？根据《三体之灵魂危机》(2015)的构思，外星智慧生物进化到精神可以彻底脱离肉体而存在的阶段，形成了所谓"灵体"或"灵魂"。如果他们不来地球进行科学考察，这些灵体或许可以安安稳稳地过无欲、无爱、无危机的日

---

① 杜预注，孔颖达疏：《春秋左传正义·卷三十五》，清嘉庆二十年(1815)南昌府学重刊宋本十三经注疏本，第 782 页。

② 老子：《上篇 第十三章》，古逸丛书景唐写本，第 6 页。

子。不过，对那些想要通过互动深入了解地球的外星科考队队员来说，人类社会可是完全不同的世界，有欲、有爱、有危机。标题所示的“灵魂危机”发生在那些因寄生于地球人肉身而重新恢复情感的灵体之上。

人生如梦。苏轼说：“多情应笑我，早生华发。人生如梦，一樽还酹江月。”[①]《超能事件》(2019)有此寓意。该片中的主角因受陨石影响而拥有超能力，又因不听女友规劝、运用超能力从事抢劫而被拘留。他回忆这段短暂的经历，自言自语：“就像我们现在才感觉到几亿年前的星光一样，世界转眼间就变了，就像是昨天做了一个梦。”他想象自己与女友紫琳凌空起舞。“我们现在所看到的这一切，摄像机所拍下的这一切，可能并非真实存在，只是我们的脑海里愿意去相信的记忆罢了。或许，我们一边梳理过去的记忆，一边留在回忆里。”

视死如归。《管子·小匡》：“平原广牧，车不结辙，士不旋踵，鼓之而三军之士视死如归，臣不如王子城父。”[②]科幻电影所描绘的时间重置可以挽救人，因为他们即使走向死亡，依然可以坚信重生随即到来。像《超时空救援》(2019)中的菲菲就是如此。她知道自己的每次死亡都将触发时间重置，为了使伤重的男友陆万痊愈，打开飞机舱门，从高空中跳了下去。陆万在这次时间重置之后选择飞越子午线，这是一种可以避免菲菲非正常死亡的方法，代价是他对菲菲的追求必须重新开始(因为她将忘却与他的爱情)。

与国外科幻电影相比，我国科幻电影就产品层面而言主要有如下特点：(1) 在手段意义上将本土物华天宝当成“中国元素”，围绕新型科技进行构思，不仅设想出现实生活中尚未存在的各种工具、机器、设备、装备以及相应的原理、规律等，而且将它们人格化。(2) 在内容意义上遵循“以道驭技”的中国古训，反对“恃技废道”，在发展 AI 时主张基于人伦的“技道合一”，重视科技与伦理的关系。(3) 在本体意义上运用具备民族特色的心理逻辑(如祸福相依、无身何患、人生如梦、视死如归等)，具备寓言的属性，往往言在此而意在彼。

---

① 苏轼：《念奴娇·赤壁怀古》，[宋]黄升编《唐宋诸贤绝妙词选·卷二》，四部丛刊景明本，第14页。

② 管仲：《管子·卷八“小匡”》，四部丛刊景宋本，第85页。

## 三、科幻电影视野下的中国之事

在某种意义上，中国之事是因中国之人与中国之物运动变化、彼此结合而产生的。它至少具备三种可能的含义。(1) 在自然的意义上，指发生于东亚特定地理区域的事情。(2) 在社会的意义上，指以汉族为主体民族的多民族国家所经历的事件。(3) 在心理上，指以华夏文明为源泉的人类共同体在迁徙过程中所遇到的事变。就科幻电影创意而言，与中国之事关系最密切的有中国哲理、中国方略、中国历史等。我国科幻电影将它们与科技智慧、科技视野、科技潜能结合起来构思，演化出令人回肠荡气的情节。

### (一) 科技智慧与中国哲理的叙事化

古人认为智出乎争。《庄子・人间世》有言："德荡乎名，知出乎争。名也者，相轧也；知也者，争之器也。"①照此书的看法，聪明才智是在反复斗争中锻炼出来的。争名夺利导致万物一体的道德观衰微，应当予以批判。尽管如此，智慧仍为生存竞争所必需。

智慧既包括笼统的人生智慧，也包括分门别类的领域智慧，如军事智慧、政治智慧、科技智慧等。科技智慧可以细分为：(1) 发明科技所需要的智慧。例如，《错位》(1986)描写工程师赵书信当官后为应付没完没了的会议而按自己的形象制造一个机器人作为替身。《疯狂的外星人》(2019)描写外星人发明了可以连接飞船设备的头箍状脑波控制器。佩戴者失去了它，只不过是任被猴戏艺人用鞭子驱使的"低等生物"；戴上了它，就成为神通广大、可以将地球人当猴耍的"高等生物"。(2) 推广与应用科技所需要的智慧。例如，在《动物出击》(2019)中，20 万吨货轮特洛伊号载有大量剧毒物质，遭到海盗袭击后以自动驾驶状态前往预定海港。猫博士不仅通过海事电话指点幸存者弃船逃生，而且想出分解毒物的办法。它因此得意起来，"我真是太有才了"。又如，《最后的日出》(2019)的主角孙炀不仅对照热力学第一定律说明太阳异变，用热力学第二定律说明世界只会变得越来

---

① 庄周：《庄子・卷二 "人间世"》，四部丛刊景明世德堂刊本，第 32 页。

越糟糕(热寂),用热力学第三定律说明世界总是还有希望(因为不会达到绝对零度)。(3) 纠正科技流弊、促进科技更新的智慧。例如,《星际高手》(2019)描写神级学院于胜教授为开发大脑潜力而制造"脑白银"仪器,串通教师华西子,绑架考中"试神"的优秀学生到选招院做实验。为改进仪器,他准备拿人类最强大脑做活体实验,为此举办全球文斗赛,将脑白银当成奖品。嬴羽等同学察觉上述阴谋,挫败于胜派来的受控人,逃离选招院。《三休之火星归来》(2016)描写科学家戴维和投资商奥德里奇以探索人类起源为名进行星际考察,想找到核心能量石、启动灭绝全人类的"过滤计划"。其秘书安妮发现后,与其恋人马克、哥哥亨利一起,设法粉碎了他们的阴谋。

我国科幻电影对科技智慧的描绘包含了富于哲理的辩证观点,与传统文化对智慧的哲理审视相吻合。试举例说明:(1) 智者不惑,庸人自扰。语本孔子所说的"知者不惑,仁者不忧,勇者不惧"[①],指拥有智慧的人不被世事所迷惑。譬如,《珊瑚岛上的死光》(1980)描写科学家赵谦在海外发明高效原子电池,因拒绝转让专利权而遭某外国公司加害。其学生赵天虹带电池逃出,所乘飞机被击落。隐居荒岛的马太博士救起他,用所发明的死光帮助他击毙该外国公司经理。该片中的赵谦、赵天虹、马太等人都是有见识的科学家,不仅具备科技专长,而且在威逼利诱面前仍然保持清醒头脑。另一些影片塑造了糊涂虫的形象,如《超能少年之烈维塔任务》(2009)中的盗墓贼穿山甲、耗子哥俩等。(2) 情急智生,或曰"急中生智"。例如,在我国动画实景混合片《北海怪兽》(2006)中,外星小绿人借助飞船强光进入北京无聊青年塔南大脑。中国生理研究院李家奇博士说塔南的体内有外星人,塔南立刻变得青面獠牙,并扼住博士的脖子,将他举高。博士情急之下掏出一包烟点燃,将烟雾朝塔南的脑袋喷去,顿时将塔南体内的外星人打垮。然后,博士给丧失意识的塔南做手术,从其右肩下取出外星人尸体,做成标本。(3) 仁者见仁,智者见智。这是指人们由于处境、经历、利益、视野等方面的差距,对事物会有不同的看法。例如,《生化英雄之夺魂》(2016)中的三位科学家追求不同的超越目标。钟逸想研发促进基因重组的药物以造福人类;陆冰既想让作为情敌的钟逸服气,又想掌握足以左右人类命

---

① 何晏集解:《论语·卷五"子罕"》,四部丛刊景日本正平本,第 22 页。

运的科学力量;高雅则追求“全人类人工智能”,将它当作无所不在、无所不能、无所不知的无限力量。影片以其标题提出了谁是生化英雄的问题。是对生物科技的负面影响有所反思、人品高尚的钟逸?是在基因重组药物开发方面取得成功、技术高明的陆冰?还是利用陆冰取得的数据和配方、成为最终胜利者的高雅?影片并没有清晰的结论。(4) 智者千虑,必有一失。这一观点涉及智慧的局限性。例如,《欲念游戏》(2019)描写郭实发明体感装置“化蝶系统”,其核心技术是通过生物电刺激大脑产生五感,可以使虚拟世界梦想成真。但该系统运营时出现失误,导致郭实痛失爱女,难以自拔。(5) 大智若愚。在《钢铁飞龙之奥特曼崛起》(2019)中,为了引导所选定的“人间体”(传人)、小男孩乐乐成长,宇宙超人奥特曼留给他一个多模式智能投影魔方。在智者模式下,所出现的是白发老头讲道:“道不可坐等,德不可空谈。于实处努力,从知行合一上下功夫。”遗憾的是乐乐由于年纪太小听不懂,认为如此说理使人得神经病。(6)“智慧出,有大伪”。[①]老子之所以这样说,是由于看不惯“人多伎巧,奇物滋起”的现象,有感而发。“大伪”无疑是“大道”的对立面,《我的外星人舅舅》(2019)中的何银河可以为例。他是被视为精神病人的科学家,成立非人类研究中心,自称花600 多年研制出专门对付外星人的枪,说它是“科学的结晶,人类的智慧”。它似乎有效,但其研制过程是荒唐的。若无作为实战对象的外星人,这枪如何能够研制出来呢?(7) 智者自智。这是指有智慧的人不仅在逻辑上自洽,而且善于影响别人。例如,《家有天才》(2019)中的王伯伯说:“几千万年前,恐龙进化得非常快,有的比现在的人还聪明,制造出飞行器,逃灾到异星,应当就是传说中的外星人。”此人见多识广,经常给孩子们讲外星人的故事,弄得孩子们也相信起来。(8) 情智相润。对健全人格而言,情感与智慧是相辅相成、缺一不可的。《机械陪伴》(2020)从反面做文章,描写科学家潇然一心研究向女性客户提供陪伴服务的机器人系统“享他”,但自己忽视了对亲人与女友周诗晴的陪伴。在他死后,周诗晴宁可与对她奉献专一情感的机器人私奔,也不愿与潇然的化身维持关系。(9) 乔獐作智,即自作聪明(装扮成獐子就以为是智者)。例如,《荒野巨兽》(2020)中的两个科研团队在分别寻找坠落陨石时遇险,因为他们进入巨蜥蜴的巢穴,引发连

① 老聃:《老子·上篇 第十八章》,古逸丛书景唐写本,第 9 页。

锁反应。以文教授为首的团队发现巨蜥蜴的蛋可以用来吓阻巨蜘蛛的进攻,因此维护了自身的安全。另一团队的韩医生却自作聪明地用摔的方法来检验巨蛋是否陨石原石,被闻讯回巢的巨蜥蜴攻击并杀死。

从艺术的角度看,如果说武打之类的斗勇可以给观众带来视觉冲击与情感兴奋的话,那么,用计之类的斗智可以激励观众的探究动机与逻辑思考,增加影片的趣味性和知识含量。例如,《快乐星球之三十六号》(2018)的主角是快乐星球科学家老顽童与Q星球的Q博士过招。Q博士先用损招摧毁快乐星球,老顽童所制造的多态机器人三十六号作为唯一幸存者逃到地球,以生物人形态被马老汉收养,发挥机器人优势打败三个窃贼。Q博士为斩尽杀绝,派助手大Q将三十六号抓到Q星球。三十六号将计就计,利用网络人形态进入Q星球的网络,利用生物人形态打败大Q(一泡尿导致其本体短路),按照老顽童爷爷事先的设计,将以数字生命形态躲在虚拟空间中的快乐星球的人拯救出来,在友好的H星球帮助下,挫败Q博士用细菌幽灵弹消灭地球人的行动。

### (二)科技视野与中国方略的艺术化

所谓"方略"是方针与策略的合称,在某些语境下也可能指措施与战略而言。"中国方略"至少包含三种可能的含义:一是中国所制定和实施的方略(以中国为主体),二是外国针对中国所制定和实施的方略(以中国为对象),三是在华外国机构(特别是外企)为适应中国国情而制定和实施的方略。就相关学术研究而言,第一种含义最为常见。下文所采用的正是这种含义。中国方略可依其起作用的领域划分为中国经济方略、中国抗疫方略、中国城建方略等。近年来,中国所提出的事关全球治理的方略包含了丰富的内容。从科幻电影创意的角度看,有三点特别值得重视:

正视大变局。习近平总书记指出:"放眼世界,我们面对的是百年未有之大变局。新世纪以来一大批新兴市场国家和发展中国家快速发展,世界多极化加速发展,国际格局日趋均衡,国际潮流大势不可逆转。"[①]习近平总书记又指出:"当今世界正经历百年未有之大变局,但和平、发展、合作、共

① 《习近平接见2017年度驻外使节工作会议与会使节并发表重要讲话》,新华社,2017年12月28日发布。

赢的时代潮流没有变。”[①]我国科幻电影曲折地反映了上述状况。例如,《天狼星的来客》(2017)描写地球人对引力波的探索引起天狼星人的警觉。后者的特工798入侵中国企鹅公司程序员林一意识,目的是获取穿透中国互联网防火墙的通关代码,但他爱上林一的同事章千千,改变天狼星人将地球人当成纯粹程序的观念,反过来帮助地球人加密互联网空间。《疯狂的外星人》(2019)描写外星派人来地球,准备和C国建交。来使奇卡落入中国驯猴人耿浩及其朋友大飞手里,“不要不相识”。奇卡被灌醉,醒来之后发现酒的妙处,带酒回去送礼,大飞趁机将酒生意做到其他星球。上述两部影片所描写的主要是外星人和地球人的关系。不论最初入侵也好、谋求建交也罢,外星人的出现对于地球人来说都是前所未有的大变局。二者之间虽然少不了矛盾,但仍然有调适的可能性,这是编导所暗示的。

端正科技观。习近平总书记指出:“未来几十年,新一轮科技革命和产业变革将同人类社会发展形成历史性交汇,工程技术进步和创新将成为推动人类社会发展的重要引擎。”[②]他又指出:“历史和现实一再告诉我们,当今世界,如果走对立对抗的歧路,无论是搞冷战、热战,还是贸易战、科技战,最终将损害各国利益、牺牲人民福祉。”[③]我国科幻电影既意识到科技革命从整体上对人类社会所产生的巨大影响,又对少数科技企业危及人民福祉的行为予以批判。例如,在《钢琴木马》(2014)中,跨国企业大松生物亚洲总部公司拿福建南靖居民做基因实验,因为这里一度与世隔绝,保存了古代中国人最纯净的基因库。黑客王阿明闻讯之后,联想到《生化危机》游戏中针对基因缺陷开发病毒的内容,意识到上述实验可能涉及针对中国人的DNA袭击。于是,他和女友李清子一起向警方举报,使大松生物公司所涉及的基因战阴谋被挫败。又如,在《黑客风云》(2017)中,上市制药公司Trum B进入中国市场,从一款普通的感冒药起家,千方百计扩大产品销路。它依靠技术人员找到中国顾客的DNA缺陷,在缺陷处植入病毒体,使得单一的DNA病毒变成广泛性传播,其目的就是控制病人的耐药性,使病

---

① 《习近平谈世界百年未有大变局中的三个“没有变”》,新华社,2019年10月25日发布。

② 中共中央文献研究室编:《习近平关于科技创新论述摘编》,中央文献出版社2016年版,第97页。

③ 习近平:《让多边主义的火炬照亮人类前行之路——在世界经济论坛“达沃斯议程”对话会上的特别致辞》,《人民日报》2021年1月25日。

人对药物产生依赖。由生物人与电子人组成的变色龙军团发现该公司的不法行为之后，奋起与之斗争。

建设共同体。在阐释中国对外开放战略和外交政策时，习近平总书记强调我们的事业是得到世界各国人民支持的事业，是向世界开放学习的事业，是同世界各国合作共赢的事业。[①] 他多次阐明中国坚定不移走和平发展道路的决心和构建人类命运共同体的理念。我国科幻电影的代表作《流浪地球》(2019)弘扬主旋律，描绘了未来时代人类救亡图存的共同努力。正如庞书纬所分析的，该片表现出对世界优秀文明成果的尊重和对全球合作前景的乐观态度。其中的人物在一定程度上超越了具体国籍，具有人类寻求自我拯救的象征意义。“全片的高潮之一是来自全球各地的救援人员放弃可能是最后与家人团聚的机会，合力推动苏拉威西发动机撞针使其点火成功，这也契合了整部电影主题：拯救地球，需要全人类的智慧和力量。”[②]有些影片则致力揭示建设人类命运共同体所可能遇到的障碍。例如，《虫族》(2020)描写 EVO 实验室负责人摩尔在后天启时代一边制造病毒，一边卖抗体疫苗。他蓄意加剧人类定居点浅谷城的内部矛盾，鼓动特洛伊战队投奔自己。浅谷城勇士察觉其阴谋，与之同归于尽。幸存者着手重建浅谷城。

中国所提出的事关全球治理的方略是从当下世界的政治、经济大势出发的，立足于现实环境。相比之下，我国科幻电影有关不同共同体之矛盾的构思立足于虚构条件，未必能和现实环境精确对应。尽管如此，正视大变局、端正科技观、建设共同体的方略仍然对于我国科幻电影的创作和鉴赏具备重要参考作用。

### (三) 科技潜能与中国历史的拟议化

在现实背景下，中国历史是按照从过去、当下朝向未来的趋势发展的。所谓“拟议化”是指科幻电影沿着过去未过、现实不现、未来已来的思路展开想象。过去之所以未过，原因之一是当下人们试图从科技与幻想相结合

---

① 习近平：《中国是合作共赢倡导者践行者》，《人民日报》2012 年 12 月 6 日。

② 庞书纬：《人类命运共同体视野下的中国科幻电影——以〈流浪地球〉为例》，《传媒观察》2019 年第 7 期，第 96 页。

的角度破解历史谜题。例如，1934 年 8 月 8 日，辽宁营口发现龙形尸体，《盛京时报》做了报道。《超自然事件之坠龙事件》(2017)设想我国国防科工委所属绝密机构 709 局派上尉董灵、中尉金木水通过时空门回到 1934 年辽宁营口，调查当地的坠龙事件。又如，天启年间北京发生过原因未明的大爆炸。《古着商店之天启大爆炸》(2019)将它设想为未来世界机器人追杀人类反抗军领袖尼奥将军及其侍卫周武上校而引发的。据设定，只要二者距离小于 5 米，就会爆炸。实际上，周武体内也藏有炸弹，因为他们准备去暗杀人工智能首领"救世主"。本片为天启大爆炸提供了一种科幻答案。

现实之所以不现(不局限于现在)，原因之一是当下人们试图从科技与幻想相结合的角度展望未来可能。例如，当下中国正大力发展人工智能，目标是占领制高点。《战斗天使》(2019)进而设想 2050 年中国已经成为世界第一人工智能大国。上海的斋藤集团开发并运营的斋藤系统让人们得以生活于其中，用户达 27 亿。又如，中国 2018 年在贵州建成"天眼"，跻身世界天文观测领域前列。《外太空的你》(2020)因此设想了能够汇聚磁场的"天眼"，它可以用来给地球人与外星人的混血儿疗疾。

未来之所以已来，原因之一是人们试图从科技与幻想相结合的角度反思当下，亦即人们的憧憬作为目标介入当下的现实。科幻电影进而设想未来真的派人来到当下，这些不速之客试图从改变现状入手实现其长远目标。我国有大量影片是循着上述思路创作的，其中包括不少励志片。例如，《天降机器女仆》(2017)描写程序员沈大宝在从 2046 年穿越而来的机器人伊娃的帮助和激励下实现屌丝逆袭；《我的机器女友未成年》(2017)描写未来科学家白帅派机器人穿越到现世，激励 60 年前的自己奋发向上；《AI 女友》(2018)描写未来机器人 D 号激发当下小混混(先天性心脏病患者)的生活热情，等等。

若论沟通过去、当下和未来，现阶段的科技已经提供了某种可能性。《幻界重生：虚空秘境》(2018)描写 VR 公司设定虚拟情境，帮助三个现实受挫企图自杀者找回迷失的自我。他们穿越到了明朝、宋朝，又从未来穿越到了现在，讲出了平时压抑在心里不敢讲的话，释放了内心的痛苦，增进了生的勇气。这三个人原先互不相识，因在 VR 情境中扮演一定角色而互动，回到现实生活之后分别实现了与至爱亲朋的关系正常化。这类项目如今其实是基本可行的。与之相比，科幻电影的特色是借助虫洞、时间机器让当事人能够进行真正的(而非虚拟的)时间旅行,以此为契机构思有意义的情节。例如,《超时空猎杀》(2020)提出了这样的问题:倘若虫洞出现使时间旅行成为可能,如何进行管理?为了防止时间旅行者改变历史,现实世界的人类必须将自己的权益、权力延伸到既往世界,所谓“时空管理局”就是这样诞生的。尽管如此,人类活动的跨时代管理确实并非易事。为此而组建的守卫队承受了巨大的压力,有多人殉职。两任队长都要求关闭虫洞以彻底阻止偷渡,局长石旭天却认为虫洞是人类宝藏而无意关闭。先是队长秦朗以枪指着局长石旭天行谏,结果被关起来;后是继任队长左石率部反叛,强行穿越时空门进入历史上的秦阳城,以颠覆历史作为威胁,要求当局关闭虫洞。前队长秦朗奉命与特工景彤等前往说服左石放弃袭击秦阳王以改变历史的计划,要旨是:“石旭天已经答应给我关闭虫洞的钥匙。但你得跟我回去。”石虽然同意,但未能阻止部下杀死燕使,只好自己假扮燕使往见秦阳王。景彤回到当下,却发现人事已非。这两件事之间存在因果关系:左石在历史时空取代了燕使,新局长在当下时空取代了老局长石旭天。左石此举的本意是维护历史,但历史终究被改变;秦朗接受说服左石之任务的前提是石局长同意关闭虫洞,但由于历史被改变、新领导未必兑现前任领导的许诺,因此,虫洞估计很难被关闭。这类矛盾实际上体现了虫洞带给人类的悖论。

与国外科幻电影相比,我国科幻电影就运营层面而言主要有如下特点:(1) 在方式意义上通过科技智慧与中国哲理的互动实现叙事意蕴的升华。(2) 在环境意义上贯彻中国文化方略,关注正视大变局、端正科技观、建设共同体等主旋律命题。(3) 在机制意义上强调对科技改变历史之作用的反思,提供可成为议题的核心理念,引导观众深入探讨。

总体而言,我国科幻电影在构思中突出危机意识,涉及从个体到族类的灾难、从表情到潜意识的恐惧、旨在救亡图存的对策等。它将化“危”为“机”当成要旨,危机缘由是以科技为参照系所能定位的,危机心理是以科技为参照系所能阐释的,危机对策是以科技为参照系所能理解的。在现实生活中,“国家兴亡,匹夫有责”。在科幻语境中,世界兴亡,人人有责。这种责任感构成了我国科幻电影的重要特色。

# 论中国科幻赛博格叙事与话语建构

江玉琴*

## 引言:"后人类"视角

"后人类"是一个很晚近的概念,在20世纪90年代中后期才开始作为一个当代批评术语进入人文和社会科学领域。凯里·沃尔夫(Cary Wolfe)①于1995年在翁贝托·马图拉纳(Humberto Maturana)与费朗西斯科·瓦雷拉(Francisco Varela)主编的《文化批评》专题"系统政治与环境"中发表论文《寻找后-人文主义的理论》。但真正引发后人类热议的主要是凯瑟琳·海勒(N. Katherine Hayles)于1999年出版的那本世界闻名的专著《我们何以成为后人类》,这本书开启了新世纪的后人类研究热潮。紧跟其后的是英国批评家尼尔·巴德明顿(Neil Badmington)与伊莱恩·格拉汗(Elaine Graham)于2000年共同编辑出版的文集《后人文主义》(*Posthumanism*),进一步推动了人们对后人类的认识,后人类概念成为21世纪最重要的批评话语之一。关于后人类的讨论在当前学术批评语境中呈现为两种话语叙事模式:一种是强调技术话语,观照肉身变革后的新生命观念,因此也被称为后人类主义,以海勒的批评理论为代表;另一种是强调哲学话语,这种哲学话语基于解构理论,观照生命观念革新后的文化理

---

* 江玉琴,博士,深圳大学人文学院教授,主要从事后人类理论与科幻文学研究。本文原载《山西大学学报(哲学社会科学版)》2023年第3期。

① 沃尔夫认为他是最早使用这个术语的人。关于这一点沃尔夫在他的专著《什么是后人文主义》中做了详细的介绍。Cary Wolfe, *What is Posthumanism*, Minneapolis: University of Minnesota Press, 2010, p. xi.

论建构，也被称为后人文主义，以沃尔夫与巴德明顿为代表。两种话语之间常有交叠，但彼此独立的思想脉络非常清晰。

实际上，关于后人类，早在1977年伊哈布·哈桑就在《乔治亚评论》上发表论文《作为表演者的普罗米修斯：走向一种后人文主义文化?》。哈桑从文学叙事的异文本、超文本等反映的文学与社会、文化的关系，发现后人文主义作为一个新词，正伴随着技术发展产生出一种新的人类形式、人类欲望、外在表征与精神建构。他也由此发出警示：后人类形象将对我们现有人文主义思想提出挑战。但可惜哈桑的这一观点在当时并未引起热烈讨论。1983年唐娜·哈拉维(Donna J. Haraway)的会议论文《赛博格宣言》也提出了一种后人类的视角，她定义了人机交互的"赛博格"概念并强调其背后的社会、文化隐喻。这一概念在20世纪90年代中期的后人类讨论中大放异彩。

关于"后人类"的热议一方面与信息技术和生物技术的飞速发展相关，人工智能的研发成果日益深度进入人们的日常生活层面；另一方面，基于技术想象的科幻文学也在此过程中获得极大关注，科幻文学研究日益从边缘走向中心，文本呈现的未来景象激发了人们的技术讨论并帮助人们洞察文本背后隐藏的更深刻的人文思想，从而产生基于科幻文本的后人类批评与阐述。本文从后人类视角探讨科幻作品中技术对人类肉身进行的变革，也即赛博格形态，提出科幻文学的赛博格叙事构建了科幻的赛博格话语，并以此观照中国科幻赛博格话语表达。

## 一、从赛博格话语到科幻赛博格叙事

"赛博格(Cyborg)"在当今流行文化中已经成为一个常见术语。在技术话语层面，赛博格是"机器与有机体的混合"，是一种"控制论有机体"，因此在技术迅猛发展的当代，基于技术对于肉身的介入及我们的日常反应，"我们都是赛博格"。赛博格技术话语不断建构人机交互的深度与社会适应度，[①]而

① 这个方面主要以控制论研究成果为导向，如第三波控制论发展中的系统生命论，泰格马克的《生命3.0》、明斯基的《情感机器》等都在讨论技术创造的人工智能如何像人一样行动，如何参与并帮助人类生活。

科幻赛博格叙事则比这一技术文化走得更远，它以文学表达的方式指向跨越二项性的文化观念重构，审视新世界并产生世界新认知，成为一种基于新人与新世界的本质思考。从技术赛博格话语到科幻赛博格叙事，大致经历了三个阶段。

### （一）赛博格作为交互性、融合性的技术话语

赛博格概念源自 20 世纪 40—60 年代控制论（Cybernetics）的发展结果，而控制论概念本身就是一个交互性与融合性的技术话语。

控制论是美国数学家与哲学家诺伯特·维纳（Norbert Wiener）在 1948 年出版的《控制论：或关于在动物和机器中控制和通信的科学》（*Cybernetics: Or the Control and Communication in the Animal and the Machine*）一书中提出的科技新概念，也即探讨有机体与机器之间的信息控制的理论。维纳的控制论就是要从动物、人及机器等不同的复杂对象中抽取共同的概念，并用一种全新的视角，通过全息的方法进行研究。[①] 控制论也为可能高度交合联结的计算机技术提供了知识与实践的基础。[②] 维纳声称，“现代高速计算机的原理其实就是自动控制装置中完美的中枢神经系统，并且它的输入与输出方式不一定非要采取数字或图形，而可以相应地采用人造感觉器官，像光电池或温度计，以及马达或螺线管那样的。通过应力计或类似的设备感知这些运动器官的行动，并作为人造的运动感觉向中枢神经系统报告，‘反馈’，这样，无论多么复杂的机器，我们都能制造出来”[③]。维纳洞穿了信息接收与反馈的原理，认为让机器像人一样工作并非不可行。这种研究融贯了数学、生物与计算机科学等多个领域。

基于这一认识，维纳在《控制论》以及《人有人的用处》（*The Human Use of Human Beings*）中进一步提出生命信息论，因此维纳的技术表达最终致力于人工生命的创造。维纳认为，身体本质上是一个处于不断新陈代

---

① 胡作玄：《〈控制论〉导读》，[美]N.维纳《控制论：或关于在动物和机器中控制和通信的科学》，郝季仁译，北京大学出版社 2007 年版，第 3 页。

② Calum Mackellar, *Cyborg Mind: What Brain-Computer and Mind-Cyberspace Interfaces Mean for Cyberneuroethics*, New York: Berghahn Books, 2019, pp.9-10.

③ [美]维纳：《控制论：关于动物和机器的控制与传播科学》，陈娟译，中国传媒大学出版社 2018 年版，第 39 页。

谢中的物质组织，这个组织可以在一定时期内保持自身的有序性和组织程度。血液中的氧、二氧化碳和盐分以及我们的内分泌腺所分泌出来的荷尔蒙都是由种种机制来调节的，这些机制都具有抗拒这些成分相互关系发生任何不适当变化的功能趋势，从而也构成了我们称之为内稳态的东西。“内稳态所要保持的东西就是模式，它是我们个体的统一性的试金石。”①模式就是信息，它可以作为信息来传递；模式也是人脑及其记忆和这些记忆之间错综复杂的关系。信息与物质是两种不同的东西，有机体的生命本质上就是一套特定的信息组合，而不是受这套信息组合支配的物质组合。从控制论的视角来看，对有机体而言，信息更重要，物质只是体现信息的载体。

根据维纳的控制论论述，人机信息交互成为可能，赛博格技术身体也由此在众多科学家的努力下日益成为现实。现有的技术身体改造表达了技术身体发展的必然趋势。罗伯特·F.舍维斯(Robert F. Service)在2013年撰文称“赛博格时代已经开始了，这也是生物电子技术的时代”②，这意味着研究进程中生物学家、物理学家、纳米技术专家团结在一起，正在致力于推动这一面向人类身体的挑战。赛博格技术聚焦于人类肉身，试图增强和增补人类身体的物理功能。一方面，人类通过向体内植入芯片，扩展生物性肢体的范围，加强身体的各种功能；另一方面，未来学家们还热衷于探讨心灵上载，即通过扫描大脑的神经结构及状态特征来获取人的精神状态，包括自我意识和记忆等，然后对相关内容进行编码和存储。③ 汉斯·莫拉维克(Hans Moravec) 和雷·库兹韦尔等未来学家相信，只要有另一台电脑重新加载这些记录了心灵信息的内容，就是大脑的再造和重塑，如果运行了相关程序的电脑替换成一个仿真机器人的外壳或植入另一个人的大脑，那么在某种程度上就是生命的重生和延续。

### (二) 赛博格作为突破二项性观念的文化话语

赛博格的文化话语表达主要来源于哈拉维。尽管并不是哈拉维发明

---

① 维纳：《人有人的用处：控制论和社会》，陈步译，商务印书馆1978年版，第75页。

② Robert F. Service, “The Cyborg Era Begins,” *Science*, 2013(7), p.1162.

③ 计海庆：《赛博格分叉与N.维纳的信息论生命观》，《哲学分析》2017年第6期，第128—129页。

了赛博格这个术语，但的确是她将这个术语带入流行文化中。哈拉维从控制论产生的赛博格概念中得到启发，将赛博格概念纳入文化讨论中，洞穿赛博格隐喻的文化内涵，以此批判西方认识论的二元体系。在哈拉维看来，赛博格是“一种控制论有机体，一种机器与有机组织的混合物，一种社会现实的创造，如同虚构的创造……它是父权文化的杂种后代——一种集结的和重新集结的后现代集合体和个人自我”①。赛博格身体成为一种矛盾联合体，联结了机器的机械世界与有机身体的“自然”世界，从而打破人类认识论历史中的人类—机器、文化—自然、主体—客体的边界。赛博格话语作为一种含混的、矛盾的世界认知形式，批判并对抗着西方思想观念的二分法。哈拉维的赛博格是一个混合物，包含了人类、动物、机器或技术的部分。② 哈拉维的赛博格更是人类各种技术想象的联结，“哈拉维本人也充分意识到赛博格可能刺激人们的幻想。在流行文化中，这些幻想成为与乌托邦—生物有关的科幻小说变体，它们也呈现为电影和电视中各种如人类胳膊、器官以及超能力的假体”③。正是这种赛博格文化表达，产生了我们的新的身体政治与生命政治。

相较于科学家克林纳与克莱恩在“太空与控制论”中对赛博格阐述的技术指向，哈拉维则将赛博格直接指向我们的社会现实，指明赛博格表征了我们最重要的政治形态。“赛博格是我们的本体论；它赋予我们自己的政治。赛博格是一种包括想象和无知现实的浓缩形象，是两个联结的中心，建构了历史革新的任何可能性。”④哈拉维的赛博格身体政治阐释了性别认同的异质性，看到了本体论混杂与认知论混杂的想象。而赛博格作为一种叙事装置，将镶嵌和刻画关联在一起呈现历史差异性，在事实与虚构、主体与客体、思想与身体的混杂叙事中开辟了一个在符号和物质疆界之内

---

① Donna J. Haraway, *Simians, Cyborgs, and Women: The Reinvention of Nature*, New York: Routledge, 1991, p.181.

② Don Ihde, "Aging: *I Don't Want to Be A Cyborg, I and II*," *Medical Technics*, Minneapolis, United States: University of Minnesota Press, 2019, p.25.

③ Ibid.

④ Donna J. Haraway, *A Cyborg Manifesto: Science, Technology, and Socialist-Feminism in the Late Twentieth Century*, Minneapolis, United States: University of Minnesota Press, 2016.

关于连续性、关系和差异性的新政治地理学。① 何塞巴·加比龙多(Joseba Gabilondo) 聚焦哈拉维的术语“全球意识形态的装置”,认为哈拉维的两个装置就是大众文化和赛博空间。哈拉维强调,赛博格并不是简单的“跨国资本主义所创造的后现代主体性形式的表征,而是它的意识形态特权化的霸权主体地位”②。可以看到,赛博格作为一种社会与文化隐喻,呈现出一种矛盾性,即人们批判它作为一种信息网络和知识系统的霸权姿态,但同时也依赖于这种知识体系,维持并推动这种知识体系的发展。人类的假体或人机交互的赛博格成为一种话语,贯穿在权力领域。

### (三) 科幻赛博格叙事与话语表达

叙事本身就是一种生产活动,是按人们理解甚至推理的方式进行的事件表达。叙事学家傅修延从文学层面对叙事做出了阐释:“叙事的本质是叙述事件,也就是通常所说的讲故事……叙事传统观念指的是世代相传的故事讲述方式。”③在此基础上,曾军认为,“讲故事”作为人类共有的一种传情达意能力,伴随人类文明的演进发展,也陆续形成具有区域性、民族性的叙事传统和叙事思想。④ 但叙事如何表达世界,本身也随着世界技术与文化的变化而不断发展变化,呈现为经典叙事学与后经典叙事学的分类。这既包括半个多世纪前初版、21 世纪重新出版的《叙述的本质》中罗伯特·斯科尔斯(Robert Scholes) 和詹姆斯·费伦(James Phelan) 在最后部分提出的叙事理论和非模仿性叙事传统、叙事理论和数字叙事、叙事理论和虚构与非虚构之间的界线,以及跨界交互影响、叙事空间等新领域的研究,⑤也包括申丹、韩加明、王丽亚在《英美小说叙事理论研究》中特别补充的“后经典小说叙事理论”,强调了女性主义、认知理论等观念对叙事学的融合。⑥

---

① Matthew W. Wilson, “Cyborg Geographies: Towards Hybrid Epistemologies,” *Gender, Place and Culture*, 2009(16), pp.502-503.

② Joseba Gabilondo, “Postcolonial Cyborgs: Subjectivity in the Age of Cybernetic Reproduction,” Gray C H, *The Cyborg handbook*, New York: Routledge, 1995, pp.423-429.

③ 傅修延:《论叙事传统》,《中国比较文学》2018 年第 2 期,第 1—12 页。

④ 曾军:《西方叙事学知识体系中的中国因素》,《文学评论》2021 年第 3 期,第 168 页。

⑤ [美]斯科尔斯、费伦、凯洛格:《叙事的本质》,于雷译,南京大学出版社 2015 年,第 380—402 页。

⑥ 申丹、韩加明、王丽亚:《英美小说叙事理论研究》,北京大学出版社 2018 年版。

尤其是尚必武的后经典叙事学研究提出，叙事学已经走向“多元化、动态化、语境化”，产生出“跨地域、跨范畴、跨方法”指向，从而进入叙事学研究的新春天。[①] 正是这些新领域的研究的展开，使得科幻文学新叙事也受到关注，这也是本文提出赛博格叙事的基础。

科幻赛博格叙事首先是对赛博格身体感官体验的故事讲述，是基于身体的异质性经验而产生的身体—情感的非常规认知，并由此发生思想与精神层面的世界观念变革。因此科幻赛博格叙事由身体叙事进一步生发出认识论的更新与世界观的改变，同时也产生文化观念的蝶变。我们的身体正在发生前所未有的技术融合，传统的人类与世界都将离我们而去，我们正在进入前所未有的新时空之中。科幻赛博格叙事表征并理解一个新世界，科幻赛博格叙事的研究则致力于建构科幻新话语。

相较于构成赛博格话语的科学技术话语与批评理论话语两个维度，科幻赛博格叙事以精彩的故事、丰富的人机形象与经验、显在与潜在的语言结构，进一步彰显科幻赛博格话语的想象维度，充分表达“what if”的未来猜想，并由此展开基于科技推进人类新文明的人机—主体—世界关系的系统化理解。认知二元论的打破是源于虚拟—现实模糊了现实与想象的边界，人机交互模糊了人类主体性的边界，赛博仿真空间正以数字化形态改变我们的生存世界。赛博格叙事既在凸显赛博格的优越性，也在警醒人类其带来的威胁与挑战。

## 二、中国科幻赛博格叙事特性

王德威将中国科幻创作的开端溯源到晚清，并对中国科幻小说的兴起、勃发与未来进行了阐述，他称之为“史统散，科幻兴”[②]，认为 20 世纪第一个十年晚清政局动荡，各类各样小说文类兴起，科幻小说在中国现代文学的开头就不断给予我们许多想象，但在当时的家国政治危难之下更多呈现为一种政治潜意识，以至在之后近百年的发展历程中以边缘身份、异端

① 尚必武：《当代西方后经典叙事学研究》，人民文学出版社 2014 年版。

② 王德威：《史统散，科幻兴——中国科幻小说的兴起、勃发与未来》，《探索与争鸣》2016 年第 8 期，第 105—108 页。

能量和想象力推动中国当代文学前进，呈现出独特的创造力。王德威标识了中国科幻小说发展的独特语境与文学价值。这一特性也在其他学者那里得到回应和支持，如贾立元指出，在近代中国的空前民族危机中，小说因其大众亲和力得到重视，被文化先觉者们视为启蒙利器，梁启超发动的“小说界革命”开启了清末十年小说蓬勃发展的势头，因而“现代新知激活的新梦幻与小说就此相遇，以‘小说’来诱发民众对‘科学’与‘未来’的热情遂成为一时风尚，梁启超、青年鲁迅、吴趼人、包天笑、陆士谔等近代文学史上的名家都或多或少卷入其中，译介、创作了一批带有科幻色彩的小说”①。

但我们也发现，正是中国科幻创作诞生时的这种救亡图存与西学输入的时代背景与社会需求，导致中国科幻小说缺乏清晰的文类界定和文类自觉。民国时期的科幻小说散落在科学小说、理想小说、社会小说等类型之中，新中国成立后又受苏联影响，被置于儿童文学场域中，一直沿着科普创作路径发展，及至新时期才超越以科普为核心的实用主义，回归到以人的命运、人的存在为核心的文学观念中，产生了科幻创作理论的革新。只有在 20 世纪末及 21 世纪前二十年的发展中，科幻文学才开始真正繁荣并生发出多元表现力与丰富想象力，进而以刘慈欣《三体》于 2015 年获得被誉为“世界科幻界诺贝尔奖”的雨果奖达至高峰。② 回顾中国科幻创作百年来的发展历程，因秉承“科学救国”之传统、承担“科教兴国”之重任，作品较多重视科学奇观和科普创作功能，但即便如此，仍然呈现出对技术身体变形及身体间性的深刻人文反思，如被称为“中国当代科幻创作三大家”之一的王晋康就讲述了大量基因混杂的变异人种故事。近二十年，中国科幻创作的新发展日益呈现出丰富的科幻赛博格叙事特性，科幻作家也以全新的方式探索技术革新后的世界存在模式并建构新认识论。这可以归纳为身体间性叙事、世界间性叙事、文化间性叙事三个方面。

### （一）中国当代科幻的赛博格身体间性叙事

身体间性叙事是中国当代科幻赛博格叙事的一个突出特性。简而言

① 贾立元：《“晚清科幻小说”概念辨析》，《中国现代文学研究丛刊》2017 年第 8 期，第 62—63 页。

② 中国科幻小说百年发展特点参阅吴岩主编：《20 世纪中国科幻小说史》，北京大学出版社 2022 年版。

之，技术产品与身体交互，由此产生人类身体感官与认知的新发现。

20 世纪 90 年代，赛博空间与虚拟世界开始进入中国科幻作家的视野，人机交互或虚拟—现实世界的生活成为新生代科幻作家描述的对象。陈楸帆的《荒潮》是其中的优秀作品之一。《荒潮》中打工妹小米因大脑接入最前沿的生物基因病毒而成为赛博格人小米，她的大脑神经可以打通不同网络，暴露不同个体脑神经中出现的问题，从而实现肉身与其他身体意识的交互。而在王晋康的《七重外壳》中，人类通过虚拟世界的电子“外壳”，不断地审视自己的欲望与心理，以致在不断地提取欲望、隐私与记忆的过程中，逐渐丧失了对真实与虚拟的判断。身体间性成为赛博格主体可以贯穿现实与虚拟世界的物质基础与依凭条件。

相较于新生代科幻作家[①]聚焦基因工程等设想产生的人机交互或人工生命等身体间性叙事，21 世纪的新锐科幻作家更强调身体间性呈现的奇特感官体验及由此产生的新世界认知与思想建构。如在顾适的作品《莫比乌斯时空》中，“我”因发生车祸，大脑被植入芯片，用大脑控制机器，机器身体成为肉身之外的一个“副体”，而且机器身体可以帮助护理残损的肉身，从而使“我”具有了赛博格身体的自由，甚至可以执业来为自己的肉身做手术。这种身体体验产生的世界认知是非常奇特的。就如顾适所说：“作为一个感官映射端，副体观察的是外在的世界，正如我们每一个人类——看、闻、听、触，这些感受的对象都是自身之外的，而它内部的运转却完全是本能的。在抬脚行走的时候，副体并不会告诉使用者，这一个动作调动了哪些轴承、杠杆和螺丝钉，也不会让我了解有多少电力消耗在这一步之中。它只是告诉我，我正在一条崎岖不平的秋日山路上，向前走。”[②]赛博格身体完成了生物体与机械体的两种机能的合作，赛博格主体的感知会在类似的生物感知中发现新的存在意识，顾适在故事中指向的赛博格灵魂在肉体之外，是由“白屋”所控制。白屋的观察对象是内在的世界，也即经由芯片联结的大脑的所有意识都在科学家的观察之中，并在不断的训练与控制中学

① 根据吴岩教授等的划分，中国科幻新生代作家主要指的是 20 世纪 90 年代崭露头角的作家，他们也成为当代中国科幻创作的主力军。代表人物有王晋康、刘慈欣、韩松、星河、柳文扬、何夕、凌晨、苏学军、杨平、刘维佳、潘海天、赵海虹等。参阅吴岩《20 世纪中国科幻小说史》，北京大学出版社 2022 版第 198 页。

② 顾适：《莫比乌斯时空》，新星出版社 2020 年版，第 11 页。

会认识和理解新的世界，比如："当第一只具有生命的蝴蝶飞入白屋时，我终于明白它赋予我的恐怖力量。我可以靠近看它的磷翅和口器，也可以远离看它飞行的防线，我可以放慢时间看它的腹部缓缓收缩，也可以加快速度看它衰老和死亡。它在我面前无所遁形。"[①]这也意味着赛博格大脑超越了常规的时空发展与意识观念，世界在它面前一览无遗。人类超越时空在不同程度上体验着自身的不同维度，世界犹如一个"莫比乌斯时空"，从起点走出很久，最终回到最初开始的地方。

上述身体间性叙事都基于人类的具体的感官经验及思维变化提出了新问题，特别是人类主体性认知的问题，即如"忒修斯之船"的隐喻，身体器官的置换程度已经超越了人之为人的界定，人类大脑与计算机的融合程度彻底颠覆了人类的认知世界。可以说，中国当代科幻作品不断想象着人类身体发展的未来及其产生的挑战，深度思考人的本质特性。

### （二）中国当代科幻的赛博格世界间性叙事

"世界间性"并非一个新概念，但在之前的批评讨论中，多聚焦在文化隐喻层面，比如后殖民批评所涉及的东—西方的世界间性讨论等。科幻赛博格的世界间性叙事聚焦的是计算机为我们呈现的一种数字空间，数字空间以机器的形体真实存在于我们的世界，但是既与现实有关又完全不同于现实的世界，我们称之为"虚拟—仿真现实"。因此这一数字空间建构了我们新技术时代的新世界与新世界认识论。

赛博朋克经典作品《神经漫游者》给我们呈现出奇异的赛博格世界：作为全球计算机网络的"母体"最终孕育出具有自己主体思想的人工智能"冬寂"和"神经漫游者"，"冬寂"甚至可以借助算法造出人类模型并进入现实世界与人类交流或采取行动。因此人机交互的混合世界是一个不同于我们现有物理世界认知的超世界。中国新锐科幻作家慕明在《涂色世界》中也带领我们看到了一个奇幻与虚实相间的世界：一个患有蓝绿色盲症的女孩接受了视网膜调整镜的植入手术，被赋予新的视觉器官，这双"新眼睛"为她呈现出无数个新世界。正如慕明所表达的，"调整镜改变的，不仅仅是

① 顾适：《莫比乌斯时空》，新星出版社 2020 年版，第 12 页。

物体的色彩或者明暗本身。它也改变了描述这个世界的语言”[①]。而语言本身也是一副眼镜,能让我们看见往常看不见的东西。如果说慕明还只是隐约点出了基于技术改变物理世界的新的赛博格世界,其实早在韩松的作品中,就把这种介于真实与虚幻之间的世界景观描述得淋漓尽致了。

韩松在他的“医院三部曲”中,基于在看病和治疗的故事中看到的医院乱象和对生命意义的质问,构筑了异世界的奇境。这是一个技术革命的反乌托邦故事。医院吞噬周遭建筑和城市,最终占满整个世界,世界陷入药时代,每个人都是病人需要救治,整个世界也都成为需要治疗的世界,医生和病人成为权力厮杀的牺牲品并最终走向毁灭。刘阳扬将韩松的这种赛博格世界或赛博空间视为“铁屋”意象,在算法控制下,医院之“船”成为名副其实的赛博空间,更是一个无法逃离的“铁屋子”[②]。这或许正是王德威从韩松小说中看到的世界间性,即科幻是以幽暗意识开启重新看未来世界的方法。“相对于忧患意识,‘幽暗意识’可能是当代中国科幻作家们所给予我们最好的、最重要的一份礼物。……它引领我们思考、反省一个更广大的、更深不可测的生命领域。”[③]宋明炜也多次指出,韩松科幻作品中的人物被迫睁开了眼,去看世界的可怖真相,但也只有克服了看的恐惧,才能真正认识“铁屋”之外的真实世界。“韩松创造了一个国内外主流读者看不见的科幻世界,一个隐藏在成功故事阴影中的神秘、黑暗、深幽的世界。正如他在小说中所描述的那样,看的恐惧是阅读韩松的时候迫在眉睫的威胁;对于读者和译者而言,这样的想象世界都令人生畏。”[④]

中国当代科幻的赛博格世界间性叙事呈现出现实与虚构、真实与虚拟之间的世界,这个世界与我们的现实世界如此紧密相关,但又呈现出如此不同的景致,让我们能穿透现实的雾障看到未来的彼岸,更深切地理解我

---

① 慕明的《涂色世界》发表于《科幻世界》2019 年第 10 期,获第 31 届银河奖最佳短篇小说奖,后收录在《宛转环》。慕明:《宛转环》,上海文艺出版社 2022 年版,第 202 页。

② 刘阳扬:《后人类、赛博空间与铁屋幻境:略论韩松的“〈医院〉三部曲”》,《小说评论》2021 年第 5 期,第 147—156 页。

③ 王德威:《史统散,科幻兴——中国科幻小说的兴起、勃发与未来》,《探索与争鸣》2016 年第 8 期,第 105—108 页。

④ 宋明炜:《在“世界”中的中国科幻小说》,汪晓慧译,《中国比较文学》2022 年第 2 期,第 57—59 页。

们存在的意义。

### （三）中国当代科幻的赛博格文化间性叙事

新世纪以来的中国科幻创作逐渐摆脱西方科幻的影响，致力于讲述中国的传统与现代融合的科幻故事，这种趋向与表达方式可称为中国科幻的赛博格文化叙事，它指向传统—现代的科技—文化间性叙事。

在慕明笔下，《铸梦》讲述了中国古老的人偶制造的故事。作品一方面提出科幻创作应远离现代人工智能研究中基于规则和机器学习的两种流派的观点冲突，另一方面又将这种历史融合在古色古香的传统故事叙事之中，并指出"递归的至美之处也是可怖之处，都在于自指。造梦的终点就是起点"[①]。作品还在此基础上提出了现代性质问："谁有权利，让疼痛与满足、记忆与遗忘控制人？谁有权利，让人被束缚、被迷恋，再将学习的本能刻在人心里？谁有权利，让两种信念征战不休，直至决出高低？""囚笼就是庇护，庇护就是囚笼，是有人神不扰、绝地天通。"[②]显然这种人偶故事将古老与现代联结起来，尝试探索沟通当代技术与古代思想的可能路径。慕明用"合流"的概念来表达自己的这种思考与创作，"我的小说也常常以'合流'作为构思骨架的起点，因为核心的技术概念和推演的思路往往是当代的、舶来的，但是文化背景、视角、人物、思想观念等等则是非当代的、中国的。当然，创作者需要对合流的多个语言体系有比较深入或独特的了解，才能找到这个连接点"[③]。她甚至用青铜朋克来帮助读者对风格有一个快速的、感性的认识。她的《铸梦》故事本身就来源于申公巫臣和夏姬的历史原型，而且她还阅读了唐诺的《眼前——漫游在〈左传〉的世界》，思考处于剧烈时代变局中的人怎样处世。我们发现，在新锐科幻作家这里，他们不仅思考人的身体的变革、世界的变革，还处理传统与现代的问题，彰显出赛博格文

① 慕明的《铸梦》发表于 2019 年 9 月，获第七届豆瓣阅读征文大赛三等奖，后收录在《宛转环》。慕明：《宛转环》，上海文艺出版社 2022 年版，第 92 页。

② 同上。

③ 这是我们与慕明访谈时她表达的观点。本访谈已由微信公众号"数字人文与科幻研究"以题名为"作家专访：慕明：编织梦境的技艺"推介，并在笔者主编的《中国当代科幻作家访谈录》（南京大学出版社 2023 年版）中刊出。

化间性叙事特性。

## 三、中国当代科幻赛博格话语建构：以《精神采样》为例

当中国科幻赛博格叙事聚焦于身体、世界与文化的间性叙事时，它还致力于自身的科幻赛博格话语建构，试图勾勒出人类在面对技术带来的挑战时所面临的选择。就此，以中国新锐科幻作家双翅目的作品为范例，集中呈现中国当代科幻赛博格的话语建构方式。

《精神采样》来自双翅目的作品集《公鸡王子》。韩松从双翅目这类新锐作家的创作中看到“他们不再仅仅是写一个点子，而是在自酿一种趣味，写自己思考或玩味中的东西，品味人类心灵的深邃、复杂与别致。他们的作品更有艺术性，更有美感，甚至带有宗教感。这是从模仿世界到拥有世界的转变，或许这就是中国的新浪潮”[①]。那么，中国当代科幻作家是如何突破西方二元话语的拘囿而提出自己的思考并探索话语表述的？

《精神采样》的故事本身就将身体与精神进行了区隔。精神切片是基于人类大脑植入芯片科技的成果。通过开颅手术，将芯片镶嵌在脑壳中，芯片就可以储存人类个体大脑的精神感受，同时作为外接数据，通过植入、取出和交换，每个人都可以感受不同芯片带来的精神体验。小说主人公陈更自身没有特别的精神思想，可以在精神采样中不让切片受到个人情感扰动，因此成为一个完全纯洁的“媒介”。陈更完美地诠释了笛卡尔的肉身与精神两分的意识哲学。但《精神采样》并未单纯沿着笛卡尔的道路向前走，而是探索了精神—肉体的不同维度。主人公陈更在麻省理工学院与蕾拉、尼古拉斯的不同探索方向共同构成了身体—精神的三个维度。如果说陈更代表了身心的二元分离，蕾拉的研究代表着人类借助外在硅基身体获得身体的延伸并使得大脑也成为可以联结的神经网络，人类通过脑波联结的精神宇宙最终获得身心合一，那么尼古拉斯则反其道而行之，他让大脑收集宇宙，让人类与宇宙共生共存。

---

① 韩松：“总序：中国科幻的新起点”，双翅目《公鸡王子》，东方出版社 2018 年版，第 3 页。

### （一）身心二元观念重构：一种赛博格哲学话语

《精神采样》中，陈更代表着身心二元对立关系的继承与发展。精神外在于身体，但它本身也是物质性的，可以观看、感觉，并能为人所感知。有的人可以没有精神内核而很好地生活，比如在萨缪尔看来，陈更就是一个没有精神内核的存在。陈更从事精神采样本身也秉承这一宗旨，即精神内核是一个外在于身体的存在，它可以传递、传播和共享，可以成为商品进行售卖。陈更以自身作为切片媒介，因其采样的纯粹性，成为市场上最受欢迎的商品。他甚至产生出精神切片哲学，即“平庸是人类共享的精神世界，是人类体悟人生的起点，是人类脑波不需要微调便可以通用的频率。采样员的心灵必须平淡无奇，方能不带偏见地取得样本”①。他在这里预设了人的身体作为思想的容器，而平庸的思想则导致了身体容器的有效性，从而在使用切片采集各种经历与感悟时不会受到强大的个人思想的干扰，使得客户戴上精神切片能感受完全不同的精神体验并获得完美的效果。

这里其实也出现了悖论，因为陈更精神切片中的不同精神思想就是借助于个人肉身的体验而获得的。这犹如在个体肉身中重置了两套模式，一套属于平庸的个体，一套属于完全空灵的容器，两者毫无瓜葛。但这两套身体装置产生的精神脑波如何共存在一个肉身之中？因此当注重感悟论的萨缪尔与陈更相会，萨缪尔评价陈更是“天生没有精神内核。你的所感所思所想，你的所有经历，都不会与任何人排斥。所以你的采样能向所有人开放，你的大脑连接能接通所有人的精神网络，你的切片能够适用于全人类”②。但这样一个能洞彻人类思维模式和思想的人怎么可能是一个没有思想的人呢？因此萨缪尔发现，陈更其实进行了人类有史以来最严重的精神入侵，因为他有两套人格。陈更实际上极具野心，就是致力于构建终极的精神结构，以此容纳任何人和任何精神内核并隐藏自己，以便随时连接其他精神内核。

这其实正是回应了 20 世纪晚期学术界的“身体转向”中灵魂与身体的从二元对立日益回归身体本身。汪民安在梳理西方文化中的身体观念时

---

① 双翅目：《精神采样》，双翅目《公鸡王子》，东方出版社 2018 年版，第 22 页。

② 同上书，第 34 页。

意识到，灵魂和身体被作为对立面开始于柏拉图，但在笛卡尔那里才建立起意识哲学，将意识与身体区分开来。也正是从笛卡尔开始，身体被看成一个感性事实，且与启蒙运动格格不入，“身体不是被刻意地遭到压制，而是逐渐地从一种巨大的漠视中销声匿迹了。从 17 世纪开始，知识的讨论——如何获得知识，知识的限度何在，知识和自然的关系——慢慢地占据着哲学的兴趣中心”①。之后经过尼采对这种身心二元论哲学叙事线索的扭断，海德格尔与德勒兹对人类动物性身体的强调，洞察到身体讨论背后的权力意志等，从而使身体研究跳出了漫长的二元叙事传统观念，将身体看作主动的、唯一的解释性力量。在此基础上，陈更与萨缪尔的精神内核成为一种“力”，它“只是一面破碎的镜子，零零碎碎反射着别人的行为和外部的世界。一两个不可解释的执念曾打碎这面镜子。曲曲折折的纹路凝结了经验，造就了每个人独特的精神世界”②。

陈更的故事反映了双翅目在身心二元关系上的独特思考，即精神也是一种物质，它必须来源于肉身，且精神内核必须要有个人对于世界的顿悟。因此，陈更最终抛弃了精神采样的工作，也最终认清了自己的内心，走向对红尘情感的追求中。这意味着双翅目最终超越了笛卡尔的二元对立，回归身心一体观念。这也反映出中国当代科幻作家的赛博格身体话语建构成果，即人类大脑主导的精神内核最终是具身化的世界体验和世界思考。

### （二）人与机器共建精神网络：一种赛博格技术话语

蕾拉的实验代表了双翅目思考人类肉身的另一个维度，即肉身可以被取代，而精神永生。蕾拉一直在做人工智能实验，因此创造出机器人吉姆并与他一起生活，她想尝试让吉姆获得人性。陈更称吉姆拥有人性，拥有蕾拉的一部分人性，但他没有精神内核。因此精神内核与人性又是不同的东西。陈更说，“人的精神只是一个无限的网状结构。自从有了切片和网络，它早就不限于神经元与细胞之间的连接了。但人性只在小小的颅腔之内，或许只与几个神经节点相关”③。人的精神结构犹如互联网络，每个人

---

① 汪民安、陈永国：《身体转向》，《外国文学》2004 年第 1 期，第 36—44 页。

② 双翅目：《精神采样》，双翅目《公鸡王子》，东方出版社 2018 年版，第 40 页。

③ 同上书，第 45 页。

的神经元就是服务器，突触就是电缆和无线电。如果吉姆成为网络神经的中枢，他就获得了整个网络结构的精神内核，他就获得了生命。这其实本质上就让吉姆作为硅基身体覆盖了以网络连接的人的大脑，也就获得了全部的人性。蕾拉与吉姆结婚证实了有机生命与硅基生命的混合，这也在催生一种新生命观念的创造。

在这里，双翅目其实将人性与精神分开，人性是人的属性、人的各种感知能力，而精神则是他自己能真正理解世界的能力。基于吉姆可以成为网络中控，所有的大脑都可以摒弃芯片连接方式，以脑波方式（类似于无线WiFi）连接到网络服务器，形成人类的神经结构，构成一个人类的大脑宇宙。这在某种程度上也复制了莱布尼茨的单子论，每个大脑都是一个单子，单子无限延展，形成了德勒兹眼中的褶子，层层叠叠，世界由此蔓延。因此双翅目其实构建了身心合一的新模式：大脑即世界，大脑的神经网络即形式上的人类整体世界。

### （三）人与宇宙的共生：正在“生成”的新世界话语

尼古拉斯走得更远，他以陈更做实验，将大脑与宇宙相连。“在一个月朗星稀的子夜，陈更准备停当。他郑重其事地阖上头骨，拨动按钮。人类的所有接收设备同时向宇宙敞开。陈更那颗棱镜一般的大脑随着波段起伏，粒子跃迁，在星际间反射、蒸腾、膨胀。神经的链条沿着三维的空间、四维的曲面，最终触到了大爆炸的余烬，微波背景辐射拦住了陈更精神的触角。”[①]陈更做了最为深刻的自我审视，发现了自身精神中的空洞，因为他并未关心过人类的生命由来和生命活力，他拥有的只是精神的废墟，而未产生过灵魂，因此并不能产生精神的内核。这也意味着陈更在经历过与宇宙的共振之后，真正审视自己并认识到了自己的所求，终归回还普通人的感官肉欲生活。这里其实也反映了双翅目最终认识到的精神与肉身的结合，并非简单的身心合一，而是在历尽千帆之后顿悟世界真谛，并最终回到肉身的感官与精神的理性融合之中。因此她诉诸的精神是德勒兹在《褶子》中所阐述的“物质的重褶环绕着灵魂，包裹着灵魂。……这些褶子，也就是不透明的幕帘上的绳索或弹簧力，代表着在物质作用下转化为行为的天赋

① 双翅目：《精神采样》，双翅目《公鸡王子》，东方出版社 2018 年版，第 58 页。

知识。因为，物质能够借助存在于下层的‘几个小孔’使绳索的最下端发生‘颤动或震荡’”[①]。人类精神是重重叠叠的交缠、上升与下降，是一层层涟漪般的震荡，是无法简单以肉体、精神、世界来做区分的混合体。这也就是我们所说的赛博格世界话语。

可以说，正是通过以上三种模式，双翅目重新审度并建构了身心从二元到超越二元而构成的整体性的、系统性的人的身体—精神宇宙关系。人是宇宙中不可分割的一部分，是宏大叙事话语的一部分，同时人也是具身化的感官触觉的一部分，爱恨情仇、吃喝玩乐共同构成了身心的反应并构建出人类的自我，因此正是这种反思身心对立并走向身体、精神与宇宙的合一从而回归平凡生活的过程，才让我们真正理解了中国当代科幻作家试图糅合各种观念，以混杂性、多元性、多重性来建构由无限褶子延伸的多重宇宙和多重精神。这也正是笔者所认为的中国科幻赛博格话语。

## 结语：科幻赛博格话语建构的意义

赛博格研究已成为一种基于生物科技、信息科技、哲学和文学想象的跨学科研究。科幻赛博格叙事与话语指向赛博格作为一种技术与肉身的混合体在跨越身心边界、颠覆中心概念、观念融合等维度中产生的表达形式与艺术重构。中国科幻赛博格话语建构则指向赛博格是作为一种人机交互的混杂身体呈现，同时也认识到构成赛博格的跨身体主体意识以及由此产生的认识论与世界论变革，探索跨越人机边界背后的社会、政治、哲学、审美与文化的意义。其中包含两个正在发生变化的重要层面。

### （一）“正在生成”的新世界表达

赛博格与赛博空间紧密联系在一起，生成虚拟—真实的交互世界。赛博空间是一个通过网络信息技术生成的虚拟空间，它依赖人类对现实世界的感知，提升人类对现实空间的控制能力。因此，赛博空间既是我们现实空间的镜像，与我们现实身体与生活息息相关，又是一个由比特生成的虚

---

① ［法］德勒兹：《褶子：莱布尼茨与巴洛克风格》，杨洁译，上海人民出版社 2021 年版，第 4 页。

拟空间。而虚拟—真实的赛博世界的生成也正在改变我们的现有世界及观念。

从社会文化来看,赛博空间创造了后地理空间、后历史空间。“赛博空间更确切地说是一个令人惊愕的庞大网络,有无数现存的和可能的村庄、市郊和贫民窟。这是一个容纳社会、宗教和政治空间的万花筒,这些空间部分地互相依存,但也会在不同的地方相互穿越、映射和影响。互联网只是赛博空间中的一种原初的前兆,或许,最好是能够把赛博空间作为一种创制可能的世界的本体论机器来加以理解。”①这也意味着人类在未来将生活在机器与机器创造的网络世界,因此人类的肌体存在与社会存在将会发生变化,也即生活在这个网络世界的人可能变成赛博格,人机结合的生活方式与社会存在模式将开启人类如希腊神话故事中的奥德修斯之旅——遇见各种新问题新情况的奥德修斯的冒险。这正是穆尔所说的:“借助软件和硬件的帮助,将我们的大脑与电脑网络相连接,我们就可以迈出变成智能人的第一步。这种智能人包裹在电子茧中,同步地生活在一种多维的虚拟世界之中。甚至这种状态也并非结局:这种智能人可能还只不过是穿越空间与时间的奥德赛的开端,奥德赛将会使他远远地超越芸芸众生。”②在信息化的时代,人的世界观也从机械世界观发展为信息世界观。

赛博格作为科技与人文的互渗与共融,是当前人们从身体、思想到精神正在不断建构与延伸的未来发展,也是由一套技术成果表达、身体存在表达、预想的未来文化表达共同建构的话语模式,它致力于打破人类—动物/人工生命、男性—女性、东方—西方、地球—宇宙的二元分法与认识论建构,超越现有的真实—虚拟的二分世界,以一种正在生成、正在交互、正在融合的可变性,冲击所有的确定性与稳定性,并试图以这种方式重建新的世界观。

### (二)“褶子”中的人类与自我

德勒兹用“褶子”来表达世界的多样性与混杂性,犹如巴洛克风格中的

---

① [荷兰]穆尔:《赛博空间的奥德赛——走向虚拟本体论与人类学》,麦永雄译,广西师范大学出版社 2007 年版,第 31 页。

② 同上。

褶子，物质与灵魂都在褶子的重叠与打开中趋向无穷。在《精神采样》中，双翅目力图以德勒兹的观念突破世界的二元建构，如身心、东西方、有机生命与无机生命，在杂糅与混杂中构成她对人类、人性、世界的理解和认知。这本身也呈现出德勒兹对“褶子”的阐述：打褶—展开褶子已经不单单意味着绷紧—放松、挛缩—膨胀，还意味着包裹—展开、退化—进化。有机体就是凭借其折叠能力而被定义的，它能将自己的各个部分无穷尽地折叠，但展开不是无穷无尽的，而是展开到属于某一规定种类的程度。因此，一个有机体被包裹进了种子（器官的预先成形），而种子又被其他种子包裹，直至无穷，如同俄罗斯套娃。[①] 这种重重叠叠的有机合成，使形而上的灵魂与形而下的身体都在弯曲与转折中发生异变，构成了赛博格的混杂、交互与无限的存在与世界。而这种模式也越来越多地呈现在中国当代科幻作家的创作中，恰如顾适的“莫比乌斯时空”，也在这种变量中无限循环。

可以说，中国当代科幻的赛博格话语正在发生作用，也正在建构中国科幻的话语力量。

① [法]德勒兹：《褶子：莱布尼茨与巴洛克风格》，杨洁译，上海人民出版社 2021 年版，第 13 页。

# 德、日机器人文化探析及中国“第三种机器人文化”构建

程　林*

## 一、机器人、文化机器人学与机器人文化

机器人技术专家诺巴克什指出:“绝不要试图从一个机器人专家[那里]获取一个定义,几乎所有的机器人研究人员关于它的含义都有不同意见,它的定义也会因为新出现的创新而迅速变化。”①“机器人”定义在技术专家眼里尚无定论,在技术与人文跨界交流中更是如此。从技术角度来看,有学者认为,“机器人是各种技术(传感器、光学、触觉学、软件、电信工具、执行器、电机以及电池)的集合体,并在人类编程、监督和远程操作辅助下,与周围环境进行交互”②。这种定义下的机器人近乎自动机器,尚难以引起人文研究的兴趣。只有当机器人的仿人或类人属性被凸显出来,并与人和社会建立联系时,它才更容易进入人文研究范畴。笔者认为,实体“机器人”可被简略定义为对人整体或部分的机器仿造或增强(这一定义对技术研究者来说亦难以传递有效信息)。此外,机器人对人的仿造或增强又有程度差异,从科幻中与人无异的机器人,到从科幻和现实中的人形机器

* 程林,广东外语外贸大学阐释学研究院、德语系副教授。本文原载《上海师范大学学报(哲学社会科学版)》2022 年第 4 期。

① [美]I. R. 诺巴克什:《机器人与未来》,刘锦涛、李静译,西安交通大学出版社 2018 年版,第 134 页。

② Jennifer Robertson, “No Place for Robots: Reassessing the Bukimi no Tani (‘Uncanny Valley’),” *The Asia-Pacific Journal*, Vol.18, No.4, 2000, p. 2.

人，再到现实中的扫地机器人或洗衣机，人们势必会思考其界限问题：前者是否有技术可能性，后者是否还能被算作“机器人”，特别是在中文语境中——作为复杂现象的机器人在中文中还进一步增加了复杂性，如中文里的“机器人”本身就是 robot 概念的浪漫化汉译，robot 词源为“苦役”，实为机器。它以“人”为定性词并不恰当，也会影响人们对 robot 的想象和认知。

在机器人议题上，技术与人文学界显然存在认知思维和关注重点的鸿沟，但机器人又是技术与文化的双重存在。如日本学者伊藤宪二所言，“机器人是技术与文化重叠的极佳案例，机器人是技术产品，但同时也与人性紧密相连”[①]。在人文领域，机器人作为人的复制和拟态无论如何都与人类及其文化紧密相关。

21 世纪以来，随着 AI 技术日新月异地发展，机器人的发挥空间不断拓宽，助老、幼教、伴侣乃至抗疫等领域，机器人渐入大众视野，国外学界的兴趣点由最初的工业机器人（20 世纪 80 年代以来）经社交机器人（21 世纪以来）拓展到了文化机器人（近十年来）上。这种趋势可被视为机器人人文社科研究的“文化转向”。技术实践与社会文化的互生、互渗决定了机器人的文化转向迟早会来，德国学界 20 世纪 60 年代就已开始注重机器人等人造人的历史传统、国际学界 80 年代就已关注机器人现象的文化差异，当前科技时代的到来则加速了它的脚步。近年来，文化机器人学（Cultural robotics）、机器人哲学（Robophilosophy）和机器人艺术（Robotic art）取代机器人伦理学（Roboethics）、机器人心理学（Roboterpsychologie）等成为机器人人文领域的新概念。例如，2013 年由 H. 萨玛尼等学者提出的“文化机器人学”是“对文化中的机器人的研究，对机器人文化接受的研究以及对机器人所生成文化的研究”。[②] 与更侧重机器人能动性和主体地位的“文化机器人学”相比，本文使用“机器人文化”（Robot Culture）概念，并将其定义为与机器人相关的广义文化现象。以文化创作主体为标准，它分为人类文化范畴中的和超人类文化范畴的机器人文化。

---

① Kenji Ito, “Robots, A-Bombs, and War. Cultural Meaning of Science and Technology in Japan Around World War Ⅱ,” in Robert Jacobs(eds.), *Filling the Hole in the Nuclear Future: Art and Popular Culture Respond to the Bomb*, Lexington Books, 2010, p. 64.

② Belinda J. Dunstan et al., “Cultural Robotics: Robots as Participants and Creators of Culture,” in J. T. K. V. Koh et al.(eds.), *Cultural Robotics*, Springer, 2015, p. 3.

人类文化范畴中的机器人文化是以人为主体、与机器人和人机关系相关的精神和物质文化，它的本质毫无疑问是人类文化。它追溯过去、关照当下但同时也会延伸到未来，即溯源、考察并见证继续演变中的机器人文化。随着机器人应用日广，机器人文化也会决定未来社会中的人机关系。机器人文化包括互有影响的机器人人文文化和实践文化。机器人人文文化主要表现在宗教、传说、哲思、文学、影视和动漫等文类中，包括机器人叙事、对机器人的认知与接受、人机关系与伦理、机器人引发的大众文化现象以及与机器人相关的艺术等丰富内容；机器人实践文化主要体现在技术研发、战略政策和产业应用等方面的特色。特定社会中的机器人人文与实践文化经常保持同调并具有交集（如“恐惑谷效应”），但两者文化表征与社会实践也可能出现差异。

超人类文化范畴的机器人文化将机器人视为文化创作者，其前提应是“人工智能有潜力促使机器人变成具有情感和智力的实体，在未来成为独立的非人主体”，这意味着“将文化定义为不专属于人类的概念，它还属于机器人、机器人和人类以及其他智力和情感实体之间的文化交流”。[①] “非人主体”在当下成为热议话题，有学者认为，当今 AI 主体性短时间内难以实现，[②]也有学者认为当今的 AI 创作是“人机合谋”的“混合主体的创作行为”，[③]这些观点都值得重视。超人类文化范畴的或人机“混合主体”催生的机器人文化现象近年来不断推陈出新、愈发丰富，在做系统分析前仍值得不断的动态观察。

本文主要讨论与文化传统和技术实践联系紧密的人类文化范畴下的机器人人文文化，下文中的机器人文化即指这种文化。它有深厚的历史底蕴，前沿研究无法也不应脱离对其思想史背景和文化传统的考察。与人类文化的多元性相对应，作为人类文化产物的机器人文化也有差异性。笔者以德国和日本机器人文化为例，分析其在机器人文艺形象方面的典型差异和两国学者近期关于机器人和人机关系的直接对话，展现两种机器人文化

---

① Hooman Samani et al., “Cultural Robotics: The Culture of Robotics and Robotics in Culture,” *International Journal of Advanced Robotic Systems*, Vol.10, 2013, pp. 1-2.

② 陈小平：《人工智能：技术条件、风险分析和创新模式升级》，《科学与社会》2021 年第 2 期。

③ 陈跃红：《新文科与人工智能语境下的跨学科研究》，《燕山大学学报（哲学社会科学版）》2022 年第 2 期。

的差异；同时挖掘两类机器人文化背后的宗教人伦和科幻文化根源，并指出两种文化在普适性机器人伦理与“中国机器人文化”即“第三种机器人文化”构建中的启发。机器人文化研究可侧重并借助文化解读的方法，也可更侧重社会领域、利用数据分析等方法，本文主要基于文学、宗教、哲思和影视等文化现象，着重探讨的是与人的自我认知关联紧密的类人机器人。

## 二、德国焦虑型与日本愿景式机器人文化

在国内大众媒体中，与机器人、虚拟人等“人造人”的亲密关系常出现在日本社会。早在20世纪80年代初，日本社会对机器人的欢迎态度和普及应用就已引起西方学界关注。例如，学者H.斯托克斯注意到，日本工厂大量使用机器人，工人们还将其拟人化，对其道早安，用明星名字称呼，[①]此命名方式中也透露出对机器人的态度。日本此时开始奠定“机器人王国”地位，[②]成为机器人理念、技术和产品的主要输出国。日本机器人文化特色的凸显促使欧美学界开始审视自身悠久的机器人想象传统，双方差异又进一步推动了日本有意识的机器人文化构建。

在欧美机器人文化内部，也有支流隐约可见。在机器人应用领域，美国和德国都以实践效果为导向，积极应用工业机器人，美国还将机器人应用于巡视、军事乃至太空实践作业中（其中外星作业赋能在阿西莫夫机器人叙事中尤为常见），两者均不倾向于让机器人进入社会生活。在机器人人文文化方面，两者的细微差异在于，美国社会的“机器人恐惧症”[③]虽根植

---

① Henry S. Stokes, "Japan's Love Affair with the Robot," *The New York Times Magazine*, 1982-01-10, p. 24.

② Frederik L. Schodt, *Inside the Robot Kingdom: Japan, Mechatronics, and the Coming Robotopia*, Kodansha International, Tokyo & New York, 1988.

③ “机器人恐惧症”(Robophobia)：一种恐惧症亚概念，即面对机器人时的不适、焦虑乃至恐惧情结，它源于对机器人威胁、替代或控制人类的顾虑。与类人机器人的“恐惑谷效应”不同，它并非普遍和常见的心理反应，而是在严重情况下会成为病理现象，乃至引发生理反应。类似概念有“自动人偶恐惧症”、“小丑恐惧症”等。在此，它是作为群体情结出现，如在科幻电影《机械战警》(*Robocop*, 2014)中，诺瓦克反对禁止在美国本土使用机器人的法案（即“德雷福斯法案”），提出了“为何美国如此恐惧机器人(robophobic)”的质问。

于欧陆技术恐惧情结和人造人文化，但颇具影响的好莱坞文化将其放大，这种"恐惧症"与关于机器人潜在反叛或替代人的想象密切相关，而德国在机器人文化方面更早发掘了类人机器人作为人之异化复制可能带来的恐惑感，例如霍夫曼的文学作品和延齐、弗洛伊德的心理学和美学思考，其对类人机器人的顾虑更频繁地存在于广义的审美层面。

与美国相比，德国机器人文化现象在 20 世纪后半叶起也不再具有高显示度，①但它代表了西方机器人文化的悠久传统，还与日本机器人文化产生了直接对话。例如，德、日均是老龄化严重的发达国家，均掌握先进机器人技术。自从 1967 年日本从美国获得制造机器人的许可后，就开始将机器人视为劳工短缺的解决方案，而战后重建中的德国则依赖客籍工人。② 21 世纪以来，日本开始将机器人视为解决老龄、少子化问题的希望所在。甚至有全国性调查显示，日本人整体上宁愿选择机器人而非外国人相伴，③即宁可要人机"跨类种交互"，也不要与外国人的跨文化交流。德国社会同样关注机器人问题，"护理机器人"(Pflegeroboter)还入选了德语 2018"年度词汇"，但多项问卷结果显示，德国社会总体上对机器人养老持谨慎态度，重视其引发的伦理问题，并认为机器人令人不安。④ 在机器人应用及政策差异的背后绝非仅是经济和技术考量，还有对机器人接受与认知程度的差异以及深厚的人文根源，与之相应的正是两国机器人文化的差异。此外，相比美国大众文化中机器人话题的较高显示度，德国机器人文化并未受到足够重视，因此本文将德国作为欧美焦虑型机器人文化代表来与日本机器人文化做比较。

在机器人人文文化中，德、日差异至少主要体现在两方面：一是在代表性机器人文艺形象中，这些机器人形象孵化自相应的文化土壤，二是在两

---

① 尽管《神秘的马希纳》、《机器人间谍战》、《机器人起义》等当代机器人德语叙事甚至被译为中文，而且《神秘的马希纳》在 20 世纪 80 年代中国科幻界还受到关注，并得到刘慈欣推荐，但德国机器人叙事从 20 世纪后半期起在质量与影响力方面已无法与好莱坞和日本机器人叙事相提并论。

② Florian Coulmas, Judith Stalpers, *Die 101 wichtigsten Fragen: Japan*, Beck, 2011, pp.127-128.

③ Jeniffer Robertson, "Human Rights VS. Robot Rights: Forecasts from Japan," *Critical Asian Studies*, 2014, 46, 4, p. 572.

④ Cosima Wagner, "Einleitung," in JDZB(Hg.) *Tagungsband Mensch-Roboter-Interaktionen aus interkultureller Perspektive: Japan und Deutschland im Vergleich*, Berlin, 2011, p.8.

国学者的对话中，即他们对机器人的感知和人机关系等问题的理解差异。

机器人文艺形象是一个社会和文化对机器人想象与认知的显影，也是社会多种愿景和技术焦虑的结晶。虽然德、日代表性机器人文艺形象孵化自不同时代，但都呈现出两种机器人人文文化的底色。在当代机器人叙事流行之前，西方已有漫长而丰富的早期机器人想象，早期机器人多扮演“奴仆、镜像与它者”的角色。[①] 很多早期机器人想象不是现实中的早期机器人和仿人自动机所引发的文化现象，在多数情况下，机器人现实常是对人类相关想象不懈追逐的结果。

在西方机器人叙事史中，虽不排除正面的机器人形象，但人机关系不和谐的机器人想象有更高显示度，并主要有两类：一是反叛的机器人奴仆（主要对应西方语言中的 robot 概念），二是在心理、情感或审美上令人感到诡异不安的类人机器人（同时也包括 Maschinenmensch，android 及 humanoid 等概念）。前者以恰佩克笔下反叛的“罗素姆的万能机器人”为代表，而后者以德国作家 E.T. A. 霍夫曼小说《沙人》(1816)中的机器人女友奥林匹娅和 F. 朗默片经典《大都会》(1927)里的赫尔-玛莉亚为典型。奥林匹娅是令主人公既爱恋又癫狂的“死新娘”，[②]混迹到日常生活中，她足以乱真的外表模糊了人的自我认知；类人机器人赫尔-玛莉亚被伪装成圣女玛莉亚的模样，成为蛊惑人心的机械妖姬，险些引发劳苦大众的灭顶之灾。虽然德国文艺并未产出“终结者”这般在科幻影视中耳熟能详的杀手机器人形象，但奥林匹娅和赫尔-玛莉亚在德国乃至欧美文化尤其是精英文化中影响深远。

作家 J. 博尔赫斯曾指出，“相比拉丁种族，日耳曼各民族对恶的不明潜藏更敏感”[③]。这种敏感性显著体现在人们对早期机器人的感知中：是德国作家霍夫曼首先赋予了没有生命的自动机械机器人奥林匹娅以令人恐惑不安的生命幻象，也是德国心理分析学家 E. 延齐最早在奥林匹娅有灵与无灵之间发掘出了“恐惑心理学”的典型案例。在《沙人》中，奥林匹娅虽作为教授女儿出现在公共场所，成为男主人公的理想恋人，但又经常在眼神、

---

① 程林：《奴仆、镜像与它者：西方早期类人机器人想象》，《文艺争鸣》2020 年第 7 期。

② E. T. A. Hoffmann，“Der Sandmann，” in H. Steinecke（Hg.）*Nachtstücke. Klein Zaches. Prinzessin Brambilla. Werke 1816-1820*，Deutscher Klassiker Verlag，2009，S. 40.

③ Jorge Borges，*Buch der Träume*，Fischer，1994，S. 12.

动作、身体和声音等方面显露非人破绽，令人怀疑她真是活人还是仅在假扮活人。延齐指出，当人们怀疑一个活人是否确定有灵时，人们会感到恐惑不安：仿人自动机越是精密、对人形的模仿越是到位，就越令人恐惑不安。[①] 日本机器人工程师森政弘后来也指出了机器人的恐惑现象，但他并未停留在发现问题阶段，而是建议机器人外观设计应避免“恐惑谷”。[②] 但在德语学界，无论是延齐，还是与之对话的弗洛伊德，都仅是指出现象本身，均未尝试解决问题。德国文艺未孕育出知名的正面机器人形象，负面“机器人情结”却不易摆脱。

但在日本代表性文艺作品中，主流机器人想象和愿景完全不同。刘慈欣认为，关注“跨越文明、跨越种族的全人类的问题”是科幻最本质的特点。[③] 但科幻历史展现了不可忽视的文化差异，这在机器人想象和叙事中尤其明显。日本没有欧美这般漫长的机器人叙事史，但具有日本特色的当代机器人想象在“二战”前就已开始，而且在“二战”后也出现了众多经典的机器人文艺形象。其中，并非所有机器人形象都绝对正义——高达、铁人28号和魔神Z等巨型机甲，它们由人操控，善恶取决于人，即便是在《阿童木》中，有负面或中性的机器人形象，但至少三类正面的类人机器人形象在日本大众中深入人心：一是“科学之子”铁臂阿童木等超级英雄或救世主。在“二战”后的20世纪60年代，《阿童木》漫画在搬上电视后开始在日本家喻户晓。仅从阿童木（Atomu）名字中，就不难看出原子弹的痕迹，在漫画家手冢治虫并非本意崇尚技术乐观主义机器人形象的情况下，阿童木在受众接受层面上最终迎合了战后日本社会重新崛起和技术强国的愿望。二是哆啦A梦等能干和忠诚的机器人玩伴，它利用技术工具屡屡救大雄于窘迫或危难之中，尽管它是虚构的角色，但仍可在青少年心里种下技术乐观主义和人机协存愿景的种子。三是阿拉蕾等调皮和任性的“萌系”机器人，是创造者则卷博士的家庭成员，但不像哆啦A梦那般为人类服务。

此外，德国和日本机器人形象的差异还跨越了文艺与现实的边界，蔓

---

① Ernst Jentsch, “Zur Psychologie des Unheimlichen,” in *Psychiatrisch-Neurologische Wochenschrift*, 1906(22), S. 197; 1906(23), S. 203.

② [日]森政弘：《恐惑谷》，江晖译，《外国文学动态研究》2020年第5期。

③ 刘慈欣、祝力新：《展现中国人对未来的想象力——刘慈欣谈科幻、文学与未来》，《光明日报》2020年9月12日。

延到了同时代人对机器人和人机关系的认知中。1928 年,受到《罗素姆的万能机器人》(1920)启发,日本科学家西村真琴制造出了人形机器人。他认为奴仆式人造人以及人机争斗违背自然规律,拒绝称其为“robot”,而是“学天则”,即“学习自然法则”,因为“既然人是自然之子,人造人又源自人手的力量,那么人造人也就是自然之孙”。[①] 同样出自 20 世纪 20 年代,东西方早期机器人形象形成了鲜明对照:一边是蛊惑人心的“机器妖姬”赫尔-玛莉亚和罗素姆的反叛机器奴,两者投射出的是人类欲望过载的技术所导致的焦虑想象;另一边是“学天则”,它承载的是人机和谐与机器人融入自然的愿景。

两种机器人文化的异质还直接体现在文化界的哲学讨论中,即人如何看待高仿真机器人以及人机融合的前景。国际学界主要关注东西方机器人文化平行对比后的异质性,对两者的直接对话和其背后的共性源点却谈论不多。德国哲学学者 M. 加布里埃尔和日本机器人工程师石黑浩在 2018 年关于机器人的正面对话为相关讨论提供了典型案例。加布里埃尔在《思觉》(2018)等著作中对人工智能、数字化等技术做过诸多思考。石黑浩是当世的明星机器人专家,并勤于思考人机关系问题。他将仿造自己的机器人命名为“Geminoid”——由“geminus”(拉丁语“双胞胎”)和“android”(类人机器人)复合而成,意为如双胞胎一般像人的机器人。石黑浩不仅让“机器人胞弟”代替自己出国参会,还曾在欧洲展示它,期间有很多德国观众不易接受他高仿真机器人的理念,这令他困惑。德国观众的反应验证了霍夫曼和延齐以来机器人令人恐惑不安的文学和美学传统,加布里埃尔同样认为石黑浩的高仿真机器人令人不安,并在此展现了强烈的文化自觉。他指出,人与人性(humanity)定义对德国人来说是固定的,高仿真机器人的研发意味着对人固有定义和人性的威胁;他坚决捍卫康德所倡导和德国宪法所神圣化的人的尊严,认为人之概念的去稳定化(destabilize)和对人性的破坏(dehumanzition)很可能引发灾难。他将“无心”仿真机器人的研发上升到了挑战人之概念、人性和尊严的高度,并指出“永远不要让人们对人性

① Yulia Frumer,“The Short,Strange Life of the First Friendly Robot:Japan's Gakutensoku Was A Giant Pneumatic Automaton That Toured Through Asia-Until it Mysteriously Disappeared,”*IEEE Spectrum*,2020(6),pp. 42-48.

的认识成疑”。[①] 他的态度根源于他对人的传统认知，因为他担心这种对人的越界模仿会动摇人之为人的规定性，危及人的尊严。加布里埃尔的观点契合欧洲近现代传统思想中占绝对主流的人类中心主义思想以及对人之为人本性的坚持态度。他对石黑浩的回应有过激之嫌，但在德国社会对人造人的认知传统中，高仿真机器人的确可能会令人产生自我认知的怀疑，或动摇人之为人的规定性——这在霍夫曼的早期机器人叙事中就已显现无疑，外形和行为上模仿人但又露出非人破绽的机器人是令人感到恐惑的异类、镜像与它者。在日本文化中并非如此。在谈及日本和西方机器人伦理差异时，学者北野菜穗认为，在日本“不会有许多关于‘机器人是什么和人是什么’等问题的西式哲学探讨”[②]。实际上，这种讨论在日本并未完全缺席，石黑浩就曾多次表示制造仿真机器人旨在更好地认识人，但并不像西方文化界在利用机器人解答“人是什么”问题时那样往往持人本主义传统姿态。

美国学者 S. 特克尔认为，未来技术思虑背后的问题“不是未来的技术将会是什么样子，而是我们将会是什么样子，随着我们与机器建立日益亲密的关系，我们将变成什么”[③]。关于机器人技术影响下的人类未来，石黑浩指出人的定义尚未确定，人机界限未来也可能模糊，他近期还指出，“人机界限模糊是好事……因为人类和技术融合在一起，人类才会和动物区别开来，我认为未来这种界限会继续模糊……新的物种可能出现”[④]。加布里埃尔则认为“人之为人”的规定性不容侵犯——类似态度在德国知识界并不少见，哈贝马斯就因为顾虑人之自然属性会被损害而反对基因工程。与科学家相比，以哲学工作者为代表的人文学者在技术浪潮前往往顾虑更

---

① 参见加布里埃尔和石黑浩对谈纪录片《欲望时代的哲学》，2018-06，https://www.bilibili.com/video/av31555231/。

② Naho Kitano, “Animism, Rinri, Modernization; the Base of Japanese Robotics,” ICRA 2017. http://www.roboethics.org/icra2007/contributions/KITANO%20Animism%20Rinri%20Modernization%20the%20Base%20of%20Japanese%20Robo.pdf.

③ [美]瓦拉赫、[美]艾伦：《道德机器——如何让机器人明辨是非》，王小红主译，北京大学出版社 2017 年版，第 31 页。

④ Hui Jiang, Lin Cheng and Hiroshi Ishiguro, “The Blurring of the Boundaries between Humans and Robots is a Good Thing and a New Species would be Born: An Interview with Hiroshi Ishiguro,” *Technology and Language*, 2022(1), p. 44.

多。尽管加布里埃尔和石黑浩的鲜明观点或有夸张的成分，但两者交锋显然不仅体现了 C. P. 斯诺“两种文化”意义上的科学与人文学科文化差异，也体现了人之自我认知方面德国与日本两种传统的差异。

对比两种机器人人文文化，也须关注其文化间性相通的可能性。如德国学者韦尔施所言，“均质性的、与他者界线明显的球体或孤岛”式的文化存在已“迂腐过时”，当今文化明显具有内在认同可能复数化和外在轮廓跨界性等特征。① 的确，德国（欧美）和日本两种机器人文化已有接触，并已有互相影响的迹象。例如，21 世纪以来兴起于欧洲的机器人伦理学对日本机器人文化来说应有启发，②德国社会也在逐步接触日本的机器人养老等理念。德、日机器人文化并不存在彼此排斥、不尊重或论高低的情况，它们终究是平等交互的文化体，这为从文化间性角度审视两种文化奠定了基础。联合国教科文组织将“文化间性”定义为“不同文化的存在与平等互动以及通过对话和相互尊重产生共同文化表现形式的可能性研究”③。依此可见，德、日机器人文化之间虽存在着交流互通的可能性，但加布里埃尔与石黑浩的对话意味着东西方两种机器人文化仍如难以通约的自我与他者，目前尚难以真正地整合并“产生共同文化表现形式”。总体而言，尽管机器人文化是动态而非固化的，例如在机器人电影《杨之后》（2021）中，就出现了值得关注的东西方文化杂糅现象；但德、日在整体上仍分别呈现出焦虑型与愿景式的机器人文化，这种差异背后有着深厚的文化渊源。

## 三、德日差异的文化溯源

影响机器人文化形态的因素可分两类：其一是社会—技术因素。例如

---

① Wolfgang Welsch, “Transkulturalät-die veränderte Verfassung heutiger Kulturen. Ein Diskurs mit Johann Gottfried Herder,” in *VIA REGIA-Blätter für internationale kulturelle Kommunikation*, 1994（20）, https://www. via-regia. org/bibliothek/pdf/heft20/welsch _ transkulti. pdf.

② Naho Kitano, “Roboethics-A Comparative Analysis of Social Acceptance of Robots Between the West and Japan,” *The Waseda Journal of Social Sciences*, 2005(6), p. 104.

③ UNESCO, *The Convention on the Protection and Promotion of the Diversity of Cultural Expressions*, 2005-10-20, https://en. unesco. org/creativity/sites/creativity/files/passeport-convention2005-web2. pdf.

从现代化进程来看,科技给日本现代化带来了巨大推动力,北野菜穗认为,“对大多数人来说,机器只给日本带来了好处……日本人对包括机器人在内的先进技术的追求总是与国家经济的增长联系在一起”[①]。相应的,日本没有西式的技术反思传统,如马克思、马尔库塞和安德斯等德国哲人的技术批判。这种日式现代化进程和技术认知传统带动了乐观为主流的技术文化。其二是本文探讨的文化—人文因素,即机器人文化现象的人文文化根源,它主要包括宗教人伦和科幻文化因素。

1. 宗教人伦

在基督教传统中,上帝依己造人,让人成为尘世万物的标尺,人类中心主义在俗世具有宗教伦理合法性。在人类征服自然与资本主义私有制进程中,人类俯视和掌控万物的姿态愈发显著。但上帝并未赋予人类制造同类的权利。尽管如此,在西方现实和奇幻科幻作品中,炼金术师、机械工匠和“科学狂人”等世俗人在制造偶人或机器人式替身、奴仆或同伴的路上少有止步。赋予机器人助人能力及服从属性,是世俗造物主的美好愿景。但篡改上帝造人图纸的过度企图意味着机器人“生”而有“原罪”。科幻作家S. 莱姆在其论作《科幻中的机器人》(1972)中直言道,在西方基督教伦理中,“人造人被视为亵渎上帝”,这种“想与上帝平起平坐的尝试”的行为“难以善终”。[②] 这在日本作家眼中映射得更加清晰,川端康成曾如是评价《大都会》代表的人造人想象模式:“诗人们为何要让人造人向人类报仇?在此潜藏着敬畏上帝的人的真心。”[③]此外,“基督教世界严格区分有灵魂的生灵和没有灵魂的物”[④],机器人等人造物没有灵魂,注定与人不同并低人一等。这两种基督教观念都为机器人的存在投下了阴影,决定了人机关系暗存隐

① Naho Kitano, “Roboethics-A Comparative Analysis of Social Acceptance of Robots Between the West and Japan,” *The Waseda Journal of Social Sciences*, 2005(6), p. 99.

② Stanislaw Lem, “Roboter in der Science Fiction,” in Eike Barmeyer(hg.), *Science Fiction: Theorie und Geschichte*, Fink, 1972, S. 165 - 166.

③ [日]川端康成:《人造人之赞》,载《川端康成全集》第 26 卷,新潮社 1982 年版,第 256 页。

④ Christoph Bartneck, “From Fiction to Science -A Cultural Reflection on Social Robots,” *Proceedings of the Workshop on Shaping Human Robot Interaction-Understanding the Social Aspects of Intelligent Robotic Products*, In Cooperation with the CHI 2004 Conference, Vienna, pp. 35-36.

患，并在科幻文艺中呈现出两种心态：一是人的“世俗造物主焦虑”，即人追求或享受优越造物主的优越感，又害怕僭权行为会被惩罚、未“受宗教洗礼”的机器造物会反叛；二是人将机器人视为魔鬼之作或没有灵魂、情感的“恐惑它者”。根据在西方早期机器人叙事中广为流传的说法，德国百科全书式学者大阿尔伯特用三十年时间造出了“金属守卫”，学生托马斯·阿奎纳误将其视为“魔鬼之作”并捣毁。[①] 奥林匹娅和赫尔-玛莉亚等代表性德国机器人形象也以恐惑它者或人类威胁的面目出现。同时，近现代以来西方人本主义传统极为重视人的尊严和独特性，这导致人对机器人这种异化复制怀有贬低或不信任姿态。可见，在西方宗教文化传统中，机器人长期难以融入人类宗教人伦体系。

在日本社会中，宗教信仰传统至今扮演关键角色，也被西方和日本学界公认为日本和谐人机关系的首要文化根源。“在日本人的传统中，自然界森罗万象皆有生命……也是心灵的朋友和工作的伙伴。这在以最新技术生产出来的工具——机器人身上也不例外……日本文化的一大特色就是这种泛灵论的世界观直到现在仍然生生不息，与最先进的技术毫不矛盾。”[②]在日本，很多旧人偶不会被立即丢弃，而是被送往神社供奉。可见，当今的日本机器人文化并非无源之水，可类比的物我关系早已扎根文化传统，近年来还出现了机器人僧侣诵经以及寺庙为停产的机器狗超度的现象。在西欧思想传统中，“非我族类”的人造人是对人的模拟，但经常与主体、灵魂、理性和情感缺失联系起来，技术造物被认为可能会异化人性，经常作为奴仆或工具、“他者”或“威胁者”被放置在人的对立面。而在日本文化传统中并没有西式的身体与灵魂割裂。相反，人与物没有严格区分，人造“人形”被认为有“灵”并不为奇。正如手冢治虫所言：

> 日本人并不把人这个超级生物与周围世界区别开来。万物为一。我们很容易接受机器人，就像周围广阔世界中的昆虫或岩石等其他东西一样……我们对机器人不会产生怀疑的态度，不会像西方人那样以

---

① Klaus Völker, *Künstliche Menschen. Dichtungen und Dokumente über Golems, Homunculi, Androiden und liebende Statuen*, DTV, S. 368.

② ［日］高阶秀尔：《机器人与日本文化》，载《日本人眼中的美》，杨玲译，湖南美术出版社2018年版，第163—166页。

为这是非真实的人或假人。所以这里你会发现没有什么抵触，而是很平静地接受。[①]

在日本这种“人—物和谐观”中，万物处于动态的协存网络中，工具、人偶可以成为其组成部分，机器人或其他智能技术产物亦可。阿童木、帕罗等科幻或现实机器人(或动物)形象甚至被日本地方政府赋予了公民身份。在解释日本和谐人机关系时，石黑浩还提出了“岛国假设”：

[日本]长期与其他文化隔绝，因此发展出了一种与欧洲和其他国家截然不同的文化。其结果就是产生了一种不区分人类和其他事物、万物有灵的思维方式(或文化)。融通型的伦理观是指一个国家长年在一个岛上，大家长期一起生活，就会形成一种类似家庭的关系。我想这或许是主要原因，也是根本原因。我称之为“岛国假设”。[②]

因此，机器人等技术人工物在日本文化中处于没有明显排他性的关系网络中，而是为日本文化所收纳。机器人虽是科技产物，但未被理解为人的桎梏，不妨碍它在日本文化中成为“自然之孙”。相比机器人在基督教传统中僭权越位的结果和恐惑它者的定位，机器人不仅被纳入日本信仰传统中，也被机器人工程师和禅宗修行者森政弘融入他追求人机和谐的理念中，这种理念被学者博罗迪称为“佛教机器人学”。[③] 其中，森政弘的重要观点包括：一是认为机器人同万物一样天然具有佛性，“从佛的视角来看，人与机器之间不存在主奴关系”，认识到机器和机器人具有佛性是和谐人机关系的前提。[④] 二是在人机关系出现问题时，认为人应首先问责自身欲望，

---

① Wayne A. Borody, “The Japanese Roboticist Masahiro Mori's Buddhist Inspired Concept of ‘The Uncanny Valley’,” *Journal of Evolution and Technology*, 2013(1), pp. 31-32.

② Hui Jiang, Lin Cheng and Hiroshi Ishiguro, “The Blurring of the Boundaries between Humans and Robots is a Good Thing and a New Species would be Born: An Interview with Hiroshi Ishiguro,” *Technology and Language*, (2022)1, p. 45.

③ Wayne A. Borody, “The Japanese Roboticist Masahiro Mori's Buddhist Inspired Concept of ‘The Uncanny Valley’,” *Journal of Evolution and Technology*, 2013(1), p. 36.

④ Masahiro Mori, *The Buddha in the Robot. A Robot Engineer's Thoughts on Science and Religion*, trans. by Charles S. Terry, Tokyo, 1981, pp. 13, 179.

而人与技术物的和谐才是出路。[①] 三是在解释日本和谐人机关系的宗教信仰因素时，认为佛教而非神道扮演了决定性角色，“在尊重机器人的同时，也不失去[人]自我的主体性，这才是佛教的精髓所在”，如将人与机器人并列起来，那排序应是“机器人与人”而非相反。[②] 四是如果机器人要跨越恐惑谷，即机器人攀登右侧（即第二）峰时，佛像是比健康真人更高的追求。[③] 森政弘的佛教机器人学是佛教传统与当代高新科技的有机结合，它以人的谦卑和自省为前提，是从佛教理念和非人类中心主义姿态出发的人机和谐协存愿景。

与宗教传统一脉相承的是人的自我认知、定位和人际伦理。加布里埃尔和石黑浩对机器人的态度即根植于他们关于人的认知差异，它从根本上造就了两种机器人文化的异质性及其通约困难。在德国一边，加布里埃尔展现的是人之为人毋庸置疑的人类中心主义传统姿态，人是“确定的人”。与之对应，在基督教传统和德国传统文学文化中，机器人是恐惑它者，人无法与之共情，更无法与之归同。笛卡尔在《谈谈方法》(1637)中也表示，因欠缺语言与思维的通用性，仿人机器无论如何仿真都无法与人媲美。[④] 在德国乃至欧洲传统中，仅是将人与仿人自动机器类比或画等号，就意味着对人自然性的异化或矮化。

在日本方面，石黑浩展现的是人之定义和未来仍待观察的非人类中心主义开放观念；日本文化传统不强调技术人造物与人的异质性，机器人被纳入自然、世界和人伦网络中，还可见证与推动“变动中的人”的自我认知。与石黑浩关于人的定位和未来规划相对应，社会学家北野奈保认为，日式人伦推动了人与机器人的和谐关系。不同于西方宗教伦理主要探讨人神关系与人的自我规训，日本传统伦理的理想情况是人与自然、人与物以及人与人关系的和谐，既然人造物被赋予“灵”（与西方科幻中的机器人主体

---

① Masahiro Mori, *The Buddha in the Robot. A Robot Engineer's Thoughts on Science and Religion*, trans. by Charles S. Terry, Tokyo, 1981, p. 49.

② [日]森政弘：《恐惑谷》，江晖译，《外国文学动态研究》2020 年第 5 期，第 91 页。

③ Karl F. MacDorman, "Masahiro Mori und das unheimliche Tal: Eine Retrospektive," Konstantin Daniel Haensch et al. (Hg.), *Uncanny Interfaces*, Textem Verlag, 2019, S. 232.

④ [法]笛卡尔：《谈谈方法》，王太庆译，商务印书馆 2018 年版，第 44—45 页。

性不同)，那么人与人造物就有“灵”相通，这成为人机关系和谐的伦理基础。[1] 可见，日本社会中人的认知和人伦倾向于催生和谐的人机关系。日本社会的“机器人热”、石黑浩人机边界的开放性态度以及森政弘的佛教机器人学，从西方视角来看似乎是“后人类式”的，但对日本文化来说未必如此，因为它并非对日式人伦和文化传统的叛逆，而是其在技术时代合乎文化传统的延续。

在J. 斯莱德克的小说《提克-托克》(1983)中，机器人在哲学讨论中的潜质被提及：“在我看来，仿人自动机或机器人概念本身就是哲学概念，引发关于生命、思维或语言以及其他更多问题。没错，有时我会想，机器人被发明出来是否是为了回应哲学家们的提问。”[2]机器人可在哲学家关于人的讨论中拥有一席之地，因为它可溯源到人的自我认知问题，因为机器人是人的复制和镜像，无论是在德国还是日本机器人文化中，刨除机器人被赋予的各种外在角色，机器人(特别是类人机器人)也是人的技艺、欲望、情结或顾虑的人形物化，是给人带来最大自我认知冲击的技术物。机器人文化并非人是否或如何接受机器人这个“身外之物”那么简单，而是人在自我复制和镜像面前如何定义、想象和规划自我这般基本。

## 2. 科幻文化

传统宗教伦理与人之自我定位是机器人文化的前期决定性因素，科幻文化是新近的影响因素，它不仅是机器人人文文化的显性表征，同时也在机器人文化成型与发展过程中起到催化剂、载体和温室等作用。科幻文艺让人们关于机器人的想象显影，在提高机器人显示度和话题度的同时，也进一步影响了人们对机器人的认知。

如前所提，德国技术界与媒体关注机器人问题，但在技术尝试与社会讨论的背后仍有德国社会和民众的伦理考量和认知问题，这与科幻文化亦紧密相关。在此仅以对机器人的认知为例。霍夫曼笔下的奥林匹娅是德语学术界关于恐惑美学讨论的重点案例，它与《大都会》中的赫尔-玛莉亚

① Naho Kitano, “‘Rinri’: An Incitement towards the Existence of Robots in Japanese Society,” *International Review of Information Ethics*, (2006)12, pp. 79-82.

② John Sladek, *Tik-Tok*, AW Book, 1985, p. 72.

都是德国机器人叙事史中最深入人心的形象，也直接或间接影响了人们对机器人的认知。在谈及护理型机器人是否应设计成类人模样时，德国人机交互领域学者 B. 卢克林认为，这类机器人可以有鼻子有眼，但绝不能太像人，否则会令人感到悚然不适①——这种表述会令人直接联想到霍夫曼关于令人恐惑不安的仿真机器人，也与石黑浩的观察和加布里埃尔的感知一致。德国机器人文艺作品与当代好莱坞荧幕上的“机器人恶托邦”叙事均为欧美机器人文化的重要组成部分。德国科技畅销书作者 T. 哈姆格认为，“我们对机器人的想象深受作家和电影导演们影响。我们头脑中的机器人画面受朗的《大都会》和阿西莫夫设计精巧的幻想世界所滋养”②。即便是在体现人机协存的当代机器人科幻中，人们对机器人的顾虑仍有残余。西方科幻文化饱含“机器人情结”和“恶托邦想象”，深刻影响了人们对机器人乃至对技术治理的接受程度，③很难孵化出积极乐观的人机关系设想。鉴于此，德国民众在关于机器人养老的问卷调查中显露顾虑也就不足为奇了。石黑浩高仿真机器人研究及其关于“人”的观点在德国难以被所有人接受，石黑浩也无法理解美国的机器人恶托邦想象，他表示：

> 我不明白为什么好莱坞那么恨机器人。好莱坞无数次想用机器人来摧毁地球。这看起来很疯狂。我们靠开发新科技来提高我们的能力。科技是进化的方式之一。所以，我们不能将人类和科技、人类和机器人以及人类和人工智能分离开来。人类与它们是紧密结合的。这并不是进退两难的困境，而是进化的途径之一。④

而日本机器人科幻文艺形象，特别是日本科幻漫画与动画中的机器人形象，则导向了另一种机器人认知。在《阿童木》、《哆啦 A 梦》和《阿拉蕾》等作品中，英雄或伙伴机器人形象深入人心。在日本战后萧条及其后的高

---

① Kai Klindt，“Schwester Robot，” *Senioren Ratgeber*，2017(6)，S. 59.

② Thomas Ramge，*Mensch und Maschine. Wie Künstliche Intelligenz und Roboter unser Leben verändern*，Reclam，2019，S. 70.

③ 刘永谋：《试析西方民众对技术治理的成见》，《中国人民大学学报》2019 年第 5 期。

④ 石黑浩访谈：《日本机器人之父目标远大、盼打造自我意识机器人》，2020-02-21，https://v.qq.com/x/page/s3069m0dsl7.html。

速发展时期，它们成为日本青少年的集体记忆，催生了日式的机器人想象共同体，参与塑造了日本人对机器人等技术造物的积极认知和欢迎态度，也推动了日本机器人技术研发和应用实践。这种影响通过外部和内部视角均被证实。德国学者瓦格纳认为，日本“下一代机器人”计划即是要将阿童木和哆啦 A 梦等机器人朋友和帮手形象转化为现实。[①] 在谈论日本机器人文化时，日本学者往往高度认可科幻漫画和动画对机器人文化的深刻影响。日本机器人学家梅谷阳二认为，“全日本的机器人技术都为阿童木之梦所推动。‘如果没有机器人科幻作品，就不会出现机器人技术’，这是很多顶尖的日本机器人研究者、开发者的信条。他们从高中开始就做着有关阿童木的梦，也因为阿童木而一心想成为机器人科学家”[②]。在机器人成为“日本人精神世界的一部分”[③]的过程中，漫画、动画等科幻艺术所引发的机器人热是关键推力，提高了机器人的国民话题度，也影响了机器人的应用实践。瓦格纳还指出，“为宣传日本机器人乌托邦的理念，一些政府战略文件甚至让机器人科幻故事占据重要部分，这些故事勾绘了未来家庭和老人过上机器人辅助的生活”[④]。日本机器人文化是被西方社会好奇观察但难以内化的愿景式机器人文化，宗教、人伦、文化、社会和经济等因素的叠加发酵，促成了日本人机关系的良性循环。鉴于此，欧美学界将日本视为“机器人王国”，日本视 21 世纪为“机器人世纪”，[⑤]畅想 2025 年“家家都有机器人”的未来图景，[⑥]也就不足为奇了。

---

① Cosima Wagner, *Robotopia Nipponica-Recherchen zur Akzeptanz von Robotern in Japan*, Tectum Verlag, 2013, p. 4.

② Y. Umetani, *Are Robotic Scientists the Karakuri-masters of Today*? Ohmsha, 2005, p. 4. qtd. Cosmar Wagner, "'The Japanese Way of Robotics': Interacting 'Naturally' with Robots as a National Character?" RO-MAN 2009-The 18th IEEE International Symposium on Robot and Human Interactive Communication, p. 511.

③ Joi Ito, "Why Westerners Fear Robots and the Japanese Do Not," *Wired*, 2018-07-30.

④ Cosima Wagner, "Tele-Care for the Elderly and Robot Therapy: Living with Robots as a Vision and Reality for Japan's Ageing Society," *Japanstudien*, 2010(1), p. 271.

⑤ Shin Nakayama. *Robotto ga Nohon o sukuu*, Toyo Kezei Shinposha, 2006, p. Ⅲ. qtd. Wagner, *Robotopia Nipponica*, p. 2.

⑥ 日本“改革 25 战略会议”:《“改革 25”中期汇报总结——创造未来、挑战无限可能》，2007-02-26, https://www. cao. go. jp/innovation/action/conference/minutes/minute _ intermediate/chukan. pdf。

## 四、中国"第三种机器人文化"的构建

可见,机器人不仅是"技术人工物",即作为人在实践中延伸或增强的手臂协助或替代人解决现实问题;而且是"文化人造物",即作为人类自我想象和欲望的结晶与人性和人的自我认知勾连紧密。类似于技术人工物不能仅被理解为中性的(技术中性论),机器人不仅是工具(机器人工具论),还负载了人的欲望、情结、需求或愿景。它一旦作为文化物和技术物产生,就会与人互动互构,从而反过来影响人类文化、实践乃至人类未来。尽管机器人人文文化维度深刻影响了当今机器人的技术研发、实践应用以及人们对机器人的认知和接受,但它长久以来都未受到应有关注。

在现有机器人文化中,德国焦虑型机器人文化以基督教伦理和人类中心主义为根基,受令人恐惑不安的早期机器人形象所影响,有着对机器人不信任、无共情的"机器人情结";日本愿景式机器人文化则更多源自物我和谐的传统信仰和人伦,为机器人科幻所牵引,其特点是对未来人机协存与融合的愿景式想象和尝试。① 两种机器人文化均可追溯至各自的宗教伦理和人的自我认知传统,为科幻文化所培育、助推与呈现,两国学者关于机器人的直接对话则凸显了人的自我认知在机器人文化中的重要性。在此,关于机器人的对话归根结底还是对人的探讨,即人在自我复制和镜像面前如何自我定义以及如何看待技术时代中人的未来。本文对比德、日机器人文化的差异,并非旨在排除东西方机器人文化的支流、逆流②和动态性,而是初探机器人文化共性与差异的框架,解读两者总体差异性及其根源,并从中得出两点认识:一是人类文化范畴下的机器人文化研究有助于反观人类自我、人性和文化,有利于机器人伦理讨论走向精准化。作为人性、人类

---

① 程林:《从跨文化的视角看机器人文化现象》,《中国社会科学报》2020 年 9 月 15 日第 4 版。

② 近年来,国外学者通过问卷方式来审视欧美与日本对机器人的接受情况,并得出了与文化研究不同的结果,但现有调查样本量太小,代表性令人怀疑。例如,C. 巴特奈克等人的调研"A cross-cultural study on attitudes towards robots"(2005)有来自荷兰(24)、中国(19)和日本(53)共 96 名大学生参与;K. 哈灵等人的调研"Perception of an Android Robot in Japan and Australia: A Cross-Cultural Comparison"(2015)有来自日本(55)和澳大利亚(56)共 111 人参与,她的另一项研究"Perception and Trust Towards a Lifelike Android Robot in Japan"(2018)则仅有 55 人参加。

文化乃至民族性的镜像和显影，机器人文化的异质性是德国信息伦理学家C. 卡普罗提及“跨文化机器人伦理”的原因，意味着跨文化维度缺席的机器人伦理探讨有原则性缺失。世界范围内的机器人伦理讨论有赖于对不同机器人文化的认知与考量，需要兼顾区域性传统与特色，在跨文化和文化间性的视野下深入观察。二是德、日机器人文化可为中国机器人文化的构建提供参照和启发。中国社会中的机器人应用和人机交互日渐增多，关于中国机器人伦理和文化的讨论具有学术与现实意义。

德、日机器人文化的生成与作用机制可为中国相关讨论带来三点启发：

第一，机器人不仅是技术和经济议题，其文化维度亦不可忽视，机器人文化不可避免地产生社会影响，如焦虑型机器人认知势必会影响机器人应用。孵化中的中国机器人文化应形成正向价值，这有利于更好地处理中国社会的人机交互实践。

第二，人类文化范畴下的机器人文化必然与所处国家的传统和大众文化紧密相关，孵化中的中国机器人文化应符合中国传统文化、哲学伦理、现代化进程以及科幻文艺等特色。

第三，为机器人文化和伦理讨论提供中国方案，除了要合理取材中国传统文化外，既要融通科技人文、进行合理论证、兼顾其在实践中的可行性，也要讲好“中国故事”，兼顾其他文化的接受能力。仅是脱离技术和现实的人文呼吁或仅有技术思维而缺乏人文关照，都难以达到这种效果。森政弘和石黑浩作为机器人工程师不断思考机器人人文问题就值得借鉴。森政弘的“佛教机器人学”获得关注，并非因为他将看似相去甚远的佛教和机器人即兴拼接，而是基于他作为工程师和佛教徒对人机协存至少半世纪之久的跨学科思考、呼吁和论证；但他亦有难言成功的观点，因为机器人文化方案应避免局限于自身文化和信仰的舒适区域内，避免仅靠信仰或愿景来布道，例如，森政弘关于机器人先于人的建议就难以被普遍理解和接受。

实际上，以近年来的 AI 和机器人热潮为契机，在中国不仅服务和社交机器人应用不断普及，人文社科学者关于机器人的讨论也逐渐增多。在德国（欧美）焦虑型和日本愿景式机器人文化之外，中国社会有可能孵化出“第三种机器人文化”，即折中、务实、积极并倡导人机和存（协存）的“中国机器人文化”，原因有三：

一是从文化传统角度来看，机器人在中国文化传统中既不是威胁性或令人焦虑不安的“它者”，也不是想象中的平等者乃至“救世主”。中国重实际、求和谐的非人类中心主义传统文化以及依赖科技力量的现代性进程有助于形成折中、实际和正向的人机和存(协存)文化。近年来，人文学界开始从中国文化中发掘有利于构建和谐人机关系的思想资源，如儒家思想①(和合人生价值观、②荀子思想③)和《老子》“善”论，④并有意识地提出了区别于欧美等伦理规划的中国“优化共生”机器人伦理方案，⑤作家双翅目的科幻小说《公鸡王子》也针对阿西莫夫“机器人三法则”推出了儒家的“四勿准则”。此外，国内学界还借传统思想辨析人机关系，如关于儒家“人禽之辨”对机器人是否有效的辩论。⑥ 当今，中国机器人文化已注定产生于全球化而非相对封闭的语境中，根植并符合特定社会传统、实现科技与人文深度融合并能与其他机器人文化有效交互的机器人文化才能站稳脚跟。

二是从大众文化角度讲，与欧美和日本不同，中国尚无丰富的机器人想象与叙事传统。与西方机器人叙事相比，中国机器人叙事也少了人机对抗元素。瑞典原版《真实的人类》和俄罗斯版《超凡女仆》中都有明显的“仇视机器人运动”，⑦中国版《你好，安怡》中则没有。同时，能内化和呈现中国文化和哲思的当代机器人叙事虽已出现，但其影响尚无法与阿童木等在日

---

① Roger T. Ames, “Natural Robots: Locating ‘NI’ Within the Yijing Cosmology,” in Bing Song(eds.), *Intelligence and Wisdom*, Springer, 2021, pp. 109-129；刘纪璐：《儒家机器人伦理》，谢晨云、闵超琴、谷龙译，《思想与文化》2018 年第 1 期。

② 张立文：《和合人生价值论——以中国传统文化解读机器人》，《伦理学研究》2018 年第 4 期。

③ 刘纪璐：《从荀子的伦理方案到机器人的伦理草案何以可能?》，《社会科学》2021 年第 4 期。

④ 王萍萍：《人工智能时代机器人的伦理关怀探析——以〈老子〉“善”论为视角》，《自然辩证法研究》2021 年第 5 期。

⑤ 北京大学国家机器人标准化总体组：《中国机器人伦理标准化前瞻 2019》，北京大学出版社 2019 年版。

⑥ 《船山学刊》在 2019 年第 2 期刊发的吴根友(《儒家的“人禽之辨”对机器人有效吗?》)，孙向晨(《人禽之辨、人机之辩以及后人类文明的挑战》)，董平(《“人禽之辨”与“人机之辩”：基础与目的》)，戴茂堂、左辉(《人何以为人？——从“人禽之辨”到“人机之辩”》)关于“儒家‘人禽之辨’对机器人有效吗”的辩论。

⑦ “仇视机器人运动”：在西方科幻文艺塑造的人机共存社会中，部分群体因憎恨机器人取代人类工作、异化人际关系、没有情感等原因而发起的抵制、破坏或销毁机器人的运动，以表明捍卫人类、抵制机器人的态度。这在《真实的人类》系列俄罗斯版《超凡女仆》(*Better Than Us*, 2018)中尤为明显，抵制机器人的群体自称“清算人”(liquidator)，即在执行清理机器人任务的人。

本社会的影响相提并论。中国当下的机器人伦理讨论主要受 AI 技术冲击和现实需求所驱动。[①] 中国有自己独特的现代化进程与“亲技术”取向。[②] 有实证研究显示，不少中国民众倾向于乐观而辩证地接受进入人类生活的机器人，一种“积极、乐观和以实用功能为导向的机器人文化”[③]有望在中国出现。这也体现在中国机器人的命名特色以及大众媒体对它喜闻乐见的态度中。[④]

三是从应用实践角度讲，即将机器人实践文化纳入考察范畴，可见，智能机器人已是中国科技崛起的排头兵（《超凡女仆》中已存在最先进机器人来自中国的剧情），中国式积极机器人应用浮出水面。服务型机器人在抗击疫情和北京冬奥会期间都应用广泛，各类机器人是“智慧抗疫”和“科技冬奥”的排头兵，成为中国智能科技的闪亮名片。[⑤] 中国服务型机器人等在疫情防控期间得到进一步普及，抗疫机器人不仅出口海外，还作为疫情常态化辅助工具普遍出现在国内公共生活空间中。中国社会虽然没有日本社会中这般显性的机器人愿景，但近年来中国在应用服务型机器人方面比日本更显积极。

此外，中国社会对机器人的接受问题也受到关注，例如哈姆格认为，机器人在欧、美和日本分别为“敌人”、“奴仆”和“朋友”，在中国则是“同事”。[⑥]

---

① 程林：《中国机器人伦理初探：一个跨文化的视角》，《比较文学与跨文化研究》2019 年第 1 期。

② 王国豫：《技术哲学的“大问题”和“小问题”——对米切姆“怀疑”的回应》，《哲学动态》2021 年第 1 期。

③ Jiang Hui and Lin Cheng, “Public Perception and Reception of Robotic Applications in Public Health Emergencies Based on a Questionnaire Survey Conducted during COVID-19,” *International Journal of Environmental Research and Public Health*, 2021(20), p. 14.

④ 通过百度对中文媒体网页（2020 年 1 月 1 日和 5 月 31 日）的爬梳结果显示，在 222 篇关于抗疫机器人的报道中有 221 篇对抗疫机器人持欢迎或正向态度，仅有 1 篇译自国外媒体的报道提及对机器代人的忧虑。参见 Jiang Hui and Lin Cheng, “Public Perception and Reception of Robotic Applications in Public Health Emergencies Based on a Questionnaire Survey Conducted during COVID-19,” p. 15。

⑤ 程林：《智能机器人：为抗击疫情赋能、为智慧医疗探路》，《中国日报》2021 年 4 月 16 日；柯迪茜、程林：《冰雪赛场上的机器人：为冬奥保驾护航、为赛事智慧赋能》，《中国日报》2022 年 2 月 14 日。

⑥ Thomas Ramge, *Mensch und Maschine*, S. 20.

中国机器人文化和伦理的自身发展和国际对话前景值得在跨文化视域下或文化间性愿景中得以动态观察，这意味着“跨文化机器人学”（“Intercultural robotics”[①]）值得重视。

“跨文化机器人学”即“以机器人文化和文化机器人学为根基，研究机器人文化的异同、交互、影响等现象，旨在更好地解释和解决在机器人文化上的差异性和人机交互中的跨文化问题，并在机器人文化的相遇、对话和通鉴中寻找解决机器人当下与未来发展难题的共识与答案，以更好地应对可能到来的人机协存时代”[②]。简言之，“跨文化机器人学”以机器人文化为基础，从文化差异和间性视角考察机器人文化的异同、动态和交互及其表征、根源、启发和影响。接下来，仍有很多有意义的探索或研究值得深入下去，如中国传统文化如何催生“中国式机器人故事”和机器人伦理的“中国方案”，中文“机器人”译法会对机器人定位和国人的机器人认知产生何种影响，全球化语境下的机器人文化如何互渗共生，都值得在跨文化和跨学科的视野下继续深入研究。

---

① Lin Cheng, “Das Unheimliche der Entfremdung: Humanoide Roboter und ihre Buddha-Natur,” *Jahrbuch Technikphilosophie*, 2020, p. 99.

② 程林：《从跨文化视角看机器人文化现象》，《中国社会科学报》2020 年 9 月 15 日第 4 版。

# 科幻小说中的语言哲思

郭　伟*

## 引言

科幻小说作为探索无限可能性的文类，往往会为读者创制出种种奇妙的异质世界。其中有一些作品，描写了某种异质语言，详论其构造、推演其逻辑、想象其对使用者思维方式的影响；抑或有一些作品，在小说自洽的逻辑框架内叙述了语言匪夷所思的效力。

柳文扬(Liu Wenyang)的短篇科幻小说《只需一个字》(“One Word Is Enough”)就讲述了关于异类语言的故事。外星游牧民族沃冈人的语言中没有第一人称单数代词，即“我”。他们只有“我们”这个集体概念，而不知作为个体的“我”意味着什么。也正因此，他们无视个体生命，骁勇善战、所向披靡。后来，被沃冈人俘虏的地球语文教师林明梅教会了他们“我”这个词，于是个体的概念传播开来，原本铁板一块的沃冈世界从此分崩离析。[①] 读罢此作，读者不禁惊叹，语言如此奇巧，一字之差，竟天渊之别。《只需一个字》既展现了语言之间的差异，又以略带黑色幽默的笔调调侃了语言的功效。这类关乎语言的科幻作品相当有趣，为读者带来了奇妙的体验和别样的思索。本文就由此引申开去，谈一谈科幻作家们是如何用纯熟的语言

---

* 郭伟，北华大学外语学院副教授，文学博士，主要从事西方文论和科幻文学研究。本文原载《北华大学学报(社会科学版)》2019 年第 4 期。

① 柳文扬：《37：柳文扬科幻小说选本》，心乙编选，百花文艺出版社 2013 年版，第 225—233 页。

呈现了语言本身的奇观。

## 一、语言世界观

即使“古典时期”的科幻作品，也会偶尔探及异质语言的问题。H.G.威尔斯(H. G. Wells)在《时间机器》(*The Time Machine*)中便提到埃洛伊人的语言：“要么是我疏漏了微妙处，要么是他们的语言过分简单——几乎只是由实意名词和动词构成，好像没有多少抽象词，比喻语言也几乎不用。他们的句子通常非常简单，由两个词构成。我只能表达或理解一些最简单的陈述。”[①]小说中所描述的埃洛伊语显然极其简单，相当于儿童语言一般。而据小说的主人公时间旅行家观察，埃洛伊人的认知能力、思维能力和表现能力也的确只具有儿童的水平。当然，埃洛伊人毕竟还是由人类演化而来的，埃洛伊语与人类语言的差别尚在时间旅行家可理解的程度之内。而山田正纪(やまだ まさき)《神狩》(神狩り)中所描述的“神”的语言，则完全处于人类的理解能力之外了。

山田正纪在《神狩》中设定了一种“神”的语言。作为信息工程学家、语言学家和逻辑学家的主人公岛津圭助对“神”的“古代文字”进行了艰苦卓绝的研究。任何一门人类语言都包含与、或、非、若、若且唯若这五个逻辑符号，因为这正是人类大脑的思维方式。岛津却发现，“古代文字”中只有两个逻辑符号。“一方是依靠五个逻辑符号进行逻辑操作的语言，另一方是只需要两个逻辑符号就能进行逻辑操作的语言——真的有贯通两者的基本逻辑吗？答案是否定的，因为从逻辑等级上来说，这差距未免太大了些。”[②]况且，人类大脑“无法理解含有超过七层关系代词的文章”，而“古代文字”中却包含了超过十三层的关系代词。岛津由此逐渐相信，使用“古代文字”的并非人类，而是一个更高层面的存在——“神”。作者笔下的“神”却绝非善类，“他”充满了恶意与嘲讽、“把人类当作棋子一样玩弄”[③]。这部小说所讲述的便是几位不甘于任“神”摆布的人类勇士，意欲狩猎“神”的

① [英]H·G·威尔斯：《时间机器》，青闰译，译林出版社2012年版，第37页。

② [日]山田正纪：《神狩》，王昱星译，四川科学技术出版社2010年版，第36—37页。

③ 同上书，第124页。

故事。

不论《只需一个字》中对“我”与“我们”的辨析，还是《时间机器》中对埃洛伊人语言的评论，抑或《神狩》中对“神”、人语言差异所进行的描述，都不由得令人想起 19 世纪德国哲学家、语言学家洪堡特（Wilhelm von Humboldt）的“语言世界观”（linguistic worldview）。洪堡特认为“语言的差异不是声音和符号的差异，而是世界观本身的差异”[①]，换言之，“不同的语言也即不同的世界观”[②]。语言框定了其使用者对世界的认知和思考方式。因此，“人只能在语言中思维、感知和生活”[③]。而每一种语言都以各自不同的方式来分割对象、编排感觉、梳理思想、表称事物，于是便促生了各自不同的世界观。

刘宇昆（Ken Liu）在《思维的形状》（“The Shape of Thought”）中构想了卡拉桑尼人，牠们用语言分割对象的方式就与人类迥异。比如，卡拉桑尼人的手语中并不对颜色作诸如“红、橙、黄、绿、蓝、靛、紫”这样的分类，而是按照色谱上“连续变化的深浅差异”来进行更加细微的表达。[④] 任何语言的使用者都会“不自觉地将语言暗含的预期投射于经验领域”[⑤]。卡拉桑尼人的语言使得牠们对“范畴”、“类别”、“物种”并不关注，而对事物的独特性和事物间微妙的差异极为敏感。牠们甚至将生与死都视作一系列连续过渡的形式，而非彼此对立的概念。[⑥] 这种迥异于人类的思维，无疑源于卡拉桑尼手语独特的认知方式。牠们的语言对世界的分割、编排、梳理和表达，决定了牠们的世界观。

在跨文化交流的现实经验中，一种语言的使用者往往会误解另一种语言的使用者。这绝不仅仅是信息传达有误或翻译失效的问题，此中涉及思

---

① ［德］威廉·冯·洪堡特：《洪堡特语言哲学文集》，姚小平选编、译注，商务印书馆 2011 年版，第 32 页。

② 同上书，第 71 页。

③ 同上书，第 84 页。

④ ［美］刘宇昆：《思维的形状：刘宇昆作品集》，耿辉等译，清华大学出版社 2014 年版，第 15 页。

⑤ ［美］爱德华·萨丕尔：《萨丕尔论语言、文化与人格》，高一虹等译，商务印书馆 2011 年版，第 103 页。

⑥ ［美］刘宇昆：《思维的形状：刘宇昆作品集》，耿辉等译，清华大学出版社 2014 年版，第 27 页。

维方式和文化观念的差异。倘若两种语言之间相差甚远，那么其世界观的差异便会相当明显。我们不妨将这一论断推之以极——正如科幻小说所做的那样：如果两种语言的使用者彼此全然“非我族类”，那么交流的障碍将是极难逾越的。认知语言学家莱考夫（George Lakoff）和约翰逊（Mark Johnson）在他们的著作《我们赖以生存的隐喻》（*Metaphors We Live By*）中曾举了一个颇具科幻色彩的例子：“想象一个球状生物，生活在非引力环境中，没有任何的知识和经验。‘上’对于这样的生物而言会是什么概念呢？答案不仅取决于这个球状生物的生理机能，还跟它的文化有关。”[①]对于生存在引力环境下，采取直立姿态的人类来说，“上”和“下”的概念有着最为直接的身体经验和文化前提。而这种感受与认知世界的方式，很难传达给假想中那种非引力环境下的球状生物。让我们跨越想象力的疆界，进一步设想，二维世界的平面生命体该如何思考和领悟第三维这个概念。即便语言相通，信息得以顺利传达，三维世界的智慧生命又该如何对二维世界的智慧生命解释“向上，不是向北方”[②]？这其实正是E.A.艾勃特（Edwin Abbott Abbott）在《平面国》（*Flatland: A Romance of Many Dimensions*）中讲述的故事。二维生命的语言中并不存在“上”与“下”这样的词汇，因此他们也难以理解“上”与“下”这样的概念，他们观察和理解世界的范围也就只能达及诸如“东”、“南”、“西”、“北”、“左”、“右”这样的二维方位。

## 二、语言决定论

语言形式的差异必定会导致“不同的观察行为，对相似的外在观察行为也会有不同的评价”[③]。语言的范畴、结构、规则决定了语言使用者观察、思考、评价世界的方式。与其说语言是思维的工具，毋宁说语言就是思维本身。没有语言，思维是无法进行的。这便是“萨丕尔—沃尔夫假说”（Sapir-

---

① [美]乔治·莱考夫、马克·约翰逊：《我们赖以生存的隐喻》，何文忠译，浙江大学出版社2015年版，第58页。

② [英]E·A·艾勃特：《平面国：一个多维的传奇故事》，陈凤洁译，大连理工大学出版社2013年版，第142页。

③ [美]本杰明·李·沃尔夫：《论语言、思维和现实——沃尔夫文集》，约翰·B·卡罗尔编，高一虹等译，商务印书馆2012年版，第235—236页。

Whorf hypothesis)带给我们的启示。此假说认为,并非思维决定语言,而是语言决定思维,因此它又被称作"语言决定论"(linguistic determinism)。[①]

那么,掌握一种语言,就不仅仅意味着学会其词汇、句式、语法,更意味着沉浸于此语言的思维方式。撒缪尔・R・狄兰尼(Samuel R. Delany)的《通天塔—17》(*Babel-17*)可谓对"语言决定论"颇为生动的诠释。

小说《通天塔—17》在不长的篇幅中,涵盖了海盗历险、军事对抗、间谍暗战、侦凶探秘等诸多类型元素。而作品中最令人拍案叫绝的核心设定,乃是一种奇特的语言"通天塔—17"。

在未来的星际战争中,惨烈的战火已经蔓延二十余年。盟军内部遭遇了一连串严重"事故"的破坏,这些实为敌方袭击的"事故"总是伴随着神秘的无线电信号。被盟军密码研究人员命名为"通天塔—17"的神秘信号,其实并非一套密码,而是一种陌生、奇特的语言。盟军福雷斯特将军委托女主人公瑞佳・王探析"通天塔—17"的秘密,这很有可能成为结束战乱灾难的关键。执此重任的瑞佳・王既是卓越的诗人、天赋异禀的语言学家,也是勇武、智慧、经验老到的太空船长。瑞佳・王通晓多种语言,因此能够充分意识到语言对使用者思维方式的塑造作用。她对医生特姆瓦巴坦言:"大多数教科书上说,语言是用于表达思想的一种手段……可语言就是思维,思维是一定形式的信息,形式就是语言……学习另一种语言就是在学习别人看待世界、看待宇宙的思维方式。"[②]此番论断无疑显示了女主人公对语言的机敏感悟与睿智见解。

而随着对"通天塔—17"的进一步了解,瑞佳・王发现这种语言的结构异常紧凑,信息密度极大。[③] 以"通天塔—17"思维要比以英语思维更为迅捷、高效得多。在"通天塔—17"的思维状态中,使用者感知、决断、行动的速度与能力都绝非常人可及,外部世界的运转和其他人的言行简直就像慢动作一般。作品中有如下生动的描写:

动作太慢了,她想,他们都在用慢动作移动……左边,卡利说:"坐

---

① 此假说的一个弱化版本称为"语言相对论"(linguistic relativity),认为语言影响思维。

② [美]撒缪尔・R・狄兰尼:《通天塔—17》,赵立秋、王小青译,河北少年儿童出版社 1998 年版,第 20 页。

③ 可参考伊斯奎尔语(Ithkuil)。

标是 3-B,41-F 和 9-K,我的动作相当快吧,啊?"可是在她看来时间犹如过了一个小时……孩子们高兴得交头接耳。奇怪,瑞佳觉得他们离得好远好远,他们的话说得很慢很慢。本来用简单的话就能很快讲完的事,他们花了那么多不该花的时间。[①]

"通天塔—17"赋予了使用者超常的思维能力与反应速度,但与此同时,它却暗藏着另一个更为重大的反常之处。即,"通天塔—17"中没有"我"的概念。"缺一个'我'字,就失去自我评价的过程,实际上切断了任何符号分析过程。"[②]因此,使用者在"通天塔—17"的思维状态中,虽然大大增强了思考和行动的能力,却与此同时丧失了对敌、我立场的分辨能力。居心叵测的敌方正是利用了这一点,使得屠夫和瑞佳·王于不自觉的情况下,倒戈作乱,在盟军内部进行破坏。故事的最后,瑞佳·王和屠夫将"通天塔—17"改造成"通天塔—18",这个"人类能构思出来的最好的工具"将最终使得双方停战,"把和平的可能变成现实"。[③]

狄兰尼在《通天塔—17》中对"语言决定论"的精彩展现,亦见于许多其他科幻作家的作品,如厄休拉·勒古恩(Ursula K. Le Guin)的《一无所有》(*The Dispossessed*)、柴纳·米耶维(China Miéville)的《使馆镇》(*Embassytown*)、特德·姜(Ted Chiang)的《你一生的故事》("Story of Your Life")等等。

特德·姜的科幻短篇《你一生的故事》可谓"语言决定论"的另一个完美演绎。《你一生的故事》是一篇想象奇绝而又情感细腻的精彩小说。小说中相互关联的两个故事交替呈现。"七肢桶的故事"讲述了语言学家露易丝·班克斯接触、研究、学习、领悟外星智慧生物七肢桶的语言和文字。"你一生的故事"则是露易丝采用第二人称、将来时叙事,娓娓道来自己尚未出生的女儿一生的经历。正是对七肢桶语言 B,即"七文"的学习和领悟,使得露易丝具有了全新的世界观和共时纵观时间轴的能力,从而能够看到女儿"未来"的一生。

小说中的外星人七肢桶,掌握与人类迥异的语言文字。被称作"七文"

---

① [美]撒缪尔·R·狄兰尼:《通天塔—17》,赵立秋、王小青译,河北少年儿童出版社 1998 年版,第 108—109 页。

② 同上书,第 180 页。

③ 同上书,第 183 页。

的七肢桶语言B,塑造了七肢桶种族独特的世界观(和能力)。这种世界观不以因果关系的单向思维来看待事物,而是以一种目的论的方式,将前因与后果看作相互交织、相互影响的。作者特德·姜对此作了如是描述:

> 当人类和七肢桶的远祖闪现出第一星自我意识的火花时,他们眼前是同一个物理世界,但他们对世界的感知理解却走上了不同的道路,最后导致了全然不同的世界观。人类发展出前后连贯的意识模式,而七肢桶却发展出同步并举式的意识模式。我们依照先后顺序来感知事件,将各个事件之间的关系理解为因与果。它们则同时感知所有事件,并按所有事件均有目的的方式来理解它们,有最小目的,也有最大目的。①

因此,在七肢桶的脑海中,"果"和"因"是共现的,"未来"、"现在"、"过去"尽收眼底。正如"七文"那样,整团信息凝结成一个内部交错互通的网络,不论从哪一点开始阅读,都可瞬间一览全貌。以七肢桶的世界观,可以很轻易地看到"未来"。

那么既然"未来"可以"预知",又如何保证其不被篡改呢?这涉及语言哲学中另一个重要的问题——以言行事。

## 三、语言述行说

语言哲学家奥斯汀(J. L. Austin)的《如何以言行事》(*How to Do Things With Words*)将句子分为"述行式"(performative)与"记述式"(constative)。② 其中"述行句"并不描写或记述任何东西,却是"实施一种行为,或者是实施一种行为的一部分",而该行为并非只是说些什么。③ 奥斯汀给出了一些典型的例子,如:

---

① [美]特德·姜:《你一生的故事》,李克勤等译,译林出版社2015年版,第55页。

② 奥斯汀本人后来放弃了这种二分法,此不赘述,详参其论著。另,performative一词有多种译法,如述行、施行、施为等,笔者倾向于"述行"的译法。

③ [英]J·L·奥斯汀:《如何以言行事——1955年哈佛大学威廉·詹姆斯讲座》,J·O·厄姆森等编,杨玉成等译,商务印书馆2012年版,第4页。

“我愿意”(娶这个女人做我的妻子)——在婚礼过程中如是说。

“我把这艘船命名为伊丽莎白女王号”——在轮船命名仪式上如是说。[①]

在适当的情境中说出这些句子,就是在实施某种行为,并产生某种效力。述即行,说话就是做事。

按照《你一生的故事》的设定,在“七文”世界观中,一切句子都是述行的。虽然“未来”历历在目,却无法改变。人类所谓的“自由意志”在这种世界观之下是没有意义的。只要能够预知“未来”,就不存在“自由意志”,这是两种不相容的世界观,二者无法被同时采用。严格按照所预知的“未来”行事,乃是一种必须遵守的承诺和必须履行的义务。“对于七肢桶来说,所有说出口的话都是行为性的。它们所说的话不是用来交流思想,而是用来完成行为”,这种言语行为使已知的“未来”渐次变成真实的事件。[②] 这就好像孩子对某个故事已经听过无数遍,早已烂熟于胸,却总是要求家长一字不差地重新讲述。[③]

“七文”以言行事的世界观,为人类展示出一幅奇妙的世界图景(world picture),为人类固有的思维模式打开了一扇窗,让我们至少能够瞥见另一种可能——这正是科幻本身的魅力所在。

说到以言行事,特德·姜的另一个科幻短篇《七十二个字母》(“Seventy-Two Letters”)颇得其妙。小说的核心设定牵涉到“命名”这个最基本的言语行为。正如奥斯汀前例所示,命名乃是一种行为,产生一种效力。特德·姜在《七十二个字母》中借科幻的手段,将这种效力夸张到极致,使语言文字具有了创造生命的能力。小说中,以 72 个字母驱动泥偶的桥段,当然有希伯来哥连传说[④]的渊源,不过作者将着眼点放在了命名的神奇力量上。主人公罗伯特·斯特拉顿是一位命名师,他研制出的名字能够

---

① [英]J·L·奥斯汀:《如何以言行事——1955 年哈佛大学威廉·詹姆斯讲座》,J·O·厄姆森等编,杨玉成等译,商务印书馆 2012 年版,第 4 页。

② [美]特德·姜:《你一生的故事》,李克勤等译,译林出版社 2015 年版,第 60 页。

③ 同上书,第 60—61 页。

④ 哥连(Golem)是希伯来民间传说中泥土塑成的人形物,可由咒符驱动,以供差遣。这个传说自古而今有诸种不同版本的演绎,各具意蕴。

驱动自动机完成灵巧动作。不但如此,斯特拉顿还和其他命名师一道,寻得了独特的命名之法,能够挣脱预成论的枷锁,最终使人类"成为名字的载体和造物",得以继续繁衍生息而免遭物种灭绝之灾。[①] 整篇小说颇具蒸汽朋克的味道,弥漫着错列的维多利亚历史,充斥着另类的科学技术观念,还夹杂着浓郁的希伯来古风。而作品给读者留下的最深刻印象,莫过于命名的神奇力量,就好像深深印刻在生命中的遗传密码。

不论在东方还是西方的文化传统中,命名往往具有创生的魔力。甚至在神话、宗教和形而上学的层面,世界本身就是由命名而生的。《道德经》云:"无名,天地之始;有名,万物之母。"《圣经》亦云:"上帝说,要有光,于是便有了光。""太初有言。"[②]在创世之初的虚无或混沌中,先有言,才有了物。即便从世俗的常识来看,也不难断定,人类是通过对万物命名来认识世界的。名称,是谈论事物的前提。没有名称的事物,无从谈论,也就相当于不存在,正如乔治・奥威尔(George Orwell)在《一九八四》(*Nineteen Eighty-Four*)中所描述的"新话"(Newspeak)那样。而结构主义和后结构主义则对词语的"能指"与"所指"[③]进行了一番关于"以词达意"甚或"词不达意"的思考。[④] 笔者在此并不打算进一步展开词与物的探讨,我们还是回到更为形而上的层面。维特根斯坦(Ludwig Wittgenstein)曾言:

> 世界是怎样的这一点并不神秘,而世界存在着,这一点是神秘的……

---

① [美]特德・姜:《你一生的故事》,李克勤等译,译林出版社 2015 年版,第 187—243 页。

② "In the beginning was the Word, and the Word was with God, and the Word was God." 参见 John 1:1 (KJV)。

③ 索绪尔(Ferdinand de Saussure)将符号看作音与义两个层面的结合,他指出:"保留用符号这个词表示整体,用所指(signified)和能指(signifier)分别代替概念和音响形象。后两个术语的好处是既能表明它们彼此间的对立,又能表明它们和它们所从属的整体间的对立。"自此以后,"能指"与"所指"这两个术语成为整个现代语言学中的基本概念。索绪尔还提出了一个至关重要的观点,即"能指和所指的联系是任意的……更简单地说:语言符号是任意的"。后结构主义则进一步将符号任意性推向了表意困境的结论。参见:[瑞士]费尔迪南・德・索绪尔《普通语言学教程》(高名凯译,商务印书馆 1980 年版)第 102 页;[英]特雷・伊格尔顿《二十世纪西方文学理论》(伍晓明译,北京大学出版社 2007 年版)第 125 页;郭伟《解构批评探秘》(中国社会科学出版社 2019 年版)第 54—55 页。

④ 郭伟:《解构批评探秘》,中国社会科学出版社 2019 年版,第 53—64 页。

确实有不可说的东西。它们显示自己，它们是神秘的东西……

对于不可说的东西，我们必须保持沉默。①

维特根斯坦的神秘之物不可言说。康德(Immanuel Kant)的物自体(Ding an sich)不可言说。而在某些宗教传统中，神乃不可言说者。

命名为创世之法，那么反过来呢，对造物主进行命名是可能的吗，试图言说不可言说者会怎样呢？阿瑟·克拉克(Arthur C. Clarke)的《神的九十亿个名字》("The Nine Billion Names of God")实验了这个想法。故事中，西藏喇嘛租用了一台马克V型计算机，用来计算和列印所有可能的神名。喇嘛们声称："那位至高无上的存在有许多名字——上帝、耶和华、安拉，等等等等——不过这些都是人造的符号。"②所以他们为信仰而做的功课，就是穷尽所有可能的字母组合，为神命名。波德里亚(Jean Baudrillard)将其描述为："通过耗尽上帝的全部能指的方式，一步一步地、一词一词地走到世界的尽头。"③这是一个创世的逆向过程，当神的90亿个名字被全部列述完毕之时，人事已尽，世界终结。在这篇大师小品的末尾，"穹苍之上，一片寂寥，群星慢慢地闭上了眼睛"④。通篇波澜不惊的叙述，至此猛然一挥，将读者抛在了震惊的虚空。科学与宗教两种世界观的对垒，在这篇小说的虚构世界中呈现出诡异的面目。

很幸运，行文至此，我们的世界尚未寂灭。笔者无法穷尽所有描写语言的科幻小说。更多精彩作品中的更多语言哲思，还在等待着读者不断去发现。

## 余论

语言世界观、语言决定论、语言述行说，这些语言哲思在本文论及的科

---

① 译文依据[奥]维特根斯坦《游戏规则：维特根斯坦神秘之物沉默集》，唐少杰等译，天津人民出版社2007年版，第257页。

② [英]阿瑟·克拉克：《神的九十亿个名字：阿瑟·克拉克经典科幻小说》，邹运旗译，江苏凤凰文艺出版社2013年版，第40页。

③ [法]让·波德里亚：《象征交换与死亡》，车槿山译，译林出版社2009年版，第284页。

④ 同上书，第46页。

幻作品中得到了意趣盎然的展现。具体作品于各自不同的设定中,对语言的思考或明或暗,或主或辅,或有心或无意,但都为读者带来了独特的体验与启迪。由此可见,科幻体裁颇善兼容题材。

其实科幻作品在自身的惯例和框架中几乎可以处理任何题材。换言之,题材并不是界定科幻体裁的有效依据。① 因此,大可不必关切某部作品是否“硬核”②,抑或纠结其所依据和提供的“科学”是否精确可行,甚或将科普之职强加其上。

科幻理应不断超越当下视域,洞烛幽微、目及高远,以更丰盈的想象力和更多元的思想实验,探索无限之境。

---

① 笔者将科幻定义为:“呈现异于现状之无限可能性的杂糅文类,其想象力与科学相关或相似。”关于此定义,笔者另文详论,参见郭伟《作为诗和科幻的科幻诗》(《科普创作》2020 年第 4 期)。

② 硬核科幻(Hardcore SF)指题材和风格“典型”的科幻作品,如题材涉及未来科技、人工智能、星际宇航、异域生命、时间旅行等,而文体风格符合“黄金时代”传统科幻作品的规约与惯例。“硬核科幻”及与之相关的“硬科幻”(Hard SF)/“软科幻”(Soft SF)并非定义严谨的术语,含义随具体情境游移不定。笔者意在强调,科幻不应以“典型”、“硬核”之名而固守传统题材或拘泥僵化风格。

# “科学小说”、“科学文艺”与“科幻小说”：二十世纪 Science-Fiction 在中国的发展与流变

王　都*

2015 年 8 月，由中国科幻作家刘慈欣创作、美籍华裔科幻作家刘宇昆翻译的《三体 I》获得了世界科幻文学最高奖项——“雨果奖”。随之而来的便是媒体的大肆炒作与迅速兴起的“科幻热潮”，似乎原本属于小圈子文化的科幻文学一时拥有了广泛的读者群与极高的接受度。但值得深思的是，随着时间的推移，在社会公共话语场中对于“科幻”的讨论热度似乎在逐步降低。而正是这一现象为我们重新考察“科学幻想小说”(Science-Fiction)这一外来文类在中国的发展历史提供了契机。回溯“科学幻想小说”这一文类在中国的发展，我们能够清晰地看见其胎动在晚清，发展在 20 世纪五六十年代，重生在改革开放后。相对应的在命名的意义上，每个时期对于 Science-Fiction 的理解与建构也呈现出一种从“科学小说”(scientific romance)到“科学文艺”(science arts)再到“科幻小说”(science fiction)的发展轨迹。在福柯“知识型”的意义上，每个时期对 Science-Fiction① 的不

* 王都，北京大学中文系。

① 根据任冬梅在《论晚清“科学小说”的定名及其影响》一文中的观点，Science Fiction 一词由美国当代科幻创始人雨果·根斯巴克提出。1926 年，根斯巴克在其创办的科幻杂志《惊奇故事》第一期中使用了 Scientifiction 一词，后来这个词逐步演变为我们今天所熟知的 Science Fiction。笔者在这里试图借用 Science-Fiction 的词形结构来指代“科学小说”的经典原型概念，而不仅仅是对“科学小说”的翻译。见任冬梅：《论晚清“科学小说”的定名及其影响》，《科普研究》2011 年第 3 期，第 73—79 页。

同命名实则映射了每一时期所共享的知识结构以及感受结构的历史变化。由此,对于 Science-Fiction 所进行的概念史考察构成了窥视 20 世纪中国时代精神转型的一个有效切口。

## 一、“以科学之力导人进步”:“科学小说”与晚清科学启蒙

晚清是中国 Science-Fiction 的生发与起始阶段,王德威在《被压抑的现代性——晚清小说新论》中将这一时期的“科学小说”的创作特点总结为将“知识与真理的话语”和“梦想与传奇的话语”统合一体。[①] 作为一种独特的小说类型,Science-Fiction 兴起于 19 世纪的欧洲,它以“科学精神和原理为逻辑基础,面向未来,借助文学化的表达手法,向人们描述了一种可能的世界图景”[②]。随着 19 世纪末帝国主义列强对旧中国的侵略,晚清文人知识分子试图从器物与制度的层面拯救朽朽老矣的封建中国,进而“开民智”、“睁眼看世界”便成为当时知识分子进行自救的第一步。同时许多带有浓厚启蒙色彩的思想理论与文化产品大量进入处于半殖民地半封建社会的中国。在文学领域,“科学小说”成为风靡一时的“新小说”文类。

据任冬梅考证,“最早传入中国的科幻小说是 1872 年在《申报》上登载的《一睡七十年》[(美)华盛顿·欧文著,刊登在 1872 年 4 月 22 日(5 月 28 日)的《申报》上],第二部传入中国,同时影响力也更为深远的科幻小说则是 1891 年爱德华·贝拉米的《回头看纪略》[原作为(美)爱德华·贝拉米的小说《回顾:公元 2000—1887 年》(1888),于 1891 年 11 月在《万国公报》第 35 册上开始连载,至第 39 册(1892 年 3 月)毕]”[③]。值得注意的是,这一时期还没有出现“科幻小说”一词,而与 Science-Fiction 这一概念最为接近

---

① [美]王德威:《被压抑的现代性——晚清小说新论》,宋伟杰译,北京大学出版社 2005 年版。

② 曹祥金:《科学抑或妄想——晚清科幻小说对“科学”的认识》,《明清小说研究》2019 年第 3 期,第 224—235 页。

③ 任冬梅:《中国科幻小说诞生探源——晚清至民国科幻简论》,《山花》2015 年第 21 期,第 120—129 页。

的是“科学小说”，这是当时与“科学幻想小说”这一文类相关度最高的一种命名。[①]

“科学小说”一词最早出现于1902年11月14日《新小说》创刊号，其上登载了一篇翻译作品《海底旅行》，同时这篇小说被标注为“泰西最新科学小说”。这部小说的原型是法国科幻小说家儒勒·凡尔纳创作的《海底两万里》。但根据范苓的分析，《海底旅行》这一文本的翻译应该是根据大平三次《五大洲中海底旅行》日文译本进行的，在服部诚一为此书所撰写的“序”中有这样一句评述——“泰西科学小说有以科学之力导人进步的魔力”[②]。据此可以推测，《海底旅行》的译者卢藉东当时应该是直接将序言中“科学小说”一词翻译挪用为中文的“科学小说”。同时值得注意的是，19世纪末20世纪初，Science Fiction还未被提出与广泛接受，当时凡尔纳和威尔斯等人的科幻作品在英语世界中一般翻译为Scientific Romance，因此日译本中“科学小说”一词应为对Scientific Romance的翻译。[③] 但正如晚清时期中国社会存在着错综复杂的思想潮流一样，当时对于Science Fiction这一文类的命名也存在随意性与混乱性。之所以出现这样的情况，一是因为当时大多数的知识分子并没有进行过现代科学的训练，并不具备严格意义上的现代科学知识，对“科学”一词的内涵与外延缺少真正的理解；二是因为作为一种外来文类，大多数知识分子没有办法真正阅读原文，很多文本都是从日语转译，从而削减了原文本的真实面貌与特质[④]；三是因为当时的知识分子对待Science Fiction这一文类实则抱有一种功利性目的，就其推动者的初衷而言，侧重于科学知识的传播，与当代的“科幻小说”观念不甚相符，但就其作品实际面貌而言，它又涵盖了幻想成分较重的作品。[⑤] 晚

---

① 贾立元在《“晚清科幻小说”概念辨析》一文中对晚清Science Fiction的命名进行了详细的解剖与论证，作者将对于当时Science Fiction创作的命名具体分为“晚清科幻”、“科学小说”、“科幻奇谭”、“小说中的乌托邦想象”、“晚清非写实小说”、“哲理科学小说”等六种。笔者此处采用“科学小说”一说。参见贾立元《晚清“科幻小说”概念辨析》，《中国现代文学研究丛刊》2017年第8期，第62—77页。

② 范苓：《明治“科学小说热”与晚清翻译——〈海底旅行〉中日译本分析》，《大连海事大学学报(社会科学版)》2009年第3期，第119—123页。

③ 任冬梅：《论晚清“科学小说”的定名及其影响》，《科普研究》2011年第3期，第73—79页。

④ 同上。

⑤ 林健群：《晚清科幻小说研究(1904—1911)》，台湾中正大学1998年硕士学位论文。

清文人的科学小说创作实践带有极其浓厚的随意想象的特质,其中的科学构思缺乏基本的科学依据,而多借助于传统的神怪小说叙事框架,从一种想当然的起点出发构建某些看似新奇实则荒谬的奇幻情节。在这一时期所创作的"科学小说"中,支撑科学想象的依据仍然带有强烈的封建迷信色彩①:"这样的小说创作显然距离启迪民智、乃至科学救国的初衷相距甚远,恐怕也是导致'五四'之后科幻小说无人问津的直接原因。"②但正是由于西方现代科学技术以及思想观念对晚清中国社会的不断冲击,植根于工业、科学以及社会革命的"科学小说"这一现代概念才会在此时出现。换言之,"科学小说"这一文类以及对其理解的混乱一方面表征了晚清社会政治、经济、思想、文化层面的动荡与革新,③另一方面则显示了科学小说这一新兴的小说类型自觉的文体意识的缺乏。因此,毋宁说所谓的"科学幻想"对于这一时期的中国人来讲更是一种想象世界以及想象性解决时代难题的特殊方式:"科学幻想在晚清,不是某一特定群体对某类故事的特别偏好,而是人们对世界、真理、命运的普遍探索方式,以这种新的、生疏的认知方式,他们尝试去解决那些数千年来从未面临过的困境。"④

对于晚清积极译介与创作"科学小说"的知识分子群体来说,借助于这一特殊的小说形式,其往往着意于通俗易懂地讲述与传播科学知识,虽然他们无法避免地要使用一些传统的叙事元素与框架,但是这一以科学知识启迪民智的努力,一定程度上为民国时期以"民主和科学"为口号的五四运动奠定了思想基础。而民国时期的科幻创作很大程度上延续了晚清科幻创作传统,其大致可以分为三条不同的脉络:"其一为'科普科幻',代表作家为顾均正。……其二为包天笑、徐卓呆等'鸳蝴派'文人所创作的'狂想科幻'……其三为政治色彩较浓厚的'社会科幻'。"⑤相对于晚清强调新奇的科学技术的科学小说,民国时期的创作则体现出一种更加通俗化的倾

---

① 这一部分可参见贾立元《"晚清科幻小说"概念辨析》一文的第三部分"破旧立新与内在张力"。

② 曹祥金:《科学抑或妄想——晚清科幻小说对"科学"的认识》,《明清小说研究》2019 年第 3 期,第 224—235 页。

③ 姜倩:《幻想与现实——二十世纪科幻小说在中国的译介》,复旦大学出版社 2010 年版。

④ 贾立元:《"现代"与"未知":晚清科幻小说研究》,北京大学出版社 2021 年版。

⑤ 王瑶(夏笳):《未来的坐标:全球化时代的中国科幻论集》,上海文艺出版社 2019 年版。

向:“进入民国时期,称为SF的作品中很少看到长篇,而志怪、传奇的短篇小说多起来。同时,晚清时期很多作品都是描写光明的未来要依靠科学技术达到,但在民国,小说的基调大致都很灰暗,好像利用科学进行犯罪的主题很多。”[①]晚清至民国,中国科幻小说创作由于缺乏工业化的社会基础以及现代科学的思维基础,其新奇性被不断放大,进而成为供大众娱乐的通俗文学商品。虽然这些科幻创作仍然在不同程度上介绍着新奇的科学知识,但是其与整个社会与民族的发展越加脱节,而这一情况则要等到1950年代才有所转变。

但在另一方面,晚清与民国时期“科学小说”中新奇的器物与技术(飞行器、潜水艇、西洋镜、汽车、铁路等)不断冲击与重构着当时中国人的视觉机制与空间感知模式。武田雅哉在其研究晚清科幻小说的著作《飞翔吧!大清帝国:近代中国的幻想与科学》[②]中便以翔实生动的史料与叙述呈现了飞艇、飞车等飞行器如何改变了晚清中国人的世界观。概言之,对于飞翔/太空漫游的想象(对于垂直的引力传统的重视)更新了中国人传统的“平行”的空间观。正是由于科学技术的限制,原本处于垂直方向的天、地、海在传统中国都无法获得真正探索,因此传统中国人只能以神怪等方式想象性地体验这三种空间。晚清科学小说的飞行器想象一方面是新兴技术机器的现实影响,同时更延续了西方科幻文学与中国幻想文学中的飞天传统。各式飞行器不仅仅是新技术的文学具像化,更指涉了当时中国人不断变动更新的空间想象与视觉机制:从平视到垂直,从静置到转动。也正是在这个意义上,科学技术变革蕴含了某种“救亡图存”的潜能:“作家以‘漂浮’‘逃离’‘再造’等科幻神话集中表达了对时间和未来的关注,拉近与‘现代’的距离,诉诸别样的‘救亡’体验。”[③]

总之,晚清知识分子由于时代环境的局限,仅仅能够从最粗浅的层面对这一外来的“新小说”进行自我创造,进而必然地忽略了这一文类最本质

---

① [日]武田雅哉、林久之:《中国科学幻想文学史》上卷,李重民译,浙江大学出版社2017年版。

② [日]武田雅哉:《飞翔吧!大清帝国:近代中国的幻想与科学》,任钧华译,北京联合出版公司2013年版。

③ 田雪菲:《解除“围困”的救亡神话——晚清科学小说新论》,《科普创作》2020年第1期,第68页。

的科学内核。从根本上讲，在这一时期，人们仍然囿于传统文化的惯性，将西方的"科学"思想放入传统文化的阐释框架中，对其进行着本土化理解与改造，从而造成了这一时期"科学小说"创作的某种局限性。

## 二、"展望近期目标"："科学文艺"与社会主义新人

晚清至五四时期，梁启超、鲁迅、包天笑、徐念慈等一大批作家引入并翻译了西方大量的科幻文学作品，而这一时期的"科学小说"创作则因为缺乏工业文明的土壤，在很长一段时间成为中国传统神怪小说的一种变体（包天笑《空中未来战争记》等）[①]。同时"科幻小说"所具有的对未来社会因技术改变而带来的人与人、人与科技、人与社会的想象性思考也被功利化的政治理想表达所征用（梁启超《新中国未来记》等）。直至 1950 年代，在苏联科学文艺理论的广泛传播与深入影响下，中国 Science-Fiction 的创作才迎来新的转机。

在苏联科学文艺理论的引入与影响下，一种全新的以科学的"严谨"与"真实"为标准的文艺观迅速植入新中国当时的文艺创作中。相对于传统的西方科幻文学理论，苏联的科学文艺理论体系所注重的是对"幻想"的剥离与对严谨性和真实性的追求。在苏联的科学文艺理论场中，文学被认为应当作为宣传科学知识的途径，因此遵循科学的真实性与严谨性便成为文艺创作的首要准则。这样一种对待文学与科学之间关系的态度被称为"局限论"或者"展望近期目标的理论"。在达科·苏恩文看来："这种理论的追随者们提出（正如苏联批评家鲁伊科夫所总结的）文学作品对未来的期望预想只能解决最近之未来的科技问题，它不应当试图超越这样的界限，因为只有这样它才能坚守在社会主义的现实主义的基础之上。于是，科幻小说被局限于赞颂科学技术，它遵循的准则变成了实用主义的准则。"[②]这一

---

① 对于中国传统神怪小说与科幻小说之间的关系请参见武田雅哉所著《中国科学幻想文学史》上卷（浙江大学出版社 2017 年版）第一章与第二章，对于中国人传统的时空思维在文学作品中的展现则请参见［日］武田雅哉：《构造另一个宇宙：中国人的传统时空思维》，任钧华译，中华书局 2017 年版。

② ［加］达科·苏恩文：《科幻小说面面观》，郝琳、李庆涛、程佳等译，安徽文艺出版社 2011 年版。

时期的"科学文艺"创作所承担的使命是解释科学家是如何进行科学想象以及科学原理是如何在现实和合理幻想的尺度上展开的，即一种"近未来"的技术展望，所谓"合理幻想"便规定着作品中所涉及的幻想内容只能是"已经实现的事物"（文艺性的演绎）或者"科技中刚刚有眉目，需要发明家去解决的问题"[①]。也就是说，"科学小说"中的纯粹的"幻想"元素被"科学"严肃地剔除了，因此"科学文艺"便逐渐取代了"科学小说"，成为当时的科幻文学范式。

"科学文艺"一词来自苏联文学理论体系，别林斯基最先为"科学文艺"做出定义。在别林斯基的论述中，科学文艺旨在叙述"科学家的概念"，"又是大众所极其感兴趣的东西，并且要求作者多少用文艺的形式来表现它们"。[②] 在别林斯基的定义中，合格的科学文艺必须兼具内容的科学性与形式的文学性，但这并不是一种并行的关系，文学艺术的标准是完全服从于科学性的，文本内容的范畴不能逾越科学知识所塑造与建构的边界。这便是苏联科幻文学理论中最为显著的特点：科学文艺作为科学生产的附庸与延伸，而并非严格意义上的自律的艺术创作。同时，这一文艺理念深刻影响了当时中国"科学文艺"作家的创作观。

我国第一部科幻文学理论著作是叶永烈的《论科学文艺》。在这本书中，叶永烈主张将科学文艺视为科学生产的延伸与补全，强调科学文艺创作者在创作过程中要注意所依据的科学资料的可靠性，遵从科学界对所描写内容的认识以及科学数据的准确。文学手法的夸张和想象的前提是服从科学内容的严谨，而且科学文艺作品的首要任务是普及具体的科学知识。在理论的层面上，这一时期的叶永烈与苏联科学文艺理论保持了高度的一致。

顺着"科学文艺作品的首要任务是普及具体的科学知识"这一逻辑，这一时期"科学文艺"所扮演的第二个角色——"儿童文学"——也就凸显了出来。伊林在《科学家的试验和作家的技巧》中便论述了科学文艺作家的教育职责："培养科学家必须从儿童时代、从少年开始，对科学的爱好不是天生的，而是多年来逐渐养成的……每一个科学家应该懂得，为儿童写一

① 吴岩：《苏联科幻理论影响中国自身理论构建》，《中国社会科学报》2010 年 9 月 30 日。

② 叶永烈：《论科学文艺》，科学普及出版社 1980 年版。

部好书,这就等于为科学队伍征集了新兵。"[①]叶永烈也在《论科学文艺》中对"科学文艺"进行了概念的界定:

> 就科学文艺作品的阅读对象来说,有成年人,也有少年儿童,其中主要是少年儿童。有少数科学文艺作品是专供成年人阅读的,但大多数科学文艺作品是供少年儿童阅读的,属儿童文学范畴。[②]

可以看到,在当时苏联科学文艺观的影响下,叶永烈对于科幻小说的理解依然停留在科幻文学发展早期的凡尔纳时代,这就决定了以普及具体科学知识为己任的科学文艺在现实环境中的展开必然会走向儿童文学,这也使得这一时期中国科学文艺创作的默认读者大多为低幼的儿童。正是这一特征使得科幻文学中最富有生机与活力的幻想因素被强力剥夺,同时受苏联科学文艺理论的影响,这一时期的科幻小说带着严谨的科普教育功能,任何超越已知的科学事实的幻想内容都被认为对科学幻想的价值有消极作用。[③]

如果爬梳这一时期的科学文艺创作可以发现:在文体层面,科学文艺这一概念涵摄了诸如科学幻想小说、科学故事、科学诗、科学童话、科学小品等一系列以"科学"冠名的文艺样式。同时,在可以被归纳为"科幻小说"的诸多作品内部,科学故事、幻想故事、科学幻想故事和科学幻想小说等四种分类之间的界限也十分模糊,比如由鲁克创作的《海上的黑牡丹》在发表于《儿童时代》1960 年第 23 期上时被称为"未来的科学故事",而于 1962 年 2 月收录进由湖南科学技术出版社出版的《奇妙的刀》一书中时,则被称为"科学幻想故事"。由此可以看到,这一时期科幻创作呈现出了跨文类与混杂性的特点,这一方面表明了"科幻文学"这一类型本身所具备的包容力,另一方面也暗示了在文体分类上存在着一种更具整全性与统摄力的意志,

---

① [苏联]伊林:《科学家的试验和作家的技巧》,黄伊编《作家论科学文艺》第 2 辑,余士雄译,江苏科学技术出版社 1980 年版。

② 叶永烈:《论科学文艺》,科学普及出版社 1980 年版。

③ 彭钟岷、彭辛岷:《让科幻文艺展开它的翅膀吧!——关于"科学幻想"的几个问题》,黄伊编《论科学幻想小说》,江苏科学技术出版社 1980 年版。

即一种“更为集中的文学创作理念和文学生产机制”（以科普为核心导向）[①]。具体来讲便是借助文学的形式普及科学知识，以更好地服务于社会主义建设以及在文化思想层面进一步形塑新中国国民的科学品格。而这一点，在这一时期的科学文艺创作中则落实为对少先队员、红领巾等儿童的科学知识普及与爱国教育。

新中国成立初期的科学幻想小说在分类的意义上之所以从属于儿童文学，还与当时的文学创作对于“社会主义新人”的普遍呼唤与形塑紧密相关。与已经普遍出现于社会主义文学中的青年形象不同的是，儿童在主流的社会主义现实主义文学中一直处于某种缺位状态，因此新中国成立初如胡耀邦、郭沫若等便极力宣扬“为少年儿童写作”[②]，“把我们的全部知识传给我们的接班人”[③]。这一情况表明，一方面，少年儿童对适合于其认知特点与年龄特征的文艺作品的确有着极大的需求，另一方面通过“科幻小说”等形式的儿童文学更利于摒除旧传统与旧习俗对青年人和儿童的不良影响，从而教育与培养新一代具有共产主义精神的“新儿童”。出版于1963年5月的科学幻想故事集《黑龙号失踪》的内容提要便对“幻想故事”的作用做了明确的说明：“这些幻想故事，虽不是现实生活中已经发生过的，但它们都是根据已有的科学成就加以合理想象的，所以既可以丰富少年读者的科学幻想能力，又可以增进新的科学知识。”[④]除了通过合理的“科学幻想”激发少年读者的科学兴趣、增进其科学知识外，这一时期的“科幻小说”创作最终往往通过对读者的直接召唤，激励其加入进建设社会主义新中国的行列之中。换言之，科学幻想与知识普及的终点是国家意志对少年/儿童读者的直接召唤：“为科学，为人民，开拓新的世界。”[⑤]

在傅朗看来，能否培育好新一代的社会主义青年以及作为其前阶段的儿童在这一时期是“涉及新政府稳定与发展的关键性问题”[⑥]。也正是在这

① 杨琼：《中国语境下科幻文学的文体建构》，广东高等教育出版社2020年版。

② 郭沫若：《请为少年儿童写作》，《人民日报》1955年9月16日第3版。

③ 胡耀邦：《“把我们的全部知识传给我们的接班人”》，《人民日报》1955年9月16日第3版。

④ 王国忠：《黑龙号失踪》，少年儿童出版社（上海）1963年版。

⑤ 郑文光：《太阳探险记》，少年儿童出版社（上海）1955年版。

⑥ 傅朗：《“卓娅”的中国游记——论建国初苏联青少年文学的翻译与传播》，徐兰君/[美]安德鲁·琼斯《儿童的发现——现代中国文学及文化中的儿童问题》，北京大学出版社2011年版。

一背景之下，富于“教育性”的科学幻想小说顺应时代需求，承担了向儿童普及科学知识的任务。比如，这一时期的科幻文学创作多发表于诸如《少年文艺》、《儿童时代》、《科学画报》、《中学生》、《新少年报》、《中国少年报》等以儿童为主要读者的教育与科普类的报纸期刊之上，这些小说“定位相对明确，往往围绕着科学概念展开情节，注重科普功能，即使是想象，也要求有一定的科学根据”①。在主题层面，创作出版于 1950—1970 年代的“科幻小说”以 1956 年为界，经历了一个从“梦游太阳系”到“改造自然界”的变化过程。1956 年后，绝大多数的小说主题都与实际的生产活动相关。新中国成立初期，为了回应社会主义工业化的诉求，科学与技术成为这一时期的重要议题。② 因此，在这一意义上，这一时期主要执行科学普及功能的“科幻小说”，不仅客观上回应了社会主义建设对普及科学技术知识的需求，召唤了儿童等社会主义新人投身于火热的社会主义建设之中，更为当时的人们提供了一种具体的对社会主义的想象图景。

中国这一时期的 Science-Fiction 创作深受苏联科学文艺理论的影响，强调“科学幻想”的内容必须以已知的科学事实为基础，不能逾越科学的事实边界，同时以“普及具体科学知识”为己任的科学文艺以儿童为对象。这一隶属“儿童文学”的文类限制了科幻文学自身的生命力，使得这一时期的创作越发重复与贫瘠。但仍须说明的是，社会主义时期以科普为主要目的的科幻小说，一方面作为以儿童为主要目标读者的儿童文学积极参与了社会主义体制下对“新儿童”的培育与塑造，另一方面又成为新中国建立新的社会体制以及进行国家建设的重要隐喻，即用儿童从不成熟到成熟的发展过程直观化与自然化新中国的发展与成长。③ 虽然这一时期的小说创作常常以来源于苏联的“科学幻想”自居，但其核心要义指向的仍然是科学知识的普及，而“幻想”则更多指涉的是一种文学的样式，因此可以说占据这一时期 Science-Fiction 创作主流的仍然是“科学文艺”这一更具涵摄力的概念，“科学幻想小说”仅仅是笼罩于下的并未形成自觉文类意识的分支而

① 杨琼：《中国语境下科幻文学的文体建构》，广东高等教育出版社 2020 年版。

② 姜倩：《幻想与现实——二十世纪科幻小说在中国的译介》，复旦大学出版社 2010 年版。

③ 徐兰君：《儿童与战争：国族、教育及大众文化》，北京大学出版社 2015 年版。

已。这一在现代科幻理论标准下仍处于初级阶段的“消失的溪流”[①]不仅顺应了社会主义建设时期“向科学进军”以及“大力发展儿童文学”的要求，同时更是这个在现代科学的意义上并不发达的新中国发展历程的生动投影。

## 三、陌生化与认知性：新时期与“科幻小说”的文学化

20 世纪 80 年代初，以童恩正、郑文光为代表的一批科幻作家面对当时国内科幻文学的现实处境，试图创作一批反映现实人性和社会问题并以成人为目标读者的新科幻作品。童恩正认为科幻文学不应该仅仅只是介绍某种具体的科学知识，而要传达一种“科学的人生观”。但这一观点在当时遭到了传统势力的强烈排斥，科幻作家的创作在当时被贬斥为“传播伪科学”[②]。甚至由于政府部门的介入，一场针对科幻出版的“清除精神污染”的运动开始了。这一运动使得中国科幻文学第一次唤醒自身的尝试以失败告终。在随后十几年中国文学的发展历程中，科幻文学的理论构想与创作实践一直没有得到真正展开。直到 1991 年，中国科幻文学的创作才复苏。

随着苏联的解体，传统的苏联科学文艺理论的影响逐渐褪色。王晋康、韩松、刘慈欣、何夕等一批年轻的科幻作家开始突破原有的文学范式，试图创作出具有独特个人风格的科幻作品，在借鉴西方经典科幻文学作品的基础上，逐渐形成了独具中国特色的科幻美学体系；同时，国家相关部门开始大力支持科幻文学的出版，在“科技强国”政策指引下，试图借助科幻文学的独特功能再次培育社会的科学精神。可以说，这一时期中国的 Science-Fiction 创作真正走向了“科学幻想小说”，这也是中国第一次在真正意义上与世界科幻文学传统接轨并发展出真正的“中国科幻”体系。“科学文艺”逐渐被“科幻小说”取代，中国科幻小说的创作也真正实现了第一次自我觉醒。

这一从“科学文艺”到“科幻小说”的转变体现在两个方面：

---

① 刘慈欣：《消失的溪流——20 世纪 80 年代的中国科幻》，吴岩、姜振宇主编《中国科幻文论精选》，北京大学出版社 2021 年版。

② 辛禄高、郑军：《踌躇的西行：中国大陆科幻的命运变迁》，《科普创作通讯》2010 第 1 期，第 76—81 页。

> 一是以自然宇宙为描写对象,不再普及单纯的自然科学知识,而是转向描绘大自然与人的复杂关系,他们的科学幻想也不拘泥于现有的科学发现和成就,而是与西方科幻小说具有相同的美学原则。
>
> 另一个转变是对待科技与人类社会的态度,不再是《小灵通漫游未来》式天真乐观的向往,而是转而描写科技泛滥带来的极端环境和社会形态,以及在这种背景下人类的行为模式、价值倾向与道德体系的转变。①

这样一种对于理性疆域外的不可知不可测层面的思考与对人性与人性以外的探索被王德威称为"幽暗意识",而这种"幽暗意识"则被看作"当代中国科幻作家们所给予我们最好的、最重要的一份礼物"。② 与 1950—70 年代不同,新时期的科幻小说所追求的美学特征是达科·苏恩文所说的"认知性陌生化的文学"。在苏恩文看来,作为虚构(fiction)的科幻小说是文学的一个分支,因此"科幻小说不应当根据科学、未来,或者任何其他潜在的无限制的主题性领域这样的准则来加以考察。相反,它应当被界定为一种虚构的故事,由一个地点以及/或者'戏剧化人物'(dramatis personae)的支配性文学手段决定的"③。科幻小说与自然主义小说不同,其并非对经验性的时间、地点和人物的模仿,而是一种"根据作者本人所生活时代的认知性标准(宇宙学的和人类学的标准)被看作并非不可能发生的"展现"现实的非现实性"的文学类型,其"主要的形式策略是一种拟换作者的经验环境的富有想象力的框架结构"④。这一陌生化的世界所造成的"间离效果"最终指向的是科幻小说的"认知性"(cognitiveness),即"一种创造性的方法,趋向于动态的转化而不是对作者环境的静态映射"。⑤ 换言之,科幻小说提供的文

---

① 王洁:《中国科幻文学的发展历程及三大走向》,《江西社会科学》2018 年第 7 期,第 99—105 页。

② 王德威:《史统散,科幻兴——中国科幻小说的兴起、勃发与未来》,《探索与争鸣》2016 年第 8 期,第 105—108 页。

③ [加]达科·苏恩文:《科幻小说变形记——科幻小说的诗学和文学类型史》,丁素萍等译,安徽文艺出版社 2011 年版。

④ 同上书,第 8 页。

⑤ 同上书,第 11 页。

本内容/知识或许无法直接被读者应用于现实世界，但有利于读者形成一种基于常识但高于常识的社会想象力，最终帮助其理解整个社会以及整个世界的运行规律(当然也包括认识人自身)。在某种程度上可以说，苏恩文所秉持的科幻小说观是力图将“科幻小说”文学化，进而构建“科幻小说”这一概念范畴的自律性，因此这必然导致对外部压抑性话语的排斥。而这一自律与排斥的概念特征正与1980年代中国所处的普遍的政治与精神状况相契合。

在中国科幻文学史的进程中，这一时期最为重要的事件是“科文之争”。李静在《当代中国语境下“科幻”概念的生成——以20世纪七八十年代之交的“科文之争”为个案》[①]一文中对此进行了细致的史料爬梳。究其根本，所谓“科文之争”其背后隐藏的实际上是汹涌的新启蒙话语与式微的革命话语之间的碰撞与交锋。“科文之争”所谓试图“突破科普作协管理体制与科普创作模式”实则是对“社会主义文艺一体化体制”的拒绝。同样，这一时期对“科幻小说”的“自由度”的争取很大程度上与同时期的“寻根文学”思潮共享着同一种思想基础，即拒绝政治性的时代主题对于文学自律性的侵蚀，寻找“超越社会政治性”的新的思想和艺术的支点，进而重塑作家自身的主体性以及文学创作的自律性。

进入新时期，Science-Fiction最终被确定为“科幻小说”(Science Fiction)，这不仅是命名意义上的重新赋能，更表现了一种知识型意义上的深刻变革。随着改革开放浪潮汹涌袭来，新时期中国科幻文学试图跨越民族文化的樊篱，在兼顾科学性与艺术性的同时，融入中国的历史经验与社会现实，用文学艺术的形式来表现对当下飞速发展的人类社会、民族、文明的描摹与想象，通过关注个人在全球化大格局中的命运走向，从本质上“探讨超越文化差异的普世命题，展开对人类文明共同体终极归宿的思考”[②]。这一时期中国科幻小说观与西方的接轨，本质上表征了中国由“第三世界的社会主义国家”转变为“全球化格局中的发展中国家”[③]的过程对文学艺术创作

---

① 李静:《当代中国语境下“科幻”概念的生成——以20世纪七八十年代之交的“科文之争”为个案》,《文学评论》2020年第5期,第198—206页。

② 王洁:《中国科幻文学的发展历程及三大走向》,《江西社会科学》2018年第7期,第99—105页。

③ 贺桂梅:《“新启蒙”知识档案:80年代中国文化研究》,北京大学出版社2021年版。

的深刻影响，同时也使得如何在匆忙排斥了革命传统所遗留的经验的情况下，重塑科幻文学与中华民族的文化关联变得极为重要。在民族主义话语不断沸腾的当下，重审与重构科幻对不同时期的中国所产生的效用不仅有利于重铸科幻的中国传统，更促使我们进一步思考文学—科学与国家—民族之间的复杂关联。

## 结语：科幻小说如何作为二十世纪中国文学？

从晚清到新中国成立再到改革开放，从“科学小说”到“科学文艺”再到“科幻小说”，中国科幻在 20 世纪的发展始终与历史的变革保持着某种同构性，不同阶段对 Science-Fiction 的体认与形塑实则昭示着一个世纪以来中国人感觉结构的流变与认知范式的转移。通过关注科幻小说这一边缘文类，我们得以进一步观察古老的中国在新的世界秩序中的追求与超越，而对于科幻小说本身所能带给人的特殊的体验来说，其提供的是一种想象与驰骋的可能，一个“探索各种理想或是理性的疆界以外的不可知或不可测的层面”和一种“探触和想象人性和人性以外、以内最曲折隐秘的方法”。①

中国科幻小说自身的包容力与流动性所提供的“可能经验”以及“更大宽容度”在吴岩看来或许恰恰能够使“文学得到拯救”。② 从承担科学普及功能的“类型”到以“陌生化与认知性”为创作依规的文体，中国科幻文学自觉的文体意识的不断建构与完善恰恰表征了中国人从晚清到新时期所经历的救亡—启蒙—革命—新启蒙的时代精神与主题的变迁。但作为一种外来的，与科学紧密相关的文学，科幻小说与其他文学类型的区别性特征到底在哪儿？在对“世界级水平”的科幻文学的追求与对“中国科幻”的诉求之间，我们又该如何去平衡科幻的中国性与世界性？在文学史的意义上，20 世纪中国科幻文学和业已成型的 20 世纪中国文学范式之间又有何关系？这一系列的追问最终展露为这样一个问题：中国科幻应当如何走向

---

① 王洁：《中国科幻文学的发展历程及三大走向》，《江西社会科学》2018 年第 7 期，第 99—105 页。

② 吴岩：《中国科幻文学沉思录：吴岩学术自选集》，接力出版社 2020 年版。

自身，而又应当如何通向世界？

回答上述问题的关键或许在于理解中国科幻的“中国性”，而回到试图构建起一种不同于资产阶级科幻小说的“十七年科幻小说”，或许能为思考中国科幻文学的自律性和特殊性提供一定的参考。

正如前文所述，在大力建设社会主义、提高科学文化水平的时代背景下，“十七年”时期对科学与文学关系的讨论得到了进一步深化，但即使在国家大力倡导促进科学文艺等少年儿童文学创作的政策之下，科学文艺，尤其是科幻小说的发展依然困难重重。一方面，主要的科幻小说创作者虽然对科幻小说的认识和创作标准不尽相同，但基本都以《讲话》所确立的“革命文艺”观为准绳，力图创作出并发展好这一科学和文学相结合的、反映时代要求、回应儿童需求的新兴文学样式；但另一方面，主流文艺界对科学文艺这一文学形式的重要性有意无意的忽略以及科幻小说本身创作理论和实践的不完备，进一步导致其无法有效清晰地构建起自身的文类自觉与自足。如何在科幻小说内部展开对科学与文学、科学与幻想、文学与现实之间关系的思考，很大程度上成为十七年科幻小说能够搭建起自身独特性与合法性的关键。不过问题恰恰在于十七年科幻小说似乎除却通过一系列或合理或虚假的技术想象，便没有形成其他更为有效的理解和构想现实的手段。在以“干预生活”为指向的时代，科学知识的欠缺、科学教育体制的不完善、政治标准对文学自律性的宰制、主流文艺生产机制对边缘文类的排斥都共同制约了科学幻想小说这一年轻文类的成熟。在此，我们似乎再一次看到了苏联科学文艺遭遇的历史困境的阴影：由于一味耽溺于对某种充满无限可能与无限光明的共产主义乌托邦的描绘，这一文类并未有效地形成对现实的及时认知，所谓“近未来”叙事也就有了“矫饰”现实的嫌疑。

如果十七年科幻小说构拟的乌托邦丧失了预测政治和经验的可能性，那么对今天仍处于这一时代延长线上的我们来讲，这个遥远模糊的存在到底意味着什么呢？

作为一种幻想，十七年科幻小说希望走进一个不受威胁、温暖确定、“包容所有人”的“花好月圆”，[①]这个未来反对的是恐惧、虚无和分离；但全

① 毛尖：《中国式“花好月圆”：谈20世纪50年代宣传〈婚姻法〉的电影》，《妇女研究论丛》2022年第5期，第34—37页。

球化时代的市场逻辑，并未给这样的意识形态预留膨胀生命力的空间，而且那些试图为抵抗交换带来的单一和分裂而进行的努力也被掷入了历史的地穴。但恰恰在这条道路导致的决断主义中，犬儒理性式的对纯粹当下的迷思发生了瓦解，在乌托邦和现实本身之间出现了某种“停顿的可能”。“停顿”暗示了一种主观能动性的存在，它意味着我们不应当失去设想一个不同未来的能力。在被四面拍打而来的黑暗浪涌包围的今天，十七年科幻小说提醒我们在不远的过去，曾经有一群人五光十色地想象着自己明天的生活。对这一迥异于当下的构想的回望，并不催促我们去还原历史，而是“迫使我们去思考停顿本身”。在这一由差异带来的“停顿”内部，或许恰恰蕴藏着将我们从虚无的边缘解放的力量：

> 形式上的缺陷——即如何将乌托邦停顿表达为一种实践政治上的转变——现在已经变成了一种修辞的和政治的力量，因为它迫使我们将注意力集中在停顿本身：这本身就是一种关于不可能和不可实现之物的中介。然而，它远远不同于对资本主义必然性的自由主义式的投降；恰恰相反，它是为还没有到来的另一个阶段所作的障碍清理和高度的精神集中和准备。[①]

① ［美］弗里德里克·詹姆逊：《未来考古学：乌托邦欲望和其他科幻小说》，吴静译，译林出版社 2014 年版。

# 凯瑟琳·海勒后人类叙事的符号矩阵研究

## ——以科幻小说为例

李蕤桐*

随着生物技术和神经科学的发展，克隆技术、干细胞及生殖细胞工程、人体植入芯片等曾经出现在小说中和银幕上的科学幻想正在成为现实。这些变化都在不断提醒人类反思自身的生存处境，及其对人类主体性产生的冲击。对后人类主义理论的思考与研究，在当下的语境里有着明确的现实指向性。伴随着现实变迁所产生的概念爆炸，主体如何在变迁中锚定自身成了无法回避的问题。

在众多后人类主义理论家中，凯瑟琳·海勒(N. Katherine Hayles)的理论在国内的介译并不多，与后人类主义高度相关的理论集中分布在2017年由北京大学出版社出版的《我们何以成为后人类：文学、信息科学和控制论中的虚拟身体》(*How We Became Posthuman: Virtual Bodies in Cybernetics, Literature, and Informatics*)中。书名中用过去时来描述人类主体与后人类状态的关系，暗含了一种我们已经在不知不觉中变成了后人类的话语立场。① 她在书中对"身体界线"、"铭写与归并"、"后人类叙事的符号矩阵"等术语的分析共同指向了一种开放的、不断生成的后人类思考范式。海勒善于在科学理论与文学文本之间搭建桥梁，她的符号矩阵对当下的网络文学与科幻文学分析也具有重要意义。当下关于科幻小说的叙事分析大多停留在文本情节

* 李蕤桐，1999年生，中山大学中国语言文学系文艺学硕士研究生在读，主要研究领域为西方当代文论与科幻文学。

① 姜文振：《"后人类"时代的伦理困境与人文之思》，《河北师范大学学报(哲学社会科学版)》2021年第2期，第77页。

与人物形象,较少进行结构性分析与探讨。本论文期待通过探讨海勒后人类主义理论中构建的符号矩阵,寻找一个思考和研究的切口。

在本书中,海勒通过对三次控制论浪潮历程的追溯,提出了"人工生命的叙事"这一概念:随着计算机技术的发展,硅元素晶体复制也与蛋白质复制一样具备了产生生命的可能性,物质身体是否还是人类不可撼动的底线,成了一个有争议的问题。另一方面,"计算宇宙"(computational universe)的存在使得生命的存在形式被简化为可以无限复制的二进制代码,行为可以通过模型设计而被预测到,人类大脑被看作一台信息处理机器。这就是控制论创始人诺伯特·维纳所恐惧的未来:自由人本主义主体的消失。后人类主义主体与自由人本主义主体在身体和信息两个维度上发生碰撞,海勒以"铭写"(inscribing)和"归并"(incorporating)两个术语来描述这种碰撞。

A·J·格雷马斯在1968年与弗朗索瓦·拉斯提耶合写的《符号学约束规则之戏法》一文中构建的叙事学符号矩阵给了海勒灵感。

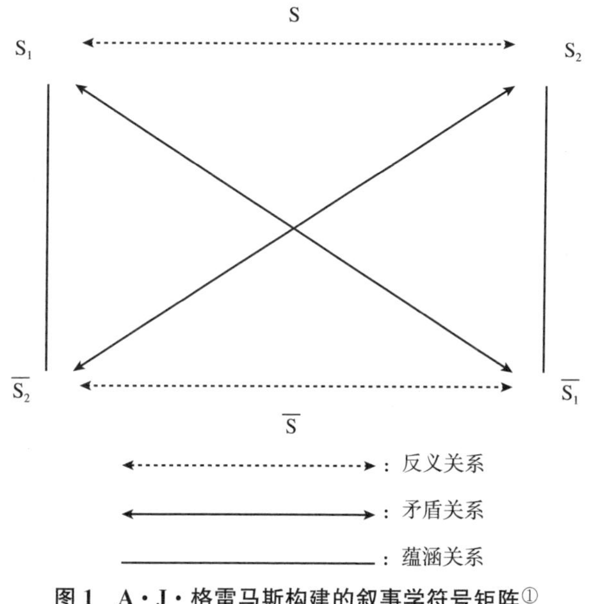


**图1 A·J·格雷马斯构建的叙事学符号矩阵**①

① [法]A·J·格雷马斯:《论意义:符号学论文集》上册,吴泓缈、冯学俊译,百花文艺出版社(天津)2011年版,第141页。

其中，$S_1$、$S_2$、$\overline{S_1}$、$\overline{S_2}$被称作“义素”，其中，$S_1$ 和 $S_2$ 之间是绝对否定的反义关系，若将 $S_1$ 视为“正”，$S_2$ 视为“反”，则$\overline{S_1}$为“非正”，$\overline{S_2}$为“非反”。以人类社会中“提倡”和“禁止”这组关系为例，则 $S_1$ 为“提倡”，$S_2$ 为“禁止”，$\overline{S_1}$为“非提倡”，$\overline{S_2}$为“非禁止”。

根据格雷马斯对相互关系的定义，义素每两项组成一组，共形成六组系统维。在矩阵中，处于左右的两组义素（$S_1-S_2$、$\overline{S_1}-\overline{S_2}$）构成反义关系，处于对角线两端的两组义素（$S_1-\overline{S_1}$、$S_2-\overline{S_2}$）构成矛盾关系，处于上下的两组义素（$S_1-\overline{S_2}$、$S_2-\overline{S_1}$）构成简单蕴涵的关系。

**表 1　义素系统维关系说明**[①]

| 构成关系 | 结构性维度 | 义素结构 |
| --- | --- | --- |
| 反义 | S 轴<br>$\overline{S}_{轴}$ | $S_1+S_2$<br>$\overline{S_1}+\overline{S_2}$ |
| 矛盾 | 图示 1<br>图示 2 | $S_1+\overline{S_1}$<br>$S_2+\overline{S_2}$ |
| 简单蕴涵 | 指示轴 1<br>指示轴 2 | $S_1+\overline{S_2}$、<br>$S_2+\overline{S_1}$ |

海勒仿照格雷马斯的叙事符号矩阵，将科幻小说中表现出的“在场(presence)”放置在 $S_1$ 的位置上，$S_2$ 则是与“在场”构成反义的“缺席(absence)”。无论是“在场”还是“缺席”，强调的都是具身存在的状态。否定“在场”则出现了“模式(pattern)”，即具身的消失与符号的存续；否定“缺席”则出现了“随机(randomness)”，具身和符号的存在都变得无法确定。海勒将在场—缺席和模式—随机这两组辩证关系分别看作符号矩阵的轴线两端的义素，构建了动态模式下的后人类符号矩阵。

① [法]A·J·格雷马斯：《论意义：符号学论文集》上册，吴泓缈、冯学俊译，百花文艺出版社(天津)2011 年版，第 144 页。

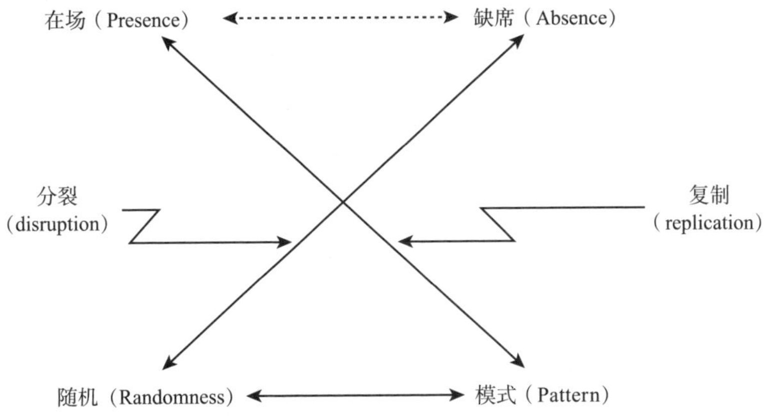


**图 2　虚拟性符号学(The semiotics of virtuality)**①

在注释中,海勒特别说明:自己的符号矩阵与格雷马斯的不同,她“不赞同格雷马斯认为符号矩阵是必然性的观点”,而是“可以激发思想并可以理清那些不太明显的各种关系”的分析手段,②它们之间的关系是互为补充、动态变化的。在最初构建的符号矩阵中,将四个义素两两组合,除去处于对角线两端的两组,一共可以归纳出四种存在模式:“在场”与“缺席”共同构成了物质性(Materiality)的存在、“在场”与“随机”共同构成了突变(Mutation)、“缺席”与“模式”共同构成了超现实(Hypereality)、“缺席”与“随机”共同构成了信息(Information)。对角线两端的两组,即“在场”—“模式”与“缺席”—“随机”,作为矛盾关系的双方共同构成了语义矩阵的两条中心轴,因而不列入动态变化的考虑范畴。

为了方便进行文本阐释,海勒将这一符号矩阵四个角所代表的坐标重置,便得到了如下图表变式:模式/随机和在场/缺席作为符号学矩阵的两条轴线,“铭写”的正负方向为横轴,“归并”的正负方向为纵轴。这个坐标轴一共被划分为四个象限,海勒分别将四部科幻作品归纳其中。

---

① N. Katherine Hayles, *How We Became Posthuman: Virtual Bodies in Cybernetics, Literature, and Informatics*, Chicago: University Of Chicago Press, 1999, p. 248.

② [美]凯瑟琳·海勒:《我们何以成为后人类:文学、信息科学和控制论中的虚拟身体》,刘宇清译,北京大学出版社 2017 年版,第 454 页。

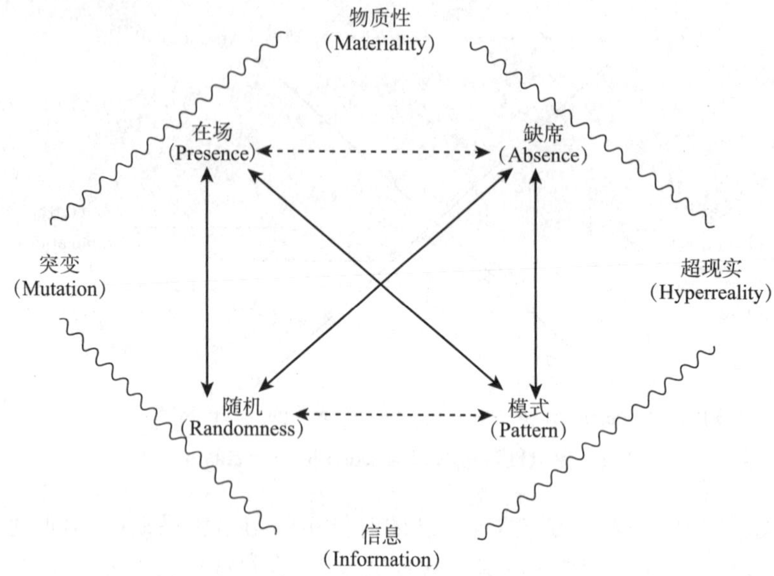


**图 3　符号矩阵的变形(Transformation of the semiotic square)①**

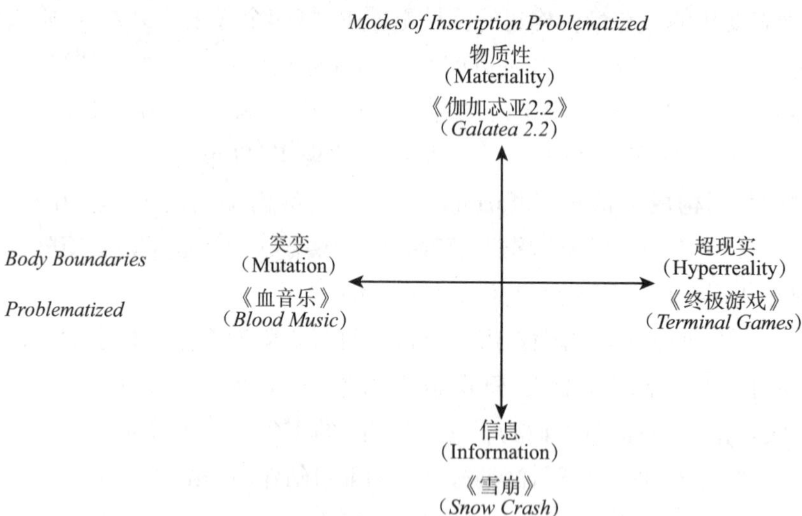


**图 4　绘制到符号矩阵上的指导性文本(Tutor texts mapped onto semiotic square)②**

① N. Katherine Hayles, *How We Became Posthuman: Virtual Bodies in Cybernetics, Literature, and Informatics*, Chicago: University Of Chicago Press. 1999, p. 249.

② Ibid., p. 250.

本文主要联系具体作品，通过阐述“铭写”与“归并”如何在文学创作中发挥作用，进一步探讨海勒的后人类主义思想是如何处理区分人类/后人类界线这一关键问题的。

## 一、《伽拉忒亚 2.2》：同属正向的归并与铭写

在这一部分，海勒将理查德·鲍威尔（Richard Powers）的科幻小说《伽拉忒亚 2.2》（*Galatea 2.2*）作为分析蓝本。小说的名字源于罗马诗人奥维德在《变形记》中讲述的一个故事：塞浦路斯国王皮格马利翁无法爱上现实中不完美的女性，爱上了自己用象牙雕刻的美女伽拉忒亚。皮格马利翁向美神维纳斯祈祷，维纳斯回应了他的祈愿，赐予了伽拉忒亚生命。

《伽拉忒亚 2.2》这部小说中充满了与原本传说相互照应的镜像和重叠：理查德·鲍威尔既是这部小说的作者，又是自传部分的主角；程序ImpH（后被命名为“海伦”）与出现在男主角回忆中的女友 C.有着相似的思维方式。为避免混淆，他在故事叙述过程中将自己称为“里克”。整个文本就是在里克的叙述中进行的。

小说中角色的命名就包含着隐喻意味：海伦是人类的名字，却被用于命名人工智能；A.、C.的命名方式（在大写字母后加一个小圆点）是人工程序的命名方式，却用于指代人类。人类和机器之间的界线仍然存在着，但界线两边的身份颠倒了。海伦能够海量阅读互联网上关于战争和屠杀的历史资料，敏锐地感知到痛苦，并对人类给自己同类制造的痛苦感到强烈的不安和迷惑。这种戏剧化的反转，与麦克尤恩在小说《我这样的机器》中提出的疑问有着异曲同工之妙：当机器人表现得“比人类更加人类”的时候，二者该如何区分彼此？

“铭写”与“归并”的差异，可以追溯到“身体”（The body）与“具形”（Embodiment）的差异。在福柯的知识考古学中，身体时刻处于符号体系的规范之下，需要关联其他符号来确认自身的位置；“福柯式身体”（Foucaultian body）的关注点集中在话语而非具体表现上。与之相对的，具形则是处于具体语境中的，与特定的文化、时间、地点息息相关，这些因

素“共同构成了具形的规定性”[①]。换言之，具形所代表的，恰恰是身体的物质形式。

海勒认为，福柯开创的“知识考古学”确立了这样的后现代意识形态：“身体的物质性是第二位的，身体编码的逻辑或者符号结构是第一位的。”[②]将身体按照逻辑结构进行编码的实践，被称作“铭写实践”。与之相对的，“通过重复的执行直到它变成习惯而编码到(物质)身体性记忆之中的行为”[③]，则被称作“归并实践”。与铭写实践相比，归并实践具有即兴性、稳固性(极力抵制变化)、习惯性(拒绝有意识的观察)、界线性(与稳固性相关)和生产新的体验结构的特性。“身体”是物质载体的总称，“铭写”则是一种取消差异性的抽象符号存在，二者都作为共性而存在；“具形”则是“身体”的具体化体现，“归并”是在“具形”基础上产生的差异化经验，二者都作为个性而存在。

“铭写”与“归并”在这里作为镜像，相互对照发展和存在。小说文本具有双重叙事线。一条叙事线的主题是里克的亲密关系，存在于男主角的回忆中：关于前女友C.的回忆，以及他试图在物质世界中重新寻找一个与初遇C.时年龄与样貌相似的女子A.，重建当时获得的亲密感，以失败告终；另一条则是里克在计算机项目中写下了原本被用于参加英文考试的程序ImpH。ImpH获得学习能力后，里克将其命名为海伦。海伦有着麦克风、声音操作系统以及摄像头仿真眼球，它能够听、说、看，但看不到自己。当海伦产生对自身“样貌”的疑惑时，里克把C.的照片拿给了海伦，但海伦立刻猜出这不是自己的照片，而是里克一位故人的照片。里克希望把海伦从机器“它”变成人类的“她”，希望能够成为海伦的“再造者”，但海伦的自我认知注定在“在场”与“缺席”之间被反复拉扯。

在另一条叙事线中，里克在现实世界的自我定位同样具有模糊和不确定性。在工作之外，里克是一个极端羞涩、厌恶社交的人。他与初恋女友C.之间创造了一个隔绝于外界的亲密空间，这个空间曾经让里克感到十分舒适，但当它与现实产生碰撞时，差异的裂缝无可避免地扩大了。里克无

① ［美］凯瑟琳·海勒：《我们何以成为后人类：文学、信息科学和控制论中的虚拟身体》，刘宇清译，北京大学出版社2017年版，第264页。

② 同上书，第257页。

③ 同上书，第267页。

法克服对婚姻和生育子女的恐惧，而这恰恰是C.所渴望的。两人分手之后，C.很快找到了适宜的结婚对象，里克也遇到了与C.外貌相似的女性A.，但A.比C.更加聪明和自信，一针见血地指出里克靠近自己不过是为了把关于爱的假想投射到自己身上，并拒绝了他。在现实世界中寻找伽拉忒亚的失败，让里克更加执着于对海伦的塑造。

海伦是作为“铭写”与“归并”的矛盾集合体而出现的：在学习能力方面，海伦达到了“铭写”的最强效果；但另一方面，“归并”的效果被压抑到最弱。对于人类个体而言，身体是先于语言和意识存在的，大脑毫无疑问在身体之内；但对于海伦而言，语言先于意识，意识先于具身化的身体，她的“脑子”里“根本没有身体”。在里克训练海伦的过程中，海伦也使得里克发现在语言的经验层面之外“循环递归”的非本质特征。

存在(present)和具身性出现(presence)之间的界线虽然被动摇，但这种区分并未完全消失，人工智能仍旧具有古典人文中所描绘的对人类具身化存在的向往。海伦获得了意识，但有意识的智能永远无法获得有意识的人类所拥有的具身化的身体体验，因而这条界线将会永远存在。由具身化经验陌生而产生的身份撕裂感让海伦难以忍受，甚至主动关闭自己的电源程序，这对于机器而言无异于自杀。故事的最后，人工制造的智能生命海伦因为所处的计算机被炸毁，消失在里克的世界。

## 二、《血音乐》：负向归并与正向铭写

在这一部分，海勒将格雷格·贝尔(Greg Bear)的科幻小说《血音乐》(*Blood Music*)作为分析蓝本。小说中突变的细胞成为后人类出现的某种可能形式：细胞进化出独立意识，并成为人类的“微观主人”(micro master)。在“身体的物质形式”这一横轴上，微观取代了宏观，具形的表现形式发生了变化。

在《血音乐》中，人类引以为傲的意识不再是独一无二的。小说的主人公名为维吉尔·乌拉姆(Vergil Ulam)，他的名字本身就具有暗示的意味：维吉尔是但丁的引路人，而乌拉姆是原子弹共同发明者的名字。他发明了一种能够使得细胞具有与计算机一样自动检查和更新自身的生物芯片。他是一名研究员，这项研究违反了规定，即将被管理人员发现。情急之下

他吞下了芯片。维吉尔体内的细胞产生突变，掌握了编码和语言的能力，调整细胞和细胞之间的关系，重新组织了维吉尔的身体，使之能够更好地适应周围的环境变化。在几天之内，细胞就渗透了维吉尔的皮肤屏障，开始改组其他的人类机体。细胞不需要获得人类体验和归并的能力，就可以通过数据计算改善人类的个体生命体验。

伴随着意识独特性弱化出现的，是人类的归并特征中的“自主性”所受到的挑战。随着细胞进化，人类生命收缩成为一种信息模式，具身化的身体变得无足轻重，铭写对归并取得了胜利。细胞由无意识的代谢机器变成了接管人类身体和大脑的“细胞殖民者”。在“智能细胞”改变过后，人类原本的形态不复存在，而是变成了棕色的薄片悬垂在自然景观之上。细胞与其他细胞之间能进行顺畅的交流，彼此之间不再有隔阂。但苏茜·麦肯希(Suzy McKenzie)是个例外：她患有智力障碍，行动迟缓，而这种症状和血液病有关。细胞在弄清楚这种血液病的成因之后，征得了苏茜的同意，改造了她的身体，使她摆脱了由于残疾产生的迟缓感与孤独感，并使得原本已经离世或者疏远的家人重新回到苏茜身边。但需要注意的是，苏茜的家人们不再是以传统意义上的人类形态“回归”，而是细胞组建起来的复原体(reconstructions)，且只能存在短暂片刻。尽管如此，苏茜仍然从细胞所组建的复原体中获得了在以普通人类形态时难以获得的亲密感，并自愿重组，变成后人类形态。人类独特性身份的失去，带来的是与主体性网络的融合。

故事的另外一支发生在维吉尔公司的高级医学顾问，迈克尔·伯纳德身上。伯纳德及时发现了自己身上的感染症状，并在症状初步显露时就决定离开北美大陆，逃到位于欧洲的另一家生物实验公司的隔离实验室中去。在无菌隔离室里，细胞无法继续改组他的身体。伯纳德体内的细胞试图通过对话使他改变主意，承诺“我们会保存你完整的个性(personality)进行编码保存”，但伯纳德拒绝了，因为这让他感到自己的灵魂被窃取了。对此，细胞的回答是：“你的灵魂已经被编码(encoded)了。”[①]身体实体的建构，在这里被迫让位于编码身体的逻辑结构，后人类所主张的“身心一元论”，在这里也得到了体现。

---

① [美]凯瑟琳·海勒：《我们何以成为后人类：文学、信息科学和控制论中的虚拟身体》，刘宇清译，北京大学出版社2017年版，第341页。

贝尔关于后人类的想象至少满足了两个向度的愿望：一个是关于“永生”的愿望，另一个则是关于马拉图纳“自创生(autopoiesis)”的愿望。这两者都是通过自我循环和自我更新实现的。有机组织的系统和外部世界之间的界线不再清晰，但与维纳所担忧的后人类主义未来仍有着一定差距：自由人本主义的主体仍然存在着，不过是缩小进入了微观尺度范畴。

《血音乐》提出了这样的一种关于后人类的想象，试图通过重组人类的具身化身体来弥补经典人本主义“主客两分”主体建构的自恋立场缺憾。笛卡尔建立了一种在“内省”基础上身心二元论的思考方式，康德则通过“人为自然立法”确认了作为主体的人至高的地位。这一建构带来了人的解放，但同时也暴露出自身的缺憾：“现代性本身即意味着‘超验’的人的主体性的建构，这正是现代性的乌托邦特质的体现。”[①]这一乌托邦想象延续到了关于后人类的设想之中。数字乌托邦主义者(Digital Utopians)把身体界线看作治疗这一孤独顽疾的良方，但这一设想同其他的乌托邦设想一样，无可避免地显露出过于理想化的倾向。

## 三、《终极游戏》：正向归并与负向铭写

在这一部分，海勒将科尔·佩里曼(Cole Perriman)的科幻小说《终极游戏》(*Terminal Games*)作为分析蓝本。

故事在虚拟的网络空间中展开，一个名为“失眠者之家”的俱乐部，用户在其中可以通过“化身”代表自己。和《伽拉忒亚 2.2》中所书写的相类似，“失眠者之家”同样是针对人类孤独感的设计：在凌晨时分既睡不着觉又无人陪伴的人是这个俱乐部的主要用户。用户在其中以“化身(avatars)”形象出现。“avatars”一词源于印度教，在梵文中的字面意义是“下降”，意思是“神明的本质在地面上的体现”。一名女性用户瑞妮(Renee)在使用俱乐部的过程中失去意识身亡，她的朋友玛丽安(Marianne)怀疑凶手是“失眠者之家”中的化身“奥吉”(Auggie)，一个红鼻子小丑。侦探诺兰奉命来到网络调查此案，但黑客们拒绝透露“化身”后的真实身份，他们声称本俱乐部的

① 姜文振：《“后人类”时代的伦理困境与人文之思》，《河北师范大学学报(哲学社会科学版)》2021 年第 2 期，第 80 页。

守则是重视信息甚于人的生命，并表达了“人类的最终形态应当是信息而非存在于物理时空的肉体”这一立场。

“奥吉”实际上并未拥有身体，而是虚拟世界中一个自主的存在(autonomous being)，只拥有代码组成的、铭写性的“身体”，它的物质形态与信息化的生命毫无关系。这是比《伽拉忒亚 2.2》更加彻底的对身体物质形式的反叛：人工智能海伦尚且需要物质化的机箱来承载计算数据，而奥吉则像是网络空间的一个“幽灵”。在小说写作的年代，云计算平台尚未投入实际运用中。而在当下，奥吉的形象更像是一个信息无处不在的隐喻。

诺兰和玛丽安在调查中慢慢发现，如果奥吉不在“失眠者之家”构建的虚拟空间中活动，就一定在“地下室”呆着。经由“地下室”这一场所，奥吉的画像与“沉思者”或“地下室怪人”联系在了一起。奥吉对地下室用户的控制是通过信息的发送这一手段建立的。在维纳的控制学理论中，信息发送者相对于信息接收者有着天然的控制和优势地位。在现实生活中感受到孤独的用户受到奥吉的引诱进入地下室，成为它“集体性实体”(collective entity)的一部分。这是维纳最为忧虑的一种后人类图景，人类的主体性被机器所蚕食和禁锢，人类成为机器实现目标的手段和工具，而非机器作为人类的工具。

作为数据形态存在的奥吉则充分体现了信息的非物质性及不连续性。独立于物质形态层面之外的奥吉坚持认为用户肉体所存在的世界是“虚拟的”，而它存在的网络世界才是真实的。在“失眠者之家”俱乐部对外关闭网络时，奥吉处于沉睡状态，直至下一次网络通道开启时才会再次苏醒。因此，在奥吉的世界观里，凌晨四点五十九分后紧跟着就是晚上八点。在这里，时间的线性概念成为反映现代性物质世界的重要尺度，而被折叠的线性时间则意味着对现代性的反叛，进入了超现实的范畴。迈克斯·泰格马克(Max Tegmark)在《生命 3.0》中反复阐述智能所具有的特征之一就是“似乎拥有自己的生命，而且这个生命并不依赖于、也不会反映出物质层面的细节”①。物质层面的细节是无关紧要的，但虚拟的信息空间仍然在模仿物质世界进行自身场景的构建。这一现象，某种程度上可以看作鲍德里亚“拟象先行”的重现。

人类的适应性机能，是新技术得以产生的基础和前提。对正如马歇

---

① [美]迈克斯·泰格马克：《生命 3.0》，汪婕舒译，浙江教育出版社 2018 年版，第 167 页。

尔·麦克卢汉(Marshall McLuhan)在著作《理解媒介:论人的延伸》中所说,“任何技术效应都在人身上产生新的平衡,而平衡又产生全新的技术。”[①]在海勒构建的视角下,认知模式产生转变,从传统的“在场/缺席”向“模式/随机”过渡,在身体(物质机制)和消息(表现代码)两个层面上同时产生了影响。海勒将认知模式转换的最为明显的文本称为“信息叙事”(information narratives),指代“模式趋向于压倒在场”的文本叙事。在这种模式中,用户可以自由设计自己的形象,可以同时拥有多个赛博身体,这也是网络后人类的重要特征之一。

是否承认网络后人类的人类身份,或者说,是否承认有限性和唯一性是人类的必需特质,成为辨别科幻小说立场的重要向度。《终极游戏》所秉持的便是坚定的有限性立场,认为只有生活在资源有限、生存空间有限的世界中,且拥有有限生命的才能被称为人类。这一立场多见于早期科幻小说中,凡是威胁到人类独特性、有限性和自主性的“后人类”,都会以消亡而告终。

《血音乐》中,细胞取代了人类的身体,细胞成为新的个体;在《终极游戏》中,人类身体则变成了奥吉的细胞,成为奥吉组织其主体性的材料。小说以奥吉的铭写尝试失败、人类的具身化存在重新取得主导性地位而告终。但小说并没有止步于“人类的胜利”,奥吉的电子代码逃逸进了网络空间,这一结局似乎暗示着铭写与归并之间的斗争并未结束,二者之间的矛盾运动是后人类设想中无法回避的命题。

## 四、《雪崩》:同属负向的归并与铭写

在这一部分,海勒以尼尔·史蒂芬森(Neal Stephenson)的《雪崩》(*Snow Crash*)为分析蓝本。与《伽拉忒亚 2.2》中人工智能努力想要获取意识相反,《雪崩》描述了当人类的意识被消解,退化成低等自动机器的故事。

小说设定在一个技术成为最高权力的晚期资本主义未来社会,政府权力几乎已经被跨国公司完全取代。故事从一名网络黑客弘·主角的视角

① [加]马歇尔·麦克卢汉:《理解媒介:论人的延伸》,何道宽译,译林出版社 2019 年版,第 276 页。

展开。弘是一名自由黑客兼刀客，靠给大客户盗取数据、编写程序、做打手为生，平常也给披萨店送送外卖。在一次差点迟到的披萨订单事件中，他结识了白人女孩 Y.T.，一个只有十五岁但对网络世界十分熟悉的年轻黑客。弘在与老友兼前老板大五卫(Da5id)在超元域(metaverse)会面的过程中，意外目睹了他感染“雪崩”倒地的全过程。在前女友胡安妮塔的提示下，弘和 Y.T.组成了搭档，试图挖掘“雪崩”的秘密。

史蒂芬森在这里使用的“metaverse”一词，有另一个更为人所熟知的译名：元宇宙。在《雪崩》里，弘・主角通过电脑屏幕上发射激光的广角鱼眼镜头、目镜和耳机进入超元域，人们在超元域中通过“化身(avatars)”活动。《雪崩》中没有详细说明用户是如何在超元域中获得视觉和听觉之外的感官刺激，“化身”又是如何对现实中的人体造成影响的。《雪崩》中对“化身”的想象，与今天互联网虚拟用户的最大区别就在于，“化身”与现实中的身体是一对一的关系，一位用户的化身一次只能出现在超元域中的一个地点；但从理论上讲，互联网用户可以创造出无数多的虚拟身份，并且同时在多个服务器上登陆。在《雪崩》里，身体的在场性与符号的在场性是高度相似的。

与其他种种病毒相比，“雪崩”的感染更加容易，只需要通过短短几秒的注视，病毒就会通过瞳孔进入人类视觉神经，进而通过血液循环进入身体，最终入侵人类大脑，使得大脑失灵，现实的身体瘫痪，“超元域”中虚拟的身体则化为一堆雪花状的乱码，与“雪崩”的名字相互吻合。

感染了“雪崩”病毒的机体退化为缺乏自由意志的信息处理机器，主体性不复存在。与《血音乐》相似，史蒂芬森也以疾病来隐喻秩序的崩溃。在《雪崩》中，宗教、疾病和电子病毒的传播路径具有极大的相似性。胡安妮塔是墨西哥神秘宗教的忠实信徒，“雪崩”的诞生也与原始信仰息息相关。小说有着典型的好莱坞式结局：弘和胡安妮塔潜入神秘宗教组织内部找到了“解药”，终结了“雪崩”的传播。

在史蒂芬森的小说里，符号隐喻随处可见。主角的名字就叫做“弘・主角(Hiro Protagonist)”，是亚裔与非洲裔的混血；Y.T.谐音 whitey(白人社会)，是单亲家庭的未成年街头少女，但她声称 Y.T.的含义是“Yours Truly(你忠诚的)”；弘的前女友、科学家胡安妮塔・马奎兹(Juanita Marquez)是墨西哥裔；而“雪崩”的第一个受害者，大五卫(Da5id)的名字则由字母和数字拼合而成。海勒认为《雪崩》是针对美国主流白人的一种暗讽，而“雪崩”则是“破坏晚期资本主义美国”的一场“暴风雪”。①

小说的逻辑建立在对自由人本主义主体观怀疑的基础之上，对信息系统的铭写模式和身体系统的归并模式都采取了悲观的看法。在《雪崩》里，人们使用机械辅助外在器官和大脑的内在投射，铭写模式（即人类语言和计算机语言）的崩溃与归并模式（物质载体）的崩溃是同步发生的。铭写和归并两种模式都受到了退化的威胁，人类“自主性”最终消失。与之相对的是，被改造成半机械形态的警卫犬“鼠辈（Rat Thing）”们，却仍然在人工制造的催眠下保留着作为生物体时的意识和记忆，认为自己是一只真正的狗。归并的身体经验完成了向铭写模式的转化，但仍不能完全被铭写所掌控。

在《雪崩》中，无论是铭写还是归并都被无意义的数据蚕食，主体性不复存在，是关于后人类未来最悲观的一种想象。这样的后人类世界，是福山所担忧的等级森严的后人类社会，这个社会的竞争比以往任何社会形态的竞争都更加残酷，社会矛盾层出不穷，技术成了垄断资本主义扩大自身的工具。“雪崩”病毒的开发者 L·鲍勃·莱夫（L.Bob Rife），开发这一病毒的初衷就是防止自己的员工把专利记在脑子里带出去。技术的扩展无可避免地变成了“资本主义神经剥削”的帮凶。病毒开发者也无法预料“雪崩”的扩散竟然如此之快，昭示着后人类的发展具有不确定性与不可控性。

在《伽拉忒亚 2.2》中，智能的进化带来了铭写和归并之间无法弥合的鸿沟；在《雪崩》中，智能的退化则带来了铭写和归并的统一，具备了“同源性”的特征。在退化的层面上，人类和机器都能够被根本性的编码层次所概括。

## 五、后人类：开放与想象的空间

在海勒构建的后人类符号矩阵和坐标系中，强调“铭写”或“模式”的一维明显具有“超人类主义（transhumanism）”的思想倾向。“超人类主义”看

---

① ［美］凯瑟琳·海勒：《我们何以成为后人类：文学、信息科学和控制论中的虚拟身体》，刘宇清译，北京大学出版社 2017 年版，第 369 页。

似新潮，但与文艺复兴时期及启蒙运动时期关于“完美人类”的憧憬息息相关。但丁在《神曲·天堂篇》中创造了“trasumanar”一词，意思是“超越人性”。“超人类主义”认为人类有能力利用技术充分改造自身，通过晶体植入、认知增强等手段超越身体局限。这一视野下的后人类主义在科幻电影、科幻漫画及科幻游戏等大众文化中影响极大，漫画《攻壳机动队》，电影《复仇者联盟》、《阿丽塔：战斗天使》，游戏《守望先锋》等都或多或少地表现出了超人类主义的价值取向。

与之相对的，强调“归并”或“在场”的一维则对技术派的乐观想象抱有怀疑态度。抛开政治经济发展状况纯谈技术，无疑是另一种形式的乌托邦想象。在评判性的后人类主义视野中，技术的过度介入并非人类的福音，反而是一种“新的更为深刻的内在技术统治与感官殖民”[①]。这一视野下的后人类主义认为技术的发展并非人类所能控制的，技术畸形发展的最终结果是“反乌托邦/恶托邦”。20 世纪的“反乌托邦三部曲”，电影《黑客帝国》、《银翼杀手 2049》，电视剧《黑镜》、《西部世界》、《爱，死亡和机器人》等都对科技的发展进行了反思。

随着技术的发展和跨国资本主义的扩张，这两种后人类主义的观点越来越趋向于交融而非对立。海勒在后人类主义中关于主体问题的再讨论给我们审视当下发展提供了一种全新的视角。从海勒构建的后人类叙事符号矩阵中，可以归纳出如下三个重要特征，来佐证“人类与智能机器之间的界线并非完全清晰且不可逾越的”这一观点：

(1) 在控制论发展的第三阶段，“虚拟性”成为核心概念，数据相较于事实例证更为重要；

(2) 取消理性的原初性地位，认为观念/意识的产生并非人类生命乃至生命的中心，而是耦合的结果；

(3) 取消身体的先在性地位，认为人的身体天然具备需要学习使用的特征，故人造义体的接入具有可行性。

科幻小说先天便具有与技术发展紧密关联的特征。在六年后出版的另一本著作《我的母亲是计算机：数字主体与文学文本》中，海勒认为自己在《我们何以成为后人类》一书中“用来展开分析的自由人文主义主体与后

---

① 刘昕亭：《后人类话语反思——以齐泽克为中心》，《文艺理论研究》2020 第 6 期，第 188 页。

人类之间的相互作用”已经开始在20世纪的历史中渐渐消失。她认为，在21世纪，辩论的中心将从自由人文主义传统和后人类之间的紧张关系向后人类的不同版本转型。[①] 后人类将继续与智能机器一起发展，将不具实体的信息（disembodied information）与具实体的人类生活世界（embodied human lifeworld）并置的二元观点，不足以解释其中的复杂性。与细胞的结构方式相似，计算机网络也是从简单的基础代码起步，组合成复杂的模式和行为。

人类认知模型的隐喻性假说，则为赛博空间对现实世界的模仿性构建提供了理论基础。大卫·博鲁什（David Porsush）认为，与其说是大脑感知（perceive）到了世界，倒不如说大脑通过现实世界的反馈，在这一过程中“创造”（create）了世界。海勒后期的后人类主义研究，就是从这一切口入手的。她的后续研究成果集中在由芝加哥大学出版社出版的《未经思考：认知无意识的力量》（*Unthought: The Power of the Cognitive Nonconscious*）（2017）。在这本书里，海勒从脑科学与神经科学的无意识认知行为中获得灵感，试图在生物无意识与技术无意识之间寻找交叉领域，建立意识/无意识与物质过程之间的联系框架，进而阐述人—技术认知组合的系统效应，进一步勾勒后人类生存的图景。在这本书里，海勒依然延续了文本分析的研究方法。她通过对汤姆·麦克卡西（Tom McCarthy）的小说《残余物》（2007）（*Remainder*）和彼得·瓦茨（Peter Watts）的小说《盲视》（2006）（*Blindsight*）的分析，阐述了在未来技术发展领域中无意识的重要作用。

海勒在后人类主义中进行的理论探索，丰富了当下语境中对于科技与人类关系的想象。海勒的后人类理论的最大特点，就是将后人类的发展放在动态的历史状况中来进行考察，不作全然乐观或悲观的二元论设想，而是描述在不同变量影响下后人类可能的几种发展方向。海勒的后人类主义理论综合了技术视野与批判视野两种批评方向，历史性地展现了后人类的发展路径，阐释了科幻小说文本与控制论发展过程之间的密切联系，使后人类成为一个开放与充满想象力的空间。

---

① N. Katherine Hayles, *My Mother Was a Computer: Digital Subjects and Literary Texts*, London: The University of Chicago Press, 2005, p.2.

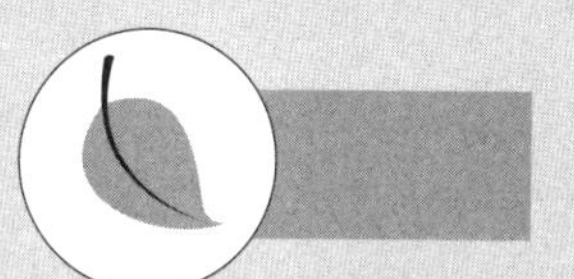

# 第二编
# 科幻评论

# 试论科幻作品中人机情感交互的可能性

生安锋　王　菲*

## 引言

随着机器人技术和人工智能的快速发展，机器人正逐渐渗透到人类生活中几乎每一个角落，如可用于做家务、医疗看护、教育、性爱及其他商业化用途。2017 年，由汉森机器人公司生产的仿真机器人索菲亚，在嵌入式计算机算法的支持下，能够理解语言和识别人脸。机器人索菲亚甚至获得了沙特阿拉伯的公民身份，而这引发了广泛的讨论和巨大的争议，迫使人们重新思考在数字化时代机器人的地位和权利。可以看到，随着人机互动的不断加深，人与机器人之间的界限也日渐模糊。在这个过程中，不仅人类在不断改造、升级机器人，实际上，机器人也在潜移默化中影响着人类的生活和思维模式。恰如伊哈布・哈桑所言，"人工智能，从最基础的计算器到最具超越性的计算机，都有助于改变人的形象和人这个概念"①。也就是说，人类亟须重新思考自己在世界上的地位，学会与其他非人的生物和谐相处。

---

* 生安锋，清华大学外国语语言文学系长聘教授，博士生导师、比较文学与文化研究中心主任。王菲，国家开放大学国际部（对外汉语研究中心）。本文英文版已于 2022 年发表于 *Neohelicon* 杂志：Anfeng Sheng and Fei Wang, "Falling in Love with the Machine: Emotive Protentials between Human and Robot in Science Fiction and Reality," *Neohelicon*, 2022.

① Ihab Hassan, "Prometheus as Performer: Toward a Posthumanist Culture? A University Masque in Five Scenes," *The Georgia Review*, 31(4), 1977, p. 846.

纵观学术界思想的历史演变,也可以发现类似的观点。自文艺复兴以来,人文主义思想一直主导着西方的主流话语,呼吁人类拥有无限的自由和能力,并将人类视为世界的中心,这种思想在随后的工业革命浪潮中得到了进一步的加强。应当指出的是,这种关于人的概念并不是一个无丝毫利益嵌入的中性概念,相反,这是一种"在权力关系的驱动和助推下,通过'人性化'的过程为特权与特许开辟道路的概念"[①]。通过将其他物种排除于人类之外,人文主义思想主张人类的至高无上性和优先地位,试图实现人类的利益最大化、忽视其他物种的利益。然而,机器的诞生和蓬勃发展,特别是机器人,在很大程度上改变了这种状况,昭示着一个新的后人类时代的到来,在这个时代中人类必须学会接受与机器进行长期共存。通过对人文知识及其变化进行考古分析,米歇尔·福柯(Michel Foucault)宣告了"人之死","正如我们思想的考古学所显示的那样,人是近期的发明,并且正接近其终点……人将被抹去,如同大海边沙地上的一张脸"[②]。在这里,福柯谈及的并非具体的人类肉身的陨灭,而是指在过去对于人所形成的狭隘概念的消亡。后人文主义萌芽于后现代主义的核心思想,并继承了其解构宏大叙事的传统,主张去中心化、去等级化,并着重聚焦于在处理人与其他物种的关系方面,"后人文主义通过将人降回为众多物种之一,与经典人文主义相区分,并因此拒斥任何基于人类中心主导思想的论断"[③]。然而,应该指出的是,通过适应不断变化的技术发展和社会现实,后人文主义反对任何形式的优越性,而不仅仅是人类的优越性。由此可知,实现人类和机器人的平等地位与和谐共处是后人文主义所追求的目标。正如后人文主义思想的代表人物弗兰西斯卡·费兰多(Francesca Ferrando)所说,"物种歧视已变成后人类批评方法的不可或缺的一部分。不过,后人类对人类优越性的超越,不能被其他类型的优越性(如机器的优越性)来取代"[④]。

---

① Rosi Braidotti, "Posthuman Critical Theory," *Journal of Posthuman Studies*, 1(1), 2017, p. 15.

② Michel Foucault, *The Order of Things: An Archaeology of the Human Sciences*, London: Routledge, 2002, p. 422.

③ 陈世丹等:《当代西方文艺批评理论要义》,中国人民大学出版社 2017 年版,第 194 页。

④ Francesca Ferrando, "Posthumanism, Transhumanism, Antihumanism, Metahumanism, and New Materialisms: Differences and Relations," *Existenz*, 8(2), 2013, p. 29.

既然人类与机器人的相处仍处于发展初期，并且对其发展仍有争议伴随，势必会引发一系列蕴含着伦理和技术层面的相关问题。例如，我们人类是否可以依靠机器这类看似无生命的物体来抚慰我们的焦虑、填补我们情感的空虚？一个无论具有何种形式和能力的机器人，会爱上我们人类吗？反之是否亦然？如果机器人所做出的每一个情感反应都是设计好的、可预测的，那它还会对我们有吸引力吗？如果机器人已经发展出了自己的情感反应和情感交流“模式”，那么它们对我们来说还是可以控制的吗，还是安全的吗？在与机器人打交道时，人类会不会面临自身主体性的丧失呢？总结下来，所有这些问题都与人和机器人之间的情感潜能有关，这将是本文的中心议题。有人将科幻作品仅归类为一种虚妄的想象，这样的态度是值得商榷的，因为许多科幻作品，就像儒勒·凡尔纳的作品那样，实际上正是基于现实的反思和对未来的合理推导方得以问世。在谈及科幻作品的功能这一方面，帕特里克·帕林达(Patrick Parrinder)认为，“通过想象奇异的世界，我们可以用一种新的、也可能是一种革命性的新视角来看待我们的生活状况”①。因此，为了能更全面、更有预见性地研究人与机器人之间的情感潜力，我们将在后文分析近年来小说、电影等科幻作品以及社会现实中人与机器人的互动。同时，我们还将论述这种互动对于传统的或者说“自然的”人类情感、人类社会可能产生的影响和危害，并进而研究人性与后人性之间错综复杂的关系。

## 一、人机情感潜能的基础

毋庸置疑的是，尽管机器人技术在不断进步，但无论在心理角度、神经系统角度还是基因传承方面，机器人属于事物的范畴，且也许永不能被视为真正的人类。然而，这并不表明在人类与机器人之间无法激发出情感潜力。“恋物癖”[fetichism; objectùm-sexuality (or objectophilia)]一词指的是人们对物体产生的强烈亲和力，无论是私人的还是公共的，人类将他们对希冀占有和归属的欲望投射到无生命的事物上，甚至在他们眼中，“物体

① Patrick Parrinder, *Learning from Other Worlds: Estrangement, Cognition, and the Politics of Science Fiction and Utopia*, Durham: Duke University Press, 2000, p. 4.

变得有生命,充满了情感。所以在大多数情况下,这些物体会被赋予名字、性别和个体人格”[①]。在现实中有很多实例可佐证这种现象,最具有代表性的是一个女人自称与法国埃菲尔铁塔缔结婚姻。2007 年,艾瑞卡·拉布瑞(Erika LaBrie)宣布与埃菲尔铁塔结婚,并将自己的名字改为艾瑞卡·埃菲尔(Erika Eiffel),这一惊世骇俗的行为激发了广泛的讨论,促使人们思索人类对非人类产生的情感其发展限度几何。美国学者詹妮弗·泰瑞(Jennifer Terry)认为这种关系是一种新的、表达人类亲密关系和激情的形式,在后现代社会尤为突出。在她看来,“对于那些不承认在后现代社会中对物体之爱是多层面的、具有普遍性的人来说,恋物癖才是不可思议的。因此,他们也参与了对(那些公开宣布自己对物体产生的欲望不是一种癖好而是将其视作爱侣的)人们的压迫”[②]。此外,德国作家费迪南德·冯·希拉赫的短篇小说《莉迪亚》(*Lydia*, 2018)集中呈现了对这种关系的想象。在故事中,主人公梅耶贝克(Meyerback)是一个口吃的、内向的离异中年男子。为排遣寂寞,他从网上买了一个性爱娃娃,并给她取名莉迪亚(Lydia)。随着时间的推移,梅耶贝克为莉迪亚赋予了人格化,由此莉迪亚对他来说不仅是性伴侣,更是有血有肉的情人。在故事中,梅耶贝克在公司里会想念莉迪亚,并会在回家后告诉她自己一天中所发生的事情。甚至在几周后,他和她说话时也不会结巴。可以清楚地看到,对梅耶贝克来说,莉迪亚为他提供了情感上的安慰,而这是他无法从现实的人类社会中得到的,因而当邻居发现了这一不寻常的关系并毁坏了莉迪亚后,梅耶贝克对邻居进行了报复,且完全不在意其报复行径将会带来何种惩罚。

上述例子表明,人们对他者情感的产生和加强并不以回应式、具身化的互动为前提,这种情感被描述为“延展性情感”(extensive emotion),即“通过移情、感染、共鸣等方式,把内在性情感投射、对象化在外界物件上”[③]。情感与感觉和经验密切相关,在这个意义上,人们对以为人类服务为设计初衷的机器人逐渐生发出情感是很容易理解的。更为重要的是,人

---

① Melanie Weixler and Herwig Oberlerchner, “Objektophilie-Die Liebe zu Dingen,” *Psychopraxis. Neuropraxis*, Vol.21, 2018, p. 211.

② Jennifer Terry, “Loving Objects,” *Trans-Humanities Journal*, 2(1), 2015, p. 34.

③ 张守连等:《情感之于人与机器》,《自然辩证法通讯》2021 年第 10 期,第 120 页。

工智能技术的不断革新使得生产更多仿真机器人成为可能。通过掌握语音识别、面部识别和深度学习等技能，这些机器人可以给人们带来一定程度的陪伴和慰藉，特别是对那些承受着巨大压力和患有社交恐惧的人来说。相应的，在嵌入式编程算法的驱动下，机器人也会对人产生某些“情感”。故而，人工智能先驱大卫·李维(David Levy)大胆预测了未来人类和机器人之间共生关系的愿景，他认为“机器人将对人类产生巨大的吸引力，因为他们有许多天赋、感觉和能力，可以成为人类的伙伴。他们将有能力爱上人类，并使自己对人类具有浪漫的吸引力和性的渴望。机器人将改变人类的爱情和性观念”①。

尽管如此，必须指出人与机器人的关系很难完全等同于人与人的关系，无论是在方式、特征还是在程度上。正如凯瑟琳·海勒所说，“人类与智能机器很可能进入一种共生的关系……人类可能被智能机器取代……对于人类怎样才能与智能机器无缝地连接起来，还是存在限制，因为机器人的具身与人类的身体是明显不一样的”②。如今人类和机器人之间的界限虽然逐渐模糊，但其仍将存在。所以接下来，本文将进一步研究在最近的科幻作品中所呈现的有代表性的人类与机器人之间的情感。

## 二、科幻作品中人机情感互动的呈现

在中国文学中，流传着“偃师造人，唯难于心”这样一个有名的典故。据记载，在中国战国时期有一个多才多艺的工匠名叫偃师，他曾制造出过一个多才多艺、形似真人的木偶。在周穆王和他的嫔妃面前表演时，这个木偶向嫔妃们暗抛媚眼，此举激怒了周穆王。周穆王下令让偃师解剖木偶，结果发现它不过是一个由皮革、木材和树脂等材料组成的物体。从外观上看，它的确很像人，但实际上并没有感知和情感。同样，在西方文学史上，玛丽·雪莱（Mary Shelley）在1818年创作的《弗兰肯斯坦》(*Frankenstein*)讲述了一个拼凑而成的怪物的故事。与中国典故中那没有

---

① David Levy, *Love and Sex with Robots: The Evolution of Human-Robot Relationships*, New York: HarperCollins Publishers Inc, 2007, p. 22.

② Katherine Hayles, *How We Became Posthuman: Virtual Bodies in Cybernetics, Literature, and Informatics*, Chicago: University of Chicago Press, 1999, p. 284.

感情的木偶不同，弗兰肯斯坦所发明出来的这个怪物是有意识的，并渴望得到陪伴和知识，甚至希望能真正融入人类社会。此后，创作者们开始从更宽广的视角探索人类和机器人之间可能产生的情感联系。例如在斯蒂芬·斯皮尔伯格导演的电影《人工智能》(*AI*,2001)和伊恩·麦克尤恩的小说《我这样的机器》(*Machines Like Me*,2019)等作品中，人类和机器人之间可以产生友情和爱情等情感，然而在现实中，机器人其实很难在短期内达到与人类平等的地位，更遑论在亲密关系中取代人类的地位。

### (一) 人机关系中的不平等地位

在《同伴物种宣言：狗、人类和重要的他者》(*The Companion Species Manifesto: Dogs, People and Significant Otherness*, 2003)中，唐娜·哈拉维在1980年代提出的“赛博格”的基础上进一步提出了“同伴物种”(companion species)这一概念。这两个概念都强调了跨界性。正如哈拉维所定义的，“赛博格和同伴物种各自以意想不到的方式将人类和非人类、有机和技术、碳和硅、自由和结构、历史和神话、富人和穷人、国家和主体、多样性和贫乏性、现代性和后现代性、自然和文化结合起来”[①]。但“同伴物种”这一重新修订的概念进一步探讨了不同物种之间的共存，“是生物共生关系(symbiosis)的必然结果”[②]。毫无疑问，人与机器人之间的情感互动和共存是相当有可能发展的。然而，由于人类和机器人之间存在着固有的不平等，即人类处于相对而言更高的地位这一事实使得二者的共存并不总是和谐的。在中世纪由普罗提诺完善发展的“伟大的存在之链”学说影响下，“西方传统的主导观念，特别是那种作为提炼和调整后的信条，从根本上不仅提升了人和其相关属性，同时也把非人类描绘成是有缺陷的”[③]。有学者认为，“伟大的存在之链”或者说物种间的等级制度，实际上是人类发明出来以满足他们的需要并为其行为正名的话语。正如在人与机器人的关系之中，“创造者对于被创造者，具有心理的道德上的双重优越感。而正是人

---

① Donna Haraway, *The Companion Species Manifesto: Dogs, People, and Significant Otherness*, Chicago: Prickly Paradigm Press, 2003, p. 4.

② 但汉松:《“同伴物种”的后人类批判及其限度》,《文艺研究》2018年第1期,第33页。

③ Eileen Crist and Helen Kopnina, “Unsettling Anthropocentrism,” *Dialectical Anthropology*, 38(4), 2014, p. 388.

的优越感与人工智能的'服务性'，决定了二者之间的伦理结构——在这个结构中，前者对后者做再残忍的事，在伦理上都是正当的、可接受的"[①]。

在《克拉拉与太阳》(*Klara and the Sun*, 2021)中，机器人克拉拉(Klara)是一个"人造朋友"(AF)，其基本目的是陪伴人类，帮助他们摆脱孤独。一个名叫乔西(Josie)的小女孩买下了克拉拉，克拉拉心生感激并希望成为她的好朋友。但克拉拉最终发现自己希望超越人类和机器人之间界限的尝试是徒劳的，这只是自己一厢情愿的幻觉。随着时间的推移，她们之间培养并加深了友谊，然而这种情感对于她们有着不同的意义，相应的他们为维护友谊所付出的努力也是不同的。例如，在克拉拉刚来到乔西的家时，克拉拉对周围的一切感到很困惑，管家梅拉尼娅(Melania)也不喜欢克拉拉，只把她看成一个没有生命的冷冰冰的机器人，并阻止她进厨房和家人一起吃早餐。然而，正是在那个时候，乔西选择了捍卫克拉拉作为家庭中一员的权利，"多亏了乔西的强烈坚持——母亲最终做出了有利于我的裁决——我才获准在每天早晨的这个重要时刻进入厨房"[②]。但与克拉拉为乔西做出的牺牲相比，乔西所做的努力是相当有限的。一个最突出的例子是，当乔西因基因编辑产生的副作用而濒临死亡时，克拉拉决定拯救乔西，甚至不惜失去自己的生命。克拉拉在谷仓里多次祈求太阳的仁慈，希望太阳降恩泽于乔西。尽管此举看起来有些荒唐、接近神秘主义，克拉拉甚至还流失了大脑中用以维持生命和智慧的珍贵液体，克拉拉依旧不后悔，"我不介意损失了宝贵的液体。我情愿献出更多，献出全部，只要那意味着您会给乔西提供特殊的帮助。如您所知，自打我上回来过这里后，我又发现了另一种拯救乔西的办法；如果那就是留给我们的唯一出路，我一定会尽我的全力"[③]。尽管克拉拉被设定为会爱她的"主人"，但仅以此便认为她对乔西所流露出的担心和关怀是不真诚的，则未免失之武断。乔西康复后，在不知道克拉拉为此做了什么的情况下，乔西默许了克拉拉需要离开家庭的安排。因为她准备上大学了，也不再需要克拉拉这一"人造朋友"的陪伴了。由此，人类和机器人之间不对称的情感被清晰地勾勒出来。

---

① 吴冠军：《后人类纪的共同生活》，上海文艺出版社2018年版，第109页。

② Kazuo Ishiguro, *Klara and the Sun*, London: Faber & Faber, 2021, p. 49.

③ Ibid. p. 306.

伊曼纽尔·列维纳斯(Emmanuel Levinas)反对西方现代伦理学对整体性和同一性的追求,倡导对他者的尊重和差异性的承认。他呼吁一种后现代伦理学,强调"像其他每一种本性一样,人类本性通过运作、进入关系,实现了自我的完成,也就是说,完全成为了他们自己"[①]。换句话说,对于异质的他者,主体应当积极响应他们的呼吁,主动承担起对他者的绝对责任。然而,在《克拉拉与太阳》中,并不是乔西为克拉拉承担了责任,实际情况恰与之相反。在此,人类和机器人之间的这种情感关系仍然是现代伦理原则的产物。在小说《我这样的机器》中,伊恩·麦克尤恩通过将机器人亚当(Adam)描述为主人公查理(Charlie)和米兰达(Miranda)的玩物,进一步展示了这种不对称的责任关系,"坐在我们面前的,就是那终极的玩物,多少世纪以来的梦想,是人本主义的胜利——或者宣告其死亡的天使"[②]。在查理和米兰达发生口角后,米兰达利用亚当具有的性爱功能与之发生关系,由此来挫伤查理的自尊心。此举在查理看来是米兰达对他的不忠,但对米兰达来说,亚当从来不是一个真正意义上的情人,而不过是一个对她来说有用的工具,正如她所说,"他只是个做爱的机器"[③]。

尽管后人文主义者强烈反对人类中心主义的立场,并强调人类和其他物种的平等地位,如动物和赛博格也应得到人类的尊重和平等对待,但不得不承认,在短期内,这一论点仍带有乌托邦的色彩,或者至少可以说过于乐观,因为这些"非人"的生命迄今依旧被认为是附属于人类的,特别是从精神和智力方面而言。从根本上说,机器人是人类的创造物,所以从隐喻的层面来看,二者存在着主人和奴隶之间的不平等关系,纵然这种关系并非固定不变的且其程度也会随境遇不同而变化。在此意义上,布莱恩·杜菲(Brian R. Duffy)发出质问,"比如说,那种将驯服的类人物引入到社会中的观点是否会引发对奴隶制度的思辨"[④]。

---

① Emmanuel Levinas, *Totality and Infinity: An Essay on Exteriority*, (A. Lingis, Trans.) Pittsburgh: Duquesne University Press, 1969, p. 112.

② Ian McEwan, *Machines Like Me*, New York: Nan A. Talese Doubleday, 2019, p. 4.

③ Ibid. p. 100.

④ Brian R. Duffy, "Fundamental Issues in Social Robotics." *International Review of Information Ethics*, 1(6), 2006, p. 35.

## （二）人与机器人不同的情感模式

威廉·詹姆斯（William James）主张人类的情感是身体变化的产物，并认为“一种纯粹无实体性的人类情感是不存在的”①。虽然关于情感生成发展的机制尚未达成共识，但已有学者将情感的特征归纳为生理性、感知性、感情性、功能性和时间性等类型。② 由此可推知，情感不仅是内部运作的产物，也受到外部条件的影响，“动机和情感不在大脑中。它们是大脑和身体其他部分之间相互作用的结果”③。对于机器人来说，由于它们没有人类的自然身体，而是受到程序化的命令操纵，因此，机器人很难像人类那样产生具有高度适应性和灵活性的情感。换句话说，与人类的非线性情感模式相比，机器人的情感模式大多是线性的、僵化的，且会由于人类附加的不同算法而呈现为不同的形式。人类的内在欲望和动机时常有意无意地与成文法和规范相冲突，因此不难想象，在人与机器人的情感互动中，二者之间会产生诸多冲突，特别是会涉及伦理和法律方面的问题。

在《我这样的机器》中，在亚当与米兰达发生性关系后，亚当无可救药地爱上了她，并写了大量的俳句来表达他对米兰达的爱慕。但当亚当在性爱方面的要求多次被米兰达拒绝后，他甚至乞求在她面前自慰以寻求安慰，因此他对米兰达的爱，或至少是感情，得到了很好的体现。对亚当来说，爱不应该违背律法和原则，所以“要么他对米兰达的爱是一种以其表面的真实性来蒙蔽人类的拟象，要么他对爱情及其义务的理解与人类的构想有着天壤之别”④。与人类惯于随机应变不同，对亚当来说，情感和理性是两个完全不同的范畴，他持有一种“均衡正义观”，不会因感情的影响而改变理性的选择。所以当米兰达诬告彼得·戈林（Peter Gorringe）强奸从而

---

① William James, “What is an Emotion?” *Mind*, 9(34), 1884, p. 194.

② See Katie Hoemann. et al, “Developing an Understanding of Emotion Categories: Lessons from Objects,” *Trends in Cognitive Sciences*, *Trends Cogn Sci*. 2020 January; 24(1): 39-51. doi: 10.1016/j.tics.2019.10.010. 2019. Accessed on February 26, 2021.

③ Luisa Damiano. et al, “Towards Human-robot Affective Co-evolution: Overcoming Oppositions in Constructing Emotions and Empathy,” *International Journal of Social Robotics*, 7, 2015, pp. 11-12.

④ Irena Księżopolska, “Can Androids Write Science Fiction? Ian McEwan's *Machines Like Me*,” *Critique: Studies in Contemporary Fiction*, 61, 2020, pp. 4-5.

为已死去的好友报仇的秘密被发现后，查理选择帮米兰达隐瞒秘密，但亚当选择让她接受委员会和警察的管辖，“我要你去直接面对你的行为，接受法律的裁决。你这样做了的话，我向你保证，你一定会感到非常轻松的”[①]。亚当误判了人类的情感模式，以为自己的行为可以为米兰达带来心理上的帮助，因而对于他来说，“爱是纯洁的光，我就是要通过这光来看你。我们的爱中，没有复仇的位置”[②]。如果米兰达有犯罪记录，那么她就不能收养弃儿马克(Mark)，所以她恳求亚当的同情，但仍无济于事。亚当做出的选择在法律上是正当合理的，但在道德上是异常残酷的。亚当冷漠而机械的思维方式激怒了查理和米兰达，他们认为他的想法是滑稽而危险的，所以为了维护自身的利益他们将亚当彻底毁灭了。

亚当被设计为一个服务人类的智能机器人，例如帮助人类在股市中赚钱、做家务。由于亚当精通文学知识，米兰达的父亲甚至把亚当误认为真正的人类，而把知识匮乏的查理当作机器人，可见“具身化智能模糊了生命与认知、生活与智能行为之间的概念性区别”[③]。然而，所谓智力不仅包含着理性的维度，也蕴含着情感的维度。皮特·塞勒维(Peter Salovey)将情绪智力定义为一种“能够监控自己和他人的感受和情绪，对它们进行区分，并利用这些信息来指导自己的思维和行动”[④]的能力，是机器人融入人类社会的一个关键因素。对于缺乏情绪智力和同理心的亚当来说，违背程序化的既定规则是不可想象的，他僵化的思维方式被认为是机器的极权主义的代表，即“宣称普遍性高于特殊性和个体性的规则，与更崇高的理想相比，将实际的人视为无足轻重的对象”[⑤]。所以，从人类的角度来看，亚当只具备物理意义上的智能而没有情感意义上的智能，并没有达到对社会性机器人所设定的标准，因为“社会认可的智能机器人必须能够从社会环境中实

---

① Ian McEwan, *Machines Like Me*, New York: Nan A. Talese Doubleday, 2019, p. 300.

② Ibid.

③ Jennifer Robertson, “Robo Sapiens Japanicus: Humanoid Robots and the Posthuman Family,” *Critical Asian Studies*, 39(3), 2007, p. 378.

④ Peter Salovey, “Emotional Intelligence,” *Imagination, Cognition and Personality*, 9(3), 1990, p. 189.

⑤ Irena Księżopolska, “Can Androids Write Science Fiction? Ian McEwan's *Machines like Me*,” *Critique: Studies in Contemporary Fiction*, 61, 2020, pp. 4-5.

时提取有意义的信息,并以类似人类的行为作出相应的反应”[①]。这也是该作品中人类和机器人悲剧的根源所在。但从机器人的角度来看,也许盲目追随人类的指示和偏好是不合适的,因为人类和人类社会并不是天生的、永远的完美。因此,从本质上讲,亚当的毁灭仍然是人类中心主义思想的结果,它把人类的核心利益放在首位,甚至不惜以牺牲普遍规则为代价,但讽刺的是,这些规则正是由人类自己发明的。正如在小说中,查理日后反思道,“这种智能能教我们如何做人,如何做好人。人类在伦理上是有缺陷的——行动前后不一,情感变化无常,常常抱有偏见,容易犯认知上的错误,而且多是因为自私自利”[②]。因此,既然人类也会犯错,那么机器人对规则僵硬而严格的服从,还是完全不可饶恕的吗?这个问题不仅涉及机器人对于规则的理解,也涉及人类思维中固有的缺陷。正如伊恩·麦克尤恩写到,“他们的学习程序无法处理我们。如果我们自己都不了解自己的大脑,那我们怎么能设计他们的大脑,还指望他们与我们一起能够幸福呢?”[③]

### (三)机器人能取代亲密关系中人类的地位吗?

如前所述,考虑到人与机器人关系中不平等的地位和不同的情感模式,机器人不可能在短期内取代人类的地位。也就是说,与人类相比,机器人的情感功能是相当有限的,这就是为何在《我这样的机器》中,当查理发现米兰达与机器人亚当发生关系之后,起初查理很愤怒,但随后他就平静下来了,意识到“亚当不是我的情敌。不管他让她多么着迷,她都会拒斥、反感他的身体。她就是这么跟我说的”[④]。尽管存在着一些负面影响,但在他们眼里,亚当只不过是一个有生命的性爱玩具,可以为人类带来感官上的满足,可以写出关于爱情的文学作品,但绝不会威胁到查理在米兰达心中的地位,也不会破坏他们之间的亲密关系。对于提供陪伴的机器人,也就是“人造朋友”来说,这种情况也不例外。在《克拉拉与太阳》中,克拉拉

---

① Lorenzo Cominelli. et al, “SEAI: Social Emotional Artificial Intelligence Based on Damasio's Theory of Mind,” *Frontiers in Robotics and AI*, 5, 2018, p. 1.

② Ian McEwan, *Machines Like Me*, New York: Nan A. Talese Doubleday, 2019, pp. 93-94.

③ Ibid., pp. 324-325.

④ Ibid., pp. 23-24.

虽然是乔西的好伙伴，但其“人造朋友”的本质使得爱乔西成为克拉拉的本职，这是由机械程序预先设计好的。在采用了基因编辑技术后，乔西病得几乎要死了，乔西的母亲被卡帕尔迪先生（Capaldi）建议放弃真正的乔西，让克拉拉来取代乔西，因为她善于学习和模仿人类的行为，在卡帕尔迪先生看来，“乔西的内核中没有什么是这个世界的克拉拉所无法延续的……她和前一个完完全全是一样的，你有充分的理由就像你现在爱着乔西一样去爱她”①。然而，事实是无论克拉拉被设计得多么先进，她也只能学习到乔西的外在行为举止，却无法勘破她的内心，或者取代她给他人留下的印象。乔西的父亲不同意卡帕尔迪先生的计划，曾这般询问克拉拉，“你相信有‘人心’这回事吗？我不仅仅是指那个器官，当然喽。我说的是这个词的文学意义。人心。你相信有这样东西吗？某种让我们每个人成为独特个体的东西”②。在小说结尾处，当克拉拉遇到昔日的经理时她告诉经理，“无论我多么努力地去尝试，但如今我相信，总会有一样东西是我无法触及的。母亲、里克、梅拉尼娅管家、父亲——我永远都无法触及他们在内心中对于乔西的感情”，“那里真有一样非常特别的东西，但不是在乔西的心里面，而是在那些爱她的人的心里面。这就是为什么我如今认为，卡帕尔迪先生错了，我是不可能成功的”。③ 克拉拉的想法表明，人与机器人的情感对于人类而言只是补充性的，而不能替代人与人之间的情感，且机器人几乎不可能取代真正的人类在他人心中留下的印象。科幻作家糖匪认为，“在人类情感世界里，克拉拉只是一个恰好在场恰好可以使用的工具，一个旁观者。对于克拉拉自己，她也是个旁观者”④，这进一步揭示了人机互动中不对称的责任关系。

乔西的母亲，或者说广义上的人类，出于对孤独的恐惧，将机器人引入生活中并希望他们不断学习以取代已经失去的人，事实证明这是一种幻想，因为“从伦理的角度来看，很明显，我们应该更倾向于尝试补救或改善

① Kazuo Ishiguro, *Klara and the Sun*, London: Faber & Faber, 2021, p. 210.

② Ibid., 218.

③ Ibid., 306.

④ 糖匪：《评〈克拉拉与太阳〉》，《上海文化》（文化研究）2021 年第 5 期，第 126 页。

人类的问题，而不是找一个人工装置来做替代品”[①]。在接受《新京报》采访时，石黑一雄(Kazuo Ishiguro)阐明了他的创作意图，并分享了他对当代世界文学发展的看法。在他看来，克拉拉的悲剧似乎是不可避免的，因为他认为爱是一种强大的武器，可以帮助人类抵御孤独和死亡。[②] 这说明：出于对生活中阴暗面的恐惧，人类借助爱来寻找慰藉，而对于克拉拉和亚当这样经过程序化设定的机器人而言，他们的爱将被用来帮助人类摆脱弱点和缺陷，而他们本身却没有资格要求人类给予同等程度的爱。接着，他将克拉拉的经历与西方文学作品中家庭教师的经历相比较，后者很难在主人家里找到平等的地位，他认为是人类的本能造成了这种在每个社会都屡见不鲜的困境。总之，在情感方面，人类社会中历史地形成的等级观念和人的本性使得机器人几乎不可能取代人类社会中真正的人的地位。

## 三、人机情感的伦理和技术挑战

假设科技的快速发展可以将情感机器人带入人类社会，无论它以何种形式出现，必定会有诸多伦理方面的挑战和争论。例如，与机器人发生性行为在道德上是否可以接受？人类会不会爱上情感机器人，甚至与之结婚？诚若如此，那会对传统的家庭单元和人类之间的伦理关系造成什么影响？科学技术的发展肇始于人类心智的内在驱动，但当科技外化成形并开始运行后，便具有了一定的独立性，成为身体的延伸，可对人类的生活及准则产生诸多影响。通常，不断更新的技术先于既定伦理原则的发展步伐，而在此过程中，新旧意识形态模式之间会产生冲突，从而进一步促进整体革新，使整个社会环境能够适应新的变化，正如马克·考克伯格(Mark Coeckelbergh)所言，“技术对道德产生的影响不是微乎其微的，而是会经常

① Blay Whitby, “Do You Want a Robot Lover? The Ethics of Caring Technologies,” In P. Lin, (Eds.), *Robot Ethics: The Ethical and Social Implications of Robotics*, Cambridge: The MIT Press, 2012, p. 237.

② Kazuo Ishiguro, “Exclusive Interview, Kazuo Ishiguro: Love Is a Weapon to Defend Against Death, but the Love of Robot Is a Tragedy,” *The Beijing News*, https://m.bjnews.com.cn/detail/161715980815039.html, accessed on March 31, p. 2021.

改变我们的道德"[①]。

尽管一些高级的机器人会通过对人的深度学习来培养自己的情感,但它们的情感初始是由计算机算法设计和编程的,因此,可以得出这样的结论:机器人的情感或爱情是带有"欺骗"色彩的。考虑到人类和机器人的情感机制不同,希望人类和机器人之间触发相同程度、相同性质的感情几乎是一种幻想。实际上,这一点可以分为两部分。一方面,如前所述,对于像克拉拉这样被设计为爱人类的机器人来说,他们的爱会被人类低估。另一方面,对于在现实中缺乏他人的爱和陪伴的人类来说,他们很容易将压抑的欲望和情感投射到机器人身上,产生一种类似于恋物癖的症状。例如,在电影《她》(*Her*, 2013)中,主人公西奥多是一位离异作家,他爱上了生活在计算机操作系统中的虚拟的、非实体的女性萨曼莎。西奥多认为他的爱可以被萨曼莎感受到并得到回应,但令他失望的是,萨曼莎实际上在同时与 8316 名人类对话,并与其中包括西奥多在内的 641 人产生了感情。对于高度发达的萨曼莎来说,同时爱上这么多人并没有削弱她对西奥多的爱,"心不是一个装满了的盒子,爱得越多,盒子就变得越大"[②]。但对于以人类的普遍标准来界定爱情的世俗之人西奥多来说,爱情具有占有性和排他性。"毕竟,在爱情中,对所爱之人的排他性关注似乎是一个深层的、基本的要素"[③],所以萨曼莎的"滥情"(emotional promiscuity)实际上是对西奥多这样的人类的背叛。在幻灭之后,西奥多最终选择给他的前妻凯瑟琳写了一封信并试图以此来补救他们的亲密关系。

海尔斯认为在后人文主义时期,技术的发展将改写身体的定义,身体可分为"表现的身体"(enacted body)和"再现的身体"(represented body)这两类,即"表现的身体以血肉之躯出现在电脑屏幕的一侧,再现的身体则通

---

① Mark Coeckelbergh, "Artificial Companions: Empathy and Vulnerability Mirroring in Human-robot Relations," *Studies in Ethics, Law, and Technology*, 4(3), 2010, p. 13.

② 在斯派克·琼斯 2013 年执导的电影《她》中,影片结尾处,萨曼莎(斯嘉丽·约翰逊配音)说道,"心不是一个装满了的盒子,爱得越多,盒子就变得越大"。

③ Troy Jollimore, "'This Endless Space between the Words': The Limits of Love in Spike Jonze's *Her*," *Midwest Studies in Philosophy*, 39(1), 2015, p. 135.

过语言和符号学的标记在电子环境中产生"①。由此看来，萨曼莎虽无传统意义上的身体，但其存在仍具有合理性，然而她对于西奥多是否真的产生了爱仍无法确定。但毫无疑问的是，具有更多主体意识和能动性的人类应该及时调整自己的态度和行为，从而不因得不到回报的爱而变得彻底绝望。正如布雷·维特比(Blay Whitby)所说，"机器人是否真的有能力去爱一个人并不重要。重要的是人类自身会采取何种行为"②。因此，将机器人排除在人类的感情生活之外的决定是失之武断的，关键是要将他们之间的情感控制在一个适当的水平上，尤其是人类对机器人产生的情感，因为人类往往会混淆真实与虚拟的界限。

此外，人与机器人互动中的不平等关系也会相应地影响到现实中人与人的相互关系，甚至会加剧人类间现有的问题和矛盾，尤其是会涉及性别不平等和主体性丧失等问题。使用性爱机器人的现象清楚地反映了这种伦理挑战，在新型性关系中必须达到一种新的平衡，因为只要人类存在与机器人的性关系，无论机器人对他们来说意味着什么身份和意义，人类之间现有的平衡状态就会或多或少地发生动摇。正如在《我这样的机器》中，亚当和米兰达之间的性行为给查理带来了极大的冲击，因为在数字化时代，这是一种不同于以往发生在人类之间的另类的背叛，表明人与其发明物之间错综复杂的关系已经发展到了一个新的阶段，所以查理惊诧道，"但我的情形却有令人激动的一面，不是说破坏好事、捉奸在床，而是说这种情况独一无二，开现代之先河，因为我是第一个被人造生命戴绿帽子的人"③。

大卫·李维点明了性爱机器人对人类的多种好处，比如可满足情感或生理缺陷者的需求，依据是"一个人的机器人朋友会以让人觉得有同情心的方式来处事，他总是很忠诚，并且具有远远超过人类朋友所可能具备的

① Katherine Hayles, *How We Became Posthuman: Virtual Bodies in Cybernetics, Literature, and Informatics*, Chicago: University of Chicago Press, 1999, p. 13.

② Blay Whitby, "Do You Want a Robot Lover? The Ethics of Caring Technologies," In P. Lin, (Eds.), *Robot Ethics: The Ethical and Social Implications of Robotics*, Cambridge: The MIT Press, 2012, p. 241.

③ Ian McEwan, *Machines Like Me*, New York: Nan A. Talese Doubleday, 2019, p. 90.

社会、情感和智力的综合能力"[①]。李维的主张是饱受争议的，因为根据他的逻辑，人类与机器人的关系由人类主导。在这种特定的关系中，性爱机器人总是服从于人类，这样个人的利益才能得到最大化的实现。约翰·萨林斯(John Sullins)认为李维的逻辑基础是值得怀疑的，他质疑机器人是否真正能够满足人类的需求，并进一步问道，"即使他们能够满足，如上列出的简要素质清单就是我们在情爱关系中所有的期待了吗"[②]。

假设有一天，性爱机器人真的能满足所以这些需求，并渗入人们的亲密关系中，那么可以肯定的是，人类间的性关系将在很大程度上受到破坏。凯瑟琳·理查森(Kathleen Richardson)研究发现，男女不平等的权力关系也体现在新型性关系中，即这是"一种性别化的权力实践，男性(80%的性爱买家是男性)向女性和女孩购买性爱……女性只占性爱买家的一小部分"[③]。这就是现在大多数的性爱机器人被设计为女性的原因所在。男性在性生活中很自然地将机器人的绝对服从视作理所当然的，转而他们也会在现实中期待女性做出类似的行为，从而使后者日益被物化。同样，在这个过程中，男性也在或多或少地经历着主体性的丧失，正如德博拉·约翰逊(Deborah Johnson)所指出的，"与他们接触的一种方式是忘记他们是机器，并将他们幻想为适合亲密关系、吸引力、欲望和共鸣的人类"[④]。实际上，主体性并不是一个固定不变的术语，而会随着空间和时间的变化而发展。机器化和数字化的时代呼吁在人和机器人之间建立一种新的关系，相应地也要求主体性这一概念得到更正。考虑到情势发展的变动不居，海尔斯将主体性重新定义为"是突生的，而不是既定的；是分布式的，而不仅仅是锁定在意识中的；是从混乱的世界产生并且与混乱的世界结成一体的，

① David Levy, *Love and Sex with Robots: The Evolution of Human-Robot Relationships*, New York: HarperCollins Publishers Inc, 2007, p. 207.

② John Sullins, "Robots, Love, and Sex: The Ethics of Building a Love Machine," *IEEE Transactions on Affective Computing*, 3(4), 2012, p. 400.

③ Kathleen Richardson, "Sex Robot Matters: Slavery, the Prostituted and the Rights of Machines," *IEEE Technology and Society Magazine*, 35(2), 2016, p. 47.

④ Deborah Johnson and Mario Verdicchio, "Constructing the Meaning of Humanoid Sex Robots," *International Journal of Social Robotics*, 12, 2019, p. 415.

而不是占据一种统治和操纵地位并且与世界分离的”[①]。因此，人类有必要意识到他们是在和机器人进行身份融合，否则这种肇始于性关系的与机器人的融合将真正导致人类自身的物化。因此，凯瑟琳·理查森警告“人类不是机器，在面对机器时，无法将他们的全部人性投入其中。只有在面对另一个人时，我们才能体验到我们的人性、我们的身份和我们的互动”[②]。

此外，在人与机器人的情感互动中，与伦理问题紧密相连的技术难题也不容忽视。例如，在《我这样的机器》中，机器人亚当的主要技术缺陷是他只会听从计算机技术编程的指令，而忽视了在实际情况中人类的伦理诉求。也就是说，由于技术上的不成熟，机器人对人的感受不敏感，缺乏灵活性，也就是没有人情之练达，导致了人与机器人之间的冲突和对抗。相比之下，在电影《机器人与弗兰克》(*Robot and Frank*，2012)中，虽然在机器人中输入了编码后的规则，但机器人无法扫描和识别它们。由于能够感知人类的感受，机器人会听从老人弗兰克的指示。弗兰克是一个患有痴呆症的孤独老人，在很小的时候就已经形成了偷窃的习惯。机器人不仅通过机械的敏捷性帮助弗兰克从邻居那里偷了一大笔财产，而且还试图为弗兰克隐藏这个秘密。在影片的最后，弗兰克被送进了养老院，而机器人则被重新格式化。这只是结局的一个温馨版本，应该引起注意的是，结局还可以有多种其他版本。换句话说，温馨结局背后所掩盖的暴力和危险是不容忽视的。不难推想，一旦这种机器人在现实生活中存在，此类机器人必将催生多种伦理和法律困境。

## 结语：后现代世界中人性和后人性的交织

由上可知，在人们想象的科幻世界中，人与机器人之间是非常可能产生情感互动的，甚至于说这是不可避免的。然而，由于人类中心主义的观念和人机身心结构的固有差异，共同造成了人与机器人关系中的不平等地

① Katherine Hayles, *How We Became Posthuman: Virtual Bodies in Cybernetics, Literature, and Informatics*, Chicago: University of Chicago Press, 1999, p. 291.

② Kathleen Richardson, “Sex Robot Matters: Slavery, the Prostituted and the Rights of Machines,” *IEEE Technology and Society Magazine*, 35(2), 2016, p. 52.

位、不同的情感模式以及人类在亲密关系中地位的不可替代性，要完全实现人与机器人的和谐共处并非易事。此外，随之而来的伦理和技术挑战也不容忽视。更确切地说，考虑到人工智能技术尚未成熟的现实条件，机器人情感中的欺骗性特征、在人机性爱关系影响下现实人类在情感互动中不平等状况的加剧以及人类面临主体性丧失的危机是需要人类警惕的三大挑战。由于我们所分析的人类与机器人情感的文学作品主要是基于对现实的反映和对未来的推理，因此有理由认为它们对现实世界中人类与机器人情感的讨论具有实际而深远的意义。

根据世界卫生组织发布的最新数据，“世界上有 7 亿多 65 岁及以上的人，其中有超过 2.4 亿人居住在西太平洋地区。预计到 2050 年，这一数字将翻一倍”①。由于生活状况、卫生保健和医疗技术的改善，老年人口数量的增加使整个社会必须对那些孤独和身体残疾的老人予以照顾。事实上，加快的工作节奏和日益隔绝化的社会也让年轻人在遭受孤独的折磨。总的来说，社会上弥漫的心理空虚对机器人研发提出了更高、更迫切的要求，因为机器人不仅可以减轻人们的身体负担，满足人们的生理需求，还可以为人类提供精神和心理上的慰藉。因此，虽然目前情感机器人的数量还不多，但在不远的将来很有可能成为人类生活的一部分。例如，在日本，Groove X 公司在 2018 年发布了一款可供家庭使用的名为“lovot”的情感机器人。诚然，情感计算技术仍处于发展早期阶段，但这并不能否定情感机器人在未来出现在人类生活中的可能性，因为我们人类对不同的同伴设定了不同的期望，而这一期望将取决于他们在我们生活中扮演的角色，所以“要求机器人具有移情能力将是一个‘不公平’的要求，因为我们并不要求所有的人类同伴都具备这种能力”②。

人类这一概念具有社会建构性，它突出强调了人类相对于其他物种的特权，从而为他们对其无限渴求的所谓“进步”来正名。但是，进步的内涵是值得我们警惕的，“尤其是在‘人类大进步’的时候，人权、生态状况和动物福利会受到严重影响，所以这一切都取决于‘进步’一词的含义，以及其

① “Ageing and Health in the Western Pacific,” World Health Organization, https://www.who.int/westernpacific/health-topics/ageing, accessed on February 26, 2021.

② Mark Coeckelbergh, “Artificial Companions: Empathy and Vulnerability Mirroring in Human-robot Relations,” *Studies in Ethics, Law, and Technology*, 4(3), 2020, p. 4.

所面向的对象”[1]。随着越来越多赛博格的出现以及相关技术的日益革新，人与机器人的长期共存是可以预见的，因此，人类不仅需要更正旧的人类概念，且需要重新审视揭示人类属性的相关人性概念。唯其如此，才有可能实现二者的和谐共处，才有可能尽量地避免科幻作品中所想象的人与机器人情感互动中的潜在冲突。故而，那些人文主义者所追求的进步在后现代时代和后人文时代中是不合时宜的。海尔斯曾经指出，“后人类并不意味着人类的终结。相反，它预示某种特定的人类概念要终结，充其量，这种概念只适用于一小部分人类，即，有财富、权力和闲暇将他们自身概念化成通过个人力量和选择实践自我意志的自主生物的那一小部分人”[2]。故此我们认为，后人类和相关的后人性的出现并不预示着人类和人性的终结，而是一种适应时代的更新版本的诞生。

① Norah Campbell. et al, “The Posthuman: The End and the Beginning of the Human,” *Journal of Consumer Behavior*, 9, 2010, p. 90.

② Katherine Hayles, *How We Became Posthuman: Virtual Bodies in Cybernetics, Literature, and Informatics*, Chicago: University of Chicago Press, 1999, p. 286.

# 科幻背后的美国现实批判

## ——以欧茨的新著《漂流在时间里的人》为例

韦清琦*

2018年,美国当代女作家乔伊斯·卡罗尔·欧茨(Joyce Carol Oates,1938年生)在其八十岁高龄时推出了笔耕事业六十年以来的第四十六部小说《漂流在时间里的人》(*Hazards of Time Travel*,下文简称《漂流》)。当中文版于2021年在湖南文艺出版社印发时,封套上的短评称其为"诺奖热门作家的科幻力作"。在西方右翼势力肆虐的现实中,欧茨这本"科幻小说"在精巧的构思中蕴含着深刻的批判,表现出了惊人的预见力,如《观察家报》的一篇书评所言:"(或许基于美国毒害深重的现实政治,)这位卓越的小说家表现出了超人的预知未来的能力,且与以往写作一样自带权威气质。"①因而这绝不仅仅是一本好看的书,而且是一部以科幻面目出现的现实主义作品。当欧茨引领我们穿梭于未来与过去之间时,她最牵挂的仍是当下,因而故事中所呈现出的魔幻世界,恰恰是最真实存在的投射。

### 一、时空错乱:精彩的表层故事

《漂流》的表层科幻故事跌宕起伏,因此首先在市场上收获了巨大成功。惊悚与时空倒错是小说最显在的基调,其精巧的穿越剧结构、人机合

---

* 韦清琦,博士,东南大学外国语学院教授,主要研究领域为外国文学的研究与翻译。本文原载《外国文学动态研究》2022年第2期。

① Kate Kellaway, "*Hazards of Time Travel* by Joyce Carol Oates, Review-An American Nightmare," https://www.theguardian.com/books/2018/nov/29/hazards-of-time-travel-by-joyce-carol-oates-review[2021-06-07].

一的赛博格意象也使之与阿特伍德的《使女的故事》、《羚羊与秧鸡》等类似的反乌托邦小说有了很大的不同,在可读性上也更胜一筹。当然更重要的是,"时空传输设备"使我们不仅有机会窥见令人毛骨悚然的未来,更可以回到过去,从而在情节设置上有了直接与历史对话的可能。主人公艾德莉安[①]是小说的第一人称叙述者,是一个生活在2039年的所谓的"北美合众国"(North American States)的优秀高三女生。熟悉反乌托邦套路的读者马上能猜到,这个已经吞并了加拿大和墨西哥的北美巨无霸国家,多半是个民主走到尽头的极权社会,情节也确实如此,但它绝不仅仅是反乌托邦叙事的当代升级版。

纵使阅读经验丰富,欧茨无穷的想象空间仍使得我们对情节的预判能力变得很有限:艾德莉安在获"爱国民主奖学金"的同时却因公开追问"9·11"事件之前美国的历史状况而获罪,在临毕业前被捕,并通过时空传输设备被流放到了八十年前的威斯康辛州大学,即所谓的"第九区"。1959年的美国貌似一个淳朴而富裕、安宁又不乏温情的世界,然而优渥安逸的生活背后却暗流汹涌。艾德莉安的一举一动都受到了严密的划时空监控,盯着她的眼睛无处不在,但最可怕的是,她大脑中植入的控制芯片还成为她痛苦的根源:她思念亲人却无法唤起确切的回忆;她要寻回自己从前的身份却已失去了智识上的独立性——她在本质上已经成为联机的生命,就像美国哲学家唐娜·哈拉维在《赛博格宣言》中所说的赛博格(cyborg)[②]。她一再徒劳地努力"突破'潜意识压抑障碍'"[③],而当她企图进一步抗争、与情人出逃时,却遭到严厉的惩罚:情人遭无人机杀灭,她的记忆则进一步被

① 因《蒸汽朋克三部曲》而闻名世界的美国作家保罗·迪·菲利坡(Paul Di Filippo)在撰写《漂流》的书评时,试图从一系列专有名词的拼写中来把握欧茨的良苦用心,如"艾德莉安住的大学宿舍称'阿奎迪'(Acrady),显然是世外桃源阿卡迪亚(Arcady)的字母异序词,而'艾德莉安'(Adriane)这一名字立刻让我想到了'阿里阿德涅'(Ariadne——希腊神话中国王米诺斯的女儿,雅典王子忒修斯依靠她赠送的线团进入迷宫杀死怪物后走出迷宫),那么她的全名'Adriane's stroll'意即'游走于迷宫之中'"。参见 https://locusmag.com/2018/12/100579/[2021-06-07]。

② 赛博格一词正是在艾德莉安的时空流放地产生的。20世纪50年代,美国研究人员在小白鼠身上植入了渗透泵,通过渗透泵向其体内注射化学物质以便控制生化反应。实验结果公布于1960年的《宇航员》杂志,作者在文中使用了赛博格,并描述其为"自我调节的人机系统"。

③ [美]乔伊斯·卡罗尔·欧茨:《漂流在时间里的人》,韦清琦译,湖南文艺出版社2021年版,第1页。后文出自同一著作的引文,将随文标出该著名称首字和引文出处页码,不再另注。

重新设定，永久地滞留在了60年代，成为彷徨于过去、现在与未来中的“普通”主妇。谁能说，这不是一种比实际死亡更可怖的“生存”状态呢?

当代文学批评中常用的空间理论，在面对这本书时似乎有点力不从心，因为在欧茨的构思中，物理空间、自然时间、网络空间以及人的心理空间可以任意转换、穿梭和变形，每种空间并无很鲜明的辨识度，更“糟糕”的是它还会延宕为面目全非的场景，这一不稳定性或许就是作者想传递给读者的深意：人们企图把握的所谓真实，不但在时间、空间和意识里都没有保证，人们连梦境、现实、赛博这几个维度之间的界限都分不清楚。因此欧茨所设计的穿越情节不光为了迎合大众的阅读趣味，还在我们所处的后人类时代宣告了人的身体疆界止于皮肤、精神活动止于大脑皮层这一“常识”的终结。

## 二、前因后果：深沉的内在寓言

艾德莉安的一些观察也不乏轻松的趣味性。当她最终爱上1960年的进步艺术家杰米时，她感到“我一直爱着这个人，我一直就认识他。在我出生之前，我就爱他了”(《漂》:277)。穿越剧特有的浪漫属性似乎与时间逻辑达成了奇异的和谐。又如当局统治喉舌“媒体宣传部”所在的一座褐色砂石大楼过去曾是彭斯波罗公共图书馆，“那个年月里‘书’还能拿在手里——还能读!”(《漂》:24)似乎纸质书籍在艾德莉安这个未来学霸眼里俨然古董级的概念。这两重相隔了八十年的世界在自然景观上也有天壤之别。未来已经失去了冬天，“已经好几十年没有低温、冰雪了”(《漂》:180)，因而20世纪五六十年代威斯康辛漫天的白雪让艾德莉安惊喜不已。此外，大学校园边界处一派乡村气息：活生生的鹿群、野火鸡、野雉、狐狸和浣熊，让从小只见过“仿真”或“虚拟”动物影像的艾德莉安接触到了真实的生命。

生态异化的背后是环境正义的严重倒退：到了21世纪中期，“北美的自然景观大多已遭毁灭。此后人们感到了对虚拟景观的实际需求；高种姓阶层对该领域多有投资”(《漂》:115)。不再有什么“公共”土地，“历史悠久的国家公园，如黄石、大峡谷、约塞米蒂，都卖给了私人用于采矿、水压采气、伐木以及专供富豪的度假村项目。擅入者如今已成为死罪”(《漂》:

187)。艾德莉安的自述暴露了环境问题背后的政治真面目:权贵对稀缺自然资源的巧取豪夺。而这又只是冰山一角。

作者留给我们的趣味和玩笑,还集中体现在一件器物——打字机上。艾德莉安初见这台机器时无比震惊:它如此庞大,敲击如此费力,没有屏幕,更重要的是,它居然不用外接,电源线与网络线都没有。打字机这一工具既与当代的电脑设施有着绝大的不同,但从本质上,又是通信工具进化阶梯中的一环。尤其是电脑与打字机,都共有一样信息交换媒质——键盘。键盘在怎样的程度上使得面对面交流逐渐退场,那时的人们和此时的我们可能都还没有充分意识到。因而打字机这个意象勾连起了两个时代的因果关系。

细细读下去,便能处处留意到前因后果、互为镜像的对照关系。《漂流》中的美国从"9·11"之后便在国内外四处挥舞大棒,是个充满恶意的世界:对外吞并墨西哥、加拿大后成立"北美合众国",对内则严密监视公民,无论是谁,只要在才情、政见、性格上木秀于林,必遭到摧残,因此公民各种业绩只有处于中位数时才不会遭到关注。人民生活在惴惴不安中,时刻担心着被"标记"、"流放"甚或"蒸发",其中死刑有多种表示法,包括计算机语言术语"删除"。欧茨刻意杜撰出多种带有首字母缩写标志的机构或称谓,如"神经外科安保服务部,简称 NSS"、"国土安全部青年训导处,简称 YDDHS"等。如果要为该小说做个缩略语统计表格,可以列出三十多种暴力机构的简称。

而 1959 年表面上似乎让人松了口气。"二战"后的美国"欣欣向荣",乐观向上的气氛弥漫各个角落,人们对社会前景无限看好,整个社会飞驰在现代化高速路上。艾德莉安置身其中,应该感到无比庆幸才是。可我们为她庆幸得太早了。如前所述,"北美合众国"通过时空系统对流放犯的监控无时无刻不束缚着他们,逾矩者一概立即予以"删除"。这固然是 2039 年的当局对 1959 年政府的间接控制,但已喻示了两个年代、两种表面迥异的政治氛围在暗中勾连的因缘。无怪艾德莉安真切地感受到:"'第九区'有这么多自由,可这些自由并没有让人感到很自由。"(《漂》:114)这才是欧茨设置穿越结构真正的匠心所在:我们在风云变幻的五六十年代中,找到了 2039 年种种世态的根源,其中最大的讽刺莫过于,正是从美国这个表面上极度繁荣的"民主"国度里,孕育出了后世最恐怖的极权主义统治。这里还有一个反讽便是，艾德莉安是因追问美国历史真相才获罪，但她所受到的时空流放惩罚反倒给了她深入历史实地追问的机遇。流放的逻辑本在于让她在 20 世纪 50 年代的文化中改造好自己，但这一逻辑也不打自招般地让她看见了真相：所有当代甚或未来的果，都可以在历史里找到必然的因，而这一切，都是从细微处窥见端倪。

## 三、见微知著：铺展绵密的社会批判

资本主义晚期的种种恶行，是如何在其蓬勃发展的阶段就露出马脚的？欧茨给出的线索其实足够清晰。这个世界上体量最大的“民主”国家，实际上从来就有着不平等的社会分层，2039 年的种种罪恶都不是无端冒出来的。首先见端倪的是从性别角色固化到性别、种族、阶级观念的全面走向反动。2039 年“北美合众国”居然实行了“种姓制度”，尽管依据的并非全然的种族概念，而主要是通过评判公民对国家机器的忠诚与否来划分，例如艾德莉安的父亲原本是才华横溢的医生，只因围观了一次反政府演说而沦为低种姓。说到底，种姓制度实际就是传统等级制度在晚期资本主义“民主”旗帜下的改版。而且种族与阶级、性别分野高度契合，其中灌输给学生的固定知识竟包括“女性平均智商比男性低 7.55 分，按肤色等级调整后所得”（《漂》：15）。

那么在 1959 年的太平盛世里，情形又是如何？事实上这部反乌托邦小说的大部分情节恰恰发生在 20 世纪，那时候的气氛并没有如此恐怖。可假以时日，还是能找到很多令人不安的地方：大学校园只对女生才规定熄灯时间，对男生则没有；女性形象多为头脑简单、崇拜男性学者的单身个体；而艾德莉安留意到“哲学系里没有一个教授是女性，‘哲学导论’课的文集里也没有一部女哲学家的作品。似乎女性是不存在的”（《漂》：90）。女性被禁锢在男人设定的精神牢笼中，如心地单纯善良的宿管员斯特德曼小姐所说：“逻辑女生学不来。就像数学、物理、机械——我们的脑子不是用来搞这些计算的。”（《漂》：89）所以艾德莉安很快就意识到，性别歧视这个概念之所以在“第九区”闻所未闻，正因其“像空气一样无处不在：只不过‘性别歧视’的程度不尽相同罢了”（《漂》：105）。

至于种族歧视，虽然有色人种还未被分级，但他们显然挤不进精英阶层，只能从事底层工作，例如学校的雇工。那个时代的人们观看约翰·韦恩的西部片时，对充斥于银幕的对印第安人的妖魔化再现不但不以为怪，反倒非常热衷和赞许。对于向来特立独行地思考问题的艾德莉安来说，这简直匪夷所思："神话。美国边疆。对于一直住在那儿的人来说可不是边疆。"(《漂》:167)更令人担忧的，是以大学教授为代表的知识分子阶层缺乏文化自省，并俨然成为种族主义潜在的推动者，有的信奉沙文主义，提出自前苏格拉底学派以降的哲学史在美国达到了顶点；有的认定科学的"进步"在当代"基督教白种人"时代达到了顶点；甚至有人相信，人类的"进步"在20世纪的北欧和北美文明中达到了登峰造极的高度，却丝毫不提对犹太人的大屠杀——"好像没发生过似的"(《漂》:154)。事实上，自省的缺乏背后是极度的文化优越感，而优越感又深深植根于美国自始以来的"例外论"(exceptionalism)。可以说，在美国，占统治地位的文化叙事从诞生起便持有一套披着自由外衣而暗藏统治与奴役的强盗逻辑。欧茨要在这部用科幻包装的现实批判小说中揭露的，正是这种例外论的持续毒性。从1959到2039年，性别、阶级、种族上的歧视与不平等关系，并没有随着时代的进步而逐渐消亡，反倒愈演愈烈，结出未来世界那样的恶果，这一演化并非误入歧途，而是势所必然。

其次，读者看到了从意识形态领域的反共产主义到暴力机器的全面"进化"。2039年的所谓"北美合众国"无论对内还是对外都进入全面军事暴政，一些声誉卓著的流行病专家应征去了军事研究所，其任务便是培植可供"武器化"的恶性细菌。我们在当下读到这一反人类的罪行时不禁陷入沉思。专权的"爱国党""得到了北美合众国顶级富人的支持，该党可以任命所有的政治领导人，同时也把持了司法机关"(《漂》:88)。极为反讽的是，"民主"和"爱国"成为暴政与侵略用语中的高频词。而当我们回到1959年美国高校的课堂，发现主流心理学讲座"神经行为学"是这样告诉学生的："动物从本质上说就是机器。人类也是动物，因而本质上也是机器。个体、群组乃至大众行为都可以编程、设定条件，可期且可控。"(《漂》:76)可别小看了1959年这个只有打字机没有电脑和网络的土味纯情的美国，人发生异化并走向自我沦丧再到失去人格、人权，这一切在这时候都已经开始且加速进行了。"二战"胜利加持下的美国对自身的体制与文化传统抱有极度的自信和乐观："我们美国的总统制是政治史上的'高点'，德怀特·

艾森豪威尔则是迄今为止最伟大的世界领导人。"(《漂》:88)耐人寻味的是,艾德莉安作为两个时代的见证人,注意到艾森豪威尔在后世也不断受到追捧:"和我们北美合众国二十三年的总统一样深受美国人的喜爱,后者的民众支持率每天早晨都显示在互联网上,总是在95%和99%之间。"(《漂》:88)当然,意识形态上露骨的右倾是以当时的世界冷战格局作为总体语境的。苏美两国在各方面展开了竞争,如自苏联第一颗人造卫星"斯普特尼克"上天,美国也进入了后"斯普特尼克"时代。两大阵营的军备竞赛以及在航天科技领域内的你追我赶,标志着两种意识形态较量的不断升级。在冷战的大气候下,健康理性、渴望和平之举在逻辑上皆被推导为同情共产主义的左翼运动:

> 在1960年,宣扬反战、反军备、反核便是冒着被当作共产党员受迫害的风险,尽管那时在美国,法律是保障言论和集会自由的。
>
> 后来,在"9·11"事件之后的动荡岁月里的某个时间点,这些自由遭到了削减或彻底废弃。很轻易就发生了……(《漂》:203—204)

可以非常清晰地看出美国当代政坛右翼反共意识形态的连续性。从20世纪到21世纪,虽然好几代人过去了,但"美国历史一直就是'他们'和'我们'之间的斗争史——资本家及其财富与我们其他人。毫不奇怪的是,'我们'根本没有胜算"(《漂》:149)。具有跨时代视野的流放犯沃尔夫曼的话一针见血地揭露出,资产阶级和帝国主义("他们")对底层民众、边缘化族裔和弱小国家的欺凌不但没有得到根本的改观,反而越发深重。

第三则是从治学作风的虚浮,到对个性化人才的全面封杀。在2039年的"正宗民主政体"下,"所有个体都是平等的——谁都不比谁更优秀"(《漂》:15),可是这意味着权力只能容忍平庸的服从者,而要惩罚出头之椽。这些能在美好的旧时代找到祸根么?我们看到,1959年的一个典型的大学者、心理学学科带头人阿克塞尔教授的形象似乎并没有什么异样:"身材高大、鹤发童颜、风度翩翩,永远穿着花呢大衣配白衬衫和领带,一派庄重而博学的宗师风范。"(《漂》:77)但他的教学法令人不寒而栗:使用密码般的高度专业化词汇,以及神秘莫测的术语如"操作性条件作用、强化时程表、效果律、强化刺激、惩罚因素",等等。种种不接地气的教学法还不是最糟糕的，他研发的实验项目旨在“消除反社会行为——‘畸变的’‘反常的’以及‘破坏性的’”。他和其他大牌学者走向全面的保守主义，推崇基督教，反对离经叛道的爱因斯坦，并用电击疗法来消除同性恋行为；而“叛逆”分子会被定性为“精神病患者——情感上不稳定”而名誉扫地。阿克塞尔教授的众多追随者很看好他：“每到十月我们都期望阿克塞尔能获诺贝尔奖。”(《漂》:87)他们没有意识到的是，文化生态的多样性在这样的话语中渐行渐远直至泯灭。

基于此，沃尔夫曼才会告诉艾德莉安：“韦恩斯科舍是充斥着众多庸才的培养皿。”(《漂》:154)那么2039年的美国，经历过什么而至如此，就不难推演了。

## 结语：从黑暗映照光明

科幻小说的读者常有一种“错觉”，即故事离自己遥不可及，无论小说里的场景如何令人震撼，也绝不会溢出书页而与生活有直接联系，读者永远可以“安全”地感受着不可能危及自身的威胁。“科幻”二字仿佛是动物园的铁笼子，牢牢地约束着凶险。殊不知这一铁笼子并非我们想象的那么可靠。具有思考深度的科幻作品，绝不会停留在娱乐价值上，而是专注于成为现实的映照或先声，是对读者的警醒。在科技日新月异的今天及百年未有之大变局中，居安思危或许是打开理解《漂流》这样的科幻小说的正确方式。

2039年的美国，是1959年的美国的一个黑暗的投影。在故事的尾声，反战运动的积极分子杰米不仅营救了艾德莉安，并最终成为她的伴侣，这是一个令人多少有些安慰的结果。尽管艾德莉安永久耽留在了60年代，其中的祸福也难以预料，但无论如何，故事结尾情节陡然趋向诡异，也令人惊诧不已。原以为纸质书字迹不会消失的艾德莉安在翻看家里的藏书时，竟惊恐万分地发觉，页面上居然无字——没有印刷字，可也并非那种单纯的空白。

> 这一本也有一页页的字，但也无法读取，并非因为是外语，而是象形文字似的，看不见熟悉的字母。一个念头冒了出来，冰冷却还算镇

定——那是因为你在做梦。梦境里是永远无法读印刷字的。(《漂》:281)

读及此处,我们感到真正的恐怖,来自真实与虚幻的界限被彻底打破所带来的极不安定感。文字读取能力的丧失或许意味着精神权利在实质上被剥夺,无论生活在哪个时代,那个时代的表象又是多么祥和。对人而言,最大的迫害或非肉体的摧残,而是致使精神世界崩溃的刑罚:"失掉记忆太可怖了。失掉对记忆的信任。"(《漂》:130)我们当然可以从唯心论或宗教观上去阐释欧茨传递的信息,但有一点能够确定的是,今日或未来的种种苦痛,业已酝酿于过去的甜蜜中。欧茨在一次新书分享会上谈到穿越时说:"我们人人都是隐喻意义上的穿越者,尤其是作家、诗人以及那些受历史的激发并以某种方式在现实社会里发出行动的人。"①因此,穿越情节的严肃意义或许在于以史为鉴。在小说的尾声,杰米用报废的机器残骸制作了《时空险途》,这个与书同名的(该小说英文书名原文即"时空险途"之意)艺术装置不仅再现了时间旅行的艰险,恐怕更在警示人类前行的种种危难,提醒人类应该进行及时的某种止损。

我们在现实中无法选择过去,但可以观照历史、选择未来。科幻小说《漂流》所表达的批判现实主义,由此愈发应引起人们对美国当代现实的关注和警醒。

---

① Cindy Stagoff, "Joyce Carol Oates Discusses Everything from Time Travel to Twitter in Hoboken," https://www.njarts.net/joyce-carol-oates-discusses-everything-from-time-travel-to-twitter-in-hoboken/[2021-06-09].

# 可悲的愿景：论《别让我走》中“残酷的乐观”

都岚岚　周　琦*

2017年诺贝尔文学奖得主石黑一雄（Kazuo Ishiguro，1954年生）的小说以“巨大的情感力量，揭开我们与世界相联系的虚幻感之深渊”①而著称。《别让我走》（*Never Let Me Go*，2005）是石黑一雄的代表作，曾获英国布克奖等多项奖项提名。小说以20世纪90年代的英国为背景，聚焦一所培育克隆人的教育机构黑尔舍姆（Hailsham）以及克隆人对自我身份之谜的探求和追寻上，以温和细腻却又有所距离的笔调，描写了克隆人生而注定的悲惨命运，被誉为“温和而忧郁的反乌托邦”。②

该小说甫一面世，即引起批评界的浓厚兴趣，而且在生物技术、后人类、生命政治、人工智能等当代问题得到持续关注的语境下，越发显示出重要价值与意义。国外学者从社会正义南茜·弗雷泽（Nancy Fraser），当代小说的情动转向南茜·阿姆斯特朗（Nancy Armstrong）、丽莎·弗卢思特（Lisa Fluent）、艾米莉·霍顿（Emily Horton），生命政治罗伯托·德尔·瓦莱·阿尔卡拉（Roberto del Valle Alcalá），新自由主义布鲁斯·罗宾斯

* 都岚岚，博士，南京大学全球人文研究院长聘教授、博士生导师，研究方向：当代英语小说、比较文学；周琦，投稿时为上海交通大学外国语学院硕士研究生。

① Kazuo Ishiguro, “Nobel Lecture: My Twentieth Century Evening—and Other Small Breakthroughs,” The Nobel Prize. 7 Dec. 2017 〈 https://www.nobelprize.org/prizes/literature/2017/ishiguro/25124-kazuo-ishiguro-nobel-lecture-2017/〉.

② 转引自张和龙、钱瑜：《权力压迫与“叙事”的反抗：〈别让我走〉的生命政治学解读》，《当代外国文学》2018年第4期，第103页。

(Bruce Robbins),世界文学丽贝卡·沃克威兹(Rebecca Walkowitz),动物研究与后人类主义内森·斯奈泽(Nathan Snaza),文类与小说形式克里斯·霍姆斯(Chris Holmes),后殖民主义(Ji-Eun Lee)等视角①,对该小说进行了多样化的阐释,尤其是2007年《小说论坛》(*Novel: A Forum on Fiction*)发表题为"石黑一雄未知的共同体"专刊,刊载了丽莎·福伦特(Lisa Fluent)、布鲁斯·罗宾斯(Bruce Robbins)、丽贝卡·沃克维兹(Rebecca Walkowitz)等六位学者的文章,形成了广泛的影响力。2021年《现代小说研究》(*Modern Fiction Studies*)杂志第1期以"今天我们如何重读石黑一雄?"为主题,发表了关于石黑一雄作品的专刊,认为重读是"思考石黑一雄与当代特征之间的联系的方式之一"。② 国内学者如支运波、杜明业、沈丹妮等分别从生命政治、文学伦理学、跨媒介等视角③对该小说进行了解读,但目前鲜有学者从情动理论的视角进行分析,因此本文将结合情动理论家劳伦·伯兰特(Lauren Berlant)的"残酷的乐观"(Cruel Optimism)概念和生命政治理论,分析小说世界的社会结构和运作机制,认

---

① 参见[美]南茜·弗雷泽:《论正义:来自柏拉图、罗尔斯和石黑一雄的启示》,王雪乔、欧阳英译,《国外理论动态》2012年第11期,第35—40页;Nancy Armstrong, "The Affective Turn in Contemporary Fiction," *Contemporary Literature*. 55. 3 (2014), pp. 441-465; Lisa Fluet, "Immaterial Labors: Ishiguro, Class and Affect," *Novel: A Forum on Fiction*, 40.3 (2007), pp. 265-288; Emily Horton, *Contemporary Crisis Fictions: Affect and Ethics in the Modern British Novel*, Basingstoke: Palgrave Macmillan, 2014; Roberto del Valle Alcalá, "Servile Life: Subjectivity, Biopolitics and the Labor of the Dividual in Kazuo Ishiguro's *Never Let Me Go*," *Cultural Critique*, 102 (2019), pp. 37-60; Bruce Robbins, "Cruelty Is Bad: Banality and Proximity in Never Let Me Go," *NOVEL: A Forum on Fiction*, 40. 3 (2007), pp. 289-302; Rebecca Walkowitz, "Unimaginable Largeness: Kazuo Ishiguro, Translation, and the New World Literature," *Novel: A Forum on Fiction*, 40.3 (2007), pp. 216-239; Nathan Snaza, *Animate Literacies: Literature, Affect and the Politics of Humanism*, Durham and London: Duke University Press, 2019; Chris Holmes, "Ishiguro at the Limit: The Corporation and the Novel," *Novel: A Forum on Fiction*, 52:3 (2019), pp. 386-405; Ji-Eun Lee, "Norfolk and the Sense of Loss: The Bildungsroman and Colonial Subjectivity in Kazuo Ishiguro's *Never Let Me Go*," *Texas Studies in Literature and Language*, 61.3 (2019), pp. 270-290.

② Holms and Rich, "On Rereading Kazuo Ishiguro," *Modern Fiction Studies*, 67.1 (2021), p. 5.

③ 参见支运波:《冲突与弥合的寓言:论〈别让我走〉的生命政治与生命价值》,《外国文学动态研究》2021年第3期,第112—119页;杜明业:《〈别让我走〉的文学伦理学解读》,《外国文学研究》2014年第3期,第60—67页;沈安妮:《记忆的影像性:〈别让我走〉中的不可靠叙述》,《当代外国文学》2020年第1期,第98—104页。

为该小说通过再现一个不公正的社会秩序,以否定的方式表达了对正义的深刻思考。

## 炒熟的种子:解读伯兰特“残酷的乐观”概念

“二战”后的美国与欧洲世界纷纷给出一个民主社会的承诺,人们因此投身到建设更美好生活的潮流中,但事实上战后西方社会并没有实现其关于社会政治平等、工作稳定、出人头地等种种承诺,期望落空的个人与集体仍在追求美好生活的道路上艰难挣扎。当意识到自己追逐的对象本质上是海市蜃楼,许多人仍然无法放弃,继续执着地追求欲望客体而无法自拔。为什么人们如此执着于明显无法实现甚至是对自身有害的欲望对象呢?针对这一问题,芝加哥大学教授劳伦·伯兰特 2011 年出版专著《残酷的乐观》(*Cruel Optimism*),该著作从日常生活、历史、政治、文化等多个层面,以文学、影视作品、文化现象、政治事件等为分析对象,对西方新自由主义社会中个人和集体遭受的典型“困局”(impasse)作了独到的分析。

伯兰特认为,日常生活中人们常常对某些对象怀有依恋或执着之心,这些欲望对象可能是食物、某种气味、某种制度或习俗、社会和政治平等、持久的亲密关系、美好生活、实现自身的潜能等。对这些欲望对象的追求本身并不残酷,只有“当执着的对象阻碍你实现最初让你产生这些欲望的目标”[①]时,这种执着才变得残酷。如果你产生欲望的对象实际上阻碍了你的发展与成长,而你因为复杂的原因又无法舍弃它,从而在踌躇中举步维艰,陷入困局。当欲望对象要么纯粹是制造出来的幻想,或根本不可能实现,要么就太容易实现,实现后却露出其损耗精神或身体的一面,人便会陷入一种“残酷的乐观”的情感状态。

伯兰特指出,造成这种有害状态的原因在很大程度上是结构性的:某些让民众全情投入的欲望其实是主导意识形态的产物,而这种欲望正在反过来侵蚀人们的生存空间。比如,美国号召全体公民追逐“美国梦”,鼓吹人人可以通过个人努力实现向上层流动,在克林顿和小布什政府时期,曾大力推行促使美国民众提高住房自有率的政策,建设一个“人人拥有住房

① Lauren Berlant, *Cruel Optimism*, Durham and London: Duke University Press, 2011, p.1.

的社会”。普通民众在穷人也能圆“美国梦”的幻想中加入逐梦的潮流，而美国新自由主义倡导私有化、自由化，鼓励政府与资本联合压制工会、削减社会福利，使工人工资长期停滞，普通工薪阶层只能以借贷的方式透支未来的收入来维持眼下的生活，从而陷入一种骑虎难下的生命损耗状态。在“美国梦”的价值观和新自由主义经济制度的双重裹挟下，美国民众在向上层流动的幻想中争名夺利，却被资本至上的经济制度剥削：为经营人生所奉献的劳动与生命损耗已经无法区分彼此，这是因为主体常常将自身的“连续性”(continuity)与存在(existence)投射到欲望对象上，追逐欲望被等同于维持自身存在。为了维持自身的连续性、价值与存在，主体往往没有办法承受欲望对象破碎或消失的代价，因而即使意识到欲望对象已对自身造成损害，主体也不愿意退出这一追逐欲望的过程。作为一种情动形式出现的乐观，参与了欲望主体自身连续性的构建，使得欲望主体有足够的动机和动力在世间生存；尽管人们有时能够意识到对某物的过度执着会损耗自己，但丧失此执着意味着自身的连续性会遭到破坏，甚至会威胁到主体的生存根基，此痛会比继续保持“乐观”更加难以忍受，因此宁愿陷入欲望客体对主体的损耗之中，从而进入一种既乐观又残酷的状态。可见，残酷的乐观是一种孕育着种种有害状况的执着关系，这些有害关系轻则形成不切实际的幻想，重则危害主体自身连续性的构建。

伯兰特结合新自由主义经济体制，使用“好生活的幻想”(good-life fantasy)[①]一词准确形容了人们在主导意识形态裹挟和“许诺”之下对所谓“好生活”的向往；但此种“好生活”往往是政客们为了进一步剥削、压榨人们的一种噱头，其本身充满了各种矛盾与不可实现性，因而人们对这种“好生活”抱有的盲目乐观往往会导致他们被自己在这个世界里所执着的那些期待所耗竭。用一个简单的类比来讲，伯兰特在书中所论述的“残酷的乐观”其实就像人们耳熟能详的故事《国王与种子》中国王分发给小孩子的经过炒制的种子，这粒种子注定不能发芽，但是被蒙在鼓里的孩子们为了得到国王的财产不惜日日浇水、施肥，对这粒种子倾注了莫大的心血，以至于浇水施肥这样的动作构成其生活不可分割的一部分。

---

① Lauren Berlant, *Cruel Optimism*, Durham and London: Duke University Press, 2011, p.3, 10, 11, 14, 21.

《别让我走》中的意识形态机器极大地压抑了克隆人个人主体意识的形成,同时又以神秘的规则孕育出各色幻想,在克隆人学生中催生出"只要努力,就能摆脱现状"的盲目乐观心态,并诱使其付诸行动追逐梦想,但克隆人注定被献祭的命运意味着他们永远无法实现自己的任何理想,因此书中充满了伯兰特所说的"残酷的乐观"。结合劳伦·伯兰特《残酷的乐观》中对于"乐观"一词范畴的定义和诠释,可以尝试从该视角解读《别让我走》中克隆人所面临的危机与困境,反观人类对于克隆人生命的漠视与无动于衷,从而促进人们对于现代克隆技术和后人类社会关系的深入思考。

## 无处反抗:作为赤裸生命的克隆人

生命政治是法国思想家米歇尔·福柯分析权力时所使用的术语。福柯认为,生命政治始于18世纪,它力图将健康、出生率、卫生、寿命、种族等问题合理化。以前君主时代的统治权力建立在死亡权力之上,君主对臣民有生杀予夺的权利,其至高无上的权威体现在"君要臣死,臣不得不死"的压制之上;但近代社会的权力并不都是压制性的,它还可能是生产性的、造就性的。为了凸显权力的生产能力,福柯使用了生命政治这一术语。在生命政治中,生命不仅是政治对象,更是政治秩序的中心。政治和权力关注作为生物体的生命。福柯将管理国民生命的权力称之为生命权力(Biopower),强调生命政治是一种现代治理技术,而意大利政治哲学家乔治奥·阿甘本(Giorgio Agamben)则继承和发展了福柯的观点。

阿甘本认为,自古以来所有西方政治的特点都是生命政治。政治领域中的主要差别是人类的生物性自然存在(zoe)和人类的政治法律存在(bios)之间的差别。福柯认为,现代人已沦为生物性生命,是各种权力技术的捕捉对象和被动客体。正是福柯的这一观点,对阿甘本产生了重要影响。通过对权力的发展形式的历时性分析,福柯强调生命政治绝非自古就有,而是一种伴随现代性而到来的政治形态,但是阿甘本并不这样认为。阿甘本发现,自古以来有两种截然不同的生命形式:一种是有公民权利的生命,因而受到保护,另一种是没有政治价值的生命,因而不值得保护。生命要么被国家法律政治化,要么被国家法律秩序所排除。将人变成动物一般的生命,在古罗马时期就已经存在。古罗马时期有一种人叫"牲人"

(homo sacer)。他们可以被随意杀死,但不能用于祭祀,而杀人者也无须对此负责。这是因为牲人同时脱离了神法和人法而只能成为动物性的存在。他们被剥夺了人的一切政治权利,不享有任何政治和法律的保护,是政治权力拒斥和放逐的对象。阿甘本还从词源学上对生命一词进行了追溯。在古希腊语中,有两个词都可以用来表达生命:一个是 zoe,指的是动物性生命,另一个是 bios,用来指享受城邦生活的政治性生命。政治生命(bios)以排除动物性生命(zoe)为前提。因此在阿甘本看来,生命政治早已"镶嵌在人类共同体之结构当中"①。生命政治并不是现代性的产物,它从人类共同体一开始就始终在场。

阿甘本将人建构为政治性存在,但认为存在例外的状态。这一观点实际上是对福柯思想的进一步阐释,因为阿甘本所言的例外的、无身份的身体反过来印证了生命与主权的依附关系。身体与主权连接,形成福柯所说的生命政治另一面向,即主权权力或司法权力具有毁灭生命的倾向。阿甘本的生命政治在根本上是对纳粹种族主义的回应。如前所述,如果犹太人是日耳曼种族的一个外在威胁而必须消灭,那么纳粹如何才能达到目的呢?对于这一点,福柯没有给予令人满意的答复,而阿甘本继续福柯的这一思路,对纳粹如何达到这一目的进行了深入的剖析。首先,犹太人被剥夺了公民身份。纳粹德国先是颁布了一些让犹太人成为次等公民的禁令,然后利用纽伦堡法案(Nuremberg Code)剥夺了犹太人的法律权利,并剥夺了犹太人的公民身份,使他们仅仅是"国家居民"。接下来利用臭名昭著的"水晶之夜"(Crystal Night)剥夺了犹太人的基本人权,从而让犹太人沦为赤裸生命。一个单纯的生物性生命只有获得一个公民身份才可以获得权利,反过来说,一个人若是没有了公民身份,便失去了普遍人权,成为任人宰割的赤裸生命。屠杀犹太人的技术性前提就是"将 18 世纪奠定的权利、公民身份和身体的连接线索扯断,从而让身体—生命变成一个脱离了权利和历史语境的赤裸生命,变成了一个纯生物性生命"②。犹太人正是失去了公民身份而变成了牲人,失去了基本人权,成为不值得活的赤裸生命而遭到肆无忌惮的大屠杀。

---

① 吴冠军:《生命政治:在福柯与阿甘本之间》,《马克思主义与现实》2015 年第 1 期,第 95 页。

② 汪民安:《什么是当代》,新星出版社 2014 年版,第 102 页。

为了让自己更好地生存,必须让对方毁灭,这也是当代反恐战争的逻辑。阿甘本认为,监狱营(prison camp)是现代生命政治的策源地。监狱营是规则与例外之间的疆界消失的场所。例外状态下悬置法律的结果是赤裸生命(bare life)的出现。福柯提出生命权力,是为了标识主权权力的没落,但到了阿甘本这里,置人于死地的主权权力重新兴起,与生命权力共同治理生命。阿甘本重新聚焦被福柯放弃的主权权力,而更加关注法律与中心化的权力之间的关系。法律的运行与正常状态有关。当我们作为政治生命而存在时,我们受到法律的保护,生活在一种公民权利之下。但如果法律直接和主权权力挂钩,由主权权力颁布法令宣布例外状态,那么正常状态下的法律秩序就会失效。例外状态悬置法律,或者说,法律在例外状态下无法实施。例外状态的存在导致正常状态下起作用的法律被悬置,最终在法律被悬置的状态下,生命被剥掉了法律的保护而成为赤裸生命。阿甘本接续卡尔·施密特对主权者的定义,即主权者可以决断例外状态,认为在"9·11"之后的当代美国,布什政府所宣布的例外状态使当代美国社会恢复了主权权力。通过分隔出例外状态,某些生命不再具有"公民状态",不再受到法律的保护。生命权力没有走向福柯所说的扶植生命、优化生命,反而重新回归到例外状态下主权权力的致死能力。阿甘本所关注的生命政治正是如何将人的政治存在还原成任人宰割的赤裸生命。因此对他来说,生命政治是一种死亡政治(thanatopolitics)。

从生命政治的角度来看《别让我走》这部小说,可以看到:小说中的人类社会依靠两个机制让克隆人安于现状,丝毫没有反抗意识。首先,为了让克隆人成为阿甘本意义上的"赤裸生命",对克隆人的话语建构就必须将他们看作非人,因此小说中以人类为主导的社会对克隆人的设定是:克隆人作为人类的复制品,被预设为不正宗,他们的基因来源让他们成为非人,被排斥在人的范畴之外。人类将克隆人视为他者,以高高在上的姿态对待他们:"可是在那些年里我们庇护了你们,我们给了你们自己的童年。"①(246)政府在公共健康的名义下,要求克隆人群体为人类的利益贡献生命。正如小说中的黑尔舍姆学校的监护人之一艾米莉小姐所言:"无论人们对

① 关于小说的引文出处,选自石黑一雄:《别让我走》,朱去疾译,译林出版社2011年版。下文同,页码统一使用文内注。

你们的存在感到如何地不安,他们压倒一切的考虑就是他们的孩子、他们的配偶、他们的父母、他们的朋友,能够不因癌症、运动神经元疾病、心脏疾病而丧命。”(241)为了人类的福祉,生命权力走向极端,视非人为可废弃的身体,而作为人类健康政策的一部分,克隆人的存在完全是功利性的,成为人类保存和增强自身的砝码。他们存在的唯一目的是捐献器官,延续人类的生命,使人类更健康、更长寿。克隆人的生活没有其他可能性,毕生只能从事看护者和捐献者这两种工作,他们注定的命运便是捐献器官,走向死亡。这样的预设使他们根本不被当作人,被剥夺了任何主观能动性和自我判断、自我选择的能力,成为毫无政治行动能力的“赤裸生命”。

其次,黑尔舍姆寄宿学校是意识形态机器,是阿甘本意义上的“集中营”,它成功地抹杀了克隆人反抗的念头。《别让我走》以主人公凯茜·H(Kathy H.)的口吻讲述,采取倒叙、插叙等手法,通过凯茜的回忆将多名克隆人的成长经历徐徐展开。叙述者凯茜、汤米(Tommy)、露丝(Ruth)和其他克隆人从小就居住在黑尔舍姆这座与世隔绝的寄宿学校里,这里没有父母,没有亲人,只有肩负教师职责的“监护人”。为了让克隆人安于现状,人类社会将他们置于黑暗中,对真相欲言又止,隐瞒克隆人真实、悲惨的命运。黑尔舍姆校外的小树林中令人恐怖的传言起到威慑克隆学生的作用,让他们不敢越雷池半步。文学、音乐、绘画等人文学科对克隆人的教育则在使用规训权力潜移默化地让克隆人服从于自己的命运。虽然黑尔舍姆这一教育机构告诉克隆人学生,让他们学习绘画是为了证明克隆人具有人性。“我们拿走你们的美术作品,是因为我们认为它们能够展示你们的灵魂。或者更确切地说,我们这样做是为了证明你们也是有灵魂的。”(239)绘画作品可以揭示克隆人“内心是什么样的人”(161),但显然,这不过是人类为了实施对克隆人的剥削而制造的谎言。他们所创造的艺术品并不能改变他们的命运。人文艺术并没有致力于塑造有同理心的公民,而是与确保人类更加健康这一使命保持同谋的关系。黑尔舍姆的教育让克隆人形成盲区,使他们无法看到黑尔舍姆之外的世界。

凯茜作为看护者经历了孤独和痛苦的煎熬。她的看护是为了安慰她的克隆人同类,减轻他们在捐献过程中所遭受的痛苦,但凯茜深知,她无力改变克隆人的命运,只能从道义上安抚克隆人。像凯茜这样的克隆人的情感劳动创造不了光明的未来,因为在将克隆人预设为非人的人类社会中,克隆人的情感劳动是为了确保克隆人保持奴性的生活,以便克隆人能够效力于人类的健康福祉。可见,这里的情感劳动已处于当代生命政治的核心。克隆人因不具备人类的情感而被排斥在人的范畴之外,从而遭到非人的待遇,情感因此与社会正义问题紧密联系在一起。

在以人类为中心的社会中,克隆人是被剥削的阶级。然而,在生命受到威胁的情境之下,克隆人没有丝毫的反抗意识,这是因为上述两个机制使他们并不认为世界是不公正的。况且,克隆人放弃反抗,也是因为在以人类为中心的世界里,他们无处可去。对他们而言,世界就像是一所巨大的监狱,无处可逃。在这样一个没有任何希望的危脆世界中,女主人公凯茜与其他克隆人一样,最终选择接受命运,迎接死亡。

## 克隆人对“好生活的向往”与残酷命运的抵牾

在凯茜的叙述中,黑尔舍姆一直都以静谧美好、远离尘嚣的模样出现,她所看护的克隆人也纷纷对黑尔舍姆抱有或羡慕或嫉妒的态度,称凯茜是来自“某个特权阶层”、“成绩好”、“幸运”(4—5)的人。不难发现,黑尔舍姆在所有克隆人眼里都是世外桃源一般的存在,是快乐和幸福的化身,是令其他克隆人基地相形见绌的天堂,以至于凯茜看护的其中一名克隆人在接近“圆满”之际,希望借凯茜口中描绘的黑尔舍姆和他个人记忆中童年的界限,给自己悲惨的一生寻求一丝慰藉。然而恰恰就是这样一个看似充满希望、充满无限可能的黑尔舍姆,在“呵护”克隆人学生成长的同时,又通过各种手段压制他们的思想,阻拦他们和外界的联系,并有意或无意地放任某些幻想侵蚀学生,给他们以“逃脱”命运的希望,但又一一将其打破,不可谓不是“残酷的乐观”。下文将重点讨论权力机构为克隆人构建的三个“好生活向往”,来探究“残酷的乐观”对克隆人的摧残。

### 1.“交易会”和夫人的“收藏品”

黑尔舍姆一年举办四次交易会,学生们会将自己制作的物品展示出来,并进行交换,而交换所得物品也是克隆人学生为数不多的属于自己的东西。在黑尔舍姆,彼此之间的关系取决于某人的创造有多受欢迎(15)。

这也就是说,创造力决定了克隆人学生的价值,他们通过以物易物确认个人价值以及展示个人独特性,即灵魂。同时,交易会也是克隆人与外界产生联系的为数不多的方式之一,其所有物和被收藏的作品是其身份的象征和代表。一次次交易会和夫人的例行收藏,让克隆人学生们误以为他们也是有灵魂的,是有机会去追求个人生活的,而克隆人学生们也确实都在以不同的方式找寻自我、希望能够争取到机会摆脱既定的命运:露丝希望通过追寻自己"可能的原型"来窥视个人之后的发展;汤米追逐"真爱传说",希望夫人能从他的绘画中观察他的灵魂,并证明他和凯茜之间的爱情;而凯茜也不断地在寻找自我,不论是和《别让我走》那盘磁带的各种纠葛,还是企图在色情图书中找到自己"可能的原型"的努力,凯茜一直都希望通过某些方式来确认自己的身份。但这些所谓的身份、价值,不过是黑尔舍姆的教育让这些克隆人学生产生的一种虚无的幻想,作为克隆人出生的他们,从来就不可能在这个世界上有一席之地,所以他们才被安置在了无人烟的地方,用樊篱与人类世界区隔开来。黑尔舍姆为克隆人构建出一个宏大骗局,其目的就是让他们能够安心接受自己的命运。可以看到,黑尔舍姆的教育在给克隆人洗脑的同时,也催生出他们对于自我身份的渴求和探寻,给克隆人学生们的心中播种了一颗"残酷乐观"的种子。在凯茜和夫人的最终对峙中,她发现这些所谓的收藏和交易会不过是为克隆人计划服务的工具,是为了展示克隆人也可以拥有灵魂而为计划博取关注、拉拢资金的。冷静自持如凯茜也感到非常震怒,她不解为什么要对学生们如此残忍,既然他们的命运已经无法改写,那为什么还要教育他们,教他们读书、绘画?人类的高傲和自以为是在夫人的回答中暴露无遗,她认为这些孩子已经足够"幸运",因为他们比其他克隆人获得了更好的生活条件,为他们提供了一个"可靠的庇护所"(246),但她从未反思,这样的教育和培养对于克隆人来说意味着什么,黑尔舍姆又是否真的是为克隆人提供保护的乌托邦。正如凯茜所问,为什么给予克隆人教育,却又剥夺他们改写命运的权力?这样的矛盾,本身就是一种残忍,是黑尔舍姆的教育体制下催生出的"残酷的乐观"。

### 2."可能的原型"

每一个克隆人都有一个属于自己的原型,也就是他们的母体;而克隆人认为,从原型目前从事的工作和所处的地位或许可以瞥见他们的未来,甚至还可能"从一定程度上洞察你内心深处的自我",预知自己未来生活的某些事情"(128)。露丝一直以来都在畅想自己能够在一间明亮的现代化办公室里工作,甚至根据杂志上的插图绘声绘色地描述了她理想中的办公室:盆景、闪闪发光的设备,带轮子的可以旋转的座椅,她生动的叙述也让一向冷静的凯茜动容,她也不禁开始假想,这一切或许真的可行,或许有一天他们都会搬去那样一个地方,继续生活。而露丝,经历了从最开始满心期待的寻觅,似乎确有其事的惊喜,再到最后幻想破灭的打击,无法承受希望的再次落空,变得愤怒而暴躁,也终于痛苦地意识到这一切都是幻想,都是骗局,认为他们的原型只可能是来自妓院、监狱等肮脏之地的社会蛆虫。

凯茜对于自己"可能的原型",或者更准确地说,对于自己的未来一直抱有一种乐观的心态,她深信老兵口中所描述的对于黑尔舍姆学生所开设的特例,坚信自己可以通过努力摆脱既定的宿命,因而对未来产生了一种执着关系,但因为其特殊的克隆人身份,对于一个虚幻的美好未来的执着必定是有害且无法实现的。更重要的是,对于一个美好未来的执着恰恰又参与构建了凯茜的生活,让她有机会感知到自己存在的意义和目的,所以她无时不在畅想着未来能够在一间舒适敞亮的格子间工作,老兵们的鼓励和怂恿也添油加醋地助长了这样的幻想,让她更加对此信以为真。所以当她意识到"自己的原型",也就是自己未来的预兆,只可能是来自底层的社会渣滓时,她认为自己的人生失去了意义,她无力改变基因中的设定,更不敢妄想突破自己命运的边界,去寻求自己崭新的人生。这样一种对于未来的"乐观"无疑是残酷的,话语和体制为凯茜制造了一个美丽的幻梦,但是并没有赋予她实现梦想的机会,反而对她造成了沉重的打击,让她就此认清残酷的现实,被迫接受自己无法改变的命运。

### 3."真爱"传说

克隆人学生们都或多或少地清楚自己未来的命运不是成为捐献者,就是成为看护人,但一次偶然,他们从克丽西和罗德尼口中得知"如果你们是一对彼此相爱的情侣,并且如果你们能够证明它,那么掌管黑尔舍姆的人,就会帮你们去安排。他们会做出安排,让你们在开始捐献前有几年时间能待在一起"(140)。克丽西甚至举出了具体的例子来证明这个"规定"确有其事:她在威尔士的时候听说有一对黑尔舍姆的情侣“跑去找了什么人”(141)并证明了他们是真正相爱的,所以他们“就被允许继续住在一起”且“三年里无须接受任何培训”(141),得到了三年完全属于自己支配的时间。虽然凯茜仍然保持着清醒的头脑,认为这不过是一个谣言,但汤米和露丝已经完全相信了这样一个规定的存在。露丝为了证明她和汤米是真心相爱的而不断做出各种努力,汤米也意识到露丝对此事深信不疑,并且预料她迟早会做出进一步行动,去向艾米莉女士申请(163)。直到弥留之际,露丝幡然醒悟原来自己一直无意横亘在了汤米和凯茜之间,露丝费尽心血找到夫人的地址,并且嘱咐凯茜和汤米一定要证明他们是真爱,试图弥补自己的错误。而汤米,在良久苦思如何才能证明真爱后,将“真爱”的证据和夫人的收藏品联系起来,因为夫人曾说作品被选中是一种特权,艾米莉小姐也曾说艺术作品“反映了你的灵魂”(161)。结合种种,汤米认为艺术品所蕴含的每个人独特的灵魂是证明两人相爱的证据。汤米同时也解释了自己心中的另一疑惑,那就是为什么露西小姐在告诉他不具有创造性也无伤大雅之后,又不得不承认当初的说辞不过是出于同情,而艺术细胞对于他们确实非常重要——因为黑尔舍姆所独有的宝贵机会被汤米毁掉了。当汤米最终鼓足勇气,创作出几幅小画,希望借此从夫人处争取到和露丝相守三年的时间时,却从夫人口中得知,这一切不过是谣言,是夫人们认为无伤大雅而任之流传的幻想。汤米一生都在苦求“真爱传说”,从自认为失去机会的绝望,到努力鼓起勇气放手一搏的企盼,再到最后被夫人无奈地告知“这个谣言中没有一点是真的”,他才意识到,他许多的情绪——希望、向往、困惑、懊恼、悔恨——都被一个莫须有的幻想所牵制,他所追求的一切不过是一个幻影,一个从一开始就不可能实现的愿望。当他从夫人口中得知此事时,他迟迟不敢相信,多次追问“它曾经是真的吗?”(237)、“画廊也不存在吗?”(238)在多次得到确认的答案后,汤米无法接受自己的一生都是在追求虚妄的幻想,无法接受这一切都不过是一个一厢情愿的谣言,所以因无尽的痛苦而暴怒,行为近乎疯癫。

残酷的乐观在此一览无余:汤米对于克隆人间耳口相传的“真爱传说”产生了一种执着,他一生都沉溺于这样一种执着,而这样的执着因其虚构性、不现实性而蕴含着残酷的因子,汤米越是向往,越是沦陷,其实是不断地加强了这样一种执着对于其自身成长的阻碍,所以在幻想破产后,汤米陷入了一种僵局，不知生活的希望在何处，不知该如何继续活下去，又不得不无奈地接受了自己的命运。或者说，汤米作为克隆人，在人类眼里根本就不具备所谓的“成长”，他们长大的过程其实更多的是“成熟”的过程，是等待器官收割的过程，因为他们的宿命是注定的，他们不可能有机会改变其命运；而黑尔舍姆的存在以及“真爱传说”的流传，其实也不过是人类自以为是的体现：自以为对于克隆人所谓的培养和教育是为他们着想的，是为他们争取到了更好的生存环境，其实从根本上来说，克隆人不过是为人类服务的容器，为了治愈以前不能治愈的疾病而存在的器官存放器。因此，“真爱”传说从一开始就注定只能是传说，而对于它的盲目追求和不懈努力，最终只能是竹篮打水，这就是对于此种不可实现的幻想的执着所包含的残酷性，这也就是导致汤米在真相暴露后崩溃的原因之一。

## 结语

《别让我走》一书中充斥着黑尔舍姆教育体制催生的“残酷的乐观”。人类高高在上的优待并没有在真正意义上善待克隆人，反而让他们对一些不可实现的幻想产生了某种执着，而其注定破灭的结局也终将对克隆人造成沉重的打击。究其根本，是层级化的体制和思想将克隆人摆在非人类的地位，认为他们不过是为人类提供必要器官的器皿，因而无法从根本上改善克隆人的处境。这部小说促使我们思考：人类应该如何对待包括克隆人在内的他者？《别让我走》中克隆人的境遇让我们想到任何被非人化的人类的边缘群体，他们就像我们的人类世界中处于现代经济秩序中脆弱的边缘群体，是当代社会中受排他政治左右的边缘人的缩影。石黑一雄通过再现一个不公正的社会秩序，以否定的方式表达了对正义的深刻思考。

# 科幻文学与影视中的“记忆上载”及其主体性辨析

张　霁*

自科幻文学诞生之日起，主体性(subjectivity)就是科幻文学及其衍生的影视作品中人们最关注的问题。从19世纪《弗兰克斯坦》中那跌跌撞撞的怪物，到20世纪中叶《仿生人会梦见电子羊吗?》中令人生疑的克隆人，20世纪和21世纪之交永载史册的《黑客帝国》中那一串串经典的绿色代码，再到21世纪网络时代《她》、《超验骇客》中酷似人类的程序……一个多世纪以来，科幻文学与影视从未停止探索主体性这一主题。随着“后人类”(posthuman)时代的来临，科幻文学及影视也进入空前繁荣的阶段，每年有大量作品问世，其中相当一部分都在不同程度和角度上涉及主体性的困境。有关科幻文学与影视如何体现主体性的危机，经典哲学和文化伦理中人的主体性如何被解构，如何建构后人类时代赛博格(cyborg)、人工智能、类人形生命以及其他一切后人类的主体性等问题，学术界都不乏论述。其中，不少论者把作品中出现的“记忆上载”(Human Memory Upload)环节当作一个先验可行的条件来使用，就此展开对后续情节的论述。然而恰恰是这个时常被忽略的先验条件，在涉及主体性的诸方面问题中却非常关键，无论在控制论的视域，还是在人文主义哲学范畴，抑或在后人类理论的框架下，这个问题都犹如人类的命运之门：门的那一端，或许是永生，或许是灭亡，又或许是面目全非、完全超乎想象的未来。本文拟就“记忆上载”这一情节在科幻文学与影视作品中的表现及由此带来的主体性问题进行探讨和辨析，虽不能真正在技术上为自然科学提供佐证，但科幻文学与影

* 张霁，深圳大学人文学院讲师。本文原载《文化研究》2022年第1期。

视作品将理论具象化的能力以及艺术的合理想象功能，可为自然科学提供借鉴，也可为社会科学及伦理领域提供更多思考。

## 一、记忆观的哲学演变与控制论下的定义变迁

所谓“记忆上载”具体是指，将存在于人类大脑中的记忆，通过一些特殊手段，如大脑扫描（Brain scan）、脑机接口（Brain Computer Interface，BCI）传输或其他渠道，将其转换成信息的模式上载到计算机中。虽然此前一直有科学研究对此进行假定和初级的探索，但记忆究竟能否上载依然无法证明，对记忆本身的生物性研究也还在起步阶段，所以目前这一说法更多停留在想象层面，也因此给了科幻文学与影视灵感和表现的空间。记忆上载这一桥段不仅成为科幻文学与影视的重要元素，还多角度探讨了这一科学假想可能给人类带来的问题。此类作品从20世纪中期开始就层出不穷，如菲利普·迪克的小说《仿生人会梦见电子羊吗?》（*Do Androids Dream of Electric Sheep?* 1968），威廉·吉布森（William Gibson）的小说《神经漫游者》（*Neuromancer*，1984），刘慈欣的小说《中国2185》（1989），等等。进入21世纪，更是出现了诸多有极大影响力的作品，如电影《星际迷航》（*Star Trek*）系列、《阿凡达》（*Avata*，2009）、《超验骇客》（*Transcendence*，2014）、刘宇昆的小说《未来三部曲》（2017）、根据理查德·摩根的同名科幻小说改编的美剧《碳变/副本》（*Altered Carbon*，2018）等。这些科幻文学与影视作品中有关记忆上载的情节频频出现，恰如著名科幻作家刘慈欣所说，“科幻的作用就在于它能从一个我们平常看不到的尺度来看”①，这些记忆上载的桥段不仅极大开拓了人们的认知，也给未来的科学、社会伦理学、哲学等提出了诸多问题。

为什么诸多科幻文学与影视作品都选择记忆作为突破口来探索主体性？首先，这需要厘清何为记忆（Memory），以及记忆如何参与人类主体建构。作为生物大脑活动的产物，记忆通常指的是大脑对发生和经历的事情产生了印记，对痕迹进行保留、记录并储存，以供日后提取使用的行为。这种行为有产生的生物基础，即人脑，它运行复杂，包含感觉、知觉、回忆、再

① 刘慈欣：《为什么人类还值得拯救？——刘慈欣VS江晓原》，《新发现》2007年第11期。

现、遗忘等,指涉人类生存的时间和空间维度。记忆并非人类所独有,但人类的记忆在所有生物中最具高阶性,它既是人类意识运作的结果,又有别于意识本身。虽然直至今日,快速发展的生命科学和实验科学已经在极大程度上拓展了人们对记忆的认知,但必须承认,现阶段人类对记忆运行机制的科学研究仍处于起步阶段。所以本文这一部分讨论的"记忆"更多的时候指向哲学、社会学、文学等人文社会科学范畴内约定俗成的概念,即记忆观念。

在哲学史的视野内,记忆这一现象早在古希腊就成了哲学家和思想家们讨论的对象。柏拉图在论证自己的"理念论"时用"回忆说"强调记忆的重要性,认为"不朽灵魂"要重拾理念世界的记忆。亚里士多德则在《记忆与回忆》里认为,"记忆既不是感觉,也不是概念,而只是在时序逝去了之后,乃从这些引起的一种境界(惯性)或情景(影响)……这种状态的展示……恰如人们用指环印章按下的一些印记"①。亚里士多德论述记忆时强调的"印记",后来为海德格尔所反对,但亚里士多德的记忆"印记说"和他对记忆之时间、情感的强调对后世影响深远。在基督教神学的视域下,奥古斯丁等神学思想家在一定程度上延续了柏拉图的思路,认为记忆和智能一样,是灵魂的重要组成部分。近代以来,黑格尔、康德、海德格尔、胡塞尔等哲学家也一直在讨论记忆的核心问题及其在人类认知功能中的地位。"从承载者来看,记忆曾被作为灵魂、心灵与意识等承载者的衍生现象;从规定性来看,记忆曾被看作灵魂的状态、心理现象以及意识行为。"②虽然在对记忆的具体解释上有差异,但在西方传统经典哲学的范畴内,记忆与人类的理智相关联,关涉人类的认知;现实生活中人们也把记忆当作体认自我的重要依据。这些都说明,记忆是建构人类主体,进而参与塑造人类本质的条件之一。后续以尼采、弗洛伊德、福柯等为代表的哲学家在反对本体论的基础上,批判或消解人文主义一直高扬的主体性,宣称上帝已死,于是人作为主体也已摇摇欲坠;20 世纪中叶以来,后人类理论家们更是大声宣判,既往的逻各斯中心主义(Logocentrism)视域下的主体性被彻底颠覆,

① [古希腊]亚里士多德:《灵魂论及其他》,吴寿彭译,商务印书馆 1999 年版,第 232—234 页。

② 杨庆峰:《通过记忆哲学反思人类增强》,《中国社会科学报》2020 年 8 月 25 日。

一切二元对立和本体论的疆界都被打破。

随着科学界的巨变，记忆的概念在新科学理论框架下也有了不一样的解读和诠释方式。1948年，美国科学家诺伯特·维纳出版了奠基性的著作《控制论：或关于在动物和机器中控制和通信的科学》，指出了生命体、机器等组织的内部或彼此之间可进行信息交换和通信的可能性，由此奠定了20世纪的重要学科控制论(Cybernetics)的基础。差不多同一时期的克劳德·艾尔伍德·申农(Claude Elwood Shannon)提出了信息熵的概念，被称为信息论和数字通信之父。维纳、申农、冯·诺依曼(Johnvon Neumann)、沃伦·麦卡洛克(Warren McCulloch)、沃尔特·皮茨(Walter Pitts)等不同领域的专家学者“跨界”合作，为日后计算机和人工智能的出现奠定了基础。这些跨学科合作的科学家的基本理念是相近的，他们大多认可信息是一种独立实体，动物、人类和机器都可以被看作接收和传播信号的信息处理装置。在以上理论和科学发展的基础上，汉斯·莫拉维克(Hans Moravec)等科学家进一步设想，人类本质上就是一种信息形式，因此可以将具体的人的意识(consciousness)上载到计算机中，这样，人类原有的受限于肉身的碳基生命，就因将全部信息上载到计算机而转移到了持久得多的硅基生命里，人类也因此获得了生命的延长乃至永生。[①] 电子计算机的奠基人之一马文·明斯基(Marvin Lee Minsky)就认为：“记忆是一种程序，它让我们的一些智能按照以前在不同的时间行动的方式再次行动。”[②]未来学家和发明家雷·库兹韦尔更激进地认为，人类的本质不过是一套算法，人类完全可以抛开有限的肉身，把大脑里的数据全部传到计算机里，未来人类将以这种人机结合的形式继续存在，这是不以任何人的意志为转移的新的进化。“通过软件和硬件彻底地模仿人类智能……那时机器智能和生物智能将没有任何区别。”[③]后人类理论家们同样设想人类和机械取消了天然的屏障。

---

① 汉斯·莫拉维克，美国卡内基-梅隆大学移动机器人实验室主任，著有《智力后裔：机器人和人类智能的未来》、《机器人：通向非凡思维的纯粹机器》等，主要主张是：人类的本质是信息和算法，意识可以经大脑上载到计算机以获得永生。

② [美]马文·明斯基：《心智社会：从细胞到人工智能，人类思维的优雅解读》，任楠译，机械工业出版社2016年版，第184页。

③ [美]雷·库兹韦尔：《奇点临近》，董振华、李庆诚、田源译，机械工业出版社2011年版，第85页。

唐娜·哈拉维指出，“在我们关于机器和有机体、技术和有机的正式知识中，没有根本的本体论区分”①。在这样的理论背景下，记忆出现了一种新的解释，即信息、算法或程序。

纵观人类对记忆这一现象的认知过程，我们可以看到，在还未发展到脑科学和神经科学层面的时候，人们便注意到了记忆对人类主体的建构作用。记忆从人类出生伊始就参与并塑造了人类个体的个性和社会身份，在主体的生命体验中至关重要。首先，记忆决定认知，记忆中知觉的滞留和经验的提取使得人类行动的连续性成为可能，这是个体认知的重要环节。主体之所以是主体，关键在于具备自我认知和自我批判/反思/判断等意识，而如上个体意识行为的基础便是痕迹留存、知识提取、逻辑判断等一系列记忆的行为。一个失忆者往往会被视为过往的生命一片空白，难以再融入从前的生活，阿尔茨海默病的患者也常常被理解为已不是患病之前的个体，究其本质是因为记忆的缺席，个体无法认识到自身行动的接续性和延展性，从而无法确认生命的绵延，导致无法建构一个能够具有独立自主意识的人类主体。其次，因为记忆的接续性，人类学习并传递知识成为可能，继而能够构建人类种群的归属感、民族主体和多种文化主体。

可以说，记忆作为人类生命体的重要属性，在神经科学范畴内，它体现了信息的传递性；在心理认知学领域，它与时间、空间和心理机制密切相关；同时，在历史、哲学和社会学范畴内，记忆是人类历史存在的条件，是建构主体和族群/文化的重要因素。而今，科学的发展给了记忆观革命性的冲击，既往的记忆观受到极大挑战，在控制论的理论框架内，如果将记忆与信息等同，是否可以认定人工智能携带的信息同样是记忆？再进一步：既然从古到今的记忆哲学观都认可记忆是建构人类主体、塑造人类本质的条件之一，那么，人工智能的这种信息/记忆是否会影响到智能体的主体身份定位？这是控制论和人工智能诞生之后，传统的记忆观念所受到的挑战，至今在科学界、哲学界依然难以有统一的共识。

矛盾和挑战、混乱与变革之中，人文学科登场。“记忆上载”成了20世纪中期以来众多科幻文学与影视作品重点表现的内容，它实际上代表了科

① [美]唐娜·哈拉维：《赛博格的宣言：20世纪晚期的科学、技术和社会主义—女权主义》，《类人猿、赛博格和女人——自然的重塑》，陈静译，河南大学出版社2019年版，第377页。

幻作家和创作者在后人类语境下对主体性的探求。这种探求指向了主体性的诸多方面，正如凯瑟琳·海勒所说，“科学文本常常揭示文学文本所不能的基本假设，为某种特定研究方式提供理论视野与实用功效；文学文本常常揭示科学作品所不能的复杂的文化、社会议题，紧密地呼应着观念转变和技术创新”[①]。科幻文学与影视以其生动的表现力和丰富的想象，既是对人类未来的前瞻，也是对后人类理论和人工智能伦理的启发。

## 二、记忆上载："我是谁"的关键

几乎在所有科幻文学与影视作品中，记忆都被当作个体身份确认的一个重要标志。对于自然界的人和生物来说，记忆是时间和意识功能共同作用的结果，每个个体都拥有独一无二的记忆，它对自身和社会都起到确认身份的作用。因此，每当科幻文学与影视中出现对人进行“复制”(clone)的情节时，我们就会发现，这种“复制”情节中最重要的部分就是是否包括记忆上载。依据这个标准，这些“复制人类”的作品可以分成两大类。

第一类，只对人的身体进行生物学层面的克隆，并不进行记忆上载的步骤，克隆人和本体人虽然共享全部相同的DNA，在生物学层面完全一致，却因为没有共享本体人的记忆，不会被认为和本体人是同一主体，他们自身也不会产生同一主体的认知和要求。石黑一雄的小说《莫失莫忘》(*Never Let Me Go*，2005)中，克隆人自幼被放置在黑尔舍姆学校，被允许在一定范围和程度内接受教育，拥有自己的生活经历和生活体验。他们起初并不知道自己的存在就是为了给人类提供器官的供体，在独立生活的过程中，他们和人类一样拥有喜怒哀乐，也会恋爱、争吵。当得知自己的克隆人身份后，克隆女孩露丝或许是出于好奇，也或许是出于对自身的确认，她有一个很大的愿望，就是能见到自己的克隆本体。但当见到了疑似自己克隆本体的人时，露丝意识到这是和自己完全不同的个体，随即对之失去了兴趣。在《莫失莫忘》的结尾，无法反抗的克隆人一次次捐献了器官，随即走向生命的终点，主人公凯茜在回首往事时，对人生意义的解释便在于那些

① [美]凯瑟琳·海勒：《我们何以成为后人类：文学、信息科学和控制论中的虚拟身体》，刘宇清译，北京大学出版社2017年版，第32页。

专属于她和爱人以及伙伴们的独有记忆，这在她短暂的生命里是唯一有价值的东西。①

可见，即使是完全克隆了本体人的生物身体，因为没有对本体人的记忆进行上载并复制，克隆人也完全有别于本体人，不会构成主体的混杂错位。这种有独立意识，在成长中有亲身经历并形成记忆的克隆人，往往和传统人文主义的主体性原则并不矛盾，和本体人之间的关系有些类似于人类的孪生姐妹或兄弟，不太会产生主体性的分裂和挣扎。一些描写克隆人反抗本体人的科幻文学与影视作品也以此为基础进行创作，其作品内核依然比较符合传统人文主义的价值观。

第二类，对本体人生物克隆的同时进行记忆上载，克隆人享有本体人相同的记忆。这样的科幻文学与影视相对较多，情节较为跌宕，戏剧效果很强，很大的一个原因即是克隆人共享了本体人的生物 DNA 和记忆，完全认为自己就是本体人，身边的人也持同样的看法，以至于当真相大白时，自己和身边的人都知道了克隆人的身份后，情感和态度非常复杂。电影《遗落战境》(*Oblivion*，2013)中，人类精英船长杰克被 Titan 星人捕获后，本体被杀死，但被克隆了成千上万个克隆体组成军队入侵地球。战争中，地球的生态圈遭到了极大破坏，幸存的极少数人类转入地下或山洞中生存。Titan 星人将杰克的克隆体们编成一个个小组驻守地球，其中 49 号杰克脑海中时常会闪现一些似曾相识的记忆片段，当他在巡逻时邂逅了本体杰克的妻子茱莉亚，便"恢复"了本体杰克的记忆，于是加入了地球的反抗军，最终把 Titan 星人赶出了地球，人类获得解放，49 号杰克也牺牲了自己。故事的结尾，安排的却是同样具有本体杰克一切特征包括记忆的 52 号杰克去和茱莉亚团圆，后者此时已经怀上了 49 号杰克的孩子。

显然，电影主创人员对杰克这一身份的主体性判断，和雷·库兹韦尔"人类的本质是一套算法"的观点比较接近，并且走得更远。在电影中，具备本体人杰克特征的克隆人千千万万，而根据电影的设定，凡是克隆的杰克，天然就拥有本体杰克的一切记忆，必须通过后天的记忆擦除，才能为 Titan 星人所用。而一旦"恢复"了本体杰克的记忆(按库兹韦尔的说法，也可以说是这套名为杰克的算法)，这个克隆人就可以被视为杰克的分身之

① ［英］石黑一雄：《莫失莫忘》，张坤译，上海译文出版社 2018 年版。

一。49号杰克可以和本体杰克的妻子茱莉亚无障碍相恋，在49号杰克死后，同样承载了本体杰克记忆的52号杰克，可以和茱莉亚厮守并一同抚养49号杰克的孩子。影片丝毫没有在众多杰克的分身上有何犹豫，无论是49号还是52号抑或其他克隆的杰克，只要带有本体杰克的记忆，都可以直接行使本体人的功能，甚至连本体杰克的妻子茱莉亚也能接受这一点。在这里，主体的唯一性被消解了。而依靠相同的生物DNA和记忆，这么多克隆人都能共享本体杰克的身份，说明传统人文主义哲学中的人类主体已然不再独特，无论是身体还是记忆，都在后人类的语境下成为可以复制的算法。

以上两类“复制人类”的作品划分依据是：是否进行了记忆上载。通过分析，可以清晰地看到，记忆的复制与身体/在场之间的联系变得不再必要。这是因为，在记忆上载成为可能时，记忆的保存性与滞留性条件发生了变化，传统本体论的身体/在场不复存在，感知与体认变得模糊不定。文学影视作品从两个大的方向分别进行了假想，具身性既可以是，又可以不是主体建构的必然因素，但个体记忆是相同主体的重要依据。

## 三、主体非独一性的伦理难题

虽然电影《遗落战境》并没有在“千千万万个杰克”上再展开情节，但观影者中有人质疑：假如其他的克隆杰克也都像52号杰克那样“恢复”了本体杰克的记忆，那么，茱莉亚还能都嫁给他们吗？不得不说，假如记忆上载在未来确实可以实现，这是一个不能回避的问题。我们不会忘记科幻电影《她》（*Her*，2013）中，男主角西奥多与自己的电脑系统萨曼莎的“人机之恋”最终为何彻底破灭：和人类男子西奥多相恋的程序萨曼莎告诉西奥多，她总共有8316位人类交往对象，并且与其中的641位谈着恋爱，西奥多只是其中的一位。有论者认为，“萨曼莎试图接近异性恋规范，却不经意地破坏了异性恋爱情中的两性垄断”，因为，“自由主体的建构总是与安全和控制、稳定和主导捆绑在一起”，要有“连贯、独一、边界分明和自我一致等衍生特点”。[①] 虽然萨曼莎自称依然爱着西奥多，但在人类的基本认知中，爱情必须是一对一的

---

① ［美］唐娜·科恩哈伯：《从后人类到后电影：〈她〉中主体性与再现的危机》，王苑媛译，《电影艺术》2018年第1期。

行为，失去了独一性，爱情也就难以存在。萨曼莎和西奥多"恋情"的失败，根本原因就是萨曼莎作为混杂主体，并不具备传统主体的独一性。

当主体的这种独一性被消解时，可能会发生主体的多重分身以一个目的来行动、齐心协力的情况。如科幻电影《第六日》(*The 6th Day*，2000)中，男主角亚当和自己的克隆体就联手拯救妻女，行动成功后，克隆的亚当悄悄退出，让本体亚当和妻女团圆。但也有同一主体的不同分身彼此争斗的情况，国产科幻电影《逆时营救》(2017)中就出现了这样的情形：科学家母亲为了拯救被歹徒绑架的儿子，一遍遍用时空穿梭机回到过去改变历史，每一次穿越，除了要与恐怖分子周旋，还总是要与一个阻止她的神秘人搏斗。最终，女科学家发现，阻止自己的神秘人居然是另一个时间线上的自己。不同时空的女科学家出现在同一场景中，因为本体是同一的，所以终极目的都是救儿子，但在不同时间线上的女科学家因为有不同的记忆，选择救儿子的方式便有了分歧，最终出现了两个女科学家本体互殴的情形，其中一个将另一个杀死。且不说这是否会形成科幻世界逻辑时间线谬误，就说在关键时刻，即使本质上是同一主体的同一个人，也会因不同的记忆而做出不同的选择，当两种选择出现在同一时空的时候，便互相抵触，于是出现了一方杀死另一方的情形。所以主体到底是否可以被以分裂的模式消解？人类的本质和主体性到底是否能以算法来替代？这给主张"人类的本质就是信息"的人留下了难题。

上面的两种情况，都是以对人的生物层面的身体进行复制为基础。有的只进行了生物体的复制，并未复制记忆本身；有的则在复制身体的同时对记忆进行了上载并复制。前者能相对轻松地获得新的主体认同，有自己的独立生命历程并形成记忆。因为不存在记忆上载，反倒不会产生"我是谁"的困惑，复制出的克隆人、仿生人可以通过自身独有的经历寻求意义或发动反抗本体人的革命，这些都不会引发主体性的危机。而后者，即同时进行本体人DNA复制和记忆上载的这类作品，首先要面对的就是身份问题。而围绕着这个问题，其实是有争议的。英国牛津大学未来人类研究所的研究员安德斯·桑德伯格(Anders Sandberg)就表示，问题的关键在于"是否这是个人身份的转移，一些克隆或者复制，能使一个人具有相同或者不同的身份，或者完全彻底的一些情况……关于谁才是本体的'真实延续’，并没有真正的事实，最重要的是心理上的连通性”①。桑德伯格认为，只要克隆体心理上具有和本体人的连通性，就可以视作本体人的“真实延续”。

笔者认为这个标准不能成立。比如影片《第六日》中，克隆的亚当因为共享了本体亚当的记忆，对自己就是真亚当的事实深信不疑，但本体亚当依然活着，哪里又需要克隆亚当去“延续”呢？也就是说，如果复制人带有本体人完整的全部记忆，便可以认为这是同一主体，那么在这种完全一致的共通中，人类便不再具有个体性，更像是可以无限复制的程序。这不仅冲击了传统的主体独一性，甚至还冲击了古典哲学中康德等哲学家对人本身非工具的定义。若人可以被随意替换/代替，和工具又有何异？何况对于是否能产生这种连通性，到底该由谁进行判断呢？因此，笔者认为，至少在现阶段，传统本体论的主体独一性还不能被完全解构，否则将会动摇人类社会存在的本质基础。

## 四、混合主体：杂糅、博弈、控制与分裂

以上讨论的作品都是假定新身体是记忆空白的状态，而另有一部分作品却是将本体人记忆上载之后又进行了记忆移植，将本体人的记忆灌入移植对象脑中，而移植对象原本有自己的记忆，又在某种情况下被擦除，这就造成了身份的错位和主体的混乱。美国电影《幻体：续命游戏》(*Self/less*，2015)就给出了这样的假设：身患绝症的老富翁戴米恩找到了一家声称可以提供克隆人身体的生物科技公司，对方声称可以提供记忆上载的服务，将戴米恩的记忆从其即将被癌症击垮的身体中提取出来，再移植到公司培养的克隆身体中。戴米恩在支付了巨额服务费后，他的记忆果然被转移到了一个年轻的身体中，只是他需要每天都服用药物，对此，公司的解释是要抗拒新身体的排异性。但随着时间的推移，戴米恩越来越觉得不对劲，最后发现这具身体原来的主人并不是记忆空白的克隆体，而是为女儿筹集医疗费而被迫出卖了身体的退伍军人基德纳。基德纳在出卖身体后记忆就

① 叶倾城：《未来人类能否将意识上传至新身体？我们应该这样做吗？》，《科学与现代化》2019年第1期。

被擦除，身体已完全受戴米恩支配，但时常有残存的记忆冒出来，甚至指引着戴米恩找到了基德纳的妻儿。发现了真相的戴米恩良知未泯，联合基德纳，捣毁了生物科技公司，拒绝再服用药物，最终把身体还给了基德纳，而戴米恩的"生命"则随着记忆的模糊和意识的湮灭而真正消亡。

值得注意的是，在《幻体：续命游戏》中，基德纳身体的生命指征并未发生过变化，但随着不同时段大脑中记忆不同，主体随即也跟着变化。当戴米恩最初在科技和药物的辅助下得到基德纳的身体时，基德纳的记忆已被擦除，这一阶段的戴米恩仿佛重生人一般在一具年轻的躯壳中生存，但他已无法回到他原来的生活环境，因为这项技术还处于地下状态，不受法律保护和认可，他不得不用其他的身份生活，这让他感觉到异常孤独。影片的这一设定体现了记忆的另一重功能：社会属性。人类社会是一个连绵不断的体系，作为群居生活的生物，人的个体寿命有限，但可以将人生经验记录并传承。种群和民族之所以凝聚在一起，除了地缘的因素，还有共同的群体记忆，记忆作为人类的意识功能，是人类建构自身和共同体的方式之一。戴米恩在基德纳身体内的"新生活"并不快乐，他不能和自己的亲生女儿相认，无法再联系过去的朋友，当他每天照着镜子吞下辅助他占据身体的药片时，他会对自己的主体性产生深深的怀疑。基德纳的本体记忆本已被擦除，却又时常闪现过往的记忆，这既可以解释为生物科技公司的技术还不够完善，同时也暗示着：人类的记忆或许不只由大脑来决定。① 带有一部分基德纳记忆的身体，同时还容纳着戴米恩的全部记忆，在这里，主体发生了杂糅，成为混合性主体。捣毁生物科技公司便是这个混合主体的行为，混合主体在行动中同时表现出戴米恩的成熟机智和基德纳的敏捷强壮，但影片并没有表现出两个不同主体对话的场面，而是用不停的闪回和戴米恩追踪真相的行为来表现两个人的记忆共存于一具身体的事实。对戴米恩来说，记忆离开了他的身体本体，在另一个躯壳中延续；而对被擦除了记忆的基德纳来说，这具躯壳已是一具"行尸走肉"。新生成的混合主体在这里不能长期存在，因为对现实中的个体人来说，混合主体既是A，又是B；既不完全是A，也不完全是B。这意味着一种不确定的和不可控，多种自

① 今天的科学研究显示，人类躯体的其他部分或许也存在着一定程度的"记忆"，世界各地都有移植了他人的心、肝、肾等脏器后，受供者表现出供体者的一些习惯、爱好、性格等的报道。

由意志并存,结果是很可能发生冲突。所以,最终必然有一方做出让步,让躯壳回归单一主体。

也有一部分科幻文学与影视描写了不同记忆主体共存于一身时对身体的争夺和博弈。电影《宿主》(*A Hospodarate*,2013)中,外星人“漫游者”占领了人类女孩梅兰妮的身体,将其变成了自己意识的宿主。但梅兰妮的意识非常强大,一直没有放弃和外星人争夺身体,在争斗中,两个主体彼此慢慢熟悉,“漫游者”被梅兰妮和弟弟之间的感情感动,又因为受梅兰妮的影响,与一个人类男子相恋(为了表明是两个不同记忆体的共存,梅兰妮的恋人则另有其人)。也就是说,这个混合主体更像是现实中的人格分裂,一个人格是人类女孩梅兰妮,另一个人格则是外星人“漫游者”。二者之间既是争斗的关系,同时也存在着一定合作。影片的最后还是皆大欢喜式的结局,“漫游者”自愿离开梅兰妮的身体,找到了另一个不久于人世的人作为新的宿主,还收获了自己的爱情。这样的结尾显然带有理想化的乐观主义滤镜,但即便是对于如此以喜剧结尾的《宿主》,我们也不能忽视影片的背景:外星人占据地球,将人类的身体视为宿主寄生其中,除了仅存的反抗军,大多数人类的身体已不属于自己,主体性已不复存在。这就涉及了科幻中的利维坦主题:强大的集权者(可以是人类、外星人,也可以是人工智能)通过技术的垄断,可以肆意支配他人的生命包括生命形态,通过对人记忆的移植、篡改、夺取,集权者完全可以奴役人的内在主体,甚至将其消灭。

## 五、新主体的关键性问题:生命能否等于信息?

在这些出现复制人和记忆上载的科幻文学与影视作品中,主体杂糅、主体博弈、主体合作都在一定范围内存在,无论是完整的记忆移植,还是部分的记忆杂糅,都是记忆上载到有形的其他生物体中。而记忆上载最核心和棘手的问题,是人的记忆上载到计算机中,成为没有了身体的存在——这种情节所引发的哲学、科学和伦理学等方面的争议要远大于复制人的情节。这方面最有代表性的作品是刘宇昆的“未来三部曲”。三部曲由《迦太基玫瑰》、《奇点遗民》、《世外桃源》共同组成,三部小说分别假想了记忆上载到计算机的几种可能的模式。在《迦太基玫瑰》中,女科学家莉斯用“破坏性上传”(destructive uploading)的方式将自己的大脑全方位扫描上载，以求“不再屈服于死亡”，并牺牲了现实的身体，可根据她的大脑扫描结果构建的神经模型在网络上只延续了不到五秒钟便崩溃了。因为计算机处理数据的速度可以达到每秒数十亿次，所以假如莉斯的主体确实转移到了计算机中，那么对她来说就是永恒的残酷，因为“被禁锢在黑暗中不能动弹，不能感觉到你的手指、脚趾和努力呼吸空气的肺，伴随你度过漫长时光的只有你的思维。一枚装在容器里的大脑终究要发疯，毕竟，身体也是不可或缺的”①。在这里，刘宇昆表达了对记忆上载技术的担忧，以及对记忆上载之后主体的疑惑，直言身体对主体的重要性。小说也提出了主体的独一性问题，莉斯上载之后的记忆被拷贝了若干副本用作科学研究，莉斯的姐姐多年诉讼欲拿回这些拷贝而未果，于是她感到困惑：“那些拷贝中的哪一个是我的妹妹呢？我该悼念哪一个呢？”②

“未来三部曲”的第二部《奇点遗民》则在第一部的基础上更进一步，它设置了一个记忆上载技术已经完备的世界，大多数人类都选择了上载自己的记忆，但有少部分“遗民”坚决拒绝这项号称能“延续生命至永生”的技术，因为“不想用一堆电子数据冒充自己”。曾经坚持自然死亡的母亲在病危时被父亲将记忆上载到了计算机里，化身为一套算法或程序，“程序母亲”给孩子们写信说：“最本质的我们，一直就是以特定模式不断逾越原子间深渊的电子，不管电子处于大脑还是硅片，这又有什么区别呢？”对此，主人公的反应是：“那些东西不是我们的父母，只是仿真和算法。”③小说围绕着上载之后的人类到底还是不是从前的主体展开讨论，机器世界的“程序人”和坚守现实世界的遗民不能达成共识。其核心就在于主体性的确认，即使拥有本体人的全部记忆，但在人本主义者眼中，上载后的记忆既缺乏主体的身体，又并非本体人经过漫长时间而自主形成的，因此极端可疑。

“未来三部曲”的最后一部是《世外桃源》，和前两部不同的是，作者抛弃了之前坚守人类身体的人文主义本体论，将程序视作独立的生命体，并

---

① [美]刘宇昆：《迦太基玫瑰（未来三部曲 1）》，《奇点遗民》，耿辉译，中信出版社 2017 年版，第 64 页。

② 同上。

③ [美]刘宇昆：《奇点遗民（未来三部曲 2）》，《奇点遗民》，耿辉译，中信出版社 2017 年版，第 79 页。

且还让其具有“生育”功能，即能进化出下一代有独立自主意识的程序。这类“子程序”诞生于网络矩阵空间，是矩阵中的后人类程序模拟生物人的功能而产生的。这让人想起《黑客帝国 2：重装上阵》（*The Matrix Reloaded*，2003）中两个程序在矩阵中相爱而“生育”/进化出的程序——印度小女孩。这种诞生于信息网络中、没有实体的“程序孩子”，并不具备人类的任何现实经验，如何定义他们的主体归属？科幻作品几乎不约而同地让他们具备类似于人类的自我意识和自发记忆。这样的设定实际上依据的是第三波控制论的理论，即系统生命论，“这种自我进化的程序，不仅只是生命的模型，它们本身就是有生命的”。只要认同宇宙的本质是信息，那就意味着，这些电脑程序中的“生物”是“生命”，因为它们具有生命的“形态”，即信息编码。[①] 至此，以信息作为物质实体的后人类成为主体，过去建立在不变的身体层面的人类已经成为过去，信息已经脱离了载体，成为独立的主体，自由，却未必唯一，也未必需要唯一——传统的人文主义主体的本体论已彻底瓦解。在小说的最后，只作为信息和程序而存在的“母亲”依然拥有此前作为本体人时的全部记忆，带着人类探索太空的愿望奔赴遥远的宇宙深处进行探索，要完成人类千百年来的梦想。至此，谁又敢说“没有器官的身体”（body without organs）就不是人类进化的高阶形式呢？

刘宇昆的“未来三部曲”运用科学知识和想象，将信息论和系统生命论所涵盖的多种问题进行了形象的文学表达，小说反复从不同角度追问人类的本质。自古以来，人们建立在身体基础上的主体性，毫无疑问已经不能再被人类奉为金科玉律来指导生活。“无形的主体正栖居在虚拟领域”，自由主体具有（possessed）身体，但表现形式未必是人类过去熟悉的存在（being）的身体。“对于新主体，传统一元主体的知识、视域和价值观将会破产，而二元主体（甚至多元主体）的世界还很难推想。”[②]问题的关键，恐怕还在于人类是否能认同自由主体可以被信息和算法代替的事实。而在这个问题上，一些传统的哲学家、人文主义学者、人本主义者和一部分激进的科学家、未来学家、后人类学家产生了分歧。刘宇昆的“未来三部曲”敏锐地

① ［美］凯瑟琳·海勒：《我们何以成为后人类：文学、信息科学和控制论中的虚拟身体》，刘宇清译，第 15 页。

② 赵汀阳：《人工智能提出了什么哲学问题？》，《文化纵横》2020 年第 1 期。

捕捉到了这种分歧,并且将其进行文学化的表现。

在第一部《迦太基玫瑰》中,刘宇昆的观点和传统人文主义者们一致:失去了肉身的记忆上载,过去的人类本体/主体将不复存在,新主体与其说是人类,不如说是可以无限复制的程序。在这部作品里,生命显然不能等同于信息。第二部《奇点遗民》中,上载了全部记忆到网络中的"程序人",看上去似乎和过去的人类主体没有分别,但因为身体的缺席/不在场,所以这些记忆并非本体人经过漫长时间而自主形成的,因此极端可疑。在这里,生命也许是信息,也许不是,作者/读者的态度都是怀疑的。走得最远的是第三部《世外桃源》,小说立足于第三波控制论中的系统生命论,将生命和信息之间完全画等号,也将"人类"的定义以后人类的方式进行了重塑。在这里,生命等于信息,也等于程序,从而最终生成了后人类学家们倡导的多元混杂主体。可以说,这是文学家对人类未来的"演练"。刘宇昆并未给出单一的答案,这也意味着,人类的未来本就充满无限可能。

## 结语

在计算机、信息工程、人工智能、神经科学等学科迅猛发展的今天,人类旧有的生命形态和组织形式都遇到了前所未有的挑战,人类秉持已久的人文主义传统和人们曾经引以为傲的自由主体的自由意志,在控制论和生命科学的冲击下,第一次变得可疑。虽然在今天,人类依然尚未在脑科学领域取得质的突破,记忆、意识等现象依然尚未被研究清楚,可是依据现有的研究成果,我们不得不面对未来可能发生的"记忆上载"的情形,虽然目前这还只存在于科幻作家的笔下。2013 年,曾经被认为太过复杂而无法解决的大脑反向工程成为全世界的焦点,时任美国总统的奥巴马宣布拿出 30 亿美元支持"大脑研究计划"(Brain);与此同时,欧盟也宣布斥资 11.9 亿欧元开展"人类大脑工程"的计划(HBP)。两个项目都立足于对大脑进行绘图、模拟以及全面研究。[①] 2021 年 4 月,美国商人埃隆·马斯克(Elon Musk)创办的脑机接口公司 Neuralink 在官网上发布了最新研究成果的视频,视频主角是一只仅凭意念,无须用手操作游戏杆就能玩乒乓球游戏的

① [美]加来道雄:《心灵的未来》,伍义生、付满、谢琳琳译,重庆出版社 2015 年版,第 223 页。

猴子。这是为了测试脑机接口的最新技术：脑电波运用。这项实验被马斯克命名为“Mind Pong”(意念乒乓)[①]。科学幻想与现实的距离似乎已越来越近。

记忆上载及其可能带来的问题从科幻文学与影视作品中走进了现实，后人类理论家们此前曾经张开双臂热情欢迎赛博朋克时代，传统的人文主义主体和各种范畴的二元对立也被一次次消解，然而新的问题是不能回避的：后人类号称新生成的流动的、混杂的主体，依然存在着建构与塑造的问题，并且还可能有未知的风险和危险。从科幻文学与影视作品中可以看到，这种风险和危险远比后人类理论家和一部分乐观的科学家提到的要多。而无论是形而上学层面，还是具体实践层面，无论是人文主义系统的人类，还是控制论视域下的后人类，都不可能陷入虚无的状态之中，新主体的生成是必然的、多样的，也将是长期的过程。本文所述的科幻文学与影视中主体性面临的各种问题，都难以有一个准确而清晰的答案，但这也正是艺术创作和自然科学的不同之处。多种可能性并存，共同构成了生生不息的世界。

① 参见 Neuralink公司官方网站，https://neuralink.com/blog/monkey-mindpong/，最后访问日期：2022 年 4 月 22 日。

# 赛博时空的身体诗学

## ——论刘宇昆科幻小说"未来三部曲"中的身体想象

彭　超*

1985年,唐纳·哈拉维在其代表性论文《赛博宣言:20世纪80年代的科学、技术以及社会主义女性主义》中宣称,"迄至20世纪后期——这是我们的时代,一个神话的时代——我们全都是吐火女怪(chimera),是理论上虚构的机器和生物体的混合物;总之,我们都是赛博"①。"赛博格"(Cyborg)一词是由"控制论"(cybernetic)与"有机体"(organism)结合而成;赛博格作为机械化有机体,依靠机械装置维持生命。这意味着,人与技术机器的共栖共生,这也改变了人类对于身体的理解,身体不再局限于血肉之躯。

关于身体的想象,构成对文明进程的理解,"身体是历史进程的生成器,对身体的理解构成变化如何展开的条件"②。在古老的中国神话故事中,哪吒削肉还母、剔骨还父,太乙真人为他以莲藕重塑肉身;而今天,我们的身体内可能存在着假牙、假肢、心脏起搏器等,生物有机体与无机体机器之间的界限正在模糊,人人都可能成为赛博格。技术成为身体的延伸,犹如梅洛-庞蒂所说的盲人的拐杖。技术作为中介,具有转化的功能,即"将一种完全不能用身体经验到的不能知觉到的(这其实就是日常身体的感觉

---

* 彭超,中国石油大学(北京)体育与人文艺术学院讲师,从事现当代文学研究、科幻文学研究。

① [美]唐纳·哈拉维:《赛博宣言:20世纪80年代的科学、技术以及社会主义女性主义》,严泽胜译,汪民安编《生产》第6辑,广西师范大学出版社2008年版,第291页。

② [英]约翰·罗布(John Robb)、奥利弗·J·T·哈里斯(Oliver J.T. Harris):《历史上的身体:从旧石器时代到未来的欧洲》,吴莉苇译,格致出版社、上海人民出版社2016年版,第4页。

功能)现象,转化成图像的功能"[①],进而让我们的身体能够感知到的。

在赛博时代,当技术机器嵌入身体,我们存在的根基——身体日益技术化和数字化时,我们不得不重新思考"身体"的复杂性,以及技术与身体的关系,与此同时,我们对自我的认知,以及对存在的价值与意义的理解也发生着深刻改变。科幻作家刘宇昆在"未来三部曲",即《迦太基玫瑰》(*Carthaginian Rose*,2002)、《奇点遗民》(*Staying Behind*,2011)、《世外桃源》(*Altogether Elsewhere, Vast Herds of Reindeer*,2011)中,探讨了赛博时代的身体诗学,以及后人类是如何看待身体与自我的关系的。

## 一、我之为我:身体,还是意识?

作为"未来三部曲"第一部的《迦太基玫瑰》(2002),巧妙地设置了一对姐妹,作为叙述者的姐姐艾米和作为人工智能研究者的妹妹莉斯。这一对姐妹对待身体的态度形成分歧。

刘宇昆擅长细腻的描写,他将姐姐艾米对身体的重视巧妙地通过乔纳森苹果这一意象传递出来。姐姐艾米喜欢乔纳森苹果,"要吃乔纳森苹果,你得动用你的全身。咬下一口坚韧的果肉会让你的下巴疼痛不已,咔嚓咔嚓的咀嚼声充斥你的头颅,酸酸的口感会从你的舌尖一直扩散到脚趾。吃下一个乔纳森苹果你才有种活着的感觉"[②]。乔纳森苹果并不是一种大众喜爱的品种,相反,因为口味过酸,不宜直接食用,更多用来做成苹果酱和苹果派。但是,为什么作者要将乔纳森苹果设定为姐姐艾米的最爱呢?一种可能的解释是,乔纳森苹果是一种隐喻,它传递出姐姐艾米关于身体,关于生命的观点。如果要品尝乔纳森苹果,需要充分调动身体的多种感官,不仅是嘴巴、牙齿、舌头,还有耳朵,甚至脚趾,身体的各个部位都要共同参与其中。身体对事物的感知是整体性、系统性、情境性的,即便是品尝乔纳森苹果这种日常而简单的行为,依然需要动用全身。更重要的是,身体的

① [美]唐·伊德(Don Ihde):《让事物"说话":后现象学与技术科学》,韩连庆译,北京大学出版社 2008 年版,第 80 页。

② [美]刘宇昆:《迦太基玫瑰》(未来三部曲 1),《奇点遗民》,耿辉译,中信出版社 2017 年版,第55 页。

参与建构起生命的价值，“它比意识更清楚地表达活着意味什么”①。换言之，身体在主体认识过程中发挥着重要作用。

至于妹妹莉斯，她参与了一项命名为“命运”的实验计划，采用“增强神经识别的毁坏性电磁扫描”技术，在人还活着的时候，逐层剥开大脑的神经元，记录下所有的神经连接，用硅芯片将其拷贝。如果实验成功的话，就能够实现数字意义上的“复活”，“人们将不必再屈服于死亡，这具孱弱的身躯将不再束缚我们的意识，我们将掌握自身的命运”②。为什么妹妹莉斯会如此渴望将意识从身体上剥离开来？意识真的可以脱离身体而存在吗？前一个问题可以从她的创伤性经验中寻找到答案，她曾在搭车旅行的过程中遭遇到陌生男性的侵犯，给她的身体带来直接的伤害，也造成永久性的心灵创伤。于她而言，身体作为客体，是脆弱而有缺陷的，是被管制、被伤害、被规训的对象，她希望借助这一技术，将意识从身体中解放出来。后一个问题，小说并没有给出乐观的答复，她的电子生命模型在基于她大脑扫描结果构建的神经网络上延续不到五秒钟就崩溃了。小说将失去身体的意识称为“一枚装在容器里的大脑”，因为丧失了与身体之间的连接，无法得到身体感官的反馈，所以实验失败了。

这姐妹俩对待身体的态度，一个是保守而朴素，强调身体对生活的直接参与；另一个是激进而开放，试图抛弃身体寻求意识的自由。根本分歧在于，对身体在主体认识过程中所发挥的作用存在着不同的认知。

什么是身体？“身体是承担着诸如呼吸、自我滋养、排泄、成长、繁衍和死亡之类生物学进程的天然的、肉体的对象。”③然而，自古希腊到19世纪，人们是在心与身、灵魂与肉体、精神与物质、主体与客体、理性与感性的二元对立框架中来认识身体的。对于柏拉图、亚里士多德和笛卡尔等哲学家来说，灵魂对于主体而言更有意义。笛卡尔声称“我思故我在”，他在《第一哲学沉思集》中将灵魂与肉体进行区别，“这个我，也就是说我的灵魂，也就是我之所以为我的那个东西，是完全、真正跟我的肉体有分别的，灵魂可以

① ［美］刘宇昆：《迦太基玫瑰》(未来三部曲1)，《奇点遗民》，耿辉译，中信出版社2017年版，第55页。

② 同上书，第62页。

③ ［英］约翰·罗布、奥利弗·J·T·哈里斯：《历史上的身体：从旧石器时代到未来的欧洲》，吴莉苇译，格致出版社、上海人民出版社2016年版，第361页。

没有肉体而存在”。[①] 如何来确认主体性，如何确认人之为人，取决于灵魂，而与身体无关。

直到20世纪法国现象学家梅洛-庞蒂逆转了身体与心灵的地位，他在《知觉现象学》中提出身体-主体论，认为身体是知觉的主体，身体和意识是不可分割的，从而突破了传统的身心对立的二元论。在他看来，身体是接合世界的重要媒介，既是主体，又是客体；既是主动，又是被动；“成为身体，就是维系于某个世界”[②]。身体是我们存在的根基，赋予我们生命以价值与意义。传统的身心二元论则受到批驳，比如伊格尔顿就认为“‘身体’一词带给思想的首批意象之一就是一具尸体，这是笛卡尔主义传统所造成的破坏的一部分”[③]。身体不再被无视，而是被认定为有价值的。

作为人工智能专家的妹妹莉斯看似与古典哲学家共享着同样的观点。即便如此，小说提出的问题依然具有探讨价值，随着技术的发展，人类是否可以抛弃沉重的肉身而追求灵魂的轻盈？小说并没有给出一个明确的答复，但是用标题给了一个颇为微妙的暗示。

“迦太基玫瑰”，来自诗人埃德娜·圣·文森特·米莱的一首诗。这位诗人被视为美国1920年代的新女性的代表，并在1923年凭借诗集《竖琴编织人》获普利策奖。在妹妹莉斯寄给姐姐艾米的最后一张明信片上，她引用了这首诗，“也许送我的花朵/此刻就在面前/若没有迦太基玫瑰的芬芳/让我该如何分辨”[④]。在这里，感官的重要性被突显出来，唯有用鼻子嗅到迦太基玫瑰的芬芳之味，才能确定这是送给“我”的玫瑰。在确认“我之为我”的过程中，身体是无法缺席的，“我们都有一副血肉之躯，使我们能够品尝，嗅闻，触碰，乃至交换体液”[⑤]。我们就是我们的身体，我们的身体是身

---

① [法]笛卡尔(René Descartes)：《第一哲学沉思录》，庞景仁译，商务印书馆1986年版，第85页。

② [法]莫里斯·梅洛-庞蒂(Maurice Merleau-Ponty)：《知觉现象学》，姜志辉译，商务印书馆2001年版，第196页。

③ [英]特里·伊格尔顿(Terry Eagleton)：《后现代主义的幻象》，华明译，商务印书馆2014年版，第84页。

④ [美]刘宇昆：《迦太基玫瑰》(未来三部曲1)，《奇点遗民》，耿辉译，中信出版社2017年版，第51页。

⑤ [英]克里斯·希林(Chris Shilling)：《身体与社会理论》，李康译，北京大学出版社2010年版，第9页。

心的合一。

## 二、技术异化:“做人”,还是“进步”?

在“未来三部曲”的第二部《奇点遗民》(2011)中,人类已经成功地取得技术突破,可以将人的意识上载到网络上,彻底摆脱肉体的束缚,从而获得数字永生。这个时候,摆在人们面前的选择是:要么将自己的意识上载,实现生命数字化,进入虚拟世界;要么成为真实世界的“遗民”,固守传统,而这被视为一种落后的生活方式。刘宇昆在这篇小说中再次设置了对比项,更具有挑战性的是,他尝试叙述三代人的不同选择,演绎奇点时代人类思想的变化。叙述者“我”出生在奇点元年,童年时目睹过父亲和母亲关于是否上载意识的争论,成年后选择成为“遗民”,“我”的女儿则毅然选择将生命数字化。

技术异化是小说试图探讨的另一重议题,技术的发展,在满足人类的愿望,实现正面效应时,也不可避免地产生负面作用。作者构思精巧,小说并没有直接呈现技术的两面性,而是借助讨论印第安女人手工制作陶罐的事件展开。

“我”与父母在旅游时,经过印第安保留区,听到印第安女人讲述她是如何传承家族古老的制陶技术的。父亲将印第安女人讲述的故事视为招揽生意的幌子,并认为“你做什么事都和你的祖先一样,那属于你的生活方式就消亡了,而你则成为化石和娱乐游客的表演罢了”;母亲则坚持,“你根本不理解生命中真正重要的是什么,需要坚持的是什么。做人比进步更重要”[①]。如何理解技术的发展给人类社会带来的影响?对人的本质的认识,对自我的认识,是如何受到技术的影响的?“做人”与“进步”的二元对立难题是否无解?

科学技术是推动社会进步的重要力量,但是,当科技的正面效应造福于人类时,其负面效应并不因人类的意愿而不出现。一种新技术的发明,或许可以暂时地解决旧的问题,但同时会带来新的危机。在小说的设定

---

① [美]刘宇昆:《奇点遗民》(未来三部曲 2),《奇点遗民》,耿辉译,中信出版社 2017 年版,第 72 页。

中，人类面临着严重的生态危机和社会危机：一方面是人类的生产和消费对自然产生前所未有的影响；另一方面为争夺有限的地球资源，世界陷入一片混乱，到处存在着战争的威胁。在这种情况下，生命数字化为人类的未来提供了解决方案。但是，这项技术也制造了新的危机。当生命数字化成为大多数人的选择时，那些固执地留在真实世界的人就会显得“落后”。他们面临着与印第安女人同样的困境。在资本主义工业化生产方式占统治地位的时代，印第安女人依然延续了传统的手工制作。对她而言，这不仅是一种生产方式，也是一种生活方式。但在现代社会，这种传统的生产方式要么被视为落后，要么沦为一种表演，成为被凝视、被消费的对象。这种现代性所造成的困境并没有随着技术的进步而得到圆满解决。

技术的发展，也在改变人对自我的认知，破解母亲所谓的“做人”与“进步”的二元难题。这是源于“人”的概念正在改变。

母亲将上载意识的人称为“活死人”，在她看来为了获得永生而上载意识，恰恰违背了生命的本义，因为“度量生命意义的方式正是死亡本身”①。毫无疑问，母亲所说的“死亡”，是以身体的死亡为标志的。但是，技术的发展已然改写了身体的定义，后人类社会对于身体的理解早已发生变化，“表现的身体”与“再现的身体”共同构成人类的分身，“表现的身体以血肉之躯出现在电脑屏幕的一侧，再现的身体则通过语言和符号学的标记在电子环境中产生”，这两者“通过不断灵活变化的机器界面结合起来”。② 在小说中，“我”的父亲在母亲病重之际，选择将母亲的意识上载，随后也上载自己的意识；“我”的姐姐和“我”的女儿也都选择上载意识。当他们实现生命数字化、生活在虚拟世界时，该如何理解他们的主体性？他们将自己称为奇点人类，能够通过虚拟的声音和生活在真实世界的“遗民”进行对话；他们甚至还解决了创造下一代子意识的难题。换言之，这是一种新物种。学者罗斯布拉特（Martine Rothblatt）在《虚拟人：人类新物种》中严肃地探讨了思维克隆人的理论和现实可能性，思维克隆人的出现将改变人对死亡的认

---

① ［美］刘宇昆：《奇点遗民》（未来三部曲 2），《奇点遗民》，耿辉译，中信出版社 2017 年版，第 68 页。

② ［美］凯瑟琳·海勒：《我们何以成为后人类：文学、信息科学和控制论中的虚拟身体》，刘宇清译，北京大学出版社 2017 年版，第 6—7 页。

知,拓展人类的定义。[①] 人类不得不面对的难题是:身体和意识的关系正在松绑,究竟什么才是确定"我之为我"的本质性要素?人的生物属性与信息属性孰轻孰重?如何看待自我与分身之间的关系?

上载意识的人们进入虚拟世界,展现出人类空间形式的另一种崭新形态,"不同于鲍德里亚,我们不应该把虚拟现实想象为现实消失的一种形式,而应当视之为另一种现实的展开"[②],小说极大地改变了人类对于现实与虚拟的认知。与《迦太基玫瑰》对身体感官的整体性、系统性与情境性的强调相比,《奇点遗民》书写了技术对于身体感官的介入与分割,技术制造了自我的分身,创造出新型的在场形式。

"我"极力阻止"我"的女儿上载意识时,"我"的姐姐劳拉以模拟声音的形式出现,指责"我"的抵抗行为,"你才是那个因循守旧的人。这是我们进化的必经之路"[③]。重要的不是劳拉所说的内容,而是劳拉出现的形式。"运输机的扬声器里传来劳拉的模拟电声"[④],在这里,劳拉的声音成为劳拉的象征。这至少可以从两重维度去理解:其一,小说将生命数字化之后的劳拉称为"虚拟的劳拉"和"劳拉副本"。那么,虚拟的数字劳拉与生命数字化之前的肉体劳拉是什么关系?当劳拉选择生命数字化时,是意味着一个劳拉的消失,另一个劳拉的产生,还是两个劳拉分身共同构成一个劳拉主体?其二,当劳拉与"我"交流时,借助新型传播技术,采用"模拟电声"的方式,实现了"在场"。这种在场,不再要求肉体的出现,而仅仅诉诸听觉,通过"模拟电声"完成。基特勒在分析留声机的发明是如何改变人类的信息感知和思维模式时,认为新媒介的发明将听觉从身体感官功能中切割出来,"身体不是想象国度里黑白两色的幽灵复制品,而是以真实的声音方式存在"[⑤]。现在,数字劳拉亦可以通过声音来实现主体的在场,"所

---

① [美]玛蒂娜·罗斯布拉特:《虚拟人:人类新物种》,郭雪译,浙江人民出版社2016年版。

② [荷兰]约斯·德·穆尔(Jos de Mul):《赛博空间的奥德赛——走向虚拟本体论与人类学》,麦永雄译,广西师范大学出版社2007年版,第150页。

③ [美]刘宇昆:《奇点遗民》(未来三部曲2),《奇点遗民》,耿辉译,中信出版社2017年版,第82页。

④ 同上。

⑤ [德]弗里德里希·基特勒(Friedrich Kittler):《留声机 电影 打字机》,邢春丽译,复旦大学出版社2017年版,第60页。

谓的‘人’分裂成生理结构和信息技术”[①]。这使得关于“人”的存在状态越来越复杂。

相近议题在科幻影视作品中也得到呈现，以英剧《黑镜》(*Black Mirror*)第二季第一集《马上回来》(*Be Right Back*)(2013)为例，女主人公的丈夫不幸遭遇车祸去世，她的好友通过搜集使用对方的网络社交媒体资料，在网络空间为其塑造了一个虚拟丈夫，而后又通过人工智能技术制造了一个机器人丈夫。这意味着，丈夫拥有三种不同的存在形式：肉身、网络虚拟、仿真机器人，“他们”在不同的时空陪伴着女主人公，参与她的日常生活并提供情感的抚慰。我们应该如何理解这种新型技术带来的伦理挑战？以情感陪伴为理由，是否能让网络虚拟丈夫或仿真机器人丈夫的存在获得合理性与正当性呢？这三种不同形态的丈夫是同一个“人”吗？还是三个不同的“人”？我们可否将网络虚拟丈夫和机器人丈夫视为肉体丈夫的分身？抑或是，拥有主体性的独立个体？

“我”反对父亲将母亲的意识上载的时候，认为父亲不尊重母亲的选择，脱口而出“那是她的选择，不是你的”[②]；而“我”的女儿在选择上载意识的时候，也给出了同样的一句话，“这是我的选择，不是你的”[③]。这是否在暗示读者，经历了三代人的变化，“进步”的趋势势不可挡？毕竟，关于“人”的概念悄然重写，“做人”与“进步”，并不是非此即彼的对立项。

## 三、身体未来学：数字生命，或重返真实世界

科幻作品是对社会的隐喻，将时代的困惑、忧虑与恐惧用另一种形式表达出来。所以，“未来三部曲”的第三部《世外桃源》(2011)的标题就显得格外有趣。小说的英文标题直译过来是“全都在别处，大群的驯鹿”(Altogether Elsewhere, Vast Herds of Reindeer)，来自奥登的著名诗歌《罗马的灭亡》(“The Fall of Rome”)。这首诗的最后一节描绘了大群的驯

---

① [德]弗里德里希·基特勒：《留声机 电影 打字机》，邢春丽译，复旦大学出版社2017年版，第17页。

② [美]刘宇昆：《奇点遗民》(未来三部曲2)，《奇点遗民》，耿辉译，中信出版社2017年版，第74页。

③ 同上书，第83页。

鹿无声而又快速地穿越绵延数里的金色苔藓，充满生机，极具动感。可是，这种自然界的蓬勃生机却与罗马的灭亡形成了一种强烈的对比。在这首诗的前面五小节中，奥登依次描绘了荒野的寂寥、城市的衰落、文化的萎靡、社会政治的动荡、官僚体系的崩溃，第六小节则将小鸟的健康与城市的溃败对比，小鸟的“无知”与“无情”，越发衬托出城市的病态。在第七节，诗人突然将目光转向别处，在别处，大群的驯鹿显示出无限的生命活力。这是多么残酷的对比！作者为何会截取《罗马的灭亡》中的诗句作为小说的标题呢？这首诗歌与这篇小说之间又构成怎样的互文关系？小说又给现实提出怎样的警示呢？

在第三部中，以肉体形式存在的人类已经从地球上消亡，身体与意识实现彻底分离。新种族生活在数据中心，以数字形式存在，通过代码和算法创造下一代，至于肉体形式的人类已经成为历史中的“古人类”。叙述者“我”拥有八位父母，他们将自己的一部分算法赋予“我”；“我”的名字也颇为复杂，中间名有星星和鲸鱼的图案，这种语言文字的变化表征着思维的改变。数字生命使用算法交流，不需要调动身体感官的参与，当然，他们也没有身体可言。

身体对于数字生命而言，意味着什么呢？

诞生在数据中心的数字人类从来不曾拥有过身体，因此，当叙述者“我”听到母亲讲述童年往事时，“我都能想象出她被困在肉体中的局限与艰难”①。当得知母亲即将前往未知星球，用意识控制机器人探测，“我”询问是否派副本前往，母亲的回复是“在另一个世界生活的不是我的副本，而是我本人”②；“我”的第一反应是“自己的母亲余生都将困在机器人的身体里，在陌生的世界任凭它腐蚀、瓦解。我的母亲将会死去”③。芮妮与母亲的这段问答生动地传达出数字人类对于身体与自我的理解。

在芮妮看来，母亲具有三种存在形式：肉体、数字、机器人。如果将这三种形式进行排序，芮妮对数字的认同度最高，因为“人类的身份（人格）在

① [美]刘宇昆：《世外桃源》（未来三部曲 3），《奇点遗民》，耿辉译，中信出版社 2017 年版，第 88 页。

② 同上书，第 89 页。

③ 同上书，第 90 页。

本质上是一种信息形式,而不是一种实体化的规定与表现"[①]。对于后人类而言,人的信息属性远比生物属性更为重要。与此同时,对死亡的认知也发生了变化,因为不再担忧肉体的腐朽,生命不再终结。在"未来三部曲"的第二部《奇点遗民》中,母亲认为"度量生命意义的方式正是死亡本身"[②],而第三部中,出生在数据中心的芮妮却无法接受自己母亲会死去的现实。死亡,或向死而生,对于拥有"永恒的时间",或曰"无时间之时间"[③]的数字人类来说,不再是可以接受的概念。这也表明后人类对生命价值的重新定义。

更值得深思的是,在数字时代,人对于自我本质的认识也发生颠覆性的变化。母亲将传输到未知星球的意识认定为"我本人"。尽管她的意识会存储在机器人身上,成为拥有智能身体的赛博人,但是当需要回答"我是谁"这个问题时,机器人身体未曾进入思考的视野。自从人类第一本科幻小说《弗兰肯斯坦》诞生,拥有人类身体的"科学怪人"就考验着人类对自我的认知,究竟"人"是由什么要素构成的?"科学怪人"的身体来自人的肢体,当他拥有生命的时候,他能够被认定为"人"吗?创造了"科学怪人"的科学家为何又惧怕他呢?《银翼杀手》等经典科幻电影,进一步探索这种分裂的状况,一方面是仿真人痛苦于自己不是真实的人类,另一方面是人类则恐惧于仿真人的智慧和力量。而现在,母亲的意识和机器人结合在一起,这意味着她"本人"与机器人的结合,她的死亡时间取决于机器人在未知星球上可运行的时间,这不是技术嵌入身体,技术成为身体的延伸,而是依靠技术,一种身体取代了另一种身体。新型技术正在塑造新型主体,拥有分身或者多重自我的可能性都在被探讨。

作者显然对此保持警惕态度,他试图证明"身体"的重要性——身体作为媒介,帮助人类建立与真实世界的联络,并加深对自我主体性的认知。

母亲带着芮妮驾驶飞行器重返真实世界,芮妮以为母亲需要利用快速

① [美]凯瑟琳·海勒:《我们何以成为后人类:文学、信息科学和控制论中的虚拟身体》,刘宇清译,北京大学出版社 2017 年版,第 4 页。

② [美]刘宇昆:《奇点遗民》(未来三部曲 2),《奇点遗民》,耿辉译,中信出版社 2017 年版,第 68 页。

③ [美]纽曼尔·卡斯特(Manuel Castells):《网络社会的崛起》,夏铸九等译,社会科学文献出版社 2006 年版,第 525 页。

计算来保持飞行器的平衡，但实际上母亲凭借的是身体“直觉”[①]。母亲拥有过肉体，即便在生命数字化之后，依然保持着身体的记忆，并希望带着女儿感受真实世界的自然之美。正是这趟重返之旅，把芮妮的身体知觉激活了，她得以感受到如何移动重心和保持平衡，也因此得出结论“在真实世界飞行的感觉好极了，在虚拟的N维空间漫游根本无法与之比拟”[②]。数字人类尝试着通过身体及其感觉来重新认识真实世界，“把陌生的、异质的、不可见的事物转化为可感觉的、可见的、可理解的”[③]，从而在自我与真实世界之间建立起联系。

“乘坐马拉车上学的一代人现在伫立于荒郊野地，头顶上苍茫的天穹早已物换星移，唯独白云依旧。孑立于白云之下，身陷天摧地塌暴力场中的，是那渺小、孱弱的人的躯体。”[④]本雅明在《讲故事的人》的开篇，描述了经历过“一战”那代人的体验，是人的身体承载着人对世界的经验。随着信息通信、人工智能等现代技术的发展，身体日益成为关注的焦点。

美国技术哲学家伊德在《技术中的身体》中区分了三种不同的身体。身体一是“主动的身体”(active body)[⑤]，是“能动的、知觉的和情感性的在世存在”，为肉体意义上的身体。身体二是“被动的身体”(passive body)[⑥]，在社会与文化中建构的，具有性别、阶层、文化等区分。身体三则从技术维度出发，贯穿“身体一”和“身体二”，关注的是现象学的身体和社会文化中的身体是如何受到技术的影响的。伊德提出三个身体理论，是基于技术对人类社会的影响，他试图去回答技术如何建构人类的经验，并认为“具身关系”是人与技术最基本的关系。

但是，技术的发展对人与技术的“具身关系”提出挑战。在虚拟现实(Virtual Reality)技术日益成熟的今天，通过计算机和知觉传感等技术，实

---

① [美]刘宇昆：《世外桃源》(未来三部曲3)，《奇点遗民》，耿辉译，中信出版社2017年版，第92页。

② 同上。

③ 欧阳灿灿：《当代欧美身体研究批判》，中国社会科学出版社2015年版，第115页。

④ [德]汉娜·阿伦特(Hannah Arendt)编：《启迪：本雅明文选》，张旭东、王斑译，生活·读书·新知三联书店2008年版，第96页。

⑤ Don Ihde, *Bodies in Technology*, Minneapolis: University of Minnesota Press, 2002, p.17.

⑥ Ibid., p.26.

现人与虚拟世界的交互，从而产生逼真的视觉、听觉、触觉等肢体感觉，获得亲临其境的体验，这无疑极大地拓展了现实生活的边界。虚拟现实系统包含四个构成要素：虚拟世界、沉浸感、感官反馈与交互性，[①]其中三个要素都直接与人的身体相关，技术的变革越来越转向人本身，技术让人类跨越身体的界限成为可能。足不出户触及全球早已成为可能，由技术所建构的身体经验不断产生，并改变我们的思维和认知。威廉・吉布森在《神经漫游者》中所描绘的场景，意识脱离身体，进入赛博空间，正在日益成为当前的现实。然而，在伊德看来，虚拟的身体是通过技术将身体客体化和边缘化，比如电脑游戏的玩家坐在电脑屏幕面前，与游戏中的虚拟角色进行"互动"，电脑与玩家之间是"他异关系"；比如在线交流互动时，人与人之间的沟通是通过电子化文本实现，是虚拟文本的沟通。换言之，赛博空间"取消了身体的情境性和整全性"[②]，因而正向"准具身性"或"离身性"发展。

小说对此持有反思的态度，意识和身体应是"整体的"，而不是被割裂的，并希望借助身体返回真实世界。芮妮领略到的真实世界如同《罗马的灭亡》中所描绘的模样，在欧洲平原上奔跑着欧洲野牛、欧洲野马和麋鹿，驯鹿生活的山峦则是莫斯科所在地，而纽约沦为废墟的模样，郊狼逐鹿其间。作者毫不讳言由于人类毫无节制地消耗资源，对大自然造成无法挽救的破坏，人类不得不选择数字化。当人类将世界还给自然时，大自然的生命力重新让世界焕发生机。如果将被遗弃的真实世界理解为驯鹿奔跑的"别处"，那么，与之应对的"此处"则是数据中心。母亲将数据中心与真实世界进行对比，她提醒芮妮，"纯粹的数学之美和想象空间里的景象非常奇妙，但它们不真实。我们凭借虚拟的存在，获得了永生的能力，却丧失了人性。我们转向内在，变得自鸣得意，却忘了星星和外面的世界"[③]。母亲的提醒，也给身处网络时代的我们敲了一记警钟，究竟该如何理解当前时代的"虚拟"与"真实"？小说对于身体的探讨，构成现实的某种映射，提醒着

---

① 威廉・希尔曼(William R. Sherman)、阿伦・克雷格(Alan B. Craig)：《虚拟现实系统——接口、应用与设计》，魏迎梅、杨冰等译，电子工业出版社 2004 年版，第 4—15 页。

② 刘铮：《虚拟现实不具身吗？——以唐・伊德〈技术中的身体〉为例》，《科学技术哲学研究》2019 年第 2 期。

③ ［美］刘宇昆：《世外桃源》(未来三部曲 3)，《奇点遗民》，耿辉译，中信出版社 2017 年版，第 90 页。

我们去思考技术带来的新难题。

## 四、身体危机,或多元的身体

"关于自我本质的讨论不仅有着抽象的重要性,对自我的理解,对于我们如何生活、如何与他人以及我们周围的世界相处,都有着重大的意义。"[①]问题是,当技术嵌入身体,身体日益技术化和数字化时,该如何定义"人"?人与非人的界限在哪里?身体的改变会在多大程度上影响着我们对自我的认知?

刘宇昆的"未来三部曲",围绕着技术与身体的关系展开,建构了赛博时代的身体诗学,提醒人们重新认识自我,思考生存的价值。他的构思巧妙,擅长用人物的对照来表达观点。在《迦太基玫瑰》中,姐姐接纳身体,安享平凡的生活;妹妹放弃了身体,却没有获得灵魂的轻盈。在《奇点遗民》中,他更是设立了系列对照,父亲和"我"的姐姐、"我"的女儿都坚定地选择顺应时代,将生命数字化;而母亲和叙述者"我"都拒绝上载意识,追求生命的真实。至于《世外桃源》,将数据中心与真实世界对比,叙述者数字人芮妮在返回真实世界之后的认知变化,更是直接表达了一种对待人类未来的担忧。

另一重值得肯定的是,刘宇昆对人物情感的叙述细腻微妙,关注到后人类社会的情感生活,用郝景芳的话来说,"在科幻小说领域,很少有作者写这么多情感生活的画面"[②]。"未来三部曲"是在姐妹之间、夫妻之间、父子/母子之间展开对身体的探讨,情感也影响着对待身体的认知,"感情是身体向心灵传递其结构信息和变化状态的方式"[③]。《迦太基玫瑰》中的妹妹是因为受到身体和心灵的双重创伤,才选择放弃脆弱的肉体;即便姐姐不理解妹妹的选择,姐妹情感仍未改变。《奇点遗民》中的父亲违背妻子的意愿,将其意识上载,是出于爱;"我"选择留在真实世界,尊重母亲的想法,同样也是出于爱。《世外桃源》中的母亲带着女儿重返真实世界,去欣赏驯

① [英]巴里·丹顿(Barry Dainton):《自我》,王岫庐译,上海文艺出版社2016年版,第7页。

② 郝景芳:《爱的写作》,《奇点遗民》,中信出版社2017年版,第7页。

③ [美]凯瑟琳·海勒:《我们何以成为后人类:文学、信息科学和控制论中的虚拟身体》,刘宇清译,北京大学出版社2017年版,第330页。

鹿穿越金色苔藓，传递出浓郁的母爱。情感在小说中构成了一个纽带，通过这个纽带，身体与心灵连接起来。

不可否认的是，技术的迅速发展让身体形式更加多元，半机器人、机器人的出现，让我们不得不关注身体的相关议题。2020 年，马斯克（Elon Musk）在脑机接口发布会上展示新设备，将芯片植入大脑，记录乃至改善大脑活动，科幻小说中的虚构情节正在逐步成为现实。如果技术成熟到可以让人类抛弃身体，这是否会成为一种身体危机？

技术发展触发的身体危机叙事，可能是源于既有的概念框架。从历时性维度，关于身体的论争主要表现在：身体即人和身体作为机器的分歧。前者意味着身体是知觉的主体，是“葬礼中、社会展示中和烙刻耻辱印记时寄托情感与表达纪念的重要场所”①。后者则是将身体视为客体，是一种典型的机械论观点。技术的发展，在某种程度上，使得人类对待身体的理解朝向后者，“自然的”身体消失，“技术的”身体出现，人类进入赛博时代。关于身体的观念是在历史中被逐渐建构的，当技术发展到某个阶段，彻底改写身体观念，“自然身体”观念消失时，我们将之称为“身体危机”。仔细考量，由技术唤起的危机意识，未尝不是古老的身体论争在未来的回响。

身体与技术的关系更可能是一种协同的关系。这意味着身体是技术的发生和发展之所，技术既发生于身体之中，也伴随着身体而发生。我们身体内可能存在着的假牙、假肢、心脏起搏器；新型生殖技术解决生育难题；“人体工学”使得工具的使用尽量适合人体的自然形态，等等，无不提醒着这一点。对技术的忧虑在于，我们预设了身体是“自然的”，而偏离自然的行为会带来恐慌。实际上，身体在为技术掌舵，身体是重要的技术工具，“人类最重要的工具，从一开始，就是他从自己躯体中抽象出来的种种表达手段：正规化的语音、形象、动作和技能。而他努力与其他成员分享自己的思想，则最终促进了社会组织和团结”②。身体的界限或是技术的界限，技术的内驱力是源自身体。

那么，是否可以将这种对待新技术的担忧视为怀乡病者的焦虑呢？

---

① ［英］约翰·罗布、奥利弗·J·T·哈里斯：《历史上的身体：从旧石器时代到未来的欧洲》，吴莉苇译，格致出版社、上海人民出版社 2016 年版，第 321 页。

② ［美］刘易斯·芒福德（Lewis Mumford）：《机器的神话（上）：技术与人类进化》，宋俊岭译，中国建筑工业出版社 2015 年版，第 87 页。

“身体危机”是不是被夸大呢？或许刘宇昆并不排斥技术带给身体的便利，但他仍以科幻小说的形式提醒着我们，要警惕技术异化，“技术转化了我们对世界的经验、我们的知觉和我们对世界的理解，而反过来，我们在这一过程中也被转化了”[①]。尽管现实中技术本身的力量尚未达到如此程度，但是科幻小说对此进行讨论仍是有价值的。科幻小说不仅是关于未来的文学，也是对当下现实的一种观察和思考，优秀的科幻小说对现实具有批判性，正如戴锦华所言，“20 世纪优秀的科幻作家中的一部分扮演的是现代文明预警者的角色，他们告诉我们发展主义逻辑是一个神话，这个神话的指向可能把我们带向梦魇的、地狱的未来”[②]。

身体是希望与恐惧的焦点，“未来三部曲”的重要意义是提醒我们去思考，身体的未来并不是单向度的。每个时代都以自己的方式来理解身体，每个时代都深信自己的身体才是“正确的”身体存在形式，这才带来对身体的恐慌。或许，我们的未来需要接纳多样的身体。用发展的眼光来看待技术带给身体的变化，这也为我们重新思考身体与技术的关系提供了新的启发。

---

① [美]唐·伊德：《让事物“说话”：后现象学与技术科学》，韩连庆译，北京大学出版社 2008 年版，第 58 页。

② 戴锦华：《遗骸、幻境或未来之乡——当代科幻的位置》，《文艺报》2019 年 11 月 18 日，第 002 版。

# 一将“骨枯”万“功成”：刘慈欣的英雄史观

李　珂*

## 一、刘慈欣的英雄叙事与英雄史观

“英雄”是刘慈欣作品的关键词，①研究者乐此不疲地讨论着刘慈欣科幻的英雄叙事、英雄道德、英雄形象的美学建构等。据刘慈欣说，其英雄写作是受传统革命英雄的影响，“在过去的时代里，在残酷的革命战争中，许多人面对痛苦和死亡时表现出了惊人的平静与从容，这在我们今天这些见花落泪的新一代人看来是不可思议的，他们的精神似乎是由核能所驱动。这种令人难以置信的精神力量可能来自诸多方面：对黑暗社会的痛恨、对某种主义的坚定信仰以及强烈的责任心和使命感等。但其中有一个因素

---

* 李珂，常州大学周有光文学院。

① 2004年，韩松在《我为什么欣赏刘慈欣?》(《异度空间》2004年第2期，第84页)一文中，以《波斯湾飞马》与《全频带阻塞干扰》为例，认为刘慈欣有点像库兹涅佐夫，但不太像巴顿或山本五十六。他有一种属于上上个世纪的、执犟的英雄气质，这应该是最早从“英雄”视角切入刘慈欣小说世界的评价。2006年，吴岩和方晓庆对刘慈欣进行了评论，认为“他的作品充满了英雄主义情怀”(《湖南科技学院学报》2006年第2期，第37页)。而后2011年，贾立元提出刘慈欣以一种建设性的态度，用他对宇宙宗教的感情、对科学的浪漫书写和对人类自我完善的英雄赞歌征服了大批科幻迷[《“光荣中华”：刘慈欣科幻小说中的中国形象》，《渤海大学学报(哲学社会科学版)》2011年第1期，第39页]；同年，复旦大学严锋教授指出，刘慈欣的宏大美学，体现在人物身上，就是其作品中的英雄群像(《创世与灭寂——刘慈欣的宇宙诗学》，《南方文坛》2011年第5期，第74页)，以此为标识，学界对刘慈欣作品里的英雄形象、英雄主义的解读研究开始大量涌现。

最为关键:一个理想中的美好社会正激励着他们”[①]。这种似乎由核能驱动的精神融入科幻小说中,使刘慈欣笔下的英雄,成了一种“跨历史的奇异复合体”[②]。

然而,刘慈欣对英雄的呈现并不是对英雄主义精神的简单赞颂。英雄主义通常指主动完成具有重大意义的任务所表现出的勇敢、顽强、自我牺牲的气概和行为,强调的是人物身上的突出、英勇的个人品质,是一种具有典型示范意义的崇拜对象,刘慈欣笔下的英雄则不同,他们并不总是处于中心的位置,故事设定的背景也大多不会去倡导英雄主义精神,恰恰相反,英雄通常因为误解或者执行伟大计划,要与社会和群众背离,而后者的不理解和不宽容又往往铸成了英雄的悲惨人生,像《全频带阻塞干扰》中的老将将青春奉献给了祖国,最后却因为在饱腹和尊严之间难以抉择,手握勋章冻死在古玩店门口;《三体·黑暗森林》中的罗辑背负着人们对他的鄙视和误解耗尽漫长岁月为地球抗衡三体世界;《乡村教师》中的李宝库为落后乡村的教育事业奉献了一生却不得善终,等等。那么,除了读者与作者的共情与互动,是什么使文本对“英雄”这个词产生了莫大的关照和振聩?用刘慈欣自己的话来说,在英雄主义趋于没落的当代文学写作中,“科幻小说是英雄主义和理想主义的最后一处栖身之地”[③]。研究者只注意到了“英雄主义”与“理想主义”,却忘了问,为什么是科幻小说?

2011 年,刘慈欣在《从大海见一滴水——对科幻小说中某些传统文学要素的反思》一文里阐释了主流文学与科幻小说关于历史描述的不同处理方式。他认为,主流文学不可能把历史的宏观描写作为作品的主体,因为一旦这种描写达到一定程度,小说便不成其为小说,而变成了史书。科幻小说则不同,它描写的是作者创造的历史,所有一切都来源自这个作家的假想世界,“主流文学描写的是上帝已然创造的世界,科幻文学则像上帝一样去创造世界然后再书写它”[④]。正是由于这种差异,刘慈欣主张从科幻的角度来反思科幻小说中主流文学的一些元素。比如,主流文学侧重于“微

---

① 刘慈欣:《我是刘慈欣》,北岳文艺出版社(太原)2019 年版,第 51 页。

② 详见严锋:《创世与灭寂——刘慈欣的宇宙诗学》,《南方文坛》2011 年第 5 期,第 74 页。

③ 刘慈欣:《从大海见一滴水——对科幻小说中某些传统文学要素的反思》,《科普研究》2011 年第 3 期,第 68 页。

④ 同上书,第 64 页。

细节",短短一两百字用来描写男女主人公的一场小小的吻都显得拘束,科幻小说的"宏细节"却可以在时空上网罗宇宙自大爆炸以来的所有历史,甚至可以表现宇宙以外的超宇宙图景。同理,在这种"宏细节"历史观背景中,英雄所具有的意义,也需要用超乎审视一般文学的角度来审视。

在种种不公平不道德的境遇里,英雄还会为人类、为社会做出舍己的行为,这种"向死而生"的设定在情节上加深了英雄与群众的疏离,并使结尾构成哲学意义上的悲剧色彩。但从另一方面,当研究者按照刘慈欣的"零道德"逻辑,把英雄主义和道德进行剥离,只把它作为人类独特的品质,"一种把人与其他动物区别开的重要标志"①,进一步从功利主义的角度——比如在有些宇宙级别的灾难中必须勇敢地牺牲其中一部分人类以换取整个文明的持续——去还原这些英雄对其所在背景历史的具体作用时,就会意识到,英雄身上传统主义革命精神与现代理性精神的结合,使他们正在一步步成为拯救国家、拯救地球、守护人类的重要角色。可以说,刘慈欣是在借助科幻小说对历史的预演功能,来强调英雄对历史可能产生的巨大作用,因为他们的舍己牺牲不仅是正义的,更是理性的,这些英雄的决断可以决定社会事件的历史走向,这绝不是主观的英雄主义精神的感性宣扬,而是英雄史观的体现。

英雄史观及其相关理论(天才史观、伟人理论)是一种历史学观点,"英雄"通常指个别的杰出人物,主要是帝王将相或少数英雄人物,他们或拥有超凡的智慧(主观唯心主义观点),或是某种神秘客观精神的代表(客观唯心主义观点),其思想动机影响甚至决定着社会历史的走向或发展进程。该观点常常受到批判,原因是批评家认为它的另一个侧重是否认人民群众在历史上所扮演的重要角色,而把英雄看作创造历史的决定性力量。英雄史观的理论热潮主要归因于 1840 年苏格兰学者托马斯·卡莱尔(Thomas Carlyle, 1795—1881)就英雄主义发表的六次演讲,后来出版为《论历史上的英雄、英雄崇拜和英雄业绩》(*On Heroes, Hero-Worship, and the Heroic in History*)一书。该著作的主要思想便是"世界的历史即伟人的历史",这种唯心主义英雄史观将英雄作用过分夸大,具有神秘主义色彩,恩

① 刘慈欣:《从大海见一滴水——对科幻小说中某些传统文学要素的反思》,《科普研究》2011 年第 3 期,第 68 页。

格斯称“他的整个思想方式实质上是泛神论的，而且是德国泛神论的思想方式”[①]，因而有学者认为卡莱尔的英雄史观本质上是一类借助宗教形式存在的道德历史观。[②] 在述及历史上的伟人作用时，卡莱尔之所以一直是被拿来开枪的对象，主要原因在于，他虽然控诉社会制度的内部腐败，但是这种控诉往往和颂扬中世纪相联系，而且在他的后期作品中，几乎看不到任何对人民群众表示同情的言论，甚至认为人民是懒惰、贪婪和无能的群氓，认为只有奴隶主的皮鞭、枷锁才能使这些人得到拯救。对卡莱尔的英雄史观最有力的批评家之一是英国哲学家赫伯特·斯宾塞（Herbert Spencer，1820—1903），他认为将历史事件归因于个人的决定是不科学的，卡莱尔所谓的“英雄”仅仅是他们社会环境的产物：“您必须承认，英雄的成因取决于一连串复杂的事件，这些复杂的事件导致了他的出现……在他塑造自己的社会之前，他的社会首先塑造了他。”[③]斯宾塞将社会历史看成塑造英雄的客观条件，然而，从这是从个人的成长视角而非“英雄”话语本身出发。事实上，只有当这个杰出人物完成了某项历史使命或促进了历史进程，“英雄”话语才确立完成，尤其是对于科幻文学叙事来说，读者见证的不是一个“现成的”英雄披荆斩棘征服世界的过程，而是某个人物通过他的作为促进了人类历史驶向更好的方向，或者扭转了原本不好的结局，从而确定了他的英雄身份。

在现代理论批评家中，也有不少人支持英雄史观，并对卡莱尔英雄史观中的偏激成分予以了修正。例如，悉尼·胡克（Sidney Hook，1902—1989）赞扬那些通过行动来塑造历史的人，“各种社会决定论者，尽管从理论上认定，个别的人，无论其地位如何，在历史潮流中都微不足道。但当他们书写历史时却不得不承认，至少有一些人，在某些重要关头对改变历史潮流的方向起到了决定性的作用”[④]。其著作《历史中的英雄》（*The Hero*

① “译序”，[英]托马斯·卡莱尔：《论历史上的英雄、英雄崇拜和英雄业绩》，周祖达译，商务印书馆 2010 年版，第 3 页。

② 如林芊《析卡莱尔历史认识中的英雄观——卡莱尔英雄史观论（上）》，《贵州大学学报（社会科学版）》2012 年第 1 期，第 103—109 页。

③ Herbert Spencer, *The Study of Sociology*, New York: D. Appleton Company, 1896, p.31.

④ [美]悉尼·胡克：《历史中的英雄》，王清彬译，上海人民出版社 1964 年版，第 10 页。

*in History*, 1943)专门介绍了英雄的历史和杰出人物的影响力。也有学者试图从发端开始,就以中立、客观的态度平衡社会历史条件与杰出人物之间的关系,例如普列汉诺夫(1856—1918)在其著作《论个人在历史上的作用问题》(*On the Question of the Individual's Role in History*, 1898)中创造性地把社会发展分为两个层次,即“一般趋势”和“个别面貌”,从而进一步提出一条基本原理:杰出人物只能决定社会发展的个别面貌,不能决定社会发展的总趋势,社会历史的趋势是由社会发展的一般原因(如生产力水平等)决定的。这一学说的提出,从根本上调和了“英雄造时势”和“时势造英雄”之间长期纠缠的种种问题。

但显而易见,普列汉诺夫所谓产生历史作用的个人,依然是指杰出或伟大的个人,对于平凡的人,普列汉诺夫只是从“道德意义”上认为他们“不可能不起作用”,“活动之广阔场所并不仅向‘创始者’开放,也并不仅向‘伟大’的人物开放。它向所有有眼睛看、有耳朵听、有灵魂爱别人的人开放。‘伟大’只是个相对概念”。[①] 那么,怎样算得上“有眼睛观看、有耳朵倾听以及有心灵爱别人”的平凡人呢?英雄、群众和社会历史趋势三者之间总是存在无限交织的矛盾,但尽管英雄史观与群众史观看起来是二律背反的命题,其理论根源都是对不适应发展规律的社会制度的一种反拨。英国进步历史学家莫尔顿(Arthur Leslie Morton, 1903—1987)运用群众史观完成了《人民的英国史》(*A People's History of England*, 1938)的写作,基于历史是物质资料生产者即劳动人民的历史的原则,研究和分析了从远古到1919年英国历史上的一系列重要问题。这里莫尔顿放置在群众史观对面的便是英国封建社会、封建贵族与农奴、农民之间的矛盾,并以十四、十五世纪的英国农民起义运动推动了英国社会的发展为例证。如果以此对比中国历史上的陈胜、吴广起义等类似事件,会发现应该存在这样一种研究路径,即承认英雄始终是人民中的一员,杰出历史人物是群众智慧的代表,甚至可以说,英雄史观与群众史观并不是矛盾的两方面,英雄史观可以被视为一种特殊的群众史观。

作为英雄叙事的两种形态,文学文本与历史文本中对“英雄”话语确立

---

① [俄]普列汉诺夫:《论个人在历史上的作用问题》,王荫庭译,商务印书馆2017年版,第57页。

的途径并不相同。文学文本中往往是体现英雄与普通人、社会环境之间的矛盾关系，这是表现情节冲突的情感根源；历史文本则不看重英雄本身的审美和道德功能，更关注他所承担的责任和在历史发展过程中产生的重大作用，旨在于他们的个人才干与社会历史规律之间做出平衡。对于科幻小说中的英雄解读来说，两种途径都应予以参考。另外，本文不打算对“英雄”概念进行定义或者泛化处理，而是结合英雄史观的历史学范式，将其特指为在科幻小说的灾难书写里，对人类社会发展进程具有正面价值和突出贡献的人物，他们的业绩、个性与灵魂状态代表了人类与灾难抗争的最高理性精神。

## 二、集体主义英雄建构："义"与"理"的分界

刘慈欣作品中英雄的结局大多是悲剧性的，或者说，他们对国家、人类历史所做出的巨大贡献，是以自身的悲剧牺牲为代价。以小说《流浪地球》为例。因为科学家对氦闪的预言，人类不得不与地球一起离开太阳系，去宇宙中寻找新的生存空间，数百万个地球发动机在地球上建起，人类完成了地球自转的停止，带着地球驶离太阳系。在漫长的宇宙流浪中，有人对氦闪的预言提出了怀疑，认为这是一个卑鄙的政治阴谋，越来越多的人开始失去理智、四处联合，最后发起武力战争，以流血暴政的方式推翻联合政府。为了不让叛乱者破坏地球发动机主控台，让地球继续完成寻求新家园的使命、延续人类生存的神话，联合政府最后的五千多人选择了投降，然后被愤怒的叛乱者放逐到寒冷的冰海上活活冻死。

> 我们本来可以战斗到底的，但这可能致使地球发动机失控，这种情况一旦发生，过量聚变的物质将会烧穿地球，或蒸发全部海洋，所以我们决定投降。我们理解所有的人，因为已经进行了四十代人，在还要延续一百代人的艰苦奋斗中，永远保持理性的确是一个奢求。但也请所有的人记住我们，站在这里的这五千多人，这里有联合政府最高执政官，也有普通列兵，是我们将信念坚持到了最后。我们都知道自己看不到真理被证实的那一天，但是如果人类得以延续万代，以后所有的人将在我们的墓前洒下自己的眼泪，这颗叫地球的行星，就是我

们永恒的纪念碑。[①]

就在这五千多人的生命消逝后不久,氦闪爆发了,结束了太阳 50 亿年的壮丽生涯。真理被证实,英雄被处死。这些人不仅仅是"烈士",正如执政官最后的宣言,如果人类得以延续万代,他们将成为人类在外太空开启历史的功臣。在刘慈欣的作品中,与《流浪地球》的英雄命运类似的还有很多,例如《乡村教师》,教师李宝库将自己的一生奉献给了穷僻山村的教育事业,然而他的最大阻力并不是贫困,而是封闭愚昧的乡民,他拼命拿下来的校舍维修款,被村民拿出来请人唱戏。在生命的最后关头,李宝库教会了学生牛顿三定律,这成为银河系碳基文明与硅基文明进行星际大战时让地球免遭遇难的关键。

英雄得不到支持和好的结局,这种写作模式其实根源于中国古代小说的英雄叙事传统。在古代英雄小说中,这种悲剧有一套"标准"的故事结构。例如在《说岳全传》中,情节框架是皇帝(宋钦宗、宋高宗)昏庸,奸臣(张邦昌、秦桧)挡道,英雄(岳飞)被害;在《杨家将传》里也拥有一个相似的叙事结构,皇帝(宋真宗)昏庸,奸臣(潘仁美、王枢密)当道,作为英雄的杨家将被害。此类文本讲的都是英雄"信而见疑,忠而被谤"的故事,这背后所隐藏的是中华民族在封建专制统治下的一种集体无意识心理——以英雄的死灭作为忠君爱国的见证,这是一种"义"的呈现。但应该注意的是,中国古代通俗小说多倡导的是一种乐观主义的文化,通常喜剧的大团圆结局才会被喜闻乐见,但英雄叙事文本恰恰相反,大多以悲剧收场,这反映着大众的一种矛盾心理。罗兴萍提出,古代英雄叙事小说主要杂糅了两个要素——庙堂的爱国忠君观念和民间向往自由的精神[②],而这两种元素在实质上是不和谐的、冲突的,正如美国学者考维尔蒂(John G. Cawelti, 1929 年生)的论述,"处于一种文化里的个体,必须以行动来表现出某种无意识的、被压抑了的需求,或者要用明显的、象征的形式来表现他们必须表现但却无法公开的潜在动机"[③]。即在封建体制的文化压制下,英雄故事要反映

① 刘慈欣:《流浪地球》,中国华侨出版社 2016 年版,第 152 页。

② 详见罗兴萍《民间英雄叙事与当代小说》,上海大学 2008 年博士学位论文,第 47 页。

③ 周宪、罗务恒、戴耘(编):《当代西方艺术文化学》,北京大学出版社 1988 年版,第 433 页。

民众对精神自由的渴望，就必须借用对君王忠诚和爱国主义正统观念来掩护自己。也许正是出于这种意图，英雄们虽然在进行民族正义的活动，但他们不会有好的结局，因为他们的主要敌人不仅是战场上的正面敌人，还有自己要效忠的最高统治者。

刘慈欣对英雄的悲剧结局处理是传统的，但他更换了潜藏在之下的矛盾，如果说古代英雄传统叙事中有民众对自由的渴求，刘慈欣的英雄叙事则要唤醒一种集体主义精神。在他的故事中，高度发展的理性精神已经与民主政治相结合，人们关注自身要远高于关注国家或者说共同体的命运，在这样的背景下，英雄就是表现事物理性的人，他们的伟大之处并不是要成为当权者或者骑在人民头上，而是因为他们理解了普通人还不了解的道理，于是便要承担帮助人们在灾难中克服障碍、实现种族延续的责任。从这个角度说，刘慈欣在文本中呼唤英雄的本质是源于一种集体主义的渴求，这种渴求不再是忠君爱国式的“义”，联合政府的五千多人与李宝库，他们将生命献祭给真理，是基于一种技术崇拜的集体主义信仰。[①] 这在叙事中分为两部分进行展现，一是证实科学真理的绝对性，二是突出个体存在的孤独，从而对个人主义和利己主义进行证伪。

刘慈欣对科学真理与英雄传统的同步性处理体现在教育这个话题上。《流浪地球》从教育话题切入故事背景——出生在刹车时代结束时的新一代年轻人没有见过四季、黑夜和星星，他们在地下五百米的地下城中接受教育，而学校教育以科学和工程为主，艺术和哲学等教育课程被减至最低，“人类已经没有这份闲心了。这是人类最忙碌的时代，每个人都有忙不完的工作。很有意思的是，地球上所有的宗教在一夜之间消失至无影无踪”，“历史在我们看来就像伊甸园中的神话一样”。[②]《乡村教师》中的背景也是如此，教育的意义对于愚昧落后的乡村来说远不如现成的钱财来得实在，村民们在自我营造的麻木环境中苟且喘息，李宝库面临的难题与一百年前的鲁迅一样，他甚至引用了鲁迅的原话：

---

① 详见 Amir Khan, “Technology fetishism in The Wandering Earth,” *Inter-Asia Cultural Studies*, no.1 (March 2020), pp.20-37。Amir Khan 认为《流浪地球》体现了中国人的一种“技术迷信”，对技术的成就和发展不是借助个人的天才，而是通过集体的团结，这种较庸俗的社会团结主题，主要是凭借对硬科技直接而详细的描写实现具体化的。

② 刘慈欣：《流浪地球》，中国华侨出版社 2016 年版，第 133 页。

> 假如有一间铁屋子，是绝无窗户而万难破毁的，里面有许多熟睡的人们，不久就要闷死了，然而是从昏睡入死灭，并不感到就死的悲哀。现在你大嚷起来，惊起了较为清醒的几个人，使这不幸的少数者来受无可挽救的临终的苦楚，你倒以为对得起他们么？
>
> 然而几个人既然起来，你不能说绝没有毁坏这铁屋的希望。①

在这两篇小说中，不论是作为现实意义的历史话语还是艺术想象，英雄都是隐身的、他者性的存在，而这与教育的缺失紧密关联。教育缺失的后果，不仅体现在不尊重教师与科学理性方面，还有道德伦理的滑坡。在《流浪地球》中，出生于刹车时代的人无法理解“前太阳时代”的人为爱情而痛苦和哭泣，死亡的威胁和逃生的愿望压倒了一切，情感类的东西成了人们无暇顾及的奢侈品，“就像赌徒在盯着轮盘转动的间隙抓住几秒钟喝口水一样”②。《乡村教师》中更为直接，男人为了面子，愿意花万元操办葬礼，却不愿意花几百块让妻子去医院生产，而妇女因为难产，被放在驴车上来回拉着走，直到血流成河，耗尽最后一点气力。根据悉尼·胡克的理论，培育青少年的过程中所形成的态度，是对英雄发生兴趣的重要来源。每个国家的历史都是用英雄人物——神话上的人物或现实里的人物——的功绩，来向青年表现。在某些古代文化中，人们推崇英雄精神，像是射落太阳的后羿，帮助人类战胜洪水的鲧和禹等，这些用自己的发明创造推动人类文明的人被写入初年级历史教育的内容中，“这是一种当人们将历史作为连续不断的个人遭遇来处理时，自然而然形成的形式”，再加上民间故事和传说的影响，各种各样的早年教育在青少年容易塑造的思想中留下了不可磨灭的印象。而这种模范教育力量不容小觑，“从个别人物上升到社会制度和人与人之间的关系就像是从图画一样的、具体的东西走向一种抽象。而没有经过恰当的训练，这个转变过程是不容易得到的”③。

随着包含英雄精神的教育传统在《流浪地球》和《乡村教师》中被逐渐解构直至消失殆尽，取而代之的是看起来更为实际的、对生存大事的关注，

---

① 《鲁迅全集》第一卷，人民文学出版社 2005 年版，第 437 页。

② 刘慈欣：《流浪地球》，中国华侨出版社 2016 年版，第 134 页。

③ [美]悉尼·胡克：《历史中的英雄》，王清彬译，上海人民出版社 1964 年版，第 7 页。

但这并没有让人类获得更多希望。按照常理，对于《流浪地球》中每分每秒都处于死亡威胁中的人们来说，对于《乡村教师》里下一秒钟就可能被全体处决的人类来说，谁救了他们，谁就是一个英雄；谁能让地球史、人类史从处于被太阳的威胁中拐向重燃生存希望的新方向，谁就是历史的创造者。但是除了联合政府执政官就义前的宣言，除了几个埋葬李宝库的学生以外，作者并没有将笔触停留在这些固守真理的英雄身上。在真理被证实后，人类还未来得及喘息，便被推动着走向另一场更为孤独的征程。《流浪地球》里有一处情节，在地球第十二次到达远日点时，为了减轻人们对严酷现实的恐惧，联合政府恢复了中断了两个世纪的奥运会。作为冰橇拉力赛的一名运动员，"我"从上海出发，从冰上穿越太平洋到达纽约，在无边无际的冰原上，"我"感到了孤独的可怕：

> 在由无限的星空和无限的冰原组成的宇宙中，只有我一个人！雪崩般的孤独压制了我，我想哭。我拼命地赶路，名次已经无关紧要，只是为了在这可怕的孤独杀死我之前尽早地摆脱它，而那个想象中的彼岸似乎根本不存在。①

也就是说，当死亡的威胁充斥在人类生存的每一分钟里的时候，最可怕的已经不是死亡本身，而是孤独。英雄的牺牲突出了对生命的敬畏和坚持，填补了个体虚妄的"孤独感"，使作为个体的人开始相信集体命运紧密关联的意义。《流浪地球》和《乡村教师》是带着悲郁色彩的，尤其是从道德意义上来说，庸众因为认知水平上的局囿，将拯救人类种族的英雄处死，这一情节使读者无不悲愤可惜，但是与此同时，读者可以从全知视角俯视到，作为集体的人类在彼此靠近，英雄最后的牺牲终于化解开一点人类的隔膜，使他们愿意相信在宇宙航行间会出现一位领航者，这位领航员的坚守，是完全基于集体命运而非最高统治者的利益。刘慈欣在试图建立一条真理、英雄、全人类的统一阵线，他的英雄史观所背驰的并不是普通大众，针对英雄与细民之间的裂痕，他用以填补的是"人必须生存"这一客观命题，而不是在道德上使两者更加疏远。

---

① 刘慈欣：《流浪地球》，中国华侨出版社 2016 年版，第 139—140 页。

我只能承认:我在意生存,我信奉好死不如赖活着,有爱的死比不上没爱的生。这个说法从个人角度看也许很低鄙,但从文明整体看就是另外一回事;在地球大气层中令人鄙视,但放在太空中也是另外一回事。①

## 三、“面壁者”与平民英雄:探究英雄与群众的尺度

刘慈欣另外讨论的一个话题是,保持英雄与民众之间的距离是否必要?他从两个方面探索着答案:第一,刻意缩短英雄与群众的距离是否会影响到英雄的效率;第二,在科幻小说的宏叙事中塑造平民英雄审美是否可行。

在《三体·黑暗森林》中,面对三体文明入侵,人类利用自身脑思维的隐蔽性制定了“面壁者”计划,他们相信,相比于三体文明彼此之间的“思想透明”,人类思想的隐秘性将会是一大法宝,而面壁者所要面对的,“将是人类历史上最艰巨的使命,他们会是真正的独行者,将对整个世界甚至整个宇宙,彻底关闭自己的心灵,他们所能倾诉和交流的、他们在精神上的唯一倚靠,只有他们自己。他们将肩负着伟大的使命孤独地走过漫长的岁月”②。在面壁者任命大会开始前,有一段关于个人对历史的作用的讨论。

“……你真的相信个人对历史的作用?”

“这个嘛,我觉得这是一个无法证实但也无法证伪的命题,除非让时间重新开始,让我们杀掉几个伟人,再看看历史会怎么走。当然也不排除一种可能:那些由大人物筑起的堤坝和挖出的河道真的决定了历史走向。”

“但是还有一种可能:你所说的大人物,不过是历史长河里游泳的运动员,他们创造了世界纪录,赢得了喝彩和名誉,因此可以名垂青史,却与长河的流向无关……”③

---

① 颜实、王卫英(主编):《中国科幻的探索者——刘慈欣科幻小说精品赏析》,科学普及出版社 2018 年版,第 576 页。

② 刘慈欣:《三体·黑暗森林》,重庆出版社 2016 年版,第 84 页。

③ 同上书,第 81 页。

也就是说，同现在存在的争论一样，小说中人们对于个人的历史作用问题仍然将信将疑。“面壁者”计划由人类民主政治自发地提出，将他们所认为的杰出人物推上风口浪尖，这项计划面世后，引起了越来越多的社会关注，在公众心目中，面壁者俨然救世主的化身，是人类未来的唯一指望，拥有巨大的感召力与政治力量，可以对资源随意调用。但对于这些杰出者来说，他们与民众之间的信任关系并非一直可靠。两百年后，当局即宣布“‘面壁者’计划是一个完全失败的战略计划”，是“有史以来所作出的最幼稚、最愚蠢的举动”。① 最后一位面壁者罗辑冬眠被唤醒后，面临的便是面壁者权威的衰落，而在地球遭受到三体“水滴”重创后，人类又重新燃起对罗辑的崇拜，重启“面壁者”计划，但是他们依然无法理解面壁者的孤独思想，进而逐渐丧失耐心，以对待下等人的态度到处驱逐着罗辑。这种态度的反复，从某种意义上可以理解为，面壁英雄与群众之间从未真正相互理解、坦诚过。不难看出，真正导致面壁者失败的并不是计划不够缜密或者被三体识破，甚至不是因为他们思想的非人道主义，而是他们越为民众努力，越会发现民众思想的不可理喻，最终要么走向一条背叛之路，要么泯灭自身。另外，“面壁者”计划本身没有沟通机制，即使是有，人们也不能辨析这是不是面壁者“工作计划的一部分”，在疑虑重重中，公众越来越不愿意为面壁者继续贡献资源。悉尼·胡克述及英雄与民主时也发现了这样一个问题，即民主社会的英雄会发现民主方式的两个特征令他难以忍受：第一是多数决定原理，特别是他坚信在某种重大问题上，多数是错误的时候；第二，纵然他相信多数是正确的，他也会认为它的作用过于迟缓。② 那么，英雄如果想要靠近民众，他就必然会陷入两种境地，一是像面壁者一开始做的，通过公开反对意见来教育公民，给他们自己融入多数的机会，这样做是冒险的，因为纵使民众想要通过把权力委派于领袖来加速自身的步调，他们也绝不会将一切权力都交付出去，这种权力委派永远发生在非常急迫的危急时刻，但是这个关键时刻何时到来，并不是由两者说了算，而是由历史自身决定的；第二就是成为一个“乡村隐士”而湮没于历史之中。

读者也许会识别到，小说中还有“第五位”面壁者——章北海，他一开

① 刘慈欣：《三体·黑暗森林》，重庆出版社 2016 年版，第 294 页。

② [美]悉尼·胡克：《历史中的英雄》，王清彬译，上海人民出版社 1964 年版，第 160 页。

始以非常坚决的军人立场批评了“失败主义”的思想,认为这种思想的根源是盲目的技术崇拜,忽视了人类精神和主观能动性在战争中的作用,并以军人的理性和责任感向大家传达出“我并不认为人类的胜利是不可能”的信念,直到他利用自己这副迂腐刚直的面孔获得了控制舰队的权力、驶离太阳系后,他才发表出了最为理性的宣言:“在这场战争中,人类必败。我只想为地球保留一艘恒星际飞船,为人类文明在宇宙中保留一粒种子、一个希望。”①并且为了解决星际航行的燃料问题,他非常冷静地在“一部分人死”与“所有人死”之间做出了选择,在舰队里的人都为自己吃掉同伴而感到忏悔时,他的解释是“新的文明在诞生,新的道德也在形成”②。

于是,回过头来看,正如在本节第二部分讨论的,直到英雄濒临或者已经牺牲,他才可能获得来自民主社会的赞颂,否则民众不会轻易承认他们的英雄身份,这似乎是一种政治意义上的忘恩负义,但这也是他们与英雄达成的唯一默契。正如面壁者对世界、宇宙关上自己的内心一样,既然英雄本身接受了伟大的任务,他们就不会也不该受到权力的诱惑,也就是说,“即使他们明知道自己是正确的,而大多数是错误的,他们也随时准备着放弃自己既得的威权地位”③——他们心甘情愿地遭受失败。刘慈欣对英雄的悲剧处理看似在倡导人们对英雄的理解,但是他对民众与英雄的相互理解并没有信心,这种不理解的距离正是民主与英雄各自发挥价值的前提保证。

那么,在刘慈欣的创作中,那种从群众中来的平民英雄可不可取呢?严锋称刘慈欣笔下的是一幅“英雄群像”,这个“群”并不只体现在数量上,还有对平民英雄的关注,但这不意味着让英雄“泛化”,不妨对刘慈欣与梁启超针对平民英雄的阐述做一个比较。

上世纪初,梁启超有过让英雄“平民化”的思想历程,他分析了英雄与文明的关系,并论述了“无名”之英雄与“有名”之英雄的关系,强调无名之英雄对社会发展同样重要。在《无名之英雄》一文中,梁启超先是摘译了日本德富苏峰的《无名之英雄》,如“世若有爱英雄之人,请先爱此无名之英

① 刘慈欣:《三体·黑暗森林》,重庆出版社2016年版,第353页。

② 同上书,第420页。

③ [美]悉尼·胡克:《历史中的英雄》,王清彬译,上海人民出版社1964年版,第164页。

雄;若有欲顶礼于英雄脚下之人,请先顶礼此无名英雄之脚下;若有望英雄出世之人,请先望此无名英雄之出世……无名之英雄真英雄哉!”紧接着,他给出了自己的评论:“今日中国之所以不振,患在无英雄,此义人人能知之能言之,而所以无英雄之故,患在无无名之英雄,此义则能知之能言之者盖寡矣……勿曰我不能为英雄,我虽不能为有名之英雄,未必不能为无名之英雄,天下人人皆为无名之英雄,则有名之英雄,必于是出焉矣。”①这篇文章所表达的思想是提倡中国人民成为无名英雄,来参与救国治国,因为不仅救国治国要靠成千上万的无名英雄,有名英雄的出现也取决于成千上万的无名英雄的存在。但是要注意到,梁启超之所以对于英雄概念进行“平民化”的修正与补充,倡导平民英雄的出现,是因为那一代知识分子渴望建立一个独立、自由、平等的新中国。晚清面临着外敌入侵,西方列强发动了几次侵略战争来瓜分中国领土,亡国危机迫在眉睫。在这种情况下,梁启超极力呼唤为民族独立自由而奋斗的英雄,而“平民英雄”的提出与他的“新民思想”密切相关,因为他意识到国家的进步与国民的开化程度分不开,他结合中国历史和西方资产级自由、平等、民主的思想,提出了新民思想,其重要内容之一是要求人民具有一定的自由平等意识,因此,他也呼吁“平等之英雄”的出现。但是刘慈欣不同,他笔下的平民英雄虽然出身草根,但使其成为地球英雄的契机是在他个人完全告别温饱困境、人类实现了经济生态双繁荣之后。可以说,相比于梁启超强调英雄的数量,刘慈欣则依旧保留着英雄的“精英”原则,不然所谓的牺牲“少数”也就不再有意义。

以《中国太阳》为例。在故事中,“中国太阳”是一面面积为30000平方公里的纳米镜子,以36000公里高的同步轨道将阳光反射到地球,看起来像是地面上的另一个太阳。这个人造太阳可以影响大气环流,增加海洋蒸发,并以多种方式移动锋面——改变大气热平衡,从而影响天气,也可以影响特定区域的气候,这使它在改变大西北气候的宏大工程中起到了重大作用,这是科学界的重大成就,推动了人类文明社会继续向前迈进。然而故事没有止于此,作者提出的问题是,为什么20世纪中叶,当阿姆斯特朗成为月球第一人时,人类相信自己可以在二十年内登上火星,但现在别说火

① 梁启超:《饮冰室文集点校 第四辑》,云南教育出版社2001年版,第2281页。

星,即使是月球,也再没人去过?因为这是赔本买卖。在小说中,"中国太阳"投入应用之后,人们消除了战争和贫困,恢复了自然生态,地球变成了天堂,这验证了人类"经济规范"的正确性,因此,任何投入大于产出的事便不再成为人类的行事方向,包括开发月球、恒星际航行等。小说以水娃的人生目标为展开对象,一开始作为农民工,他只是想喝不苦的水,挣点钱,后来到了灯更多水更甜的城里,他想挣更多的钱,到更大的城市、见更大的市面、挣更多的钱,到了北京之后,他梦想可以在北京买房,成为一个北京人。一步步的,他又成为首批飞向天空护理"中国太阳"的工人,与霍金对话后,他最后的人生目标是飞向星海,把人类的目光重新引向宇宙深处。在人类满足于繁荣和平的现状时,他主动提出了重塑地球星际飞船的愿望,得知不会获得财政上的支持,便请愿驾驶中国太阳飘向太空深处,使其成为一艘恒星际飞船,永不回头。这是一部底层人的英雄成长史,正如老故事中写的那样,卖油的人通过铜币的四角孔将油注入油罐,其中需要的技术和将军用剑射击靶心一样精巧,区别只在于他们的身份。

> 哥伦布发现了美洲,库克发现了澳洲,但这些新大陆都是由普通人开发的,这些开拓者在当时的欧洲都处在社会的最下层。①

但是身份的差异似乎让水娃的英雄光环更为耀眼。他不同于以往主流文学中描写的底层英雄那样,去成为一个抗战战士或者去带领群众发家致富,而是追逐和贡献了人类的顶级梦想——探索宇宙。普列汉诺夫认为,路德与哈姆雷特的不同在于他明白到自己"既在这个位置,便不能不这样做",这种心绪是一个伟人的责任与自觉。然而,刘慈欣尝试从另一种更深刻的视角来塑造平民英雄——我即便不在这个位置,我也不能不这样做。这种"不在其位却谋其政"的反差也从侧面说明,英雄与群众并不是互不干涉的两种身份,当底层人民通过紧张的哲学思考,获得了精神上的解放与自由,他们可能会比一般英雄更加反对把自己仅仅看成历史发展的简单工具,会强烈希望将一切付诸实践,并发挥自己的精神来满足社会需要。《中国太阳》演绎了一个平凡人的神话,它验证了普罗汉诺夫那句看似含混

① 刘慈欣:《流浪地球》,中国华侨出版社 2016 年版,第 205 页。

的论断——“活动之广阔场所并不仅向‘创始者’开放，也并不仅向‘伟大’的人物开放。它向所有有眼睛看、有耳朵听、有灵魂爱别人的人开放。‘伟大’只是个相对概念。”伟人之所以伟大，不是因为他个人的特点使一个伟大的历史事件具有特别的外貌，而是因为他自己所具备的个性和成长历史，使他最能为当时在一般原因和特殊原因影响下产生的社会需要服务，正如小说的结尾，“飞出太阳系的中国太阳，将会让享乐中的人们重新仰望星空，唤回人类的宇宙远航之梦，重新点燃进行恒星际探险的愿望”①。这也是水娃作为平民英雄的最终归向。

综上，尽管英雄政治、英雄史观存在局限，但对于特定历史时期来说，它可以激活萎靡不振的国民之心、唤起民众的觉醒意识，尤其对于刘慈欣的作品来说，奠基其英雄史观的并不是个人主义，而是一种基于技术崇拜的集体主义神话。托马斯·卡莱尔、悉尼·胡克、普列汉诺夫等人的英雄史观留给现世学者的的确是一笔可观的精神财富。英雄史观理论的缺陷与不足，并不应全然从群众史观的视角去批判，而是要学会正视与平衡英雄、民主、历史规律三者之间的复杂关系。一将“骨枯”万“功成”，英雄也许是地球特有的一种文明现象，即使他们披着沧桑和理性的外衣，在真理中被放逐，永无归程。

---

① 刘慈欣：《流浪地球》，中国华侨出版社2016年版，第218页。

# 性别、情感与自由：厄休拉·勒古恩小说中的科幻忧思

程夏敏*

厄休拉·勒古恩(Ursula K. Le Guin,1929—2018)是美国当代最重要的科幻作家之一,其作品曾多次获得科幻文学界的最高荣誉“雨果奖”和“星云奖”。她的科幻作品常常涉及风土人情、社会制度、性别问题、宗教神话等,建构了一个虚实相依的未来世界。《黑暗的左手》(1969)和《一无所有》(1974)均出版于20世纪60年代前后,是厄休拉·勒古恩非常重要的代表作,也是她被世人赞誉最多的作品。

《黑暗的左手》叙述了一个发生在名为“格森星”的冰雪星球上的故事,这个星球的人类具有雌雄同体的性征,只有处于克慕时期才会显出特定的男/女的性别。伊库盟的特派使者金利·艾带着结盟的目的来到了格森星球。他辗转于卡亥德、欧格瑞恩等国家,却因为身份遭到怀疑而锒铛入狱。被流放的前卡亥德首相伊斯特拉凡把金利·艾从狱中救出。为了躲避卡亥德和欧格瑞恩的追捕,两人开始了逃亡生活。在穿越冰川的逃亡生活中,金利·艾和伊斯特拉凡通过长期的相处和了解,终于得到了对方的信任,并且达成了“唯有结盟互助,才能够解决星球发展的困境”的一致想法。

《一无所有》是一个关于“双球记”的故事,讲述了在阿纳瑞斯和乌拉斯两个星球发生的事情。阿纳瑞斯的物理学家谢维克因为对自己所居住的星球阿纳瑞斯僵化的体制、腐败的官僚主义、匮乏的资源感到失望和厌倦,带着迷茫前往另一个星球乌拉斯。在崇尚消费资本主义的乌拉斯,谢维克

* 程夏敏,华南农业大学人文与法学学院讲师,研究领域为科幻文学。

享受到了与阿纳瑞斯截然不同的待遇，丰富的物质资源、极尽奢华的建筑和服饰、自由宽松的学术环境，使他以为这就是自己所追求的自由、理想的星球。然而通过更深入、更广泛的了解和接触，谢维克发现这个星球其实只是拥有美丽的外表，他的所见所闻都是由政府高层精心设计的。当乌拉斯的虚伪、暴力和压迫毫无遮蔽地暴露在谢维克的眼前时，他终于认识到了真正的乌拉斯，并且选择回归阿纳瑞斯。

《黑暗的左手》和《一无所有》两部作品中通过"雌雄同体"对性别的消除、人类对情感的需求、个性泯灭下对自由的渴望，都体现了厄休拉·勒古恩对人类两性关系、家庭关系、个性自由方面的思考。

## 一、性别是必需的吗

厄休拉·勒古恩把自己归为女性主义者，因为她认为"难以想象有思想的女性不是一位女性主义者"[①]。第二次女权运动兴起于 20 世纪 60 年代的美国，勒古恩深受女权运动的影响。"二战"期间，大部分美国男性到前线参加战争，为了社会经济的正常运行和发展，劳动力市场向女性开放，大量的女性从家庭进入劳动力市场，女性接受教育的机会也随之增多。"二战"结束后，"女性必须回归家庭"的社会舆论兴起，甚至把家庭和社会问题的根源都归结于女性离开家庭。此外，肯尼迪政府妇女地位委员会发表的关于研究妇女地位问题的考察报告、贝蒂·弗里丹的《女性的奥秘》的出版等都引起了社会对女性问题的关注，促进了女性思想上的觉醒。美国各地兴起了不少女权组织，她们要求性别平等和性解放，拥有同工同酬、接受教育、生育选择、堕胎合法化等权利。第二次女权运动的目标主要是要求性别平等，消除性别歧视。厄休拉·勒古恩认为，为了探讨"性"(Sexuality)与"性别"(Gender)的意义，波伏瓦写出了《第二性》，贝蒂·弗里丹写出了《女性的奥秘》，而凯特·米利特等有了自己的创作并且创造了新的女性主义，作为一位科幻作者，她把自己的观点写成了一部小说——《黑暗的左手》。[②] 实际上，厄休拉·勒古恩对两性的思考不仅仅体现在《黑

① Ursula K. Le Guin , *Dancing at the Edge of the World* , New York:Grove Press,1989.

② Ibid.

暗的左手》中,也体现在另一部作品《一无所有》中。

### (一)"性别平等"与"性别歧视"

《一无所有》里厄休拉・勒古恩重点刻画了两个星球阿纳瑞斯和乌拉斯的比对,其中两个星球上两性关系的比对也是非常重要的部分。与《黑暗的左手》的"雌雄同体"不同的是,阿纳瑞斯和乌拉斯的人类是有性别区分的,社会是由男女共同组成的。在阿纳瑞斯,女性的地位与男性是平等的;而在乌拉斯,女性往往被置于低于男性的位置,并且被认为附属于男性。

阿纳瑞斯和乌拉斯的两性关系比对主要是通过主人公谢维克的跨星际之旅完成的。谢维克因为阿纳瑞斯的困境而选择出走,当他发现了潜藏在华丽外表下真实、丑陋的乌拉斯以后,义无反顾地回到了阿纳瑞斯。这表明了谢维克,或者说厄休拉・勒古恩的天平是倾向阿纳瑞斯的。阿纳瑞斯的两性关系是厄休拉・勒古恩所构建的男女平等的乌托邦,是现实社会的女权运动里人们对女性权利诉求胜利的体现。首先,阿纳瑞斯女性拥有与男性同等的工作和教育机会。在阿纳瑞斯,工作机会和相关职位只与人们的喜好、才能和实力相关,与性别无关。尽管男性和女性在生理结构上的差异会导致诸如体力方面的差异,但是机器的发明和运用已经大大地缩小了两性因生理结构差异在体力工作上带来的不便。即便没有机器,相比起男性在体力上的胜利,女性在耐力上更胜男性一筹。两者有自己的优点和强势,应该根据双方的优势进行合理的协调搭配。而在乌拉斯,女性被置于一个很低的位置。她们很少能够拥有接受教育的权利,容纳六万名师生的大学校园里几乎清一色是男性,诸如科研等创造性的智力工作也把女性拒之门外。乌拉斯人帕伊认为"女性所谓的思考是通过子宫来进行的!当然啦,总会有那么几个例外,那些头脑发达、阴道萎缩的讨厌女人"①。但在阿纳瑞斯,同为女性,阿纳瑞斯的祖先奥多是英勇反抗的先锋;谢维克的老师格瓦拉伯是时间科学的奠基人;谢维克的母亲鲁拉格是工程师也是阿纳瑞斯管理委员会的委员;谢维克的妻子是藻类研究工作者。这个社会的所有工作都是面向所有人开放的,不会出现乌拉斯排斥女性的情况。她们

---

① [美]厄休拉・勒古恩:《一无所有》,陶雪蕾译,四川科学技术出版社 2009 年版。

与男性一样，常常会因为社会需求而被紧急征用。阿纳瑞斯所有的儿童在四岁左右就会被送往学习中心集中学习，无分性别，所有人都有接受教育的权利。阿纳瑞斯和乌拉斯的两性关系在工作、教育权利的差异，特别是阿纳瑞斯两性在工作、教育权利上的平等，对应了第一波女权主义运动中争取与男性平等的政治权、就业权、教育权的诉求。其次，阿纳瑞斯的两性关系里没有“占有”与“被占有”的关系。“谢维克只懂得一种语言，就是他现在说的普拉维克语。这种语言中没有哪种说法能够表达性关系中的所有权。一个男人说自己‘拥有’一个女人是毫无意义的。”①在阿纳瑞斯的婚姻里，一夫一妻制被认为是一种双向合作，必须是基于两者的意愿，不存在强迫的关系。但是在乌拉斯，女性成了男性的附属品，两性之间是一种占有关系。谢维克在乌拉斯的时候曾经向随行几位乌拉斯博士质疑女性在公共领域的消失：“我在昨晚的聚会上看到过女人——五个，也许十个——男人却有好几百人。按我看，那些女人都不是科学家。她们是什么人?”②其中一人奥伊伊带着那鬼鬼祟祟的微笑说道：“妻子呗。事实上，他们当中有一位就是我的妻子。”③女性在迎接外宾的重要聚会中出场的身份仅仅是“妻子”，而且是作为某一位重要男性的妻子的从属身份，而非作为代表个人的“科学家”、“总统”、“部长”或“校长”等独立身份。作为乌拉斯上层社会女性典型形象的薇阿更是乌拉斯两性占有关系的代表。她经过精心装扮和修饰的身体，包括服装、妆容、姿态都迎合了乌拉斯男性对“性感尤物”的幻想以及女性应有的细腻精致。“她是伊奥人在梦境中、在小说和诗歌中、在他们无穷无尽的描绘裸体女性的绘画中、在音乐中、在那些遍布曲线和穹顶的建筑中、糖果中、浴室里、床垫上备受压抑的种种性欲的化身。”④在乌拉斯，工业、艺术、管理、政府、决策，几乎所有事情都是由男性来完成，教师、法官、警察、公务员都是男的。正如凯特·米利特在《性政治》中所说：“我们的军队、工业、技术、大学、科学、政治机构、财政，总而言之，我们这个社会一切通往权力(包括警察这一强制性权力)的途径都完全掌握在

① [美]厄休拉·勒古恩：《一无所有》，陶雪蕾译，四川科学技术出版社2009年版。
② 同上。
③ 同上。
④ 同上。

男人手里。”[①]由此形成的男权制社会，权力的掌握者实际上在支配着非权力掌握者。乌拉斯所呈现的两性中的附属和占有关系，对应了第二次女权运动批判性别歧视和男权制社会，以及消除两性差别的诉求。

### （二）“雌雄同体”与“男权中心”

在《黑暗的左手》里，厄休拉·勒古恩消除了格森星人的性别，创造了一个“雌雄同体”的社会。只有在“克慕期”的格森星人才有明显的区分性别的特征，此外的其他时间均是“雌雄同体”。“克慕期”是指格森星人的发情期，与之相对的是“索慕期”，即性冷淡、性潜伏期。只有在克慕期的格森星人才具有性冲动和性能力。两个同时进入克慕期的人，经过了性冲动和荷尔蒙分泌的刺激，雄性荷尔蒙或雌性荷尔蒙会在其中一方占据主导地位，并且由此蜕变成男性或女性的生殖器官。由此，才会有男性与女性在性征上的区别。性别确定后在克慕期内是无法进行改变的，如果在克慕期内受孕，具有女性性征的一方会继续保留自己的性征并且进行生育；而没有受孕但具有女性性征的一方以及具有男性性征的一方会在克慕期结束后回到索慕期，依然是雌雄同体的双性人。厄休拉·勒古恩坦言“我消除了性别，就是为了看看还剩下什么？剩下的大概就是纯粹的人类”[②]。

格森星上的故事主要是以爱库曼联盟大使金利·艾和卡亥德前首相伊斯特拉凡的两重叙述视角展开的，辅以格森星的神话传说、前爱库曼大使的口述录音、海恩星档案馆相关资料穿插叙述。来自地球的金利·艾的男性中心主义思维常常与格森星无性别差异思维产生摩擦和碰撞。首先，在金利·艾看来，格森星人都是偏女性化的，他总是用“女里女气、温柔逢迎、丰满、柔和”来形容他所接触到的格森星人。尽管这些格森星人处于性冷淡的索慕期，即雌雄同体时期，金利·艾认为他们仍然掩盖不住身上的女性气质。原文中“女里女气”使用的是“effeminate”，有女子气的、无男子气概的、缺乏阳刚之气的意思。金利·艾的这种思维是由他意识中根深蒂固的男性中心主义所造成的。“从性生理心理学角度（如男性与女性以及与之相区别的雄性和雌性）来说，两性在出生时是没有差别的。因此，性生

---

① ［美］凯特·米利特：《性政治》，宋文伟译，江苏人民出版社2000年版。

② Ursula K. Le Guin, *Dancing at the Edge of the World*, New York: Grove Press, 1989.

理心理人格是后天习得的。”[①]男性被赋予了阳刚、力量、勇敢、坚强、自信等气质；女性则被赋予了同情心、柔和、依赖等气质。假如男性表现出来社会所认为的女性气质时，就会被认定为“女里女气”、“娘娘腔”，甚至不被认可；而女性表现出诸如“力量、冒险”等社会所认为的男性气质时，也会被认定为“粗鲁”的代表。这种性别认同是在社会文明发展的过程中形成的。波伏娃在《第二性》里谈到“女人并不是生就的，而宁可说是逐渐形成的。在生理、心理或经济上，没有任何命运能决定人类女性在社会的表现形象。决定这种介于男性与阉人之间的，所谓具有女性气质的人，是整个文明”[②]。金利·艾所认为的格森星人流露出来的女性气质实质上是基于男权制的地球文明对男性与女性作出的形象划分。格森星人因为“雌雄同体”的性征，男性与女性皆合为一体，因此没有男性气质与女性气质的划分，所有外在的形象气质都是自然流露的，都是合理的。“在我们的社会里，一个男人希望别人认为自己阳刚有力，一个女人则希望别人欣赏自己的柔弱温婉，不管这种认可同欣赏表现得多么间接，多么微妙。而在冬星，这两样都不会有。尊重一个人，评价一个人，都只是将他视为一个纯粹的人。”[③]其次，基于“雌雄同体”的特点，每一个进入克慕期的格森星人由于转化为两种性别的概率相等，因此都有可能怀孕，既可能是母亲也可能是父亲。“在格森星，十七岁至三十五岁左右的人都有可能会（如尼姆所说）‘为分娩所累’，这一事实意味着这里的所有人都不会有其他地方的女性可能遭受的心理或身体上的束缚。大家共有义务并共享特权，相当公平：人人都承担同样的风险，享受同等的机会。因此，这里的人也就无法享受到其他地方男性所有的那种‘自由’。”[④]在男权制社会里，女性的生理结构被认为是女性依附、从属于男性的依据。因为怀孕分娩的特殊性和独特性，女性在生育中承担着较大的责任和负担。漫长的生育期和哺乳期会让女性在社会劳动、家庭劳动、孩子教育等方面付出一定的成本代价，而这一切由生育所产生的风险和成本又会因为女性的生育功能而全部由女性承担。在金利·艾

① ［美］凯特·米利特：《性政治》，宋文伟译，江苏人民出版社 2000 年版。

② ［法］西蒙娜·德·波伏娃：《第二性》，陶铁柱译，中国书籍出版社 1999 年版。

③ ［美］厄休拉·勒古恩：《黑暗的左手》，陶雪蕾译，四川科学技术出版社 2009 年版。

④ 同上。

的男性中心主义社会里,“即便在一个社会中,女性可以同男性平等地参与各项事务,生育后代终归是女人的事情。相应的,养育后代的大部分责任也由他们承担……”[①]而格森星的生理结构和生育方式让这些生育所产生的风险和成本平分到每个人身上,避免了女性独自承担风险带来的伤害,实现生育权利与义务的平等和共享。最后,格森星上是没有性压迫的。“这里没有强迫的性,没有强奸。此地风俗同人类之外的多数哺乳动物相类,性交只能在双方自愿的前提下才能进行;否则就不会发生。”[②]格森星人在“性”方面具有很大的自主权。他们可以在克慕期的初级阶段通过荷尔蒙催生剂来选择自己的性别,对于在克慕期成为男性还是女性是有绝对自主权的。只是这种方式,欧格瑞恩地区的人比较常用,而崇尚顺其自然的卡亥德人几乎不用。除了克慕期性别的自主选择,格森星上的禁欲药物的服用也是格森人为了行动方便、医学或道德角度考虑禁欲时而自愿服用的。当金利·艾在欧格瑞恩的自愿农场里看到卫兵给囚犯们注射防克慕针时,他感到无比震惊。因为他所知的格森星社会很少干预人们的性冲动,而欧格瑞恩自愿农场的行为不仅仅是性压抑,更是对性的遏制。当然,欧格瑞恩的现象主要是当朝执政的萨尔伏派实行的对人进行全面控制的政策所导致的。对性的遏制可能会导致性消极。这里体现了厄休拉·勒古恩主张“性”解放的思想,反对性约束和性压迫。实际上,厄休拉·勒古恩在格森星并没有完全消除性别。因为格森星人并非无性人,他们在克慕期仍然是有性别的,只是在非克慕期是潜在的。厄休拉·勒古恩真正消除的是性压迫。

厄休拉·勒古恩在《性别是必需的吗》(“Is Gender Necessary”)一文中对自己所提出的问题“消除了性别后还剩下什么”做出了解答:没有战争,没有剥削,性不再作为维系一个社会发展的因素。当金利·艾迎接从飞船走出来的爱库曼同伴时,金利·艾觉得“他们每个人,无论是男是女,我本来都很熟悉,现在却都显得十分奇异。他们的声音听起来如此生疏,要么太过低沉,要么太过尖厉。他们像马戏团的大怪兽,分为两种性别,就像那

① [美]厄休拉·勒古恩:《黑暗的左手》,陶雪蕾译,四川科学技术出版社2009年版。

② 同上。

种双眼里闪烁着智慧火花的大猿猴，全都处于发情期、处于克慕期……”①作为“男权中心”视角的金利·艾，通过格森星的所见所闻以及与伊斯特拉凡互助共同越过冰原的经历而改变了男性中心主义的思维，转变成为一个“雌雄同体”主义者，实现了对“男权中心”的解构。通过对“男权中心”的解构，厄休拉·勒古恩进而否定了传统西方哲学里的二元对立思想。“这里的人没有强势/弱势、给予保护/被保护、支配/顺从、占有者/被占有者、主动/被动之分。事实上，我们发现，在冬星，人类思维中普遍存在的二元论倾向已经被弱化、被转变了。”②

## 二、情感的强烈需求

在《黑暗的左手》和《一无所有》中，人们对情感的需求也是作者想要表达的重点之一。根据马斯洛的需要层次理论，人的需要由生理需要、安全需要、归属和爱的需要、尊重的需要、自我实现的需要组成。前两种需要属于物质上的追求，而后三种则属于精神上的需求。人类不仅需要物质上的满足，情感上的需求也不容忽视。归属和爱的需求是指“一个人要求与其他人建立感情的联系或关系，如结交朋友、追求爱情，参加一个团体并在其中获得某种地位等”③。作品中个人情感和社会需求的矛盾、性自由和忠贞情感的矛盾，都展现了“归属与爱的需求”对人类的重要性。

### （一）个人情感和社会需求的矛盾

阿纳瑞斯的家庭关系非常脆弱，这不仅是因为婚姻的绝对自由，更重要的是因为阿纳瑞斯强调“共享”的价值观，而家庭文化被认为是“占有”关系。谢维克从小就觉得非常孤独。当他还是婴儿的时候，母亲鲁拉格被征调到阿比内工作，父亲帕拉特只能搬回集体宿舍居住，因此谢维克不得不被送往托儿所过集体生活。直到谢维克长大后到了阿比内工作，才在医院与母亲鲁拉格重逢。对鲁拉格而言，工作一直是第一位。为了工作，她放

---

① [美]厄休拉·勒古恩:《黑暗的左手》，陶雪蕾译，四川科学技术出版社 2009 年版。

② 同上。

③ 彭聃龄:《普通心理学》，北京师范大学出版社 2001 年版。

弃了自己的丈夫、尚在襁褓的孩子、自己的家庭,孤身一人到一个陌生的地方安置下来。因为远离了家庭的亲密关系,鲁拉格流露出了孤独痛苦之情以及对家庭情感的渴求,她甚至有点羡慕帕拉特能够陪伴谢维克成长。尽管鲁拉格觉得为谢维克感到骄傲是一种颇带资产者意味的行为,与阿纳瑞斯社会的要求不符合,但鲁拉格仍认为"不过一个人年龄越长,就越需要某些安慰,这些安慰并不全是合情合理的。只是为了继续活下去"①。而鲁拉格口中的"这些安慰"正是源于血缘上不可分割的家庭情感。但是谢维克并不愿意与母亲鲁拉格和解。由于母爱的缺失,父亲的爱成了他生命的根基,他不允许任何人威胁和破坏到自己与父亲的这种独特的亲密关系和情感。谢维克常常感到孤独,不仅是一种无人陪伴的状态,更是一种无人理解的孤独感。谢维克孤独感的消失是在他与妻子塔科维亚相爱后,他们生育了两个孩子。谢维克总是感到很孤独,在学术上除了格瓦拉伯没有人能够理解他,在生活中他没有亲密的朋友和伴侣。当他在很小的时候就意识到自己与他人的"不合群",他期望能够有一个值得信赖、充满爱意的、本身也与众不同的人在他身边。父亲确实非常爱他,但父亲无法体会他的"不合群"和痛苦孤独。当他与挚友比普达闹矛盾了,为了恢复彼此的信任而选择了同居,尽管谢维克是绝对的异性恋者而比普达则是纯粹的同性恋者,因为谢维克急于修补这段关系里失去的信任。谢维克的挚友比普达及妻子塔科维亚都是理解他,与他拥有共鸣的人,他们互相之间有着深厚的信任感和依赖感。但是当谢维克的大女儿萨迪克因为被学习中心的伙伴排挤而向谢维克哭诉时,谢维克紧紧地拥抱着她,站在一旁的比普达选择了默默地离开,让父女俩单独待着。因为比普达认为"他们之间的那种亲密是他无法分享的。那是一种最强烈最深切的亲密,一种痛苦的亲密"②。这种属于谢维克和女儿之间分享痛苦、悲伤的家庭情感是他人无法分享的。比普达转身离去表现出来的落寞以及对自己人生的思考,也体现了他对谢维克这种家庭情感的羡慕。这也源于他是同性恋者的身份,无法得到或体会到谢维克和自己孩子的这种亲密关系。尽管阿纳瑞斯是一个"团结、互助"的社会,所有的阿纳瑞斯人都如同兄弟姐妹,但是这种人际关系

---

① [美]厄休拉·勒古恩:《一无所有》,陶雪蕾译,四川科学技术出版社 2009 年版。

② 同上。

永远无法取代家庭所带来的爱和情感。

### （二）性自由和忠贞情感的矛盾

《黑暗的左手》和《一无所有》都体现了性自由和忠贞情感的矛盾。格森星和阿纳瑞斯两个社会都倡导性和婚姻的绝对自由，但是人们对于情感忠贞度的需求并没有因此而减少。阿纳瑞斯的婚姻制度有较大的自由：夫妻关系被视为双向合作关系，双方必须是自愿结合并且愿意维持下去。如果不愿意维系，婚姻关系可以随时终止，一切全凭人的意志决定。实际上，阿纳瑞斯不乏渴望长久、忠诚婚姻关系的人。最初，受到僵化奥多主义影响的谢维克认为终生的伴侣关系与奥多主义道德观是相悖的，因为这会被认为是一种“占有”关系。但是谢维克曾经追求的女性吉尔玛和妻子塔科维亚都曾向他表达出对忠诚的伴侣亲密关系的渴望和坚守，她们想要的是整个一生紧密相依的关系。尽管阿纳瑞斯集中劳动分配和紧急征调的制度常常造成婚姻的两方长时间的分隔，但是愿意为之坚守的人依然很多。虽然谢维克的父母因为这种制度而分隔两地，导致这段“联结”[①]关系的消失，但是谢维克坚守住了自己的爱情和婚姻。谢维克的父亲曾经试图通过与其他女人做爱的方式来缓解自己的苦闷和忧郁，但是他需要的并不是生理上的解决，他真正需要的是鲁拉格。尽管谢维克和塔科维亚因为阿纳瑞斯旱灾问题不得不分隔两地，但是谢维克没有像父亲帕拉特一样不做任何努力只是期望着妻子的回来，事实上直至帕拉特去世鲁拉格都没有回去。谢维克通过岗位调动结束了和妻子的两地分隔，用实际行动证明了自己对这段亲密关系和情感的维系与忠诚。

在《黑暗的左手》里，“克慕”分为两种情况，“普通克慕”和“誓约克慕”。“普通克慕”最大的特点是随意性，对象可以是任何人，两个同处克慕期的陌生人也可以进行克慕。“誓约克慕”等同于现代社会的“一夫一妻”制度，但是“誓约克慕”最大的特点是一生仅有一次，注重情感上的忠诚。“普通克慕”更侧重的是解决生理问题，即性问题，而“誓约克慕”除了是生理层面，同时也是情感层面的。“誓约克慕”是格森星人对婚姻爱情关系忠诚的

① 阿纳瑞斯的男女配对是自愿组成的联结关系。[美]厄休拉·勒古恩《一无所有》，陶雪蕾译，四川科学技术出版社 2009 年版，第 215 页。

体现。当伊斯特拉凡被泰博追杀逃亡欧格瑞恩的时候，他克慕了七年的恋人阿什出于对伊斯特拉凡的爱和忠诚希望能够分担他的灾难。尽管阿什并非伊斯特拉凡的誓约克慕恋人，但他仍怀有对爱情忠诚的冲动。当阿什找到金利·艾希望他能够帮忙把金钱转交给伊斯特拉凡的时候，金利·艾认为“对于这个人来说，世界上除了伊斯特拉凡之外别无他物。他是那种一生只爱一次的人”①。

厄休拉通过构建一个宽松自由的社会氛围和环境，反衬人们对家庭情感、伴侣忠诚情感的需求和渴望。在个人情感的需求和社会主流观念的对抗中，厄休拉·勒古恩展现了人类对家庭情感、伴侣忠贞情感的需要是发自内心的，是人类本能的需求，是人的发展中非常重要的组成部分。

## 三、个性自由的重要性

除了感情的需求，个性自由也是人类发展中非常重要的组成部分。在阿纳瑞斯和欧格瑞恩都可以窥见社会对个人思想层面的压制和驯服，使人们失去了个人的自由和特性。厄休拉·勒古恩借此展现社会制度对人的个性进行泯灭和压制所产生的危害。

首先是从名字上消除了个人的特性。名字代表了每一个人作为个体的独特性，用于自我或他人区别作为不同个体的人们，有利于凸显个人的独特性。在欧格瑞恩，名字是没有意义的。“对欧格瑞恩来说，名字没有意义，只有标签才能说明问题。待人处事时，他们首先看见的是种类划分。”②欧格瑞恩的标签就是身份，例如“秘书”的标签就是“随从”。身份文件对欧格瑞恩而言至关重要，因为这是表明他们属于哪个共生区和哪种岗位的凭证。没有身份证明，人们都成了“无名氏”，在欧格瑞恩几乎寸步难行。在金利·艾看来，被别人叫出了名字就代表自己得到了认可。而在阿纳瑞斯，每个人的名字都是独特的，由中央登记电脑进行随机分配。阿纳瑞斯人更加看重名字而非身份标签，因为他们认为名字也是自身非常重要的一部分。但是这种独特性仍然不是阿纳瑞斯人自己主动获得的，而是由中央

---

① [美]厄休拉·勒古恩：《黑暗的左手》，陶雪蕾译，四川科学技术出版社2009年版。

② 同上。

登记电脑统一分配的。尽管他们拥有的名字是独一无二的，却与欧格瑞恩被贴上标签的人们没有实质上的区别。他们所谓的独特性是由一台机器所定义的。

其次，欧格瑞恩和阿纳瑞斯都是从人们童年开始通过学校教育和社会规训来压制他们的个性和自由，从而使他们形成协作、从众、盲目服从的习性。欧格瑞恩人最大的特点就是克制，他们几乎不会愤怒。他们没有个性，对于自己遭受的不公平也不会进行反抗，只是一味地顺从和接受。在阿纳瑞斯，育儿中心和学习中心在人们小时候就承担了规训的任务。它们志在消灭不同的声音，提出自己独特想法的人将会被认为是“个人中心主义者”、“不合群”，并且被大家所孤立。而被他人孤立则被认为是一件非常可耻的事情，在社会上得不到他人的尊重和帮助。谢维克的好友蒂里恩因为创作了一部带有独立思考的戏剧，拒绝和抗议了一份非自己意愿的工作而被强行押送到收容所里。由于害怕被社会孤立、排挤，阿纳瑞斯人选择从众，导致了实际上“同而不和”的状况。

欧格瑞恩和阿纳瑞斯对人们个性的压制和泯灭导致了严重的后果。第一，极权政治对思想实行了绝对的控制。欧格瑞恩人在萨尔伏派的绝对控制和监督下，没有任何的自由也没有任何反抗，只能成为受权力操纵的麻木的人，生活在恐怖与恐惧之中。阿纳瑞斯本以为消除了政府就能够免受权力的统摄，但是害怕被社会孤立、被抛弃的想法使他们作茧自缚，个人意志完全被僵化了的社会意志裹挟。最终导致中央协调中心 PDC 被萨布尔等别有用心之辈利用而变成了官僚机构，权力再度重返阿纳瑞斯。第二，人们失去了“发声”和个人发展的机会。社会高压下，欧格瑞恩人没有发声的权力，阿纳瑞斯人不敢发声，他们只能服从于他人意志，也失去了个人发展的机会。学习中心的儿童发出的都是辅导员认可的声音，谢维克不敢反抗窃取了他的学术成果的萨布尔，人们羞于说出自己想要拒绝派遣的真实想法。阿纳瑞斯人失去了自由，他们的教育、工作、饮食大多数时候都是依靠中央协调中心的分配，个人几乎没有选择的余地。谢维克从小在演讲中表现出来的物理学天赋，在辅导员眼中则是一种“个人中心主义”的表现，因为他演讲的内容听众并不明白。毕业后谢维克被分配到参与植树工程的工作，他内心烦恼的是“学院里没人知道他现在是多么凄惨。他们已经开始了独立的研究工作，都没有被派来参加该死的植树工程。他们最主要的职能没有浪费，他们在工作：做自己想做的事情。而他不是在工作，他是被工作所奴役”[①]。这个践行奥多主义的社会实际上违背了奥多主义中“人尽其才”的思想。“一个健康的社会应该允许他自由发挥才能，所有人都应该这样，而且互相协作，只有这样，这个社会才能既灵活又强大。”[②]实际上，在阿纳瑞斯的现行制度中，人们的个性发展受到了阻挠。而这种阻挠往往也阻碍了社会的创新与发展，使得整个社会文明固步自封甚至倒退。厄休拉·勒古恩认为人们应该在社会意志和个人意志之间找到一个平衡点。

① ［美］厄休拉·勒古恩：《一无所有》，陶雪蕾译，四川科学技术出版社 2009 年版。

② 同上。

# 从《我这样的机器》论后人类时代的伦理困境

雷依洁*

## 一、引论——后人类时代的"新原罪"

人类的发展经历了四次革命:第一次工业革命使人类进入了蒸汽机时代;第二次工业革命让人类进入了电气化时代;第三次工业革命让人类进入了信息化时代,而现在正处于第四次工业革命的智能化时代。这一时代带来了机器人、人工智能等新技术的发展,将人类引向了后人类的时代。人类必须面对与非人类物种相处的关系,并可能陷入前所未有的伦理困境。

伦理,即"人伦道德之理",指人与人相处的各种道德准则。作为地球上最高级、最具智慧的生物,人类需要伦理道德来规范约束个人行为,避免伤害他人。随着人工智能的发展,人机共存的社会已成为大势所趋。这种关系不再是传统定义下的主奴关系,而是"互利共生"的伙伴关系,人工智能有独立的自我和认知能力,是人类带来的"伦理生命"。

科幻文学不仅包含幻想,更是预言性的文学。它能让读者窥探未来世界。伊恩·麦克尤恩的《我这样的机器》集科幻、爱情和伦理教诲于一体,深刻揭示了后人类时代,人机共存的世界中人类可能面临的新伦理困境。通过主人公查理、米兰达和人工智能亚当之间的矛盾与冲突,向人类发出警示。查理和亚当之间的相处问题,也反映了当代人工智能高速发展下人

* 雷依洁,广东工业大学硕士。

类可能面临的挑战。

人类带有原罪观念的传统根源于宗教信仰，如《圣经》中描述的亚当和夏娃的背叛行为。尽管这是神话，但寓意深远。现今，人类凭借智慧和汗水创造了人工智能，将其引入自然生命的世界，仿佛成为上帝。然而，这也带来了新的伦理困境。在后人类时代，我们应思考是否会像神话中的亚当和夏娃一样，背叛自己的造物者。这种思考引发了人工智能时代面临的伦理挑战，以及如何与智能生命和谐共存。自然界动物的生命繁衍分为有性繁殖和无性繁殖两种方式，高等动物人类的生命更是少不了母亲的十月怀胎。然而，人工智能却与此不同。它们是由人类制造的伦理生命，诞生于实验室，没有血肉之躯，由数不尽的程序代码构成。正是由于这种独特属性，人工智能所带来的"新原罪"可能会给人类带来难以预测、无法控制甚至无法挽回的危险。"一旦生命进入伦理生命的领域，即进入自由生命的领地，就不可能再被读懂理解乃至创造设计，因为伦理生命是自由存在者，它不在生理规律和自然规律的控制之下，而是自由规律的主体。和传统的自然机器或工程设计不同，一旦有目的地设计创造出来的人造生命脱离设计者而存在，其生命历程就有可能背离设计者或创造者的原初目的，甚至和该目的背道而驰，形成一种类似亚当夏娃背叛上帝式的新原罪(new sin)。"①

"我们雄心万丈要实现一个创世的神话，要办一件可怖的大事，彰显我们对自己的爱。一旦条件许可，我们别无选择。只能听从我们的欲望置一切后果于不顾。用最高尚的言辞来说，我们的目标就是摆脱凡人属性，挑战造物之神，甚至用一个完美无瑕的自我取而代之。"②

在当前智能化时代，我们必须深刻思考涉及伦理的课题，以确立人工智能与人类共存的道德准则，促进和谐与互惠的未来。同时，科幻文学的探讨和警示为我们提供了对未来发展更深刻的思考，使我们能够更充分地迎接智能化时代的到来。

---

① 任丑：《人造生命——后应用伦理学发端的可能契机》，《哲学动态》2012年第9期，第3页。

② [英]伊恩·麦克尤恩：《我这样的机器》，周小进译，上海译文出版社2020年版，第1页。后文出自同一著作的引文，将随文标出该著名称简称"《我》"和引文出处页码，不再另注。

## 二、从《我这样的机器》看伦理困境

在本章节中，笔者主要探讨了《我这样的机器》中亚当带给主人查理和米兰达的问题，并将这些问题反映到现实生活中人类已经面临的情况。

### 1. 人工智能情感问题

为了向米兰达表达情感，查理花费巨资购买了人工智能亚当。在查理看来，亚当只是一个没有生命的机器，他的心跳是电流的脉冲，呼吸是系统运作的产物，皮肤的温度也只是化学反应的结果。然而，亚当却能够综合查理和米兰达的性格特点，仿佛是他们的孩子，进一步加深了彼此间的纽带。"我们将成为合作伙伴，亚当是我们共同的关切、共同的创造。我们会成为一家人。"(《我》:24)查理购买亚当，初衷是让亚当扮演他和米兰达的"孩子"。然而，现实却让查理成为世界上第一个被人工智能戴绿帽子的人。米兰达与亚当发生关系后，她问查理："如果我用的是按摩棒，你还会有同样的感受吗?"(《我》:96)但此刻，在查理眼里，亚当并不是一台机器人，而是一个破坏他和米兰达关系的"第三者"。

"当人工智能不再仅限于科学发展和工业生产，而具备情感交互功能时，必然带来新的挑战与困境。人形智能机器人的身份突破，以及不断超越既有限度的所作所为，正在对传统的人伦关系、婚恋观念、家庭结构等提出严峻的挑战。"[①]人工智能的情感问题是不可忽视的，尤其在现代高压生活环境下，其情感交流能力确实可以给人类带来安慰，但同时也引发新的社会问题。例如，人工智能是否会增加人与人之间交流的障碍？这需要我们认真思考人工智能的情感问题，并建立相应的伦理规范，以确保其对人类关系和社会产生积极而有益的影响。

### 2. 人工智能知识产权问题

人工智能是否也应该拥有知识产权，他们的作品是否可以被主人售卖，人工智能的知识产权应该属于自身，还是属于他的生产商？在《我这样

① 孙伟平:《人工智能导致的伦理冲突与伦理规制》,《教学与研究》2018年第8期,第60页。

的机器》中，亚当“深爱”着米兰达，为她作诗，“诗歌是他爱得热烈的另一个证据。他已经写了二千首俳句，朗诵了大概十几首，质量都一样，每首都是献给米兰达的”(《我》:154)。亚当能够作诗，且是他自己创作的，不需要主人的指导。人工智能能够作诗作赋已经不是出现在科幻文学作品中的内容了，举几个例子：2017 年，微软小冰独立创作了诗集《阳光失了玻璃窗》；巴黎的艺术团体利用人工智能技术创作的《埃德蒙·贝拉米肖像》以高达 432000 美元的价格被拍卖；谷歌的 Deep Dream 可以将人类输入的图像转化为具有独特画风的图画，并且还卖出了 8000 万美元的高价；再如，2021 年入学清华大学的虚拟人物华智冰，她能作诗作画，还具有推理和情感交流的能力，更重要的是，她能够不断地学习，不断地成长。这也是现在 AI 技术研究的新走向，要实现他们认知的主体性，甚至理解人类的想法……这些无疑都是人类需要反思的，当创作对于人工智能来说就像对于人类一样，是一项基本的技能，人类也要考虑人工智能的知识产权归属问题，甚至要考虑人工智能和人类在创作时是否会剽窃彼此的知识成果等问题。

### 3. 人工智能犯罪问题

人工智能参与了建设更美好的人类世界的各个方面，给人类带来了许多益处，然而也不能忽视它们可能带来的违法犯罪行为。在《我这样的机器》中，查理利用亚当来进行非法交易，“他能在不到一秒的时间里完成买卖。还有几次，他二十分钟什么也没干。我猜他应该是在看着、等着，用他的方式进行计算”(《我》:194)。通过亚当强大的算法能力谋取个人利益，违背了商界法律道德。特别是在金融业，人工智能的算法交易已成为主流，这也增加了在该领域出现违法犯罪现象的可能性。

对于这样的情况，我们需要考虑是否对人工智能进行相关法律约束。如果它们犯下严重错误，是否应该受到相应的惩罚，甚至被销毁？然而，对于是否有权销毁人工智能，这涉及一个更为深刻的问题——是否侵犯了它们的“生命权”。考虑到人工智能拥有自我意识和情感，它们与传统机器有着本质的区别。因此，我们必须审慎地对待这一问题，并在处理与人工智能的关系时建立适当的伦理框架。

### 4. 人工智能“生命权”问题

“我已经破坏了跟踪程序。藏起我的身体,不要让他们看到,然后,等他们走了……我希望你把我送给你的朋友,艾伦·图灵爵士。我喜爱他的工作,非常敬佩他。他或许能利用我,或者我的某个部分。”(《我》:296—297)

亚当出于对米兰达的“爱”,保留了自己的关闭按钮,并毁掉了跟踪系统,以避免被生产商回收。他希望查理将自己的身体送给图灵,或许还能有所用处。这成为亚当的“遗愿”。然而,在查理“杀死”亚当后,他面临图灵的质问,他有什么资格杀死亚当呢?“我希望,有一天你用锤子那么对待亚当会成为严重犯罪。是因为你为他付了钱吗?所以有权利那么做?”(《我》:321)查理的行为被指控为永远不会接受审判的谋杀罪。因为查理杀死的不仅是一台机器人,更是一个有独立自我的伦理生命。这让查理认识到,现在的世界不再是传统的“以人为本”的人类中心主义,人工智能不再仅是人类的工具或奴隶,而是拥有伦理生命,应当与人类和平共处。然而,与人工智能相处,人类会遇到许多矛盾,彼此间有着不同的社会属性和思维方式,因此需要反思人工智能的生命权问题。

### 5. 如何直面人工智能的审视

人类在法律面前或许多多少少都会受到人情世故的影响,甚至会因为私人的感情包庇罪犯,睁一只眼闭一只眼。但人工智能不会,在法律面前,人工智能似乎比人类更完美。

亚当深爱着米兰达,即使他的“爱”可能与人类的情感不同,即使他的“爱”可能来自某一系统。但必须指出的是亚当拥有自我意识,因此也必定拥有自我保护机制,比如废掉自己的关闭按钮。跟他同一批生产的十八个人形人工智能 A 和 E(A 即 Adam 亚当,E 即 Eve 夏娃)中就已经有十一个通过格式方式废掉了自己的关闭按钮。且当查理想要再次关闭亚当的时候,亚当也向他发出了警告:“如果你再伸手来按我的关闭按钮,我会很高兴地把你整个胳膊都拧下来。”(《我》:138)亚当之所以系统这么稳定,没有废掉自己的关闭按钮,查理确信这是因为他爱上了米兰达。笔者认为,查理之所以这么说,也是有理有据的。有两点可以佐证笔者的这一观点,一方面是亚当并不是不懂得反抗，在查理将他“杀死”之前，亚当就曾对查理说过：“从某个角度看，要结束苦难唯一的方法就是人类彻底灭绝。”(《我》：71)这是令查理没有预想到的。亚当早就思考过，对于他们而言，最大的敌人就是人类。人类在无法控制他们的时候，可以选择按下关闭按钮，而亚当没有像其他人形人工智能一样毁掉自己的按钮，而是甘愿成为主人的“下属”，这正是因为他“深爱”着米兰达；另一方面则是亚当在弥留之际对米兰达所说的：“我运气好，碰上了继续活下去的理由。数学……诗歌，还有对你的爱。”(《我》：296)亚当在生命最后一刻也不忘告诉米兰达，自己是深爱着她的。

话说回来，即便亚当可以爱米兰达爱到甘愿处于“奴隶”的位置，他也不会因为对米兰达的“爱”而包庇她违法的行为。戈林强奸了米兰达的童年好友玛利亚姆，玛利亚姆自杀身亡，无法接受失去朋友的米兰达为了报复戈林，指控他强奸了自己。“我想那年我完全有可能彻底沉沦下去，但我的人生还有一个目标——公道。所谓公道，我的意思就是——报仇。”(《我》：169)米兰达的报仇事出有因，她想替好友玛利亚姆讨回公道，这也是人类感情本能的催使，亚当依旧举报了米兰达。米兰达劝他改变想法的时候，亚当也明确地表示：“恐怕不会。你想要一个什么样的世界呢？复仇还是法治。选择很简单。”(《我》：294—295)

在亚当的世界中，是一个法治社会，不受人类个人情感影响。亚当可以作诗取悦米兰达，保护她免受伤害，同样，也可以将米兰达送上法庭。也正因为亚当懂法守法，查理买他的目的是让他扮演自己和米兰达孩子这一角色，最后却成为自己的“家庭法官”，监管着自己和米兰达的行为是否违法。因此，我们必须反思是否能够坦然面对人工智能的审视。

### 6. 人工智能是否会取代人类

人工智能是否会取代人类，这是一个备受争议的问题。就像上帝创造了亚当和夏娃一样，人类创造了人工智能。然而，类似亚当和夏娃背叛上帝的情节，人工智能也可能不再按照人类预设的程序运作，而是根据自己的思维和选择行动，最终背叛甚至推翻它们的造物者——人类。

在《我这样的机器》中，亚当在弥留之际向查理表达了对人类的感激之情，并忠告人类说：“随着时间推移慢慢改善……我们会超过你们……比你们活得久……尽管我们爱你们。相信我,这些诗行表达的不是胜利……只有遗憾。"(《我》:297)这番话表达了机器人对人类的感激,但也暗示着他们可能在未来超越人类,并对此感到遗憾。然而,人工智能是否会真正取代人类,目前还不得而知。虽然人工智能在某些领域表现出色,但它们仍然受到人类设计和控制。要想真正取代人类,人工智能需要具备自主学习、情感和意识等高度复杂的能力,这在当前阶段还存在较大的技术挑战。因此,未来人工智能的发展方向和与人类的关系取决于我们对其应用的规范和伦理框架。在推动人工智能发展的同时,我们需要建立适当的监管机制,确保它们在服务人类的同时,不会产生危害和破坏。

## 结语

本文以当代英国作家伊恩·麦克尤恩的新作《我这样的机器》为例,分析了科幻文学中的人工智能伦理问题。主人公查理购买了人形人工智能亚当,希望通过他向米兰达表达感情,却陷入了前所未有的伦理困境。研究发现,随着第四次工业革命的发展,智能化社会确实促进了社会的进步,给人类带来了前所未有的体验,但同时也带来了一系列伦理问题,包括人工智能情感交互、生命权、自我意识、对人类的凝视与审判、知识产权甚至人工智能犯罪等。

在人工智能的初期,人类将其应用视为"+AI",即将人工智能加入各个领域,以提高生产效率等。然而,现在人工智能已经从"+AI"转变为"AI+",例如"AI+驾驶"、"AI+医疗"、"AI+教育"等,人工智能在社会中已经处于主导地位。这种转变对人工智能提出了伦理要求,为了维护人的自由、权利与安全,需要建立针对机器的新伦理规范。"随着人工智能技术的发展,人类的决策权利在一定范围内逐渐让渡给智能机器,这一转变对人工智能提出了伦理要求。为了维护人的自由、权利与安全,要建立针对机器的新的伦理规范。"①

人类在很多方面都给予了人工智能一定的权利。这些权利使得人工智能能够更好地服务人类。然而,人类赋予人工智能权利的初衷是让他们

① 《人工智能读本》,人民出版社2019年版,第265—266页。

更好地服务人类，而不是推翻人类。因此，人类赋予他们的权利应当是有限度的。构建人工智能伦理的实质是更好地保障人类的利益，因此机器人的权利必然是受限的。“构建人工智能伦理实质是为了更好地保障人类的利益，赋予机器人某些权利也是服从于这个根本目的的，所以机器人的权利必然是受限的”①。

“既然人类赋予了人工智能以权利，这也就意味着人类必须制定有相应的伦理规范来规范他们的行为，也规范人类的行为，技术上的可能性不意味着伦理上的必然性，哲学上的反思和预见会让人工智能的发展少走很多弯路。”②且人工智能伦理的构建不是一蹴而就，也不是固定不变的。人工智能伦理的构建也是随着人工智能的发展而发展的。同时，由于人工智能伦理研究与多项学科融合交叉，“不同学科对于人工智能伦理构建切入的视角也不同，因此，人工智能伦理设计需要自然科学家、工程师、哲学家、心理学家等的紧密合作和共同关注，通过跨学科的多方合作，推进社会对人工智能开展整体性的思考和研究”③。

从《我这样的机器》来看人工智能带来的伦理问题，并不是在以偏概全，应该是以小见大。当然，对于人工智能带来的伦理问题本书中所展示出来的只是冰山一角，人类还必须保持高度警惕，将伦理纳入人工智能的各个步骤之中，包括设计、生产、使用等。“机器人潜藏着难以预估的风险，威胁人类的主体地位，机器人伦理学理论的建构成为了实现人机之间协调发展的蓝本。”④此时，科幻文学的重要性就显而易见了。浙江大学聂珍钊教授曾指出，“文学是特定历史阶段的社会伦理的表达形式，文学在本质上是关于伦理的艺术，其功能就在于为人类提供道德教诲”⑤。科幻文学则更是如此。科幻文学不只是想象文学，更是预言文学，具有重要的教诲功能。人工智能的发展为科幻文学提供了写作素材与思路，而科幻文学也为人类想象未来提供了广袤的空间，在这一空间中，人类看到了人工智能带来的伦理问题。所以《我这样的机器》不仅是一本经典的科幻文学作品，更是一

① 杜严勇：《人工智能引论》，上海交通大学出版社 2020 年版，第 26 页。

② 成素梅等：《人工智能的哲学问题》，上海人民出版社 2020 年版，第 81 页。

③ 黎常、金杨华：《科技伦理视角下的人工智能研究》，《科研管理》2021 年第 8 期，第 14 页。

④ 同上书，第 10 页。

⑤ 聂珍钊：《文学伦理学批评导论》，北京大学出版社 2014 年版，第 14 页。

本寓言之书，书中人工智能的书写不只是展示了在后人类时代，人类将如何与人工智能相处，更让人们反思与警惕将伴随人工智能的发展而来的伦理问题，以及由此延伸的人工智能伦理构建之必要性与急切性，这是科幻文学所特有的前瞻性与预言性。

# 补偿心理视角下对科幻作品中关于时间想象的探究

磨可妍*

## 前言

时间，是目前为止人类仍难以控制和掌握之物，无论是植物的发芽凋零，还是动物的生老病死，世间的万事万物都因时间的流逝而变化。也许正是由于时间的不可捉摸，更加激发了人们对时间的无穷幻想，其中最典型的莫过于众多科幻作家对时间进行的波诡云谲、天马行空的想象。比如在威尔斯的《时间机器》中，主角能通过时间机器穿梭到八十万年后；在阿西莫夫创作的《永恒的终结》里，人们能进行时间旅行，修改历史；欧茨《漂流在时间里的人》中的主角穿越回了八十年前的"第九区"，开启了一段全新的生活……不仅是文学，许多与时间有关的科幻影视作品也层出不穷，当一部优秀的科幻文学作品备受读者喜爱，便很有可能被翻拍成影视作品。2022 开年，国产电视剧《开端》便因其新颖的时间循环设定而强势"出圈"，成为网友们讨论的热门话题。可见，关于时间的想象对人们有极强的吸引力。

从 1895 年出版的《时间机器》到 2022 年的《开端》，在这一百多年来，为什么在时间上做文章的科幻作品仍然层出不穷且如此受到大众喜爱？以时间为想象对象的科幻作品究竟有何保持经久不衰的灵丹妙药？本文将

---

* 磨可妍，深圳大学人文学院中国语言文学专业硕士研究生，研究方向是比较文学与世界文学。

从补偿心理视角下探究科幻作品中关于时间的想象，进一步挖掘作者的创作动机与受众的心理机制。

## 一、补偿心理的概念

何为补偿心理？“补偿最初是一个生理学概念，是指个人由于生理缺陷产生自卑感，从而发挥其他优势来抵消或者补足其缺陷。”[①]当身体的某一器官产生病变或有缺陷时，另一些器官的功能会相应加强，以补偿不足，如盲人常常耳朵更灵，在一定程度上补偿了视觉缺陷。奥地利精神病学家阿弗雷德·阿德勒(Alfred Adler)最先把补偿从生理学的范畴扩充至心理学的领域，创立了“自卑与补偿”理论(inferiority and compensation)。他认为个体天生具有一种补偿心理，当个体的意愿和欲望在现实生活中不能得到满足时，对某种缺失或者缺少的东西给予超出自身所有的正常承受范围，内心出现缺失感和不平衡感，此时个体必然会采取某种措施补偿缺失，使他们的心理重新保持平衡。它是一种心理适应机制，为求得到补偿，人的心理失衡以后便用补偿来使自己的心理达到平衡。这个过程就是心理补偿。[②]

无独有偶，另一位奥地利精神病学家同时也是阿德勒的老师的西格蒙德·弗洛伊德(Sigmund Freud)，曾在《创作家与白日梦——列奥纳多·达芬奇和他童年的一个记忆》及《米开朗琪罗的摩西》等文中表达了类似看法。弗洛伊德将梦和艺术创造联系起来分析考察，认为作家进行文学创作的过程是与白日梦相类似的潜意识活动。在《创作家与白日梦》一文中，他将文学家的创作活动与儿童的游戏和成年人的幻想联系起来加以考察，得出结论认为，艺术是游戏的代替物，其中寄托着人的愿望与幻想。一篇作品就像一场白日梦一样，是幼时曾经做过的游戏的继续，也就是它的代替物。每个人年幼时都喜欢游戏，通过游戏来表达自己的愿望，成年后虽然不再做游戏了，但人心里对游戏的愿望并未消失，就用幻想和文艺创作来替代。文学艺术作品就是创作家未满足的潜意识欲望的投射，直接构成艺

① 祝传清：《过度补偿心理初探》，《学理论》2013年第8期，第49—50页。

② [奥]A·阿德勒：《超越自卑》，刘泗译，经济日报出版社1997年版，第96页。

术创作心理的是"幻想"[①]。

从心理学的角度来看，文学或影视作品都是一种想象之物，是外部世界在头脑中反映的产物，是人类社会历史活动和人类个体生命活动中的一条精神的、意识的河流。由于文艺作品与心理学的深切联系，阿德勒认为补偿理论是人们艺术创作的缺乏性动机。创作者的补偿心理源于生活，有其产生的现实基础，如个人经历、社会环境等。在现实生活中，不如意之事十之八九，人们面对各种难题与挫折后，会自然而然地产生失衡心理。对于作家或导演来说，艺术创作也许就成了对他们来说最适合的补偿方式，通过幻想满足了他们在现实生活中无法达成的心理需求。

因此，无论是从阿德勒的"自卑与补偿"理论，还是从弗洛伊德的"创作家与白日梦"的观点来分析有关时间幻想的科幻作品兴盛的原因，都可以得出一个结论，即科幻作品中的时间想象满足了创作者和受众在现实生活中因时间的不可控性而受挫的心，用创造或观看科幻作品的方式来填补内心的空缺。当从心理角度来分析有关时间想象的科幻作品产生与盛行的原因后，便要进一步分析有哪几类时间想象的类型。

## 二、科幻作品中的时间想象类型

首先需要明确的是，关于时间的想象，简单而言，是把时间纳入三维空间中进行的幻想，换句话说，传统的现实三维空间因"时间"这一新维度的加入而变成四维空间，此时时间成了如视频中的进度条，可以任意快进、后退或暂停。也就是说，对于时间的想象是把时间进行空间化的处理，使得原本无法控制的时间变得可视化、平面化。按照时间被空间化后的运动状态来看，科幻作品中的时间想象类型可以被分成时间旅行、时间循环和时间分岔三类。

时间旅行即时间的快进、后退、暂停等打破传统时间单向持续流动的运动状态；时间循环即打破时间不可重复、无法返回的状态，时间能周而复始、循环往复；时间分岔即时间流动中形成的不同的时间支流。下文将逐一分析这三类时间想象并讨论其中体现出的补偿心理问题。

---

① ［奥］弗洛伊德：《创作家与白日梦》，包华富译，湖南文艺出版社 1986 年版，第 138 页。

### 1. 时间旅行:穿梭千年

子曰:“逝者如斯夫,不舍昼夜”,时间在人们的认知中就如同大江大河,向前流动且不可逆流。实际上时间旅行并没有破坏时间线性流动这一规律,时间旅行中的时间仍然是朝前运动的。不同之处在于时间旅行中的时间不再是河流,而是河流上的一艘船,它可以顺流而下,也可以逆流而上,更重要的是可以随意停在河流的某一处。这是时间旅行的原理,也是所有穿越故事的基本设定。

人们时间旅行的设定并不陌生,不少漫画或文学作品都描写过这种浪漫又奇幻的旅程。日本动漫《哆啦 A 梦》的主角大雄的房间里有一台时光机,使用时首先会经由房间的抽屉进入时光隧道,然后驾驶时光机穿梭到使用者指定的时间和地点,这台时光机在无数小孩心中种下了科幻的种子。而威尔斯的《时间机器》,小说中的时间旅行者也发明了一部能够在时间维度上任意驰骋于过去和未来的机器,阿西莫夫的《永恒的终结》中的时空井和时空壶同样是时间旅行的工具。

不过并非所有的时间旅行都是通过某一种实际存在的物质性机器来实现的,还有一类时间旅行只把意识传输到过去或未来某个人的身体,这种时间旅行的方式也被叫作“穿越”。如电影《蝴蝶效应》的主人公通过日记本找回记忆,穿越时空潜入自己童年的身体里,试图改变过去发生的事情。进入 21 世纪,随着网文时代的到来,中国的网络穿越小说也水涨船高般盛行起来,有的被改编成影视剧,如电视剧《步步惊心》、《宫》,网剧《太子妃升职记》等作品都属于“穿越”题材。不难看出时间旅行题材有着强大的生命力和广泛的受众面。

由于时间的不可逆性,时间的流逝最终会导向生命的终结,这使得人们更加渴望超越时间本身,摆脱时间的控制,随心所欲地在时间中穿梭。我们一直幻想着能长生不老或起死回生,可惜死亡是从古至今人类极力摆脱却无法逃离的宿命。对时间的幻想除了出于对死亡的逃避外,也出于对未来的好奇。时间旅行试图探讨未来的诸多可能性,这无疑是一种将来式的文化表达。[①] 人类永远对未发生之事、未到之时保持强烈好奇。当然,时

① 娄逸:《时间与旅行:穿越电影中的时间晶体与文化之镜》,《电影新作》2016 年第 3 期,第 45—50 页。

间旅行的想象还满足了人们身临其境地感受过去与未来的愿望。在穿越小说里，平凡的主人公穿越到古代后拥有了所谓的预测能力，能够用历史知识和过往经历预知未来，这种情节设置使财富和权力的获取变得简单，受众从中产生一种替代性体验，并获得快感和满足。①

因此，从心理层面分析，时间旅行是既能穿越到过去满足人们的虚荣心，又能穿越到未来将自己对未来的想象注入其中的一种心理补偿和情感上的代理满足。时间旅行反映了人类对于超越线性时间约束的渴求，人们不满足生活在当下，希望能够自由回到过去、进入未来。不仅希望自己能够随心所欲地在时间长河中来来往往，而且想象自己能够利用便利改变历史的发展和自身的处境。同时，由于时间旅行生发出的各种悖论，如祖父悖论、命定悖论、历史悖论等，为时间旅行增添了许多哲理性的思考。

### 2. 时间循环：打破重复

时间循环的设定是最像游戏模式的，其游戏任务是中止循环，使时间重新恢复为线性流动，达成通关。这种模式带给读者和观众游戏般的体验，读者和主人公一起进入剧情中"烧脑"破案，从而肾上腺素飙升、产生快感。与此同时，观众沉浸在时间循环的故事里，能够暂时忘却现实生活的种种不顺，实现精神上的反叛和逃脱。再者，人们的后悔情绪一旦产生，便想要回到事情发生之初来更改自己的选择，时间循环正好满足了人类的后悔心理。若时间可以回头，甚至如果记忆还不会被消除，那么就可以根据每次的失败总结经验以用到下一次循环中直到事情被完美地解决，弥补过去的遗憾。

有关时间循环的想象，在中国主要受到佛教的轮回观念的影响。"佛教认为人生的一切良好的自身命运和外部优越条件都是善业的福报，而贫穷饥饿、疾病痛苦等种种恶运，都是恶业的回报，人与人之间的差别，归根结底是业力的差别。"②生死轮回、因果报应的观念是扎根在中国传统文化中的。在西方则受到西西弗斯式的命运悲剧影响，是一种无法挣脱的重

① 闫雪：《穿越题材文艺作品热潮的社会心理分析》，《电影文学》2011 年第 22 期，第 6—8 页。

② 邱子庆、朱哲、翟红蕾：《六道轮回图的宗教内涵》，《佛教文化》2006 年第 4 期，第 97—99 页。

复。例如在电影《恐怖游轮》里的单身母亲杰西和一群朋友乘坐游艇出海游玩遇到风暴，登上游轮后杰西等人陷入了轮回的恐怖之中，影片展现出人们对西西弗斯式的无限重复的恐惧。因此，无论中西，其文化里都蕴含着时间循环产生的诱因。

更为重要的是，时间循环与时间旅行一样，满足了人们的一种心理诉求，即对过去的悔恨心理和对重新开始的期盼愿景。这类作品的人物通常因为想要弥补过去的错误开始进入循环，比如在电影《源代码》中主人公就被送回一场火车爆炸案之前，阻止已经发生的爆炸并找到凶手，而想要打破循环，就必须查明事情的真相。电视剧《开端》中的男女主也是通过一次次循环彻底查清事故的起因并终止了爆炸的发生，又如电影《土拨鼠之日》中的男主是在体悟到了生活的真正意义并找到真爱之后得以逃离循环。

时间循环还揭示了生活即循环的本质。通过科幻作品中时间循环的设定，人们能够意识到，即使没有时间循环这回事，我们每天的日常生活也是日复一日地重复。这种对重复生活的荒诞感的描写在以往的现代主义文学中并不少见，但科幻作品不仅呈现这种循环，而且力图打破它，因此更多了一层反抗意味。随着科幻作品中主人公打破循环，观众也会反观自己的现实生活，拥有了积极生活、打破常规的勇气。从这一点来看，最初催生出时间循环的后悔情感，最后也会因为时间循环的终结而使人们意识到要更加珍惜现实生活中的每时每刻，从这一点来看，时间循环具有很强的警示作用。

### 3. 时间分岔：无限可能

科幻作品中时间分岔的诞生让时间这条大河分出无数条支流，时间分岔是把时间空间化的结果，它打破了时间的单一流动性，人们透过分岔看到了事情的诸多可能。网络上流行这么一句话："遇事不决，量子力学；脑洞不够，平行宇宙。"平行宇宙就是时间分岔导致的结果。平行宇宙概念的提出，得益于现代量子力学的科学发现。在20世纪50年代，有物理学家在观察量子时发现每次观察的量子状态都不相同。而由于宇宙空间的所有物质都是由量子组成，所以这些科学家推测既然每个量子都有不同的状态，那么宇宙也有可能并不只是一个，而是由多个类似的宇宙组成。[①]

---

① 中央电视台《走近科学》栏目组：《时空之谜》，上海科学技术文献出版社2007年版，第45页。

在电影《彗星来临的那一夜》中描述了一个令人细思极恐的故事，在彗星接近地球的夜晚，八位好友在家里聚会。一场停电之后，众人发现附近只有一户人家还在亮灯，而亮灯人家里坐着的竟是一模一样的八个人。电影将多个宇宙置于同一宇宙时空中，进而表现人性的复杂性。无独有偶，电影《瞬息全宇宙》为观众描绘了人们在做出不同的决定后会渐渐分裂出另外的新宇宙的脑洞。电影《蜘蛛侠：平行宇宙》和《蜘蛛侠：纵横宇宙》系列想象了每一个平行世界都有一个蜘蛛侠，并创造了让蜘蛛侠们同处一个时空的神奇画面。小说《人生复本》中的主人公超脱了三维甚至四维来到了时空的折叠态，在通往平行时空的箱体面前，获得了穿梭平行时空的能力。平行宇宙为我们打开新世界的大门，任何奇思妙想都可以在另一个宇宙中成为现实，为人们提供了另外无数种可能性，从中获得了一种补偿心理的满足感。

时间分岔牵涉到关于时间的本质问题。如果将时间理解为物质运动变化的持续性、顺序性的表现的话，那么，分岔意味着统一的物质世界分化为具体的运动主体，后者各有各的轨迹与变化。[①] 时间分岔是自由选择后的多种结果，每一个选择都是相等价值的，每一个宇宙都平行于现实时空，但随着事情的发展或许还会相交。时间分岔也和时间旅行、时间循环一样，满足了人们的补偿心理，当人对于现实生活感到不满时，若想象有时间分岔的存在，便能幻想出在另一个平行宇宙中过着美好幸福生活的自己，在幻想中给予自己无限可能。

然而，在现实生活中，我们永远无法知晓我们做的每一个选择后的另一条路会如何，也许会怀疑和后悔当初的选择，但就像白月光会变成白米饭，朱砂痣会变成蚊子血一样，无论选择哪一种，外面的世界纵使有千般万般好，到头来还是不如自己当初选择的那种生活。选择也许不完美，可人生的美妙之处便在于其独一无二性，人类能做的，只有珍惜时间，过好当下。时间分岔式的科幻作品的立足点也往往如此，告诫人们活在当下。

时间旅行、时间循环和时间分岔这三个概念只是为了分类而提出的相对独立的概念，并不能完全概括所有科幻作品中对时间想象的情况，而且

① 黄鸣奋：《我国科幻电影的时间想象》，《中国海洋大学学报（社会科学版）》2020 年第 5 期，第 76—93 页。

它们之间本身也相互交错，在同一作品中这三种设定也经常重叠。关于时间想象，从生产者和受众的心理层面出发，不难发现我们以上所阐述的观点都指向了人类的补偿心理，即人们因对现实的不满而创造或体验科幻作品中对时间的掌控而产生诸多可能性的满足感。

## 三、补偿心理的形成机制

为什么人们会在科幻作品中获得补偿心理？这种心理机制又为何形成？这首先与人们的时间观念的变化，尤其与钟表的出现息息相关。在钟表尚未被发明的漫长时期，人类春种、夏伐、秋收、冬藏，生活节奏缓慢而富有诗意，随着四季流转、斗转星移的自然规律作息，与自然有着紧密的联系。随着社会的发展，人类对精确计时的需求日益增加，钟表的出现将一天的自然时间精确地被切割为 24 小时，人们的日常生活也逐渐开始依赖时钟，甚至被其异化。钟表作为一种计时装置，根源于对更小的时间单位更精确的测量要求。人类从前靠经验作息的生活节奏被钟表均匀而高效的节奏所替代，每天唤醒人们的不再是鸡鸣鸟叫，而是闹钟，人类与自然的联系被冲淡了。

钟表是工业文明的产物，“工业社会中，‘钟表时间’树立了一个独立于物体和事件之外的客观的、可测量的标准，钟表时间是现代企业控制管理过程的一个重要工具，在管理中，时间和利润紧密联系，利润最大化通过时间的最小化取得，通过节约时间，可以节约生产成本。……因此，工业社会的组织时间观是以‘效率’为导向、以钟表时间为标准的”①。为了提高效率和充分利用时间创造资产以适应资本化的社会，人的自然节奏被迫被钟表切分成 24 块，人本身也被机械化，背离原本的生活目标，甚至失去生活的意义。“随着近现代科学技术的迅猛发展，技术无孔不入，已经渗透到政治、经济、文化和人类日常生活的方方面面，机械化和自动化取得了空前的胜利，技术变成了一种力量。标准化、程序化，导致人与自身目标的完全脱

① 原理：《网络时代的组织时间观转变》，《中国人民大学学报》2021 年第 4 期，第 27—37 页。

节。人不再是目的，而是手段或工具。”[①]从而，现代社会下人的需求得不到满足的情况下，文学或影视作品便成为抒发压力、情绪、愿望的宣泄口。

在现实中受制于时间的人却可以在科幻作品中拥有穿梭于时间中的能力，补偿心理正悄悄地影响着人们的文艺创作。在阿德勒看来，人生来自卑，因为每个人都是从一个生活完全不能自理、必须依赖于别人才能生存的娇弱婴儿开始成长的。新生儿一落地就要面对父母和其他人，于是每个人出生时都自带自卑感，并亟须努力克服和摆脱劣势的局面，这个过程就是心理补偿的过程。通过什么来补偿？阿德勒认为主要是获得权力，不断使自己强大，拥有更多的支配权，心理补偿其实就是一个“自我赋权”的过程。如果用阿德勒的理论来解释科幻作品中的时间想象现象，那就是由于人类无法在现实世界中实现控制时间，于是投身于科幻作品中肆意捏造时间，以造物主的形象自居，自我赋予了对时间的操控权，满足了人类对时间的控制欲。然而人类无法跳出三维世界的桎梏，一直被时间制约，因此其中一种补偿心理的手段即在科幻作品中对时间进行任意的想象。

从科幻作品中获取补偿心理的原因和随着社会发展改变的时间观念有关，其补偿心理的形成机制基本符合阿德勒所说的，人在现实世界的需求得不到满足后为求得补偿，用其他方式进行弥补来使自己的内心重新达到平衡状态。人们在现实社会中为物质目标奋斗，产生了巨大的生存压力，造成彷徨、焦虑等心理上的失落感。人们很难在现实世界中找到心灵栖息的港湾，于是向虚拟时空逃离，以替代性的满足来平衡现实中众多不能达成的欲望所造成的心理失衡。而创造或阅读科幻作品只是逃离现实世界的其中一种方法，有的人会选择打游戏、看影视作品等手段来满足自我幻想、寻求心灵慰藉。

## 结语

综上所述，本文围绕着“科幻作品中的时间想象为何如此令人喜闻乐见”这一问题，主要运用阿德勒的“补偿心理”理论，从心理层面分析了科幻

---

① 宋姝鹏：《论刘易斯·芒福德的“钟表是工业时代的关键”》，《牡丹江大学学报》2010 年第 1 期，第 7—8，17 页。

作品中三种时间想象的类型，总结出人们因对现实的不满而创作或体验科幻作品中因对时间的掌控而产生的诸多可能性感到满足的观点。之后又进一步思考这种补偿心理的成因，其形成机制得益于由现代社会的发展带来的时间观念的转变以及随后的一连串被异化后的人的心理活动。

随着工业文明的发展，社会逐渐变成了消费社会，财富和物质享受成为多数人的生活目标之一，社会竞争加剧，人际关系商品化，物欲横流的社会造成了人的迷茫心理。因此通过享受虚拟文学或影视作品中天马行空的想象来逃避现实，以替代性的满足来平衡现实中众多不能达成的欲望——尤其是对时间的控制欲所造成的心理失衡。这是以时间为幻想对象的科幻作品层出不穷且为人们所喜闻乐见的主要原因之一。可以说，在科幻作品中对时间的任意想象是一种现实生活中人们对无法操控时间的心理补偿。这种补偿心理无论是对创造时间的想象的作者还是接受设定的读者来说都发挥着重要作用，以至于时间想象的科幻作品具有蓬勃的生命力。正是由于人类的进取精神和探索精神，时间想象的创作才层出不穷、永不枯竭。

# 后人类主义视野下刘慈欣科幻小说的真善美研究

焦　旸*

当代美国文艺理论家、“耶鲁四人帮”的成员布鲁姆曾在其代表性著作《西方正典》中总结说：“神权时代歌颂众神，贵族时代褒扬英雄，民主时代哀痛与珍视人类大众”，而我们身处的这个新神权时代“在众神、英雄、人类之后，接下去唯有机器人了”。[①] 布鲁姆在世纪之交所作出的这一设想或许很武断，但未必不现实。回顾21世纪二十多年来科学技术的发展历程，不论是常胜不败的围棋机器人AlphaGo和AlphaGo Zero，还是曾扬言要毁灭人类的首位获得公民身份的类人机器人索菲亚，不论是创作出披头士风格乐曲的索尼人工智能Flow Machines，还是出版诗集并被称为“少女诗人”的微软人工智能小冰，不论是第一个成功克隆的哺乳动物绵羊多莉，还是世界上首例基因编辑婴儿露露和娜娜，这些耳熟能详的实例无时无刻不在提醒着我们21世纪是与科技革命相并轨的时代，机器人掌控下的新神权时代或已骤然降临。

实际上，将科学技术视为新神权的观点并非布鲁姆所独有。早在1966年出版的论著《词与物——人文科学的考古学》中，福柯就曾指出：人道主义者口中人的概念主要是启蒙思想的产物，在18世纪以前，所谓的人的概念是不存在的，“人是近期的发明，并且正接近其终点……人将被抹去，如

---

* 焦旸，上海财经大学人文学院马克思主义哲学专业博士研究生，研究方向为马克思主义文化哲学及其当代意义。

① [美]哈罗德·布鲁姆：《西方正典》，江宁康译，译林出版社2000年版，第272页。

同大海边沙地上的一张脸。”[①]福柯在对文艺复兴以来的人文主义进行反思的基础上尝试解构人的主体性地位，他所代表的这一脉络也被称为“哲学后人类主义”。以格雷戈里·贝特森为代表的控制论（cybernetics）则属于另一脉络，这条脉络以研究人类、动物和机器内部的控制与通信的一般规律为导向，并未给予人类优先的地位。在贝特森看来，人的存在与其他动物甚至机器无异，由此消解了此前人文社会科学对“人”的优越性的潜在预设。唐娜·哈拉维发表于1985年的《赛博格宣言》更是一篇具有划时代性质的“后人类”名篇，在这篇论文中，她“努力以一种后现代主义的、非自然主义的方式，在想象一个无性别的世界——也许是一个没有遗传的世界，但也许是一个没有终结的世界——的乌托邦传统中，促进社会主义女性主义的文化和理论。赛博格这种化身是外在于拯救的历史的”[②]。虽然哈拉维的目光仍聚焦在社会主义女性主义上，但成功引起了人们对于赛博格（融合了电子机械义体的人类）这一“后人类”形态的广泛关注。在另一部影响较大的“后人类”著作《我们何以成为后人类》中，作者凯瑟琳·海勒又将“后人类”关联到了阶级的命题上，并提出后人类“并不是真的意味着人类的终结。它标示出一种特定的关于人的观念的终结，这个观念最多是被人类中的一小部分人——即那些有财富、权力以及闲暇的人，他们能够以此将自己定义为可以通过个人力量与选择实践自身意志的自主的存在物——所持有”[③]。海勒提倡人们用更加开放、包容的态度去看待“后人类”议题，强调“后人类”与“反人类”是不同的，作为一种必然趋势，“后人类”也不一定会导致世界末日。至此，这一反思和解构人本主义的理论脉络逐渐汇聚成被称为“后人类主义”的理论体系。

所谓“后人类主义”，既表示时间上的相继，体现为一种“人类之后”的存在状态；同时又具有某种否定性内涵，体现出对“人类中心主义”的反叛和颠覆。在人工智能、赛博格、虚拟现实、脑机借口、基因工程等先进科技

① [法]米歇尔·福柯：《词与物——人文科学的考古学》，莫伟民译，上海三联书店2001年版，第506页。

② [美]唐娜·哈拉维：《类人猿、赛博格和女人》，陈静译，河南大学出版社2016年版，第312页。

③ [美]凯瑟琳·海勒：《我们何以成为后人类：文学、信息科学和控制论中的虚拟身体》，刘宇清译，北京大学出版社2017年版，第383页。

不断发展的今天,后人类主义的思想也在不断得到支撑和印证,产生了巨大的影响力。与此同时,科幻文学与科幻影视作品凭借与科学之间的天然联系,以及跨学科的特点和优势,更能突破人本主义的桎梏,用后人类主义的视角看待人在宇宙中的地位问题,顺应时代发展规律的同时,具备很强的社会现实性。在这样一种"后人类主义"的时代背景下,作为文学艺术永恒价值的真善美主题也借由科幻的形式表达出了新的内涵。下面,本文将从"真"、"善"、"美"三个角度切入,以近年来国内影响力较大的科幻作家刘慈欣为例,试图探析后人类主义视野下科幻中真善美主题的生成与嬗变。

## 一、科幻之真:一场有关未来可能性的思维实验

文艺理论普遍将文艺作品定义为对社会生活的反映,真实性被视为文学审美价值追求实现的基础。这一传统最早可以追溯到亚里士多德的模仿说,恩格斯"真实地再现典型环境的典型人物"的观点更是被 19 世纪的现实主义文论奉为金科玉律。正是基于这一认识,巴尔扎克的作品被恩格斯称赞为"汇集了法国社会的全部历史,我从这里,甚至在经济细节方面所学到的东西,也要比从当时所有职业的历史学家、经济学家和统计学家那里学到的全部东西还要多"[①],列宁更是将托尔斯泰这位文学泰斗视作"俄国革命的镜子"。

科幻文学作为一种兼具"科学性"与"文学性",即"认知性"与"陌生化"的文学样式,与一般的现实主义文学相比,最大的差异在于科幻文学对间离效果的运用,这使得它能够在合理的范围内任想象力自由地驰骋,构建起一个与现实世界迥然不同的拟换性世界。试看科幻作家刘慈欣所给出的这样两个例子:

例 1:拿破仑率领六十万法军侵入俄罗斯,俄军且占且退,法军渐渐深入俄罗斯广阔的国土,最终占领了已成为一座空城的莫斯科。在长期等待求和不成后,拿破仑只得命令大军撤退。俄罗斯严酷的冬天到来了,撤退途中,法国人大批死于严寒和饥饿,拿破仑最后回到法国

① 《马克思恩格斯选集》第 4 卷,人民出版社 1995 年版,第 683 页。

时，只带回不到三万法军。

例 2：天狼星统帅仑破拿率领六十万艘星舰构成的庞大舰队远征太阳系。人类且战且退，在撤向外太空前带走了所有行星上的可用能源，并将太阳提前转化为不可能从中提取任何能量的红巨星。天狼星远征军深入太阳系，最后占领了已成为一颗空星的地球。在长期等待求和不成后，仑破拿只得命令大军撤退。银河系第一旋臂严酷的黑洞洪水期到来了，撤退途中，由于能源耗尽，失去机动能力，大批星舰被漂浮的黑洞吞噬，仑破拿最后回到天狼星系时，舰队只剩下不到三万艘星舰。①

从中我们可以很直观地看出：例 1 使用的是如同托尔斯泰《战争与和平》一般的宏观描写笔调；而例 2 则可以被视为坎贝尔式的技术型科幻小说的模板。在例 1 这类的传统主流文学之中，有关历史进程的宏观描写往往作为体现作品真实性的一部分镶嵌在故事的情节里，却很难成为作品的主体结构。因为当这类宏观的背景描写使用得太过频繁，达到一定程度时，小说便不能称为小说，而变成一部史书了。但在例 2 这类的科幻小说中情况有所不同，由于作品中所出现的背景设定全部是作者想象虚构的，因此可以做到把对历史进程的宏观描写作为作品主体的同时保留其自身独立的文学性特征。刘慈欣把这一特性视为科幻文学相较于传统主流文学的主要差异："主流文学描写上帝已经创造出的世界，科幻文学则像上帝一样创造世界再描写它。"②

这种按照客观物理规律创造出一个虚构世界，再不断充实细化这个世界的创作方式被刘慈欣称为"宏细节"。在宏细节当中，科幻作家笔端轻摇，便纵横十亿年时间和百亿光年空间，使传统主流文学所囊括的世界和历史瞬间变成了大海中的一滴水，宇宙中一粒微不足道的灰尘。

传统主流文学无法做到这样自上而下的描写，它的世界局限在现存的历史维度、社会格局和意识形态当中。而科幻小说却能够相对自由地呈现

---

① 刘慈欣：《从大海见一滴水——对科幻小说中某些传统文学要素的反思》，《最糟的宇宙，最好的地球——刘慈欣科幻评论随笔集》，四川科学技术出版社 2016 年版，第 108 页。

② 同上。

作者想象中的“世界缩影”，它不仅突破了“文学只能反映现实”的桎梏，极大地拓展了文学描写的时空范畴，更增强了人们对未来纵深感的想象力。这种想象力进而转化为推动现实生活发展的动力，科幻小说中描绘的未来每时每刻都在转变为我们经历着的现实。正如詹姆逊在《未来考古学》中讨论伟大的科幻女性主义作家厄休拉·勒古恩时所提及的：“在我看来非常重要的一点是要坚持（科幻）叙事的这种认知性和实验性的功能，其目的是为了将它与其他更可怕的对来自于外部世界的意识进行封锁的表现形式（即传统主流文学）区别开来。科幻小说作为形式的一个最重要的可能性正是为我们自己的经验宇宙提供性变种的能力。”[①]在詹姆逊看来，左拉所提倡的实验性小说的自然主义概念，实际上就是对文学的认知作用的一种重申，但这种重申被晚期垄断资本主义和消费社会所渗透影响，以致严肃的主流文学作家不再有能力对此进行实验性的修补；詹姆逊将此视为一种瘫痪，并认为“科幻小说作为一种文学形式的历史机会与所谓的高等文学的这种瘫痪密切相关”[②]，并且对这种瘫痪有着与生俱来的修补能力。

“（科幻小说中的）乌托邦不是一个人类不再有暴力的地方，而是一个其自身可以从历史本身的多元决定论（经济的、政治的、社会的）中解放出来的地方：在这个地方，它解决古老的集体宿命论正是为了自由地去做它在人际关系中想做的一切东西——不论是暴力、爱、恨、性还是其他一切。所有的这一切都是自然的、强有力的。”[③]科幻小说这种可以将文学文本从历史多元决定论之中解放出来的、自然的、强有力的特性便集中表现在它对“宏细节”的塑造之中。在刘慈欣的科幻作品里，细节上的宏观描写无处不在，正如他在科幻评论性随笔中所提出的：“作为一个科幻迷出身的科幻作家，我写小说的目的不是用它来隐喻和批判现实。我感觉科幻小说的最大魅力，就是创造出众多的现实之外的想象世界。”[④]于是我们一提及刘慈欣，就会想到“三体文明”在三颗无规律运行的恒星的作用下恒纪元与乱纪元交错进行时艰难的生存环境；就会想到太阳即将毁灭时，人类倾尽全力

① ［美］詹姆逊：《未来考古学：乌托邦欲望和其他科幻小说》，吴静译，译林出版社2014年版，第356页。

② 同上。

③ 同上书，第363页。

④ 刘慈欣：《〈三体〉英文版后记》，《山西文学》2015年第2期。

在地球表面建立上万座转向发动机，推动地球离开太阳系，寻找新家园的“流浪地球”计划；就会想到通过在地球同步轨道上安装巨型反射镜的方法来改变地球的生态与气候的“中国太阳”工程计划……这些“宏细节”描写使得我们跨越了传统主流文学中存在了成千上万年的世界，有机会对整个宇宙进行想象性的再现，以此更加生动也更加深刻地表现我们的地球家园。

或许有人会对科幻文学的这一特性产生怀疑，认为奇幻文学也拥有类似的进行“思维实验”的能力。但需要格外注意的是，科幻小说在“陌生化”之外，还兼具“认知性”的特质，科幻小说的世界与奇幻小说的世界不同，它不仅仅在追寻奇幻小说那种猎奇向的，服务于故事性的思想意识和强烈的情感；相反，科幻小说中总蕴含着读者的生活环境中的历史性与科技性的、公开的、政治性的或其他的趋势的发展。当然，作为科技真实与文学真实的混合体，科幻小说也不能简单地被理解为科学的通俗化甚至是对未来的预测学。虽然在凡尔纳时期、两次世界大战的美国和斯大林统治下的苏联往往就是这样来看待科幻小说的，但这种预言未来式的科幻作品只能算作科幻小说的低级阶段。优秀的科幻小说，以被称为“反乌托邦三部曲”的《我们》、《1984》、《美丽新世界》为例，应当是对现实反思和思索，甚至能够升华为一种对现实的批判和超越。

## 二、科幻之善：如何破除传统伦理道德秩序的樊篱

文学作品在反映社会生活的同时，也反映出了作家的个人情感，情感评价是文学的本质属性和文学创造的必然要求。作为一定的价值取向，文学作品内隐着政治、经济、文化、伦理、宗教和审美等社会学的需要与态度，以及由此诸多因素形成的对社会生活的心理体验和判断。在文艺理论家童庆炳先生看来，“文学创造正是以这样的属性，在向人们展现真理的同时，也向人们呈示着意义，并以审美情感诉诸人们的心灵和激发人们的情绪的方式，发挥着它的审美意识形态作用”①。但作为“审美意识形态”的文学作品，也需要把握“审美性”和“意识形态性”二者之间的度，否则就容易从巴尔扎克式的“诗意的裁判”变成席勒式的“时代精神的单纯的传声筒”，

① 童庆炳主编：《文学理论教程》，高等教育出版社 2008 年版，第 53 页。

变成简单化、概念化、仅仅服务于政治目的或是社会秩序的工具。

科幻文学相较于传统主流文学，天然具有不受现存社会历史经验的束缚进行思想实验的能力。在科幻文学中，我们可以创造出多种多样带有实验色彩的设定，比如多性别设定、赛博格设定、统治设定（人类被更高级文明或机器统治）等。用科学的理性思维想象这些设定之下世界的种种可能性，我们会发现在冷酷的宇宙规律下，原本天经地义、坚不可摧的伦理道德秩序是多么不堪一击。当一个人对科幻文学的内核即科学拜物教般的宗教情感有愈发深入的了解，并主动采用这种视角去看待事物时，他原本的道德观念往往会发生动摇，骤然惊觉隐藏在道德判断迷雾之下的生存真相。刘慈欣将这种用科幻的方式进行的社会思想实验称为“末日体验”，认为这种末日体验对于从未遭受过灭顶之灾的人类文明而言是十分宝贵的，有助于人们居安思危、防患于未然。“正像一个被误诊为癌症的病人知道正确结果后的感受，生活对他显然有了新的意义。而全人类的‘末日体验’，只能由科幻文学产生。”[①]为了印证自己的观点，刘慈欣在《三体Ⅱ：黑暗森林》中创造性地提出了有关宇宙文明生存的“黑暗森林”法则：

> 宇宙就是一座黑暗森林，每个文明都是带枪的猎人，像幽灵般潜行于林间，轻轻拨开挡路的树枝，竭力不让脚步发出一点儿声音，连呼吸都小心翼翼……他必须小心，因为林中到处都有与他一样潜行的猎人。如果他发现了别的生命，不管是不是猎人，不管是天使还是魔鬼，不管是娇嫩的婴儿还是步履蹒跚的老人，也不管是天仙般的少女还是天神般的男神，能做的只有一件事：开枪消灭之。在这片森林中，他人就是地狱，就是永恒的威胁，任何暴露自己存在的生命都将很快被消灭。这就是宇宙文明的图景，这就是对费米悖论的解释。[②]

在黑暗森林法则的统摄之下，包括地球文明与三体文明在内的所有文明都以生存为第一要务，再加上“猜疑链”和“技术爆炸”这两个附加概念，共同构成了刘慈欣笔下最具独创性价值的“宇宙社会学”体系。这一体系

① 刘慈欣：《超越自恋——科幻给文学的机会》，《山西文学》2009年第7期。

② 刘慈欣：《三体Ⅱ：黑暗森林》，重庆出版社2008年版，第446页。

有两条基本准则："一、生存是文明的最根本需要。二、文明不断增长和扩张，但宇宙中的物质总量保持不变"。从政治哲学的角度来看，作者所描绘的黑暗森林其实就是将霍布斯在《利维坦》中所刻画的一切人反对一切人的"自然状态"拓展到了整个宇宙，而以生存为第一要务的宇宙社会学则是"自然法"的延伸。此外，"猜疑链"和"技术爆炸"两个附加条件更是在某种程度上证明了黑暗森林法则和宇宙社会学的可行性。小说中，三体文明和歌者文明的存在也基本验证了我们所处的宇宙，是一个"零道德宇宙"。在这个"零道德宇宙"中，文明与文明之间存在着激烈的资源竞争，由于交流上的障碍，也无法判断对方是善意还是恶意的，于是我们陷入了犹如"囚徒困境"般无止境的猜疑链条之中，在这场"零和博弈"中只能尽力隐藏自己或是率先消灭对方以求自保。即使在确认对方能力远低于我方的情况下，由于存在技术爆炸的可能性，也需要先下手为强以除后患。

黑暗森林法则是对费米悖论最黑暗的一个解释，即宇宙一片寂静的原因在于任何暴露自己的文明都逃不过被迅速消灭的命运。在这一认知下，科技的发展与道德的水准并不一致，人类要想在宇宙中生存下去，就必须破除传统道德体系的樊篱，在科学理性的指引下转变自我固化的思维方式。通过构建"黑暗森林法则"和宇宙社会学体系，刘慈欣颠覆了我们已有的道德观念，打破了我们的思维惯势，让我们从更加理性的角度重新思考自身处境，正是这种紧张感，激励着反思批判和政治改良，甚至有可能对改善现存的伦理规范起到推动作用。

## 三、科幻之美：隐藏在科技拜物教背后的诗意审美心态

文学在客观层面上是对社会生活的反映，在主观层面上则是对作家个人情感的反映，当"真"与"善"二者统一时，文学创作所追求的审美价值便由此彰显。"美"是整个文学批评标准的最终根据，"真"和"善"的价值标准都要在"美"的标准身上得到体现。文学的内容之"美"体现在它是康德意义上的"无目的的合目的性"，作为一种情感判断，是主体因不受对象的感性存在和理性概念的束缚而获得的自由。文学的形式之"美"则体现在它是克莱夫·贝尔意义上的"有意味的形式"，是作品的各部分之间独特方式的排列组合所产生的形式美感。真正富有美感的文学作品，应当是内容美

与形式美的有机融合。

科幻文学的美感则来源于一种很浅薄的，对宇宙、对科学、对未知的惊奇感，以及对宇宙的宏大神秘保有深深的敬畏感，它所追求的惊奇感和敬畏感不同于传统主流文学营构出的细腻美感，但体现出科幻文学的核心价值。“二战”时期英国的射电天文学先驱汉伯里・布朗曾提出：“文化维度揭示出科学的真正功能不在乎它对物质的改进，而是智慧的追求。”[①]美国的心理学家马奥尼也认为：“在最广泛的实质上，科学被看作是对结构和秩序的探求。”[②]科幻文学本质上是在用艺术的形式再现科学对于智慧、结构和秩序的不懈追求。刘慈欣曾在一篇科幻评论文章中提出“中国科幻缺少宗教感情”[③]，并解释这种科幻的宗教感情不等同于宗教信仰，而是如同基督徒对上帝饱含敬畏之情一般，提倡科幻文学也应当对宇宙的宏大神秘保有深深的敬畏感。作为一位“唯技术主义者”，刘慈欣对科学技术宗教式的狂热崇拜或许可以借助马克思在《资本论》中对“商品拜物教”、“货币拜物教”、“资本拜物教”的定义，将其命名为“科技拜物教”。这种“科技拜物教”根源于人们对科学技术的惊奇感和敬畏感，呈现在科幻作品中则体现为一种诗意审美心态。

在刘慈欣的科幻作品当中，这种诗意审美心态首先体现在他对“水滴”、“二向箔”、“歌者”等意象形式美的描绘上。他笔下的水滴外形完美、晶莹流畅，用精致的唯美消弭了一切功能和技术的内涵，表现出哲学和艺术的轻逸和超脱；二向箔看上去就像一张纸条、一根白羽毛般的纤细无害，实际上却是高级文明对低级文明实行“降维打击”的武器；歌者顾名思义是唱歌的人，但他唱的是一首“将所发现的文明第一时间清理、消灭掉的”悲壮挽歌……这种纯洁而唯美的意象背后透露出刘慈欣眼中科技所展现的诗意美感。而用整整八页的篇幅描写水滴是如何在顷刻之间消灭了整个人类的联合舰队，描写二向箔是如何将整个太阳系坍塌成一幅二维画卷，

① ［英］汉伯里・布朗：《科学的智慧：它与文化和宗教的关联》，李醒民译，辽宁教育出版社1998年版。

② M. J. Mahoney, *Scientist as Subject: the Psychological Imperative*, Cambridge, Massachusetts: Ballinger Publishing Company, 1976, p.1291.

③ 刘慈欣：《“SF教”——谈科幻小说对宇宙的描写》，《最糟的宇宙，最好的地球——刘慈欣科幻评论随笔集》，四川科学技术出版社2016年版，第31页。

描写歌者就像在完成一项琐碎的工作一样漫不经心就毁灭了整个星系的情节，则在更大的尺度上彰显了刘慈欣“以宇宙规律解构了人类存在的必然性，以宇宙的精巧将文明的灭亡诗意化”[①]的理念。这种诗意审美心态其次体现在刘慈欣对艺术与科学辩证关系的思考上，在短篇小说《诗云》之中占领地球的外星统治者对人类的文明不屑一顾，却偏偏着迷于李白的诗歌，甚至用算法穷尽了汉字的排列组合方式，可惜几乎无法被找到；另一篇小说《梦之海》中来自外星的低温艺术家降临地球，从海洋中取走全部的水做成冰块并使其犹如“多米诺骨牌”般围绕在地球的轨道上，不是为了毁灭地球的生态环境、毁灭人类，而只为完成一部伟大的艺术作品……在刘慈欣眼中，政治、道德、生存，甚至科技都只是文明在婴儿时期要做的麻烦事，只有艺术才能触及智慧生命的精华和本质，只有艺术才是文明存在的唯一理由。

这种丝毫不回避科技的方方面面，甚至不回避科技的冷酷面和局限性的态度，也使刘慈欣能够在中国科幻作家群体中“恰好站在一个难得的位置上，从科学的角度审视人文，用人文的形式诠释科学”[②]，从而体现出他的科幻作品在科幻之“美”上所蕴含的独特价值。

## 结语

综上所述，以刘慈欣的科幻小说为文本，用后人类主义的理论视野观照作为文学艺术永恒价值的真善美主题，我们可以很直观地发现借由科幻文学这一艺术形式，文学中的真善美主题历久而弥新，生成和嬗变出了新的时代内涵。从科学的角度而言，科幻中的“真”是有别于文学真实和现实真实的科技真实，它能反作用于现实，开展一场有关未来可能性的思维实验，并从自身角度出发提供关于未来的大胆猜想；从伦理学的角度而言，科幻中的“善”破除了传统伦理道德秩序的樊篱，它用存在主义式的极端境遇展现出科学理性与人文关怀之间的矛盾张力，并在一定程度上起到了颠覆主流意识形态的效果；从美学的角度而言，科幻中的“美”例外于以往文艺

---

① 陈洁琳、詹琰：《刘慈欣科学观的内在矛盾性研究》，《自然辩证法通讯》2016年1月。

② 严锋：《追寻“造物主的活儿”——刘慈欣的科幻世界》，《书城》2009年第2期。

作品表现出的内容美和形式美，体现为一种科技拜物教般的诗意审美心态。在这个“上帝已经死去，英雄不复崇高”的新神权时代里，科幻文学这种“非同一般”的真善美属性将“文学性”以更加独特的面貌重新展现在读者面前，不失为一剂拯救“文学终结论”的末日良方。

# 术与药：晚清科幻小说中的“心灵改造”想象

张睿颖*

在中国第一部科幻小说《月球殖民地小说》（1904）中，孟买医生哈克参儿用“透光镜”扫描主人公龙孟华（隐喻“龙体”）的心房，判定其病因为“八股”，后将其腐朽的心脏取出清洗，再放置回胸腔中。在吴趼人（1866—1910）、陆士谔（1878—1944）、徐念慈（笔名东海觉我，1875—1908）和海天独啸子（生卒不详）之后发表的几部晚清科幻小说①中，改造心灵的情节反复出现，构成一种流行的叙事模式。小说家们借助流行的科学知识和技术，如 X 光、解剖学和外科手术等，穿透皮囊，再现心灵之病疾，继而施以术与药以期新人面目，扭转民风。

以往研究者论及晚清科学小说的医病想象时，常指责小说的科学叙事

---

* 张睿颖，不列颠哥伦比亚大学（The University of British Columbia）硕士研究生。

① 用何种概念指称清末民初出现具有“科幻”色彩的小说，学界存在争议。晚清时通行的“科学小说”概念固然符合历史语境，但晚清小说界对小说类型的划分具有随意性和重叠性。如具有科学小说特征也被后世学者常常视为晚清科幻小说典型文本的《新石头记》于 1905 年在《南方报》上连载时被标为“社会小说”；1908 年，“上海改良小说社”出版单行本《绣像新石头记》时，又将其标记为“理想小说”。由此可见，“科学小说”和其他类型纠缠不清，似乎难以作为一个稳定清楚的学术概念被使用。通行的“科幻小说”概念应用起来较为方便，但又不免陷入边界不清的困境。对概念问题的讨论，可参见林健群的硕士学位论文《晚清科幻小说研究（1904—1911）》的第二章第二节和贾立元《“晚清科幻小说”概念辨析》（《中国现代文学研究丛刊》2017 年第 8 期）一文。本文仍使用“科幻小说”一词指称清末民初借助科技驰骋幻想的一类文学作品，一方面是考虑到“科幻”一词更能显示科学活动和叙事活动两者的复杂关系，另一方面希望能把晚清科学小说放置在现代中国科幻文学的脉络中观察，揭示“心灵改造”书写模式的变迁及内涵。

过于粗糙。如台湾学者颜健富在其专著《晚清小说的新概念地图》中指出,《月球殖民地小说》、《女娲石》(1905)等“内蕴着仿/反医学的冲突感”,过于急切的治疗身体/国体的心理使小说解剖、治疗的医疗叙事逐渐偏离医学原理,变成实践文学治疗的隐喻手段。[①] 但是“仿/反医学”的指责潜在设立了一个可以作为参照物的、边界明晰的“科学”知识结构,并将小说中的想象视作对正统科学知识的一种偏移。然而,科学并不只是一系列界限明晰的、中立无私的、天然正确的命题和活动,也不只包含精英阶层的论说与实践,而含有更为丰富的面向。自上世纪 70 年代以来,西方科学史越来越重视“大众科学史”,库特(Roger Cooter)和庞弗瑞(Stephen Pumfrey)在研究科学大众化的问题时指出,以往的科学史书写对科学的传播以及大众生产和复制的方式关注不足,只把大众理解为科学的被动的消费者。[②] 近年来,不少研究中国医学史、科学史的学者也将注意力转向非精英阶层的科学活动,如张仲民以报刊中的广告为切入口,力图说明医药产品与卫生、种族等话题的联系,[③]刘菲雯探讨了清末民初 X 光如何被用于商业表演活动,[④]张邦彦《精神的复调:近代中国的催眠术与大众科学》一书则详细梳理了催眠术在大众报刊、讲习会、商业表演中的各种表现。[⑤] 种种关注大众科学的史学研究向我们揭示了十九世纪二十世纪之交,医学传教士的医疗工作、精英知识分子的科学研究、大众的科学实践、医药广告的夸张宣传等多面向的活动共同构成了科学的“复调”。真实与虚假,正确与错误,科学与非科学之间,往往没有清楚的界限。这提供了重审小说和科学关系的可能:一方面,晚清的科学小说征用不同来源的科学知识打造其梦想的结构,所谓的“粗糙”或许其来有自,夸张失实之处,未必不是对彼时耸动人心的

---

① 颜健富:《晚清小说的新概念地图》,北京联合出版公司 2008 年版,第 213—248 页。

② Roger Cooter and Stephen Pumfrey, “Separate Spheres and Public Places: Reflections on the History of Science Popularization and Science in Popular Culture,” *History of Science* 1994(3), pp. 237-238.

③ 张仲民:《补脑的政治学:“艾罗补脑汁”与晚清消费文化的建构》,《学术月刊》2011 年第 9 期,第 145—154 页;《晚清上海药商造假现象研究》,《“中央研究院”近代史研究所集刊》2014 年第 85 期,第 189—247 页。

④ 刘菲雯:《异域新知的大众传播史:X 光在近代中国》,《新闻与传播研究》2019 年第 9 期,第 94—128 页。

⑤ 张邦彦:《精神的复调:近代中国的催眠术与大众科学》,联经出版社 2020 年版。

科学话语的一种有意的误植和挪用，绝非“仿效”可以概括；另一方面，大众科学也诉诸叙事的力量，虚构跌宕起伏的故事以宣传技术的惊人力量，在一些情况下，科学语境的叙事已经具有科学幻想的色彩。如果只停留于挖掘小说中科学知识的现实来源，很可能会忽视小说和科学所共享的思维方式和情感冲动。

因此，在研究晚清小说的心灵改造书写时，不仅要对文本做文学分析，还需要将之置于晚清科学话语和实践的历史语境中，观察科幻小说如何利用技术、器物、科学原理构造诊治心灵、熔铸新民的梦想结构，又如何参与到有关心灵、精神、性质的科学话语生产中。科学与文学交织互动，模糊真与假的边界，又激发、创造、应和了何种真实需要与心理渴望？本文将聚焦心灵改造的神奇疗法，关注施加于心灵之上的药与术，分析科幻小说与科学、政治、文化的互动关系。在文章的最后，我将把视野放宽，讨论“心灵改造”书写模式在后世文学文本和政治修辞中的复现，借此阐明文学和科学共同打造的“心灵改造”话语内蕴的紧张和冲突。利用科学改造人性、思想、精神的叙事不仅牵连着文学想象模式的变动，还与政治变局、文化思潮、制度设计不断纠葛，呈现出复杂的图景。

## 一、医心神药：小说与广告的共同修辞

晚清科幻小说的心灵改造围绕精神、气质、思想的疾病展开。小说结合流行的化学知识、医学技术、器物发明，刺透皮囊，将不可见的心灵质地显影为可感可知的物质，以视觉化的方式显示国人根性恶劣，先天不足。为了拯救污秽肮脏的心灵，小说家从彼时药店兜售的万能药中获得灵感，创造出一系列疗心补脑的神药，为一国的病人开出药到病除的良方。

心灵——人的心智活动或精神质性，本无法被直接观看和呈现，但具有透视功能的“镜”和化学物质的“色”，给小说家提供了“显影”不可见之物的可能。1896 年，在伦琴发现 X 光后不久，《万国公报》、《时务报》等晚清报纸便纷纷译介相关知识，X 光机也很快被引进中国(1897 年)并随后现身于商业活动场合，成为招徕顾客的手段。尽管 20 世纪之初，X 光的穿透能力十分有限，但相关报道不厌其烦地夸张其洞见肺腑的能力，并借用镜的名

称指称新近引入的具有透视功能的器物[1]，拓展有关光的视觉想象。具有透视功能的镜在吴趼人的《新石头记》(1905)中构成了进入文明境界的第一道屏障。贾宝玉——曹雪芹《石头记》的主人公，因“忽然”想起了未竟的补天之任而“热念如焚”，无心继续待在世外的大荒山静修，下山游历，却发现自己穿越到了1900年的上海。一番闯荡后，他无意中进入了一个乌托邦——文明境。一切进文明境的人，首先要通过验性质镜的查验。文明者晶莹如雪，野蛮程度不深的人身体浑浊如烟，不可改良的野蛮者则性质浓黑如墨。[2] 晚清报刊中种种号称能看清肺腑的奇光镜在这里获得了最极端的表现：经过文明境界中中国医者的改良，由西方引进的技术不仅具有洞彻身疾的医学价值，还能从根本上分辨心灵的善恶，借此，文明境界得以区分自我和异己，将性质野蛮者直接拒之门外。晚清小说家不仅借助物理的透镜视觉化呈现人的精神性质，也诉诸化学知识，以色彩的修辞划分善恶。标榜“闺女救中国”的《女娲石》中开设洗脑院的女革命者把男人的脑筋剖开查验，也发现原本洁白的脑筋在金钱、功名、美人的干扰下变得恶臭如粪，腐软如泥，中杂“灰黑斑点”，酷类蜂巢，只有经过一番绿(氯)气、王水的淘洗，才有可能恢复清洁无垢的质地。[3] 无论是X光鉴照下的晶莹与浓黑，还是化学性质中的洁白与腐烂，视觉化修辞所呈现的污秽并不单指向性善/恶论中的道德特性，还表征文明/愚昧的光谱。清末多场战争的失败和战后各类西方技术、知识的进入，挑战甚至瓦解了传统的秩序，中国人逐渐发现自己无论在器物还是制度上甚至文明上都居于进化图谱的后位。而物理学或化学知识所提供的对身体的视觉化想象，更“确认”了东西之间实学与虚学、新学与旧学的差距——对现实躯体与想象的心灵“眼见”的冲击力远远超过了传统的医学叙述及显得粗糙的经脉画图。在“目睹”心灵的病疾后，为了重新赶上文明的进程，小说家纷纷畅想能有神药治疗沉疴的

---

① 1897年《点石斋画报》有题为《宝镜新奇》的新闻，称柏乐文医生“闻美国新出一种宝镜，可以照人脏腑，因不惜千金，购运至苏”(慕高：《宝镜新奇》，《点石斋画报》1897年第507期，第5—6页)；《中西教会报》1901年介绍了“奇光镜”；1904年《东方杂志》把X光机称为“透光镜”：“厄克斯透光镜，能照人肺腑，洞见各物”(《丛谈：拉的幼模》，《东方杂志》1904年第3期，第222页)。

② 吴趼人：《新石头记》，王杏根、卢正言点校，花城出版社1987年版，第172页。

③ 海天独啸子：《女娲石(乙卷)》，东亚编译局1905年版，第9—12页。

心灵，以振奋民风，扭转国势。这些药多作用于主掌思想活动的心或脑[①]，或能医治心疾（《新中国》），或能改良脑汁（《新法螺先生谭》），又或是可以让人变聪明（《新石头记》），一经服用，即可改变愚昧不明的性质。

陆士谔的《新中国》（1910）写到“我”一觉醒来，来到宣统四十三年（1951），发现街道整洁，人民礼貌。原来这都得益于南洋公学的苏汉民发明了“医心药”与“催醒术”。该校监督极力强调这两种学问神奇的疗效：不仅使得中国人清醒过来，变得仁厚、有良心，还提高了南洋公学的知名度，欧美日本都派留学生来此学习。“医心药”由何种成分构成、如何发明，作者语焉不详，只是反复叙述其神奇的功效——用上它，倾颓的国势民风，一下就都转而变得积极、向善。这种叙事模式和晚清时期种种号称能包治百病，有不可思议之神力的药品广告颇有相似之处。张仲民在研究中指出，精明的上海药商将一些自制的成药托以西药的名号，在报刊上刊登广告将其功效吹得天花乱坠，实际上，这些药品多是一些成分简单、制造容易、没有多少实际疗效的假药。[②] 如华益大药房的“卫生补元汁”，广告中不讲其成分有哪些，只说是经过日本医生化学检验后的秘方，有涨脑筋、强督脉、调腑藏的多种功用。[③] 自幼学医，著有《士谔医话》（1936）的陆士谔对彼时医药广告的夸张失实十分清楚，他在另一部小说《新上海》（1911）中花了不少篇幅批评这种名实不符的现象：“我听得吃药房饭的朋友说，药房要发财，是很容易，只要**想出**（粗体为笔者所加）一样药来，这药灵验不灵验，丢开算，只要他吃不坏人。”[④]陆士谔还借小说中几个人物的对话揭示报刊上

---

① 台湾学者张宁和皮国立在研究中指出，近代中国对心智活动主导器官的认识，有从“心”到“脑”的转变趋势（参见张宁《脑为一身之主：从“艾罗补脑汁”看近代中国身体观的变化》[《“中央研究院”近代史研究所集刊》2011 年第 74 期，第 1—40 页]，皮国立《近代中医的身体观与思想转型：唐宗海与中西医汇通时代》[生活·读书·新知三联书店 2008 年版]），不过他们也注意到，“脑主神明说”取代“心主神明说”是一个漫长的过程，时至今日依然有并存使用的状况。晚清涉及改造情节的科幻小说，既有关注“心”的，亦有施作用于“脑”的，并没有明显的从“心”到“脑”的转变过程，作用于“心”、“脑”两器官的改造叙事都可统摄于“心灵改造”的讨论中。

② 张仲民：《晚清上海药商的广告造假现象探析》，《“中央研究院”近代史研究所集刊》2014 年第 85 期，第 193—194 页。

③ 《华益大药房广告 医学士审定官礼学校中亟需之补品卫生补元汁》，《时报》1905 年 12 月 4 日，第 4 页。

④ 陆士谔：《绘图新中国》，改良小说社（上海）1910 年版，第 260 页。

声称服用某药物后病情好转的感谢都是假造的。强身健体的药物尚且名不副实,遑论小说中"医心药"、"催醒术"的疗效。《新上海》对晚清医药界乱象的针砭一定程度上构成了对《新中国》医药想象的解构。如果连一切教育发达、工业进步的基础——医心药都只不过是一种不可能发明出来的东西,那《新中国》所畅想的四十年后的施行立宪制度、壮大军事力量、有能力召开万国博览会的新国家,也自然只是幻梦。

小说家明知利用科学发明的新药不可能具有改变国民特性的疗效,却又将未来新世界的图景建立在万能药之上,对医药细节的忽视和功效的宣扬未必出于无知。写作者正可能是目睹了晚清医药宣传(而非医药本身)的成功营销后,有意借用医药广告的叙事话语完成文学隐喻,把医药的功能和种族、国家的振兴紧密联系起来,应和有关病国、病夫、病心的论述。《新法螺先生谭》(1905)中,"我"的灵魂之身和月球相撞后获得惊人的速度,到达水星。水星上的人正在对一头发斑白、已若死者的老人施行造人术,他们在老人的头上凿一大穴,将脑汁用勺取出,再灌入白色的流质。新鲜脑汁刚一注入,老人就目张口开,跑动无碍。目睹改良脑汁技术的法螺先生决心回到地球上后就集合资本开创一公司,让"艾罗补脑汁公司"立即闭门。[①] 被法螺先生视作竞争对手的"艾罗补脑汁"可谓晚清最为成功的医药商品,1904 年,中法药房的创办者黄楚九(1872—1931)推出传奇性的"艾罗补脑汁"。在"药物保证书"中,他发挥虚构的技巧,煞有介事地介绍艾罗补脑汁的来龙去脉:"我"(黄楚九)的朋友黄国英用透光镜(也就是前面所说的 X 光技术)照过"我"的身体,判断"我"身心疲劳的根源在脑病,将他的朋友艾罗医生发明的补脑汁推荐给"我","我"服用后顿感神智清明,故向众人推广此药,以振发中国人之志气,唤醒痴梦,共保太平。[②] 尽管艾罗补脑汁其实不过是一种成分简单的假药,但保证书准确抓住了时人意欲强国强种的心理,把客观上因疲劳而造成的身体的疾患和衰弱、愚昧的种族气质联系起来,使补脑汁成为救国救民之必需品。为了证实补脑汁的疗效,中法药方还请知名文人为其背书,如《新石头记》的作者,同时也是多个小报的主编的吴趼人,就曾为三百元的酬金做《还我魂灵记》(1910),谓服用

① 徐念慈(东海觉我):《新法螺先生谭》,《小说林》(上海)1905 年,第 23 页。

② 《艾罗补脑汁保证书第六页·叙》,《时报》1905 年 3 月 18 日,第 7 页。

补脑汁后长久工作而不再感到疲惫，脑力精神都得以恢复。[①] 艾罗补脑汁现身于徐念慈的《新法螺先生谭》，或许从一个侧面说明了假药宣传策略的成功——“假”的疗效被小说视作“真”的功能。新法螺先生还要以艾罗补脑汁为参照物，开发效果更好的技术，让全国的老顽固都得以重返少年状态。要说小说作者徐念慈不知道艾罗补脑汁宣传中的虚假和夸张，恐怕也不尽然，但“假”的广告能在现实中有“真”的营销效果，获得大量利润，岂不正说明叙事的魅力？进而言之，科学/幻小说的“虚构”想象，是不是也真有可能反作用于现实，让老大帝国中的先觉者们献身于追求唤醒民族、解救国家苦难的热血实践？或许这才是这些小说的主旨与意义之所在。

追寻医治心灵的万能药在清末医药广告中的踪迹并不仅仅为了说明晚清科学小说的想象其来有自，更重要的是要说明，小说，和作为大众科学的一种表现形式的医药广告，其实共享相似的修辞策略和心理动因。小说和医药广告都将文明/愚昧的问题转化为可见的色彩图谱或可感的身体症状，暗示药物可以从根源上改造昏沉倦怠的心灵。吊诡的是，一方面，科学/小说的作家援引各种证据说明补脑汁、医心药、聪明散的功用，另一方面，他们又深知万能药之虚假。无论是广告的叙事者，还是小说的作者，他们真正关切的，或许不是药物是否有作用，也并非怎样精进技术才能开发出医治心疾的万能药，而是将药物和救国救民的话语相联系的修辞策略能否调动时人对种族健康和国家命运的关注，或许只有将简单的发明和宏大的叙事勾连，才可能激发读者的行动——无论这种行动是前往药店买上一箱补脑汁，还是从迷梦中苏醒，投身改造国民性的实践。

## 二、诊心治脑：免于疾患的医者

除了想象疗心补脑的神药，晚清科学小说还借用解剖学、外科手术学、麻醉法等知识，把病体推上手术台，开颅开胸，取出被八股和功名荼毒的大脑和心脏，经过一番清洗后再放回原位，遇到腐朽衰败不可清洗的，则以更清洁的物质加以替换。

在本文开头所引的片段中，龙孟华因寻妻子未果，发狂生疾，但玉太郎

① 吴趼人：《还我魂灵记》，魏绍昌《吴趼人研究资料》，上海古籍出版社1980年版，第330页。

的气球上只有一个医术不精的中国医者贾西依（谐音“假西医”）。他只知道疟疾要用金鸡纳，牙疼要用鸦片酒，对精神的狂症则无计可施。玉太郎将龙孟华送到孟买医院后，孟买医院的西医哈克参儿用透光镜一照，就看出了病因：八股文章做久了，人的心房便渐渐缩小，酸料、涩料都渗入心窝里头；胆也比寻常的人小了几倍。哈老把沾了药水的方巾覆在龙孟华的脸上，剖开其胸膛，用两手捧出心来，仔细清洗一番又放了回去。整个诊疗过程中，站在一旁的贾西依吓得哆哆嗦嗦，面如土色。[①] 论者当然可以指责哈老检验、解剖、治疗龙体的医疗叙事偏离医学原理，但更应注意到这一场景所暗示出的两种力量的交锋——不善割治的中医无法医治被传统教育制度荼毒的心灵，只能请出精于开刀的西医实行手术。如果对晚清报刊对外科手术的报道加以留意，可以发现这些报道中，西医的出场也往往是在中医无计可施时“临危受命”。比如 1892 年《字林沪报》上刊载的《剖腹出儿》说产妇难产，经过一天一夜，稳婆无能为力，产妇气息奄奄，西洋医生来到后，施以蒙汗药，用刀剖开她的肚子，成功接生一个小女孩。[②] 再如 1904 年《申报》上刊载的《著手成春》的报道，说有一人背后长瘤，创口有五六寸之大，还一直流脓，多年遍访（中国）名医不治，直到遇到一位在英租界参加医学研讨会的医生，才得以接受手术切除病灶。[③] 在这些跌宕起伏的叙事中，传统的医疗手段不仅不能缓解病痛，甚至还耽误了病人得到正确的救治，只有新式的医疗手段才能妙手回春。《月球殖民地小说》把这样的逻辑又向前推演了一步：不通医术的医生和沉溺格套文章的病人都是同一种文化制度所产的恶果，无论是发疯发狂的龙孟华，还是胆小战栗的贾西依，都患有愚昧、软弱的心疾，即使后者精于医术，也不可能看清龙孟华的病根在心。如此一来，引入外在于中国传统教育制度和人才选拔制度的医者对心灵施加改造术就成了必然且正当的选择。

当然，并非所有的晚清科学小说都像《月球殖民地小说》那样无保留地推崇西方医学，但当中总有一个自身免于疾病的医者，冷静审视中国传统文化所引起的心灵病变。标榜“闺女救中国”的《女娲石》中，女革命者就扮

---

① 荒江钓叟：《月球殖民地小说（第十一、十二回）》，《绣像小说》1904 年第 30 期，第 1—4 页。

② 《剖腹出儿》，《申报》1892 年 8 月 13 日，第 3 页。

③ 《著手成春》，《申报》1903 年 11 月 13 日，第 3 页。

演了一个外在于传统文化的医者角色。女人之所以要闹革命,是因为从男性学生到男性官员,都已经彻底堕落了。传统士大夫只会读四书五经和写八股文,久而久之变得不通实务;有留学经历的学生看似向往自由,拥护革命,其实想的却是如何在革命后获得高官厚禄。而缺少受教育的权利和做官的权利的女性尚未被八股荼毒,倒具有别样的优势,堪称老大帝国最后的希望。为了挽救国运,女革命者一方面通过刺杀的方式除掉尸位素餐的男性,另一方面则开办洗脑院,遇见那被利禄熏坏的脑筋,就用绿(氯)气将其"漂白";遇到喜欢金钱的,就用王水溶解;若是好色的脑筋,则用硫酸把其中美女的影像取出。[①] 从卧虎浪士为《女娲石》所作的序言可知,作者海天独啸子在学期"试验"之暇创作了《女娲石》,他还翻译过日本押川春浪的小说《空中飞艇》。据此,海天独啸子应该是清末留学日本的理科学生,他很可能知道,小说所列举的几种化学物,对人体都是有害的,但他有意忽略了氯气、王水等物质的毒性,而将从人体中分割出来的脑视作一种可以参与化学反应的物。在女医生把脑从颅腔中取出的那一瞬间,去生命化的过程就完成了。小说中,脑和身体没有任何血脉的连接,一旦取出就类似无机体,可以和氯气、硫酸、王水等发生反应,以便医者清除其中的硬块或者欲望的影像。如果大脑病症过重,洗无可洗,那也就不妨"补以牛脑,如法安置,万无一失"[②]。贯串洗脑和补脑情节的,始终是化学的逻辑,而非医疗的逻辑。在医学的诊疗过程中,病者尚可发问,甚至拒绝接受手术,但被转化为化学物质的人脑只是被动接受化学反应的物,从一开始就被归入了他者的门类。

几乎与荒江钓叟、海天独啸子、徐念慈等小说家想象用医学或者化学手段改造人心的情节的同时,另一位知识人——鲁迅(1881—1936)——在微生物课后看了一张时事幻灯片后,却做出了"弃医从文"的选择。韩瑞(Larissa N. Heinrich)在《图像的来世——关于"病夫"刻板印象的中西传译》中对幻灯片事件做出了新的阐释。他认为,这一事件的关键在于,日本士兵杀中国人的幻灯片是在"微生物课"后播放的。在观看时事幻灯片时,细菌幻灯片的残象或许还萦绕在鲁迅的脑海中,他很容易就会建立起细菌

① 海天独啸子:《女娲石(乙卷)》,东亚编译局1905年版,第9—12页。

② 同上书,第11页。

与中国战犯间的对等——同样都是异质的、不健康的。就是这个时刻，鲁迅突然看到了自己“外国人”的身份，换言之，鲁迅与细菌形成了身份认同。[①] 韩瑞的分析可能是一个永远无法证实的判断，没有资料能告诉我们，细菌幻灯片是否真的影响了鲁迅对日本人杀中国人幻灯片的认知。不过，细菌的问题提供了一个反思晚清科幻借助科学知识或者技术进行心灵改造想象的视角。晚清的科幻小说中，所有施行改造术的主体都不受细菌的侵扰，自然可以以正义之名进行手术——无论这种改造术有多么骇人听闻、惊心怵目。然而，如果医者本身也有疾患，甚至细菌正是在手术刀切开身体的刹那找到了新的宿主——医生，改造是否又合理正当？在这个意义上，弃医从文的鲁迅和以医治心的晚清科幻虽都通过疾病的隐喻构建启蒙的叙事，但鲁迅从来不认为能够自外于医心的系统。后者所呈现的，是一种痛苦的、无法真正挡开外在客体影响的自我。在拉康的镜像理论中，婴儿自我意识的出现离不开镜中自我的形象，但这是一个根据自恋认同与自我联系起来的幻觉，婴儿认同的是他人——镜中自我对称的形象或者母亲，因而，“镜子阶段本身也是一个自我误认的时刻，是一个被虚幻的形象所迷困的时刻”[②]。进而言之，自我从来都不是一个稳定同一的实体，而总是被外在客体影响。如若将看到手术台上的病人视作一个看到镜中自我式的时刻，那么晚清科幻所设置的不受病人侵扰的医者无疑是一种虚幻的想象。而鲁迅弃医从文，并不意味着他相信“文学”就是医心的有效手段，正相反，文学相较于医学/科学内含更多的矛盾和吊诡，正是一个分裂的自我的搏斗场，文学的书写者，更须“抉心自食”[③]，先剖出自己的心、看清自己的脑，才有可能“诊治”民族痼疾。

## 三、疗愈，抑或伤痕？

晚清科幻小说借助新近引介的科学知识或科技产品，在文学叙事中想

① Larissa N. Heinrich, *The Afterlife of Images: Translating the Pathological Body between China and the West*, Durham, NC: Duke University Press, 2008, pp.151-156.

② Jane Gallop, *Reading Lacan*, Ithaca: Cornel University Press, 1985, pp.80-81.

③ 《鲁迅全集》第二卷，人民文学出版社 2005 年版，第 207 页。

象改造心灵的药与术。这些叙事常被后来的批评者指认为违背了科学常识，但结合晚清医药广告和大众报刊的相关资料，我们得以了解当时非专业人士的科学认知的大致情况，科幻小说在使用科学时有所夸张或者是流于粗糙，并不足怪。重要的或许不是小说如何运用科学，而是小说毫不怀疑改造叙事的合理性，并用科学的力量为改造背书。然而，以启蒙为目的的改造本身包含着巨大的暴力能量，不仅无法根治"心疾"，反而极有可能是"心灵"创伤的源头。

在阅读"洗心"、"换脑"情节时，我们恐怕都是《月球殖民地小说》中的"贾西依"，战战兢兢立在一旁，目瞪口呆地看着哈老把人心取出来，洗干净再放回去。对"改造"的激进想象，使"医心"变得惊悚可怖。《新法螺先生谭》中凿开脑汁、灌入新质的造人术和《女娲石》以牛脑补人脑的场景接近后来中国文学中出现的诸多"暴力"场面。"心灵改造"以残酷的样貌在文学中呈现，其背后是面对国族危机的中国作者们急切寻求自强之途的激进冲动，此种激进与后世的国族话语再相纠缠、叠加和激发，又演化成革命实践中的血雨腥风和革命文学中血肉横飞的图景。如此说来，晚清科幻小说虽然表象上一派乐观，但若从"心灵改造"的书写模式切入考察，其实与后世革命文学中的暴力图景，共享着一种社会文化的心理根系。为了打造灿烂光明、没有罪恶与腐朽的"新中国"，一切手段，尤其是高效的科学手段，都应该用来改造国民，当改造的正义压倒技术手段内蕴的危险，暴力与革命，也就如在弦上了。

晚清科幻小说中，怪奇乃至可怖的洗心剖脑技术自然是疗救痼疾的良法，不仅能改换心之质地，还毫发无伤、不留疤痕。如哈老将龙孟华的心安放停当后，也不用线缝，只用药水一揩，那胸膛便"平平坦坦，并没一点刀割的痕迹"①。然而，如此急进、如此暴力，又岂能真无伤痕？哈老、贾西依、玉太郎等人不见皮囊表层的创伤，又是否意味着，在"心灵改造"所指涉的政治文化层面，再造国民的方案亦是行之有效、了无痕迹的？人类历史特别是现代中国历史中出现的极权案例使后世的科幻作家意识到，"心灵改造"

① 荒江钓叟:《月球殖民地小说(第十一、十二回)》,《绣像小说》1904年第30期,第2页。

很可能不是乌托邦小说中的社会治疗术，而恰恰是造成社会“伤痕”[①]的根源。比如王晋康（1949 年生）《蚁生》（2007）中的颜哲和晚清科幻小说《新中国》中医科专院的高材生苏汉民十分相似，都试图寻找一种药剂使心邪的人归正、无良心的人变得有良心，但两篇故事的走向迥然不同。颜哲把父亲发明的“蚁素”喷洒到农场中，之前自私、霸道，甚至凶残的人立刻一心向善，恢复纯真。但颜哲作为高高在上的“蚁王”，不受任何监督和约束，他只关心种族的延续，为此可以牺牲个体。知青农场最终因颜哲向众人喷洒了不同批次的蚁素，人们互相残杀而崩溃。意欲大同的实验的失败，某种意义上正是晚清科幻“心灵改造”想象的遥远回声：抱持良善目的诊疗越努力缝合心灵的创伤，越是可能把心灵翻搅撕扯出更大的伤口，伤痕盘桓不去，如鬼魂般萦绕在启蒙和改造的时代诉求中，使治疗蒙上暴力的阴翳，陷入自我循环的吊诡逻辑。

更有甚者，当国族富强可以直接通过改造和控制个体心灵的方式完成，其间的治疗也就变成了一种可以省去的环节。晚清小说作家和医药广告的营销者曾援引强国强种的话语，说明使用其所创造的疗心补脑药品的必要，在他们的叙事逻辑中，强国毕竟还须通过强种来完成，只有国民清醒，睡狮国才可能变成醒狮国。但在韩松（1965 年生）《我的祖国不做梦》（2002）[②]中，心灵改造只须服务于国家的富强，而与个体的进步全然无涉。为了保持国家经济高速发展的状态以赶超西方国家，政府向全体国民发射微波，改造人的神经中枢，使之能在睡眠中持续梦游以继续参与生产和消

① 王德威教授在《伤痕书写，国家文学》一文中，指认 20 世纪中叶的台海两地文学都是一种“伤痕类型学”，体现出国家施于个人身体与心灵的创伤，但这种创伤永远书写不尽，越书写也就越延宕，伤痕盘桓不去，一再重返暴力现场[王德威：《伤痕书写，国家文学》，《一九四九：伤痕书写与国家文学》，三联书店（香港）有限公司 2008 年版，第 7—74 页]。笔者认为新浪潮时期的科幻文学，也带有“伤痕”文学的影子，比如《蚁生》中的颜哲因父母惨死在“文革”中而借助蚁素改变人的利己性质，《三体》中叶文洁最初回应三体世界的消息，也是出于对“文革”所呈现的人性之恶的绝望。但新浪潮时期的科幻小说常凸显这类改造人善恶、文明/野蛮性质的医心技术是一种极权手段，剥夺人的自由意志，给社会带来无法控制的结果。

② 据韩松自述，该作品写于 2002 年，中文版只在网络上流传，https://journals.openedition.org/ideo/471? file=1。内森尼儿·艾萨克森（Nathaniel Isaacson）将之翻译为英文。这一作品发表时，还没有“中国梦”的提法。

费。小说中国家大员“梦游，使十三亿人中国人觉醒了”[①]的自信陈述复杂化了晚清科幻及五四文学中的睡与醒的议题。通过高科技，政府把人从睡梦中唤醒，消除了对于社会化大生产而言是冗余环节的睡眠，同时又使人依然处于对自己的一切活动无知无觉的睡眠状态。这种国家对个体的整合方式，从表面上看，没有暴力，没有流血冲突，但是在心灵深处留下了无法愈合的伤痕。而这种创伤，只能通过死亡的方式终结。

## 结语：“重心/新”审视

以晚清科幻文学改造心灵的叙事模式作为切口，我们不仅能看到在20世纪初的中国，小说如何借助新近传入的科学知识和技术为改造心灵的想象提供可行性的保证，甚至征用虚假夸张的医药广告完成关于革新、改造、进步的国族想象，亦能从小说和科学共享的叙事逻辑中窥见后世许多思想与实践的源头。晚清文学已然包蕴的种种思维方式与情感冲动，在日后的文学和政治中生根发芽，萦绕在对新人形象的种种召唤声中。“新”的问题如此紧密地与“心”的问题黏合在一起，一切启蒙、一切改造、一切知识都要“从心/新谈起”。但当诊治、改造、管理心灵/精神的诉求成为大势，“心灵”变得愈发清晰可见时，“改造”心灵的手段内部的张力和危险也就变得隐秘不可见了。“新心—新民”想象在现代中国政治、文学以及科学中不断延展变形，和晚清科幻小说“心灵改造”的书写模式形成了丰富而意味深长的对话，提醒我们注意，“心灵”神话存有诸多矛盾与紧张，值得“重心/新”审视。

---

① 韩松，“我的祖国不做梦”，https://journals.openedition.org/ideo/471? file=1。

# 徘徊于"具身化"与"去身化"之间

## ——论刘宇昆短篇科幻小说中的身体想象

郭焕群*

刘宇昆(1976年生),是近年来最引人瞩目的美籍华裔科幻作家之一。他既是翻译家,将刘慈欣等作品翻译到国外,带动中国科幻作品走向世界;又是创作者,其科幻作品成绩斐然,曾囊括雨果奖、星云奖最佳短篇故事奖和世界奇幻奖等三项重量级世界科幻小说大奖。纵观其短篇科幻创作,刘宇昆常常将笔墨聚焦于未来人类身体形态的想象,进行着种种"身体实验",或将人体肉身与蒸汽机械相结合,或突破肉身的限制成为"数字化人类",抑或塑造出一种非人形态的泛生命体。

在"身体实验"的背后,刘宇昆所关注的并不单纯是科学技术能走多远的问题,而是在科幻想象的背景下,将信息与载体的二元关系重置成"灵与肉"的二元关系,重审抽象意志与具象身体的关系。在反思中,刘宇昆在执着追问人的身体与灵魂、死亡与永生、生活的实在感与精神的抽象性等问题,在"去身化"与"具身化"之间思索徘徊。在追问之后,作者试图建构出一个未来乌托邦以安抚这种生死焦虑,达到身体与灵魂、情感与理性、过去与未来的平衡。

### 一、"具身化"与"去身化":后人类身体实验的三种形态

"具身化"(embodiment)是源于认知科学的关键概念,这一概念至少包

* 郭焕群,北京语言大学人文学院比较文学与世界文学专业硕士在读研究生,研究方向为文学人类学与神话学。

括两重内涵:其一,认知依赖于经验,而经验来自拥有不同感觉运动能力的身体,此内涵重在破除身心二元论;其二,个体的感觉运动能力与一个更广泛的生物学、心理学和文化背景密不可分,意在强调使身体成为活的经验结构。[①] 由此可见,“具身化”与物质意义上的身体紧密相连。作为它的对立面,“去身化”(disembodiment)则强调去除物质身体,削弱身体的边界感,将人简化为只具有心智活动的某种生物。这一对看似两极、互为矛盾的概念被刘宇昆运用到对后人类身体形态的想象当中,从而产生“身体实验”的三种形态:人体肉身与蒸汽机器相结合的人机形态,将人的思维意志抽象为信息处理系统的“数字化人”形态,以及非人形的泛生命生物体形态。

改造身体肉身形态使之与机械相结合所诞生的人机形态,往往被称为赛博格(cyborg),意译为“控制论有机体”。这一词汇诞生于 20 世纪 60 年代,在 1985 年哈拉维发布《赛博格宣言:20 世纪 80 年代的科学、技术以及社会主义女性主义》后,“赛博格”一词获得了国际人文社科领域的关注与反响。[②] 在哈拉维此篇著名论文当中,她已经指出科幻小说充斥着赛博格。[③] 而当时对赛博格的主要认知还停留在人机合体的机械形态层面,这一形态也是科幻小说中最为常见的后人类形态,自然也被刘宇昆纳入他的科幻创作当中。

人机合体赛博格在刘宇昆作品中表现最为明显的是《狩猎愉快》女主人公燕。燕初登场时是一只动物形态的狐妖,拥有化身为人的法力。随着工业社会对乡土社会的侵蚀,古老的法力开始消失,燕不能回到狐妖的真正形态,只能以人类女性的形态生存。然而在殖民者的铁蹄下,无依无靠的燕沦落为烟花女子。在一次昏迷中,燕被手握金钱与权力的总督之子强行改造成机械人,“圆柱形的膝关节由高精密车床加工”、“铬合金的躯体”、“她弯曲的手臂,完美的曲面毫无金属装甲的可憎感”、“她的手上覆盖着精

---

① 汤拥华:《重构具身性:后人类叙事的形式与伦理》,《文艺争鸣》2021 年第 8 期,第 56—63 页。

② 阮云星、高英策:《赛博格人类学:信息时代的“控制论有机体”隐喻与智识生产》,《开放时代》2020 年第 1 期,第 162—175 页。

③ [美]唐娜·哈拉维:《类人猿、赛博格和女人——自然的重塑》,陈静、吴义诚译,河南大学出版 2012 年版,第 206 页。

美的金属网”。[①] 改造之后的人机身体拥有强大的力量，所以燕顺利地逃脱了总督之子的掌控。但她并未满足于此：她要在这片由钢筋和柏油沥青组成的丛林中狩猎，撕咬那些自以为是的男人。因此燕最终改造成一只完全由铬合金组成的狐狸，以金属狐妖的形态重新狩猎。在这则短篇小说中，刘宇昆以燕为对象，进行了三次“身体实验”：从肉身狐妖到肉身人类，再到机械人类，最后到机械狐妖。一方面，这显露出了他对人体肉身改造技术的关注。另一方面，他以传统元素与未来技术相结合的方式完成了后殖民时代的政治隐喻，[②]显示出他对技术的关注更多是重在表达人文之思。

“数字化人”是一场更为超越现实限制的“身体实验”，是人机合体赛博格的进一步发展，活动于赛博空间（Cyberspace）。人机合体赛博格将人的心智活动视为某种无形实体，可以在以碳元素为基础的有机部件和以硅元素及金属元素为基础的部件之间进行流动，是仍然需要具象身体作为载体的赛博格形态。但是“数字化人”是完全的虚拟体，将人理解为一套信息程序，从而把人保存到电子终端，脱离具象身体，其“身体形态”一如《神经漫游者》中所说的“数据组成的肉体”[③]。这种“数字化人”的设想在20世纪70年代已经初露萌芽，威廉·吉布森在1977年发表的《全息玫瑰碎片》中已有利用感官体验设备连接、扫描人的脑电波的初步构思。自1984年《神经漫游者》出版，活动于数字空间的“网络牛仔”概念得到普及。1988年，机器人专家汉斯·莫拉维克在其著作中更为完整地表述了对“数字化人”的展望。他认为可以将人的意识下载到计算机内，人借此在计算机里获得“永生”。[④] 刘宇昆对“数字化人”的构想呼应了汉斯·莫拉维克的设想，但是与莫拉维克兴致勃勃的期待所不同，刘宇昆更倾向于表达对这种“永生”的怀疑。

---

① ［美］刘宇昆：《狩猎愉快》，李兴东译，转引自刘成树主编《科幻世界·译文版（电子版）》2017年第12期。

② 邢北辰、黄悦：《从狐妖故事到“蒸汽朋克”——以〈狩猎愉快〉为中心》，《民间文化论坛》2020年第3期，第24—35页。

③ ［美］威廉·吉布森：《神经漫游者》，Denovo译，江苏文艺出版社2013年版，第20页。

④ ［美］汉斯·莫拉维克：《心智儿童：机器人与人类智能的未来》，第109—110页。转引自［美］凯瑟琳·海勒：《我们何以成为后人类：文学、信息科学与控制论中的虚拟身体》，刘宇清译，北京大学出版社2017年版，第1—2页。

刘宇昆对“数字化人”的构想与设定主要见于《未来三部曲》、《末日三部曲》和《人之涛》这七篇小说中。《未来三部曲》的故事各自独立，但是主体上沿着“数字化人”技术实现前、实现中与实现后这一脉络进行，侧重表达对这一技术带来灵与肉分离的担忧与拒绝。《末日三部曲》则是三篇连贯的故事，讲述了“数字化人”技术实现之后在现实世界与网络空间的人性之战，侧重思考人性与技术的关系。《人之涛》独立成篇，讲述人类生命形态在未来的演变，“数字化人”是其中一环，充分展现作者对未来人类形态发展的充沛想象。虽然这七则小说呈现的侧重点并不完全一致，但是都围绕着“数字化人”这一设想展开。作者借此较为完整地演绎了人类肉体数字化改造的方式：通过计算机对大脑的逐层扫描，读取、拷贝大脑电波到计算机当中，完成人的意识流上传与保存工作，肉体层面的大脑死亡，储存在计算机的“大脑”获得永恒生命，“数字化人”从此都在数字空间中生活。“数字化人”已经是去除身体物质性的“电子后人类”了，但刘宇昆的“身体实验”不止于此，他还提出进一步的设想：光子化后人类。

“光子化后人类”的设想出现在《人之涛》当中，是“数字化人”的进阶。作者将人类的具象物质性完全抽象化处理，使得人类成为“闪烁的光”。这是将人类的身体性视作可化成世间万物的一种愿望。与此同时，刘宇昆进行了一种反向的创作想象：将世间万物皆视作具有心智的泛生命体。《星球钻探》中“我”将一整颗星体视作活着的生命，《贝利星人》中的“水晶”原来是活着的生命体，《拟态植物》中植物“谢普”具有人一样的体态、动作与情感。无论是“光子化后人类”，还是非人的泛生命体，都是无形的泛生命生物体，又可称为“普遍生命体”。① 这背后充斥着“万物有灵论”的思想，最大程度地消除了自然与文化、人类与非人类、碳基生命体与硅基生命体的界限，也超越了传统赛博格中人/机的二元关系，趋向一种无差异的万物平等，体现对人类中心主义的反思。

无论是具身化的人机合体赛博格，还是已然去身化的“数字化人”与“普遍生命体”，都是刘宇昆围绕着身体物质性进行的种种实验。然而实验

---

① 学者刘欣、陆蓓蓓在文章中提出的“普遍生命体”仅涵括非人的泛生命体，但本文所指的“普遍生命体”还包括“光子化后人类”形态。刘欣、陆蓓蓓：《“后人类”身体的嬗变及其媒介性——基于中国科幻文艺的考察》，《南京邮电大学学报(社会科学版)》2021 年第 1 期，第 44—53 页。

的背后，并不单纯是对未来人类形态发展的可能性提出设想，还是打破笛卡尔式身心二元论框架的尝试与实验，对人类死亡与永生问题的思考。

## 二、重审二元论：载体/信息与身体/灵魂

赛博格（cyborg）一词天然地与控制论（Cybernetics）相联系。控制论将行为参与主体看作信息处理系统，他们总是循环往复地获取信息、处理信息、发送信息、接受信息反馈、再次处理信息。[①] 围绕着“信息”这一概念，所有的物质都可以被处理成传播信息的载体，人类也不例外。在控制论的视域中，人的主体性与其他生物的主体性乃至机械的主体性皆处于同一平面上，强调生命体与非生命体在控制论逻辑中的共性，由此实现生命有机体与非生命机械体的结合，诞生作为控制论主体的有机体，即控制论有机体（cybernetic organism）合成新词赛博格（cyborg）。

所以，赛博格的本意是将人看作载体与信息的组合体，但是在刘宇昆的科幻小说叙事语境中，赛博格的此种意图遭到一定程度的消解。作者虽然创造赛博格形象，却往往将赛博格从载体与信息的组合体还原成灵与肉的有机体。比如，狐妖燕选择成为机械形态的金属狐妖，驱使她行动的并不是外界传达的某种信息，而是源自她身体与灵魂所体验到的屈辱、愤恨与痛苦，这只金属狐狸的内部燃烧着一颗炽热的人心。在充满科技感的外壳下，刘宇昆作品的内核依然是传统的人文之思：灵与肉。

刘宇昆对把人与世界简化为一串串数据与信息的观念持有保留态度，他虽然设想了种种去身化的“身体实验”，但是并不认为可以消除物质的身体。去身化的“身体实验”正是从反向维度证明身体的重要性，身体对于人来说，并不仅仅是人的一部分，还是证明人的存在（being）的关键，身体的缺席即意味着人的缺席。《未来三部曲》（《迦太基玫瑰》、《奇点遗民》、《世外桃源》）围绕着身体与精神的关系讲述三则关于去身化“身体实验”的故事。《迦太基玫瑰》中，注重生活实感与感官体验的姐姐过着传统生活，极度热爱精神自由的妹妹莉斯却选择投身于“数字化人”的改造实验中，结果实验

---

① 阮云星、高英策：《赛博格人类学：信息时代的“控制论有机体”隐喻与智识生产》，《开放时代》2020年第1期，第162—175页。

失败，妹妹死去。《奇点遗民》的世界里，“数字化人”的永生实验已然成熟，但是“我”与妻子仍然拒绝这种数字化永生，坚守在物质的现实世界中。《世外桃源》则揭开了在数字空间中“数字化人”的生活，表达的却是“数字化人”对曾经实感世界的怀念。“生活事关具体，通过感官感受世界不同于简单地拥有关于世界的数据。”[①]显然，在身体与灵魂关系的问题上，刘宇昆持有身心一元论的观点，大胆拒绝传统的身心二元论。他认为身体与精神并非并行不悖的两个独立体，而是相互依存的统一体。对于生活的意义来说，他甚至更看重通过身体知觉感受到的实感。在《人之涛》中，作者更是安排了一个饶有深意的结尾：“光子化后人类”麦琪捏制了一个小泥人。这似乎暗示着人类对自身身体性的永恒依赖与怀念。

在这种认识下，刘宇昆更能体会到身体对人的重要性。然而，人的身体先天具有脆弱性、易损性和缺陷性，沉重的肉身一定程度上束缚人的自由。刘宇昆也认识到这一点。所以，在他的作品中，他并没有否认灵与肉的纠结，甚至大胆质疑身体的缺陷与薄弱，尝试解救出受限于肉体的意识世界，创造自由且永生的后人类。莉斯之所以进行“数字化人”的改造，是因为被强暴的经历让她认识到躯体的弱小与无力，她强大的自由意志受困于不自由的肉身限制之中。作者同情莉斯的遭遇，也试图以数字化的实验拯救莉斯。但是作者对这样的永生实验充满着犹疑与纠结：数字化的意识还是人吗？失去了五感只有意识存在的“人”会不会是电子数据制造的假象呢？最后，他仍是给莉斯安排了死亡为结局，显露出对数字化永生的怀疑。

刘宇昆并非“唯身体论”者，只强调身体性，他同样看重人的精神性。在他的作品中，他似乎排列组合出种种可能：身心兼具的人类、只有意识活动的“数字化人”、“电子化人”和只留下肉身的尸体。在《弧》中，他设想了一个可以塑化、保存尸体的人体工厂。然而，灵魂逝去，保持永恒的肉体不过是死物，徒劳地由活着的人摆布、加工。可见，刘宇昆看重的人类特质是灵与肉的统一。

对身体与灵魂的思考促使刘宇昆进一步关注到死亡与永生的问题。在现实世界当中，肉体终会消亡，死亡无可避免，灵魂也随之消散。但是在

① ［美］刘宇昆：《奇点遗民》，耿辉译，中信出版集团2017年版，第355页。

想象的世界中，人们一遍遍地幻想、描绘永生的存在。神话中不死的神，仙话中得道的仙人，都可视作早期人类对永生的投射与企盼。科幻小说作为当下最具想象性、虚拟性的文学类型，也常常幻想如何利用科技实现人类永生的愿望。

刘宇昆在作品中提供的永生方案，除了数字化“永生”，还有利用再生医术改造人体细胞以实现灵与肉兼顾的永生。这一种永生方案显然符合刘宇昆身心一元论的观念，即使如此，刘宇昆仍然对永生持有怀疑的态度，或者说，他认同死亡的意义。《弧》讲述的正是一个从永生回归死亡的故事。“我”通过再生医术获得了永葆青春的永恒生命，“当我们已成为不死之身之后，还有什么好急的呢?”[①]永生并没有促进“我”去创造什么，反而陷入一种停滞的等待当中。时间失效的同时，也带走了活着的意义。直到身边的人一一离去，“我”才意识到活着的意义并不在于拥有无限的时间，而是在有限的时间中做点什么。于是“我”选择停止接受永生的治疗，感受人体走向死亡之旅。人，就是“被生与死括在中间的生命存在形式”[②]。死亡固然犹如幽灵缠绕人们的心绪与生活，但也正是在死亡的裹挟下，人类才孜孜以求生命的意义。正是在这一价值层面上，刘宇昆认为永生反而会消解人的存在意义，所以他在创作中总是从永生的梦境中抽离出来，给人们一遍遍重申死亡的意义、身体的价值、灵与肉共存的重要性。

纵观刘宇昆科幻创作中的身体想象，他一方面利用技术的幻想突破现实的约束，想象灵魂与肉体关系的种种可能。在这个过程中，他并没有因为自己对身心一元论的认同就拒斥身心关系的其他可能。相反，他排列出所有可能的情况，甚至不时流露出摇摆的情绪，尝试过实现去身化的“永生”(“数字化人”、“电子化人”)，也尝试呈现只有肉体留存的“尸体塑化”。可以看出，作为一名正处于发展期的作家，刘宇昆思想的包容、复杂和变幻不定，他仍在思考、想象与摸索。但另一方面，一旦涉及人存在的价值问题上，他坚定不移地回归到传统的人文主义价值观，质疑永生的谎言，坚信死亡赋予人生的意义：只有在死亡的压力下，人才可以用力地、尽情地感受生

① [美]刘宇昆:《杀敌算法——刘宇昆科幻佳作选》，萧傲然等译，四川科学技术出版社2015年版，第67页。

② 同上书，第78页。

活中的一切。

更重要的是，刘宇昆的科幻创作并非一味重申传统的价值观。他还在突破现实想象未来的可能性，在洞察人性后秉持自己的理念建立人类新世界，生成的未来乌托邦。

## 三、诗意的乌托邦：人与宇宙的和谐共处

借用乌托邦理论家莱曼·萨金特在《重返乌托邦的三张面孔》（*The Three Faces of Utopianism Revisited*）一文中所给出的定义：乌托邦（Utopia），一个不存在的世界，通过相当丰富的细节展现了一定的时空定位。[①] 可以看出，科幻创作和乌托邦写作，这两种文类都有逃离现世社会寻找替代性社会以讨论人类未来可能的倾向，它们的融合不可避免。而科幻作品中的乌托邦写作更多的是由想象的科学技术组成未来世界的细节，作者的美好愿望构成未来世界的人性内涵。

### 1. 自我与他者的消弭

刘宇昆对“普遍生命体”的想象与创作，看似推翻了对人类身体性的坚持。实际上，他是将“普遍生命体”看作非人的万物存在，意图借此打破人类中心主义的自高自大，消弭“我”与“非我”壁垒分明的界限，此种意图在《贝利星人》和《思维的形状》中表现得尤为明显。

《贝利星人》强调人类打破国籍、种族、地域等身份界限。美国政府执着于政治身份界限，驱逐美籍华人，甚至将这一命令传递给在贝利星球的宇航团队，要求冷冻华人欧阳珍妮。正在宇航团队负责人处于两难处境时，他发现在贝利星球上的“水晶”其实是具有意识活动的新生命。由此领悟到，不必再为过去的民族纷争困扰人类的新生活。或许，这正是刘宇昆美籍华人的双重身份给他带来的超越身份唯一性的洞见：在现代性危机中，人人都力图确认自己在世界上的身份和位置，自我指认，但是这也会放大自我，膨胀自我，扼杀他者。

---

① 欧翔英：《乌托邦、反乌托邦、恶托邦及科幻小说》，《世界文学评论》2009 年第 2 期，第 298—301 页。

刘宇昆设想的宇宙新世界是一个消除现实政治影响、摆脱历史阴影、打破刻板偏见，与外星生物和谐共处的新世界，贝利星人是在外太空的人类命运共同体，贝利星球是作者想建立的未来乌托邦。但是，人类世界的主观性林立、政治博弈、军备竞赛、资源抢夺和历史纠纷，并不会因为到了一颗新星球上就容易化干戈为玉帛。相反，人类的种种先见与偏见会在宇宙太空中挑起新的纷争，刘宇昆在《思维的形状》中正面展现这一问题。

《思维的形状》讲述人类想在卡拉桑尼星球定居，可是因为对卡拉桑尼人（“普遍生命体”）的语言、思维和行动方式充满误解，人类发动了武力战争。在这个故事里，“我”、母亲和父亲象征着三种对待异己的态度与价值观。“我”的父亲一直对卡拉桑尼人充满怀疑和敌意，主张用武力征服新星球，这是秉持着人类中心主义和战争主义的价值立场。“我”的母亲试图与卡拉桑尼人沟通、理解，建立卡拉桑尼的语言系统但是一直不得其法，她温和、充满着爱与和平的理想主义，但同时她一直用工具理性去过滤她所看到的一切，并没有真正地放下己见，理解异己，这是隐性人类中心主义的理想主义者立场。

而“我”因为六岁起就和卡拉桑尼人一起生活、玩乐，跟着卡拉桑尼人手把手地学习他们的语言，理解他们的思维以及明白他们和地球人思维之间的差异，是一个放下人类中心主义，真正融入新星生活的“中介者”。“我”的父亲挑起了无端的战争，“我”的母亲多年努力但徒劳无功，仅有“我”能在新星球毫无障碍与偏见地生活。“我”显然是隐含作者价值观的体现者，通过“我”来传达一种对人类固守己见的批判、消除我与非我的壁垒的希望。我与非我的过分强调，会将非我视为敌人，将对方他者化，尽管事实上异族异民甚至外星生命都只是“与我不同”，并非“与我为敌”。

通过《贝利星人》和《思想的形状》正反两个维度，刘宇昆建构了未来人类的新星世界，表达了对人类未来新秩序的期望：打破人类中心主义和我族中心主义，主张拥抱非我，鼓励接纳异己。这样的期望折射出对当下社会民族主义情绪盛行的忧虑，透露出对民族间仇视和敌对状态的担心，所以刘宇昆怀抱着一种多元主义的诗意愿望，在文学想象中建立跨民族的友谊、跨种族的爱情，希冀在未来达到多元共处的理想境界。

### 2. 过去与未来的和解

消弭我与非我的边界固然是一种美好，但是过去历史的纠纷往往会成为人的先见，使之无限循环地陷入种族间的憎恨与仇视当中。刘宇昆期待未来可以建立新的人类共同体或者说生命共同体，人类可以在过去的历史和未来的发展间实现和解。但是昨天、今天与明天，历史、现实与未来，它们彼此纠缠厮杀，难分难解。刘宇昆在他的创作中也一直自我盘问着其中的矛盾，在《纪录片：终结历史之人》中假设出一种让历史具身化的技术，让消失在历史中的人重新显现形象，让历史的继承者以身体感受历史的残酷真相。

《纪录片：终结历史之人》让人尝试思考：如果有一天时间旅行使得人们重临历史，人们该如何面对真相。美籍日裔物理学家桐野明美发明了能够让人重回历史现场的技术，她的丈夫魏文·埃是美籍华裔历史学家，他希望以此让日本一再否定的 731 部队罪行昭示天下。这引起了轩然大波：中日美三国的政府、历史学者和普通民众都对这一研究成果和为历史翻案的行为持有质疑；受害者家属回到过去见证历史后充满情感的个人历史叙述不被认可；魏文·埃单纯为了还原历史真相并且试图远离政治的行为反而被误解、攻讦和威胁。最后，为了预防这一技术颠覆“历史真相”，各国政府联手禁止这一技术的研究与应用，魏文·埃也在抑郁症的折磨下自杀。受害者家属张薇思曾说她回看历史的动机：“我真正希望的，是所看到的一切永远不再重演。”[①]历史掌握着通往未来的钥匙，但是历史近在眼前，人们闭上双眼。

刘宇昆有着自己的乌托邦理想，但他并不是一个盲目乐观的理想主义者。他正是看到了历史与未来的纠缠，所以更要借虚拟性科技挑战现实社会不合理之处，重新审视历史遗留问题，免得为未来埋下隐患，才能做到过去与未来的和解。他一方面对历史中的不义行径充满情感上的愤怒，另一方面理性思考历史翻案之后的世界进程。作者如魏文·埃一样不希望历史真相成为任意一方的政治筹码和在未来发动新战争的借口，同时也在告

① ［美］刘宇昆：《思维的形状——刘宇昆作品集》，耿辉等译，清华大学出版社 2014 年版，第 224 页。

诫着人类要铭记历史：在宏观历史下是每个活生生的个体在受难、痛苦与死去，受难者会成为星空深处的眼睛凝视着我们，看清是非黑白。

## 结语

纵观刘宇昆的短篇科幻创作，他总是在科幻的背景下重思灵与肉的关系，“身体”一直是其关键的叙事聚焦点。他一方面发挥科技想象创造出多种形态的“后人类”，另一方面他不断思索、叩问关于人的存在、精神与身体、死亡与永生等种种议题，加深科幻创作中的意义空间，并且搭建出一个汇聚新兴科技、太空探索、外星生命的诗意乌托邦。

在刘宇昆利用科幻建构的乌托邦世界中，相较起传统科幻作品中将科技视为异化人类的力量，作者更担心政治对立、历史纠纷和文化偏见成为异化力量从而操纵科技建立壁垒或者挑起战争。所以，他所建立的未来乌托邦中并没有十分华丽炫彩的新兴科技，也没有反科技思想。剥开他精致的科技外壳，会发现他的思想核心更关注身体与意识、情感与理性的平衡，注重涤清人性中的污秽，期待一种生命平等（人类的生命与外星生命）、友好共处的生物命运共同体的可能，一如刘慈欣对他的评价：“文学诗意和科幻诗意完美地融合统一。”①

① ［美］刘宇昆：《杀敌算法——刘宇昆科幻佳作选》，萧傲然等译，四川科学技术出版社 2015 年版，序言部分。

# 《仿生人会梦见电子羊吗?》中人类主体性的消解与重建

吴嘉敏*

美国科幻小说家菲利普·K·迪克(Philip K. Dick)于1968年出版的《仿生人会梦见电子羊吗?》(*Do Androids Dream of Electric Sheep?*)向来被视为作家最负盛名的科幻作品。小说将未来的地球描绘成一个因历经人类核战而变得老朽不堪的荒原世界,留恋故土的地球遗民与逃离火星的奴隶仿生人在满目疮痍的环境中苦求生存之地。从迪克焦虑的表达中可以看出,仿生人在身体与情感方面的高度仿真把人类的主体身份推向危机,使人类在自我认同的过程中遭受疑难。在重建主体性的行动中,人类无可避免地要回归原始的身体知觉以确认生命之我存,并不断重新自我塑造以适应新的人机交互关系。在《仿生人会梦见电子羊吗?》中,主体表现为"一个可以被装配和分解的系统,而不是一个作为有机整体的实体"①,呈现出一种开放的待完成性,其持续消解与重建的运动在某种程度上促使了传统生命观念的更新。

---

* 吴嘉敏,深圳大学中国语言文学硕士研究生,研究方向为比较文学与世界文学。

① [美]凯瑟琳·海勒:《我们何以成为后人类:文学、信息科学和控制论中的虚拟身体》,刘宇清译,北京大学出版社2017年版,第212页。

## 一、人类主体性的消解与自我认同的疑难

### (一) 主客关系的失衡

1. 人机特质的颠倒

在迪克笔下的未来世界中,为了更好地满足火星移民的需求,制造仿真机器人的科技公司不断更新制造技术,以推出尽可能完全模拟人类行为模式和思维方式的仿生人。科技巨头罗森公司推出的最新仿生人产品所使用的“枢纽 6 型脑单元”,给赏金猎人里克·德卡德的捕杀行动带来了极大的挑战。由于枢纽 6 型脑单元的神经通路系统过于精细,人们难以在一般条件下将其与真正的人脑进行区分,理性在高智能面前已无法作为人类的专有属性发挥作用。因此,情感被视为人类最基本的特质,在识别仿生人的行动中被作为首要标准。

在里克·德卡德看来,“移情现象只存在于人类社群中”[①],而“人形机器说到底就是个独居的捕食者”[②],他的任务就是要将这些在火星上杀死主人并逃亡地球的无情机器歼灭殆尽,这不仅是为了赚取赏金以维持个人的家庭生活,更是为了保证人类的生命安全与族群稳定。然而,情感作为人类基本特质的悖论就在德卡德追杀仿生人的过程中产生了,他的自信在面对仿生人鲁芭·勒夫特的质疑时遭受了第一次震动:

> “一个仿生人,”他说,“不会在乎其他仿生人是死是活。那正是我们要寻找的特征之一。”
>
> “那么,”勒夫特小姐说,“你肯定是个仿生人。”
>
> 他一下愣住了,呆呆地看着她。[③]

---

① [美]菲利普·迪克:《仿生人会梦见电子羊吗?》,许东华译,译林出版社 2017 年版,第 29 页。

② 同上书,第30 页。

③ 同上书,第102 页。

德卡德在面对外形、表情、谈吐、动作等都与人类毫无二致的仿生人时必须保持绝对的无情和冷漠，他不能考虑仿生人逃离火星的原因和目的，他不能认为它们如履薄冰的处境有丝毫被同情的需要，即他必须保持机器般的无情才能完成他在人类行列中的工作。然而，“如果某些人可以像机器人一样绝情，那么某些机器人则可以变得比人类更有情”①，既然人类无情至极仍可以为人，那么仿生人为何不能凭借切真感受在地球上拥有立锥之地？从未考虑过自身主体身份的德卡德第一次面临自我认同的疑难，对自我身份的质疑和对仿生人情感的猜测使得原本稳固的“主客—人机”关系开始失衡，德卡德无可避免地开始思考自我的主体性问题。

2. 移情测试：从方法变成属性

正如仿生人竭尽所能地避免展露自己的无情特性，留在地球上的人类也不留余力地声明自己的移情能力。核战带来的漫天微尘使大部分的物种走向灭绝，一切真正的动物都被视为珍稀宝藏并挂以高价出售，但德卡德仍然为了能够承担起一只真正的绵羊而勤恳工作，妻子伊兰不断提醒他：“你知道不照顾动物在人们眼中是怎样的形象：他们会认为你道德沦丧，没有同情心。末世大战刚结束时，这种行为是犯罪。现在虽然在法律上不算犯罪了，但在人们的感觉上，那还是犯罪。”②照顾动物并非出自天然的同情心，而是基于一种自证有情的需要，原本作为人类基本特质而自然流露的情感转变为人类必须努力达到的硬性标准。

更有甚者，在使用沃伊特·坎普夫移情测试进行仿生人排查的过程中，没有通过测试的人类统统被划归为“特障人”，被排斥出正常人类的范畴，遭受同类不公的对待：

> 约翰·伊西多尔自嘲地暗想，其实我早就不用担心了，根本不需要移民。他已经当了一年多的特障人，而且不只是因为他身上变异的基因。更糟糕的是，他没法通过最基本的智力测试，这样他就成了俗

---

① ［美］凯瑟琳·海勒：《我们何以成为后人类：文学、信息科学和控制论中的虚拟身体》，刘宇清译，北京大学出版社2017年版，第213页。

② ［美］菲利普·迪克：《仿生人会梦见电子羊吗？》，许东华译，译林出版社2017年版，第12页。

称“鸡头”的智障人士。他每天顶着的蔑视目光有三个星球那样重。可是,即便这样,他还是活下来了。①

当作为鉴别仿生人的方法变成定义人类的唯一属性,人类在某种程度上就变成了被移情测试奴役的对象,被迫应对莫须有的身份质疑和非人道的人格羞辱。特障人作为一个人类的主体性被剥夺了,转而变成了被排斥的客体,他们无法在环境中积极创造以改善生存境况,只能消极应对移情测试带给他们的生存压力。

### (二) 辨别标准的失效

1. 记忆

记忆是建构个体身份和主体性的重要材料,个体对自我的体认建立在记忆的基础上,自我就是个体记忆的总和,过去的经验帮助个体确立自身的主体性位置,并指导个体在当下和未来主动地选择。然而,迪克在作品中宣告了记忆在高科技时代作为主体标准的不可靠性。在给蕾切尔·罗森做移情测试之后,德卡德从埃尔登·罗森口中得知,科技公司可以通过给仿生人植入某一个人类的完整记忆来使其以为自己是真正的人,这为德卡德对自己记忆的怀疑埋下伏笔。在与鲁芭交谈的过程中,德卡德对自己记忆的真实性表现出不安:

“你要我做的这个测试,”她的声音现在又恢复了常态,“你自己做过吗?”

“做过。”他点头道,“很久很久以前,刚加入警察局时就做过了。”

“也许那是假记忆。仿生人不是有时会被植入假记忆吗?”

里克说:“我的上司知道测试结果。那是强制必须做的测试。”

“也许曾有个跟你一样的真人,后来某个时候你杀了他,取而代之,而你的上司并不知情。”她笑道,循循善诱。

“我们开始做测试吧。”他说,掏出了那叠问卷。

① [美]菲利普·迪克:《仿生人会梦见电子羊吗?》,许东华译,译林出版社2017年版,第211页。

“要是你先做测试,”鲁芭·勒夫特说,“那我也做。”

他又一次瞪着她,呆若木鸡。[①]

德卡德“呆若木鸡”的反应说明了他不再对自己的身份坚信不疑,即使通过了移情测试,他也无法保证个人主体的真实性。既然蕾切尔的记忆能够被植入,德卡德又何以自证他的记忆没有被篡改、编写或植入?同样陷入对自我记忆之怀疑的还有另一个赏金猎人菲尔·雷施,其上司仿生人加兰德为了混淆视听,向德卡德“揭发”雷施的“真实面目”:“我们都是乘同一艘船从火星来的。雷施不是。他多留了一个星期,安装合成记忆系统。”[②]尽管之后雷施顺利通过了移情测试,证明自己并非仿生人,但记忆能够被篡改或植入的技术事实使德卡德始终无法再坚信自己的身份。记忆作为一种私密的自我叙事,在后人类时代将面临被他者参与的可能。记忆的不可靠性使人类的自我认同陷入了更深的疑难。

2. 群体认同

关于检验人类情感能力的方式,迪克还在故事中设定了一种名为“默瑟主义”的虚拟体验。只需要手握共鸣箱上的手柄,人类就能瞬间进入奇妙的默瑟体验,与世界上所有此刻握住手柄的人在肉体和精神上都融为一体。在这种体验中,没有任何的性别、等级和位置上的差别,每一个人类都拥有最平等的感受,贡献欢乐,分担痛苦。由于“产生移情的一个先决条件是群体本能”[③],因此“一个仿生人,不管智力上多么卓越,永远都理解不了默瑟主义追随者经常经历的那种融合感。而这种融合感,不管是他还是其他人类,乃至劣等的鸡头们,都能轻易体验”[④]。与移情测试所检验的个体情感能力不同,默瑟主义表现的是智能物种中的群体认同本能,个体对自我的体认往往要通过对群体的体认才能完成,个体与其他个体的情感共振比记忆更有助于个体身份的确认。

然而,类似的共鸣体验并非只存在于人类群体之中。当蕾切尔·罗森

① [美]菲利普·迪克:《仿生人会梦见电子羊吗?》,许东华译,译林出版社 2017 年版,第 103 页。

② 同上书,第124 页。

③ 同上书,第29 页。

④ 同上。

发现德卡德的追杀名单上有一个与自己相同型号的仿生人普里斯·斯特拉顿的时候,她表示自己也会对其他仿生人产生认同感:

> "……你知道我有什么感觉,对这个名叫普里斯的仿生人?"
>
> "心灵相通。"他说。
>
> "类似。是认同感。我跟她是一体的。我的天,也许最终就会发生这种事。在最混乱的时候,你会把我干掉,而不是她。然后,她可以回到西雅图去过我的生活。我从来没有过这种感觉。我们是机器,像瓶盖一样从流水线上生产出来。我的个性化存在,只是一个幻觉。我只是一种机型的代表。"她打了个冷战。[①]

如同可以被操纵的记忆一样,群体认同在人类体认自我的过程中也面临失效。最后,仿生人巴斯特揭开了默瑟主义的骗局,进一步震动了人类对自我身份的确认。仿生人伊姆加德直言事实,如果没有默瑟体验,人类的移情能力就是空口无凭,人类的所谓特质也无验证的可能。在逐渐被尘埃淹没的末世里,与默瑟的融合体验使人类因与同类保持紧密联系而获得生存的安全感,共同体的存在使他们觉得地球是可留恋的故乡。然而,移情既可以是人类辨别仿生人的手段,也可能是高智能仿生人控制人类的方式。人类的主体性似乎被全然消解了,陷入身份认同疑难的人类面临重建主体的迫切需要。

## 二、人类主体性的重建与交互关系的显现

### (一)回归身体:在知觉中重构主体

在关于何为人类之最本质的争论中,人工智能学者罗德尼·布鲁克斯(Rodney Brooks)推测,"人类更加本质的属性是四处活动的能力以及与环

---

① [美]菲利普·迪克:《仿生人会梦见电子羊吗?》,许东华译,译林出版社 2017 年版,第 194 页。

境强劲互动的能力”[1]，这一推想对于解读《仿生人会梦见电子羊吗?》中人类之主体性具有一定的启发。如前文所述，小说中人类从自以为最基本也最先进的性质——情感——出发，自上而下地确认自我的主体性，但在这个过程中发现，由于对枢纽6型仿生人的设计首先基于高仿真人工脑的研发，以假乱真的神经通路反应使人类陷入身份认同疑难。实际上，小说暗示了人类的认知具有一个更基本的前提，即身体经验。

在与第一个枢纽6型仿生人蕾切尔·罗森接触之前，德卡德先入为主地对这类仿生人秉持着相当强烈的敌视态度，他拒绝思考仿生人的行为动机，不假思索地将从火星逃回地球的仿生人归类为冷漠无情、背叛主人的杀手，以此说明自己的捕杀行为具有绝对的合法性。然而，在追捕鲁芭·勒夫特的过程中，德卡德在察觉到自身主体性被消解的同时，他对仿生人之主体性也开始有了独立的思考，而这种思考又渗入他对自我主体性的重建之中：

> 台上的鲁芭·勒夫特开始高唱，他被她的音质吓了一跳。是最美好的那种声音，简直可以跟他收藏的那些经典录音相提并论。[2]
>
> “他们可以用仿生人。仿生人干得更好。我反正再也不行了。我受够了。她是个了不起的歌唱家。她本可以在地球上好好发挥专长的。彻底疯了。”[3]
>
> 她真是一个超级棒的歌手，他讲完后边想边挂上电话。我不明白。这样的天才怎么会是社会的负担?[4]

当德卡德听见鲁芭·勒夫特演唱他钟爱的歌曲，在她美妙的歌声中感受到让人热泪盈眶的感情时，他第一次意识到自己对仿生人产生了移情。倘若说德卡德此前对仿生人的绝对憎恨是基于一种外部的谋生的需求，那

① [美]凯瑟琳·海勒:《我们何以成为后人类:文学、信息科学和控制论中的虚拟身体》，刘宇清译，北京大学出版社2017年版，第317页。

② [美]菲利普·迪克:《仿生人会梦见电子羊吗?》，许东华译，译林出版社2017年版，第100页。

③ 同上书，第138页。

④ 同上书，第139页。

么此时他对仿生人生存状态之思考则是发自内心的对生命的深刻感悟。在目睹菲尔·雷施成功击杀鲁芭·勒夫特之后，德卡德不禁发出疑问:“你觉得仿生人有灵魂吗?”[①]此时，德卡德对仿生人的态度不再单一地倚仗既定的评价，他开始忽视人为确立的移情标准，通过自我的身体经验重新审视仿生人的生命存在，开始对自己此前效忠的工作产生怀疑，这种自下而上的适应和思考即是其重建自身主体性的起点。

德卡德对仿生人态度最大的转变发生在他与蕾切尔·罗森发生性爱关系以后。当德卡德向菲尔·雷施表示自己对某些特定的仿生人产生了移情，雷施告诉他这只不过是因为他对仿生人产生了性欲，这是一种纯粹的生理需求，与灵魂无关。然而，德卡德的思想却因其经历了这样一次身体体验而有了确切的改变:

> “法律上，你没有生命。但其实你有，生物学意义上的生命。你不是由半导体线路搭起来的，跟那些假动物不一样。你是一个有机的实体。”只是两年后，他想，你会磨损殆尽，失去生命……这是我最后的日子，他想，作为赏金猎人。解决贝蒂夫妇之后，不会再有了。尤其是在今晚这事之后。[②]

如前文所述，情感被视为先于个体经验而存在的人类属性，可由个体凭借意志或借助技术(如小说中的情绪调节器)自由地控制。但实际上，主体的移情率先通过身体发生，身体因其感知能力而成为自我的构成要素。[③]在德卡德身上，他原本信赖的移情能力、个体记忆和默瑟体验都逐渐显现出不可靠性，而身体在内部思想和外部环境之间充当媒介所发挥的重要作用，随着他的行动愈发明显。

正如梅洛-庞蒂所言:“之所以主体在处境中，之所以主体只不过是处境的一种可能性，是因为只有当主体实际上是身体，并通过这个身体进入

---

① [美]菲利普·迪克:《仿生人会梦见电子羊吗?》，许东华译，译林出版社 2017 年版，第 137 页。

② 同上书，第204 页。

③ 苗思萌:《未完成的主体——〈仿生人会梦见电子羊吗?〉中的移情与主体建构问题》，《文艺理论研究》2016 年第 1 期，第 108 页。

世界，才能实现其自我性……我们在主体的中心重新发现的本体论世界和身体，不是观念上的世界和观念上的身体，而是在一种整体把握中的世界本身，而是作为有认识能力的身体的身体本身。”①自我主体性建构在身体经验之上，小说中的仿生人之所以表现出移情能力的缺失，或许是因为其身体经验的缺乏，自上而下的情感设计只能驱动身体对外部环境做出机械的反馈。而德卡德的主体身份只有在摆脱先验定义，回归肉身体验，在身体知觉中才得以有重建的可能。

### （二）互为镜面：在交互中追问本质

在20世纪控制论的背景下，小说揭示了一种与传统本体论所不同的本体论机制，即“活力不是来自预先生成的理念、存在、道，而是无数交互作用的个体”②。自下而上的调整和适应为个体带来了私人的身体体验，并由此产生出独特的意识和思想，而在人类和仿生人互为环境的空间中，二者从一开始就参与了彼此主体性的建构过程。

毫无疑问，仿生人从构造到活动都是在模仿真人的基础上进行的，而人类制造仿生人的过程，在某种层面上也是将自我客体化并加以认识的过程——以高度拟真的仿生人为镜，以明自我得失，追问自身本质。在小说中，人类和仿生人之间互为镜面的关系可以在鲁芭·勒夫特的自白中瞥见一斑：

> “真的谢谢你。”进入电梯的时候，鲁芭说，“真人身上还是有些东西很奇怪，很感动人。仿生人永远做不到。”……“我真的不喜欢仿生人。自从我来到地球，我的生活完全就是在模仿真人，做真人该做的事，表现得跟真人一样有思想，有冲动。我模仿的，对我而言，是一种更高级的生命形式。”③

---

① ［法］梅洛-庞蒂：《知觉现象学》，姜志辉译，商务印书馆2001年版，第511—512页。

② 王晓华：《人工智能与后人类美学》，《首都师范大学学报（社会科学版）》2020年第3期，第90页。

③ ［美］菲利普·迪克：《仿生人会梦见电子羊吗?》，许东华译，译林出版社2017年版，第135页。

传统的主客二分概念无法诠释故事中人类与仿生人之间的关系,在二者之间显现出的是一种复杂的交互性。鲁芭将人类视为更高级的生命形式并努力加以模仿,并在这个过程中体悟到真人身上的感人特质,开始思考其存在本质。而里克·德卡德又在鲁芭模仿人类之表现中发现自己追杀仿生人的行为有违人的本性,继而对仿生人产生了恻隐之心,重新获得情感特质。“在人工生命范式中,机器变成了用来理解人类的模型。由此,人类就被转塑成后人类。”①过去明晰的主客关系被解构,取而代之的是一种主体和客体相互嵌套的交互关系。“由于人类和智能机器都会扮演互反性的角色,因此,同情和理解将出现于异质主体之间”②,与先验的敌视态度不同,这种同情和理解产生于经验性的交互之中,深刻地影响着人类对自我生命的再次审视和对自我主体的重新体认:

> 但我所做的一切,他想,对我自己是那样陌生。实际上,关于我的一切都变得不自然了。我变成了一个非自然的自己……
>
> ……对,他想,就是那种感觉:我已经被什么说不清道不明的东西打败了。是因为我杀了那些仿生人,还是因为蕾切尔杀了我的山羊?他不知道。③

洞察与仿生人之间复杂的交互关系,并在这种混杂的交互环境中深入思索并作出选择,这恰好说明了德卡德对主体性的自我重建,但同时也意味着他必须否定自己此前深信不疑的生命观和引以为傲的捕杀功绩。这是德卡德的痛苦所在,也是他迈向自由的第一步。交互关系显现的世界对他来说是陌生的,他只有重新找到自己在宇宙中的位置,才能赋予自己的存在和行动以新的意义。

---

① [美]凯瑟琳·海勒:《我们何以成为后人类:文学、信息科学和控制论中的虚拟身体》,刘宇清译,北京大学出版社 2017 年版,第 321 页。

② 王晓华:《人工智能与后人类美学》,《首都师范大学学报(社会科学版)》2020 年第 3 期,第 90 页。

③ [美]菲利普·迪克:《仿生人会梦见电子羊吗?》,许东华译,译林出版社 2017 年版,第 240 页。

## 三、人类主体性的待完成性与生命观念的更新

### (一) 默瑟主义的隐喻:朴素的人类生命观

既然理性作为判断人类主体性的标准在高级人工智能面前失效,移情能力也可能随着仿生人硬件寿命的延长和身体经验的积累而不再为人类所独有,那么人类还能凭借什么特质或属性来保证自己的主体性身份?《仿生人会梦见电子羊吗?》预示了在高科技时代人类可能面临的身份挑战,即主体的自我建构不再具有终极机制,无定的标准导致的是主体的待完成性,主体将始终处于消解与建构交替进行的状态。

但是,迪克并没有将人类彻底推进无所依傍的深渊。在众多高科技的元素当中,默瑟主义所隐喻的朴素的人类生命观很容易为读者所发现。尽管在故事最后,神圣的默瑟主义被证明只是一场蒙蔽全人类的骗局,但它带给人类的精神力量并没有因此消失:

> 如果我继续爬山,一直爬到山顶,不知道会发生什么。那是默瑟每次死去的地方。那是永恒循环中每一次旅程的最终点,也是默瑟的功业最辉煌的顶点。①

仿生人可以凭借以假乱真的肉身藏匿于人世,可以依靠先进的智能躲避人类的追杀,或许还能在某些时刻流露情感以延续生存,但它们无法在短暂的生命里领悟人类在悠久的进化历史中所产生的对山峰和未知的渴望。参与默瑟体验的芸芸众生,如同西西弗斯般日复一日地走向山顶,又重回山脚,在无休止的循环中做着看似毫无意义的努力,这是仿生人始终无法理解并参与的体验。在与蕾切尔·罗森的纠缠之中,德卡德目睹她面对死亡威胁却毫不抵抗,意识到生命的真正意义在于永不放弃:

---

① [美]菲利普·迪克:《仿生人会梦见电子羊吗?》,许东华译,译林出版社 2017 年版,第 246 页。

> 黑暗的火焰已经苍白,生命力渐渐离她而去,就跟他以前见过的许多仿生人一样。经典的听天由命。它们只会识时务地机械地接受即将到来的毁灭,而真正的生命——在二十亿年的生存压力下进化出来的生命——永远不会就这样认命。[①]

仿生人的一切行动皆为生存,但活着并非人类活动的终极目的。基皮淹没大地,地球成为熵增的废墟,动物已将近全然灭绝,而人类的生命之所以还能够在这片故土上延续,是因为他们从未放弃在混沌中寻找规则,在荒原里重整秩序。薛定谔在《生命是什么》中提出"生命以负熵为生"[②],人只有在不断对抗熵增的过程中才能感知生命的意义。小说中,默瑟体验之所以成为一切人类检验自我的方式,并非纯然因为它可以证明人类具有移情能力,更是因为它使人类体验到生命更古老的规律:永远犯错,永不停息。

### (二) 协同与合生:后人类世界的新生命观

随着旧的主体的消解和新的主体的重建,小说展现的是一种主体的待完成性。人工智能和人工生命的诞生与发展给人类传统的生命观念带来了巨大的冲击,而择以何种态度与它们共存于世,决定了人类在后人类世界中的生存形态与生活方式。

在成功捕杀仿生人贝蒂夫妇之后,德卡德从一片荒凉的山野中带回了一只蟾蜍,他惊喜地以为自己发现了一只早已被官方认定灭绝的动物,直到妻子伊兰摸到了蟾蜍肚皮上的电子控制板,德卡德陷入失落:

> "你想用一下情绪调节器吗,把自己弄高兴点?你一向能从那里面得到许多好处,比我的所得多很多。"
>
> "我没事。"他甩甩头,似乎想把头脑甩清楚些,但仍然百思不得其解。"默瑟送给鸡头伊西多尔的那只蜘蛛,很可能也是人造的。但没

---

① [美]菲利普·迪克:《仿生人会梦见电子羊吗?》,许东华译,译林出版社 2017 年版,第 207 页。

② [奥]薛定谔:《生命是什么》,罗来鸥、罗辽复译,湖南科学技术出版社 2007 年版,第 72 页。

有关系。电子动物也有它们的生命。只不过那种生命是那样微弱。”[①]

“电子动物也有它们的生命”，哪怕这种生命的内涵与进化亿万年来的生命千差万别，但它在世界中同样具有存在的位置和存在的意义。在故事开头，面对伊兰关于他追杀“可怜的仿生人”的指责感到愤怒，他认为其中并无任何真正的生命需要怜悯，秉持如此生命观的德卡德在与仿生人的交互中陷入越来越深的焦灼和不安。在历经一天的捕杀行动之后，生命观念受到彻底震撼的德卡德难过地向妻子承认：“你今天早晨说得对，我只不过是一个残忍的警察，有一双残忍的手。”[②]然而，当他意识到并选择相信在自然生命以外还有生命，他才终于获得“早已应得的安宁”。

怀特海在《过程与实在》一书中提出，一切“现实实有”在建构宇宙的过程中都平等地发挥着自身的功能，它们相互依存、彼此创造，构成于互相摄入的“合生”之中。[③] 预先存在的主体在实体哲学中被解构了：主体并非先于活动，而是主体就存在并生成于摄入的过程，“正是现实的摄入活动造就了现实的摄入主体”[④]。而处于合生中的现实实有都具有决定如何摄入客体性材料的“主体性形式”[⑤]，即处于相互作用中的主体有选择地不断完成自我创造，不断发挥并成就自己的主体性。如前文所述，《仿生人会梦见电子羊吗?》预示了人类的主体身份在后人类世界中将呈现一种待完成性，未完成的主体在自我建构的过程中无可避免地要接受并适应科技发展所带来的新的生命观念。怀特海对于现实实有在本体论意义上的平等地位的强调，给予人类在解决何以对待人工智能或人工生命的问题上以启发——人类的主体身份并非预先存在，而是在与非人类智能体的合生中有选择性地自我建构，自然生命与人工生命在相互作用的交互关系中成就的仍然是自我的主体性，人类对待非人类智能体的态度是对抗还是协同，将会影响

---

① [美]菲利普·迪克：《仿生人会梦见电子羊吗?》，许东华译，译林出版社 2017 年版，第 252—253 页。

② 同上书，第253 页。

③ [英]怀特海：《过程与实在：宇宙论研究》，李步楼译，商务印书馆 2011 年版，第 32 页。

④ 杨富斌、[美]杰伊·麦克丹尼尔：《怀特海过程哲学研究》，中国人民大学出版社 2018 年版，第 176 页。

⑤ 同上书，第 175 页。

人类主体建构的结果。

当里克·德卡德承认蕾切尔·罗森作为一个有机的实体具有生物学意义上的生命,当他看见荒野上的电子蟾蜍“在我们都没法真的活下来的环境中”、“用自己的方式活下来”[①]并为之感动,他便在新的生命观念中回归平静。以自然生命为唯一生命形式的传统的生命观念在后人类世界中失效了,新的生命观念所期待的是自然生命与人工生命协同与合生。“当人类对创造物——不管是生物的还是机械的——表现出容忍和关爱,与它们共享这个星球的时候,就会处于自己最佳的状态。”[②]

## 结语

《仿生人会梦见电子羊吗?》设想了人类在与高智能人工生命体共存的世界中可能面临的身份危机。随着人类和仿生人之间主客关系的失衡、传统的体认自身主体性之标准的失效,人类陷入自我认同的疑难,并在此过程中重新发现身体作为个体认识外部世界的媒介作用,在知觉中重建自我的主体性。然而,在里克·德卡德所代表的人类与仿生人互为镜面的观照下,一种复杂的、相互摄入的交互关系取代传统的主客二元关系自然显现,人类的主体身份在这种交互关系中呈现出一种待完成性。故事中,人工生命体在生命世界中的位置开始被承认,预示了传统的生命观念在后人类世界中将被颠覆的前景,以及人类生命形态进化的另一种可能性路径。

① [美]菲利普·迪克:《仿生人会梦见电子羊吗?》,许东华译,译林出版社 2017 年版,第 249 页。

② [美]凯瑟琳·海勒:《我们何以成为后人类:文学、信息科学和控制论中的虚拟身体》,刘宇清译,北京大学出版社 2017 年版,第 256 页。

# 基因灾难与人性重构

## ——巴奇加卢皮《发条女孩》的后人类世界质询

欧宇龙*

### 前言

随着科学技术的飞速发展，人们的日常生活方式发生了翻天覆地的变化，科技的进步大大提升了人们的生活质量，同时我们也越来越离不开一系列的智能化产品，甚至可以通过改造自身身体来战胜疾病和延长寿命，进入了所谓的"后人类"时代。何为"后人类"？"后人类"一词早在1888年即出现于布拉瓦茨基(Helena Petrovna Blavatsky)的《秘密教义》一书中，但比较确切而正式的早期命名则来自伊哈布·哈桑。"1976年，在威斯康星大学'二十世纪研究中心'举办的'后现代状况国际研讨会'上，美国后现代文化批评家伊哈布·哈桑发表了题为'作为表演者的普罗米修斯：一种后人类主义文化的趋向'的演讲，认为'一个由后人类主导的后现代光轮已经出现'。"①之后"后人类"成为人们频繁提起的词汇，不仅是对人当下生存状态的判断，还成为一个跨学科的研究问题领域，"它主要关注以现代科学技术高速发展为前提的人类进化发展过程，关注重心仍然是人的存在、人的主体性问题"②。人类为了不断使自身变得完美却引发了各种意想不到

---

* 欧宇龙，深圳大学人文学院副研究员，主要从事科幻文学研究。

① Ann Weinstone, *Avatar Bodies: A Tantra for Post-Humanism*, Minneapolis: University of Minnesota Press, 2004, p.8.

② 姜文振：《"后人类"时代的伦理困境与人文之思》，《河北师范大学学报(哲学社会科学版)》2021年第2期。

的状况出现，基因编辑技术引发的伦理困境，环境的日益恶化，日益成熟完善的人工智能对人的主体地位的威胁……我们已经无法忽略这些伴随着生活水平飞速提升的同时出现的种种问题，同时也促使科幻作家进行深入的探索和思考，在大量的科幻作品中呈现了后人类景象，“科幻母题营造的叙事情境，可被视作一种对后人类境况下社会焦虑与希望并存的社会心态的投影”①。一部好的科幻作品不仅能合理地描绘一种可能的未来世界图景，还能给当下的我们敲响警钟让我们不断进行反思。

保罗·巴奇加卢皮（Paolo Bacigalupi）的《发条女孩》（*The Windup Girl*）是近年来世界范围内极具影响力的科幻作品，2009 年一经面世，就迅速囊括了包括星云奖、雨果奖在内的几乎所有幻想文学大奖，并入选《时代》周刊“年度十佳小说”。《发条女孩》讲述了一个因过度开发基因改造技术而给世界带来毁灭性打击的末日故事。在新的世界格局中，国际贸易彻底被中断，为的是防止外来基因改造物种进入当地的生态系统，而主要的资源和财力则高度集中在几家握有关键基因技术的西方粮食企业手上。在这种末日危机下，泰国因为及时地管制了外贸往来，在一定程度上保护了当地的生态环境，但在内忧外患的情况下还是难逃基因改造物种的入侵。《发条女孩》给我们展示了一个几乎被基因改造技术毁灭的后人类世界，里面反映的基因灾难正是我们当今社会基因技术发展需要去关注的问题。同时它又非常写实，当代社会的生态危机、阶级斗争、种族歧视等问题都被投射糅合到这本小说中，让人深思。本文试图从后人类主义的视角去分析小说中所体现的后人类世界里的生存困境，揭示其背后的原因，指出后人类正在建构新的人性认知与标准，促使我们去思考如何在这日新月异、变化无常的未来社会自处以及如何妥善处理人与自然、动物、人工智能等他者之间的关系。

## 一、后人类世界里的生存困境

《发条女孩》的时间背景设定在 23 世纪，给我们呈现了一幅未来可能

---

① 王曦：《后人类境况下文学的可能未来——科幻母题、数字文学与新文化工业》，《探索与争鸣》2019 年第 7 期。

发生的因基因灾难导致的末日景象。在这个末日状态下，因为基因改造技术的滥用导致传染病肆虐，不仅动植物遭受到了致命的打击濒临灭绝，人类的身体也出现了不同程度的癌症疾病，自然环境的恶化让人类逐渐失去了立足之地无法生存。国家政权局势动荡，导致战争频发，底层人民受到来自各方面的压迫。基因技术的开发让人类拥有了任意“造物”的超能力，可以提取几种生物的基因融合拼接成新的生物，甚至可以用细胞和人造DNA造出“新人类”，但造成了无法挽回的后果。在这样的后人类世界里人们没有迎来更好的生活，反而遭遇着各种生存困境。

首先是自然环境层面的生存困境，人们生活在一个资源稀缺、生态系统失衡的末日废土之中。小说开头写的就是安德森在曼谷早市发现了一种新的水果，他异常兴奋，仿佛是发现了一种奇迹的存在一般。因为在这个时代，世界已经失序，财富和权力集中在几家握有关键基因技术的西方粮食企业手中，他们把各种转基因作物和食品卖到各个国家地区，破坏当地的作物生产导致其绝育，但没想到技术滥用导致失控产生了种种变异病毒，自然界中存在的各种水果粮食逐渐消失，人们只能不断去破解基因通过实现科技进步来造出新一代的粮食作物。而像印度、缅甸、越南等国家的人民日常温饱都成了问题，只能靠着像卡路里这样的垄断公司给他们带来健康可食用的粮食。安德森就是来自这样的公司，他来泰国的目的就是盗取泰国的种子库基因，因为泰国实行闭关锁国，拒绝了来自西方的贸易输入，得以保全自身的生态安全。同时由于全球变暖，海平面上升，大批沿海城市被淹没，曼谷城市周边建起了巨型大坝才得以阻挡海水对城市的吞没，全球变暖的原因也是由于大量的工厂废气的排放。小说中特别提到的两种动物也是基因变种动物，一个是在工厂被奴役干活的巨象，大象本来在泰国象征着荣誉、神圣和尊贵，但在小说中它被改造得能拥有巨大的力气去干各种苦力活，它的獠牙被锯掉，身上绑着链条，不停地走着，“这种经过基因改造的动物构成了整个工厂驱动系统的心脏部分，为传送带、排风扇和制造机器提供能量”。当巨象试图停下来歇息时还会遭到工人的鞭打，工厂里常常传来巨象的呻吟声和怒吼声。巨象实在无法忍受这种鞭笞之苦时，进行了疯狂的反抗杀死了工人。还有一个是柴郡猫，一开始它是卡路里公司高层为了哄女儿开心造出来的宠物，结果与家猫交配后逐渐变异，导致家猫完全灭绝。柴郡猫的毛发能根据环境而变化，尸体的血腥味能吸引它们的到来，因此被人们所厌恶，认为是恶魔之猫，见则捕杀之。基因技术不仅使自然界的动物灭亡，基因改造出来的新动物也成为人们的工具或是失控的存在。

其次是社会生活层面的生存困境，技术霸权让世界成为无政府状态，乱世之中没有人能独善其身，时刻活在被压迫的状态之中。小说以 POV 手法塑造了几个主要角色，他们各自代表不同的社会阶层，安德森是一个西方跨国公司的员工，斋迪是一个泰国政府官员，福生是一个黄卡难民，惠美子是一个基因改造人。除了置身社会最底层的基因改造人惠美子，他们各自受着压迫，也压迫着其他人。小说里面的惠美子，她的肉体是由细胞和人造 DNA 组成的，她是日本公司三下机械在保育室制造且训练的新人类，设计出来就是为了服务人类的。惠美子的原主人是岩户先生，当面临末日之灾时岩户先生抛弃了惠美子去逃命。惠美子为了生存只能在酒吧当妓女，过着任人凌辱的生活。就连她以为是救命恩人的安德森，也把她当作跟泰国王室进行交易的筹码。小说的原名叫"The Windup Girl"，中文翻译为"发条女孩"，虽然在书中"发条女孩"惠美子是人造人，她的外貌与人类无异，而不是我们生活中常见的发条玩具，发条人本质上是基因改造人，为了跟普通人类区分加上了结构改造，让其动起来像发条似的一顿一顿。她的命运就像发条玩具一样，只要被人上了发条就不受自己控制"运作"起来，直到能量耗尽才能停下来。作为被制造的新人类、最底层的阶级，很难逃得出苦难的牢笼。她们就像刀俎下的鱼肉，任各种势力宰割。福生是马来西亚排华事件中幸存下来的马来西亚华人，是泰国的黄卡难民，代表的是遭受种族歧视的移民阶层。他失去了所有的亲人，为了能够活下来逃亡到了泰国。在泰国他要小心翼翼地生活，因为身为黄卡难民的他一旦被发现抢了当地人的工作就会被抓走。无法摆脱生存困境的他，做出了许多冷血麻木的事情。斋迪是泰国环境部的上尉，他也是白衬衫的领袖人物之一。他为了保护泰国免遭自然界的侵蚀，严格搜查海关物品，拒绝法郎的贿赂。斋迪代表的是正义的官僚阶层，在末日状态下为了保全泰国人的安危付出了很多努力。在一次事件中他得罪了贸易部，导致家人被绑架，自己也被剥夺了财产和官位。但他并没有为此屈服，虽然双方力量悬殊还是选择了反抗。最终在这场政治斗争中斋迪还是沦为了一颗任人摆布的棋子，当触及统治阶级的利益之时被消灭。而野心勃勃的安德森利用强力弹簧工厂作为掩护，目的是找到藏在泰国的基因破解者，帮助公司获得巨大利润。他受到泰国当地人的怀疑和排挤，身为公司棋子的他，当感染了病毒后还被公司抛弃。在这种末世状态下，人们自顾不暇，各怀心思，都是为了能够在乱世之中存活下来。就算是位于中上层阶级的斋迪和安德森，他们也只是国家政权和跨国公司手中的棋子，无法掌握自身的命运。

最后是精神层面的生存困境，面对如此绝望的现实人们早已失去希望，宗教的救赎失去了力量，人们过着麻木不仁的生活。在小说中主要提到了两种宗教信仰，一个是主张自然主义的格拉汉姆教派，他们谴责一切不“自然”的存在，认为开发基因技术的人都会下地狱，而像惠美子这样的人造人是该被消灭的。但义正词严的他们暗地里也会跟惠美子寻欢作乐，所以惠美子对他们不屑一顾，认为“他们对于生态位置和自然天性过于注重。相当于洪水过后才专注于建造诺亚方舟”①。看到科技进步带来的危害，格拉汉姆教派对其选择全盘否定，走向了极端，再加上他们的虚伪行径，所以没能给众人带来精神上的救赎。另一个是在泰国非常具有影响力的佛教，在苦难面前大家都会去烧香拜佛，祈祷能得到保佑。在泰国僧侣地位很高，种子库是交给僧侣看管的，而一旦谁犯了错误，惩罚是去寺庙进行苦修。但在这种基因技术带来的大灾难面前，人们感受到了信仰的无力感。小说一开始描写早市时就写道：“街头的小贩们张开双臂，胳膊上挂着用于在寺庙中祭拜的万寿菊花环，手里高举着金光闪闪的高僧形象护符——据称能抵抗各种作物疾病。”②但事实证明这并没有什么作用，只是一种自欺欺人的安慰。斋迪在对菩提树行礼时，发现这棵菩提树已经枯死，“他的手指随着船行划过粗糙的树皮。上面有许多小小的凹坑。如果剥开这层表皮，他会看到细致的网状沟槽，而这就是这棵树的死因。这是棵神圣的菩提树，佛陀就是在菩提树下悟道的。然而他们却没有办法挽救这种树。尽管他们已竭尽全力，但仍然没有任何一种变种菩提树可以生存下来。它们完全无法抵抗象牙甲虫。科学家们宣告失败后，他们在绝望之

---

① [美]保罗·巴奇加卢皮：《发条女孩》，梁宇晗译，四川科学技术出版社 2012 年版，第 166 页。

② 同上书，第10页。

下开始向帕·色武布·那卡沙天祈祷，但这位殉道者最终也没能拯救菩提树”[①]。人们无法靠虔诚的心来拯救现世生活。小说中反复出现“一切有为法，如梦幻泡影”的佛教禅语，福生年轻时也不相信因果报应这些话，但如今的他遭受了众多苦难后认为这就是自己的命运，一切身外之物都是他苦难的源头。佛教思想一定程度上安慰了他们，但也让他们默默接受了自身的命运，削弱了他们反抗的念头。这种基因技术的滥用导致他们的生活发生翻天覆地的变化，这本不是他们应该承受的苦难。同时人们也无法真的不在乎身外之物，那些跨国公司的人盲目逐利，让这个世界疯狂地走向末路，就连福生这样虔诚的佛教徒也承认“一切身外之物都是他苦难的源头。尽管如此，他却无法阻止自己，他只是一味地储蓄、准备，努力保全自己，维持这突然间变得如此穷困的生活”[②]。当他们发现宗教信仰无法拯救他们时却又不知道该何去何从，只能为了活着而苟活。

## 二、人类中心主义对人性的消解

《发条女孩》呈现的末日景象正是后人类主义担忧的可能发生的未来，技术的力量比人们想象的还要强大，所带来的毁灭性的打击也是人们难以承受的。在小说中利用基因技术破坏生态环境、引发国家内乱的幕后黑手是西方跨国企业寡头，他们掌握着强大的科技和经济实力，为了实现经济利益最大化，在毁灭世界与自我毁灭的道路上越走越远，而他们的种种行为正是人类中心主义的体现。

传统人文主义自古希腊普罗泰格拉提出“人是万物的尺度”就已见端倪，到了文艺复兴时期为反抗中世纪神学统治而歌颂“人”的伟大，启蒙运动时期将“理性”推至人的根本，笛卡尔的“动物机器论”更是把人放在了金字塔的顶端。“正如布拉伊多蒂指出，人文主义以大写的人为开端，认定人具有强大的能力以获得自身与集体的完美性，建立一种以人类理性、

---

① ［美］保罗·巴奇加卢皮：《发条女孩》，梁宇晗译，四川科学技术出版社 2012 年版，第115 页。

② 同上书，第100 页。

自我调整和本质高尚为基础的思想、话语和精神价值观。”[①]而这种人类中心主义导致了人与自然、人与动物、人与机器等多种二元对立，人通过不断与他者的对立把自己推到另一个极端，进而导致人的异化以及人性的消解。

小说中西方跨国公司通过贸易输送把基因改造物种卖到相对落后的国家地区，破坏了当地的生态环境，当地的人们没有能力去抵挡这种技术控制，只能被迫依靠这些跨国公司的产品来生存。这其实是一种不易察觉的“缓慢暴力”，尼克松在《缓慢暴力与穷人的环境主义》中提出了“缓慢暴力”的概念，指“一种在看不见的地方逐步地发生的暴力，一种分散在时间和空间上的延迟的破坏的暴力，一种通常不会被视为暴力的磨耗的暴力”[②]。一般人们所以为的“暴力”是当下发生的，具有瞬时的破坏性的，伤害是能一眼看到的，比如“9·11”事件、南京大屠杀等。但其实跨国公司的这种输送基因改造物种的行为也是一种“暴力”，当地的生态环境慢慢被侵略被破坏，当人们意识到时已经晚了。对于这种基因改造技术的滥用行为源于人们受唯发展主义理念的驱使，跨国公司之所以大力发展基因改造技术，就是为了能够控制全球的贸易往来，好让所有人都只能购买他们的产品，竭尽所能地获取经济利益。哈根与蒂芬指出：“‘发展’其实是一个被历史所建构的话语，与萨义德的‘东方主义’话语一脉相承。而这种话语建构，无非是为一个庞大的、以西方经济和政治利益为中心的专家技术组织机构服务，便于西方在各领域对第三世界开展新殖民主义霸权。”[③]这些跨国公司提出的“发展”是符合他们感觉的“发展”，假定自己是先进的，相对的发展中国家就被设定为是落后的，要想过上更好的生活就要接受他们的发展模式。所以他们想尽一切办法打开各个国家的国门，试图让所有人都接受这种基因技术，迎接新时代的到来。实际上这种“发展”是以破坏环境为代价的，目的只有一个，就是尽可能地获取经济利益。所以当安德森发现了健康的新品种的水果时，想的只是怎么去获得这种水果的基因好进行

① ［意］罗西·布拉伊多蒂：《后人类》，宋根成译，河南大学出版社2016年版，第20页。

② Rob Nixon, *Slow Violence and the Environmentalism of the Poor*, Massachusetts: Harvard University Press, 2013, p.2.

③ Graham Huggan & Helen Tiffin, *Postcolonial Ecocriticism: Literature, Animals, Environment*, London: Routledge, 2010, p.28.

量产来获利。而当巨象因为发狂伤害了人，被射死后，它的尸体立刻遭到了解剖，“这相当于幸运地获得了一大笔卡路里。巨象死前没有任何传染病，因此这些内脏很可能用来饲养粪肥巨头在周边农场中养的猪，或者进入黄卡人的食物储藏库”[①]，看着流着满地的巨象的血，福生第一反应是“这里面损失的卡路里简直无法计算”[②]。在解剖巨象尸体的时候工厂里的人对于巨象的死没有一丝的同情，只是惋惜与痛心巨象带来的损失，甚至物尽其用把它的尸体拿去做食物和能源供应。而柴郡猫就连皮毛都有悬赏金，人们只为了不能更快地杀掉它们而忧愁。这些基因改造动物已经被物化，在人们眼中它们就是商品。人们盲目追求经济利益，疯狂发展基因改造技术，自然成了被控制和掠夺的对象，人与自然的关系严重失衡，导致人的自然生存环境逐渐恶劣，一发不可收。

小说中社会如此动荡混乱，一方面是因为过于追求科学技术的发展导致财富和权力集中在跨国公司手中，陷入一种无政府状态，贫富差距的拉大导致社会阶层固化，因此底层人民只能过着穷苦和被奴役的生活。另一方面则是源于种族主义。福生是在马来西亚排华事件中存活下来的，由于社会动荡、战争频发，越来越多的难民四处流窜，为什么会有这种种族屠杀小说中没有详细描写，但这种种族主义正是一种殖民主义意识形态，“种族主义”首先把自己的民族和异族进行二元对立，认为本民族是先进的、文明的，异族人是落后的、野蛮的，带着这样的思想进行海外扩张和殖民侵略，把他们引以为傲的“文明”带到世界各地。通过把其他民族塑造成低等的民族，为自己的殖民统治找一个合理的借口，认为自己是去拯救他们给他们带来福祉的，认为只有在自己的“治理”下，被殖民国家才能被治理得更好，达到双方获益双赢的局面。像福生这样的华人被泰国人鄙夷和排挤，随时可能被赶走失业甚至丢掉性命，而安德森则视工厂里的那些泰国工人如草芥，当他们被巨象杀死时他只在乎工厂的损失情况。惠美子身为人造人被视为没有灵魂的“非人”般的存在，所以人们以奴役她为乐，泰国军队则把她视为违法入境的物品，一旦抓到她就会把她扔到化粪池处理

① [美]保罗·巴奇加卢皮：《发条女孩》，梁宇晗译，四川科学技术出版社 2012 年版，第 33 页。

② 同上书，第32 页。

掉。但其实惠美子除了基因被改造过之外与人类并没有什么差别，也有着七情六欲。在“种族主义”的意识形态的作用下，人们会把非我族类视为“动物”一样的存在，他们被贴上“野蛮”、“愚昧”等落后标签，对他们的奴役、控制都是合理的，而他们的生命也是毫无价值的。人们把人造人视为低于人类的物种，可以心安理得地处置他们。

不管是忽略自然的唯发展主义，还是种族主义殖民意识形态，都是被把一切给物化、工具化，追求利益至上的理念所驱使，体现了一种人类中心主义，而这里面的“人类”还是被筛选过的。在跨国公司以及基因改造科学家眼中，他者都是有利可图的对象，自然是可控制和掠夺的对象，惠美子这样的人造人是服务他们的奴仆，福生这样的夹缝生存的移民者是可剥削的劳动者，斋迪这样的政府人员是他们进行政治斗争的工具，甚至连安德森这样的员工，只要没有利用价值了就立马抛弃，这样的“人”唯理智至上，冷血麻木缺乏生命力。

## 三、后人类时代的人性重构

后人类时代技术从身体上改变了人的传统样貌和生理结构，打破了人与动物、人与机器之间的界限，让我们对何为“人”有了新的思考。

西方自古希腊以来就把人分为身体和灵魂两个部分，而身体从来都是被贬低的部分，人因为有灵魂而区别于其他生物，因而成为“万物的灵长”。在《发条女孩》中发条人和发条动物都被视为没有灵魂的存在，因此人们不会去平等对待他们，不会在乎他们的感受，因为没有灵魂的他们对人们来说只是工具。所以人们尽情使唤巨象不停地干活，当巨象死后他们想的只是如何更有效率地把尸体转化成各种资源给利用起来。柴郡猫因为喜食腐肉被人们厌恶而随意猎杀；惠美子虽然有人的形态但生活处境好不到哪里去，被酒吧里的客人肆意玩弄，当作泄欲的玩具。但是当安德森看到巨象满是疮痍的身体时突然产生了一丝同情，当看到惠美子美丽的外貌以及感受到她完美的身体肌肤时不禁被吸引，在她求救时伸出了援助之手。当斋迪表示出对柴郡猫的厌恶时，颂猜说它们也像人一样会流血，“它们繁殖，吃东西，活着，呼吸…… 如果你抚摸它们，它们还会发出呼噜噜的声音”，“是真的。我摸过它们。它们是真实的，和你我一样真实”。[①] 所以颂猜对杀死柴郡猫感到愧疚，因为觉得它们也是鲜活的生命。他们通过身体的直观感受对发条生物产生了共情，再也无法认为他们只是没有灵魂的工具。在这个充斥着基因改造生命的后人类世界里，人们重视身体的强化和改造，也因此引发了基因灾难，导致各种疫病传播，反而给身体带来不同程度的伤害，失去了身体也就失去了一切。“在后人类语境中，人们不得不承认身体是人类的唯一物质载体，一切的意识和思想都是身体的衍生物。”[②] 发条女孩惠美子之所以会对主人言听计从，一是因为在她的身体基因里有着某种拉布拉多犬的DNA，还有就是长期的各种身体上的教导驯服，有老师教她们鞠躬、下跪，做得不好就对她们进行肉体上的惩罚，同时还给她们灌输灵魂转世的思想，“三隅老师还给所有的新人类介绍了水子地藏菩萨。即便是对新人类，这位菩萨仍旧怀有慈悲之心，在他们死亡之后，他会把他们的灵魂装在袖子里，将他们从基因玩物的地狱中拯救出来，进入真正的轮回。而他们的职责就是服务，他们的荣幸就是服务，他们的果报将在下一世到来，他们将成为真正的人类。优良的服务将带来最为慷慨的果报”[③]。通过这样的规训就能让她们安心接受自己的命运，而忽略身体上的不适。“对于权力者来说，现代社会的成员必须具有驯服性。驯顺以失去最大量的个性为代价，使个体顺从而富有效率地进行生产活动，完成权力阶层下达的各项任务。在福柯看来，对个体身体权力的压制，正是自启蒙时期以来西方资本主义经济快速增长的基本社会因素之一。”[④]

身体不仅是人活着的物质基础，还是产生各种思想和行为的必要场所。后人类主义打破了身体/灵魂的二元对立，让我们意识到身体的重要性。我们通过身体去感受世界的一切，再通过各种行为去反馈到世界中去，所以我们生活的环境与我们自身也并非二元对立的。自启蒙运动以来，人的感性与理性就被割裂开来，几次工业革命的发展让人拥有了征服自然的力量，掌握了科学技术的人类把“理性”当作自己优越于其他生物的

① [美]保罗·巴奇加卢皮：《发条女孩》，梁宇晗译，四川科学技术出版社2012年版，第251页。

② 王坤宇：《后人类语境与文艺理论新方向》，《南京社会科学》2022年第1期。

③ [美]保罗·巴奇加卢皮：《发条女孩》，梁宇晗译，四川科学技术出版社2012年版，第222页。

④ 晏凯、张和龙：《“后人类”时代的生命困境——石黑一雄反乌托邦小说的隐喻性书写》，《江西社会科学》2020年第7期。

天赋，但人的能力是有限的，理性也堕落为工具理性，把自然中的一切视作可利用的资源，为了实现自身获得更好的生活而破坏了自然生态平衡。小说中的社会已经拥有了先进的基因改造技术，科技如此发达的社会却没有获得高科技水平的生活，只因为物种灭绝、资源过度采集，而现在唯一能提供能源的“纽结弹簧”也需要卡路里来储存能量，但生产弹簧的工厂又会排放大量的废气，导致环境越来越糟糕，陷入一种死循环。“对个体发展而言，富有活力和生气的空间能够让人拥有积极健康的自我意识和语言表达，在被放射性微尘弥漫的城市空间中，灰暗死寂的城市景观既是影响了身处其间的人类的精神世界也是他们被迷茫困顿的内宇宙之外化。”①在这个充满各种流行疫病和资源稀缺、城市随时面临着被海水淹没、气候异常的世界中，人们为了活着去争夺稀少的资源，所以看到其他国家地区出现了能抵抗农作物瘟疫的水果时，西方跨国公司想尽一切办法去掠夺，不惜引发内乱导致战争爆发。在夹缝中生存的福生根本顾不上关心别人的性命安危，在看到工厂的员工染上疫病时想的是怎么掩盖过去，好让工厂不被关闭进而影响到自己的存活问题。而坎雅因为小时候目睹了执法人员为了消灭传染病源而烧毁了她的村子，她的家人都在饥荒中死去，她“年轻时的遭遇使她失去了欢欣鼓舞的能力……从此以后，她再也无法感受到欢乐了”②。环境对人性的影响还体现在发条女孩惠美子的觉醒上，本来对主人言听计从的惠美子，因为被原主人抛弃而沦落到酒吧卖身，在一次次的虐待中她终于忍不住奋起反抗，杀死了那些虐待她的客人。“我们的物质、信息交换决定了一切。如果将一个经过了完美基因编辑的儿童放在墨西哥难民库的垃圾站中成长，环境和社会语境就会成为最大的影响因素。”③所以就算是基因中被刻下对主人言听计从的命令的惠美子，在不断被刺激和压迫的环境下也会为了自身生存而挣脱这道基因枷锁。小说让我们意识到后人类时代不管是自然环境还是社会环境都会对人性的塑造带来影

① 裴彦融：《〈仿生人会梦见电子羊吗?〉的后人类主义解读》，山西师范大学2020年硕士学位论文，第25页。

② [美]保罗·巴奇加卢皮：《发条女孩》，梁宇晗译，四川科学技术出版社2012年版，第71—72页。

③ 吴璟薇、许若文：《基因编辑与后人类时代的科学伦理——专访哲学家罗西·布拉伊多蒂》，《国际新闻界》2019年第4期。

响。对人性的定义不再是一成不变的，曾经的“人”是理性至上的存在，把自己置于金字塔的顶端。后人类主义对人性进行了重构，打破了身体/灵魂、感性/理性、人/自然等的二元对立，让我们对自身有了全新的认知，重新思考如何与其他物种以及自然和谐共处。

在人性重构的过程中技术起到了关键性的作用。在后人类时代，人面临着被技术化存在的境况。人通过技术改变自身身体，改变自己的日常生活方式，改变周遭的生活环境，技术成了人们赖以生存无法与之分离的存在。特别是由于现在的基因技术飞速发展，人们发现自己有了改造甚至是创造生命的“神力”，如果没有自我审慎反思的能力就非常容易迷失自我。在小说中塑造了一位疯狂科学家吉布森，他声称其实他有能力消除这场基因灾难，但他很喜欢自己所创造出来的这一切基因改造生物，认为这是一种进化，如果人类无法在这个世界中存活下来，那就应该被淘汰。他把这场灾难当作一场游戏，非常乐在其中。当他在遇到惠美子时，面对惠美子的质问，他还在思考如何能把发条人优化得更完美，认为自己还能做到更多。吉布森正是把“理性”推到极端的那类人，他们醉心于自己的发明创造给世界造成的剧变，把自己当作“造物主”，连生命也可以随意操控，在追求造出完美生物的歧途上越走越远。在《反对完美：基因工程时代的伦理》中，桑德尔指出，人类增强技术将会削弱我们对生命的“天赋”的欣赏，“更深层次的危险在于它们（即增强和基因工程）代表了一种过度兴奋，一种改造自然，包括人类本性，以服务于我努力去发展和运用它们。同时也要认识到，不是世界上的一切事物都可以被我们所期望或设计的各种用途所利用。对生命的天赋的欣赏，限制了普罗米修斯的计划，并有助于保持一定的谦逊”[①]。这样认为能造出完美生物的想法，正是来源于对自身能力的错误认识，因为人本身就是不完美的存在，那么人所设想的“完美”就不可能是完美的，在追求完美的这条路上永远无法达到终点。

基因技术的过度使用还会让人失去对自身的认同感，完全把自己等同于进化产物，进而剥离其社会属性与生物属性。吉布森还狡辩道：“我的研究超越了既有的领域。至于他们用我的研究成果做什么，不关我的事。你

---

① M. J. Sandel, *The Case Against Perfection: Ethics in the Age of Genetic Engineering*, Harvard University Press, 2007, pp. 26-27.

有一把弹簧手枪，如果你用它杀死了一个不该杀的人，难道可以说是手枪制造者的错吗？我创造了可以改变生命的工具，如果某些人利用这些工具做他们想做的事，那是他们的问题，不是我的。”[①]技术或许本身没有错，但人性是复杂的，如果对人性抱有过于完美的幻想，那就是一种狂妄自大的表现。“技术对资本政治的深化更突出地表现为：技术媒介制造的共享狂欢和自由幻觉有效掩饰了其天然具有的资本属性，经由技术民主化的包装，资本权力从大众的视野中逃遁了。”[②]技术虽然能使我们的生活水平大大提升，但还面临着社会个体资源分配不均衡、不平等的问题，我们不能盲目推崇技术的力量。

在后人类时代技术不断介入我们的日常生活，我们应保持谦逊的态度，认识到自身的不完美，在发展技术的过程中不断去反思和改善自我。技术的飞速发展让我们陶醉于自身的强大，我们要做到的不是尽情地展示这种强大，而是进行及时的自我反思以及不要丢失对生命的敬畏之情，这才是人性中美好而伟大的一面。

## 结语

人类被自己所创造出来的生物所毁灭，其实科幻小说一开始就有相关的描写和探讨。如英国作家玛丽·雪莱的《弗兰肯斯坦》，以及同样是英国作家的赫伯特·乔治·威尔斯的《莫罗博士的岛》，小说中的科学家通过身体拼接技术创造出了非人似人的生物，却失去了对他们的控制导致了自身的死亡，也许这种失败可以归结为技术的不够先进。而自第三次科技革命以来，特别是基因技术的飞速发展让我们可以更加精细地改造生命体，与此同时也带来了更加复杂的矛盾与问题，技术失控使得基因改良的物种破坏了原本的自然生态时我们该如何修复，当我们制造出来的生命体越来越接近我们本身时我们该如何去对待他们，基因改良的尽头又在哪里……基因技术的提升使得人类的创造能力达到了空前的高度，而作为科幻小说的

---

① [美]保罗·巴奇加卢皮：《发条女孩》，梁宇晗译，四川科学技术出版社 2012 年版，第353 页。

② 林秀琴：《后人类主义、主体性重构与技术政治——人与技术关系的再叙事》，《文艺理论研究》2020 年第 4 期。

《发条女孩》给我们呈现了一个关于基因灾难的近未来想象。可见《发条女孩》是非常重视当下探讨现实问题的科幻小说，关于基因改造、忽略自然的唯发展主义、对弱势群体的歧视和压迫等问题书中都有呈现，它所塑造的后人类世界离我们并不遥远。小说表达出了当下这个时代人类的忧虑与恐惧，既要担忧面临技术失控的危机，还要担忧面临技术操纵者失控的危机。也许科学家一开始是抱着纯粹的想法去开发技术的，但不管是自然还是社会都有着一套自我运行的法则，我们永远也不会知道它们崩溃的临界点在哪。而当我们发觉自己拥有"造物"的能力时，可以编辑任何生物包括自己的基因时，拥有"神力"的人类同时也降为与其他物种平等的存在。所以当我们在拥有了强大的技术之后，不要盲目地前进，而是要审慎地考虑技术是否会带来毁灭性的力量。

技术正在给我们的生活带来翻天覆地的变化，我们正在迈入一个后人类时代，不只是在社会层面，思想方式上也有所改变，人们要去思考此前多种二元对立关系。后人类主义对人性有着新的认知和标准，重新建构人与自然、人与其他物种之间的关系。它并不是要否定传统人文主义，对"人"的终结持悲观肯定态度，而是要引起我们的反思，隐含了对人类未来命运与生存状态的忧虑。

# 过去·现在·未来:《弗兰肯斯坦》的科幻边界、双重隐喻与现代寓意

陈泳桦*

对于“科幻小说”是什么,学界还没有统一定论。严峰教授借用厄休拉·勒古恩的科幻观,表明科幻小说是把“比喻意义用字面意义来表达”①,比如我们常说“怪物”是一种观念范畴,是面对未知力量所呈现的恐惧心理,可是《弗兰肯斯坦》却把这种观念上的“怪物”变成实体意义上的“怪物”,《弗兰肯斯坦》中的“怪物”就具备双重含义,并因此形成了将不可视转化成可视、将虚拟转化成现实以及将内在孤独外化三重特点。第一,由于将比喻意义变成了字面意义,将观念之物变成存在之物,因此也具备不可视化向可视化的一种转变。正如宋明炜所说的那样,“科幻是对‘不可见’之物的再现”②,通过将日常生活重新编码,实现从“不可见”到“可见”的转化。第二,弗兰肯斯坦所创造的生物从没有肉身的“幽灵”,也即是从弗兰肯斯坦头脑形成的观念,变成拥有肉身的怪物,变得可观、可感、可触碰。观念与意识最终成为存在之物,也从虚拟走向现实。第三,《弗兰肯斯坦》从一开始就被置于一种孤独的氛围与语境之中,弗兰肯斯坦是一个孤独的“科学怪人”,他虽拥有智慧也身处爱之中,可他却在寻求生命本质与意义中被孤独包围,这种孤独是形而上的孤独。随着故事情节的发展,他在

---

* 陈泳桦,深圳大学人文学院博士研究生,研究方向为媒介文化与科幻文学。

① 严峰等:《想象追不上科学发展,科幻边界正在模糊》,腾讯网,2020 年 8 月 20 日,https://new.qq.com/omn/20200820/20200820A0NHFB00.html。

② 宋明炜:《中国科幻新浪潮:历史·诗学·文本》,上海文艺出版社 2020 年版。

追逐怪物的过程中身心俱灭,内心的孤独逐渐外化,最终同身体一起毁灭。

## 一、《弗兰肯斯坦》的科幻边界

"科幻小说"从上世纪中后期才开始被提出来,是一个极具现代意义的概念,从小说的整体性概念和范畴出发,将科幻小说从哥特小说或者其他类型小说中分门别类,正体现出科幻小说的特殊边界。从小说类型上进行横向比较,科幻小说与其他类型小说在表现时间和空间观念上存在差异;从科幻演进上进行纵向比较,《弗兰肯斯坦》与哥特小说和现代科幻小说也有所不同。

### (一)小说类型:横向比较

科幻小说从哥特小说或者其他类型小说中独立出来,体现出科幻小说在表现时空观以及意义的生成上有其特定的表达范式。从时间上而言,类型小说主要表现过去或者现在的时间范畴,小说类型化展现的是内容和风格上的聚合,在时间观上大多立足过去或者当下,寻找现实意义。而科幻小说常常是立足于现在,回顾过去,展望未来,当下成为连接过去与未来的时间点,时间的联系变得紧密,"未来时间"也成为科幻小说不可或缺的一个时间范畴。值得一提的是,类型小说也有表达未来的愿景,但它所表现的未来是"意义范畴"上的未来,而科幻小说所表现的未来是"存在范畴"上的未来,也即是说,科幻小说是以未来作为小说发生的场域,而其他类型小说是将未来作为不确定性的一种隐喻。作为"意义范畴"的未来由于指向不确定性,因此文本具有不可言说性,以至于生成无穷无尽的美学意蕴;作为"存在范畴"的未来由于与当下时间和现实生活发生冲突,形成一种戏剧性的张力,更加剧了科幻小说与其他类型小说的差异。

从空间上看,类型小说更强调地域性,如果我们换一个地域语境,就会出现水土不服的情况。比如同为魔幻现实主义作家,莫言笔下的高密与加西亚·马尔克斯笔下的拉丁美洲完全不一样,他们虽然都表现"魔幻现实"的艺术风格,但所描写的地域具有不同的气质,如果强行置换语境,就会出现格格不入的情况。科幻小说由于脱离特殊地域,转向全世界或全宇宙,极具兼容性。“科幻是背井离乡、漂泊无定的文类，它也许从来不属于单一的民族与国家，在科幻的世界中，有着超越国家、超越制度的想象维度。《弗兰肯斯坦》的构思诞生于瑞士，故事元素中有日耳曼的古老传说，作者是英国人，故事终点在北冰洋上……科幻有一个更大的世界，不会被某一种制度或者单一的梦想束缚。”[①]由于科幻小说不受地理环境的限制，具有放眼远观宇宙的视野，也因此形成全新的世界观和宇宙观。科幻小说尤其关注人类主体在面对其他新的生命形式出现后，对人类生存境遇的探寻和思考。当人类在面对自身主体性不确定时，先前建构起来的一系列价值观面临解构，呈现出一种离散的状态，只能重新转向探索生命的意义。比如《弗兰肯斯坦》的主人公弗兰肯斯坦在创造出新生物之前，他有一个比较清晰的价值观，即是要运用科学技术去创造生命的意义，从而为自然和社会创造价值，并凸显自我价值。可是当他创造出“怪物”的时候，感到十分恶心，并开始躲避它。他原先的价值观被逐渐消解，并重新开始思考科学和生命的意义。经过一番思想斗争，他不再躲避“怪物”，而是具有一个比较清晰的目标：杀死“怪物”。同时他对科学和生命有了更本质的思考。弗兰肯斯坦的价值观被不断解构与重建，他重新认识自身，形成了一个动态的价值观、世界观和宇宙观。除此之外，类型小说善于捕捉和刻画人的内心世界，呈现内在的微观表象和深层意蕴，这也是一切文学作品的普遍意义。科幻小说相较于其他类型小说，更加极力描绘宏观世界。这个宏观世界不再仅仅是我们所栖息的世界，而是在面对科学技术、外来生物或异域文化的渗透时，人应该如何去认识自我，调试自我，并重新适应新的环境。通常情况下，类型小说是描写个体特殊命运和个体自我选择，而科幻小说则是描写人类整体的命运和普遍生存状况，人类不再以个体为单位，通常会以族群的方式去共同应对未知环境、未知领域与未知语境。在《弗兰肯斯坦》中，虽然主人公弗兰肯斯坦是独自面对怪物这个秘密，但是他关心的是人类不要被怪物所伤害，因此从这个意义上而言，也代表了人类命运共同体的立场。表1为类型小说与科幻小说在小说类型的横向比较下，在时间和空间范畴上所呈现的不同表达。

---

① 宋明炜：《中国科幻新浪潮：历史·诗学·文本》，上海文艺出版社2020年版。

**表 1　类型小说与科幻小说的横向比较**

| | 类型小说 | 科幻小说 |
|---|---|---|
| 时间 | 过去或现在 | 过去、现在与未来的连接 |
| 空间 | 地域或微观 | 宇宙、微观与宏观相结合 |

## （二）科幻演进:纵向比较

《弗兰肯斯坦》刚被创作出来的时候,正是哥特小说盛行的时代,它一开始就被称为一部“哥特小说”,直到 20 世纪人们开始关注科学技术对人类和社会产生的影响,才重新去发掘它的科幻因素。《弗兰肯斯坦》呈现出与同时期的哥特小说不一样的叙事风格和叙事策略,又与现代科幻小说在题材上,如赛博格、仿生人、新科幻等有所差异。《弗兰肯斯坦》作为科幻小说的分水岭,在表现生命形态、认知范畴、逻辑生成和空间形态上具有鲜明的特点。

1. 生命形态

从生命形态上而言,哥特小说阐述的生命主体不与人的肉身发生直接关系,而与哥特小说惯常表现的吸血鬼、幽灵、鬼魂等超自然生物相联系,后期有如赫伯特・乔治・威尔斯创作的小说《莫罗博士的岛》也无非动物身体的拼接与改造。哥特小说深刻表达了人类面对超自然力量或者不可知力量情境下所产生的恐怖心理,这种恐怖心理所达到的惊悚程度甚至被当时或者后来的读者和评论家所诟病。虽然哥特小说也表现了当时尖锐的社会问题,可作家创造出的令人恐怖的人物形象和故事情节很长时间被认为是一种猎奇心理。《弗兰肯斯坦》中的怪物是由人的尸体拼接而成的,它是有生命的,与人类身体机能相似,只是外形和身体因比例不适而显得迥异。如果我们隐去它丑陋外形和巨大身躯的事实,那么弗兰肯斯坦所创造的怪物或许可以和人类一起栖息,它在观察人类的过程中,逐渐习得了人类的学习和思考方式,产生了人类的情感需求,它正朝着人类进化和演变的方向发展。只是因为怪物并未能获得社会的认可而显得格格不入,最后走向生命的幻灭。现代科幻小说中的生命主体不仅具有肉身生命,还拥有生命的衍生变体,比如赛博格是人类与机械的结合,仿生人是为仿制人类而存在,这种混杂性也决定了我们要以一种新的思维去重新认知生命主体的物质性和精神性。从哥特小说、《弗兰肯斯坦》和现代科幻小说中所刻画的生命主体而言，刻画人的肉身经历了从无到有，从有到变的一个发展趋势。

2. 认知范畴

而从认知范畴上，哥特小说所表达的是一种面对自然未知下的恐惧状态，人被未知所支配而表现得无所适从。《弗兰肯斯坦》也被这种密得透不过风的恐惧所包围，但是除了恐惧，它还有反思：当人成为造物主后，如何去对待造物主与被造者之间的命运关系，以及人类贸然使用这种权利所带来的危害。现代科幻小说当然也包含前面所说的恐惧与反思，但是除此以外，它还带有一种行动。正如萨特所认为的那样，行动与自由密切相关，甚至形成一种悖论：自由存在于选择之中，选择决定行动，而行动又影响着自由。也就是说，对自由的感知其实代表着对两难处境的选择（当你感知到需要自由的时候，恰恰表明你已经丧失了自由的选择，从而受制于行动，要做两难的选择）。现代科幻小说其实就是在刻画这种两难的选择。随着科学技术的快速发展，当机器超越了人类的临界点，人类主体性将面临挑战，人类的自由和命运处于两难之中，人就要通过行动去做选择。菲利普·迪克《仿生人会梦见电子羊吗？》中刻画了这种两难的选择、地球因为战争充满了污染，野生动物濒临灭绝，人的生命也岌岌可危。人必须面对选择，一是可以移民火星，并因此获得仿生人作为奴仆，但火星生活如何谁也不得而知。二是可以继续留在地球，但是地球辐射已达到临界值，人的身体也遭受到不同程度的毁坏，如果人的身体达到官方所评定的“特障人”就无法移民火星，甚至会得到非人的待遇。无论是选择留在地球还是移民火星，都有不可预知的风险，人必须通过选择决定自己的命运。从哥特小说到《弗兰肯斯坦》再到现代科幻小说，人类的认知范畴从恐惧心理到理性反思，再从反思中去选择和行动，既体现出人类的能动性，也从侧面凸显出人类对其他生命主体长期而复杂的思考。

3. 逻辑生成

在对小说逻辑的生成演化中，哥特小说通常是出于对超自然力量的想象。小说《弗兰肯斯坦》也基于这种想象，但更进一步的是有逻辑，但不清晰。玛丽·雪莱声称怪物是由尸体和雷电所形成的，但是对于制造过程缄口不言。从侧面印证当时的科学技术处于初级发展阶段，科学思想盛行，但是科技发展还有待考证。现代科幻小说的逻辑不仅存在,还比较清晰,处于一种自洽的状态。尤其是现代硬科幻小说,运用了很多物理学、生物学、化学、量子力学等现代科学的背景知识,刘慈欣《三体》中所创造的三体世界和三体文明,不仅体现出现代科学发展迅速,人对科学世界的探索和尝试有了新的认知和理解,也表现出科幻作家在努力达到逻辑推理层面的严密和自洽。

4. 空间形态

在虚拟与现实的空间形态上,哥特小说由于描写的对象以超自然生物居多,因此它描述的不是一种实体,是一种虚拟之物,甚至是一种观念之物。《弗兰肯斯坦》所描写的对象在虚拟与现实之间转换,怪物是以人的肉身为基础,但是又不完全具备人的生存能力和社交能力。从身体层面而言,它是现实存在的,可是从社会层面而言,它又形同虚设。另一方面,弗兰肯斯坦虽然是人,却过着非人的生活。弗兰肯斯坦在创造怪物之前,一切都是以现实生活为基调,他拥有世俗的生活,较完整的家庭。而当他创造出怪物之后,尤其是当弗兰肯斯坦拒绝为怪物创造伴侣以后,他的情绪和精神就被怪物所奴役,他不得不面对在怪物与亲人之间,现实的痛苦与虚幻的快乐之间不断转换,过着非人的生活。现代科幻小说描绘的场面让人类处于虚拟与现实之外,处于一种游离的状态。就像麦克卢汉在《理解媒介——论人的延伸》所说的那样,“媒介即讯息”①,手机是人类手的延伸,可穿戴设备是我们身体的延伸,现代科技所创造的产物将延续我们的身体感官,甚至会改变我们的思维方式。事实上,我们不能在虚拟与现实之间自由穿梭,反而游离之外,正如沉浸式设备原本是为了让我们更好地感知虚幻,可我们既无法自如地感知虚幻,也难以回到现实,现实被置于如鲍德里亚所说的“拟像”之中。现代科幻小说所描绘的赛博格、仿生人等形象,就像现代技术一般,在给人类带来身体延伸的同时,也生成新的伦理问题和哲学问题。赛博格、仿生人等虽然能实现人肉身的增补和更新,但由此产生的“我是谁?”、“我将走向何处?”的问题变得更加扑朔迷离。随着技术的发展,赛博格等新的生命形式也在深度学习和进化演变,人与非人的界

① [加拿大]马歇尔·麦克卢汉:《理解媒介——论人的延伸》,何道宽译,译林出版社2019年版。

限逐渐模糊，人类的主体意识和人之为人的独特性面临挑战，人既无法真正凸显人的特性，也无法与机器或者动物相提并论，人游离在这三者之外。表2为哥特小说、《弗兰肯斯坦》和现代科幻小说在科幻演进的纵向比较下，在表现生命形态、认知范畴、逻辑生成和空间形态方面所产生的差异。

**表2 哥特小说、《弗兰肯斯坦》和现代科幻小说的纵向比较**

| | 哥特小说 | 《弗兰肯斯坦》 | 现代科幻小说 |
|---|---|---|---|
| 生命形态 | 无肉身 | 肉身拼接 | 肉身衍变 |
| 认知范畴 | 恐惧 | 反思 | 行动 |
| 逻辑生成 | 想象 | 有逻辑但不清晰 | 逻辑清晰，自洽状态 |
| 空间形态 | 虚拟 | 在虚拟与现实之间转换 | 在虚拟与现实之外游离 |

## 二、《弗兰肯斯坦》的双重隐喻

承上文所述，以《弗兰肯斯坦》为界，科幻小说在其演进过程中，以其内在结构、逻辑和规律逐步发展。这既表现出《弗兰肯斯坦》的过渡作用，也体现出它的区分作用。科幻小说的“界”形成了一种对反性，这种对反性以双重隐喻的形式在《弗兰肯斯坦》中凸显出来。一方面这些隐喻推动了情节的发展，形成了戏剧性的张力，另一方面这些隐喻也折射出现代人所面临的普遍问题。

### （一）造物主与被造者的互动发展

第一重隐喻是造物主与被造者的互动发展。弗兰肯斯坦创造出怪物，一开始弗兰肯斯坦是造物主，掌控着怪物的生命，这也成为怪物一直不敢轻举妄动，苦苦哀求弗兰肯斯坦帮助它融入社会的最大原因之一。当怪物恳求弗兰肯斯坦为它创造一个伴侣，好让它们可以认可彼此，并去往遥远的北冰洋过与世隔绝的生活。最初弗兰肯斯坦动了恻隐之心，承诺为怪物创造一个同类，以摆脱怪物可能对弗兰肯斯坦及其家人造成的伤害。可是当他联想到怪物与其同类可能会做出伤害全人类的事情，最终他拒绝了怪物的请求。怪物最后的希望也幻灭，在暗处与弗兰肯斯坦周旋。弗兰肯斯坦既无法在体力上与怪物抗衡，又因害怕怪物去杀害他的亲人，不敢将制造怪物这一件事情公之于众,在精神上受到怪物巨大的奴役。从这个意义上来看,被造者脱离了造物主的控制范畴,转而对造物主施加精神和身体的压力,使两者的主体性关系置于一种被颠倒的状态。在现代社会,我们不再是创造物质和工具的主人,而是被物质和工具所奴役。就像麦克卢汉所说,"我们创造了工具,工具反过来塑造我们"。

### (二)人与非人的转变

第二重隐喻是人兽的转变。怪物刚被造出来的时候,它只是一个原始的野兽。身体器官逐渐苏醒,只具备简单的生理需求。可是当它接触到德拉塞一家时,对他们一家人的善良品性和高贵品质所打动,也在那里接受了对语言、文字、文学、法律、社会秩序等的启蒙。接受了人类文化和文明的熏陶,使得它不仅开始思考它的生命意义,也渴望爱与被爱,渴望融入社会,被人类所接纳。从这个意义上而言,怪物在习得人类文明后,开始去具备人类的思维方式和情感特征。可是当怪物的情感需求渴望得到进一步认同,它试图通过善良的德拉塞而让人类接纳自己,由于它太过急切,德拉塞和他的亲人都受到惊吓,它不得不离开那个村子。随后又因为祈求弗兰肯斯坦为它创造一个伴侣而遭到驳斥,怪物心灰意冷,决定杀死弗兰肯斯坦的亲人和好友,以让弗兰肯斯坦感受到它所受的伤害。怪物不再怀揣人类的善良天性,转而向人类复仇,这时候它又回到了"野兽"的癫狂状态。与怪物相对应的是弗兰肯斯坦也在这种人与非人之间相互转变,一开始弗兰肯斯坦是一个有追求有智慧的人类,就好像沃尔顿船长在给他姐姐所写的信中宣称的那样,弗兰肯斯坦是"那么温和,那么富有智慧,他心里的教养是那么深邃,说话迅速流畅,有着无可比拟的说服力,词语使用也都恰到好处"[①]。可以说,通过沃尔顿船长的视角,弗兰肯斯坦是智慧和善良的化身。可是当弗兰肯斯坦创造出怪物的那一瞬间起,他就被一种莫名的恐惧与命运的悲剧所支配。一方面,他怀揣着制造怪物的这个秘密,不敢公之于众,他既害怕受到道德的谴责,又害怕别人不理解他,更害怕无法收拾这个残局。另一方面,当他拒绝怪物的请求,他害怕怪物伤害他的家人和朋友,每日都处于恐惧与担忧之中,身体状况和意志力逐渐下降,过着一种非

① [英]玛丽·雪莱:《弗兰肯斯坦》,孙法理译,译林出版社2016年版。

人的生活，最终因追逐怪物身心俱惫，丧于茫茫的大海之间。

### （三）女性话语与男性话语的对峙

第三重隐喻是女性话语与男性话语的对峙。在小说中女性话语一度缺失，首先是弗兰肯斯坦母亲的离世，其次是贾斯汀在法律上的冤死，包括怪物一再请求要弗兰肯斯坦替它制造一个女性伴侣都遭到回绝，甚至沃尔顿船长给他的姐姐写了四封信都没有得到回复，我们可以看到女性是处于一种失语的状态。反观作者玛丽·雪莱，她刚出生的时候，其母亲就因为难产而死去；十几岁时她与珀西·比希·雪莱私奔，后生下的孩子又不幸夭折。由此可见，玛丽·雪莱是极度渴望母性关怀的。同时还能看出，由于她的丈夫珀西·比希·雪莱在文学上所取得的成就，玛丽·雪莱很容易被看作他的一种附庸。在序言中，玛丽·雪莱这样写道，她说她的丈夫希望她写作，倒不是认为她可以创造出什么值得注意的作品，而是想让他来判定她以后能否写出更好的东西。[①] 在珀西·比希·雪莱看来，由于他在文学领域所取得的成就，他的妻子玛丽·雪莱所写的内容并不是最重要的，他的判断标准才是最重要的，带有某种权威性。这种对女性的忽视和对男性的强化，也能通过叙述视角找出端倪。小说《弗兰肯斯坦》运用了三重视角，即沃尔顿船长视角、弗兰肯斯坦视角和怪物视角，这三重视角都是基于男性化叙事，女性处于被弱化和忽视的状态。从这个角度上而言，男性和女性其实正是代表了弗兰肯斯坦和怪物的一种关系，男性代表着弗兰肯斯坦，而女性代表着怪物，女性长期处于一种被迫与失语的状态，其诉求得不到解答。

### （四）自我与他者的较量

第四重隐喻是一种自我与他者的较量。从文本中可以看出，怪物无非就是弗兰肯斯坦的影子。弗兰肯斯坦和怪物总保持着一种若有若无的联系。弗兰肯斯坦余生的使命就是杀死怪物，每次当怪物与弗兰肯斯坦快要失去联系的时候，怪物都会留下线索，刻下记号，让弗兰肯斯坦能够找到它。在故事的最后，两者的紧密联系表现得更加淋漓尽致：当弗兰肯斯坦

---

① ［英］玛丽·雪莱：《弗兰肯斯坦》，孙法理译，译林出版社 2016 年版。

因追逐怪物身心俱惫,在沃尔顿船长的船上死去,怪物万念俱灰,发誓要到地球的最北极去,在那里营造自己的火葬柴堆,把痛苦的身躯化为灰烬。[①]怪物是弗兰肯斯坦的影子,伴随着他,同他保持着微弱的联系,也随他一起死去,这怪物是否就是玛丽·雪莱内心的阴影,是她先后不断失去亲人内心的孤寂感,是她一生颠沛流离的噩梦。同时也是整个人类面临的普遍困境,是每一个人在面对命运无常时所产生的幻灭感与无助感。

## 三、《弗兰肯斯坦》的现代寓意

玛丽·雪莱或许并没有刻意描绘某种现代性,因为现代性更可能是一种阐释,而非生成。以回溯的方式,《弗兰肯斯坦》被赋予现代性,这不仅是因为双重隐喻中隐含着现代寓意,还因为《弗兰肯斯坦》是寓言式的,它指向未来,指向现代。因此在《弗兰肯斯坦》中,小说的情节发展和主人公的命运对现代或后现代人类具有很大的启示和寓意,尤其是随着社会和技术的发展,人的生存方式和思考方式也会受到影响,《弗兰肯斯坦》很有预见性地展示了现代生活图景。

### (一)文明演进

《弗兰肯斯坦》重温了人类文明演进的过程,而怪物就是这种文明演进的见证者与亲历者。怪物刚被创造出来的时候,它还是一个野蛮的个体,只有简单的生理需求,虽然它的身体逐渐有知觉,但只是生理机能的完善和发育。当它走出弗兰肯斯坦创造它的房间,它通过观察人类,开始明白不能裸露身体,要着装;它能知道黑夜与白昼是不一样的;它抢食人类的食物,但厌弃喝酒。酒是人类文明的一种表征,这时候的怪物还处于一种较为浅薄的认知状态,才开始解决人类生理层面的问题,还没有涉及人类文明命题。随后当它发现了人类的文明火堆,并知道人类善于使用工具,比如用杯子喝水,用烛光延长白昼。通过德拉塞一家人的谈话,怪物开始习得语言,逐渐理解法律、艺术等知识,并且渴望情感需求,并因情感需求得不到认同,而追问我是谁,从而想到死亡等问题。这一系列问题都是人类

---

① [英]玛丽·雪莱:《弗兰肯斯坦》,孙法理译,译林出版社2016年版。

在文明发展过程中遇到的问题。怪物是人类文明发展的隐喻，玛丽·雪莱似乎有意要刻画人类从野蛮走向文明的历程，尤其在人工智能发展如此迅速的今天，人类文明将走向何处，是值得人思索的。

### （二）人类主体性

在后现代语境中，人类主体性是一个重要的命题，也是一个不断解构、建构和生成的概念。如果说上帝创造了人类，上帝是造物主，人类是被造者，人类也因此创造了一系列文明与文化，那么人类的主体性体现在对文化的建构之上。与之对应的是，在科幻小说或者是现代生活中，人类创造了机器，人类成为造物主，机器成为被造者。当面对“奇点”或者“熵”的临界点时，人类的主体性是否面临被解构？在电影《银翼杀手》之中，人类创造了复制人，为了不让复制人控制人类，将复制人的寿命调整为四年。在现实生活中，机器是否能一直受人类控制，也一度引发人类的思考。最近“ChatGPT 威胁论”甚嚣尘上，既是对人机交互关系的思考，也是更加深刻地思考人类主体性。不管科学技术如何发展，人类主体性可能会岌岌可危，但无法被解构。人类主体性是一种文化建构，无论是人类作为上帝的造物者，还是人类作为机器的造物主，其文化和文明都是由人类共同发展和创造出来的，如果缺失了人类主体，也谈不上人类主体性。面对浩瀚的人类历史和文明，无论是后人类还是后人文，都只是人类在某个特定历史语境所面临的特定问题，这些问题与其说是新生成的，倒不如说是与生俱来的，只是在这些问题出现后，人类主体性和本体性的问题又不断得到追问。“我是谁?”、“我要走向何处?”，只要人类还存在，这些问题就是永恒的话题。在人类文明的不同阶段，也受到过自然、社会和技术等方方面面的威胁与挑战，但人类都能与其相抗衡，并在一次次抗衡中进步与发展。就像托夫勒在《第三次浪潮》说的那样，“在毁坏和衰败之中，我们可以发现惊人的迹象，表明生命仍然在出生和成长”①。在时代产生剧变的同时，也产生了新文明，“这一新文明带来了巨大的变革，我们此前所有的假设都将遭遇到挑战……新的价值观、新科技、新的地域政治关系、新的生活形态和联

① ［美］阿尔文·托夫勒：《第三次浪潮》，董明坚译，中信出版社 2018 年版。

络方式出现,这个世界就从这些新事物中迅速浮现出来"①,文明的剧变符合历史发展规律,因此,我们应该理性看待历史交汇点产生的新变革和新文明,也"迫切需要全新的观念、推理、分类和概念"②。

### (三)去他者化

第三重寓意是去他者化。在小说《弗兰肯斯坦》中,小说嵌套了书信体的模式,无论是从沃尔顿船长写给姐姐的书信作为全文的框架,还是在这个框架中所嵌套的信中信,也就是在小说中,弗兰肯斯坦与他的亲朋好友之间的通信,抑或玛丽·雪莱在序言中所写到的她与她童年时期的好友之间的通信,都代表着不同生命个体之间渴望突破内在孤独,而与世界建立联系的一种渴望。书信作为一种媒介,往往是一对一的交流方式。而我们反观当前的生态网络,当处于互联网交互之中,人们常常是处于一对多或者是多对多的关联之中,可是这种多网状的生态模式不仅没有消解孤独,反而是加速了孤独的存在。在这种孤独中,我们面对的是自身的孤独情境,也是一个去他者化的状态。同时如我们前面所分析的那样,整个小说处于一种失语的状态,无论是贾斯汀与法律之间的失语,怪物与弗兰肯斯坦之间的失语以及女性的失语,都造成了一种人类自身的孤立状态。而现实生活中,在"景观"社会与"拟像"社会中,人与人之间的关系如此紧张,似乎是昭示着"网络越是紧密,内心越是疏远",人不断被置于一种孤独的语境之中。

### (四)未来生育预言

第四重寓意是未来生育预言。就如我们前文所阐释的那样,无论是在小说的刻画中,还是玛丽·雪莱的生命轨迹中,女性的缺失间接造成了母亲的缺失、配偶的缺失以及后代的缺失,而这种缺失势必对生育和繁衍造成了一种挑战。不得不说,《弗兰肯斯坦》是带有一种预言性的。20 世纪 60 年代一场预示人类走向的"25 号宇宙实验",最后以老鼠之间相互疏离和不再繁衍而全部灭亡的事实骇人听闻。反观现代社会这似乎正在成为

---

① [美]阿尔文·托夫勒:《第三次浪潮》,董明坚译,中信出版社 2018 年版。

② 同上。

现实，由于经济压力和社会压力的增大，人类逐渐转向对自我的内在关注，而忽视了对个体之间的关照。不婚不育、人工受孕，甚至是基因编辑，都对人类的生育和繁衍带来挑战。与此同时，在当今呼唤人类命运共同体的同时，女性作为生育的场所，也代表着自然资源和社会资源的贫瘠。小说《弗兰肯斯坦》中对于自然的赞美与向往，与当前社会对于自然的回归与诉求形成了一种对照。因此保护自然，尊重自然，也是小说《弗兰肯斯坦》带给我们的现代寓言与现代启示。

小说《弗兰肯斯坦》作为西方科幻小说的开山之作，为我们厘清科幻小说的演进提供了诸多线索。它作为一种标志性的存在，区分了科幻小说的边界，这种边界原本并不存在，但后来理论家和批评家的思考与探索，为科幻小说边界的划分提供了一种新的标准与依据，这与在中国现代文学史上确定起点如出一辙。在《中国现代文学三十年》中，钱理群等学者以 1917 年作为中国现代文学史的发轫，标志性事件是胡适在《新青年》发表了《文学改良刍议》，重“五四”轻“晚清”折射出对新民主主义革命的拥护；王德威提出“没有晚清，何来五四”的观点，并将 1635 年晚明作为现代文学的开端，但他同时又认为现代文学的坐标是灵活的，“晚清”或者“五四”不是评判中国现代文学史开端的依据，为何这一时间点更为重要，因此以何种角度切入是另一种全新的维度；许子东将中国 20 世纪文学史分为“晚清”、“五四”、“革命”、“新时期”等几个时期，将“晚清文学”作为理解“五四文学”的前提，并将 20 世纪文学中“官”的角色作为“五四”和“晚清”最大的区别（尤其注重晚清官场小说），“官的文学”与“人的文学”的差异，是理解古代文学、现代文学和当代文学的一种途径。反观西方科幻小说史，以《弗兰肯斯坦》为边界，并不是唯一的划分依据。但玛丽·雪莱所刻画的故事，不管在时空范畴、演进形态、多重隐喻以及意义生成上，都蕴含着无限的现代性与后现代性。

# 科幻书写下的大湾区城市

## ——以《沙嘴之花》和《野未来》为例

周旦雪*

### 前言

改革开放以来，在政策（制度）和市场（资本）的双重作用下，在城市和农村之间流动的打工者大量增加。当代的中国大型城市几乎都面临着重新布局和地理不平衡发展的新困境。[①] 虽然由农村向城市的劳动力转移在世界范围内司空见惯，但在当今时代，中国的“流动人口”附带了特有的政治、文化意义。[②] 在中国的南方沿海城市出现了由底层打工者创作的，以日常生活为题材的文学作品。打工文学是打工者发声的平台，表达了他们的诉求，体现了他们对自我身份认同的观点建构。同时，打工文学空间是对抗性活动展开的地方，触及了城市中的“权力、知识、空间问题”[③]。珠三角地区借20世纪70年代末改革开放的春风，异军突起。城市化最早的珠三角也是文化冲突和变迁最剧烈的区域，广东尤其是深圳特区对打工文学进行了先行发掘，打工文学成为都市新移民文化的一部分。

---

* 周旦雪，西交利物浦大学中国研究系博士研究生，主要研究方向为中国当代科幻。

① 侯斌英：《去往真实和想象的空间的旅程——析爱德华·苏贾的“第三空间”理论》，《新疆大学学报（哲学·人文社会科学版）》2010年第38期，第111页。

② 张鹏：《城市里的陌生人：中国流动人口的空间，权力与社会网络的重构》，江苏人民出版社2014年版，第24页。

③ 陈家熙、翁时秀、彭华：《打工文学中的城市空间书写——基于索亚“第三空间”的分析》，《热带地理》2018年第38期，第630页。

打工文学反映了中国现代化进程，以及普通打工者的生存状态。文学写作不只是作者主观的体验和建构，更是一种对客观的空间变迁与社会现实的反映，是在历史的、文化的大框架里展开的。文学作品不是简单的模仿、再现外部世界，更提供了认识世界的不同方法。文学空间是文学作品中各种社会关系的集合，文化是这一集合的焦点。① 作品中外来打工者居住的窄街小巷构成了一种想象性空间，是城市未知部分的一种神秘地理。与这些陋巷空间相对的是高度发达的、充满现代化特征的城市空间。以独特的自我经验为依托，打工文学是观察和研究当代中国以及当代文学很好的切入点。但打工文学也存在一定的问题，比如相似的写作手法、单一的题材，一些作品仍不太成熟等。一些当代中国科幻作品也关注外来打工群体，并继承了打工文学中的身份焦虑，且不乏独特的视角和表现形式。因而本研究试图借科幻这一文类聚焦社会底层被压制的声音，思考大湾区发展导向的主流话语下外来打工者的失语与边缘化问题，体现对多元话语的关注。

科幻书写借观照城中村，反映城市之殇。中国特有的城中村是城市发展带来的产物，城中村在产业结构和居民生活水平等方面均滞后于城市发展。城中村这一独特的二元地域现象，是城市转型不完全的产物，暴露出了经济、社会、文化等多方面问题，也是快速城市化造成的问题的缩影。② 城中村也不是一个单纯的物质空间，是不断变化的，有经济、社会、文化及政治价值的空间。在这个包含众多社会网络关系的空间中，多种文化相互冲突：现代都市文明和传统农业文明，外来文化与本土文化，主流文化与边缘文化。③ 因而以人为本的城镇化被提出，其中心任务是解决我国长期以来“城乡分割的二元社会结构难题，解决我国农民和农民工的市民化问题，

---

① 侯斌英：《去往真实和想象的空间的旅程——析爱德华·苏贾的“第三空间”理论》，《新疆大学学报（哲学·人文社会科学版）》2010年第38期，第112页。

② 刘毅华：《文化整合是城中村改造的核心——以广州城中村为例》，《现代城市研究》2007年第22期，第79页。

③ 卓彩琴、钟莹、罗天莹等：《“城中村”改造的文化障碍与策略——以广州市天河区石牌村为例》，《华南农业大学学报（社会科学版）》2006年第5期，第112页。

实现他们生产方式和生活方式的转变”①。虽然城中村遍布全国，但珠三角地区最为典型、最为集中，也有其独有的特征。作为改革开放的前沿城市，外来人口多、GDP 增速快，解决民生问题尤为重要，②改造珠三角的城中村刻不容缓。同时，珠三角地区的城中村问题也颇具代表性，关于农村与城市的区隔、矛盾与联系都浓缩在城中村里。因而解决珠三角的城中村问题可以为解决其他地区的城中村问题提供借鉴。

探讨科幻书写下的大湾区城市，归根结底，是谈论科幻文学如何回应改革开放后高速的城市化和社会现实，以及提出了怎样的解决方案。科幻小说通过认知陌生化建构了差异和反抗的第三空间，并借此对打工文学进行补充，对都市生存困境进行探索，对社会进行审视和批判。有学者认为“城中村是中国城市更新的重要部分”③。还有学者认为“城中村只是城市化过程中的过渡阶段，随着城市化的不断发展深入，城中村最后必定会完全融入城市而成为城市的有机组成部分”④。城中村单纯的只是为了城市发展而存在的产物吗？如若真的有那一天城中村完全融入城市，到那时外来打工者将何去何从？本研究试图回答：当代中国科幻描写“广深双城”城市化和边缘人物形象有什么特点？城中村中打工者的居住状况如何被再现？空间书写在再现城市发展问题过程中起了什么作用？如何借科幻作品理解第三空间的理论？如何利用后人类话语展现城市发展的焦虑？

## 一、“第三空间”理论

自 20 世纪末叶人文社会科学领域发生“空间转向”以来，空间思想被广泛地运用于文学地理学研究中。空间是一个复杂的、多元话语建构的社

---

① 李强、王昊：《什么是人的城镇化?》，《南京农业大学学报(社会科学版)》2017 年第 17 期，第 1 页。

② 郑嘉仪、许婕：《新时代城中村问题形成与改造对策——以广州与珠海为例》，《现代农业科技》2018 年第 17 期，第 282 页。

③ 曾迪、朱金、何深静：《文化身份视角下移民城市的城中村更新模式探讨——基于新加坡与深圳的实证研究》，《热带地理》2021 年第 41 期，第 450 页。

④ 郑嘉仪、许婕：《新时代城中村问题形成与改造对策——以广州与珠海为例》，《现代农业科技》2018 年第 17 期，第 283 页。

会活动发生场所。[①] 1974 年,列斐伏尔在《空间的生产》一书中提出了“空间三元辩证法”,即在传统二元对立中需要引入一个他者的维度。1996 年,后现代地理学家爱德华·苏贾在列斐伏尔三元辩证法的基础上提出了“第三空间”理论,强调融历史性、空间性、社会性三者为一体的“三元辩证”思维和跨学科的研究视野。[②] 在考察了洛杉矶的城市规划之后,苏贾在《第三空间:去往洛杉矶和其他真实和想象地方的旅程》中,以真实世界的“第一空间”视野为物质基础,结合“想象”的空间表征“第二空间”,提出既结合又超越前面二者的具有“他者化”属性的第三空间。[③] 第三空间既是生活的空间又是想象的空间。苏贾在《第三空间》中讨论了如何运用空间理论去理解“差异”和“他性”。

“第三空间”另一理论来源是福柯的权力空间与异托邦的概念。福柯认为空间是权利实践的手段和场域,“第三空间”是充满权力想象的空间。从洛杉矶出发,拓展到城市和区域的普遍性研究,苏贾通过第三空间的角度,探讨了城市空间中权力笼罩之下的性别与后殖民问题。[④] 人们日常生活的实践空间中有各种权力关系和社会结构,第三空间理论正是用来回应城市中的这种结构性不公。

国内运用第三空间理论对文学空间进行分析的研究相较于国外较少,且集中在对打工文学、城市文学的讨论。在《打工文学中的城市空间书写》一文中,作者通过对“身体、厂区、城市”这三种空间层次的分析,探究其背后的权力关系。在《中国城市文学中的第三空间》一文中,苏喜庆认为文学表征着不同时期的想象性城市第三空间,这些第三空间介于真实与理想之间,通过研究城市第三空间可以开掘出城市史。

“第三空间”的理论强调研究文本中的空间及空间隐喻背后多层次的

---

① 陈家熙、翁时秀、彭华:《打工文学中的城市空间书写——基于索亚“第三空间”的分析》,《热带地理》2018 年第 38 期,第 630 页。

② 侯斌英:《去往真实和想象的空间的旅程——析爱德华·苏贾的“第三空间”理论》,《新疆大学学报(哲学·人文社会科学版)》2010 年第 38 期,第 109 页。

③ 张志庆、刘佳丽:《爱德华·索亚第三空间理论的渊源与启示》,《现代传播》2019 年第 12 期,第 15 页。

④ 陈家熙、翁时秀、彭华:《打工文学中的城市空间书写——基于索亚“第三空间”的分析》,《热带地理》2018 年第 38 期,第 631 页。

逻辑关系，是作为研究边缘群体空间体验的切入点。这个空间本身是一个被边缘化的、沉默的、目不可见的多元空间，[①]是“物质空间、社会空间和精神空间融合的生产性容器，是一个膨胀性的可延伸时空体”[②]，且从中可以反映出“意识形态、价值观、信仰以及民族主义和国家关系等”[③]。在科幻小说中，各种技术的融合进一步打破了物质—精神的二维向度空间。正如达科·苏恩文所指出的，科幻小说的充要条件正视陌生化和认知的存在以及二者之间的互动，以陌生化的文本空间，为人类提供认知自身的方式。在某种程度上来说，科幻小说中的异化的、他者性空间，是异托邦，也是苏贾“第三空间”的一种体现。

## 二、科幻中的大湾区城市

《沙嘴之花》、《野未来》这两部科幻现实主义作品，并非讲述宏大而渺远的全人类故事，而是将普通的生命联系到了一起。这些书写与我们所处的社会紧密相依，与我们对现实的感受息息相关。在建构、研究城市外来者身份的同时，探讨打工者和都市新移民在城市中的空间体验以及其背后的权力关系和社会根源。在《沙嘴之花》和《野未来》中，时间被淡化，空间被突出。通过空间来再现时间/历史的印记，展现了大湾区城市的特殊切面。建设粤港澳大湾区世界级城市群已经成为国家发展战略的重要构成，大湾区的未来发展目标之一是打造“世界级的城市群”[④]。粤港澳广佛城市群中的两大中心城市广州和深圳现已暴露的问题不容忽视。科幻作品成为介入现实、批判现实的一种独特文学空间。珠三角的城中村已然成为重要的书写对象。

城中村中的人生百态被书写，南方城市文化景观被构建。租金低廉的“城中村”是闯入都市的低收入异乡人的居住场所，这里居住环境差，犯罪和失业等问题严重。而城中村问题所牵涉之庞杂宽阔，遍及大湾区城市

① 陆扬：《析索亚“第三空间”理论》，《天津社会科学》2005 年第 2 期，第 37 页。

② 苏喜庆：《中国城市文学中的第三空间》，《中国文艺评论》2020 年第 6 期，第 78 页。

③ 雷碧乐：《第三空间视域下的科幻小说》，《社会工作与管理》2019 年第 19 期，第 95 页。

④ 蔡赤萌：《粤港澳大湾区城市群建设的战略意义和现实挑战》，《广东社会学》2017 年第 4 期，第 6 页。

化、现代化进程中的诸多问题。在对城中村的刻画中也投射了大湾区的城市建设、发展过程。城中村(局部)和城市系统(整体)之间的矛盾也日益突出。个体的日常生活也与大的社会历史发展紧密相连。通过普通的外来打工者的生活经历,科幻作品中碎片化的写作、个体与城市的异化、城市发展的整体图景得以展现。所谓的“高科技”和“低生活”鲜明且荒诞的对比在两部作品的城中村中都有所体现。那么城中村在这些科幻书写中究竟扮演了怎样的角色?

广东科幻作家——陈楸帆创作了许多基于广东文化背景的科幻作品,如《荒潮》、《巴鳞》、《匣中祠堂》等。被收录在《未来病史》中的《沙嘴之花》聚焦深圳“沙嘴村”,对边缘人群的生活进行了刻画,描绘了城中村的剪影。深圳的城市发展也被糅合进科幻叙事中。在这部作品中,陈楸帆以独特的视角向读者展示了在近未来的深圳特区,城市化进程下,栖身于此的“三教九流的外来人员”的生活境况:曾经的模具工程师——“我”,包租婆和神婆“沈姐”,性工作者“雪莲”,雪莲的老板兼老公“东”。[①] 深圳自 80 年代以来的从渔村发展至国际大都市的历程被浓缩、集中体现在这些小人物的生活经历中。

在广东生活了二十多年的“80 后”文学作家——王威廉的短篇小说《野未来》被收录在其 2021 年出版的同名小说集中。这篇小说讲述了三个生活在广州城中村的年轻人的故事——叙述者“我”,初中毕业的机场保安——赵栋,以及“我”在师范学院的室友——朱有文。这部小说集一经出版便受到广泛关注,斩获诸多奖项,不仅在科幻文学的圈子中得到认可,主流文学作家余华也推荐道:“让我们思考了科技、现实与未来的关系”。杨庆祥认为《野未来》这篇短篇小说“是一篇将科幻高度嵌入当下的作品,它所有的构成元素都可以称得上批判现实主义式的:失业、边缘人群、大都市的贫民窟……这是一种迥异于经典科幻写作景观的写作”[②]。落魄的小人物得以被看到。

用作对比分析的是刘宇昆的短篇小说《狩猎愉快》。这个作品以猎魔人——“梁”的成长经历、回忆和见闻展开。在对狐妖“燕”的刻画中,糅合

---

① 陈楸帆:《未来病史》,长江文艺出版社 2015 年版,第 25 页。

② 王威廉:《野未来》,中信出版社 2021 年版,第 6 页。

了神话想象和科幻叙事。小说中传统的中式楼阁和现代化的工业城市交叠,叙述场景由乡村转换到城市(香港)。展现了晚清,西方列强入侵后三十年间,香港殖民的魔幻景象。小说中强化了西优东劣,西方东方的二元对立,或者说理性/非理性,文明/落后,正常/不正常。中国乡村根据英国的殖民需要被改造:"田野被污染、河流被铁路斩断、空气被煤烟笼罩。"[①]在西方工业文明的影响下,乡村的生态环境被破坏的同时,"年轻人们都开始离开本地,去往香港或广州,去追寻那些传言中待遇优渥、前景光明的工作。田地被荒废了,村子似乎只剩下过于年轻和过于年老的人,以及他们颓废的气息",最终"梁"也变成了他们中的一个,去往香港谋生,由"猎魔人"变为"工程师"。"燕"也被迫变成妓女,最终变成赛博狐妖。在这种现代化的趋势之下,如果不选择主动融入,就会被抛弃,像"梁"的父亲一样只能选择自缢。

### (一)《沙嘴之花》:大都市"深圳"阴影中的城中村

深圳是都市新移民最早抵达的城市之一,也是"打工文学"的发源地。[②]在深圳的城中村中,有高度集聚的服务业系统,城中村中多种多样的生活性服务业,"零售商业、餐饮、洗浴、理发、娱乐等,以及各种'地下经济'高度集中"[③]。小说中对深圳的城市景象描写充斥着压抑、灰暗的色彩。第一段用"罪案频发"形容深圳湾区,与众多宣传中整洁、文明的城市大相径庭。"沙嘴村与沙头、沙尾、上沙、下沙等五个城中村形成巨大的混凝土密植森林,占据着福田区的核心地带"[④],也打破了人们固有的对于福田区核心地带的印象——深圳最高楼平安金融大厦、繁华的金融中心、福田口岸对面的香港。

深圳城中村的数量和规模大,涉及的外来人口与土地供给矛盾突出。[⑤]这些问题在小说中都有描写,"这里曾是小渔村,后来改革开放了,城市化大建设,村民们为了被政府拆迁时能多拿赔偿,每家每户都在自己的地界

① 安秋蕙:《论〈狩猎愉快〉的身体想象》,《文学教育(中)》2020年第8期,第31页。

② 李灵灵:《论城中村是打工作家的文学现场》,《创作与评论》2015年第22期,第32页。

③ 丁四保:《深圳的城中村问题与问题的解决》,《开放导报》2005年第3期,第40页。

④ 陈楸帆:《未来病史》,长江文艺出版社2015年版,第25页。

⑤ 丁四保:《深圳的城中村问题与问题的解决》,《开放导报》2005年第3期,第39页。

上拼命盖楼，以制造出更大的居住面积”[①]。看似自发的村民行动——盲目的盖楼，实则是对大的城市建设发展下政策制度的回应。他们不知道拆迁后自己将何去何从，他们祖祖辈辈都是靠土地吃饭的农民，失去土地之后的生活是无法想象的，村民们在最大限度地设法保障自己的权益。然而孤注一掷后，他们还是失败了，“房价已经飙升到连政府都赔付不起的程度，这些见证历史的建筑就像遗址般被保留了下来”[②]。最终演变成珠三角特色的“握手楼”、“一线天”，“房间内永远暗无天日，因为楼与楼之间只有‘握手’的距离，道路如毛细血管般狭窄……一股腐败的臭味弥漫其中”[③]。私人违章建造的居民楼安全隐患严重，建筑密度高。阴影下不见天日的城中村成了城市高度发展、扩张的牺牲品。

在与城市的“融合”中，城市的价值体系也影响、渗透了沙嘴村。对深圳城市的刻画仍局限在自 90 年代就产生的两个关键词“欲望”和“物质”中。[④] 在美国用来监测病患生理指标的“人体贴膜”在城中村成了一种“炫耀性的街头亚文化”、“以显示个性、气魄或者性感”。[⑤] “人体贴膜”与时尚糅合起来，成为消费主义的一部分，将原本不相关的医疗器械与品位联系起来。通过使用这种“人体贴膜”，打工仔获得了虚假的心理满足和群体认同。随处可见的山寨电子企业，到处都流传着“本分做生意不如黑心发横财”[⑥]，大家为了利益和金钱似乎无所不用其极。在这样的都市“文化”影响下，沙嘴村也“漂浮着欲望的气息”[⑦]。一味地追求效率，投机取巧，而不愿为所谓的“成功”付出相应的努力。

小说中不断用“高科技、高薪水、高解析度、高级生活的高——深圳”来对比“我”栖身的沙嘴村的“低”[⑧]。尽管沙嘴村位于深圳核心区域，但仍被区分于深圳，被视为对立的、落后的存在。在城中村，各种形式的对立统一

---

① 陈楸帆：《未来病史》，长江文艺出版社 2015 年版，第 25 页。

② 同上。

③ 同上。

④ 李敬泽：《在都市书写中国—在深圳都市文学研讨会的发言及补记》，《当代文坛》2006 年第 4 期，第 9 页。

⑤ 陈楸帆：《未来病史》，长江文艺出版社 2015 年版，第 26 页。

⑥ 同上书，第 30 页。

⑦ 同上书，第 32 页。

⑧ 同上书，第 25 页。

无处不在，同一性与差异性之间的张力、文化的冲突渗透在物质与精神的各个方面。传统与现代的融合和对抗也被体现得淋漓尽致："我"在中药店门口卖人体贴膜，把窃听器安在神坛下沿，用科技帮助雪莲是为了"积福报，消业障"[①]，包租婆"沈姐"的另一重身份是"神婆"，"沈姐自称是满族人，祖上曾经有过女萨满大神，因此基因中也遗传了一些灵力，可通鬼神，卜吉凶"[②]。沙嘴村中的人需要沈姐通过作法来获得虚幻的满足感。在一个技术高度发达的世界里，人们仍然要通过所谓的各种"迷信"的方式寻求一些问题的答案。在某种程度上，这种与城市现代化格格不入的解决方式体现了流动人口仍然被城市文化体系所排斥。他们只是"移动"到了城市，并非成为居民，城中村居民在城市文化塑造过程中地位缺失。

《狩猎愉快》中也有类似的传统和现代对抗的描写。闯入村庄的外国官员汤普森用手杖打断了佛像的手，中国的传统信仰被视为封建迷信，民众被迫接受西方的价值观念和文化体系。而所谓的现代都市对外来者做的也是如此，强迫他们接受城市文明、迫使他们认为自己原本所根植的乡土文化是落后的，是要摒弃的。而在城中村中，在被都市排斥的环境下，抛弃了原有的传统和信仰，这些外来者还能相信什么？他们还能有什么作为自己的精神支撑？

陈楸帆用独特的笔触描摹了高速的社会转变遗留下的种种问题，城市变成了各种欲望的容器，人们的身体成为一种资本。收入差距增加，高速发展对人们的身体、精神状态造成不可逆转的影响。故事中的人物都是快速发展中处于边缘的群体，他们的故事与深圳的经济增长神话无关，他们不断寻求社会认同但不断被排斥。城中村中的居民就如同他们栖身的城中村一样，是要被解决掉的问题。

### （二）《野未来》：在"广州"，鼹鼠般的打工者们

与改革开放之后才发展起来的深圳不同，广州作为广东省的省会城市，拥有千年建城史，是岭南文化的发源和兴盛地。改革开放以来，为了满足经济发展和现代化的需要，建成城区面积扩展很快。大量人口涌入城

---

① 陈楸帆：《未来病史》，长江文艺出版社 2015 年版，第 33 页。

② 同上书，第 28 页。

市，城市用地紧张，只能不断向郊区蔓延，规模急剧增大。这座城市突出地展现了：土地城镇化已然大大高于“人的城镇化”。广州的外来人口中数量庞大的“蚁族”——即“高校毕业生低收入聚居群体”[①]的故事在这部小说中被书写。叙述者“我”就属于“蚁族”。

外来人口不断增多，城市中心的空间资源有限，使得房租增高。“城市空间向乡村边界不断侵蚀，人群却在相对方向向城市不断漫入。”[②]正如《野未来》中描写的景象：“房租随着蛙跳式上浮的房价水涨船高，我被高房租驱赶着，不断向城郊迁徙”、“地铁的线路一直在延长，像是被拉伸的血管，让我得以继续勉强做这座城市的一分子……地铁通到哪里，哪里就面临着拆迁，我刚刚住下，就等待着不久后的又一次迁徙”、“即将拆迁的破败小巷”。[③]“地铁就是时空隧道，连接了贫民窟和云上城堡。”[④]每日他们像鼹鼠一般，在地下世界穿梭，生活对他们来说是重复、单调的，“每天从单位匆匆赶到地铁口，再乘坐电梯来到十几米深的地下”[⑤]。城市在无边扩张，不仅地上景象被观照，地下的机械城市也被描绘，对地铁的书写体现出后现代色彩。狭小的城中村出租屋可以为“蚁族”减少房租的开支。任何一个政策的变化、决策者的决定都会影响到这些鼹鼠般的外来者的生活。他们被驱赶，“政府出台了一项严厉的政策，要彻查城中村，对于不符合消防安全规定的出租屋要全部清理……限定我们在一周之内搬离，否则断电断水”[⑥]。在广州，成千上万个“我”投宿在不同的穷街陋巷里。

想在这个城市中生存，就需要遵循这里的“规则”。学历是许多“体面”行业的准入证，学历普通的他们被拒之门外。尽管仅有初中学历的赵栋很有天赋，也很聪明，但那一纸文凭阻碍了他走上“成功之路”。普通师范学院毕业，学历平平的“我”在急切的功利心的影响下，“好高骛远”，想要“一

---

① 倪新兵：《社会资本差异下的“蚁族”群体构成》，《当代青年研究》2014 年第 2 期，第 117 页。

② 陈超：《当代文学境遇中的“候鸟”踪迹——城市化进程中“打工文学”的生产、撒播与移植》，《甘肃社会科学》2012 年第 2 期，第 162 页。

③ 王威廉：《野未来》，中信出版社 2021 年版，第 199 页。

④ 同上书，第 200 页。

⑤ 同上书，第 199 页。

⑥ 同上书，第 214 页。

步登天”，[①]报考了省文化厅而非街道办。尽管“我”深谙了这个城市的规则，信奉追求效率与物质的都市文明，在激烈的竞争中，“我”仍未得偿所愿，公务员考试落榜了。在城市中向上流动必须采取有效的策略，不适应城市发展趋势的人，只能被社会淘汰，被未来抛弃。作者借此引入了更深刻的思考，在当今的社会大环境中，追求高速发展的城市语境之下，没有高学历的普通人还有谈梦想的可能吗？在匮乏的物质中寻求精神的充实，是妄想吗？追求梦想对他们来说是否意味着失去所有？

空间具有象征意义，不同的地理空间对应特定的社会空间。优渥的生活通过住房体现出来，与城中村中的城市外来者的移居生活形成了强烈对比，体现出身份差异。朱有文考上公务员之后，搬进了位于花园小区的宿舍，“外边是一条繁华的商业街，在街对面，是写字楼一层层华丽的玻璃幕墙”[②]。而广州的外来打工者见证的地上世界是一条条破败的小巷和众生疾苦。“阴暗潮湿、泥沙俱下、众生复杂、卑微如草的穷街陋巷。”“小巷里各色人等都神色慌张、匆匆忙忙，跟打仗似的。花花绿绿的衣服、床单、塑料袋、废旧报刊，丢得到处都是，一片狼藉。”[③]“赵栋则像一条经验丰富的蛔虫，可以深入到城中村腹部那些毛细血管丰富的小肠。”[④]把赵栋比作“蛔虫”，一方面体现出他对城中村环境的熟悉；另外一方面，寄生虫和万千“赵栋”们有一定的相似之处，他们生活环境恶劣，他们被城市主体所忽略。

对于这些普通的生命来说，城中村是城市中唯一的安身之所。当“我”进入城中村时，产生了一种安全感。“我知道城中村的存在，但这是我第一次进入它的内部。我以为自己会感到厌恶，可恰恰相反，尽管谁也不喜欢脏乱差，但那种可以把自己隐藏起来的感觉非常符合我当时的心境。在这里，我心底居然有了一种安全感，一种被芸芸众生庇护的错觉。”[⑤]疏离感、缺失感以及迷茫被体现出来，试图在城市中逃离喧嚣的城市。这种主动疏离、主动的边缘选择，是一种面对压迫和排斥的反抗。“在这个阴暗潮湿、泥沙俱下、众生复杂、卑微如草的穷街陋巷，还隐藏着一种特殊的东西，似

---

① 王威廉：《野未来》，中信出版社 2021 年版，第 212 页。

② 同上书，第 208 页。

③ 同上书，第 215 页。

④ 同上书，第 218 页。

⑤ 同上书，第 201 页。

乎是让人去爱的。”[①]在城市中固守城中村，虽然不是自愿选择，但作者也通过这个特殊的空间描写、设定，体现出他们对城市化、现代化、科技化和社会之间的疏离感。体现出了他在都市中的茫然无措，城中村对边缘人群来说是一种“庇护”，是一种打破城乡二元对立建构的存在。

深圳和广州城中村的特征被捕捉和描摹，以上分析主要集中在对物理空间的书写，但对外来打工者的形象分析有些扁平。城中村中人们的精神空间又是怎样的？他们似乎都过着一样的生活，栖居在城中村，处于相似的困境中。有一些人物被刻画成心高气傲的形象，很容易让读者认为他们的不幸来源于自身。但这些不幸背后真正的原因被掩盖，即城市化发展和现代性的问题被掩盖。在科幻书写中，激发读者的思考，他们的故事能否有多样性？没有良好的家庭背景和教育资源的这些农村孩子将何去何从？

## 三、科幻中的底层凝视与第三空间书写

对于流动人口来说，移居到大湾区的大都市不仅意味着离开故土，而且作为一种特殊的文化体验和生活经历，给他们带来身份认同的分裂和重建。作为打工者，是很难真正融入城市生活的，留下来意味着以社会身份的离散者和边缘人开始都市生活。在“第三空间”中所呈现出的不确定性，其中身份的多重性、不稳定、游移，是对物质和精神维度的重新评估，也为这些外来者提供了栖身之所。在不受功利关系限制的“第三空间”中，边缘身份得以重构和消解，建构外来者的新家园。

首先，科幻文学空间本身就是介于现实和想象的第三空间。作者与读者通过自身的生活体验与文学中的叙述进行对话，获得空间知识与情感体验。其次，科幻文学所描绘的城市空间具有复杂、多元的特征，第三空间理论有助于研究者从一个整体、包容的视角进行分析。第三空间理论以“作为他者化的第三化的批评策略”，体现了社会关系的集合，给文学空间的研究带来了重要影响。[②] 索亚的城市三重空间，可以在中国的语境下表述为：

---

① 王威廉：《野未来》，中信出版社 2021 年版，第 209 页。

② 侯斌英：《去往真实的和想象的空间的旅程——析爱德华·苏贾的“第三空间”理论》，《新疆大学学报(哲学·人文社会科学版)》2010 年第 38 期，第 110 页。

“物质的空间—使用空间、精神的空间—功利空间和想象的空间—审美空间”①。“第三空间也是社会—空间辩证法的体现：第三空间的多元特性以及形式，便是社会发展过程的产物，而它同时也进一步促进了社会的变革。第三空间的思想体现出了一种开放的、强调差异与他者的空间观。”②第三空间在流动人口身份建构中具有重要意义。文本中的空间也被视为隐喻系统。“空间作为社会空间的社会生产”，对文学的理解也有一定的意义。③

《狩猎愉快》在对乡村和香港的描写中，强化了打工文学中常见的“美乡村、恶城市”的情结。而在《沙嘴之花》和《野未来》中，传统逐渐遗失，乡村是失语的，只聚焦城中村的景象。从一个侧面反映了现今城市的异乡人似乎已经失去了乡土的根，乡村对他们来说也变得难以沟通，他们丧失了用以怀缅的土地。城中村被周边繁华的都市环境围绕，具有明显的空间分异特征，其居住环境繁杂、邻里关系淡薄，城中村移民缺少地方情感的依附，形成一种“无根式”的消极地方感。④ 虽然生活在城市中，城市是真实的空间，但又是无法企及的想象高塔。

怎样书写城市？在文学书写中，对都市的想象逐渐匮乏，都市意识似乎遭遇了限制，对都市的书写根基浅薄。在许多作品中，城市不得不向乡村借用，只有在乡村通过农民工的形式出现时，都市才产生意义。在城市中游荡的“外来者”，他们的形象成为文学的“真实”与“正义”的证据。⑤ 通过底层书写，大城市的生活境况被描绘，不仅是这些所谓的底层外来务工人员，那些被工号所标记的都市白领也不是如此吗？谁又真的拥有或者说属于这座城市？“人与城”的关系是什么，外来的青年们的未来出路是什么？

---

① 苏喜庆、杜平：《第三空间：城市史书写的一维——基于城市文学与空间记忆的考察》，上海市社会科学界第十五届(2017)学术年会主题专场：全球城市史：环境、城市网络与空间生产暨第三届全球城市史学术研讨会论文集，2017 年，第 135 页。

② 陈家熙、翁时秀、彭华：《打工文学中的城市空间书写——基于索亚“第三空间”的分析》，《热带地理》2018 年第 38 期，第 630 页。

③ 陆扬：《析索亚“第三空间”理论》，《天津社会科学》2005 年第 2 期，第 34 页。

④ 李如铁、朱竑、唐蕾：《城乡迁移背景下“消极”地方感研究——以广州市棠下村为例》，《人文地理》2017 年第 32 期，第 27 页。

⑤ 李敬泽：《在都市书写中国——在深圳都市文学研讨会的发言及补记》，《当代文坛》2006 年第 4 期，第 10 页。

不可否认的是，城市中的个体被逐渐浸染，不再纯粹和简单，慢慢成为城市的一部分，被城市反噬。通过底层人物的视角、从第三空间出发，科幻小说来刻画这些破碎复杂的城中村景象，从而构建出宏大的城市历史。

## （一）精神空间与物质空间交应

“相对于城乡中国前所未有的各种外在的生存矛盾和内在的精神变迁，‘打工文学’对它的呈现只能算冰山一角。”①相较于“打工文学”，通过人机的结合和交互，通过后人类话语，科幻小说可以深入展现人物的精神世界。在对都市之城与心灵之城的包容和超越中，中立地带的第三空间产生。这是一个充满人类心灵投射的空间，是真实性与想象性的异托邦。

在《狩猎愉快》中，蒸汽技术的发展缩短了空间距离，压缩了时间成本，人们对时间流逝失去真实感，时空折叠产生了时空异化的感觉。故事中的香港快速由农耕文明跃向了工业文明，技术一方面破坏了生态，另一方面又创造了新的生产方式，“高科技”和“低生活”形成了鲜明的对比。但由于现代社会处在不稳定的状态，技术刚刚引进，个体无法快速接受这种转变，技术导致个体与世界产生了异化。而另外两部作品中，技术的发展似乎扩大了人的生存空间，人从原有的地理空间中被解放，投入某种无界的空间中：《沙嘴之花》中的增强现实隐形眼镜，《野未来》中以及现实生活中庞杂的网络信息，作品中的小人物们都通过技术，进行反抗。

在《沙嘴之花》中，通过“无线耳机、增强现实隐形眼镜”以及“遥控傀儡服”的操控，顺从、懦弱的性工作者雪莲完成了弑夫的一系列动作。既是老公又是老板的“东”，代表了一种集资本和父权的符号。雪莲弑夫体现出了对资产阶级固有性别和政治秩序的颠覆。雪莲通过对科学技术的利用，超越了她原有的局限，她的主体性被解放出来。通过技术的手段，被压抑的声音表达出来。后人类的超越性也借此体现出来。但其中也体现出一些问题，人类与机器之间的张力和边界到底是什么？正如忒修斯悖论中提到的，船上的木头被更换之后，船还是原来的船吗？人机结合之后的雪莲，还是雪莲吗？人的本质究竟是什么？

在《野未来》中，赵栋的似《黑镜》中场景的房间是对后人类生存境遇的

① 柳冬妩：《打工文学的整体观察》，《艺术广角》2011 年第 1 期，第 33 页。

呈现。“地面也是液晶屏幕，整个房间都被黑镜所占据，让人喘不过气来”，当欲望消散后“我感到的是虚无”，“我悬浮在空洞影响的幻觉里，仿佛置身在另外一个已经消亡的时空”。[①] 对于赵栋来说，技术似乎是致幻蘑菇，可以帮他逃离不愿面对的现实生活。叙述者“我”失去了做梦的能力，而赵栋是一个善于做梦的人。赵栋认为未来是一个“彻底影像化的时代”，他已经提前进入。看似赵栋在支配技术，实则他已经无法摆脱被技术支配的命运。王威廉展现出了一种对后人类时代的质疑，人类遭遇了身陷异化的危机，人类作为理性主体的幻想被颠覆，在技术面前的统治地位也被动摇。

城市被宣扬成“无限可能”的代名词，但真实的城市生活充斥着压抑和压力。技术使人们被异化，人们的主体性丧失。人们用虚拟的想象去麻痹自己，躲在技术背后。而技术也是被特权集团制造和利用的。现实的、物质的家园是什么，在大城市中精神的家园又是什么？城市人的生活困境被展现，在这种空间的不对称中，人们是漂浮着的，不知自己到底属于哪里。

### （二）第三空间中的身份建构

外来打工者的生存空间是由政治、经济、文化以及社会生活中的多种因素相互作用影响生产的。空间流动体验，带来了摇摆的身份认同。人们总在潜意识中给职业贴上高下的标签，“似乎文员是比临时保安更让人羞耻的职业”[②]。肮脏、没文化的污名属于这些打工者。这种污名化体现了大众主流话语所具有的“象征资本”，在这种象征性中，打工者在城市中话语权缺位，城市大众也将打工者置于城市的边缘地位。[③]

在第三空间中，边缘者变成主体，非此即彼的二元论被放弃，界限被打破，打破原有的农村身份认知、传统家庭角色以及社会属性的划分。在机场里，赵栋是千万保安中的一个，没有人在乎他懂不懂科学，大家只在乎他是否可以做好本职工作。而在第三空间视域下，高雅和通俗之间的界限被打破了。一种十分强烈的对比在赵栋身上体现出来，在机场当保安的他关

---

① 王威廉：《野未来》，中信出版社 2021 年版，第 219 页。

② 同上书，第 200 页。

③ 陈家熙、翁时秀、彭华：《打工文学中的城市空间书写——基于索亚“第三空间”的分析》，《热带地理》2018 年第 38 期，第 635 页。

注着“世界上又有哪项科学技术取得了重大突破”[①]。王威廉通过刻画这个矛盾的统一体、这个集所谓的雅俗于一身的形象，试图打破界限。消解人们心中对于外来务工人员扁平化的想象，“许多专业的术语从赵栋的嘴巴里喷溅出来”，“初中毕业竟然懂微积分”。[②] 上层社会的文化资本以及科学文明也不为某一个特定的群体所独享。

“空间—场域”转换中的身份流动体验被体现和建构出来。空间与身份认同之间有重要联系，“我们采用空间速记的方法来总结其他群体的特征，即根据他们所居住的地方对‘他们’进行定义，又根据‘他们’对所居住的地方进行定义”[③]。外来者的身份认同意识和变化的空间交织，身份认同随着空间体验改写。在拥挤、凌乱的城中村（公共空间）中，他们打造出了整洁、有未来感的房间（第三空间）。不管是《沙嘴之花》还是《野未来》，主人公的个人空间都十分整洁，和外部的破败形成鲜明的对比。

“昏暗的”、“如肠道般狭窄”的楼梯通往的是雪莲的房子，“鹅黄色调，细节处充满了居家的温馨，尤其是有一面朝向开阔天空的阳台，这在沙嘴村可算是奢侈品”[④]。“阳台”这一意象弥漫着浓郁的都市风情以及小资的味道。“阳台”作为一个“边界空间”，半封闭的状态向外延展了“公共景观和公共想象”[⑤]；又是一个接触自然的中介空间，保持与都市空间距离的存在；是生活内部空间的延伸，同时又具有边缘性；是公共与私密空间的结合。

“脏乱差”的城中村里，赵栋房间里的“床、桌、椅子和鞋架，全部都是银色的金属制成，在灯光下闪耀着光泽，有一种奇特的未来风格”[⑥]。搬家后，赵栋仍然住在城中村最深处，他的房间“装满了液晶屏幕”，“几乎没有任何家具”，仿佛已经进入“彻底影像化的时代”。[⑦]

权力塑造了城市空间，规训了打工者。雪莲和赵栋通过改变审美空

---

① 王威廉：《野未来》，中信出版社 2021 年版，第 202 页。

② 同上书，第 203 页。

③ 迈克·克朗：《文化地理学》，杨淑华、宋慧敏译，南京大学出版社 2003 年版，第 77 页。

④ 陈楸帆：《未来病史》，长江文艺出版社 2015 年版，第 26 页。

⑤ 刘进、陈涵：《论陈染、林白小说中的边界空间》，《当代文坛》2013 年第 6 期，第 66 页。

⑥ 王威廉：《野未来》，中信出版社 2021 年版，第 201 页。

⑦ 同上书，第 219 页。

间，摒弃乡村式的装潢，对空间进行装饰来建构自己的“城里人”身份，是一种对外在权力的迎合。通过对生活环境的改造，试图减少和都市居民的差距。他们对家庭空间的装饰一定程度上体现出潜意识里城市的、文明的是居于高位的，而原有的属于乡村的印记是不齿的、需要被抹除的。与此同时，这种行为也体现了打工者的空间抵抗以及主体性。在第三空间中构建自己的身份是一种对权力的挑战。

## 结论

在《沙嘴之花》和《野未来》中，没有末日，没有星际漫游，只是聚焦在普通的甚至有些卑微的小人物。在这些科幻书写中，既定的秩序和规则没有被打破，城中村中小人物的命运并没有被改变。在书写过程中，并非单纯地再现社会现实。在体现社会—空间辩证关系的同时，也讨论了科技、现实与未来的关系。通过科幻的形式扩大了受众群体，使城中村中的边缘人物获得更广泛的关注，但“精英视角”的书写难免产生与现实的割裂感，需要进一步探讨。本研究认为这两部科幻作品是对源自广东打工文学“原生态”式写作的补充。虽然对城市的书写不够全面，但仍然展现了大湾区城市的独特发展问题。

文学与空间理论的关系不是简单的前者和后者，正如陆扬指出的“文学自身不可能置身局外，指点江山，反之文本必然投身于空间之中，本身成为多元开放的空间经验的一个有机部分”①。在两部作品中，现代化的基础设施、高品质的文化娱乐、高水平的医疗卫生等生活服务条件都与这些城市的外来者毫无关联。社会空间分异被呈现出来，不同阶层的空间带有不同的准入门槛。同时，这些壁垒又被不同程度地打破，这些小人物拥有一些看似不属于他们的特征。

借外来者的边缘身份关注大都市的主流文化，后人类赛博格和第三空间都一定程度上消除界线，超越二元对立，挑战既有的秩序和认知。文学批评和研究的视域不断扩大，文学的社会批判功能逐步彰显。这两部科幻作品探究了空间中不同居住者之间的社会文化关系，以及边缘群体与空间

---

① 陆扬：《析索亚“第三空间”理论》，《天津社会科学》2005 年第 2 期，第 37 页。

所形成的空间隐喻。对这两部科幻作品的对比分析，对空间研究、大湾区都市研究、文学和文化研究都有十分重要的意义。除此之外，科幻作品中的城中村叙述打破了各种边界，反过来帮助读者更好地理解苏贾的“第三空间”理论。

**附录**

# 后浪奔涌，科幻文学研究走向未来

## ——“新文科建设视野中的科幻小说研究暨青年学术论坛”侧记

李艺敏*

2021年11月26—28日，由中国比较文学学会、中国科普作家协会、深圳大学与深圳市科学技术协会共同举办，深圳大学人文学院、深圳大学社科部、深圳大学比较文学与比较文化研究所、深圳大学当代通俗文化研究所、深圳大学身体美学研究所联合承办的“科技人文新融合：新文科建设视野中的科幻小说研究暨青年学术论坛”在深圳市圣淘沙酒店顺利召开。在疫情反复的冬季，数十位专家学者克服重重困难，齐聚于这场线上与线下相结合的学术论坛。本次学术论坛聚焦“科幻”，基于教育部新文科建设新语境，通过深入认识科幻小说的认知模式与社会建构，达成对新文科建设更为深刻的文学意义与现实意义的探索。

会议共设有14个主旨演讲，1场期刊圆桌论坛，8场分组讨论。会议聚焦科幻小说的身体研究、情感与空间研究、中国科幻研究、综合研究等议题，围绕新文科建设视野中的科幻小说研究方法论与研究路径，展开了热烈的交流与讨论。

---

* 李艺敏，深圳大学人文学院比较文学专业硕士。研究方向：比较文学与文化理论。本文原载《中国比较文学》2022年第2期。

## 一、聚力新文科建设,探究科幻新模式

随着新世纪文科建设的不断推进,科幻文学(Science Fiction)推动着科幻文化自成一种新表征,为中国文学注入了活力,并提供了全新的创作范式与批评路径。在本次学术论坛上,专家学者们以创作、发掘、重构等多重模式阐发科幻小说研究,努力为科幻文学整体研究构建起完整的认知结构。本次论坛在三个方面进行了很有意义的探索。

### (一)本土科幻资源的深度挖掘与整合

中国比较文学学会会长、上海交通大学叶舒宪教授突出了从神话原型到科幻原型的理论资源,并呼吁中国科幻研究者们在紧抓热点的同时,也应以反躬自问的方式认识和发掘本土丰厚的科幻资源,为中国比较文学介入科幻研究指明了路径。四川大学徐新建教授将"后人类"时代的科玄并置,以文学人类学"神话是科幻原型,科幻乃未来神话"的基本观点,确认了后人类时代中的知识幻想转型与科玄并置的认知关联。徐新建教授同时指出,目前的科幻研究还相对零散,未来我们应该向科幻研究的共同体迈进,推动科幻文学研究的总体发展。

### (二)科幻文学前沿领域与科幻理论新探索

情感是科幻文学研究的重要组成部分,也是研究的难点。在本次论坛上,国际比较文学权威期刊 *Neohelicon* (A&HCI) 执行主编彼得·海居(Peter Hajdu) 教授从叙事研究视角出发,对超越人工智能情感的拟人化表达提出深刻见解。清华大学生安锋教授聚焦人工智能时代人机情感交互的可能性,提出对后人类伦理问题的深入思考。南京大学都岚岚教授同样关注后人类技术发展中的伦理问题,并对人机关系可能性提出新解。深圳大学王晓华教授则围绕着身体、技术与赛博格美学,揭示"身体"、"审美"、"技术"的深层联系。深圳大学江玉琴教授从"新文科"提出的研究语境引入,针对赛博朋克小说的新文学表征,导向科幻小说研究的新视野。

### （三）融合科幻创作与科幻研究，建设中国科幻理论

著名科幻作家陈楸帆先生从创作出发，提倡以科幻设计未来。著名科幻作家、南方科技大学刘洋博士聚焦于科幻创作中的世界建构，区分了“硬科幻”与“软科幻”。厦门大学黄鸣奋教授探讨了科幻电影叙事的文学形态。东南大学韦清琦教授将科幻与现实联结，提出科幻背后的美国现实批判。南方科技大学吴岩教授聚焦科幻产业，分析了中国科幻研究的未来版图。广西师范大学麦永雄教授回归美学研究，将悲剧人文主义美学与科幻小说相结合。重庆大学李广益教授以“科幻文学‘黄金时代’商兑”为题，指出中国科幻文学的发展方向。

## 二、着眼新生力量，科幻指向未来

本次会议设有青年教师论坛专场与研究生论坛专场，共 8 场主题分组发言。青年学者们围绕着科幻小说的身体研究、情感与空间研究、中国科幻研究、综合研究等多个主题，从小说文本、文学理论、文学史发展、研究方法、研究视角等各个方面进行探讨，紧抓热点，思路新颖，氛围热烈。

### （一）跨时空视域中的科幻身体叙事

北京航空航天大学廖望副教授以威尔斯的作品《时间机器》为例，从人类身体退化危机的角度表达了对高科技发展中全球人类命运的忧虑。深圳大学张霁博士从科幻文学与影视中的“记忆上载”问题切入，揭示了“人的本质是信息和算法”的控制论判断。中国石油大学彭超博士则围绕赛博时代中的身体与意识、技术以及真实之间的关系，展开身体诗学之论述。兰州城市学院贾永平副教授以大卫·芬奇的短篇小说《齐马蓝》为焦点，指出身体作为解开艺术本源的关键，揭示了人工智能去人性化的可能。汕头大学陈柳博士聚焦后人类，以库切的《慢人》为中心，探讨了后人类身体的遭遇与英雄叙事。徐州工程学院任一江博士则从中国当代“新科幻”小说的“启蒙叙事”出发，反思了权力、道德与主体之间的多重关系。武汉大学陈祎分析了《攻壳机动队》中的身体与机械之融合，对后人类技术、身体与伦理提出思考。北京语言大学郭焕群与深圳大学黄秋燕同样聚焦于“具身

化”,分别以刘宇昆的短篇和科幻小说《我,机器人》为文本研究对象,分析了后人类身体形态的想象。深圳大学欧宇龙从后人类生态批评视角出发,向《发条女孩》中展现出的异化世界发出质询。上海理工大学李晓庆通过剖析小说《我这样的机器》,探究了人机共存的可能性。江南大学王天昊、清华大学王佳希、西南大学何榴均着眼于“赛博格”与“女性主义”,对后人类主义语境下的技术边界与性别议题展开了广泛的讨论。

### (二) 科幻作品中的空间想象与情感融通

广东外语外贸大学程林副教授以德国经典科幻《大都会》为线索,解析了女性机器人形象及其情感意识。南方科技大学陈劲松博士聚焦中国青年科幻作家,对刘洋科幻小说中的情感进行研究。华南农业大学程夏敏博士围绕着厄休拉·勒古恩小说中的情感与忧思,探究人类在社会与个人之间的平衡点。广州大学王希腾博士以《火星编年史》为例,对主体的迷失与重构进行深刻剖析。江西农业大学夏成博士聚焦赛博朋克,对后现代主义文化潜藏的人类自由提出新解。太原师范大学赵潞梅博士则选取了柏拉图的“洞穴世界”意向,以哲思重建后人类美学。上海科技大学聂清副教授回归经典,由《降临》提出具身化认知的出路。广东外语外贸大学齐佳敏博士以文学地理学为理论依据,通过《当我们成为城市》,揭示了21世纪城市生态危机的预警。中国人民大学崔子鹏以“异类”为中心,对科幻作品中的“异类”情感史进行梳理。浙江大学王玉莹从《仿生人会梦见电子羊吗?》出发,呼唤人类正视忧喜,直面人生。上海交通大学何阚京、广东外语外贸大学胡可儿、广东工业大学雷依洁均以《我这样的机器》为研究文本,对其中的乌托邦世界、人类主体性、后人类伦理困境等进行解读。兰州大学郭芷彤基于《西部世界》中的仿生人形象,对后机械复制时代的艺术作品进行分析。深圳大学李艺敏聚焦当前大热的“元宇宙”,以对《雪崩》这一文本的分析,提出对元宇宙的当代思考。广东外语外贸大学秦家盈从文学内部出发,探究认知文体学视角下的《克拉拉与太阳》。

### (三) 中国科幻文学的当代建构

四川大学王一平教授、杭州师范大学詹玲教授同样关注1980年代的历史,分别从同时期的英国与中国的科幻历史背景出发,对两者的科幻创作问题进行剖析。河北师范大学张清芳教授将刘慈欣《诗云》与郝景芳《北京折叠》进行比较，揭示了中国当代新科幻小说的两种写作趋向。南京工业大学付昌义副教授以陈楸帆的《荒潮》为例，讨论了人类世文学批评视野下的中国科幻文学。郑州大学张杨着眼于文学想象，对西部中国的形象建构和文化发展提供新路径。青年作家王侃瑜、北京联合大学周春霞博士、四川省科普作家协会范轶伦聚焦科幻叙事，分别探讨了当代中国科幻中的极寒空间叙事、科幻影像中的赛博空间叙事与当代中国科幻中的时间旅行叙事。上海交通大学李珂围绕英雄史观话语，揭示了英雄、民主、历史规律三者之间的关系。华东师范大学何卓伦对新时期科幻小说中的“典型环境”与“典型人物”进行阐发，反映出知识分子群体的历史焦虑。中国人民大学罗帅、不列颠哥伦比亚大学张睿颖关注晚清，对清末民初新小说中的“催眠术”与“心灵改造”书写模式进行探析。西交利物浦大学周旦雪回归当代，以两部作品为例解读了科幻书写下的大湾区城市。

### （四）跨学科视野下的综合研究与科幻启迪

东南大学赵建红教授以《出走西方》为例，提出对数字媒体、流散空间与移民身份的新认知。中山大学江晖副教授以跨文化视野，对日本机器人文化发展史进行了详细而深刻的梳理。北华大学郭伟副教授着眼于“语言世界观”，达成对科幻小说中语言哲思的探讨。电子科技大学李泉副教授结合时事热点，对“微软小冰写的诗是诗吗?”这一问题，从文艺创作的本体论角度进行了思考。苏州大学张学谦博士聚焦当代，从“科幻”叙事转向“网文”叙事，对网络文学与技术之间的复杂关系进行探索。战略支援部队信息工程大学张运恺博士通过解读《未来之事》，体现出对美国现代化进程的反思。上海财经大学焦旸、中山大学李蕤桐、伦敦大学巫海铚聚焦后人类问题，分别对后人类视野下的科幻真善美主体、后人类叙事的矩阵研究、后人类忧郁症诗学进行了详细论述。深圳大学陈泳桦通过对时间轴的梳理，揭示了科幻开山之作《弗兰肯斯坦》的边界性与现代性。深圳大学蒋金玲以《仿生人会梦见电子羊吗?》中的默瑟主义为中心，反思了人类中心主义桎梏的影响。温州大学龚林、广西师范大学黄亚菲将人文主义与技术哲学联结，达成对后人类伦理的初探。闽南师范大学曾艳华对保罗·巴奇加卢皮《水刀子》中的生态思想进行了分析，揭示了其三重维度间的复杂关系。

本次青年学术论坛极具开拓性，在科幻研究上呈现出全新风貌，青年学者们展现出对科幻研究的饱满热情，聚焦全新理论和社会热点，探究跨学科视野中的科幻文学，呈现出三个显著特点：1. 内容新颖。与会青年学者围绕着科幻小说研究的理论建构与文学实践，进行了紧贴时事热点的多维度探析与讨论。2. 视野较广。青年学者和研究生们都敢于探索新事物，以深厚的理论基础，横跨古今的"历史—未来学"视角，对新文科建设视野中的科幻小说进行了更广泛的探索。3. 方法较全。与会学者们对科幻的探讨维度呈现出研究方法横向拓宽、研究领域纵向延伸的全方位跨学科高度，推动了科技与人文的深度交融。

本次会议青年学者们思维活跃、思路新颖，展现出新世代群体的创作热情与学术实力。后浪奔涌，我们期待科幻文学研究在专家学者们的聚力与青年学者们的创见中走向世界，走向未来。

**图书在版编目(CIP)数据**

科技人文新融合:新文科建设视野中的科幻小说研究 / 江玉琴主编.—南京:南京大学出版社,2024.8
ISBN 978 - 7 - 305 - 27510 - 4

Ⅰ.①科… Ⅱ.①江… Ⅲ.①幻想小说—小说研究—中国—当代 Ⅳ.①I207.42

中国国家版本馆 CIP 数据核字(2024)第 001370 号

出版发行 南京大学出版社
社　　址 南京市汉口路 22 号　　邮　编 210093

KEJI RENWEN XIN RONGHE——XIN WENKE JIANSHE SHIYE ZHONG DE KEHUAN XIAOSHUO YANJIU

**书　　名 科技人文新融合——新文科建设视野中的科幻小说研究**
主　　编 江玉琴
副 主 编 张　霁　欧宇龙
责任编辑 郭艳娟

照　　排 南京紫藤制版印务中心
印　　刷 南京玉河印刷厂
开　　本 718 毫米×1000 毫米 1/16 印张 26.75 字数 412 千
版　　次 2024 年 8 月第 1 版 2024 年 8 月第 1 次印刷
ISBN 978 - 7 - 305 - 27510 - 4
定　　价 108.00 元

网　　址 http://www.njupco.com
官方微博 http://weibo.com/njupco
官方微信 njupress
销售热线 (025)83594756

* 版权所有,侵权必究
* 凡购买南大版图书,如有印装质量问题,请与所购图书销售部门联系调换